Richard Schwartz
Die Krone von Lytar

PIPER

Zu diesem Buch

Dies ist ein Land ohne Herrscher. Eine Krone ohne König. Nur das Banner – ein Greif auf goldenem Grund – und eine Prophezeiung, sind alles was von Lytar übrig geblieben ist. Die einstige Hauptstadt des alten Reiches und seine große magische Macht wurden dem Erdboden gleichgemacht. Nur wenige überlebten und ihre Nachkommen glaubten sich im Laufe der Zeit von der Welt vergessen. Jahrhunderte später werden sie jedoch von ihrer eigenen Vergangenheit eingeholt und ihr Dorf brutal überfallen: Eine fremde Macht ist auf der Suche nach dem magischen Artefakt des alten Reiches, das den Legenden zufolge für dessen eigene Zerstörung verantwortlich war und über unsagbare Macht verfügen soll. Die Krone von Lytar. Auf Geheiß des Ältestenrates ziehen die Freunde Tarlon und Garret, die Halbelfin Elyra und der Zwerg Argor nach Lytar, um die Krone zu suchen. Doch was sie entdecken, verändert alles ... Der erste Band der »Lytar-Chronik«, vormals unter dem Pseudonym Carl A. DeWitt erschienen, liegt nun endlich komplett überarbeitet für alle Richard-Schwartz-Fans vor.

Richard Schwartz, geboren 1958 in Frankfurt, hat eine Ausbildung als Flugzeugmechaniker und ein Studium der Elektrotechnik und Informatik absolviert. Er arbeitete als Tankwart, Postfahrer und Systemprogrammierer und restauriert Autos und Motorräder. Am liebsten widmet er sich jedoch fantastischen Welten, die er in der Nacht zu Papier bringt – mit großem Erfolg: Seine Reihe um »Das Geheimnis von Askir« wurde mehrfach für den Deutschen Phantastik Preis nominiert. Zuletzt erschienen seine Sagas um »Die Götterkriege« sowie »Die Lytar-Chronik«.

Richard Schwartz

DIE KRONE VON LYTAR

Die Lytar-Chronik 1

PIPER
München Berlin Zürich

Entdecke die Welt der Piper Fantasy:
Piper Fantasy.de

Dieser Roman, zuvor erschienen als »Die Krone von Lytar« von Carl A. DeWitt, liegt erstmals in der ungekürzten und vollständig überarbeiteten Fassung vor.

Von Richard Schwartz liegen bei Piper vor:
Das Erste Horn. Das Geheimnis von Askir 1
Die Zweite Legion. Das Geheimnis von Askir 2
Das Auge der Wüste. Das Geheimnis von Askir 3
Der Herr der Puppen. Das Geheimnis von Askir 4
Die Feuerinseln. Das Geheimnis von Askir 5
Die Eule von Askir. Das Geheimnis von Askir 6
Der Kronrat. Das Geheimnis von Askir 7
Askir. Die komplette Saga 1
Askir. Die komplette Saga 2
Askir. Die komplette Saga 3
Die Rose von Illian. Die Götterkriege 1
Die Weiße Flamme. Die Götterkriege 2
Das blutige Land. Die Götterkriege 3
Die Festung der Titanen. Die Götterkriege 4
Die Macht der Alten. Die Götterkriege 5
Der Wanderer. Die Götterkriege 6
Der Inquisitor von Askir
Der Falke von Aryn
Die Krone von Lytar. Die Lytar-Chronik 1
Das Erbe des Greifen. Die Lytar-Chronik 2

Originalausgabe
1. Auflage April 2016
2. Auflage Juni 2016
© Piper Verlag GmbH, München/Berlin 2016
Umschlaggestaltung: Guter Punkt, München
Umschlagabbildung: Guter Punkt, München unter Verwendung eines Motivs von Anton Kokarev
Satz: Satz für Satz, Wangen im Allgäu
Druck und Bindung: CPI books GmbH, Leck
Printed in Germany   ISBN 978-3-492-28051-8

… und dann zerrissen die Mächte der Finsternis die Himmel, und Lytara, so schön, so mächtig, war nicht mehr …

Prolog

»Es ist lange her, Exzellenz, aber wenn Ihr es wünscht, kann ich Euch die Geschichte der Krone erzählen.«

Lamar di Aggio, Gesandter des Reiches und Mitglied des Ordens von Seral, seufzte leise. Natürlich war er nicht den langen Weg geritten, um nun wieder umzukehren. Der alte Mann hatte sicherlich gehört, wie er nach jemandem gefragt hatte, der die alten Geschichten und Legenden kannte. Und wie er, Lamar, den Fehler begangen hatte, zu erwähnen, dass er extra deswegen hierher gereist war.

»Ich wünsche es. Was meint Ihr, weshalb ich Euch fragte? Es wird Euer Schaden nicht sein.«

»Es ist eine lange Geschichte, mein Herr, und ich habe eine trockene Kehle, aber wenn Ihr vielleicht ...«

Lamar sagte nichts, er gab nur dem Wirt ein Zeichen. Dieser eilte eifrig heran und schenkte ihnen beiden Wein ein. Während Lamar nur nippte, nahm der alte Mann einen tiefen Schluck aus seinem Becher und wischte sich den Mund mit einem nicht allzu sauberen Hemdsärmel ab, um dann zufrieden zu nicken.

»Guter Wein.«

Damit hatte er, zu Lamars eigener Überraschung, recht. Der Wein war wirklich gut. Nur war er nicht hier, um sich über Wein zu unterhalten.

»Erzählt mir von der Krone von Lytar, alter Mann. Ihr habt Euren Wein, also ...«

»Gemach, es ist eine lange Geschichte und der Abend ist noch jung. Jedenfalls seid Ihr zum Richtigen gekommen, ich bin der Einzige, der Euch diese Geschichte erzählen kann, na, jedenfalls der Einzige, der noch lebt ... hier, meine ich.« Er nahm einen weiteren tiefen Schluck.

»Nun, es fing alles hier an. Hier, damit meine ich, an dem Brunnen draußen auf dem Marktplatz. Habt Ihr ihn gesehen?«

»Er ist ja wohl kaum zu übersehen! Wofür braucht ein Kaff wie dieses einen solch großen Brunnen?«

»Hehe ... wenn ich Euch das sagen würde, würde ich ein Geheimnis verraten, und das wollen wir doch nicht, oder?«

Lamar seufzte erneut. Laut. Tief und vernehmlich. »Euer Brunnen interessiert mich nicht. Alter Mann ...«

»Gemach, gemach, wir sind doch schon mitten in der Geschichte.« Der alte Mann leerte seinen Becher mit einem Zug und hielt ihn hoch. Der Wirt warf Lamar einen fragenden Blick zu und dieser nickte ergeben. So wie er den alten Mann einschätzte, erschien es Lamar günstiger, ihm den Gefallen zu tun. Abgesehen davon, kostete der Wein nur ein paar Kupfer.

Als der Wirt kam, um dem alten Mann den Becher aufzufüllen, griff sich dieser einfach die Flasche und schenkte sich selbst ein, um dann die Flasche griffbereit auf dem Tisch stehen zu lassen, die Hände schützend um sie gelegt, als der Wirt nach ihr greifen wollte.

»Es ist eine lange Geschichte«, wiederholte er.

Lamar winkte ab und der Wirt verabschiedete sich mit einer leichten Verbeugung.

»Dann wäre es wohl angebracht, sie anzufangen«, gab Lamar zurück. Er klang, selbst für seine eigenen Ohren, etwas irritiert.

»Ich war gerade dabei ... Ihr seid ungeduldig, mein Herr.«

Lamar sah ihn nur an.

»Es fing wirklich alles hier an. Dort an dem Brunnen, als Holgar, der Schmied, aus seiner Schmiede heraustrat. Das war zehn Tage vor dem Mittsommernachtsfest im Jahre der Herrin 2781.«

»Was soll das sein? Eine Jahreszahl?«

»Das ist die Art, wie wir hier die Jahre zählen, Herr«, antwortete der alte Mann mit einem Lächeln.

»In Ordnung.« Lamar holte tief Luft. »Und was für ein Jahr haben wir jetzt?«

»Warum? Es ist natürlich das Jahr der Herrin 2867.« Eine buschige Augenbraue hob sich fragend. »Ich dachte, die Zeit wäre überall gleich?«

»Ja. Richtig.« Lamar zwang sich zur Ruhe. »Erzählt einfach weiter.«

»Seht Ihr, damals erlaubte man den Händlern nur zum Sommerfest ins Tal zu kommen, und dann auch nur für vier Tage. Holgar hatte, da er der Schmied war, die Aufgabe, sich um unsere Pferde zu kümmern. Sie lebten frei, in den oberen Tälern, nahe der Eisenberge, aber schon vor langer Zeit beschlossen die Ältesten, dass man den Pferden ab und zu *neues Blut zuführen sollte. Also besorgte sich Holgar im Jahr zuvor einen Zuchthengst von einem der Händler. Dies war eine Ausnahme, üblicherweise wurden die Pferde von uns gekauft, aber dieses Pferd war dem Händler zu wertvoll und er wollte sich nicht von ihm trennen. So kam man überein, dass der Hengst ein Jahr hierbleiben würde, für eine fürstliche Summe Goldes, wie ich anmerken darf, und der Händler ihn dann bei seinem nächsten Besuch wieder mitnehmen würde. Da nun das Sommerfest vor der Türe stand, begab sich Holgar in die oberen Täler, um das Pferd zu holen. Soweit seid Ihr mitgekommen?«*

»Alter Mann, ich bin nicht schwer von Begriff. Und Ihr strapaziert meine Nerven mit Eurem Geschwätz. Kommt endlich zur Geschichte!«

»Herr, Ihr zahlt meine Zunge mit Wein, was wollt Ihr da erwarten?«

»Keine Frechheiten.« Lamar nahm nun selbst einen Schluck Wein, schloss die Augen und zählte langsam bis zehn. »Fahrt einfach in Eurer Geschichte fort.«

»Es ist der Wein, der meine Zunge fliegen lässt, manchmal in die falsche Richtung, aber habt Geduld mit mir, Herr, und trinkt etwas von dem Wein, er ist wirklich gut! Wirt, noch eine Flasche!«

Der Wirt eilte herbei und stellte die Flasche vor Lamar auf den Tisch und der alte Mann zog sie zu sich hinüber, stellte sie neben die andere. Lamar sah sich schon genötigt, deutlich zu werden, aber bevor er etwas sagen konnte, sprach der alte Mann bereits weiter.

»Gut, um zur Geschichte zurückzukommen, wie Ihr Euch sicherlich schon gedacht habt, Holgar suchte den Hengst vergebens. Da dies die Zeit vor dem Fest war und es nur noch ein paar Tage waren, bis die Händler kommen würden, hatte Holgar keine Zeit, hinter einem blöden Gaul herzulaufen, egal wie kostbar das Tier sein mochte. Aber jemand musste das Tier suchen, da Holgar ein Versprechen gegeben hatte, und Holgar war ein Mann, der seine Versprechen hielt. Also ging er des Mittags hinüber zu dem Brunnen, wo sich die Kinder und Heranwachsenden unseres Dorfes aufhielten und das machten, was die Jungen so allgemein tun, sie spielten, schubsten sich oder diskutierten lautstark über ihre Probleme und die Ungerechtigkeit der Welt. Vier junge Menschen standen etwas abseits und unterhielten sich über irgendetwas, die Götter alleine wissen, über was, aber das ist jetzt auch nicht wichtig, oder?« Der alte Mann sah Lamar fragend an.

»Ich glaube nicht«, gab dieser zur Antwort und ertappte sich dabei, die Augen zu rollen.

»Gut. Wo war ich? Ach ja ... richtig. Nun, da sie die Ältesten hier waren, entschied sich Holgar, zu ihnen zu gehen und sie zu fragen, ob sie bereit wären, das blöde Biest für ihn einzufangen und zurückzubringen.

Da war zum einen Garret, ein langer, schlaksiger Bursche mit blondem Haar, wachen, grau-blauen Augen, einem strahlendem Lächeln und dem Talent, seine Arbeit auf die angenehmste Art zu verrichten, wie es ihm nur möglich war. In seinem Fall bedeutete dies nur allzu oft, dass er fischen ging. Garret war der Sohn des Bogenmachers, und er konnte seine Pfeile überall schnitzen. Auch beim Fischen. Man sagt, dass er zu diesem Zeitpunkt schon recht gute Pfeile machte. Wenn er denn welche machte. Er ging, wie gesagt, lieber fischen. Vielleicht weil die Eltern Nachbarn waren, konnte man ihn und den Sohn unseres Radmachers, Ralik Hammerfaust, so gut wie immer zusammen antreffen. Da Ralik ein Zwerg war, ist es sicherlich keine große Überraschung, dass auch Argor ein Zwerg war.«

»Nein, nicht wirklich. Aber fahrt fort. Ich bin fasziniert«, fügte Lamar bissig hinzu.

»Nun, Argor war ein ruhiger Junge, immer bereit, anderen zu helfen, und er war bereits eine große Hilfe für seinen Vater. Er hatte zudem ein Talent für Steinarbeiten, und obwohl er auch gerne Gedichte las, sagte niemals jemand etwas darüber. Schließlich hatte er große Hände.«

»Was hat das damit zu tun?«, fragte Lamar und biss sich auf die Zunge. Er hatte das nicht fragen wollen!

»Nun, Argor war ein lieber Junge, und er regte sich selten auf. Aber wenn man ihn ärgerte, ihn beispielsweise wegen seiner Gedichte hänselte, dann fand man schnell heraus, dass sein Familienname so etwas wie eine Warnung darstellte. Nun, wie auch immer, mit dabei war Tarlon. Tarlons Familie hatte mit Holzproduktion zu tun.«

»Nette Bezeichnung für einen Holzfäller.«

»Wenn Ihr es sagt, mein Herr. Dieser einfache Holzfäller war verantwortlich für unser Holz. Für unsere Wälder. Alle hier im Tal. Er entschied, wo geschlagen wurde, wo gepflanzt wurde und welches Holz für was Verwendung fand. Tarlon selbst war groß für sein Alter, fast erwachsen, sogar größer noch als Thomas, der Lehrling des Schmieds, mit breiten Schultern, fast selbst so gewachsen wie die Bäume, die er so liebte. Er hatte eine sorgfältige Art, die Dinge anzugehen. Er war nicht immer schnell, unser Tarlon, aber wenn er etwas tat, war es meistens richtig. Ich erinnere mich, dass er rotes Haar hatte wie die Flamme eines Lagerfeuers. Aber man zog ihn deshalb nie auf. Bis auf Garret natürlich. Aber der Junge konnte auch rennen, meine Güte, konnte Garret flitzen … was keine schlechte Idee war, wenn man Tarlon wirklich ärgerte. Tarlon hatte einen kleinen Tick, er legte immer einen kleinen Stein dorthin, wo der Baum hinfallen sollte, den er fällen wollte. In all seinen Jahren fiel niemals ein Baum daneben.«

»Beeindruckend«, sagte Lamar mit einem ironischen Unterton und nahm einen weiteren Schluck Wein.

»In der Tat«, stimmte der alte Mann zu. »Dann war da noch Elyra. Sie war die Tochter, nein, Stieftochter unserer Heilerin, der Sera Tylane. So etwa neunzehn Jahre vor dem Tag, an dem unsere Geschichte anfängt, stolperte eine Gruppe Händler über eine ausgebrannte Karawane und hörte die Schreie eines Kleinkindes. Sie fanden es begraben unter dem Körper seiner toten Mutter, und da sie auf dem Weg hierher waren und wussten, dass wir Kinder mögen, nahmen sie es mit. Sera Tylane war nur zu glücklich, die Kleine aufzunehmen und für sie zu sorgen und liebte sie wie ihre eigene Tochter. Elyra war damals noch ein zierliches Nichts von einem Mädchen, ruhig, aber bestimmt, richtig süß mit dieser Stupsnase, ihrem langen, rotblonden Haar und ihren kleinen, spitzen Ohren. Sie hatte immer diesen ernsthaften Ausdruck im Gesicht, stellte Fragen über Fragen und saß stets irgendwo in der Sonne, wo sie entweder in einem alten staubigen Buch las oder sich mit den Vögeln, Hasen oder Schmetterlingen unterhielt. Abgesehen davon, konnte sie auch noch großartig mit ihrer Schleuder umgehen.«

»Sie war ein Elf?«

»Halbelf, aber niemand interessierte sich für das, was sie war. Sie war Elyra, eine von uns, und damit war alles in Ordnung.«

»Das waren also die vier jungen Menschen, die Holgar fragen wollte. Und Ihr, alter Mann, wo wart Ihr?«

»Irgendwo. Ich bin nicht wichtig.«

»Hhm.«

»*Wie auch immer, Holgar fragte unsere Freunde, ob sie bereit wären, sich auf die Suche nach seinem Pferd zu begeben. Da dies die Tage vor dem Sommerfest waren und ihre Eltern mehr als genug für sie zu tun fanden, hielten sie es für eine gute Idee, Holgar diesen Gefallen zu tun. Und wie Garret sagte, irgendwo auf der Strecke gab es bestimmt die Möglichkeit zu fischen.*«

»Das blöde Pferd ist in die Richtung von Alt Lytar abgehauen«, sagte der Schmied und runzelte mächtig die Stirn. »Fragt mich nicht, warum es das tat, aber es kann einfach nicht so blöde sein und noch weiter laufen. Selbst ein Pferd kann nicht so blöde sein.«

»Das bedeutet, dass wir uns in die Nähe der alten Stadt begeben müssen?«, fragte Tarlon in seiner sorgfältigen Art.

»Sieht so aus, nicht wahr?«, sagte Garret und grinste von einem Ohr zum anderen. »Ich wollte schon immer wissen, wie gut man da jagen kann!«

»Niemand wird nahe der alten Stadt jagen«, sagte der Schmied bestimmt und sah Garret durchdringend an. »Irgendwie sind alle Tiere dort krank, und wenn man sie isst, wird man selbst krank und stirbt. Elendig. Keine Jagd dort. Schau mich an und hör mir diesmal zu, Garret, ich meine es ernst! Ihr dürft dort nicht jagen!«

Garret runzelte die Stirn, sagte aber nichts, als der Schmied ihn weiterhin ansah, nickte er schließlich doch.

»Nun, wenn der Gaul nach Alt Lytar abgehauen ist, ist das ein Marsch von fünf Tagen«, sagte Argor. »Ich geh wohl besser und pack ein paar Sachen zusammen.«

»Vielleicht finde ich ein paar Kräuter auf dem Weg«, sagte Elyra freudestrahlend. »Ich werde Mutter fragen, ob sie irgendwelche Kräuter braucht!«

»*Wie Ihr sehen könnt, Herr, waren es nette junge Menschen.*«
»*Ja, alter Mann, die nettesten der Reiche. Ganz sicher. Erzählt einfach weiter.*«

1 Ein Sommerspaziergang

Elyra hatte befürchtet, dass sie sich während der Reise langweilen würde. Sie mochte die anderen und war auch gerne mit ihnen zusammen, aber sie hatten einfach nicht die gleichen Interessen. Außerdem war sie nicht immer in der Stimmung, sich zu unterhalten. Also begab sie sich zu dem kleinen Haus hinter dem Gasthof, wo wir schon immer die Bücher des Dorfes aufbewahrten, und suchte in den alten Texten, Büchern und Folianten, bis sie etwas Interessantes entdeckte. Die Buchstaben waren seltsam und sie verstand die Sprache nicht, aber es gab Bilder in dem Buch, die sie auf Anhieb faszinierten. Also entschloss sie sich, das Buch mitzunehmen. Eines der Bilder, das sie besonders interessierte, war von einem jungen Mann, der in der Luft über einem Brunnen schwebte und eine Krone hochhielt, während eine lächelnde Menschenmenge um ihn herum versammelt war.

Sie brauchten nicht lange, bis sie aufbrachen, alle vier waren es gewöhnt, durch das Tal zu wandern, also hatten sie mehr oder weniger alles griffbereit, was sie brauchten. Sie trugen ihre Rucksäcke und ihre Waffen. Garret trug seinen Bogen und zwei Köcher voller Pfeile, Tarlon ebenfalls einen Bogen und seine große, zweiblättrige Holzfälleraxt, auf die er so stolz war, und Argor trug seine Armbrust und seinen Hammer. Elyra hatte nur ihre Schleuder und einen Beutel mit glatten Steinen dabei, aber sie nahm auch ihre eigenen Kräuter und Salben mit.

»Vielleicht fällt einer von uns hin und verletzt sich«, sagte sie ernsthaft, als Garret zweifelnd ihren Rucksack ansah. Er schien ihm viel zu schwer für sie. »Ich habe einfach alles mitgenommen, was wir in einem solchen Fall brauchen könnten.«

»Dagegen kann man wenig einwenden«, meinte Tarlon bedächtig und nickte zustimmend. »Man kann ja nie wissen.«

Garret sah sich den Rucksack seines Freundes an, er war sicherlich so groß wie die der drei anderen zusammen, aber er verkniff sich zu fragen, was Tarlon wohl alles dabeihatte. Er wusste, was sein Freund antworten würde. »Dies und das.«

Von allen hatte Garret den leichtesten Rucksack. Etwas Brot und Käse, ein paar Angelschnüre. Mehr, dachte er, würde er nicht brauchen. Schließlich war er oft genug alleine im Tal unterwegs und wusste, wie man sich von den Gaben der Götter ernähren konnte. Außerdem gab es immer Hasen, die darauf bestanden, vor seine Pfeilspitzen zu laufen.

Es war ein warmer Sommertag mit blauem Himmel, kein Wölkchen war zu sehen und es ging ein leichter, angenehmer Wind. Man konnte sich kaum einen besseren Tag für eine solche Reise vorstellen. Aber es wurde bald klar, dass Elyra tatsächlich zu viel eingepackt hatte, wenigstens für ihre Größe. Tarlon bot an, etwas von ihrer Last zu übernehmen, widerwillig stimmte sie zu, und dann ging die Reise weiter.

An diesem ersten Tag geschah nicht viel. Die Freunde genossen den schönen Tag, diskutierten darüber, aus welchen Gründen Pferde so blöde sein konnten, und machten sich weiter keine Gedanken.

Kurz bevor die Sonne unterging, entschieden sie sich, einen Rastplatz zu suchen, und fanden bald auch einen angenehmen Ort für das Nachtlager. Sie zündeten ein Lagerfeuer an, Garret hatte ein paar frische Fische dabei, die sie sich über dem Feuer grillten, und so legten sie sich zufrieden und satt in ihre Decken und schliefen den Schlaf der Gerechten. Keiner von ihnen dachte auch nur ansatzweise daran, eine Wache aufzustellen.

»*Das war dämlich!*«
»*Sie lernten es noch.*«

Garret, der ein Talent für solche Dinge hatte, fand am nächsten Morgen ohne Schwierigkeiten die Spur des Pferdes. So wie es aussah, war es verletzt und hinkte, die Spur war leicht zu erkennen.

»Woher willst du wissen, dass es unser Pferd ist?«, fragte Elyra.

»Ich habe seine Spuren schon einmal gesehen. Letztes Jahr«, erklärte Garret. »Ich vergesse so etwas nicht.«

Für Garret war die Spur leicht zu verfolgen, und so taten sie genau das während der nächsten zwei Tage, ohne dass etwas geschah, das ihre besondere Aufmerksamkeit erregte. Schließlich erreichten sie den Waldrand der Wälder um das alte Lytar. Das Pferd war müde, erklärte ihnen Garret und sah auf die Spuren herunter, die nun frischer waren.

»Kein Wunder«, bemerkte Argor. »Dieses Herumgerenne hat mich ebenfalls müde gemacht.«

»Du hast kurze Beine«, erklärte Tarlon ihm freundlich. »Du musst rennen, ich gehe nur.«

»Danke«, sagte Argor und warf Tarlon einen undeutbaren Blick zu. »Das wäre mir sonst nie aufgefallen.«

Holgars Warnung war ihnen noch gut in Erinnerung, also näherten sie sich dem Wald vorsichtig. Es gab überall Wald um Lytara, ihr Heimatdorf. Jeder von ihnen kannte die Wälder, keinem von ihnen waren die Wälder ungewohnt, aber dieser Wald hier, der war seltsam.

»Dieser Wald macht mich nervös«, erklärte Garret, als sie tiefer hineindrangen. Die anderen nickten nur.

»Jetzt weiß ich wirklich, wie sehr ich Vögel liebe«, sagte Elyra leise. »Sie fehlen mir.«

»Ich weiß genau, was du meinst«, antwortete Tarlon und verschob unruhig das Gewicht seiner Axt auf seiner Schulter. Erst jetzt fiel den anderen auf, dass es hier keine Vögel gab, nicht mal aus der Ferne war ein Zwitschern zu hören.

Dennoch folgten die Freunde der Spur des Pferdes tiefer in den Wald, bis sie den Rand einer Lichtung erreichten.

Dort blieben sie wie gebannt stehen und starrten auf das, was sich ihren überraschten Blicken zeigte.

»Hhmpf. Sieht so aus, als hätten wir das Pferd gefunden«, stellte Argor schlussendlich fest.

»Sieht so aus«, stimmte Tarlon zu und nahm seine Axt fester in die Hand.

»Das wird Holgar gar nicht gefallen«, meinte Garret und nahm seinen Bogen von der Schulter, um einen Pfeil auf die Sehne zu legen.

»Das ist eklig«, brachte Elyra mit Überzeugung hervor.

Vorsichtig gingen sie näher. Es war gerade genug übrig von dem Pferd, um es noch als solches zu erkennen, aber das meiste von ihm war verschwunden, der größte Teil war sauber knapp hinter den Schulterblättern des Tiers abgetrennt.

»Ich frage mich, was hier wohl passiert ist«, sagte Tarlon langsam und sah sich sorgfältig um. Der Waldrand war ruhig, nichts regte sich. Es war ihm zu ruhig.

»Sieht aus, als ob jemand etwas von unserem Pferd abgebissen hat.« Garret musterte eine tiefe Furche im Boden.

»Hier ist noch eine.« Tarlon wies auf eine weitere, parallel verlaufende Furche hin. Beide Furchen liefen auf das Pferd zu und endeten kurz vor dem Kadaver. Im weiten Umkreis war das Gras mit Blut besprizt, und das Pferd selbst lag in einer Pfütze aus seinem eigenen Blut. Das Blut wurde bereits schwarz, und Unmengen von Fliegen stoben auf, als Garret näher herantrat.

»Sieht wirklich wie abgebissen aus«, stellte Garret fest. »Aber was kann einem Pferd ein solches Stück abbeißen?«

»Ich glaube, es ist nicht mehr als zwei oder drei Stunden her.« Tarlon lehnte sich bedächtig auf den Stiel seiner Axt. »Und das bedeutet, dass das, was auch immer es ist, noch in der Nähe sein könnte.«

»Ich höre noch immer keine Vögel«, flüsterte Elyra. Sie hatte ihre Schleuder in der Hand und auch ihre Augen suchten nervös den Waldrand ab. »Ich will hier nicht bleiben.«

Sie sah, dass Argor an ihr vorbei mit starren Augen nach Westen sah. »Argor?«

»Ich glaube, ich sehe, was unser Pferd gefressen hat«, stieß dieser hervor, gerade als Elyra seinem Blick folgte. »RENNT!«

Die Dringlichkeit in der Stimme des Zwerges war deutlich genug. Ohne zu zögern, rannten sie einfach los, folgten dem Zwerg, der überraschend schnell sprinten konnte, und warfen sich mit ihm zusammen am Waldrand in den Schutz des dichten Unterholzes. Keine Sekunde zu früh. Auf Garrets fragenden Blick hin zeigte Argor nur mit dem Finger nach oben, dann ging ein Lufthauch durch die Bäume über ihnen … und sie sahen es.

»Göttin, steh uns bei!«, flüsterte Garret ehrfürchtig. Über ihnen kreiste das unheimlichste Tier, das sie jemals gesehen hatten. Es sah aus wie eine Echse, aber es hatte Flügel und war so groß wie ein Haus.

»Ich glaub das nicht.« Selbst Tarlon klang beeindruckt. »Es hat einen Reiter.« Die anderen sagten nichts mehr, sie starrten nur stumm nach oben, hinauf zu dem Schauspiel über ihnen. Das Biest war geschuppt und seine Schuppen waren rot, von dem hellen Rot einer offenen Flamme bis hin zu dem dunklen Glühen von Metall. Auf Nase und Stirn trug es Hörner, die länger waren als Tarlon. Hinter seinem Nacken war ein seltsamer Sattel angebracht und darauf saß ein Mann in einer schwarzen Plattenrüstung. Er sah auf dem Rücken des massiven Biests wie eine Spielzeugpuppe aus. Das Biest besaß vier mächtige Läufe mit riesigen Pranken, an denen Krallen ein- und ausfuhren wie bei einer Katze. Die mächtigen Flügel, die in weitem Umkreis das Laub aufwirbelten und die Bäume schwanken ließen, waren wie die einer Fledermaus und schienen im Licht der Sonne blutrot zu schimmern.

»Es ist wunderschön!«, hauchte Elyra.
»Verdammt, es hat uns gesehen!«, rief Argor. »Weg hier!«
Aber bevor sie irgendetwas tun konnten, zog das Biest majestätisch einen Kreis und schoss im Tiefflug über sie hinweg, die Wucht der mächtigen Flügelschläge fast stark genug, um die Freunde in den Boden zu drücken. Und über dem dumpfen Wooop-Wooop der Flügelschläge war, fern, aber klar, das Lachen des Reiters zu hören. Ein Schatten flog über sie … dann waren das Biest und sein Reiter über sie hinweg und das Geräusch der mächtigen Flügel verlor sich im Wald hinter ihnen.

»Ich dachte, das wäre es gewesen«, meinte Argor und kratzte sich am Hinterkopf. »Götter, ist das Vieh groß!«

»Psst!«, zischte Elyra. »Nicht, dass es uns hört.«

»Es ist weg«, erklärte Tarlon, aber dennoch verharrten sie eine Weile unter den Büschen. Doch Tarlon hatte recht, das Biest kam nicht wieder.

Tarlon erhob sich und klopfte seine Kleider ab. »Was, bei den sieben Höllen, war das?«, fragte er dann. So leise, dass es durchaus sein konnte, dass er lediglich zu sich selbst gesprochen hatte.

»Ich glaube, wir haben soeben unseren ersten Drachen gesehen«, antwortete Garret und stand ebenfalls auf. Er sah stirnrunzelnd zu dem leeren Himmel über ihnen hinauf.

Argor stand nun auch auf und hielt Elyra die Hand hin, um ihr beim Aufstehen zu helfen, dann blickte er auf den Kriegshammer in seiner Hand und wieder hinauf in den Himmel. Argor sagte nichts, nur sein Blick war sehr, sehr nachdenklich.

»Drache?«, fragte Elyra ungläubig. Ihre Augen waren kugelrund und sie war kreidebleich. Damit war sie nicht alleine, keiner der Freunde konnte wohl in diesem Moment eine gesunde Gesichtsfarbe sein Eigen nennen.

»Erinnerst du dich an letzten Sommer? Die Sera Bardin erzählte uns eine Geschichte über solch ein Biest«, erklärte Garret. »Ich glaube wirklich, es war ein Drache.«

»Ich dachte immer, das wären einfach nur Geschichten.« Elyra sah sich um und fing dann an zu lächeln. Sie hielt eine Hand an ihren Mund und ein Vogelruf erschallte, aus einem Baum nicht weit von ihnen antwortete ein Spatz, er klang ganz aufgeregt. Elyras Lächeln wurde breiter und sie atmete erleichtert auf. »Die Vögel sind wieder da«, teilte sie den anderen erfreut mit. »Das Biest ist wahrhaftig weg!«

»Es ist spät geworden«, stellte Tarlon fest. Er sah missbilligend zu dem Pferdekadaver hinüber. »Das Pferd ist hinüber. Wir haben hier nichts mehr verloren und sollten zusehen, dass wir diesen Wald verlassen, bevor die Sonne untergeht. Ich traue diesem Wald nicht. Egal ob die Vögel wieder singen oder nicht, irgendetwas ist hier nicht in Ordnung. Ich will auf keinen Fall in diesem Wald übernachten.«

»Nun«, antwortete Garret, »wenn wir es eilig haben, ist die alte Handelsstraße wahrscheinlich die beste Wahl. Sie kann nicht weit entfernt sein.« Seitdem sie Kinder waren, hatte man sie immer davor gewarnt, in die Nähe der alten Stadt oder der Straße zu kommen. Aber Garret hatte recht. Die alte Handelsstraße führte zwar weiter durch den Wald, verlief danach aber über die alte Zollbrücke und verkürzte so ihren Rückweg erheblich.

»Auf der Straße können wir die Nacht durchmarschieren«, fügte er hinzu. Er klopfte seine Kleider ab und steckte seinen Pfeil wieder zurück in den Köcher.

»Glaubst du wirklich, dass du das Vieh damit hättest verletzen können?«, fragte Argor zweifelnd.

Garret sah zu ihm hinunter und grinste breit. »Ich hätte es versucht!«

»Na, das hätte ich gerne gesehen«, lachte Lamar. »Ein Junge und sein Spielzeugbogen gegen einen roten Drachen.«

Der alte Mann lächelte und zeigte überraschend weiße Zähne. »Er hätte Euch vielleicht überrascht, Eure Exzellenz.«

»Exzellenz? Warum auf einmal so höflich?«

»Die Flasche ist leer, Herr. Mein Vater sagte immer, dass man höflich sein soll, wenn man etwas von jemandem anderen haben will.«

»Ein höflicher Säufer ... warum nicht?« Lamar war besserer Laune, und die Geschichte fing an, ihn zu interessieren. Er sah sich nach dem Wirt um, aber der war nirgendwo zu sehen, nur eine Schankmagd, die an einem der Nachbartische bediente.

»Mädchen, noch eine Flasche Wein für meinen Freund hier!«

Sie nickte mit einem Lächeln und ging davon. »Ich frag mich, wie sie im Bett ist«, sagte er nachdenklich, als er ihr hinterhersah.

»Das werdet Ihr nie herausfinden«, sagte der alte Mann mit harter Stimme. Lamar sah ihn überrascht an.

»Keines unserer Mädchen steht für die Betten von Reisenden zur Verfügung!«, erklärte der alte Mann und es lag Stahl in seiner Stimme.

»*Wenn Ihr ein Haus der Freuden sucht, so seid Ihr hier am falschen Ort.*«

»*Regt Euch nicht auf, alter Mann. Seht, hier kommt auch schon Euer Wein. Ich habe nicht die Angewohnheit, jemanden zu belästigen. Wenn sie das Gold oder die Gesellschaft nicht will, so ist das ihre Entscheidung.*«

»*So sollte es auch sein*«, *funkelte der alte Mann, aber dann entspannte er sich und nickte. Als das Mädchen zu ihnen an den Tisch kam, nickte er ihr lächelnd zu, und das Mädchen grinste ihn an, dann sahen sie beide zu, wie sich das Mädchen geschmeidig an den Tischen vorbeibewegte.*

»*Ihr habt aber recht, sie sieht gut aus. Genau wie ihre Großmutter damals.*« *Die Augen des alten Mannes sahen an Lamar vorbei in die Vergangenheit.* »*Götter, war das eine Frau ...*« *Er schüttelte den Kopf, als ob er diese Gedanken abschütteln wollte, und sah wieder Lamar an.*

»*Nun, um auf die Geschichte zurückzukommen ...*«

2   Die Brandschatzung von Lytara

Da sie nun nicht mehr gezwungen waren, den ziellosen Spuren eines lahmenden Pferdes zu folgen, erreichten sie die alte Handelsstraße in guter Zeit, dennoch war es schon knapp nach Sonnenuntergang, als sie die alten Steine erreichten. Die alte Straße war von den Handwerkern von Alt Lytar gebaut worden, und wie jeder wusste, bauten diese gerne für die Ewigkeit. Es waren große Platten aus hellem Stein, und sie waren mit der größten Präzision verlegt, noch heute konnte man kaum die Klinge eines Messers in die Spalte zwischen zwei der Platten einführen. Dennoch, nichts kann wirklich gegen die Zeit bestehen, und die Natur hatte die alte Handelsstraße unter Erde, Moos und Gras begraben. Aber das Straßenbett war erhöht und gerade, und nur Gras und niedrige Büsche wuchsen auf ihr.

Ohne Zweifel kam man hier schneller voran, als wenn man sich wieder quer durch das Land schlug.

Die Freunde hatten schon beschlossen, auch im Dunkeln weiterzugehen, bis sie den Wald endgültig hinter sich gelassen hatten, also waren sie zuerst erleichtert, als sie die Straße erreichten.

Aber so, wie es aussah, waren sie heute nicht die Ersten, die diesen Gedanken hatten. Obwohl es dunkel war, war es Tarlon, der die Spuren als Erster bemerkte.

»Hhm«, sagte er, als er die alte Straße erreichte. Er sah stirnrunzelnd auf etwas zu seinen Füßen herab. »Argor, siehst du dir das mal an?«

Der Zwerg kletterte geschickt auf das Straßenbett hinauf und sah sich ebenfalls das an, was Tarlons Aufmerksamkeit geweckt hatte. In dieser Nacht waren beide Monde nur schmale Sicheln und die hohen Bäume des dichten Waldes zu beiden Seiten der Straße schluckten fast jedes Licht. Doch der Zwerg konnte im Dunkeln sehen. Es wurde nicht darüber gesprochen, aber sowohl Garret als auch Tarlon waren etwas neidisch auf die Fähigkeit ihres Freundes. Elyra nicht, denn auch sie besaß dieses Talent, nur irgendwie war das noch niemandem aufgefallen.

»Wagenspuren«, stellte Argor schließlich fest. »Es müssen eine Menge Leute gewesen sein.« Das Erdreich und das Moos waren aufgerissen, sodass der helle Stein der Straße teilweise sichtbar war. Ein einzelner Mann oder ein Pferd hätte dies nicht bewirkt. Es mussten Dutzende, vielleicht sogar Hunderte sein.

»Und neun Wagen«, erklärte der Zwerg. Sogar Garret, der immerhin der beste Spurenleser in der Gruppe war, vorausgesetzt, es war hell genug, damit er etwas sehen konnte, wusste nicht, woher Argor das wissen wollte, aber Argor war der Sohn des Radmachers und Wagenräder waren sein Geschäft. »Jeder eiserne Reifen hat seine Eigenarten«, erklärte der Zwerg, ohne dass jemand gefragt hatte.

»Wenn du es sagst«, antwortete Garret, wählte sorgfältig zwei Pfeile aus seinem Köcher aus und überprüfte die Sehne seines Bogens. Als er bemerkte, wie ihn die anderen ansahen, zuckte er die Schultern. »Ich mag es, vorbereitet zu sein.« Er sah stirnrunzelnd auf die Spuren hinunter.

»Wie viele sind es denn?«, fragte Elyra. Auch sie hatte ihre Schleuder griffbereit und ihre linke Hand spielte mit zwei glatten Flusskieseln. Garret kniete sich hin, legte sorgfältig Bogen und Pfeile zur Seite und tastete die Spuren ab.

»Soll ich Licht machen?«, fragte Tarlon, der seine Zunderbüchse bereits herausgekramt hatte, aber Garret schüttelte den Kopf. »Licht kann man nachts sehr weit sehen … besser nicht.« Er ließ sich Zeit, schnüffelte sogar an dem Pferdekot, woraufhin Elyra die Nase rümpfte. Aber wohlweislich sagte sie nichts.

Schließlich griff Garret wieder nach seiner Waffe und stand langsam auf. Er sah sehr nachdenklich aus, als er die Straße entlangblickte.

»Ich würde sagen, dass es etwa dreihundert zu Fuß sind. Dazu noch etwa hundert Reiter. Schwere Pferde. Und beschlagen.« Er runzelte die Stirn. »Es ist schon ein paar Tage her.«

Lytaras Pferde lebten in freier Wildbahn und waren nur selten beschlagen. Das bedeutete Fremde.

»Es können keine Händler sein. Wir haben niemals so viele«, bemerkte Elyra, die ebenfalls stirnrunzelnd die alte Straße vor ihnen musterte.

»Und wer auch immer diese Leute sind, sie kamen aus der Richtung der alten Stadt. Aus Alt Lytar«, fügte Tarlon nachdenklich hinzu. »Die Händler stoßen etwas weiter nördlich auf die Straße, wo sie einen weiten Bogen macht.«

»Das ist richtig«, stimmte ihm Argor zu. »Aber es sind wenigstens keine Geister der alten Stadt. Nicht auf Pferden, die mit kaltem Eisen beschlagen sind«, fügte er hinzu und der Gedanke schien ihn sichtlich aufzumuntern.

»Ich hab ein sehr schlechtes Gefühl bei der Sache«, sagte Elyra leise. Sie starrte immer noch die dunkle Straße entlang.

»Ich glaube, es gibt einen Grund dafür«, sagte Garret leise und streckte seine Hand aus. Die anderen folgten seinem Blick und dort, am Horizont, war nun ein leichtes rötliches Flackern zu sehen, das, noch während sie fassungslos versuchten zu verstehen, was sie dort sahen, stärker wurde, bis das orangerote Leuchten kaum mehr zu übersehen war.

Eine schwarze Rauchfahne, schwärzer als der Abendhimmel, stieg nun in den Himmel auf. Dies konnte nur eines bedeuten.

»Das muss Lytara sein! Lytara brennt!«, rief Elyra und rannte los.

Jeder Gedanke an Rast war nun vorbei. Die alte Handelsstraße war deutlich im Halbdunkel zu erkennen und sie beschlossen, den Rest der Nacht durchzulaufen. Das Dorf war zu weit weg, um es schnell zu erreichen, aber je früher sie da waren, umso besser, umso mehr konnten sie helfen. Argor murmelte etwas, aber als die anderen ihn fragend ansahen, schüttelte er nur den Kopf. Und rannte.

Sie rannten alle, aber nicht so schnell, wie sie es gerne getan hätten, denn obwohl Argor sich bis an seine Grenzen verausgabte, er konnte einfach nicht so schnell rennen wie die anderen. Dafür besaß er Ausdauer und selbst Garret, der allgemein der Flinkste der Freunde war, musste nach einer Weile zugeben, dass seine Seite ihn schmerzte.

Argor sagte nichts, sah nicht einmal von der Straße auf. Er hatte den Kopf zwischen die Schultern gezogen und rannte, doch sein Atem klang wie das Zischen eines kochenden Topfes. Doch er rannte. Und es sah nicht so aus, als ob er bald damit aufhören würde.

Sie rannten. Stundenlang, bis es bald Morgen werden würde.

»Stopp!«, rief Elyra leise. Die anderen hielten, außer Atem, froh, Luft holen zu können. »Was ist?«, fragte Tarlon keuchend. Er war vornübergebeugt, stützte beide Hände auf seinen Knien ab und versuchte, irgendwie Luft in die Lungen zu bekommen. Seinen Freunden ging es nicht anders, Garret hatte sich einfach fallen lassen und lag nun schwer atmend auf dem Rücken.

»Ich sehe Lichter. Fackeln. Auf der Straße vor uns«, antwortete Elyra, die bemerkenswerterweise kaum außer Atem schien.

»Lichter?«, fragte Garret und stand mühsam wieder auf.

»Lasst uns die Straße verlassen«, meinte Elyra und bewegte sich von der Straße hinunter, auf den Waldrand zu.

»Sie hat recht«, stimmte Tarlon ihr zu. »Wer auch immer da kommt, ich glaube nicht, dass wir ihnen offen entgegentreten sollten!«

Die Freunde folgten hastig und zum zweiten Mal an diesem Tag verkrochen sie sich im dichten Gebüsch des Waldrandes.

»Gerade rechtzeitig«, flüsterte Garret und versuchte, sein schweres Atmen zu unterdrücken.

»Hört nur …«

Sie hörten es. Es war wieder das gleiche Geräusch, dieser schwere Flügelschlag. Und vor ihren ungläubigen Blicken landete der Drache keine vierzig Meter von ihnen entfernt auf der Straße, die Schuppen des Biestes schienen in der Dunkelheit fast zu glühen. Ein seltsamer Laut ertönte von dem gewaltigen Biest, fast hörte es sich wie ein Wimmern an.

»Es ist verletzt«, sagte Elyra leise.

»Kann es uns sehen?«, frage Garret flüsternd.

»Vielleicht kann es uns riechen«, gab Elyra zur Antwort und pflückte ein paar Blätter von einem der Büsche, unter denen sie sich versteckt hatten. Sie zerdrückte sie in ihren Händen und schmierte sich die dickflüssige klare Flüssigkeit über ihre Ledersachen. Die anderen taten es ihr nach. Der Geruch war intensiv, aber nicht unangenehm. Es roch nach …

»Wald«, stellte Argor fest.

»Pass auf, dass es nicht in irgendwelche Kratzer kommt«, warnte Elyra.

»Warum?«, fragte Garret.

»Mutter sagt, dass diese Blätter einen schlimmen Ausschlag verursachen, wenn ihr Saft in Kratzer oder gar offene Wunden gerät. Es muss fürchterlich jucken.«

Das Flackern der Fackeln war nun näher gekommen. Es war Zeit vergangen und die Sicheln der Monde standen mittlerweile hoch am Himmel, auch war hier der Wald lichter. So konnten sie bald sehen, was ihnen da entgegenkam. Soldaten. Soldaten in Kettenhemden und alle mit dem gleichen Wappen auf ihren Waffenröcken.

Aber wenn es dieselben waren, deren Spuren sie verfolgt hatten, war ihnen etwas zugestoßen, denn es waren kaum noch mehr als vierzig Mann Infanterie und vielleicht noch drei Dutzend Berittene. Tarlon war fasziniert von den Reitern. Ihre Pferde waren die größten, die er jemals gesehen hatte, und sie trugen alle Plattenrüstungen.

»Ich frag mich, ob das Ritter sind«, flüsterte er.

»Das bezweifele ich. Sie sehen alle gleich aus und sie haben das gleiche Wappen auf ihren Schildern«, antwortete Elyra abwesend. Sie sah immer noch wie gebannt auf den Drachen.

»Und woher willst du das wissen?«, fragte Garret Elyra.

»Ich höre zu, wenn die Sera Bardin bei uns ist. Ich schau sie nicht mit verliebten Kuhaugen an und wenn ich etwas nicht verstehe, frage ich.«

Garret zog es vor, das Thema nicht zu vertiefen.

Die Männer waren noch zu weit entfernt, um zu verstehen, was gesagt wurde, aber die erhobenen Stimmen trugen bis zu den Freunden. Wer auch immer da etwas rief, er schien nicht gerade erfreut.

»Die meisten scheinen verwundet zu sein«, stellte Elyra fest. Die Gruppe der Marschierenden hielt in einem respektvollen Abstand vor dem Drachen an und der Reiter des Biestes stieg nun ab, suchte sich geschickt seinen Weg über einen Flügelansatz und einen erhobenen Vorderlauf des riesigen Biestes.

Eine hochgewachsene Gestalt in Plattenrüstung, vielleicht der Anführer der Fußsoldaten, löste sich von der Gruppe der Soldaten und kam dem Reiter entgegen, salutierte ihm. Dann gab er sein Signal und zwei Soldaten zerrten eine schlanke Gestalt vor den Drachenreiter.

»Mutter!«, rief Elyra entsetzt und Tarlon konnte sie gerade noch festhalten, als Elyra losrennen wollte. Es war Sera Tylane, die Heilerin des Dorfes, eine Frau, der jeder im Dorf mit dem größten Respekt begegnete. Wenn es jemanden gab, den fast jeder im Tal liebte, dann war es Sera Tylane.

Als sich vor ihren entsetzten Augen das Geschehen weiter entfaltete, konnte Tarlon nur noch denken, dass er froh war, daran gedacht zu haben, Elyra den Mund zuzuhalten. Elyra, so schlank und zierlich, wie sie war, entwickelte enorme Kraft, als sie versuchte, dem Griff ihres Freundes zu entkommen, aber es war ein ungleicher Kampf, nur ein Stier hatte mehr Kraft als Tarlon. Vielleicht auch nicht.

Der Drachenreiter stellte eine Frage und selbst über die Distanz konnten die Freunde das bittere Lachen der Sera Tylane hören. Und dann spuckte sie dem Reiter ins Gesicht. Woraufhin der Drachenreiter sein Schwert zog und die Sera Tylane mit einem mächtigen Streich enthauptete.

Unter Tarlon bäumte sich Elyra auf, ein gedämpfter Laut entwich ihr trotz allem, dann sackte sie unter ihm zusammen. Doch Garret erhob sich auf ein Knie und mit einer einzigen fließenden Bewegung zog er einen Pfeil aus dem Boden vor ihm, beschmierte ihn mit den Resten der Blätterflüssigkeit, legte ihn auf die Sehne und mit der mühelosen Eleganz von jemandem, der dies hundertmal am Tag tat, zog er den schweren Bogen aus und ließ den Raben fliegen.

Es war ein nahezu unmöglicher Schuss, in fast vollständiger Dunkelheit, zwischen Ästen und Gebüsch hindurch, an zwei Soldaten vorbei ... selbst wenn er den Reiter treffen würde, war die Chance groß, dass der leichte Jagdpfeil einfach an der schweren Plattenrüstung abprallen würde.

Der Reiter schrie auf, als sich der Pfeil in seine Seite bohrte, genau in den Spalt zwischen seiner Front- und Rückenplatte, knapp unter seiner Achselhöhle.

»*Treffer!*«, rief Garret und sprang auf, stieß seine Hand auf und ab. Und legte den nächsten Pfeil auf.

»Guter Schuss«, sagte Tarlon abwesend und ließ Elyra los ... jetzt hatte es wohl wenig Sinn, sie länger festzuhalten. Garrets Schuss hatte sie verraten und Tarlon war der festen Überzeugung, dass sie diesen Fehler nicht überleben würden ... aber auf der anderen Seite konnte er Garret keinen Vorwurf machen, er selbst hätte vielleicht auch nicht anders gehandelt, hätte er nicht mit Elyra alle Hände voll zu tun gehabt.

Auch Elyra, mit steinernem Gesicht, hatte sich erhoben und ließ ihre Schleuder pfeifen, aber für die Schleuder war die Entfernung nun wirklich zu groß.

»*O Scheiße!*«, rief Argor, denn der Reiter, mit einer Hand den Pfeil in seiner Seite haltend, gab nun seinem Drachen ein Signal und der große Kopf schwenkte langsam in ihre Richtung, ein Auge schien geschlossen, aber alleine der Blick aus dem anderen Auge war so voller Bosheit und Hass, dass es Tarlon beinahe schlecht wurde. Das Biest richtete sich auf ... dann breiteten sich die gewaltigen Flügel aus.

»*O verdammt! Nichts wie weg hier!*«, rief Garret, schoss seinen zweiten Pfeil ab, der harmlos an den Schuppen des Biestes abprallte ... und dann rannten sie tiefer in den Wald, so schnell sie konnten. Argor stolperte einmal, wäre beinahe der Länge nach hingefallen, hätte ihn Tarlon nicht mit einer Hand am Kragen gegriffen und ihn wieder auf die Beine gezerrt, gar so, als ob der massive Zwerg kaum etwas wiegen würde. Hinter sich konnten sie den Flügelschlag des Biestes hören, dann einen mächtigen, schaurigen Schrei, der ihnen durch Mark und Bein fuhr und jedes Haar einzeln stehen ließ, dann ein Rauschen, als ob ein mächtiger Wind wehen würde … und hinter ihnen explodierten die Bäume in gewaltigem Feuer, dessen Hitze wie von einer Esse über sie hinwegfegte und um sie herum Gras und Laub entflammen ließ.

»Verdammt soll es sein, in die tiefsten Höllen! Drecksdrache!«, keuchte Garret, als er brennendes Laub von seinem Lederzeug abwischte und dann noch schneller rannte. Vielleicht waren sie zu schnell für das Biest oder der dichte Wald schützte sie vor seinem Blick oder aber sie hatten einfach nur Glück. Der Drache schoss seitlich an ihnen vorbei, ein Teil des Waldes dort barst in Flammen, aber sie entkamen, obwohl sie die Hitze der Flammen in ihren Nacken spürten. Doch sie entkamen, auch wenn der Wald hinter ihnen lichterloh brannte und mit ihnen entkamen andere Tiere, für einen Moment rannte ein riesiger Braunbär an ihrer Seite, dann verschwand auch er im dichten Wald.

Minuten später hörten sie wieder die Schwingen über sich, aber diesmal schien das Biest sie nicht zu jagen, sondern flog weiter, in Richtung der alten Stadt Lytar.

»Scheiße«, sagte einer von ihnen und niemandem fiel etwas ein, was man dazu noch hätte sagen sollen. Keuchend ließen sie sich zu Boden sinken oder lehnten sich an Baumstämme, in der Ferne wütete das Feuer, doch glücklicherweise kam der leichte Wind aus ihrem Rücken und trieb das Feuer in die andere Richtung. Elyra war still. Ihre Augen waren feucht, aber sie weinte nicht. Garret fand es erschreckend, wie hart und erwachsen sie auf einmal wirkte. Obwohl sie einige Jahre älter als er war, konnte man dies leicht vergessen, da sie noch immer wie ein junges Mädchen wirkte. Garret hatte schon immer gewusst, dass ein Teil von ihr unsterblich war, aber das war meistens leicht zu vergessen. Jetzt war es unmöglich, denn lange nachdem er, Garret, nicht mehr auf dieser Welt wandelte, würde sich Elyra noch an diese Nacht erinnern. Garret spürte Gänsehaut, als er verstand, was dies bedeutete … wenn man so lange lebte, musste man auch die schlechten Erinnerungen über die Jahre mit sich tragen.

Wortlos erhoben sich die Freunde wieder und rannten weiter. Während sie rannten, wurden sie erwachsen.

»*Gut gesagt, alter Mann*«, *sagte Lamar.* »*Ihr habt die Seele eines Poeten. Und den Durst eines Schmiedes. Fahrt fort. Ihr spinnt hier einen feineren Faden, als ich es für möglich hielt.*« *Lamar sah sich um. Ohne dass er es bemerkt hatte, hatte sich der alte Gasthof gefüllt. Es war überraschend ruhig hier und die meisten der Gäste schienen der Geschichte des alten Mannes zu lauschen. Es waren eine Menge Kinder dabei, etwas, das Lamar nicht allzu häufig in den Gasthöfen sah, die er kannte. Alle sahen den alten Mann an, auch der Wirt wirkte nachdenklich.*

»*Kenne ich Euch, alter Mann?*«, *fragte der Wirt dann. Der alte Mann schüttelte langsam den Kopf und lächelte.* »*Ich glaube nicht, guter Wirt.*«

»*Erzähl die Geschichte weiter, Großvater!*«, *rief ein Junge mit leuchtenden Augen.* »*Wie ging es weiter!?*«

»*Lasst mich erst einmal wieder zu Atem kommen*«, *lächelte der alte Mann und Lamar schnaubte.*

»*Sie sind gerannt. Ihr saßt hier nur herum und habt Wein getrunken.*«

»*Es ist die Erinnerung.*«

Lamar sah ihn scharf an. »*Ich dachte, Ihr wäret nicht dabei gewesen?*«

»*War ich auch nicht*«, *antwortete der alte Mann und nahm dankbar einen gefüllten Becher entgegen. Er trank.* »*Guter Wein*«, *sagte er mit einem Lächeln zu dem Wirt, der ihm den Becher unaufgefordert gereicht hatte.*

»*Ein guter Wein gegen eine gute Geschichte*«, *antwortete der Wirt.* »*Es ist mein bester Wein*«, *verkündete er stolz.*

»*Das passt*«, *gab der alte Mann mit einem breiten Grinsen zurück.* »*Es ist auch meine beste Geschichte.*« *Er sah von dem Wirt zu Lamar und den anderen, die ihn gespannt ansahen.* »*Ihr wollt mehr hören? Also gut ... wo war ich? Ach ja. Ihr müsst verstehen, Herr, dass bis zu diesem Zeitpunkt Lytara vierhundert Jahre lang nur Frieden kannte.*«

»*Es gibt keinen verdammten Ort in den Reichen, an dem vierhundert Jahre lang Frieden herrschte!*«, *widersprach Lamar ungläubig.*

»Nun, hier war es so. Wir lagen ja ein wenig abseits. Aber es endete alles an diesem Sommertag im Jahre der Sera 2781. Das Dorf war mit den Vorbereitungen für das Fest beschäftigt, Girlanden wurden entlang der Straßen aufgehängt, die Straßen selbst waren gefegt worden und die Fensterläden neu angemalt, überall gab es Blumen und die Frauen wuschen sorgfältig ihre besten Kleider, während die Herren ihre besten Hosen aus den Kisten suchten. Es war ...«

»Ich kann es mir vorstellen«, unterbrach Lamar.

Der alte Mann verzog das Gesicht. »Wer erzählt hier die Geschichte, hm?«

»Ihr. Gut, erzählt weiter ...«

»Vielleicht habt Ihr sie ja gesehen, als Ihr daran vorbeigeritten seid. Es hängt eine große Triangel an einem Haken neben dem Tor zur Schmiede. Sie wird angeschlagen, um den Alarm auszurufen, aber in all den Jahren, in denen sie dort hing, wurde sie sehr selten verwendet.«

Als Ralik die Triangel anschlug, war ein jeder überrascht, aber sie kamen alle so schnell wie möglich zum Marktplatz. Als sie ankamen, stand der Bürgermeister auf dem Brunnenrand und er machte eine sehr ernste Miene. Er wartete, bis die meisten versammelt waren, dann hob er eine Hand und die Leute wurden still.

»Wir haben soeben erfahren, dass die Horato-Farm überfallen und niedergebrannt wurde. Soviel wir wissen, gab es keine Überlebenden. Es ist eine Armee, sie kommt auf uns zu und ihre Absichten sind klar, sie greifen uns an.«

»Aber ...?« Jedermann war geschockt. Das konnte einfach nicht stimmen.

»Warum sollte uns jemand angreifen?«, rief eine Frau ungläubig. »Wir tun doch niemandem etwas!«

Der Bürgermeister sah die Leute des Dorfes an. Sie waren inzwischen fast alle um den Brunnen versammelt und Lytara war klein genug, dass jeder jeden kannte. Es war wie in jedem Dorf, nicht jeder konnte jeden leiden, aber wir waren eine Gemeinschaft. Als der Bürgermeister von einem entsetztem Gesicht zum anderen sah, wusste er, dass er manche Gesichter soeben zum letzten Male sah. Dies schwang in seiner Stimme mit und allein dieser Tonfall machte allen klar, wie ernst die Lage war.

»Ich weiß es nicht, gute Frau, niemand weiß es. Aber es ist so, es kommt eine Armee auf uns zu. Wie wir an der Horato-Farm gesehen haben, kennt sie keine Gnade. Wir müssen kämpfen. Ich will, dass ihr euch in die Dachböden begebt, die Waffen heraussucht, das Stroh befeuchtet, die Fenster schließt und die Straßen räumt. Die Kinder müssen in die tiefen Keller gebracht werden, die Frauen sollen Leinen kochen und jeder, der einen Bogen besitzt, bezieht Verteidigungsposition. Sie müssen die Straße hinaufkommen, alle anderen Zugänge zum Dorf sind zu eng oder zu dicht bewaldet für einen Kavallerieangriff.«

»Kavallerie?«, fragte jemand.

Der Bürgermeister nickte. »Schwere Kavallerie. Etwa hundert. Dazu noch dreihundert Fußsoldaten.«

»Bei Mistral! Die Göttin steh uns bei, das ist wahrhaftig eine Armee!«, rief jemand entsetzt.

Der Bürgermeister nickte nur.

»Es würde nicht schaden, wenn wir heute um Mistrals Hilfe beten würden. Es sieht schlimm aus.«

»Nun, in der Vergangenheit haben wir sie nicht wirklich häufig um etwas gebeten«, sagte Pulver. Er stand wie üblich etwas abseits. Das lag nicht daran, dass man ihn nicht mochte. Es war nur so: Er war unser Alchemist und Glasbläser und einer von diesen Leuten, die nie etwas ernst nehmen konnten. Ein lustiger Geselle. Aber die meisten Leute mussten niesen, wenn sie ihm zu nahe kamen, oder ihnen tränten die Augen. »Vielleicht hört sie sogar zu«, fuhr er fort. »Nachdem sie sich von ihrer Überraschung erholt hat, von uns wieder etwas zu hören!«

Trotz der ernsten Lage brachte er damit doch einige zum Schmunzeln.

»Schaden kann ein Gebet ja wohl nicht«, pflichtete der Bürgermeister ihm bei. »Aber man kann auch beten, während die Hände fleißig sind!« Er richtete sich auf. »Jeder weiß, was er zu tun hat. Also fangen wir an. Nur eines noch. Die Männer mit mehr als zwei Kindern ... euer Platz ist nicht an der Front ... wir müssen an später denken.«

»Gut!«, rief Pulver und klatschte erfreut in die Hände. »Das wird interessant! Hätte mich geärgert, hätte ich mir das alles von hinten ansehen müssen!« Alle sahen ihn seltsam an, doch sein Grinsen wurde nur breiter. »Ich hab da ein Pülverchen, was ich immer schon mal ausprobieren wollte!«

»O Götter«, murmelte Ralik. »Jetzt weiß ich nicht, wovor ich mehr Angst haben soll, vor seinem Pulver oder den Angreifern!« Denn Pulver war berüchtigt für seine alchemistischen Experimente.

Es dauerte länger, als wir dachten, bis sie kamen. Aber sie kamen. Wir hörten sie, bevor wir sie sahen, ein donnerndes Geräusch, das die Erde selbst zu erschüttern schien. Sie kamen mit der Abendsonne in ihrem Rücken, donnernde schwarze Schatten, grimmig schweigend bis auf einen gelegentlichen Ruf oder einen Befehl und das Rasseln ihrer schweren Rüstungen. Die Kavallerie kam die steile Straße hinaufgefegt wie eine Wand aus Fleisch und Stahl und nichts schien sie aufhalten zu können. Doch dann, plötzlich, war die Luft dicht mit schwarzen Pfeilen, Dutzenden, Hunderten, eine Wolke aus schwarzen Raben, die sich in die Luft erhoben und pfeifend in die Kavallerie einschlugen, Mann und Tier schrien, als sich die schweren Schäfte durch Metall und Leder in ihr Fleisch bohrten. Sie schrien und fielen, noch bevor der Angriff die Straße hinauf zum Dorf erreichte.

Kopfgroße Steine machten den Boden heikel für die Pferde, die steile Steigung und die Kurve nahmen ihnen den Schwung ... und als die ersten Pferde fielen, kam der ganze Angriff zum Erliegen ... und noch immer kamen Wolken der schwarzen Raben auf die Angreifer herabgeregnet, trafen Mensch und Tier. Nur knapp zwei Dutzend Reiter vermochten es, den Angriff bis ins Dorf zu treiben, ihre Schilder dick mit Pfeilen gespickt ... und dann geschah das Unfassbare. Ein kleines Mädchen rannte über die Straße. Sera Tylane sah es und rannte los, sie wollte das Kind retten, aber es war zu spät. Die Reiter ergriffen die Sera

Tylane und das Kind wurde mit einem Schwertstreich erschlagen. Da trat Vanessa, Tarlons Schwester, aus einem Hauseingang, ihr Gesicht versteinert, mit einem Bogen in der Hand, und der Mörder fiel, mit einem Pfeil in seinem Visier, noch bevor sein Opfer den Boden berührte. Ein Hagel aus Pfeilen ging hernieder auf die Reiter, doch man musste vorsichtig sein, um die Sera Tylane nicht zu treffen. Die Reiter warfen brennende Fackeln auf unsere Dächer und ritten mit Sera Tylane davon, doch die Hälfte von ihnen fiel aus den Sätteln, bevor sie in der Ferne entschwanden. Vielleicht der fünfte Teil der Kavallerie überlebte diesen ersten Angriff.

Doch dann kam der Angriff der Fußsoldaten. Nie zuvor hatte man so etwas hier gesehen, sie gingen voran, die Spieße hoch erhoben, im Gleichschritt mit dem Trommelwirbel und zum Klang von Trompeten und sie marschierten in den Regen aus schwarzen Pfeilen ... es war, als ob eine Sense durch sie hindurchfuhr, doch sie marschierten weiter, im Takt der Trommeln, zu Dutzenden wurden sie niedergemäht, eine Welle von schwarzen Raben nach der anderen, bis die letzten brachen und flohen. Das Ganze konnte kaum mehr als fünf Minuten gedauert haben, dann standen wir da, sahen das Gemetzel, sahen das Schlachtfeld mit den Toten und Sterbenden, zu schockiert, um zu verstehen, was gerade geschehen war.

»Ihr wollt mir erzählen, dass die Leute des Dorfes fast eine ganze Armee von professionellen Soldaten vernichteten?« Lamar zog ungläubig eine Augenbraue hoch. Der alte Mann zuckte mit den Schultern.

»Nun, jeder von uns kann einen Langbogen verwenden. Es ist eine Art Tradition bei uns. Als die Armee ankam, standen ihnen 300 Langbogenschützen, entschuldigt, Seras, und natürlich auch -schützinnen entgegen. Im Nachhinein denke ich, dass die Angreifer nicht wussten, was ein guter Lytarer Langbogen zu leisten vermag. Zudem ... Ihr habt gesehen, wie gewunden die Straße ist und dass das Dorf auf einem Plateau liegt. Unsere Vorfahren haben sich wohl etwas dabei gedacht.«

»Aber dennoch, eine Armee wie diese ... so wie Ihr sie beschreibt, müssen es professionelle Soldaten gewesen sein ...«

»*Es geschah. Was soll ich sonst sagen? Aber es war noch nicht vorbei. Denn...*«

... die Armee war nicht das eigentliche Problem. Bis dahin hatten wir ja relativ viel Glück gehabt. Nur neun Männer waren tot oder tödlich getroffen, vielleicht zwei Dutzend waren verletzt. Es war die Aufgabe des Radmachers, Ralik, das zu tun, was getan werden musste. Ralik Hammerfaust ging auf das Schlachtfeld hinaus, mit grimmigem Gesicht und seinem schärfsten Dolch, und sandte die Verletzten zu ihren Göttern. Ohne unsere Heilerin hatten wir keine andere Wahl, wir konnten sie nicht versorgen. Nachdem er diese grimmige Pflicht hinter sich gebracht hatte, trug Ralik drei Überlebende in seine Werkstatt. Wir hatten einige Fragen, auf die wir Antworten von diesen drei bekommen wollten. Niemand wollte darüber nachdenken, was nun in der Schmiede geschah, aber der Rat der Ältesten war sich einig darüber, dass es getan werden musste.

Doch dann kam erst der richtige Ärger. Es kam der Drache.

Es war ein großer Drache. Zuerst flog er hoch über uns hinweg und ließ Feuer auf unser Dorf regnen, entzündete das halbe Dorf. Doch dann kam er herunter und fegte wie ein Dämon der Hölle über unser schönes Dorf. Es brannte überall, die Flammen und der Rauch stiegen auf und dieses Wesen verbreitete mit jedem Flügelschlag Angst und Panik, eine Furcht so stark, dass sogar Ralik fast einen ganzen Schritt zurückwich. Aber genügend von uns bekämpften ihre Angst und richteten ihre schweren Bögen auf das Monster, Pfeil um Pfeil schoss hinauf, traf das Tier, aber die meisten Pfeile glitten harmlos von den Schuppen ab, nur die Flügel schienen verletzlich. Dies schien auch der Drache zu bemerken und flog nun so schnell, dass man kaum richtig zielen konnte. Immer wieder schoss das Feuer aus diesem furchterregenden Maul und setzte Häuser in Brand. Als schon alles verloren schien, trat Gernut, Garrets Großvater, auf die Straße. Er war einer der Ältesten der Stadt, ein alter Mann, der schon zu alt war, um viel mehr zu tun, als in seinem Schaukelstuhl zu sitzen und über seinen Enkel den Kopf zu schütteln ... obwohl es heißt, dass Garret seine Liebe zum Fischen von ihm habe. Gernut konnte nur noch an Krücken gehen, aber an diesem Abend stand er da, einen Pfeil in der einen, seinen mächtigen Bogen, den seit zwanzig Jahren niemand mehr gespannt gesehen hatte, in der anderen Hand. Er stand da, ohne Krücken, mitten auf der Straße, und sah dem Biest gefasst entgegen, als dieses das einsame Opfer sah und sich auf Gernut stürzte. Und dann, als das Feuer schon in den Nüstern des Untiers leuchtete, spannte er seinen mächtigen Bogen, als wäre er noch ein junger Mann, und schoss seinen einzigen Pfeil ... geradewegs ins Auge des Untiers, so tief, dass er bis zu den Federn darin verschwand. Eine Wolke von Feuer umhüllte Garrets Großvater, aber das Untier stieß einen gequälten Schrei aus, der voller Wut und Hass über das ganze Tal hallte und den wohl kaum jemand jemals wieder vergaß, und rammte in seiner Qual sogar den Dachstuhl eines Hauses ... mit angehaltenem Atem sah ein jeder zu, wie das Vieh versuchte, sich zu fangen, ein jeder hoffte, es wäre tödlich verletzt, doch es gewann wieder an Höhe und flog davon ... geschlagen, nicht von einer Armee, sondern von dem einzigen Pfeil eines alten Mannes, der schon alt erschien, als die Welt jung war.

Von Garrets Großvater jedoch blieb nach dem Drachenodem kaum mehr übrig als seine schweren Stiefel und sein Bogen, wie durch ein Wunder unverbrannt, aber nun schwarz wie die Nacht. Doch sein Opfer war nicht umsonst, der Drache war geflohen, zumindest im Moment.

Lytara war erschüttert und entsetzt. Doch die Häuser brannten, so taten wir, was getan werden musste. Die Armee hatte uns kaum geschadet, doch dieses Untier alleine hatte uns das Dorf verwüstet. Nur die Tatsache, dass viele unserer Dächer mit gutem Schiefer gedeckt waren, hatte uns gerettet. Trotzdem, der Preis war hoch. Wir bauen hier aus Stein, also hatten selbst die Häuser, deren Dächer brannten, nur das Dach verloren, dennoch, bis zum nächsten Morgen lagen vierzig Tote in einer Reihe auf dem Marktplatz und unzählige Freunde waren verletzt oder fürchterlich verbrannt. Wir verfluchten die Angreifer, die uns unsere Heilerin genommen hatten … oder beteten für Sera Tylane, denn jeder von uns wusste, dass wir sie nie wiedersehen würden.

Die Ältesten riefen uns am Brunnen zusammen und jeder, der gehen konnte, war dort, Pulver, zum ersten Mal seitdem man ihn kannte, ohne ein Lächeln auf seinem Gesicht, Garen, Gernuts Sohn und Garrets Vater, Ralik … all die anderen. Der Geruch von Rauch hing in der Luft und viele kümmerten sich um ihre Wunden, während sie darauf warteten, dass der Bürgermeister zu sprechen begann. Es war ein bedrückender Morgen, so viele Menschen standen um den Brunnen herum, dennoch war es still, keiner sprach, alle warteten, auf was, das wusste indessen niemand so recht.

Dann ging ein Raunen durch die Menge und Leute deuteten auf das Dach des Wirtshauses, dieses Hauses hier, dieses Dach, denn dort sah man etwas, das man seit Menschengedenken nicht mehr gesehen hatte. Auf dem Flaggenmast des alten Wirtshauses, des ältesten Gebäudes unseres Dorfs, stieg eine Flagge empor, trotzig und stolz entfaltete sich das alte Banner im leichten Wind, und es wehte über unserem Dorf eine Flagge, die kein Lebender je gesehen hatte. Das Banner von Lytar, ein Greif auf goldenem Grund, aufrecht stehend, eine Pranke ruhte auf dem Knauf eines Schwerts, die Klinge nach unten gerichtet, die andere erhob eine Sichel. Unter den hinteren Pranken lag eine besiegte Schlange.

Jedermann sah hinauf zu der Flagge und ein Raunen ging durch die Menge, denn ein jeder von uns wurde nun daran erinnert, dass Lytara immer noch ein Königreich war, auch wenn es keinen König mehr gab. Aber wie Pulver einmal erwähnte, nach all der Zeit war es denkbar, dass ein jeder von uns königliches Blut in seinen Adern hatte … und damit war es ziemlich egal. Wir waren alle Könige. Also konnten wir das getrost vergessen und uns auf unsere Arbeit besinnen. Das war typisch für Pulver. Es fiel einem mitunter nicht leicht, das zuzugeben, aber er hatte oft genug recht. Wenn man länger drüber nachdachte.

Aber dieses Banner erinnerte uns daran, dass wir einst ein mächtiges Reich gewesen waren und, wenn die Legenden wahr berichteten, wir uns von Machtgier, Neid und Krieg abgewendet hatten, das Schwert nach unten gekehrt, die Sichel erhoben als Zeichen für das friedliche Leben. Aber wir waren eine Nation, ein Reich und dieses Banner gab uns unseren Stolz zurück. Wir hatten uns vom Krieg abgewandt, der Macht entsagt, hatten das friedliche Leben gesucht.

Aber nun war der Krieg zu uns gekommen.

Es war an diesem Morgen, dem Morgen nach der Schlacht, als unsere Freunde wieder nach Hause kamen, müde und wund, denn sie waren die ganze Nacht gerannt und als sie sahen, was hier geschehen war, wurden ihre Mienen noch düsterer.

Garret bahnte sich einen Weg durch die Menge und sprang auf den Brunnenrand. Er half Elyra hoch … und sie erzählte uns mit tonloser Stimme, was mit Sera Tylane geschehen war. Das traf uns hart, denn die meisten von uns verehrten und liebten die Heilerin, denn sie hatte ihr ganzen Leben in den Dienst der Menschen hier im Tal gestellt.

Dann kam Ralik, der Radmacher, aus seiner Werkstatt und seine Gesellen schleiften die drei Gefangenen herbei. Auf dem Marktplatz war etwas errichtet worden, das man seit Jahrhunderten hier nicht mehr gesehen hatte, ein Galgen warf drohend seinen Schatten über den Platz und als die Gefangenen ihn sahen, wurden sie bleicher, als sie es schon waren. Ich glaube, dass nicht alle ihre Wunden von der Schlacht herrührten, aber niemand sagte etwas darüber.

Ralik stieg mühsam auf den Brunnenrand und eine Stille fiel über die Menschen. Es ist bei uns Tradition, dass, wenn man etwas zu sagen hat, man auf den Brunnenrand steigt. Ralik, obwohl er ein Ältester war, hatte dies niemals zuvor getan. Jeder wusste, warum dies so war, unser Brunnen ist groß und tief … und Ralik hatte, wie die meisten Zwerge, eine Abneigung gegen Wasser und Höhen, der Rand des Brunnens kombinierte beides … nur etwas Außergewöhnliches würde unseren Radmacher also jemals dazu bringen, auf den Rand zu klettern. Aber nun tat er es und wir alle sahen gespannt zu ihm hoch.

»Freunde«, erschallte seine Stimme über den Marktplatz. »Wir haben ein Problem.«

»Das hätte ich jetzt nicht gedacht!«, rief Pulver zurück, der sich seinen Arm hielt, der in der Schlacht bis auf den Knochen aufgeschlitzt worden war. Blut tropfte immer noch herab, aber auch damit war er nicht der Einzige.

Unser Zwerg ignorierte ihn zu Recht und sprach einfach weiter.

»Diese Männer kommen aus einem Königreich, einem Reich, das sich Thyrmantor nennt. Sie wurden von ihrem Magier-König gesandt, einem Mann, der dieses andere Königreich usurpierte und es in einer eisernen Hand aus schwarzer Magie hält. Er schickte diese Armee zu uns, um nach der Krone von Lytar zu suchen!«

Für einen Moment herrschte ungläubiges Schweigen, doch dann ging das Gerede los.

»Wisst Ihr, bei uns gibt es eine Legende. Die Legende von der Krone von Lytar. Es heißt, dass die Krone der Schlüssel zur Macht des alten Reiches darstellt, dass sie eine Magie beherbergt, die mächtiger ist als alles, was man sich vorstellen kann, mächtig genug, um selbst den Göttern die Stirn zu bieten. Es war diese Krone, so heißt es, und der Kampf um ihren Besitz und ihre Macht, die das alte Reich in Chaos, Tod und Verwüstung stürzte. Es war die Macht der Krone, die das alte Lytar zerstörte und in die Verdammnis riss. Es war die Krone, welche die Himmel zerreißen ließ und die Götter gegen uns erzürnte. Und wie jeder wusste, wurde sie, den Göttern sei Dank, bei diesem Kataklysmus mit zerstört.

Auf jeden Fall, eines war sicher, wir besaßen diese verfluchte Krone nicht mehr. Seit vierhundert Jahren war sie vernichtet und die Welt war ein besserer Ort ohne sie.«

»Aber wir haben die Krone nicht!«, rief auch prompt jemand und Ralik nickte düster. »Egal wie nachdrücklich ich die Gefangenen befragte, über eines waren sie sich einig ... dieser

Magier-König wird nicht eher ruhen, als bis er die Krone hat. Er wird es nicht glauben, dass sie nicht mehr existiert! Diese Leute hatten den Auftrag, jeden von uns bis zum Tod zu foltern, um diese Krone zu finden!«

Das Gemurmel fing erneut an, erregt diskutierten alle, was man nun tun sollte. Da stieg der Bürgermeister auf den Rand des Brunnens. Ralik wirkte sichtlich erleichtert, dass er dort nicht mehr alleine stand.

Der Bürgermeister hob die Hand und alle wurden ruhig.

»Leute«, sagte er, »wir wissen alle, dass es die Krone nicht mehr gibt. Aber ich befürchte, dass dieser König uns nicht glauben wird. Bevor wir nun darüber sprechen, was wir zu tun haben, gibt es etwas anderes, Unangenehmes, was getan werden muss.« Sein Gesicht versteinerte sich. »Bringt die Gefangenen nach vorne!«

So geschah es. Jeder der Gefangenen wurde von zwei kräftigen Männern gehalten und, nicht besonders zartfühlend, an den Rand des Brunnens gebracht. Einem der Gefangenen, ein großer Mann mit stolzer Haltung, gelang es trotzdem, sich loszureißen. Aber er versuchte nicht zu flüchten, sondern drehte sich herum und sah die Menge vor ihm verächtlich an.

»Ich bin Lord Meltor! Ich bin von Adel und ich verlange …«

Aber wir erfuhren nie, was er verlangte, und ich glaube, es interessierte auch niemanden besonders. Denn in diesem Moment trat einer der Gesellen des Schmiedes hinter den Mann und tippte ihm mit seinem Schmiedehammer auf den Kopf. Lord Werauchimmer sank bewusstlos in sich zusammen und sagte fortan keinen Ton mehr.

Der Bürgermeister räusperte sich.

»Ich beschuldige diese drei Männer, dass sie unrechtmäßig Krieg gegen unser friedliches Lytara geführt haben. Sie waren bereit, uns für ihren Nutzen zu erschlagen, uns auszuplündern, zu brandschatzen, sich an uns und unserem Leid zu bereichern. Wird jemand für sie sprechen?«

»Das ist unsere Art. Wenn es irgendetwas gibt, das einen stört, oder wenn man unbedingt einen Vorwurf erheben muss, dann bringt man es zum Brunnen. Der Bürgermeister oder einer der Ältesten wird sich den Vorwurf anhören und jedermann kann dann vortreten und für oder gegen den Angeklagten sprechen. Danach entscheiden die Ältesten, was geschehen soll und es wird geschehen. Auch wenn es eine Hinrichtung wird. Aber bedenkt, bislang hatten wir nur sehr wenig Gelegenheit, den Galgen zu verwenden.« Der alte Mann kratzte sich nachdenklich am Hinterkopf. *»Ich glaube, er wurde tatsächlich vorher noch nie verwendet. Wie gesagt, jeder kann vortreten und für oder gegen den Angeklagten sprechen. Aber in diesem Fall kam niemand nach vorne, alle waren still. Aber unsere Tradition verlangt auch, dass mindestens einer von uns den Angeklagten zu verteidigen hat.«*

Der Bürgermeister sah zu dem Zwerg hinüber. Ralik, der Radmacher, seufzte und holte tief Luft. Niemand anderes war bereit, für die Angeklagten zu sprechen, also musste er es tun, er kannte sie am besten.

»Ich gebe zu bedenken, dass diese Männer dem Befehl ihres Königs folgten. Ich sage auch, dass sie für ihr Reich kämpften, wie es jeder tapfere Mann tun würde.«

»Aber habt Ihr mir nicht auch berichtet«, fragte der Bürgermeister, »dass diese Männer sich bereichern wollten? Dass sie hofften, in diesem Feldzug reich zu werden? Dass sie geplündert, gebrandschatzt, gemordet und vergewaltigt hätten?«

»Das ist richtig. Sie erzählten von einem Schatz, der sich hier befinden soll, der ihre Beute hätte werden sollen. Außerdem erwarteten sie einen Gewinn zu machen, in dem sie unsere Überlebenden, hauptsächlich die Frauen, als Sklaven verkauft hätten.«

Es wurde still auf dem Marktplatz, keiner sagte etwas, jeder sah die Männer nur an.

»Und was sagt ihr dazu?«, fragte der Bürgermeister schließlich die Gefangenen. Der eine sagte nichts, der andre zuckte nur die Schultern.

»Macht, was ihr wollt. Ihr werdet jedenfalls nicht mehr lange genug leben, um es bereuen zu können.«

Der Bürgermeister hörte sich den Mann an und nickte.
»Hängt sie auf.«
Und so geschah es auch.

»Götter, das waren Kriegsgefangene!«, protestierte Lamar. »Wenn einer der Gefangenen ein Adliger war, konnte er zu Recht erwarten, dass er gegen eine gute Summe Goldes ausgetauscht wurde! Das ist schon immer so üblich gewesen!« Lamar war offensichtlich ehrlich entsetzt. »Auf jeden Fall kann man ihn nicht einfach so aufhängen! Er hätte zumindest enthauptet werden müssen!«

Der alte Mann zuckte die Schultern. »Was auch immer er erwartet hat, er wurde enttäuscht. Niemand hat uns je die Regeln der Kriegsführung erklärt. Wir wussten nur eines: Kein vernünftiger Mann, keine vernünftige Frau würde freiwillig Krieg führen wollen. Aber wenn man dann schon mal im Krieg liegt, sollte man es richtig machen. So waren es drei Feinde weniger und das war es auch schon.«

3   Kriegserklärung

Nachdem die Gefangenen aufgehängt worden waren, ließ man sie noch eine halbe Stunde hängen, um sicherzugehen, dass sie wirklich tot waren, dann baute man in aller Eile den Galgen wieder ab und die Körper wurden weggeschafft. Man könnte sagen, dass wir alle reichlich sauer waren und die Regeln der zivilisierten Kriegsführung oder sonstiges uns recht wenig interessierten. Die drei würden verscharrt werden und damit lohnte es nicht, auch nur einen weiteren Gedanken an sie zu verschwenden.

Der Bürgermeister stieg wieder auf den Brunnenrand und hob die Hand, um um Ruhe zu bitten. Alle Augen richteten sich auf ihn. Er rückte sich seinen Wams zurecht, holte tief Luft und fing an zu sprechen.

»So wie es aussieht, befinden wir uns nun im Krieg mit diesem Königreich Thyrmantor und seinem König. Sie werden uns nicht glauben, dass wir die Krone nicht haben, und nach diesen Verlusten, die sicherlich höher waren, als er hätte erwarten können, wird er wohl auch ziemlich wütend sein. Der Rat hat beschlossen, dass wir nun verschiedene Dinge tun müssen. Aber das Erste zuerst. Hat jemand von euch eine Ahnung, wer oder was der ›schlafende Mann‹ ist?«

»Ich glaube nicht, dass Ihr meinen Ehemann meint, oder etwa doch?«, rief eine der Frauen und alle auf dem Marktplatz brachen in schallendes Gelächter aus. Der Witz war nicht wirklich *so* lustig, aber glaubt mir, wir haben das Lachen gebraucht.

»Wie auch immer«, fuhr der Bürgermeister fort, nachdem das Gelächter abgeklungen war, »wir müssen ihn finden. Die alten Legenden erzählen uns von einem Depot, wo all die Dinge, die unsere Vorfahren nicht mehr brauchten, eingelagert wurden. Wir wissen nicht, was das ist, was sich in diesem Depot befindet, aber Lytar war einst ein mächtiges Reich und vielleicht kann uns etwas von dem, was dort gelagert ist, in unserer Not helfen!«

»So, also was ist dieser schlafende Mann?«, fragte jemand.

Der Bürgermeister zuckte mit den Schultern. »Wir wissen es nicht. So wie es aussieht, ist es etwas, das früher jeder kannte, es war so bekannt, dass die alten Schriften es nicht für nötig empfanden, den Weg dorthin zu erklären.«

»So in etwa wie unser Gasthof. Wenn ich sage, ich bin im Gasthof, weiß meine Frau genau, wie sie mich finden kann!«, lachte einer der älteren Männer.

Der Bürgermeister erlaubte sich ein leichtes Schmunzeln. »Wie gesagt, wir müssen es finden. Es muss irgendwo in der Nähe der alten Stadt sein. Das ist der erste Schritt. Der zweite Schritt ist, herauszufinden, wie man Söldner anheuert und wie viel man für sie bezahlen darf.«

»Was sagen denn die alten Bücher darüber?«, fragte eine junge Stimme, es war Elyra, die nun an den Brunnenrand trat. Schweigen war ihre Antwort, dann räusperte sich der Bürgermeister. »Das wissen wir nicht, Elyra. Die Bibliothek … sie ist ebenfalls abgebrannt. Alle unsere Bücher wurden vernichtet.«

Das war den meisten neu. Nicht nur Elyra gab einen erstickten Laut von sich. Genau wie jeder von uns mit dem Bogen umgehen können musste, war es auch Tradition, dass ein jeder von uns Wort und Schrift und die Zahlen beherrschte, so hatte jeder diese alten Bücher schon zumindest gesehen. Zum anderen verlangte es die Tradition, dass jeder ein Buch schrieb, das sein Leben beschrieb, seine Gedanken, Wünsche und Hoffnungen … nach seinem Tod wird das Buch dann in unsere Bibliothek gebracht … so bleiben seine Gedanken denen erhalten, die nach ihm kommen. All dies war nun vernichtet und für viele von uns war dies ein größerer Verlust, als sich nur vorstellen lässt.

Elyra sah aus, als ob sie in Tränen ausbrechen würde, dann erinnerte sie sich an etwas und kramte in ihrem Packen. Zum Vorschein kam das Buch, das sie aus der Bibliothek mitgenommen hatte. Sie schlug die Seite mit dem Bild auf und hielt das Buch dem Bürgermeister entgegen.

»Ist das die Krone, die der König haben will?«, fragte sie und ein Raunen ging durch die Menge.

Der Bürgermeister beugte sich herab und nahm ehrfurchtsvoll das Buch entgegen. Lange musterte er das Bild, dann nickte er langsam. »Ich glaube ja.« Vorsichtig gab er das Buch Elyra wieder.

»Das Buch deiner Mutter ist bei ihr im Haus. Es ist unbeschädigt«, fügte er dann leise hinzu und Elyra nickte. »Wenn wir dieses Depot finden, werden wir auch andere Bücher finden«, fuhr er fort und Elyras Miene erhellte sich.

»Wahrhaftig?«, fragte sie hoffnungsvoll.

»Wahrhaftig. Die Legenden sagen, dass dort das Wissen, aber nicht die Weisheit des alten Reiches liegen würde.«

»Und was ist mit der Weisheit?«, fragte Elyra und der Bürgermeister lächelte. »Die, so sagen die Legenden, liegt alleine in unseren Herzen und in der Gnade Mistrals.«

»Das ergibt Sinn«, erklärte Elyra. »Aber ich hoffe, wir finden viele Bücher.«

»Wir müssen auch noch herausfinden, wie man eine Kriegserklärung schreibt«, warf Pulver ein. »Das wäre nur höflich.«

Einige Leute sahen unsicher zu ihm hinüber, vielleicht machte er nur wieder einen Scherz, aber nein, es sah aus, als meinte er dies nun todernst.

»Warum können wir nicht einfach Frieden machen?«, fragte Elyra und der Bürgermeister schüttelte den Kopf.

»Ich befürchte, das wird man nicht zulassen.«

»Dann werden wir das Depot finden«, sagte Garret, als er an den Brunnen herantrat. »Ich werde es jedenfalls versuchen.«

»Nicht sofort, mein Junge«, entgegnete der Bürgermeister. »Du solltest zu deinem Vater gehen, er braucht dich jetzt.«

Garret sah seinen Vater, der ihm zunickte, und sah sich weiter suchend um. »Wieso? Wo ist eigentlich Großvater? Warum ist er nicht hier?« Aber bevor ihm jemand antworten konnte, verstand er bereits. »Er wurde getötet, nicht wahr?«

Der Bürgermeister nickte. »Aber er traf den Drachen.« Mit kurzen Worten erzählte er Garret, wie sein Großvater hier auf der Straße gestanden hatte und mit einem einzigen Schuss beinahe den Drachen aus der Luft geholt hätte.

Garret sagte eine Weile nichts, dann wischte er sich die Augen und lächelte etwas schief. »Typisch für Großvater. Den Schuss kann man kaum mehr übertrumpfen. Auf jeden Fall bin ich froh, dass ich den Kerl getroffen habe!« Dann drehte er sich um und ging langsam zu seinem Vater hinüber.

Der Bürgermeister sah auf Elyra hinab, die einfach dastand, in ihrem einfachen, blauen Kleid, die rotblonden Haare offen, mit ihren grünen, traurigen Augen, und ihr kostbares Buch an sich drückte – ein Bild zum Herzerweichen.

»Möchtest du nicht auch nach Hause gehen, mein Kind?«, fragte er freundlich. »Das Haus deiner Mutter gehört jetzt dir.«

Aber Elyra schüttelte nur den Kopf.

»Ich habe kein Zuhause mehr«, sagte sie leise und folgte Garret.

»Armes Mädchen«, sagte Lamar. Er hatte nun auch schon einige Schluck Wein getrunken und die Geschichte des alten Mannes war so lebendig, dass er sich eben fast eingebildet hatte, das junge Mädchen zu sehen.

»Elyra…« Der alte Mann lächelte und schüttelte leicht den Kopf. »Sie sah so zerbrechlich aus… aber ihre Seele war aus bestem lytarianischen Stahl. Ich denke, dass der Mord an Sera Tylane der größte Fehler unseres Gegners war.«

Lytara war von dreißig Familien gegründet worden, jenen, die den Fall der alten Stadt überlebt hatten. Familien waren damals anders, man könnte sie auch Clan nennen, es handelte sich zum größten Teil um Adelige mit ihren ganzen Gefolgsleuten, eine solche Familie oder Clan konnte also gut und gerne fünfzig Leute oder mehr umfassen. Es waren diese Menschen, die den Glanz und die Glorie des alten Lytar und auch dessen Untergang gesehen hatten, die sich hier ansiedelten und sich entschlossen, der Macht und dem Kampf den Rücken zuzuwenden.

Niemand wusste, was diese Menschen gesehen hatten, was es

war, was sie in dieses Depot verfrachteten. Aber wir konnten uns denken, dass es, wie der Bürgermeister schon sagte, nützlich in einem Krieg sein könnte.

Neunhundert Jahre waren seitdem vergangen, aber es gab diese Familien noch immer. Und noch immer gab es auch die Erbstücke dieser Familien, treu Generation um Generation an die nachfolgende vererbt. Es gab auch andere Erbstücke, die geliebte Meerschaumpfeife eines Großvaters oder die Harfe der Mutter, aber die Erbstücke, von denen ich spreche, waren etwas Besonderes.

Es waren sieben Schwerter, Langschwerter, um genau zu sein, aus einem dunklen, fast schwarzen Metall, scharf genug, um Stein zu schneiden, und selbst für Holgar, unseren Schmied, stellten sie ein Mysterium dar, denn niemals war in einem solchen Schwert eine Scharte zu finden. Natürlich wussten unsere Freunde von diesen Schwertern. Oftmals hingen sie gut sichtbar an irgendwelchen Kaminen oder lagen in einer Kiste auf dem Dachboden … aber jeder wusste, dass sie da waren. Natürlich kam immer irgendwann der Zeitpunkt, an dem jemand neugierig genug war, ein solches Schwert vom Kaminsims herunterzunehmen. Es geschah dann das Übliche, man spielte herum, verletzte sich, wurde von den Eltern gescholten und die Schwerter wanderten an ihre Orte zurück, wo sie blieben, bis die nächste Generation dasselbe tat.

Schwerter, so wusste jeder hier in Lytara, waren nicht gut für uns. Für uns gab es den Bogen und nur ganz selten brauchte man ein Schwert.

Es gab so auch nur wenige Menschen hier im Dorf, die mit einer solchen Waffe umgehen konnten. Hernul, Tarlons Vater, war einer der wenigen, die diese alte Kunst noch beherrschten. Allerdings hatte Tarlon wenig Interesse daran, den Umgang mit der Waffe zu lernen, ein Schwert erschien ihm zu leicht und er zog es vor, mit seiner Axt die Bäume zu fällen.

»Schwerter sind Waffen. Sie dienen nur einem Zweck: zu töten«, sagte er einmal. »Ich ziehe da ein Werkzeug vor. Meine Axt, auch wenn sie einen Baum fällt, bringt damit Platz für neues

Leben, schafft Dächer und Pfosten ... was will ich also mit einem Schwert?«

Dies war eine Einstellung, die viele hier im Dorf teilten. Es gab noch ein weiteres Sprichwort dazu: Man braucht nur dann ein Schwert, wenn man gerade nicht schießen kann.

Die Schwerter wurden aufgehoben, weil sie wichtig waren, eine Erinnerung daran, dass man sich vom Kampf abgewendet hatte. Erbstücke. Sie hingen an den Wänden oder lagen in Kisten ... und waren fast vergessen.

Aber dennoch, etwas war besonders an diesen Klingen. Abgesehen davon, dass sie so schwarz waren wie die dunkelste Nacht und nie stumpf wurden, waren Erbtitel an diese Klingen gebunden. Garrets Vater Garen etwa erbte so den Titel des Ersten Lords, Champion von Lytar. Aber niemand kümmerte sich um diese Titel, bei den meisten wusste man nicht einmal mehr, was sie einst bedeutet haben. Garen war einfach Garen, ein Handwerksmeister, der beste Bogenmacher im ganzen Tal, vielleicht im ganzen Land und vielleicht sogar so gut wie sein Vater, Gernut. Das war es, was zählte.

Aber die Schwerter existieren und nun, als sie die Aufgabe übernahmen, das alte Depot ausfindig zu machen, griffen die Freunde tatsächlich zu ihren Schwertern.

Als die Freunde sich für die Gedenkfeier trafen, sahen sie, dass ein jeder von ihnen sich gewappnet hatte, Elyra, Garret und Tarlon mit den schwarzen Schwertern ihrer Familien, Argor mit einem silbrig glänzenden Kriegshammer, den man bisher immer nur am Kreuzbalken des Dachs der Schmiede hatte bewundern können, ein Hammer, der sich deutlich von dem unterschied, was ein einfaches Werkzeug hätte sein sollen.

Da es mitten im Sommer war, hatten die Älteren davor gewarnt, dass, würde man die Gefallenen, und zwar Freund und Feind gleichermaßen, nicht bald begraben, Tod und Pestilenz bald unwillkommene Gäste sein würden. Also hatte das ganze Dorf den letzten Tag daran gearbeitet, die feindlichen Soldaten ihrer Rüstungen und Waffen zu entledigen und die Gräber zu schaufeln. Ein großes Grab für die toten Feinde, ein gutes Stück von Lytara entfernt, die anderen auf dem Tempelhügel des Dorfes, dort, wo die Gefallenen bei ihren Liebsten ruhen würden.

Die Überlebenden standen an den Gräbern, unterhielten sich über ihre Freunde, erzählten sich Anekdoten über die Verstorbenen, traurige oder auch lustige Geschichten, oder verfluchten sie einfach nur dafür, dass sie gestorben waren.

Der Grabhügel war groß, da er all die Verstorbenen des Dorfes seit seiner Gründung hielt, und der kleine Tempel mit dem blauen Stern von Mistral auf seinem Dach wirkte auf dem weiten Feld etwas verloren, doch es war hier, wo die Gemeinschaft des Dorfes für den Leichenschmaus zusammenkam.

Der Bürgermeister trat vor und kniete sich vor den Schrein der Göttin.

»Mistral, Herrin des Lebens, ich grüße Euch. Ich weiß, dass wir nicht sehr viel für Euch getan haben in diesen vielen Jahren, aber auf der anderen Seite haben wir auch keinen Ärger gemacht. Herrin, ich bitte Euch, kümmert Euch um die Seelen dieser braven und tapferen Männer und Frauen. Seid freundlich zu ihnen, denn obwohl sie, wie wir alle, fehlerhaft waren, sind sie doch unsere Väter, Mütter und Kinder, Brüder, Schwestern und Freunde und wir lieben sie.«

Elyra, in ihrem hellblauen Kleid, trat neben ihn und sah hinauf zu dem blauen Stern. Ihre Augen waren geschlossen, als sie anfing zu singen.

Es war ein altes Lied, in der alten Sprache und kaum jemand wusste noch, was die Worte bedeuteten.

Jeder wusste, dass Elyra eine schöne Stimme besaß, aber es war für die meisten das erste Mal, dass sie Elyra singen hörten, und als der erste glockenklare Ton aus ihrer Kehle entsprang, war es, als ob das ganze Tal innehielt, um ihr zu lauschen. Niemals zuvor hatte man eine solche Stimme gehört und niemals zuvor, so schien es, war diese alte Danksagung und Bitte um Gnade mit so viel Inbrunst gesungen worden. Wenn jemals etwas die Göttin erreichte, dann war es dieses Lied und Elyras Stimme, die selbst wohl ohne Zweifel eine Gabe der Götter war.

Als der letzte Ton verhallte und Elyra zurücktrat, gab es kein trockenes Auge in der ganzen Gemeinschaft.

Lange Zeit sagte niemand etwas, knieten alle still vor dem Schrein, war es, als ob jeder Ton ihres Liedes noch in ihren Seelen nachschwingen würde.

Dann räusperte sich Pulver.

»Er ... öhm ... Herrin ... wenn Ihr die Zeit haben solltet ... ich meine, wenn es Euch recht ist ... es wäre schön, wenn Ihr uns verzeihen könntet ... wir haben Euch nicht absichtlich vernachlässigt ... aber es gibt immer so viel zu tun ... äääähm ... was ich meine, Herrin ... jeder von uns glaubt an Euch ... und liebt Euch ... es wäre nett ... wenn Ihr uns helfen könntet. Uns vielleicht einen Weg zeigt, wie wir unsere Schwierigkeiten bewältigen könnten ...«

Er stand auf und kniete sich hastig wieder hin.

»Ähm ... hatte ich beinahe vergessen ... danke fürs Zuhören, Herrin.«

»Woher wusstest du, dass sie uns zuhört?«, fragte Elyra ihn später, als sie ihn am Grabe eines alten Freundes vorfand. Pulver sah zu ihr hinüber und lächelte, als er ihr über das Haar strich.

»Warum sollte sie nicht? Wir haben es schließlich ernst gemeint mit unseren Gebeten.« Er wandte sich wieder einem Freund zu, dem Gerber. »Erinnerst du dich, wie Taslin mit dem Bären gerungen hat?«

»Richtig«, grinste der Gerber. »Er sagte, er habe vorher mit seiner Frau trainiert.« Sie lachten und hoben ihre Becher auf ihren Freund. Doch Elyra war still. Sie dachte an den kleinen Stein mit dem Wappen ihrer Familie, der ein Grab zierte, das einen leeren Sarg enthielt.

Auch Garret war still und in sich gekehrt. Er stand mit seinem Vater am Grab seines Großvaters. Garen hatte ihm gerade den Bogen seines Vaters gegeben. Der schwere Bogen war nun schwarz wie die Nacht und glänzte matt. Garret versuchte zu vermeiden, daran zu denken, dass der Sarg nicht viel mehr als ein Paar verkohlte Stiefel enthielt.

»Weißt du, Garret«, erklärte sein Vater leise, »es gab immer schon diese Legende, dass man Firanholz in dem Odem eines Drachen härten könnte ... als mir Vater davon erzählte, habe ich immer gelacht, sagte, dass ich es mir schwierig vorstellte, einen Drachen zu finden, der das für einen tun würde ... es war wohl doch nicht so schwierig.« Er seufzte. »Nun, Vater hatte recht. Dieser Bogen hier ... ich habe so etwas noch nie gesehen.«

»Er ist nicht brüchig geworden?«, fragte Garret beeindruckt.

Sein Vater schüttelte den Kopf. »Spanne ihn«, forderte er Garret auf und zu Garrets großer Überraschung war er kaum imstande, dem mächtigen Bogen die Sehne aufzuziehen.

»Ich kann mir keinen stärkeren Bogen vorstellen«, sagte Garen leise. »Vorher schon hatte er über hundertvierzig Pfund Zug ... jetzt ...« Er zuckte die Schultern. »Ich bin zu alt, um diesen Bogen zu erlernen. Vielleicht schaffst du es.«

Ein Bogen mit weniger Zug wäre vielleicht vernünftiger für Garret gewesen, das wussten sie beide, aber es war eine Frage der Ehre, des Stolzes. Und einer gewissen Sturheit, die in dieser Familie immer wieder gerne vererbt wurde.

Jemand zog an Garrets Ärmel und er drehte sich um. Es war Vanessa, Tarlons Schwester.

»Ich wollte dir nur sagen, dass ich ihn vermisse«, sagte sie ernsthaft. Garret nickte, er wusste, wie oft sie bei seinem Großvater in der Werkstatt gesessen hatte und seinen alten Geschichten zuhörte. Sie war knapp ein Jahr jünger als sein Freund. Wie auch ihr Bruder war Vani groß, fast so groß wie Garret, aber den Göttern sei Dank war sie nicht so wuchtig gebaut wie ihr Bruder, sondern schlank wie eine Gerte. Vanessa war eine von den lieben Menschen, dachte Garret, aber aus irgendwelchen Gründen erinnerte sie ihn an eine Wölfin. Wenn er ehrlich war, hatte er erst kürzlich festgestellt, dass sie ihre Kleider überraschend angenehm ausfüllte. Er hatte sogar schon mit dem Gedanken gespielt, sie zu küssen ... aber das schien ihm nun ewig her zu sein. Sie konnte einem andererseits manchmal ganz schön auf die Nerven gehen, aber jetzt war sie eine Freundin, jemand, die seine Trauer teilte, die den alten Mann ebenfalls vermissen würde.

»Ich würde euch gerne begleiten«, sagte Vanessa in einer ernsthaften Art, die Garret an ihren Bruder erinnerte. »Doch ich muss bei den Verwundeten helfen.«

»Das ist eine wichtige Arbeit.«

Sie sah ihn an und Garret fand es bemerkenswert, dass sie nicht zu ihm aufsehen musste wie die meisten anderen jungen Frauen hier im Dorf. Sie wirkte traurig.

»Ich weiß«, antwortete sie. »Sie versuchen alle so tapfer zu sein … ich hasse es, wenn jemand Schmerzen hat.«

»Wer nicht?«

Sie nickte nur, schniefte kurz, wandte sich ab und eilte davon, aber nicht, bevor Garret die Tränen in ihren Augen gesehen hatte.

Sie verließen das Dorf früh am nächsten Morgen, aber sie fühlten sich ganz anders als beim letzten Mal, wo sie so unbeschwert aufgebrochen waren. Argor und Tarlon trugen dicke Lederkleidung, fast schon Rüstungen, und sie waren alle bewaffnet, sogar Elyra. Sie trug das Langschwert auf dem Rücken und es sah fast so aus, als wäre sie es nie anders gewohnt gewesen. Während sie sich auf den Weg zur alten Handelsstraße machten, war die Stimmung der Freunde gedrückt. Zudem war das Gewicht der Schwerter an ihren Hüften ungewohnt, wenn sie auch bald nicht mehr darauf achteten. Tarlon trug noch immer seine schwere Axt mit sich herum, aber Garret fiel auf, dass sein Freund die Schneiden gefährlich scharf geschliffen hatte.

»Sagt mal, hat einer von euch eine Ahnung, wie man mit diesen Dingern umgeht?«, fragte Elyra, als sie das erste Nachtlager aufschlugen und sie ihre Klinge mit einem Seufzer der Erleichterung zur Seite legte.

»Nun, es hat einen Griff. Ich würde mal vermuten, dass das die Stelle ist, an der man es greift«, erklärte Garret hilfsbereit.

Elyra schnaubte und warf ihm einen bösen Blick zu. »Danke

sehr, Garret. Darauf wäre ich vielleicht auch noch selbst gekommen.« Sie nahm das Schwert auf und wog es in ihrer Hand. »Ich weiß gar nicht, warum ich es mitgenommen habe. Es schien mir irgendwie ... angebracht.« Sie legte das Schwert wieder ab. »Allerdings habe ich nicht die Absicht, es zu benutzen.«
»Warum nicht?«, fragte Garret. »Wenn wir Ärger bekommen, ist es immer noch besser als ein Messer.«
»Es gab bereits genügend Tote«, erklärte Elyra ernsthaft. »Ich will nicht, dass noch jemand stirbt. Noch nicht einmal unsere Feinde.«
»Sie haben uns angegriffen«, beharrte Argor.
»Man muss sich verteidigen können«, war Tarlons Meinung. Sie schüttelte den Kopf.
»Wenn ich die Krone hätte, würde ich sie diesem König geben. Damit Friede ist.«
Sie sah zu Tarlon herüber, der es sich an einem großen Stein bequem gemacht hatte und nun langsam den Kopf schüttelte.
»Ich glaube, das würde nicht helfen«, sagte er dann in seiner bedächtigen Art. »So wie ich den Bürgermeister verstanden habe, ist dieser König ein machthungriger Mensch. Er würde die Krone nur dazu verwenden, Leid und Elend über andere Menschen zu bringen. Nein, wir müssen uns wehren. Und selbst wenn es die Krone noch gäbe, dürfte sie nie in seine Hände fallen.«
»Ich für meinen Teil bin froh, dass die Krone zerstört ist«, bekräftigte Argor und rollte sich in seine Decke, den Hammer griffbereit neben sich gelegt. »So etwas darf niemals in die Hände eines solchen Verrückten gelangen.«
»Woher weißt du, dass er verrückt ist?«, fragte Elyra schläfrig und gähnte.
Argor richtete sich auf einen Ellenbogen auf und sah sie überrascht an. »Er muss verrückt sein, um uns den Krieg zu erklären. Und wenn der Bürgermeister recht hat, haben wir Krieg. Ich sag dir eines, Elyra, dieser Verrückte wird den Tag noch bereuen, an dem er Lytara mit Krieg überzog!« Die Gewissheit in seinen Worten ließ eine Gänsehaut auf Garrets Rücken entstehen.
Niemand sagte mehr viel an diesem Abend, aber diesmal hiel-

ten sie Wache. Doch es war eine ruhige Nacht und ruhig blieb es auch, bis sie am nächsten Tag die Wälder von Alt Lytar erreichten. Es war ein wunderschöner sonniger Tag und Garret dachte, wie schwer man es sich vorstellen konnte, dass es irgendwo auf der Welt Krieg gab. Nicht wenn die Welt so schön war und sich so von ihrer besten Seite zeigte.

Doch kaum dass sie einen Schritt in den Wald hinein getan hatten, fühlten sie es wieder. Etwas mit diesem Wald war grundlegend falsch. Elyra wurde bleich und schluckte, dann tat sie tapfer einen weiteren Schritt, Tarlon sah die Bäume vor ihm nachdenklich an und schüttelte traurig den Kopf. Garret blieb ebenfalls stehen und fingerte nervös an seinem Schwertgriff herum. Die Gefährten sahen sich gegenseitig an.

»Ich will da nicht hinein«, sagte Elyra leise.

»So sehr viel Lust, hineinzugehen, habe ich auch nicht«, meinte Garret dann.

Argor nickte nur und packte seinen Hammer fester. Tarlon setzte seine Axt ab und musterte den Waldrand, Sträucher und Bäume mit einem nachdenklichen Blick. Dann trat er an einen Baum heran, schloss die Augen und ließ seine Fingerspitzen sanft über die Borke gleiten. Nach einer Weile öffnete er seine Augen und sah die Freunde an.

»Die Bäume sind es nicht ... sie erhalten ihre Kraft von Mutter Erde und sie ist, wie sie immer ist. Gütig und vergebend. Ihr wurde hier eine Wunde geschlagen, aber sie tut, was sie immer tut, sie heilt. Langsam und mit der Zeit. Es ist noch etwas anderes hier ...«

»Woher weißt du das?«, wollte Garret wissen, während Elyra den Sohn des Holzfällers nachdenklich ansah.

»Ich fühle es«, antwortete Tarlon einfach. »Was hier nicht in Ordnung ist, kommt nicht aus der Natur.«

»Man sagt, die Götter hätten Lytar bestraft für ihren Hochmut«, sagte Garret stirnrunzelnd. »Meinst du, es kann das sein?«, fragte er dann.

»Ich weiß nicht, was ich von Göttern halten soll, die dergestalt strafen«, gab Tarlon zurück.

»Ich würde nicht die Götter dafür verantwortlich machen«, antwortete Argor. »Mein Vater sagt, das größte Leid bringen die Menschen immer selbst über sich.«

»Sind die Zwerge besser?«, fragte Garret. Er klang ein ganz klein wenig pikiert.

Argor sah zu ihm hoch.

»So wie mein Vater es meinte, machte er keinen Unterschied zwischen Mensch, Elf und Zwerg. In der Beziehung sind wir alle gleich.« Er verlagerte seinen Hammer in die andere Hand, atmete tief durch und sah zu den anderen hoch. »Gehen wir weiter. Wurzeln schlagen hat noch niemandem geholfen, der kein Baum ist.«

Es dauerte nicht lange, vielleicht verging nur eine halbe Stunde, als sie in der Nähe einen Hund heulen hörten.

»Götter«, hauchte Garret. »Habt ihr das gehört? Das Vieh hört sich seltsam an.«

»Ich bin ja nicht taub«, grummelte Argor. »Und seltsam ist das falsche Wort. *Schrecklich* passt besser.«

»Es ist krank«, sagte Elyra mit Überzeugung. »Es leidet. Vielleicht können wir ihm helfen?«

»Ich glaube nicht.« Tarlon sah sich suchend um. »Das ist ein Jagdruf. Eine Meute. Sie jagt.«

»Ich habe da auch schon so eine gewisse Ahnung, wen.« Garret sah sich ebenfalls argwöhnisch um und legte einen Pfeil auf die Sehne. »Wollen wir hoffen, dass ich mich täusche.«

»Wohl kaum«, antwortete Tarlon und sah an Garret vorbei auf etwas, das sich hinter dem schlaksigen Jungen befinden musste.

Langsam drehte sich Garret um.

Es waren mindestens acht. Und ein Tier sah schlimmer aus als das andere. Sie sahen falsch aus, sagte Tarlon später, irgendwie nicht wie Hunde, krank oder nicht krank. Die Augen waren rot und vereitert, an manchen Stellen hatten die Tiere den größten Teil ihres Pelzes verloren und wo die nackte Haut sichtbar war, konnten die Freunde große, hässliche Geschwüre auf der Haut sehen.

Bis auf das einmalige Heulen griffen die Hunde lautlos an.

Keine weitere Vorwarnung, kein Knurren, nichts, sie griffen einfach an, mit einer Wildheit und Verzweiflung, die unsere Freunde erstaunte. Dennoch hatte Garret Zeit, zwei seiner Pfeile abzuschießen, die stählernen Jagdspitzen trafen zwei Tiere jeweils ins linke Auge, in einem Fall wurde der Schädel sogar durchbohrt, beide Tiere wurden von der Wucht des Einschlags im Sprung niedergestreckt.

Dann waren die Biester auch schon heran.

Argor erhob gerade seinen Hammer, als ein Tier Tarlon ansprang, der seine Axt in weitem Bogen schwang. Der Angriff des Tieres brachte Tarlon ins Wanken und er schlug daneben, doch viel schlimmer war, dass die Klinge seiner Axt in Argors Rücken landete. Der mächtige Streich bohrte sich in den Rücken des Zwerges, durchbrach ohne Schwierigkeiten das stabile Leder und legte Haut und Knochen frei. Der Zwerg gab einen dumpfen Grunzlaut von sich und stolperte nach vorne, sein eigener Angriff ging ebenfalls am Ziel vorbei, doch ein anderer Hund sprang ihm direkt in den Pfad des silbrig glänzenden Hammerkopfes. Es gab ein schreckliches, knirschendes Geräusch, der Hund fiel, zuckte noch einmal und lag still.

»'tschuldigung!«, rief Tarlon und schmetterte einen anderen Hund zur Seite.

Elyra hatte nicht die Zeit, irgendetwas zu tun, sie kam nur noch dazu, einen Stein in ihre Schleuder zu legen. Schon der Angriff des ersten Hundes warf sie jedoch zu Boden. Das Biest schlug seine Fänge in ihr Bein, ließ sie nicht mehr los und warf sie herum, als er an ihr riss, bis Garret ihn mit seinem Dolch angriff. Garrets Klinge fand das Auge des Biestes und tötete es auf der Stelle, doch auch er stürzte, als ein weiterer Hund ihn von hinten ansprang. Garrets Dolch blitzte auf, er nahm das Tier mit zu Boden, doch dann lagen sie beide still.

Ein mächtiger Streich von Tarlons Axt erlöste einen weiteren Hund von seinem Leiden, aber dann fiel auch er, im Fallen selbst erschlug er noch einen weiteren Hund, ein letzter sprang ihn an und verbiss sich in seinem Bauch, noch während seine Bauchgrube aufgerissen wurde, brach Tarlon dem Biest das Genick.

Dann war es vorbei, nur Argor stand noch und ein letzter Hund. Tarlon kniete, mit seinen Händen hielt er sich die Wunde zu, aber zwischen seinen Fingern floss das Blut viel zu kräftig.

Das überlebende Biest war wohl der Anführer des Packs, fast doppelt so groß wie die anderen Viecher. Obwohl Argor es bereits mehrfach getroffen hatte, sah es nicht so aus, als ob es aufgeben wollte. Der Zwerg war nur zweimal gebissen worden, aber er blutete stark aus der Axtwunde und er wusste, dass er nicht mehr lange würde aushalten können, als ein anderer Hund ihn aus dem Unterholz heraus ansprang. Dieses Biest war nun fast so groß wie Argor selbst und schwarz wie die Nacht. Argor war zu langsam, konnte seinen Hammer nicht rechtzeitig erheben. Doch das Biest griff nicht Argor an, es war der andere Hund, der das Ziel seines Angriffs war, der riesige Hund warf Argor nur nieder und vergrub seine Fänge in den Nacken der letzten Bestie. Ein fürchterliches Knirschen war zu hören, als er seine Fänge aus dem Hals der Bestie riss. Dann spuckte der Hund einen riesigen Brocken blutigen Fleisches aus und sah Argor aus roten Augen heraus an.

Argor fühlte sich schwach und unfähig, etwas zu tun, hilflos stand er da, konnte kaum mehr seinen Hammer halten, konnte nichts anderes tun, als diesem Biest in die Augen zu sehen und zu beten. Er hielt noch immer seinen Hammer und wenn dieses Biest sich entschloss, ihn anzugreifen, würde er kämpfen, aber im Moment war er einfach froh, dass es nur dort stand. Und dass er selbst noch stehen konnte.

Da ertönte aus dem Wald heraus ein leiser Pfiff und das Tier warf den Kopf herum und rannte in mächtigen Sprüngen zu dem großen Mann hinüber, der dort zwischen den Bäumen hervortrat. Er trug die lederne Kleidung eines Waldläufers und in der Hand hielt er einen lytarianischen Langbogen. Argor hatte ihn noch nie zuvor gesehen.

Erschöpft sah Argor zu, wie der Mann mit langsamen, aber großen Schritten näher kam. Neben sich konnte Argor Tarlon röcheln hören, sein großer Freund lebte noch, aber sie wussten beide, dass man nichts gegen eine solche Wunde tun konnte.

Als der Mann näher kam, sah Argor, dass der Mann wohl irgendwann fürchterlich verbrannt worden war und er nun eine lederne Maske auf dem Gesicht trug. Bei allem, was geschehen war, erschreckte es Argor dennoch, dass die Augen auf der Maske nur aufgemalt waren und den aufgemalten Zügen so einen müden und zudem resignierten, traurig amüsierten Gesichtsausdruck verliehen.

»Das ... sieht nicht gut aus«, sagte der Mann mit rauer Stimme. Er räusperte sich, als habe er seine Stimme lange, lange nicht verwendet.

Der Hund des Mannes hatte nun Elyra gefunden. Er stieß sie mit seiner Nase an und winselte, sah seinen Herrn aus großen Augen hilfesuchend an. Der Mann sah zu ihm hinüber, nickte und ohne weitere Umstände machte er einen großen weiten Schritt dorthin, wo Elyra und Garret in einem Knäuel mit drei Hunden lagen, warf die Tierkadaver einfach zur Seite und kniete sich neben die beiden.

Tarlon warf er nur einen Blick zu. »Zuhalten«, sagte er zu ihm und der junge Holzfäller nickte. Tarlon hatte sowieso vor, die Wunde so lange zuzuhalten, wie er konnte, auch wenn er wusste, dass es letztlich vergebens war.

Aber war es das?

Denn der Mann legte jeweils eine Hand auf die Stirn von Garret und Elyra, seufzte, als trüge er die Last der Welten alleine, und fing an zu singen, in einer Sprache, die sowohl vertraut klang als auch fremder war als alles, was Argor bisher gehört hatte.

Für einen Moment kam es Argor vor, als ob die Sonne heller schien, als ob der Wald lebendig wäre und nicht tot, als ob der Wind den Geruch von Sommer und nicht den von Krankheit und Verwesung in sich tragen würde.

Mit einem weiteren Seufzer erhob sich der Mann wieder und trat nun an Tarlon heran. Auf eine Geste des Mannes hin ließ Tarlon seine Hände sinken und Argor schluckte. Seine eigenen Wunden brannten wie die Hölle, aber Argor wusste genug, um zu verstehen, dass die Wunde seines Freundes tödlich war. Die

Bauchdecke war aufgerissen und nur mühsam hielt sein Freund seine blutig glänzenden Innereien zusammen.

Der Mann zog einen mörderisch aussehenden Dolch und Argor schluckte erneut. Sein Vater hatte ihm Geschichten aus seinem früheren Leben erzählt und er wusste, dass es manchmal die einzige mögliche Gnade war, einen Freund zu erlösen, so wie es sein Vater auch auf dem Schlachtfeld vor Lytara getan hatte.

Doch der Mann verwendete seinen Dolch nur, um Tarlons ledernen Wams aufzuschlitzen und so einen besseren Blick auf die Wunde zu erhalten. Dann steckte er den Dolch wieder weg und legte sachte eine Hand auf die Wunde, fing wieder an, in dieser seltsamen Sprache zu singen.

Vor Tarlons und Argors ungläubigen Augen begannen sich die Wundränder zu bewegen, zu verschließen, bis die Wunde nicht mehr zu sehen war. Tarlon sah sprachlos zu dem Mann hoch, schüttelte einmal den Kopf ... und sackte in sich zusammen.

Argor wollte etwas sagen, was, wusste er selbst nicht genau, aber in diesem Moment hörte er ein lautes Fluchen, Garret war erwacht. Er sah den großen schlanken Mann an, bemerkte die lederne Maske und war still. Neben Garret murmelte Elyra etwas und streckte sich, als ob sie aus dem Schlaf erwachen würde.

Nun war der Mann auch an Argor herangetreten und als die Hand des Mannes auf der Stirn des Zwerges ruhte, fühlte dieser eine wohlige Wärme durch ihn strömen, die ihn sowohl schläfrig machte als auch mit einem tiefen Gefühl des Friedens erfüllte.

Der Mann gab seinem Hund ein Zeichen, dieser löste sich widerwillig von Elyra und eilte zu ihm, dann nickte der Mann ihnen einmal zu und drehte sich wortlos um, anscheinend mit der Absicht, wieder zurück in den Wald zu gehen.

»Ser ...?«, rief Garret ihm respektvoll nach, während er immer noch wie benommen neben Elyra saß. »Wir danken Euch ... könntet Ihr ... würdet Ihr ...« Er zögerte, was so ganz und gar nicht seine Art war. Dann schien er den Mut doch zu finden. Aber Argor hatte noch niemals gehört, dass Garret irgendjemanden Ser nannte, bis dahin hatte der Zwerg eher gedacht, dass Garret das Wort gar nicht kannte. »Würdet Ihr unsere Einladung zum Abendessen annehmen?«

Der Mann hielt an und drehte sich wieder um, sah zu ihnen zurück. Einen Moment stand er so, während Argor und Garret atemlos warteten, dann kam er langsam wieder zurück.

»Ihr könnt in diesem Wald kein Fleisch essen«, sagte er dann. »Alles andere muss so lange gekocht werden, bis es zweimal tot ist.« Er schien irgendetwas zu überlegen, zuckte dann aber die Schultern. »Ihr solltet vielleicht doch besser mit zu mir kommen. Aber ich sage euch, es ist lange her, dass ich Gäste zum Abendbrot hatte, und ich führe keinen Gasthof.«

»Aber ich wollte Euch einladen. Als Dank … als das Mindeste, was wir tun können«, erwiderte Garret enttäuscht.

Der Hund richtete sich plötzlich auf und sah an Garret vorbei, der Mann legte den Kopf zur Seite, als ob er auf irgendetwas lauschen würde, zog einen Pfeil aus seinem Köcher, legte ihn mit einer Bewegung auf die Sehne seines Bogens, die noch eleganter und fließender aussah als bei Garret, spannte den Bogen und schoss. Der Pfeil flog so nahe an Garret vorbei, dass dieser den Lufthauch spürte, irgendwo hinter ihm in den Büschen gab es einen dumpfen Aufschlag und ein Winseln, das schnell verendete. Das Ganze ging so schnell, dass Garret kaum mehr tun konnte, als zu blinzeln.

»Ich danke für die Einladung, mein Junge, aber ich glaube, ihr kommt doch besser alle mit zu mir«, sagte der Mann und Tarlon bildete sich ein, einen amüsierten Unterton in seiner Stimme zu vernehmen. Der Mann drehte sich um, sah dann zurück zu den Freunden. »Glaubt mir, es ist besser so. Kommt.«

»Ja, Ser!«, rief Garret und half Elyra, die immer noch benommen wirkte, auf die Beine. Auch Tarlon erhob sich, schweigend, er wirkte sehr nachdenklich, als er seine blutige Axt griff. »Tut mir leid wegen dem Schlag vorhin«, wiederholte er, doch der Zwerg zuckte nur die Schultern.

»So was kann passieren.« Er grinste hoch zu Tarlon. »Mach es einfach nicht noch mal, sonst haue ich zurück.«

Der Mann und der Hund führten sie einen fast unsichtbaren Pfad entlang, dabei beobachtete Garret ihn sorgfältig. Irgendetwas an dem Mann stimmte nicht. Etwas war seltsam an ihm. Nun ja, nicht das Offensichtliche, dass er blind war, eine Ledermaske ohne Augenlöcher trug und dennoch irgendetwas auf vierzig Schritt mit seinem Pfeil treffen konnte.

Es war die Art, wie er sich bewegte, stellte Garret nach einigem Grübeln fest, es war eine flüssige Bewegung, elegant und kraftvoll zugleich, er war sehr groß, aber sehr schlank dafür und …

»Ihr seid ein Unsterblicher!«, platzte es aus Garret heraus.

»Unsterbliche?«, lachte Lamar. »Das wird ja immer besser!« Zwischenzeitlich hatte sich der Gasthof gefüllt. Vorhin hätte er das noch nicht für möglich gehalten, glaubte er den Gasthof viel zu groß für diesen kleinen Ort, aber nun wusste er es besser. Jeder Tisch, jede Bank war besetzt, sogar die Treppe zu den oberen Zimmern und die Galerie hatten sich gefüllt. Die Fenster und auch die Türe des Gastraumes waren weit geöffnet, ein leichter Wind trug die Gerüche des Sommers herein und gut ein Dutzend Schankmägde eilten geschäftig, aber leise hin und her. Denn es war leise hier im Gasthof, ein jeder hier lauschte der Geschichte des alten Mannes, die einen seltsamen Zauber um den Ort zu legen schien. Es kam den Reisenden so vor, als würde eine Nadel hier mit lautem Poltern fallen.

»Ein Elf!«, grinste ein kleines Mädchen und zeigte eine Zahnlücke. »Habe ich nicht recht, Großvater?«

»Natürlich hast du recht, Saana«, antwortete der alte Mann und verwuschelte ihr Haar. Dann klopfte er seine Taschen ab, bis er eine Pfeife und einen Tabaksbeutel gefunden hatte, und stopfte sie sich in aller Ruhe, inspizierte sie sorgfältig, zündete sie sich mit einem Kienspan an und grinste breit, als er versuchte, einen Rauchring zu produzieren. Es gelang ihm beim dritten Versuch ein perfekter Ring, der langsam hinauf zur Decke stieg. Die Kinder oohten und aahten und die Erwachsenen lächelten.

Lamar rollte die Augen.

Der alte Mann grinste nur und fuhr mit der Geschichte fort.
»Da wir hier etwas abseits vom Weg liegen ...«
»Etwas«, schnaubte Lamar, aber der alte Mann grinste nur noch breiter und ließ sich nicht beirren.
»Und auch etwas isoliert sind ...«
»Etwas!«
»...haben wir hier nicht häufig Besuch gehabt. Wir wussten nur, dass Elfen ewig leben, obwohl die Sera Bardin immer laut lachte, wenn sie das hörte.«
»Tut sie immer noch«, grinste der Wirt und schenkte dem alten Mann unaufgefordert ein.
»Also trafen sie einen Elf. Na wunderbar«, sagte Lamar etwas spitz, aber der alte Mann lächelte nur.

4   Der schlafende Mann

Die lederne Maske drehte sich zu Garret um und schien ihn aus gemalten Augen anzusehen. Für einen langen Moment stand der Elf regungslos da, dann seufzte er.
»Glaube mir, mein Junge, ich bin nur zu sterblich.« Damit ging er weiter.
Dies war eine der wenigen Gelegenheiten, bei denen man tatsächlich einmal sehen konnte, wie Garret rot wurde.
Tarlon beschleunigte seinen Schritt, bis er zu seinem Freund aufgeschlossen hatte, der ihm etwas aufgewühlt erschien.
»Das war jetzt nicht besonders höflich«, tadelte er ihn leise.
»Tut mir leid … aber ich habe eben erst verstanden … ich meine … ein Elf!«
Tarlon nickte, er wusste, was Garret meinte.
»Aber die Sera Bardin kommt jeden Sommer und sie hat immer Zeit für uns Jüngere. Warum so überrascht, einen Elfen zu sehen?«
»Ich dachte, sie wäre die Einzige, die noch übrig ist!«, sagte Garret und Tarlon lachte. »Sie ist zu hübsch, um alleine zu sein.«
Garret nickte, aber mit seinen Gedanken war er anderswo, nun schien es Tarlon, als wäre sein Freund von den Füßen des Elfs fasziniert. So war Garret. Weder er noch seine Gedanken waren wirklich jemals ruhig.
Aber es dauerte eine Weile, bis Garret seinen Mut fand. »Ser Elf?«, rief er.
Der Elf hielt an und drehte sich um. Sein Hund ließ sich zu Boden fallen und musterte Garret mit heraushängender Zunge, die Augen des Hundes glänzten amüsiert und die lederne Maske des Elfen sah aus, als wolle sie seufzen.
Tarlon war beeindruckt. Er hatte vorher nicht bemerkt, wie viel man alleine mit der Sprache des Körpers sagen konnte.

Diese lederne Maske schien fast über eine Mimik zu verfügen. Tarlon sah genauer hin, aber es war tatsächlich nur Leder. Tarlon lächelte in sich hinein. Garret musste immer Fragen stellen. Er, Tarlon, zog es vor, einfach nur zu beobachten.

»Ja, mein Junge, was ist?«

»Ser, mir fiel auf, dass Ihr keine Spur auf dem Boden hinterlasst! Wie ist das möglich!?«

Nun seufzte der Elf wirklich. »Wenn du ein paar Jahre Zeit hättest, könnte ich es dir zeigen, aber so …«

»Mein Großvater sagte immer, es ist nie zu spät oder zu früh, etwas Neues zu lernen«, beharrte Garret und Argor hüstelte. Garret sah ihn böse an und der Zwerg sah unschuldig zurück. Tarlon schmunzelte und Elyra kicherte. Jeder kannte Garrets Antwort auf den Spruch seines Großvaters, dass nämlich dann ja genug Zeit wäre, vorher in aller Ruhe fischen zu gehen.

»Nun«, gab der Elf zur Antwort. »Gehe nicht gegen das Land. Du musst nicht gegen das Land kämpfen. Bewege dich mit ihm, fließe mit ihm. Es kommt mit dem Verstehen und das Verstehen kommt von innen.«

Er drehte sich um und ging weiter. Der Hund sah Garret an, schien ihm zuzuzwinkern und erhob sich wieder, um seinem Meister zu folgen.

»Geh mit dem Land …«, wiederholte Garret und beobachtete den Gang des Elfen intensiv.

»Geh mit dem Land …«

Doch viel Zeit hatte er nicht, denn es dauerte nicht lange, bis sie ihr Ziel erreichten.

Zuerst erschien ihnen das Heim des Elfen wie ein Loch in einem Hügel, fast wie in den alten Geschichten, die ihnen die Sera Bardin immer erzählte, doch als die Freunde dem Elfen folgten, bemerkten sie, dass es Teil einer größeren unterirdischen Anlage sein musste. Der größte Teil schien indessen eingestürzt und ließ nur einen großen Raum zugänglich.

Zuerst erschien es ihnen sehr dunkel, kein Wunder, dachte Elyra, der arme Mann war ja blind, aber dann, als sie sich daran gewöhnten, sahen sie, dass etwas Licht durch einen Riss in der Decke fiel, dort, wo sich auch die einfache Feuerstelle befand.

Getrocknete Kräuter hingen von der Decke, dichte Tierpelze bedeckten den Boden und ein überraschend schöner Tisch aus Kirschholz mit mehreren Stühlen markierte den Mittelpunkt des Raumes. Das Holz des Tisches und der Stühle war so glatt poliert, dass es glänzte und die Farbe und Form der Maserung das Holz fast leuchten ließ.

Obwohl es ihm etwas zu düster war, erschien der Raum Tarlon als sehr gemütlich. Nun, dachte er, man konnte annehmen, dass die Dunkelheit den Elf kaum störte. An einer Wand hingen etliche Köcher voll mit Pfeilen, an der anderen Wand hing ein gekreuztes Paar Langschwerter und ein Rundschild mit einem ihm unbekannten Wappen. Die Klingen der Schwerter waren leicht gekrümmt und sie schienen alt zu sein.

Der Elf entspannte seinen Bogen und lehnte ihn gegen die Wand mit den Köchern und Garret kam näher, um sich den Bogen genauer anzusehen.

»Das ist einer der Bögen meines Großvaters!«, rief er überrascht. Der Elf hatte sich bereits gesetzt und war schon dabei, Gemüse in eine tönerne Schüssel zu schneiden. Er sah nun zu Garret auf und schien irgendwie zu lächeln.

»Wahrscheinlich ist er eher vom Großvater deines Großvaters«, sagte er und ergriff eine Karotte, die er in feine gleichmäßige Scheiben zerschnitt.

Dafür, dass er nichts sehen konnte, dachte Tarlon, war er überaus geschickt.

»Also bist du aus dem Geschlecht der Grauvögel? Ein neuer erster Lord?«

»Vom ersten Lord weiß ich nichts«, gab Garret mit einem Schulterzucken zur Antwort. »Aber ja, ich bin Garret Grauvogel.«

»Sieht so aus, als wäre die Zeit gekommen, sich vorzustellen«, meinte dann der Elf und tat eine Geste, mit der er die Freunde einlud, sich an den Tisch zu setzen. »Setzt euch.«

Er füllte die Schüssel mit Wasser aus einer Flasche, die er anschließend wieder sorgsam verkorkte, und stellte die Schüssel auf eine steinerne Platte in der Mitte des Tisches.

»Ich habe, wie gesagt, selten Gäste. Entschuldigt meine eingerosteten Manieren.« Er schien einen Moment zu zögern, bevor er fortfuhr: »Mein Name ist Ariel.«

Die Freunde nannten ihre Namen, aber sie waren nicht ganz bei der Sache, sie beobachteten fasziniert die tönerne Schüssel, von der nun Dampf aufstieg.

Der Elf schien es zu bemerken und machte eine nachlässige Geste. »Ein kleiner Trick, mehr nicht. Ist im Winter ganz nützlich.« Er schien irgendwie erleichtert.

»Wenn Ihr es zu lange kocht, verliert es seinen Geschmack«, sagte Elyra. Sie beobachtete den Elf unauffällig.

Wenn man von der Sera Bardin absah, war dies der erste Elf, den sie sah. Die Sera Bardin war meistens freundlich, aber etwas distanziert ihr gegenüber. Dieser hier, obwohl fürchterlich entstellt und blind, schien sie zu nehmen, wie sie war. Wenigstens dachte sie das. Keinen Moment zweifelte sie daran, dass er wusste, dass sie ein Halbelf war. Er war blind, daran bestand kein Zweifel, dennoch hatte er eine Möglichkeit gefunden zu sehen. Sie wusste, wie viel ein Blinder erreichen konnte, aber Ariel bewegte sich zu geschickt, zu sicher. Irgendwie konnte er sehen. Wahrscheinlich ein weiterer »kleiner Trick«.

Ariel nickte.

»Ja, leider. Aber es ist notwendig. Wir sind am Rand des verdorbenen Zirkels. Ihr müsst all euer Gemüse bis zum Tod kochen, um es zu essen, und ihr müsst Fleisch vollständig meiden, es würde euch qualvoll umbringen.«

Er stellte ein paar kleinere irdene Schüsseln vor die Freunde und füllte ihnen ein, für Elyra ließ dies keinen Zweifel mehr zu, er hatte eine Möglichkeit gefunden, sehen zu können. Danach setzte er sich und sprach ein paar kurze Sätze in dieser unbekannten Sprache, für Tarlon hörte es sich wie ein Gebet oder eine Segnung an, doch es war nicht Mistral, die er anrief, es klang wie Mieala, aber vielleicht war das auch nur Elfisch für das Essen.

Tarlon entschied, dass es nicht wichtig war, und griff zu, er hatte einen überraschenden Hunger.

Obwohl der Elf Elyra zugestimmt hatte, war das Essen dennoch überraschend schmackhaft, auch wenn Tarlon das eine oder andere Gemüse nicht erkannte. Es war gut gewürzt, nicht zu viel, gerade so, dass es eben nicht fade schmeckte.

»Jedes Fleisch?«, fragte Tarlon etwas später.

»Jedes Fleisch«, bekräftigte der Elf. »Die verdorbene Magie berührt sogar das getrocknete Fleisch, das ihr mitgebracht habt.«

»Einen Moment.« Tarlon begab sich hinüber zu seinem Rucksack. Diesem entnahm er ein paar Rationen Wegenahrung.

»Was sollen wir damit tun?«, fragte er.

»Verbrennt es bei der nächsten Gelegenheit. Nur nicht hier drinnen«, antwortete Ariel.

»Wie lange bist du schon hier, Ariel? Was weißt du über das alte Lytar? Erzähl uns bitte alles, was du weißt!«, fragte Garret neugierig.

Der Elf wirbelte schneller herum, als man sehen konnte, und gab Garret eine schallende Ohrfeige.

»Ich bin älter als du, mein Junge«, sagte er schneidend. »Ich gab dir nicht das Recht für diese Vertrautheit!«

Ohne ein weiteres Wort erhob sich Garret, griff seinen Rucksack und verließ den Raum. Elyra eilte ihm nach und fand ihn gegen den steinernen Eingang gelehnt, von wo aus er einfach nur nachdenklich in den Wald starrte.

»Du brauchst keine Angst zu haben, dass ich alleine gehe«, sagte er mit einem schiefen Lächeln. Er bewegte seinen Kiefer und tastete seine Zähne mit der Zunge ab. »Ich bin nicht so verrückt. Geh zurück zu Ariel. Vielleicht erzählt er ja doch etwas.«

»Komm wieder herein«, bat Elyra.

Garret schüttelte nur seinen Kopf. »Ich will einen Moment alleine sein.«

Langsam ging Elyra wieder zurück, sie schien betrübt.

»Ser«, sagte Tarlon vorsichtig. »Bitte entschuldigt Garret. Doch wir sind auf einer wichtigen Mission und alles, was Ihr wisst, kann uns helfen. Er wollte nicht unhöflich sein ... er hatte es nur ... eilig.«

Der Elf nickte. »Es tut mir leid, dass ich ihn geschlagen habe. Sagt ihm das. Aber ... ich war zu lange alleine und als die Hunde euch angriffen, habt ihr mich dazu gezwungen, etwas zu tun, das ich nie wieder tun wollte.«

»Darf ich fragen, was das ist?«, fragte Tarlon vorsichtig. »Wenn Ihr uns das sagen wollt?«

Ariel nickte.

»Ich habe euch geheilt.«

»War das Magie?«, fragte Elyra aufgeregt und ihre Augen leuchteten.

»Irgendwie schon«, antwortete Ariel langsam. Tarlon kam es vor, als müsse sich der Elf dazu zwingen zu antworten. »Meine Herrin gab mir einst die Gabe zu heilen. Ich dachte, sie habe mich verstoßen, so wie ich sie verstoßen hatte, aber als ich euch dort liegen sah, dachte ich nicht nach, sondern ich handelte aus Instinkt ... und sie erhörte mein Gebet.«

»Die Herrin der Ewigkeit?«, fragte Elyra neugierig.

»Mystrul?«, sagte der Elf und verwendete dabei den alten Namen der Göttin. Er schüttelte den Kopf. »Nein, meine Herrin ist Mieala, die Herrin des Waldes und des Lebens.«

Die Freunde sahen sich gegenseitig an. Sie hatten den Namen niemals zuvor gehört. Sie wussten zwar, dass es andere Götter gab, aber jeder Lytarianer wusste auch, dass er nur Mistral, der Herrin der Ewigkeit und der Magie, dienen sollte.

»Ich hörte, wie ihr es eben sagtet«, lächelte Tarlon. »Aber ich dachte, es wäre Elfisch für ›ich danke für das Essen‹.«

Ariel lachte und es klang, als wäre es sehr, sehr lange her, dass er das letzte Mal gelacht hatte. Aber Tarlon achtete kaum mehr darauf, er hatte ein niedriges Regal entdeckt, auf dem Dutzende, vielleicht Hunderte von hölzernen Tierfiguren standen. Nur ein Meisterholzschnitzer konnte sie gefertigt haben und sie waren so detailliert, erschienen ihm so lebendig, dass Tarlon nicht erstaunt gewesen wäre zu sehen, wie die Tiere herumsprangen.

In jedem Stück war die Maserung sichtbar, schien mit den Linien der Tiere zu verschmelzen, ihnen auf irgendeine Art die Form und Lebendigkeit zu geben, die diese Stücke derart einzigartig machten. Blind zu sein und dennoch die Form im Holz zu sehen, das war eine wahre Kunst. Ihr Gastgeber war ein beeindruckender Mann. Aber auch seltsam, dachte Tarlon.

»Womit ihr recht haben mögt«, antwortete der Elf, als habe er Tarlons Gedanken gehört. »Aber um die Frage Eures Freundes zu beantworten … ja, ich kannte Lytar, als es noch stand. Aber nein, ich sah nicht, wie es fiel. Ich war«, er zögerte, »unabkömmlich, als es geschah.« Er stand abrupt auf und fing an, das leere Geschirr einzusammeln. »Nun lasst mich eine Frage stellen. Was bringt euch an den Rand dieses verfluchten Waldes?«

»Wir suchen den ›schlafenden Mann‹«, erklärte Argor, der sich bis jetzt zurückgehalten hatte. »Was immer das auch ist. Wir vermuten, dass sich dort ein Depot befindet mit Gegenständen aus der alten Zeit. Wir hoffen, dass sie uns nützlich sein können. Wir brauchen sie, weil wir vor ein paar Tagen angegriffen wurden. Lytara befindet sich im Krieg«, begann Argor und seine Stimme brach mitten im Satz und verwandelte sich in ein tiefes Grollen. Alle sahen ihn fragend an.

»Stimmbruch«, lächelte Elyra und Tarlon lachte.

Argor lächelte etwas schief. »Ich dachte schon, er käme gar nicht mehr.« Seine Stimme klang wieder normal, nur etwas rauer. Er schluckte und fuhr fort, dem Elfen zu erklären, was geschehen war.

»Also habt ihr wieder eure Schwerter erhoben«, sagte der Elf leise. »Nach all dieser Zeit befindet sich Lytar wieder im Krieg.«

Er klang bitter, aber auch resigniert.

»Sie haben uns angegriffen. Sie haben meine Mutter ermordet«, erklärte Elyra.

»Es tut mir leid«, sagte der Elf. »Aber ich werde euch nicht helfen. Manche Dinge sollten vergessen bleiben.« Er stand plötzlich auf. »Ihr solltet besser gehen. Seht zu, dass ihr ein sicheres Lager für die Nacht findet. Außerhalb des Waldes. Es ist Mittsommer, der längste Tag ist nah. Solange ihr euch beeilt, schafft ihr es vor Einbruch der Dunkelheit.«

»Und?«, wollte Garret wissen, als die Gefährten aus dem Heim des Elfen heraustraten.
Argor schüttelte den Kopf. »Nichts. Er will uns nicht helfen.« Er kickte einen Stein weg. »Er muss das Land hier wie seinen eigenen Handrücken kennen!«
»Aber er wird uns auch nicht behindern«, sagte Elyra. Sie sah sehr nachdenklich aus. »Er ist traurig. Etwas schmerzt ihn«, fügte sie hinzu.
»Vielleicht spürt er noch immer seine Verbrennungen.« Garret schüttelte sich. »Götter, muss das wehgetan haben!«
Elyra schüttelte den Kopf. »Nein, das ist es nicht. Es tut ihm weh, dass er sich von seiner Herrin abgewendet hat.«
»Woher willst du das wissen?«, fragte Tarlon. Er sah ein Stück Holz und nahm es auf, betrachtete es, drehte es in seinen Händen. Wenn darin die Form eines Tieres verborgen war, sah er es nicht.
»Ich weiß es einfach«, antwortete Elyra. Und das war das. Sogar Garret sagte nichts weiter. Er sah hinauf zum Himmel, noch war es früh, noch hatten sie Zeit. Sie gingen weiter. Und Garret versuchte immer noch, den so sonderbar losgelösten Gang des Elfen zu imitieren.

Sie fanden das Tor knapp eine Stunde später. Der Torrahmen hatte die Form eines Trapezes und das Tor selbst war ein mächtiges Stück Stein. Alles war mit Moos überwachsen und es war eher ein Zufall, dass sie es gefunden hatten.
»Sieh mal einer an«, sagte Garret und trat an den Stein heran, um das Moos abzuwischen. Unter seiner Hand kam das Relief eines Greifen zum Vorschein, dem königlichen Symbol von Lytar. Der Greif war fast so groß wie Garret und seine steinernen Augen schienen den jungen Mann prüfend zu mustern.

Garret sah hoch und bemerkte etwas. Der Stein, in dem sich das Tor befand, war geformt wie der Absatz eines Stiefels.

»Der schlafende Mann!«, rief er und wies die anderen darauf hin. Sie blinzelten, sahen sich um und lachten. Es war in der Tat so. Schwierig zu sehen, mit all den Bäumen und Sträuchern, aber vor ihnen lag ein Hügel in der Form eines schlafenden Mannes.

»Und Ariels Höhle ist im anderen Absatz!«, rief Elyra. Sie lachten, aber dann wurden sie schnell wieder ernst.

»Er wusste es«, sagte Garret vorwurfsvoll.

»Er sagte, er wolle uns nicht helfen«, erinnerte ihn Tarlon. »Er hat nie gesagt, dass er es nicht könnte.« Er musterte das steinerne Tor nachdenklich. »Ich denke, er wusste, dass wir es bald genug finden würden.«

»Gut, wir haben es gefunden«, sagte Garret und kratzte sich am Hinterkopf. »Aber wie bekommen wir es auf?«

»Lass mich das mal ansehen«, sagte Argor und musterte den steinernen Torrahmen sorgfältig. »Es muss einen Mechanismus geben … aber ich kann ihn nicht erkennen. Moment mal!« Er schlug sich mit der flachen Hand auf die Stirn. »Ich bin ein Idiot. Bin gleich wieder da!«, rief er und rannte los, überraschend schnell für jemanden, der so kurze Beine hatte.

»Was ist denn jetzt los?«, fragte Garret verwundert.

»Ariels Heim«, erklärte Tarlon, der eben auf die gleiche Idee gekommen war. »Es hat dieselbe Art Türe. Ich habe nicht drauf geachtet, aber ich denke, dass man dort den Mechanismus sehen kann, mit dem die Türe verschlossen ist.«

»Natürlich!«, rief Garret aus und klatschte sich ebenfalls auf die Stirn. »Ariels Türe. Ich meine, mich erinnern zu können, Stangen im Stein gesehen zu haben …« Er warf einen skeptischen Blick auf den Stein vor sich. »Das wird ein hartes Stück Arbeit.«

Sie hatten gut eine Stunde gebraucht, um den Eingang zu finden, aber tatsächlich war der andere Absatz keine fünf Minuten entfernt. Garret hatte keine Zweifel, dass auch das Heim des Elfen zu der gleichen unterirdischen Anlage gehörte. Aber dort war alles eingestürzt … vielleicht … nein … wenn sie sich durch die verschütteten Gänge graben wollten, konnte das Wochen dauern. Vorausgesetzt, der Elf ließ dies überhaupt zu.

Da kam Argor schon wieder zurückgerannt und auf seinem Gesicht lag ein breites Grinsen.

»Es ist eine Schiebetüre. So wie es aussieht, ist sie von innen verbarrikadiert!«

»Von innen?«, fragte Garret entsetzt. »Wie sollen wir da hineinkommen? Und warum grinst du so?«

»Weil es kein Problem ist«, antwortete der Zwerg und grinste breiter. »Glaub mir einfach. Ich hab genau das Passende dabei!« Er zog seinen Rucksack aus und wühlte darin und hielt schließlich einen Satz Meißel und einen Fäustling hoch. »Seht ihr?«

»Das hast du die ganze Zeit mit dir herumgeschleppt?«, fragte Garret perplex.

Argor nickte und trat an die Tür. »Wir Zwerge haben einen Ruf zu verteidigen. Stein ist unser Recht und Erbe und Vater sagte, dass ich nie ohne einen Meißel aus dem Haus gehen sollte. Er hat recht, es hat sich schon öfter als nützlich erwiesen.« Seine Stirn legte sich in Falten, als er konzentriert die Türe abtastete. »Etwa …«, murmelte er und setzte den Meißel an. »*Hier!*« Er holte aus und schlug zu, der mächtige Schlag rang wie eine Glocke durch den Wald und ließ die Vögel protestierend aufsteigen. Steinsplitter flogen durch die Gegend und selbst Garret war beeindruckt, mit welcher Wucht sein stämmiger Freund den Hammer schwang. Ein halbes Dutzend schwerer klingender Schläge später trat Argor zurück und betrachtete zufrieden sein Werk.

»Und jetzt?«, fragte Garret und musterte neugierig den Krater, den der Zwerg in den Stein geschlagen hatte. Im Stein war das verrostete Ende eines Riegels zu sehen. Argor war bereits dabei, erneut in seinem Packen zu wühlen, und kam mit einer stumpfen Stahlstange wieder. Er setzte das eine Ende gegen das Ende der verrosteten Stange, holte mit dem Hammer aus und schlug zu.

Mit einem lauten »Klengg!« schoss die verrostete Stange des Riegels in den Stein und hinter dem Tor schepperte es entfernt, als etwas auf dem Boden aufschlug.

»So«, grinste der Zwerg zufrieden. »Das sollte es gewesen sein. Das Tor ist auf.«

Tarlon legte eine Hand gegen den Stein und fühlte den Greifen unter seinen Fingern.

»Zumindest der Riegel«, korrigierte er. »Das Tor selbst ist noch zu.«

»Das bekommen wir auch noch auf«, sagte der Zwerg zuversichtlich. Er säuberte seine Werkzeuge und verpackte sie wieder sorgfältig. »Kein Problem.«

Das Tor schien das anders zu sehen. Als sie sich dagegen stemmten, bewegte es sich … etwa einen Zentimeter. Das war es. Mehr nicht. Was sie auch taten, wie sehr sie sich auch gegen den Stein stemmten, das Tor bewegte sich nicht weiter.

»Es hat sich verklemmt!«, stellte Garret fest. »War wohl zu lange geschlossen.« Er fluchte leise. Die Freunde versuchten alles. Sie kratzten das Moos ab, ließen Lampenöl in den Spalt am Fuß des Tors tropfen, säuberten sogar die ganze Fläche, bis der Greif des Königreichs in seiner ganzen Pracht zu sehen war. Aber nichts half, das Tor bewegte sich nicht.

»Sieht doch nach einem Problem aus«, bemerkte Elyra. Sie hatte es sich auf einem Stein bequem gemacht und hatte das Buch in ihrem Schoß liegen. Sie beschäftigte sich damit, einen Kranz aus Blumen zu flechten. Sie warf einen Blick hinauf in den Himmel. Lange würde es nicht mehr dauern, bis die Sonne unterging. Was bedeutete, dass sie die Nacht doch in dem verdorbenen Wald verbringen mussten. Jeder wusste es, aber niemand sagte etwas. Doch Elyra war nicht die Einzige, die ab und zu unruhig den Sonnenstand begutachtete.

»Du könntest uns helfen«, keuchte Garret.

Elyra nickte ernsthaft.

»Würde ich gerne. Wenn du mir sagst, wie.«

Garret seufzte. Wo sie recht hatte, hatte sie recht.

Tarlon sagte nichts, er musterte das Tor nachdenklich und

sah dann zu einem kräftigen Baum hinüber, der nicht weit vom Eingang entfernt stand.

»Sag mal, Argor, hast du eigentlich die Schlageisen dabei?«, fragte er dann seinen Freund.

Der Zwerg nickte. »Natürlich. Warum?«

»Schlage zwei hier in das Tor und zwei weitere dort in den Rahmen«, antwortete Tarlon. Argor fragte nicht weiter nach, sondern tat, was sein großer Freund ihm geraten hatte, während Tarlon in seinem eigenen Rucksack wühlte. Zu Garrets großer Überraschung zog er dann einen Flaschenzug heraus, zwar war dies ein kleiner, aber er war dennoch aus Schmiedeeisen gefertigt und sah massiv und schwer aus. Garrets Augen weiteten sich ungläubig. »Du hast dieses Ding die ganze Zeit mit dir herumgeschleppt?«, fragte er entsetzt.

Sein Freund zuckte mit den Schultern. »Ich verlasse das Haus nicht ohne ihn. Wenn ich einen Baum fälle, kann immer mal etwas passieren. Dann ist es praktisch, einen Flaschenzug dabeizuhaben.« Er zog ein schweres Seil aus dem Rucksack, einen massiven Ring, der selbst schon einiges wog. Garret zog die Augenbraue hoch. Er wusste, dass sein Freund stark war, aber das war selbst für Garret eine Überraschung. Und Tarlon hatte auch noch einen Teil ihrer gemeinsamen Ausrüstung getragen!

»Hast du denn das alles schon jemals gebraucht?«, fragte Garret, dessen eigener Rucksack bis auf ein Paar Angelköder, einen Umhang, einen Laib Brot und einen Kanten Käse nur gähnende Leere aufwies.

Tarlon sah ihn erstaunt an. »Nein, wieso?«

»Und wie lange schleppst du das Zeug nun schon mit dir herum?«

»Seit ein paar Jahren. Seitdem ich selbst Bäume fälle.«

»Und du hast es nie gebraucht?«

»Ich bin sehr sorgfältig, wenn ich einen Baum fälle«, erklärte sein Freund. »Da können leicht Unfälle passieren, deshalb achte ich darauf, was ich mache.« Tarlon sah Garret verständnislos an. »Ich weiß nicht, was du hast, schließlich brauchen wir ihn jetzt.«

»Aber du hast das alles Jahre mit dir herumgeschleppt, ohne es zu brauchen!«

»Hätte ich das nicht getan, hätte ich es jetzt wohl kaum dabei«, teilte ihm Tarlon mit und schulterte seine Axt. Er sah von dem einen Baum zu einem anderen und seine Augen bekamen einen gewissen Glanz.

»Du glaubst, das wird funktionieren?«, fragte Garret etwas später und musterte Tarlons Konstruktion etwas misstrauisch. Massive Seile, doppelt genommen, gingen von den stabilen Haken, die Argor in das Tor geschlagen hatte, zu denen im Torrahmen. Von dort führten sie zu dem nahestehenden Baum. Sie hatten alles Seil, das sie dabeihatten, dafür verbraucht und mittlerweile hatte auch schon die Dämmerung eingesetzt. Viel Zeit blieb ihnen nicht mehr.

»Das wird es«, sagte Tarlon bestimmt. Er trat an einen kleineren Baum heran.

»Wenn dieser Baum fällt, öffnet er uns die Tür. Ganz sicher.« Er bückte sich, nahm einen Stein auf und musterte den Baum. Dann, mit einem Glänzen in den Augen, legte er den Stein dorthin, wo der Baum fallen sollte.

Er nahm seine Axt auf und bedeutete den anderen mit einer Geste an, zurückzutreten.

Garret bekam immer wieder gesagt, wie mühelos und elegant es aussah, wenn er mit seinem Bogen schoss. Aber ein Bogen war eine elegante Waffe. Was er bisher nicht gewusst hatte, war, dass eine schwere zweiblättrige Holzfälleraxt in den richtigen Händen ebenfalls ein elegantes Werkzeug sein konnte.

Jeder Streich mit der schweren Axt fing mit einer Drehung an, einem leicht wirkenden Bogen, und die schwere Klinge grub sich derart präzise in das Holz, dass die Spuren der einzelnen Streiche sich überdeckten, mit jedem Schlag sprang ein sauber geschlagenes Stück Holz heraus.

Beim Anblick dieser Schläge erahnte Garret das erste Mal das Ausmaß der wahren Stärke seines Freundes. Niemand sonst hätte den Stahl so tief in das Holz treiben können und niemand sonst hätte dies derart edel und leicht erscheinen lassen.

Tarlon trat von dem Baum zurück. Der Baum stand, die Kerbe eine helle Wunde in seiner Borke. Er musterte den Baum kritisch und nickte dann zu sich selbst. Er schien zufrieden zu sein.

»Und jetzt?«, fragte Garret.

Tarlon legte eine große Hand gegen den Baum und drückte.

Es knirschte, knackte … und mit einem lauten Getöse sank der Baum zur Seite und begrub exakt den Stein unter sich, den Tarlon vorher dort platziert hatte.

»Und jetzt?«, fragte Garret erneut. Tarlon warf ihm einen vielsagenden Blick zu und trat an den Baumstamm heran. Er fing an, mit seiner Axt die Äste abzuschlagen, bis nur noch der Stamm dalag. Er trennte noch die Spitze ab und legte dann seine Axt zur Seite.

Ungläubig sah Garret zu, wie Tarlon den Baumstamm aufnahm. Es war kein großer Baum, aber der Stamm musste einiges wiegen!

»Steht nicht herum«, sagte Tarlon. Er klang nur leicht außer Atem. »Helft mir. Wir müssen diese Schlingen um den Stamm legen!«

Als sie ihm halfen, verstand Garret, was Tarlon wollte.

»Aaah …«, sagte er und Tarlon grinste.

»Es ist schlichtweg unmöglich, dass das Tor zubleibt, wenn wir einen Hebel besitzen. Den haben wir jetzt.«

Er setzte das eine Ende des Hebels gegen den stabilen Stamm und stemmte sich dagegen. Die anderen halfen, stemmten sich dagegen, wanden so das Seil um den anderen Baum. Die schweren Seile strafften sich, begannen zu vibrieren, bis ein tiefes Geräusch wie von einer angeschlagenen Saite ertönte, als die Spannung stieg und stieg.

Dann geschahen mehrere Dinge gleichzeitig. Eines der Schlageisen löste sich mit einem lauten »PENG!« aus dem Stein und schlug wie der Bolzen einer Armbrust direkt neben Garrets Kopf in den Stamm des Baums ein, es gab einen mächtigen Ruck, der die Freunde beinahe fallen ließ, das Seil spannte sich erneut und mit einem Knirschen und einem dumpfen Grollen glitt das Tor in den steinernen Rahmen, bis das verbliebene Schlageisen gegen den Rahmen schlug und das Tor aufhielt.

Die Freunde, Hebel und Seile landeten alle in einem Knäuel am Fuße des Baumes, der nun einen hellen Ring in seiner Borke trug. »Achtung!«, rief Tarlon und riss Garret am Arm zur Seite. Der Flaschenzug schlug mit einer solchen Wucht direkt neben Garrets Kopf ein, dass er sich tief in den weichen Waldboden bohrte. »Das war knapp.«

Garret sah das Teil mit aufgerissenen Augen an.

»Kann mir jemand helfen?«, keuchte Argor, der unter dem Baumstamm begraben war. »Ich komme hier nicht raus.«

Elyra stand auf und hüpfte begeistert auf und nieder, sodass ihre Röcke wippten.

»Schaut!«, rief sie begeistert. »Wir haben es geschafft!«

Garret spuckte Erde und Moos aus und versuchte, sich aus den Windungen des Seils zu befreien.

»Wir?«, fragte er und spuckte erneut Moos aus. Und angewidert etwas, das vielleicht noch lebte. Zusammen hoben Tarlon und er den Stamm von Argor, der unter ihm fast nicht mehr zu sehen war.

»Ich habe gebetet, dass es klappt!«, rief Elyra freudestrahlend. »Und das hat es!«

»Sie öffneten die Türe zu diesem wichtigen Depot mit Hammer, Meißel und einem Baum?«, fragte Lamar ungläubig. »Ihr wollt mich auf den Arm nehmen. Erinnert Euch daran, wer hier den Wein bezahlt!« Bevor der alte Mann antworten konnte, trat der Wirt an Lamar heran, der von dem direkten Blick des Mannes etwas verwundert war.

»Exzellenz, Ihr werdet für den Wein nichts bezahlen müssen«, teilte ihm der Wirt mit.

»Die Geschichte eines Barden ist in Lytara etwas wert!« Einige Männer und Frauen nickten ebenfalls zustimmend …

»Bitte fahrt fort«, bat eine junge Frau den alten Mann mit einem gewinnenden Lächeln und sandte dann Lamar einen Blick, der deutlich machte, dass er nicht zu unterbrechen hatte.

Lamar sah sie empört an.

Der alte Mann hob die Hand. »Kinder ...« *Er lachte laut.* »Die Geschichte ist noch lange nicht vorbei und ich habe einen großen Durst, so wahr ich hier sitze!«

»*Das kommt vom Schwätzen ...*«, *lachte ein grauhaariger, hochgeschossener Mann in der Kleidung eines Waldläufers, der sich irgendwann zu ihnen gesellt hatte.* »Passiert mir ständig, wenn ich hier sitze und die alten Geschichten erzähle.«

Seine Frau, eine schlanke Frau, deren graues Haar hier und da noch einen roten Schimmer trug, lachte. »Ist das der Grund? Das hast du mir nie erzählt!«

»*Du gibst mir schließlich keinen Wein!*«, *konterte dieser und fast jeder lachte.*

»*Jeder will ein Komödiant sein*«, *grummelte Lamar für sich, aber der alte Mann sprach bereits weiter.*

5   Die Dame auf dem Brunnen

Der Gang hinter dem Eingang war ebenfalls geformt wie ein Trapez. Argor erklärte den anderen, dass eine solche Konstruktion dem Gewicht der Erde besser standhalten könne, aber niemand hörte ihm wahrhaftig zu.

Der Gang war dunkel und roch dumpf nach alter Erde und Moder. Er führte tief in den Hügel, zu tief, als dass man sehen könnte, wo er endete. Zudem war es bereits Abend.

»Wenn wir nicht Ariels Gastfreundschaft für uns in Anspruch nehmen wollen«, sagte Tarlon bedächtig, während er sein Seil wieder sorgsam zusammenrollte, »sollten wir unser Lager hier aufschlagen. Der Eingang ist leicht zu verteidigen.«

Dann ließ er das Seil fallen und machte einen Hechtsprung zu seiner Axt, noch während Elyra aufschrie, ließ er die Axt fliegen. Der Klinge schoss so nahe an ihr vorbei, dass sie den Luftzug spürte, und schlug mit einem ekligen Geräusch in den Kopf von einem dieser verdammten Hunde ein.

Der Aufschlag wirbelte das Tier in der Luft herum und schleuderte es gut drei Schritt nach hinten. Elyra verstummte mitten im Schrei und sah hinunter auf das blutige Axtblatt und den Körper des Hundes, der immer noch zuckte. Dann, ganz langsam, hob sie den Arm und begutachtete den Riss in ihrem Ärmel, den ihr die scharfe Klinge gerissen hatte. Sie sah Tarlon vorwurfsvoll an, aber dieser ignorierte sie und griff sich seine Axt.

»Wo kam der her?«, fragte Elyra und befingerte noch immer den Riss in ihrem Ärmel. Ihre Augen waren auf das tote Tier gerichtet und sie war bleich.

»Keine Ahnung«, sagte Garret und betrachtete das Tier ebenfalls angewidert. »Jedenfalls habe ich keine Lust, mehr von den Viechern zu sehen.«

Dass Elyra bleich war, wunderte ihn wenig, allein der Anblick des Hundes erinnerte ihn viel zu deutlich an ihre erste Begegnung mit den Biestern. Ohne Ariels Hilfe hätte wahrscheinlich keiner von ihnen überlebt.

»Ich schlage vor, wir bauen eine Barrikade vor der Tür«, sagte er und griff sich seinen Bogen. »Um die Viecher abzuhalten!«

Tarlon nickte nur und zerrte an dem Stiel seiner Axt. Die scharfe Schneide steckte fest. Elyra wandte sich angewidert ab.

»Ich denke, wir versuchen besser, ob wir das Tor in Gang bekommen«, erklärte Argor. »Das wäre wohl noch besser!«

Tarlon stemmte seinen Fuß gegen den Schädel des Hundes und löste seine Axt. Es knirschte laut, aber er hätte schwören können, dass der Hund sich immer noch bewegte.

»Weißt du was?«, sagte er dann und wich vorsichtig einen Schritt zurück, ohne den Hund aus den Augen zu lassen. Denn er hatte soeben etwas gesehen, das ihn frösteln ließ. Hinter dem Ohr des Tieres ragte eine Pfeilspitze heraus ... eine von Garrets Spitzen. Dieses Tier war einer der Hunde, die Garret ganz am Anfang des letzten Angriffs mit einem Pfeil getroffen hatte. Es hätte tot sein müssen.

»Wisst ihr was?«, wiederholte er. »Das halte ich für eine sehr gute Idee. Wir gehen in den Gang. Schließen das Tor. Und machen uns morgen früh erst Gedanken, ob wir es wieder aufbekommen.«

Er schlug seine Axt in den Stamm, der ihnen kürzlich als Hebel gedient hatte. »Brennholz«, erklärte er und ging langsam rückwärts zu dem Eingang, den Stamm hinter sich herschleifend. Wachsam musterte er den Wald, hier und da meinte er eine geduckte Bewegung sehen zu können. Er hatte recht, die Hunde kamen!

»Rein!«, rief Tarlon, griff die Axt mit beiden Händen und rannte. Er zog den Stamm gerade noch in den Eingang, als Garret und Argor sich gegen das Tor stemmten und es knirschend zuschoben ... etwas prallte mit einem dumpfen Schlag gegen den Stein und ein mehrstimmiges Heulen wie von Tausenden verlorenen Seelen ließ ihnen kalte Schauer über den Rücken laufen.

»Pfft«, meinte Argor und wischte sich die Stirn ab. »Das war knapp.« Er hatte auf den steinernen Rollen, auf denen das Tor lief, großzügig Lampenöl ausgegossen und hoffte, dass das Tor sich nun leichter bewegen ließ. Auf jeden Fall war es zugegangen. »Kaum zu glauben, dass ich ansonsten Hunde mag.«

»Ich frag mich, wie es Ariel geht«, sagte Elyra leise.

»Ich denke, er kennt ein paar Tricks, um sich vor den Hunden zu schützen«, sagte Tarlon. »Schließlich lebt er schon lange hier.«

Das Heulen wurde lauter.

»Sie sind genau auf der anderen Seite«, murmelte Elyra. Sie trat einen Schritt vom Tor zurück. »Ich spüre sie durch den Stein ... sie sind nicht einfach nur krank. Da ist mehr und es ist ... schrecklich.«

Tarlon dachte an den Hund, den er eben gerade erschlagen hatte, und daran, dass Garret ihn bereits einmal zuvor getötet haben musste, doch er sagte nichts.

»Das müssen Dutzende sein«, hauchte Garret entsetzt.

»Sie hören sich an wie verdammte Seelen«, flüsterte Argor und begutachtete seinen Daumen, den er sich irgendwie gequetscht hatte, als sie panisch das Tor zugeschoben hatten.

»Vielleicht sind diese Wesen genau das«, sagte Elyra leise.

»Ich hoffe nicht«, sagte Argor und schlug ein Eisen in den Stein des Tors. Nun konnte man es nicht mehr aufschieben. »Hier kommen sie auf jeden Fall nicht hinein.«

Von draußen konnten sie das Scharren von Krallen auf dem Stein hören.

»Ich glaube, ich kann sie sogar sabbern hören«, meinte Garret angeekelt. Er stand auf, tastete die Wand ab. »Götter, ist das dunkel hier drinnen!«

Hinter ihm gab es ein schnarrendes Geräusch, Garret schoss herum und sah, wie eine Stichflamme in Tarlons Händen entstand, dann ein Knistern, als eine Fackel Feuer fing.

»Ich glaube das nicht«, sagte Tarlon erstaunt und sah auf das

Kästchen in seiner anderen Hand herab, das immer noch leicht rauchte.

»Was ist das?«, fragte Argor vorsichtig.

»Pulver hat es mir gegeben.« Tarlon hielt die Fackel etwas höher, damit sie alle das Kästchen sehen konnten.

»Er nannte es einen Fackelanzünder. Er bat mich, es auszuprobieren. Es hat funktioniert!« Er schien immer noch erstaunt.

»Götter, bist du mutig«, sagte Argor ehrfürchtig. »Ich hätte mich das nie getraut.«

»Hhm …«, sagte Elyra und begutachtete das Kästchen skeptisch. Es war aus einem grauen Metall gefertigt, mit einem kleinen Rad an der Seite und einer Klappe mit einer Flügelschraube. Es gab noch eine Öffnung auf einer Seite, aus dieser stieg noch immer weißer Rauch auf. »Ist es normal, dass es so lange raucht?«

»Ich glaube nicht«, antwortete Tarlon und sah auf das Kästchen hinab. »Allerdings sagte er, es könne vielleicht etwas warm werden.«

»Dann würde ich es nicht in der Hand halten«, meinte Argor und wich einen Schritt zurück.

Tarlon bückte sich und setzte das Kästchen auf dem Boden ab. Er wich ebenfalls einen Schritt zurück. Einige Sekunden lang betrachteten die Freunde das Kästchen misstrauisch.

Etwas später klickte es leise. Mehr geschah nicht.

»Es hat aufgehört zu rauchen«, stellte Argor schließlich fest. »Vielleicht ist es fertig.« Er stieß das Kästchen mit dem Stiel seines Hammers an.

Es gab eine weitere gleißende Stichflamme, fast so hoch wie der Gang, und ein lautes puffendes Geräusch. Jeder spürte die Wärme der Flamme und wich unwillkürlich zurück.

»Götter!«, rief Garret und rieb sich die Augen, als er wieder etwas sehen konnte. Von dem Kästchen war nichts mehr übrig bis auf eine rotglühende Pfütze Metall auf dem Steinboden.

Tarlon musterte das glühende Metall und kratzte sich am Kopf.

»Ich glaube, er muss daran noch etwas arbeiten«, meinte er dann. »Auf jeden Fall habe ich eine Fackel noch nie so schnell anbekommen.«

»Wie viele von den Dingern hat er dir gegeben?«, fragte Garret vorsichtig.

»Nur das eine. Für Fackeln. Noch eines, um nasses Holz anzumachen. Er sagte mir, es würde auch unter Wasser brennen!«

»Wenn du das verwendest, warnst du mich bitte vor?«, fragte Argor und lutschte an seinem Daumen. Elyra kicherte.

»Ich glaube schon«, antwortete Tarlon. »Ich denke, es könnte noch heißer werden!«

Tarlon hob die Fackel an und sie sahen den Gang entlang, der sich scheinbar endlos vor ihnen erstreckte.

»Wollen wir den Gang erkunden oder hier das Lager aufschlagen?«, fragte er die anderen.

Garret sah zum Steintor zurück, hinter dem noch immer das Scharren von Krallen zu hören war.

»Ich glaube nicht, dass ich hier, so nah am Tor, rasten möchte. Das Gescharre nervt mich. Wir sind hier, also ... lasst uns sehen, was wir finden!«

Niemand sagte etwas dagegen, also reichte ihm Tarlon wortlos die Fackel.

Sie gingen tiefer in den Gang hinein, Garret vorneweg. Die vier waren nun schon länger befreundet. Tarlon hatte ihm die Fackel gereicht, weil er wusste, dass sein Freund vorne gehen würde. Nicht nur, dass Garret immer die Angewohnheit hatte, das zu tun, er hatte auch die besten Reflexe und die schnellsten Beine. Zudem einen Instinkt für Gefahr.

Unheimlich war ihnen allen zumute. Hinter ihnen konnten sie noch immer das wütende und verzweifelte Geheul dieser unheimlichen Hunde hören, vor ihnen lag ein Gang, der tief in den Berg führte, zu Geheimnissen, die seit Jahrhunderten kein Tageslicht mehr gesehen hatten, zu Dingen, die ihre eigenen Vorfahren für zu gefährlich gehalten hatten, um sie mit in ihr neues friedliches Leben zu nehmen.

Es dauerte auch nicht lange, bis sie einen Vorgeschmack darauf erhielten. Keiner von ihnen, auch Garret nicht, hatte die zwei verborgenen Nischen an den Seiten bemerkt, erst als diese sich knirschend öffneten und sie herumfuhren, aber da war es zu spät. Zwei dunkle Gestalten traten aus diesen Nischen heraus, die Schwerter drohend erhoben. Sie trugen altmodische, aber schwere Plattenrüstungen und sahen nicht besonders freundlich aus.

»O Mist«, bemerkte Garret.

Eine der Gestalten hob drohend ihr Schwert an, machte einen Schritt auf Garret zu, der instinktiv zurückwich. Dann gab die Gestalt einen krächzenden Laut von sich und brach vor den Füßen des Jungen zusammen.

Die andere Gestalt schien von Garret zu der zusammengebrochenen Rüstung zu sehen, seufzte einmal tief und fiel, so wie sie stand, ebenfalls in sich zusammen.

»Ööhm ... was war das?«, fragte Argor.

»Ein guter Trick«, meinte Tarlon und suchte die Decke des Ganges nach Drähten ab. Aber da war nichts.

Elyra kniete sich neben einen der gefallenen Ritter und öffnete vorsichtig das Visier. »Kein Trick«, sagte sie langsam. Hinter dem offenen Visier war deutlich ein Totenschädel zu sehen.

»Götter ...«, hauchte Tarlon. »Bedeutet das ...«

»Magie!«, stellte Argor fest. Auch er flüsterte, als ob er die Ruhe der Toten nicht stören wolle. »Das waren Hüter. Ich habe schon von ihnen gehört. Die Sera Bardin sprach von ihnen in diesen Gruselgeschichten ... erinnert ihr euch?« Die Freunde nickten betreten ... es war ernüchternd zu erfahren, dass solche Geschichten wahr sein konnten.

»Tarlon«, flüsterte Elyra. »Schau dir das Wappen auf seiner Brust an ...« Tarlon beugte sich vor, als Elyra vorsichtig den Staub und Dreck der Jahrhunderte von dem sorgsam gearbeiteten Brustpanzer wischte. »Es sieht aus wie das Wappen deiner Familie«, sagte sie dann leise.

Tarlon nickte, sagen konnte er nichts. Das Wappen war in

der Tat das seines Hauses, ein Bär auf allen vieren, unter seinen Tatzen lag eine Wildsau begraben. Dieses Wappen war auch im Kopfstein des Hauses seines Vaters eingeschlagen, nur mit einem Unterschied: Dort, wo sich an Tarlons Heim zwei Federn kreuzten, waren hier Schwerter gekreuzt.

Hier lag einer seiner Vorfahren, jemand aus der alten Zeit, als die Wappen der Häuser von Lytar noch die Symbole des Kriegs trugen.

»Was auch immer sie waren, sie waren einst Männer gewesen. Männer aus Lytar«, sagte Elyra leise. Sie schob die Überreste sorgsam zur Seite, legte die Schwerter, schwarz wie ihre eigenen, vorsichtig auf die Brustpanzer. »Wenn wir gehen, nehmen wir sie mit und begraben sie bei ihren Familien«, teilte sie den anderen in einem Ton mit, der keinen Widerspruch duldete. Nicht, dass es jemand versucht hätte.

Argor war indes in eine der Nischen getreten. Dort gab es vier verschiedene Hebel, die alle mit eisernen Stangen verbunden waren, die in den Stein führten.

»Da vorne ist eine andere Tür«, rief Garret und ging weiter den Gang entlang.

»Dies könnte der Mechanismus sein, mit dem man die Tür vor uns öffnen kann«, sagte der Zwerg und streckte die Hand nach einem der Hebel aus. »Vielleicht dieser?«

»Nicht!«, rief Tarlon. Der Zwerg zuckte zurück und in diesem Moment gab es vorne, von der Tür her, ein knirschendes Geräusch.

Garret hatte die Tür zur Seite geschoben. »Weiter geht's!«, rief er. »Hey! Unglaublich! Das müsst ihr euch ansehen!«, rief er fröhlich und klopfte sich die Hände ab. »Was ist?«, fragte er, als er sah, dass die anderen nicht folgten.

Tarlon sah nur hinauf zur Decke. Dort konnte man Löcher erkennen und auch die Deckensteine waren hier etwas anders gefugt als im Rest des Ganges. Langsam senkte Tarlon seinen Blick zu ihren Füßen, auch dort fanden sich Löcher und auch schienen die Spalten zwischen den Steinen etwas breiter.

»Ich glaube, mit diesen Stangen aktiviert oder deaktiviert

man Fallen«, sagte er langsam. Argor nickte und wich von dem Hebel in der Nische zurück.

»Sind die Fallen nun aktiv oder nicht?«, fragte Garret neugierig und steckte den Kopf in eine der Nischen.

»Wenn wir das wüssten ...«, sagte Tarlon. »Vielleicht hat die Zeit sie entschärft ... vielleicht ... wir sollten in jedem Fall sehen, dass wir von hier verschwinden.«

Dieser Vorschlag erschien auch den anderen vernünftig und sie beeilten sich, durch die Tür zu kommen.

Dahinter lag ein größerer Raum und jeder sah nun, was Garret so begeistert hatte.

Die Gänge, die sie bis jetzt gesehen hatten, waren mit einem gelblichen Stein ausgekleidet, glatt behauen, aber eher nüchtern.

Doch dieser Raum war anders. Der Raum war achteckig und hatte vier Türen, ebenfalls trapezförmig. Boden, Wände, Decke und die Türen waren auf der Innenseite mit weißem Marmor verkleidet. In Kopfhöhe liefen Reliefs aus einem rötlichen Stein um den Raum, die Szenen aus längst vergangenen Tagen zeigten. Der Raum selbst besaß vielleicht fünfzehn Schritt im Durchmesser.

Doch das größte Wunder war der achteckige Brunnen in der Mitte aus poliertem weißem Marmor, er glänzte, als wäre er erst gestern geschnitten worden. In der Mitte dieses Brunnens wiederum befand sich ein Podest, aus dem immer noch klares Wasser herausfloss und den Brunnen füllte, auf dem Podest wiederum ...

»Sie ist wunderschön ...«, flüsterte Elyra beeindruckt. Die anderen konnten nur sprachlos zustimmen.

Auf dem Podest stand die lebensgroße Statue einer wunderschönen jungen Frau, in der linken Hand hielt sie eine kopfgroße Kugel aus einem blau schimmernden Kristall empor, der schwach zu leuchten schien, in der rechten Hand hielt sie, auf die Hüfte gestützt, ein großes Buch. Bänke aus weißem Marmor an den Wänden zwischen den Türen luden zum Sitzen und Entspannen ein und verspielte Bandmuster aus verschiedenenfarbigen Steinen zierten die Decke des Raumes, der von einem freundlichen, diffusen Licht erfüllt wurde. Das Wasser im Brunnen war kristallklar und sauber, das Plätschern des Wassers klang hell und freundlich. Eine tiefe Ruhe und Freundlichkeit erfüllte diesen Raum, lud zur Besinnlichkeit und zum Träumen ein.

»Sie sieht lebendig aus …«, flüsterte Garret gebannt und Tarlon gab ihm recht. Es war unglaublich, wie detailliert diese Statue war, sogar die lose Robe, die sie trug, schien leicht und schwerelos, als wäre es echte Seide, und der Schmuck, den sie trug, erschien ihm echt.

Der Körper war aus einem roséfarbenen Marmor gefertigt, aus weißem Marmor und Jade die Augen, das pechschwarze Haar aus Obsidian, so fein gearbeitet, dass es in einer natürlichen Welle über ihre Schultern floss. Es rührte Tarlon fast zu Tränen, als er diese Statue sah. Dergestalt also war die Kunst des alten Reiches gewesen und solche Dinge wie dieses unglaubliche Kunstwerk waren in dieser Katastrophe verloren und vernichtet worden. Als er sich langsam umsah, die Bilder an der Wand, den Raum, die Statue und ihr freundliches willkommen heißendes Lächeln auf sich wirken ließ, weinte er, denn nun wusste er, was verloren gegangen war, als das alte Lytar unterging.

Die Legende sagte, dass das alte Reich unterging, weil es einen Machtkampf zwischen den Thronfolgern, dem Prinzen und seiner Schwester gegeben hatte. Jetzt, wo er ahnen konnte, was damals zerstört wurde, erschien es ihm als ein noch größeres Verbrechen als zuvor. Er dachte an seine Schwester, Vanessa, die ihm manchmal fürchterlich auf die Nerven gehen konnte, und schluckte. Nein, er konnte sich nicht vorstellen, mit ihr über das Erbe ihrer Eltern zu streiten. Was trieb diese beiden, die Prinzessin und den Prinzen, nur dazu? Aber der Grund für den Streit lag wie das alte Reich begraben im Dunkel der Vergangenheit, niemand wusste es mehr.

»Sie trägt keine Unterwäsche!«, rief Argor plötzlich und klang richtig empört. Da er kleiner war als seine Freunde, hatte er, sozusagen, eine andere Perspektive.

»Es gehört sich nicht, unter ihre Röcke zu schauen!«, fauchte Elyra.

»Es war ein Zufall. Sie ist ein Mensch und interessiert mich gar nicht!«, versuchte sich Argor zu verteidigen, aber Garret hatte sich bereits gebückt, ebenfalls einen Blick unter die Robe geworfen und richtete sich nun grinsend auf.

»Das nenne ich in der Tat eine Treue zum Detail.«

Elyra funkelte ihn an, doch Garret grinste nur breit, ein Funkeln in seinen Augen.

»Vielleicht trug man damals keine Unterwäsche. Vielleicht war sie noch nicht erfunden«, beeilte sich Tarlon zu beschwichtigen. »Wer sie wohl war?«

»Ihr Name steht hier«, sagte Elyra. Sie ließ ihre Fingerspitzen leicht über die Runen im Brunnenrand gleiten, die sonst noch niemand bemerkt hatte. Tarlon kniff die Augen zusammen, die Runen schienen im Stein zu tanzen, als seien sie lebendig.

»Lanfaire, Dienerin der Herrin der Ewigkeit, Großmagister der Künste, Hüterin des Tales«, las er leise vor.

»Das klingt nicht besonders kriegerisch!«, stellte Garret fest. »Ich dachte, unsere Vergangenheit wäre von Krieg, Blut und Schrecken durchzogen. Dass wir sühnen müssten für die Taten unserer Vorfahren.« Er sah auf zu dem Gesicht der Statue und musterte sorgfältig ihre Züge.

»Wunderschön … streng … aber freundlich«, seufzte er dann. »Sie sieht aus, als würde sie unsere Seelen auf die Waage legen … aber sieht so jemand aus, der Schreckliches tut?«

»Sie war eine Priesterin unserer Herrin«, sagte Elyra voller Überzeugung. »Natürlich war sie ein guter Mensch.«

»Sie war vielleicht gut, aber kein Mensch«, sagte Argor und hob seine Hand, um auf die Ohren der Statue zu deuten. »Seht ihr? Spitze Ohren.«

»Aber auch kein Elf«, meinte Garret. »Noch nicht einmal ein Halbelf. Dazu ist sie nicht dürr genug. Bis auf die Ohren sieht sie aus wie ein Mensch. Genau die richtigen Rundungen«, sagte er und bemerkte den empörten Blick, den ihm Elyra zuwarf, nicht einmal. Nur Argor grinste. Das würde lange dauern, dachte er, bis Elyra Garret diesen Spruch verzeihen würde. »Wer sie auch ist, sie ist schon lange tot«, stellte er fest.

Die anderen nickten, so war es wohl. Tarlon sagte nichts, er sah die Statue nur nachdenklich an, war überrascht, wie sehr ihn der Hinweis Argors traf, dass diese wunderschöne Frau nun schon lange tot und vergangen sein musste. Er schob den Gedanken beiseite und musterte die anderen Türen, die alle verschlossen waren.

»Sieht so aus, als hätten wir noch einiges zu erforschen.« Er kratzte sich am Kopf. »Ein Depot habe ich mir allerdings anders vorgestellt. Eher wie eine große Halle ... die Türen und Gänge erscheinen mir zu klein, um große Gegenstände hindurchzubewegen.«

Elyra kletterte auf den Brunnenrand. »Was machst du da?«, fragte Garret.

»Ich will mir den Kristall genauer ansehen«, erklärte sie.

»Welche Tür nehmen wir zuerst?«, fragte Argor.

»Nehmen wir die rechte. Die Bardin sagte, dass, wenn man sich in einem Labyrinth befinden würde, der rechte Weg immer der richtige sei«, antwortete Garret.

»Das ist kein Labyrinth!«, stellte Tarlon fest. »Ein gerader Gang zu einem Raum mit vier Türen ist noch lange kein Labyrinth.«

»Es könnte noch eines werden«, grinste Garret. »Also, ich bin für die rechte Tür hier.«

Hinter ihnen platschte es laut. Sie fuhren herum und Elyra war verschwunden.

»Was ...!?«, rief Garret. »Wo ist sie?«

»Hier«, antwortete Tarlon, der an den Brunnenrand getreten war und hineinsah. Elyra trieb im Wasser, das Gesicht nach unten, und Blasen stiegen von ihr auf. Sie bewegte sich nicht. Tarlon streckte einen langen Arm aus, griff sie unter den Achseln und zog sie mühelos aus dem Wasser.

»Ist sie tot?«, fragte Garret.

»Noch nicht«, antwortete Tarlon, drehte sie auf den Bauch

und drückte kräftig. Ein Schwall Wasser schoss ihr aus Mund und Nase und sie hustete. Dann lag sie still, aber sie atmete, wenn auch flach.

Tarlon gab ihr eine schallende Ohrfeige, aber sie zuckte nicht einmal zusammen. Kein Wunder, dachte Tarlon. Das Wasser im Brunnen war richtig kalt und wenn das sie nicht aufwachen ließ, dann half eine Ohrfeige auch nicht. »Wir müssen sie von ihren Kleidern befreien«, schlug er vor. »Bevor sie sich von dem kalten Wasser erkältet. Ich habe eine warme Decke, in die ich sie … Was ist?«

Garret war einen Schritt zurückgewichen. »Ich ziehe sie nicht aus«, sagte er und tat eine abwehrende Geste. »Das nimmt sie mir übel!«

»Im Moment hat sie kein Mitspracherecht«, sagte Tarlon.

Garret schüttelte noch heftiger den Kopf. »Ich fasse sie nicht an.«

Tarlon sah zu Argor hinüber, der plötzlich etwas Interessantes an seiner Fußspitze zu entdecken schien.

»Leute. Das ist doch nur Elyra.«

»Mach du es. Ich schaue solange weg«, meinte Garret.

Mit einem Seufzer machte sich Tarlon daran, Elyra die Stiefel und das Mieder aufzuschnüren. Letzten Sommer war Vanessa krank geworden und er hatte sich um seine Schwester kümmern müssen. Es war doch nichts Besonderes dabei, oder?

Dass es irgendwie anders war, stellte er fest, als er Elyra nackt vor sich liegen sah. Sie war nun einmal nicht seine Schwester und ganz offensichtlich schon eine junge Frau und kein Mädchen mehr. Er ertappte sich dabei, genauer hinzusehen, riss sich dann aber zusammen und wickelte sie in eine warme Decke. Er bettete sie vorsichtig auf eine der Bänke.

Sie schien tief zu schlafen, aber viel tiefer, als man normalerweise schläft, sie atmete nur sehr flach und so selten, dass die Freunde beinahe selbst den Atem anhielten, während sie darauf warteten, dass sich ihr Busen erneut hob.

»Was machen wir jetzt?«, fragte Garret, als nach einer ganzen Weile immer noch nichts geschah.

»Ich hole Ariel«, verkündete Argor und griff seinen Hammer fester.

»Bist du verrückt?«, fragte Garret. »Die Hunde werden dich zerfleischen.«

»Sie sind nicht mehr da. Das Heulen hat aufgehört.«

Richtig. Garret war verblüfft, er hatte gar nicht mehr darauf geachtet.

»Vielleicht lauern sie vor der Tür«, warf er ein.

»Dann werde ich schön auf dieser Seite des Tors bleiben. Aber wenn nicht ... Ariel kennt sich in der Kunst der Heilung aus.«

»Du gehst nicht, Argor«, sagte Garret dann. »Ich werde gehen.«

»Warum?«, fragte der Zwerg.

»Ganz einfach. Ich kann schneller rennen als du. Ich kann ihnen davonrennen. Ist vielleicht nicht mutig, aber praktisch. Ich kann klettern. Du siehst, ich habe einfach mehr Chancen als du.«

Argor grummelte etwas von ungerecht ... aber er sah es ein. Er und Garret begaben sich zum Tor und lauschten dort, während sich Tarlon weiterhin um Elyra kümmerte.

Argor hatte recht, von der anderen Seite des Tores gab es keine Geräusche mehr zu hören. Vorsichtig schoben sie das Tor zur Seite, es ging überraschend einfach, das Lampenöl hatte auf den steinernen Rollen seine Wirkung nicht verfehlt.

Der Wald lag dunkel und unheimlich vor ihnen. Ariels Heim lag keine fünf Minuten entfernt, Garret hoffte nur, dass er es im Dunkeln nicht verfehlen würde. Die Freunde nickten einander zu.

»Ich werde hier warten«, sagte Argor. Garret nahm seinen Bogen fester in die Hand, holte tief Luft und rannte los. Garret hatte recht, dachte Argor, als er seinen Freund im Dunkel des Waldes verschwinden sah, so schnell konnte niemand sonst rennen. Auf jeden Fall konnte er es nicht.

Als Garret durch den Wald rannte, fühlte es sich für ihn an, als würde hinter jedem Baum, hinter jedem Strauch einer dieser Hunde nur darauf warten, dass er ihm in die Fänge lief. Sogar die Bäume selbst schienen es auf ihn abgesehen zu haben, rissen mit ihren Ästen an seinen Kleidern oder versuchten, ihn mit ihren Wurzeln zu Fall zu bringen.

Aber das Gefühl der Bedrückung, des drohenden Unheils, das so schwer auf diesem Wald lastete, konnte man nicht einfach nur als Einbildung abtun, hier war etwas nicht in Ordnung, etwas war wirklich von Übel in diesem Wald.

Für einen langen, erschreckenden Moment befürchtete Garret, dass er sich doch verlaufen hatte, obwohl sein Orientierungssinn sonst unfehlbar war, dann sah er mit großer Erleichterung den steinernen Türrahmen des Elfs. Für einen Moment schien es ihm, als würde gewachsener Fels den Weg versperren, doch als er blinzelte, sah er nur den Gang und den Elfen vor sich, der seinen Bogen mit aufgelegtem Pfeil bereithielt.

»Ariel, ich meine, Ser Ariel … Elyra hat etwas im Depot berührt und sie ist nun bewusstlos und wir können sie nicht wecken und wir brauchen Eure Hilfe, bitte, Ser!«, sprudelte es aus ihm heraus.

Die lederne Maske des Elfen sah ihn nur an.

»Warum sollte ich euch helfen?«, fragte Ariel dann mit einem seltsamen Unterton in seiner Stimme.

Garret sah ihn verblüfft und entsetzt an. »Ihr wollt ihr nicht helfen? Aber …« Es war ihm gar nicht in den Sinn gekommen, dass der Elf ihnen vielleicht gar nicht helfen wollte.

»Das habe ich nicht gesagt«, antwortete Ariel und stellte seinen Rucksack auf den Tisch, um gelassen einige Dinge einzupacken. »Ich würde nur gerne wissen, was du bereit bist, für deine Freundin zu tun.«

»Sie ist nicht meine Freundin«, rief Garret empört, doch dann hielt er ein und senkte seinen Kopf. »Doch, ist sie. Sie ist mehr. Sie ist eine Freundin und eine Kameradin. Ich werde tun, was auch immer Ihr von mir verlangt.«

»Ein Jahr«, sagte der Elf, als er an ihm vorbei hinaus in die Dunkelheit ging.

»Bitte? Ich verstehe nicht, Ser?«, antwortete Garret verständnislos und folgte ihm. Er sah sich vorsichtig um, noch immer rechnete er mit einem Angriff der Hunde. Der Hund des Elfen sah zu ihm hoch und schien ihn anzugrinsen, seine Fänge waren noch beeindruckender als die der anderen Bestien. Vielleicht wussten das die anderen Viecher auch und hielten sich deshalb fern, auf jeden Fall wurden sie nicht angegriffen.

»Ein Jahr deines Lebens. Du wirst mir ein Jahr als Geselle dienen«, erklärte der Elf. Garret war sich nicht sicher, ob er wirklich einen erheiterten Unterton in seiner Stimme hörte, als der Elf fortfuhr: »Vielleicht lernst du sogar, durch den Wald zu rennen, ohne so laut zu trampeln, dass man dich im Tiefschlaf noch hören kann!«

»In Ordnung. Ich mache es. Ein Jahr«, hörte sich Garret sagen und stöhnte. Ein Jahr mit diesem seltsamen Mann. Aber es kam ihm vor, als würde sich der Elf danach etwas entspannen. Dennoch ... ein Jahr ... worauf hatte er sich da nur eingelassen!

Während sich ihre Freunde Sorgen um sie machten, verlief die Zeit für Elyra deutlich anders. In dem Moment, als sie die blau schimmernde Kristallkugel berührt hatte, fand sie sich plötzlich inmitten anderer Schüler wieder, die, genau wie sie auch, eine gelbe Robe trugen. Es war der gleiche Raum, doch dort, wo der Brunnen gestanden hatte, stand nun die Frau von der Statue in Fleisch und Blut und ihr Lächeln war noch freundlicher als auf ihrem steinernen Ebenbild. Ihre Augen glitzerten amüsiert, als sie Elyra musterte.

»Ziemlich spät zum Unterricht?«, bemerkte sie trocken und Elyra hatte das Gefühl, dass die Frau ganz genau wusste, dass Elyra erst Jahrhunderte später die Kugel berührt hatte ... da aber sonst niemand etwas Ungewöhnliches an ihrem plötzlichen Erscheinen zu finden schien, entschied sich Elyra, es ebenfalls zu ignorieren. Es war alles schon seltsam genug für sie.

»Wo waren wir? Ja, richtig. Die Prinzipien der Magie in zehn einfachen Schritten.« Die Frau lachte leise. »So einfach, dass auch ihr es verstehen werdet. Also fangen wir an ... am Anfang des Weges ist immer der Wille, die Vorstellung von dem, was man erreichen will, was das Ziel ist. Dies ist der erste und wichtigste Schritt ...«

Die Frau, dachte Elyra in einem Winkel ihres Geistes, der sich wunderte, dass sie sich nicht wunderte, wieso sie hier inmitten der anderen Schüler stand, hatte ein Talent, die Dinge zu erklären. Elyra war fasziniert, es schien ihr, als ob sie mit jedem Wort mehr verstand, als ob sie sehen könnte, was die Frau meinte, wie die Welt, die Götter und alles Leben zusammenhingen und alles miteinander verbunden war. Wie man seinen Geist reinigen konnte, um die Konzentration zu erreichen. Und dann erklärte sie die Funktion des ersten magischen Spruches, den die Schüler lernen sollten, eine Form der Magie, die sie Reinigung nannte.

»Ein kleiner praktischer Spruch, geeignet für Anfänger in den Künsten, aber so vielseitig und weitreichend in seiner Wirkung, dass ich ihn noch immer bewundere«, lächelte die Frau. »Dieser kleine nützliche Spruch, auch gut gegen Flöhe und ähnliches Geschmeiß, geht folgendermaßen ...«

Und genau in diesem Moment fühlte sich Elyra unsanft herausgerissen und fand sich, nackt, wenn auch in eine Decke eingehüllt, auf dem Boden des Raumes wieder, mit Garrets besorgtem Gesicht über ihr, dahinter Ariel, der ihr irgendwie erheitert erschien.

»Neein! Nicht! ... Wie konntet ihr das tun!«, rief sie und eingedenk der Tatsache, dass sie splitternackt war, wie die Göttin sie einst erschaffen hatte, sprang sie auf und kletterte auf den Brunnenrand, bevor sie noch jemand aufhalten konnte, und legte ihre Hand wieder auf den blauen Kristall.

»Nein!«, rief sie. »Das ist unfair ... es funktioniert nicht mehr und ich wollte doch ...«

Erst jetzt bemerkte sie, dass alle sie fassungslos ansahen, oder besser gesagt, sich abgewendet hatten. Argor nicht, er grinste nur breit, aber Tarlon und Garret hatten sich umgedreht und beide zeigten eine gesunde Röte in ihrem Nacken.

Hastig kletterte sie wieder herab, sah, dass ihre sauber zur Seite gelegten Kleider noch immer feucht waren, und wickelte sich hoheitsvoll wieder in ihre Decke.

»Das war gemein von euch«, sagte sie vorwurfsvoll. »Ihr wisst wohl gar nicht, was ihr getan habt.« Tränen standen in ihren Augen und sie schniefte einmal laut.

»Wir haben verhindert, dass du ertrinkst«, erklärte Tarlon leicht verärgert, nachdem er mit einem verstohlenen Blick festgestellt hatte, dass man sie wieder ansehen konnte. Garret hatte recht, es war nicht so wie bei seiner Schwester. Überhaupt hatte er bisher noch keinen Gedanken daran verschwendet, dass Elyra auf dem besten Wege war, eine Schönheit zu werden. Jetzt hatte er seine Zweifel, ob er den Gedanken so schnell wieder vergessen konnte.

»Wir haben uns Sorgen gemacht«, erklärte Argor.

»Und ich habe mich verpflichtet, Ser Ariel ein Jahr zu dienen, nur um dir zu helfen«, teilte ihr Garret vorwurfsvoll mit. »Überhaupt, was meinst du damit, es geht nicht mehr?«

Elyra schniefte noch einmal.

»Als ich den blauen Kristall berührte, saß ich plötzlich in diesem Raum, zusammen mit anderen Schülern. Nur dass da kein Brunnen war, aber sie, ganz lebendig, und sie uns die Prinzipien der Magie erklärte. Und sie war gerade dabei, uns einen Zauber beizubringen, als ihr mich geweckt habt.«

»Du meinst sie …?«, fragte Garret und sah zu der Statue hoch.

»Ja. Sie!«, schnaubte Elyra. »Ich glaube, sie hat hier gelehrt und dieser Kristall erlaubt es noch immer, an ihrem Unterricht teilzunehmen.«

»Tatsächlich?«, fragte Garret und kletterte auf den Brunnenrand. »Das will ich genau wissen.«

»Ich sag doch, es ist kaputt. Funktioniert nicht mehr«, schniefte Elyra. Im selben Moment platschte es laut, als Garret in den Brunnen fiel.

Tarlon trat an den Brunnen heran, seufzte, als er seinen Freund im Wasser treiben sah, und fischte ihn genauso mühelos heraus wie vorher Elyra.

Er sah fragend zu dem Elf hinüber. Der zuckte die Schultern. »Ich denke, er wird in etwa einer halben Stunde von ganz alleine aufwachen.« Er bückte sich und nahm seinen Rucksack wieder auf. »Ich denke zudem, ich gehe besser wieder nach Hause, hier braucht ihr mich nicht. Aber passt in diesen Gemäuern auf. Sie waren lange verschlossen und niemand weiß, was sich hier eingenistet hat. Außerdem hat sie …«, er nickte in Richtung der Statue, »… schon immer einen seltsamen Humor besessen.«

Damit drehte er sich um und ging davon, ließ Tarlon, Argor und Elyra mit Garret zurück.

Der junge Zwerg sah dem hochgewachsenen Elfen nachdenklich hinterher.

»Zwei Dinge«, bemerkte er. »Zum Ersten, ich glaube, ich weiß jetzt, was mein Vater meinte, als er sagte, dass man sich nicht mit Elfen einlassen sollte. Und zum Zweiten denke ich, dass Ariel ganz genau weiß, was hier passiert ist.«

»Und ich denke, wir sollten das Garret nicht auf die Nase binden«, erwiderte Tarlon, als er seinen Freund etwas bequemer bettete.

»Hat er wirklich ein Jahr seines Lebens für mich aufgegeben?«, fragte Elyra scheu. Sie hatte sich etwas beruhigt und sah nun nachdenklich auf Garret hinab.

»Ja«, antwortete Argor nur. »Wir hatten alle Angst um dich. Schließlich bist du in dieses kalte, feuchte, nasse Wasser gefallen. So etwas kann einem schaden!« Er schauderte. »Es ist nass!«

»Warum habt ihr Zwerge eigentlich so einen Abscheu vor Wasser?«, fragte Elyra. Es war nicht das erste Mal, dass sie diesen Gedanken hatte, aber sie hatte sich nie zuvor getraut zu fragen.

»Ich dachte, das wäre allgemein bekannt?«, antwortete Argor. Sowohl Tarlon als auch Elyra schüttelten den Kopf.

»Wir können nicht schwimmen.«

»Das kann man lernen«, sagte Tarlon. »Wenn du willst, bringe ich es dir bei.«

Der Zwerg schauderte sichtlich.

»Nein, ihr versteht nicht. Menschen und auch Elfen, die meisten Tiere, sie sind nicht viel schwerer als Wasser. Sie können meistens an der Oberfläche treiben, brauchen dazu nur tief einzuatmen. Zwerge können das nicht. Mein Vater erklärte mir das so, dass wir irgendwie dichter wären ... sprich, ein Zwerg geht unter, egal, wie sehr er strampelt. Wir sind zu schwer. Es ist so, als ob du mit schwerer Rüstung schwimmen wolltest. Außerdem ... irgendetwas im Wasser tut uns nicht gut. Wir sind ein Volk der Erde ... und nur dort fühlen wir uns wohl.«

»Bei uns fühlst du dich nicht wohl?«, fragte Elyra vorsichtig.

»Doch, schon. Weil ich euch mag. Aber am liebsten sitze ich in einer dunklen Höhle und lese ...«

Tarlon sah sich um.

»Dann müsste es dir hier doch ganz gut gefallen. Wir sind unter der Erde.«

»Richtig«, stimmte Argor zu. »Aber es kribbelt mir ständig im Nacken. Vielleicht ist es die Magie. Magie mögen wir noch weniger als Wasser.« Er verzog das Gesicht. »Vater sagt, man könnte sogar einen Ausschlag davon bekommen!«

»Du meinst, es ist viel Magie in diesem Raum?«, fragte Tarlon und Argor sah seinen großen Freund verwundert an.

»Wie würdest du diese Statue nennen und das, was mit Elyra und Garret geschehen ist?«, rief er empört. »Wenn das nicht Magie ist, weiß ich nicht, was! Der Raum hier leuchtet ... und tat es vermutlich neunhundert Jahre lang! Überleg dir mal, die Magie hat über neunhundert Jahre gehalten ... und das nenne ich nicht gerade schwach!«

»Ich habe Elfen selbst nie ausstehen können«, bemerkte Lamar und erntete dafür ein paar empörte Blicke von den anderen Zuhörern. Lamar igno-

rierte sie und musterte den alten Mann stirnrunzelnd. Er spürte schon die Wirkung des Weines bei sich selbst, aber im Vergleich zu dem alten Mann hatte er kaum etwas getrunken.
»Sagt, wie kommt das?«, fragte er. »Je mehr Ihr trinkt, umso nüchterner scheint Ihr zu werden!«
Der Geschichtenerzähler zuckte nur die Schultern. »Wahrscheinlich Übung«, *gab er dann mit einem Augenzwinkern zurück.* »Und natürlich ein gottgefälliges Leben ...« *Gut ein Dutzend Leute im Publikum bekamen darauf hin einen Hustenanfall, wurden aber geflissentlich von ihm ignoriert.*

»Auf jeden Fall ist mein Vater der festen Überzeugung, dass Magie einen wirr im Kopf macht«, fuhr der Zwerg fort. »Ich meine, ich kenne keine Magier, aber Vater sagt, er kenne welche und sie seien alle irgendwie verrückt.«

Dies war der Moment, in dem Garret aufwachte. Er sprang hoch, als habe ihn eine Biene gestochen, und tanzte vor ihnen herum. »Ich habe einen Zauberspruch gelernt!«, teilte er ihnen freudestrahlend mit, sein Grinsen war so breit, dass es ernsthaft seine Ohren bedrohte. Er tanzte weiter um sie herum. »Ich bin jetzt ein Magier! Ich kann einen Zauberspruch! Magie! Ich kann Magie!«

»Na ja«, bemerkte Tarlon etwas zweifelnd. »Ein Spruch macht noch nicht den ganzen Magier.«

Elyra kicherte und Argor sah aus, als habe er etwas gegessen, das ihm nicht bekommen war. »Siehst du?«, fragte er Tarlon. »Das mit dem wirren Kopf kann ganz leicht geschehen.«

»Ich werd so schnell nicht verrückt«, teilte Tarlon Argor mit, erlaubte sich aber selbst ein leichtes Lächeln. Er begann sich auszuziehen.

»Wollt ihr mal den Zauber sehen?«, fragte Garret ganz aufgebracht.

»Nein danke«, sagte Argor schnell und trat einen Schritt von seinem Freund zurück.

»Später vielleicht«, meinte Tarlon und sah nachdenklich zu der Kugel hoch. »Ich will mir das mal selbst ansehen. Aber wenn du dich beruhigt hast, Garret, könntest du mir etwas helfen. Du bitte auch, Argor, ich bin zu schwer für Garret alleine.«

»Was hast du vor?«, fragte Garret, der sich nun langsam zu beruhigen schien, auch wenn er immer noch breit grinste.

Tarlon stand bereits am Brunnenrand. »Ich fasse jetzt die Kugel an. Ihr haltet mich, damit ich nicht falle«, sagte er einfach. So geschah es auch. Er berührte die Kugel, sackte in sich zusammen und gemeinsam wuchteten ihn Garret und Argor auf die Bank.

»Willst du auch mal, Argor?«, fragte Garret.

»Nein danke.« Der Zwerg schüttelte den Kopf. »Erinnerst du dich nicht an die alten Legenden? Die Sache mit der Magie war es, die Alt Lytar in den Abgrund führte.«

»Ja, das sagt man. Aber mehr auch nicht. Keiner weiß genau, wie das geschehen sein soll«, grummelte Garret. »Ich weiß nur, dass der eine Spruch, den ich gelernt habe, harmlos ist.«

»Magie ist schon per Definition nicht harmlos«, beharrte Argor und Garret befand es für besser, dieses Thema nicht mehr weiterzuverfolgen.

»Fällt euch etwas an Tarlon auf?«, fragte Elyra mit einem spitzbübischen Gesichtsausdruck.

»Nein, was?«, fragte Garret.

»Er ist trocken und fiel nicht ins Wasser.«

»Ja, weil wir ihn gehalten haben«, antwortete Garret. »Worauf willst du hinaus?«

»Ach nichts«, meinte Elyra.

Argor fing nun auch an zu grinsen. Er wusste, was Elyra meinte. Tarlon dachte praktisch wie ein Zwerg. Nur dass ein Zwerg niemals auf solche hohen Bäume klettern würde.

»Nur warum hat er sich ausgezogen?«, fragte Garret Elyra. Diese grinste nun ebenfalls breit.

»Vielleicht weil er nicht sicher war, ob ihr ihn halten konntet! So wusste er, dass er auf jeden Fall trockene Kleider vorfinden würde.«

Garret sah sie mit offenem Mund an, blickte dann zu Tarlon

hinüber, der friedlich und vor allem trocken zu schlummern schien, und fing dann schallend an zu lachen.

»Da hätte ich aber auch selbst drauf kommen können!« Er sah auf seine nassen Sachen hinunter. »Ist aber nicht weiter schlimm, ich bin schon häufig nass geworden und am Körper trocknet es am schnellsten!«

Elyra rümpfte ihre Nase, als sie ihre Kleider inspizierte. Sie waren immer noch klamm und sie hatte keine große Lust, sie so anzuziehen. Lieber kuschelte sie sich in Tarlons warme Decke. Nachdem sie sich alle in Ariels Heim umgezogen hatten, hatten sie sonst keine Kleider mehr zum Wechseln, außer den blutverschmierten Sachen, die sie beim Kampf mit den Hunden getragen hatten. Um nichts in der Welt würde Elyra das besudelte Kleid noch einmal anziehen ... eher war sie bereit, es bei nächster Gelegenheit zu verbrennen, denn es war auch Blut von diesen verfluchten Hunden darauf.

Während Tarlon im tiefen Schlaf lag, untersuchten die drei anderen die weiteren Türen des Raumes. Allerdings fanden sie keine Möglichkeit, sie zu öffnen, und diesmal waren sie nicht bereit, Gewalt anzuwenden.

Was sie allerdings fanden, waren zwei glatte Steine, die jeweils rechts von einer Tür in den Stein eingelassen waren. Mit dem oberen, so fanden sie heraus, konnte man irgendwie das Licht im Raum dunkler oder heller stellen, was der andere Stein tat, war nicht ersichtlich.

»Das muss doch aufgehen«, sagte Garret, nachdem sie wiederholt versucht hatten, die Türen zu bewegen. Doch alles Drücken und Schieben half nichts. »Ich verstehe das nicht. Hier sind Leute ständig ein und aus gegangen. Es kann nicht schwer sein ...« Er drückte wieder auf den unteren Stein. »Ich bin sicher, es hat etwas mit diesem Stein zu tun. Aber es geschieht einfach nichts!«

»Wir machen noch etwas falsch«, meinte Argor und kratzte sich ratlos am Hinterkopf. »Nur was?«

»Man kann ja wohl kaum mehr machen, als auf den Stein zu drücken«, grummelte Garret.

»Ich hab schon versucht zu ziehen oder zu drehen, aber da rührt sich ebenfalls nichts!«

»Warten wir doch einfach, bis Tarlon aufwacht. Vielleicht hat er eine Lösung«, sagte Elyra.

»Dreht euch um.«

»Warum?«, fragte Garret.

Elyra sah ihn nur an. »Du willst zusehen, wie ich mich in meine klammen Kleider zwänge?«, fragte sie etwas spitz.

»Warum nicht?«, grinste Garret, aber der Blick, den sie ihm zuwarf, ließ ihn auf der Stelle wegsehen.

Als Tarlon aufwachte, zog er sich an und begutachtete die im Türrahmen eingelassenen Steine nachdenklich. Wenn er etwas Außergewöhnliches in seinem Schlaf gesehen hatte, behielt er es für sich. Er verlor kein Wort darüber und niemand kam auf die Idee, ihn zu fragen. Auch er drückte auf den Stein mit demselben Ergebnis wie bei den anderen. Es tat sich nichts.

»Hhm ... wir müssen etwas Einfaches übersehen«, meinte er schließlich.

»Vielleicht hat es mit der Statue zu tun«, grübelte Garret. »Ich habe vorhin versucht, sie zu drehen, und ich meine, sie hätte sich etwas bewegt. Vielleicht ist sie eine Art Schalter.« Er musterte die Statue. »Vielleicht hat es etwas mit der Kristallkugel zu tun.« Er kletterte auf den Brunnenrand, setzte einen Fuß auf das Podest und hob vorsichtig die blaue Kugel aus der offenen Hand der Statue.

Für einen Moment wurde der Raum durch die elektrische Entladung hell erleuchtet, dann war es dunkel. Man hörte nur noch ein Platschen.

Tarlon eilte zum Brunnenrand und fand Garret im kalten Wasser sitzend vor, laut fluchend. Die Kristallkugel lag neben ihm im Wasser und leuchtete noch immer, aber Garrets Hand war geschwollen und gerötet, fast so, als habe er sie in offenes Feuer gehalten.

»Was, bei den sieben Höllen, war das!?«, rief Garret und bewegte vorsichtig die Finger seiner Hand.

»Ich würde vermuten, dass das Magie war«, gab Argor zurück. »Ich sage es ja.«

»Ich hoffe, du hast nichts kaputt gemacht!«, rief Elyra in vorwurfsvollem Ton. Garret fluchte erneut, nahm mit einem trotzigen Gesichtsausdruck die Kristallkugel wieder in die Hand und kletterte, tropfnass, wie er war, das Podest hoch, um die Kugel wieder in die offene Hand der Statue gleiten zu lassen. Halb erwartete er eine Wiederholung des Vorfalls, aber nichts geschah. Doch, das Licht ging wieder an.

Die Freunde musterten die Kugel.

»Ich glaube, sie ist dunkler geworden«, sagte Elyra schließlich. »Lass mich mal deine Hand sehen.«

Garret hielt sie ihr schweigend hin.

»Die hast du dir böse verbrannt.«

»Ich weiß«, knirschte Garret. »Allerdings verstehe ich nicht, wie, da war kein Feuer, nur dieses Licht … und es ging durch und durch. Jede Faser meines Körpers tut mir weh und ich sehe Lichter hinter meinen Augen.«

»Keine Magie ist harmlos«, wiederholte der Zwerg und Garret warf ihm einen bösen Blick zu.

»Sie hätten auch dranschreiben können, dass man die Kugel nicht wegnimmt«, grummelte er.

»Wahrscheinlich war das jedem bekannt. So wie bei uns jeder weiß, dass man nicht auf den Brunnenrand klettern soll, wenn man nichts Wichtiges zu sagen hat«, meinte Tarlon. »Üblicherweise demontiert man auch keine Statuen.« Er musterte den Schmuck der Statue, der sowohl kostbar als auch sehr echt aussah. »Wahrscheinlich passiert das Gleiche, wenn man versucht, ihr einen Ring oder einen Armreif zu stehlen.«

»Ich werde es nicht ausprobieren«, knirschte Garret und der Blick, den er der Statue diesmal zuwarf, sah nicht besonders freundlich aus.

Er musterte seine Hand. Sie war leicht geschwollen und gerötet, aber er konnte seine Finger bewegen. Er entschied, dass es nicht allzu schlimm war.

»Wir fassen diese Statue nicht mehr an!«, entschied Garret, als er sich müde in seine Decke wickelte. Niemand widersprach.

Tarlon übernahm die erste Wache und als die anderen schliefen, begab er sich zum Brunnen und sah zu der Statue hoch, deren Gesichtausdruck nun deutlich amüsiert schien.

Argor war als Nächster mit der Wache dran. Nachdem Tarlon ihn geweckt hatte und er sich nun selbst in seine Decke hüllte, dauerte es nicht lange, bis er schlief und von der Dame auf dem Brunnen träumte.

6 Von Ratten und Würmern

Am Morgen, nach einem kargen Frühstück, war es Elyra, die mehr zufällig herausfand, wie die anderen Türen zu öffnen waren. Sie drückte einfach auf den Stein neben der Tür, durch die sie gekommen waren, und als diese sich schloss, probierte sie eine der anderen Türen aus und kam auf diese Weise hinter das Geheimnis: Aus irgendwelchen Gründen war es wohl so, dass in diesem Raum immer nur eine Tür offen sein konnte, und die ganze Zeit vorher hatten sie die Tür zu dem Gang, durch den sie gekommen waren, offen gelassen.

Jetzt öffnete sich knirschend die Tür auf der anderen Seite des Raums, dahinter tat sich ein weiterer Gang auf und Elyra sah sich überraschend einer dreckig weißen Ratte mit rotglühenden Augen gegenüber. Die Ratte war fast so groß wie ein kleiner Hund und zischte bösartig. Vielleicht war die Ratte genauso überrascht wie Elyra, jedenfalls reagierte sie schneller und sprang Elyra an.

»Eeeek!«, schrie Elyra und trat der Ratte heftig gegen die Schnauze, sodass diese laut quiekte und in den Gang zurückgeschleudert wurde, in dem Elyra nun Dutzende von Augenpaaren rötlich glimmen sah.

»Waaa…!«, rief Garret, als Elyra sich mit einem Sprung auf eine der Bänke rettete.

»Ratten!«, rief Elyra und deutete in den offenen Gang.

»Ratten!?«, lachte Garret. »Und da stellst du dich so an … uh … oh …« Das Grinsen erstarb in Garrets Gesicht, als die ersten Ratten aus dem Gang stürmten.

»Das sind zu viele!«, rief Tarlon, der sich auf den Brunnenrand rettete. »Wir müssen die Tür wieder schließen!«

»Garret, tu was!«, rief Argor, der mit seinem Hammer eine Ratte zur Seite schlug, die ihn angesprungen hatte.

»Moment! Arrgh … Mistvieh!« Garret hatte sein Schwert gezogen, auch er hatte sich auf eine der Bänke gerettet und versuchte nun verzweifelt eine Ratte loszuwerden, die sich in seinem Stiefel verbissen hatte.

»Garret, die Tür!«, rief Tarlon. »Da sind Hunderte!« Garret spießte die Ratte mit seinem Schwert auf und warf Schwert und Ratte angewidert weg.

»Jetzt habe ich aber genug!«, rief er. Er zog zwei Pfeile aus seinem Köcher, schoss eine Ratte im Sprung ab und schoss mit dem zweiten Pfeil auf den Stein im Türrahmen. Knirschend schloss sich die Tür wieder und zerquetschte eine quiekende Ratte zwischen Tür und Rahmen. Dennoch hatten es gut zwei Dutzend Ratten in den Raum geschafft und griffen die Freunde jetzt mit erschreckender Wildheit an.

»Zähe Biester«, meinte Tarlon, als er eine Ratte mit der Seite seiner Axt erwischte. Das Viech flog in hohem Bogen gegen die nächste Wand, landete auf dem Boden und griff ihn direkt wieder an, obwohl Tarlon hatte hören können, wie in ihr die Knochen brachen.

Sie hatten die Ratten bereits deutlich dezimiert, als Garret auf der blutigen Bank ausrutschte und in die verbliebenen Ratten fiel, die sofort über ihn herfielen. Argor, Tarlon und auch Elyra eilten ihm zu Hilfe und erschlugen die restlichen Ratten, dennoch hatten diese Garret noch ziemlich zerbissen.

»Verdammt«, fluchte Garret, als er sich mithilfe der anderen aufrichtete und angeekelt sein blutiges und zerfetztes Beinkleid zur Seite schob, um den Schaden zu begutachten.

»Das hat mir gerade noch gefehlt.«

»Götter«, sagte Argor. »Was ist das?«

Er zeigte mit seinem Hammer auf eine der toten Ratten. Dort bewegte sich etwas unter der Haut des Tieres, diese beulte sich aus, platzte auf und dann schlängelte sich ein fahlweißer Wurm aus dem Tier.

»Was es auch immer ist, es ist nichts Gutes«, rief Tarlon und trat einen weiteren Wurm platt. Plötzlich war alles voller Würmer und dann fluchte Garret.

»Scheiße …!«

Argor zerstampfte die letzten Würmer, während Tarlon und Elyra zu Garret eilten. Garret zeigte nur mit einem gleichermaßen angeekelten und faszinierten Gesichtsausdruck auf sein Bein. Dort gab es, zwischen den Bisswunden der Ratten, ein kleines rundes Loch und unter seiner Haut bewegte sich etwas mit überraschender Geschwindigkeit.

»Tarlon!«, rief Elyra. »Halt ihn fest.«

Sie zog ihren Dolch und noch bevor Garret mehr als nur verblüfft schauen konnte, hatte ihn Tarlon bereits ergriffen. Elyra zögerte ebenfalls nicht. Mit einem entschlossenen Schnitt öffnete sie Garrets Haut, spießte den weißen Wurm auf und warf ihn mit angeekeltem Gesichtsausdruck zur Seite.

»Aua!«, rief Garret. »Pass doch auf! Du hättest mich beinahe … huch?« Einen Moment lang sah Garret verdutzt auf seinen Bauch hinab, dann weiteten sich seine Augen und er krümmte sich ruckartig zusammen, ein gurgelndes Geräusch kam aus seinem Mund, dann bäumte er sich auf.

Es brauchte fast Tarlons gesamte Kraft, um Garret zu halten, als er sich aufbäumte, er spannte seinen Körper fast wie einen Bogen, Sehnen und Muskeln traten wie Reliefs unter der Haut hervor, Blut schoss ihm aus dem Mund und seine Augen rollten nach hinten, dann floss ihm blutiger Schaum aus dem Mund … Tarlon konnte hören, wie Knorpel, Sehnen und Knochen seines Freundes knirschten.

»Elyra!«, rief er erschrocken. »Wir brauchen Ariel!«

»Ich weiß!«, rief Elyra und rannte schon davon. Argor riss den Wams seines Freundes auf, sah, wie sich unter der Haut etwas bewegte, und griff hastig nach seinem Dolch.

Währenddessen schnitt sich Tarlon wortlos einen der Würmer aus dem Bein und auch Argor fand einen dieser Parasiten an sich … offenbar war aber die Haut des Zwerges deutlich zäher als die seiner Freunde, denn der Wurm ragte noch ein gutes Stück heraus, sodass Argor ihn einfach herausziehen und zertreten konnte.

»Es tut noch nicht einmal weh!«, stellte er erstaunt fest.

»Vielleicht nicht am Anfang«, knurrte Tarlon, der Garret immer noch verzweifelt zu halten versuchte. »Schau besser bei ihm nach, ob da noch andere sind!«

Sie fanden insgesamt drei Wurmlöcher in Garrets Haut, zwei der Würmer hatten sie schon gefunden, aber beinahe hätten sie den dritten Wurm verpasst, der sich unter der Haut am Hals nach oben bohrte, erst im letzten Moment gelang es Argor, auch diesen Wurm zu erwischen. Vor allem diese letzte Operation war sehr hastig und Garret blutete nun auch stark aus diesen Wunden … aber es war zweifelhaft, ob er dies spürte, denn immer wieder überfielen ihn diese fürchterlichen Zuckungen und zwischen seinen blutigen zusammengebissenen Zähnen drang nur noch ein tiefes Stöhnen und Röcheln hervor. Während seine beiden Freunde hilflos neben ihm knieten, musste sie zusehen, wie unter der Kraft der Anfälle Sehnen rissen und sogar Knochen brachen, jedes Mal, wenn ein solch schreckliches Knirschen ertönte, zuckten sie zusammen und konnten dennoch nichts anderes tun, als ihren Freund zu halten.

Als die Zuckungen schließlich langsam nachließen, sahen sich Tarlon und Argor betreten an … es erschien ihnen nicht als ein gutes Zeichen.

Als Elyra mit dem Elfen und seinem Hund wiederkam, hatten Tarlon und Argor Würmer und Rattenkadaver auf einen Haufen geschoben, möglichst weit weg von der Bank, auf der Garret lag. Irgendwie hatte es Tarlon zudem geschafft, ein Stück Holz zwischen die Zähne seines Freundes zu klemmen, aber Garret hatte dieses bereits fast ganz durchgebissen.

Im Moment jedoch lag er still und schweißgebadet auf der Bank und sein Atem war kaum feststellbar.

Ariel trat an die Bank heran und legte seine Hand auf die heiße Stirn ihres Freundes, dann schüttelte er sachte den Kopf.

»Euer Freund ist bereits auf dem Weg zu den Göttern.« Er ließ die Hand sinken und sah die drei ängstlichen Gesichter vor sich an.

»Alle Dinge sterben irgendwann einmal. Sogar Bäume, Elfen und Berge ... warum sollte ich eurem Freund helfen? Es ist sein Schicksal, nun zu seinen Göttern zu gehen.«

»Garret glaubt nicht an Schicksal«, knurrte der Zwerg. »Und ich auch nicht.«

Tarlon glaubte nicht tatsächlich daran, dass der Elf ihnen nicht helfen würde. Dennoch hatte er diese Frage erwartet und die Antwort darauf auch schon parat.

»Ein Jahr?«

Als Garret erwachte, fühlte er sich schwach, aber seltsam ruhig. Das Erste, was er sah, war die lederne Maske des Elfen, der bemerkte, dass Garret erwacht war und ihn ansah, er hob wortlos die Hand und zeigte Garret zwei Finger.

Garret nickte, er hatte nur undeutliche Erinnerungen an das, was ihm geschehen war, aber er verstand trotzdem. Er richtete sich vorsichtig auf, sah die Erleichterung in den Gesichtern seiner Freunde und wie der Hund des Elfen den Kopf auf die Seite legte und sie alle ansah. Dann nickte der Elf, ergriff wortlos seinen Packen und drehte sich um. Offensichtlich hatte er nicht die Absicht zu bleiben.

»Ser Ariel, entschuldigt ...«, flüsterte Garret. »Erlaubt Ihr mir zwei Fragen?«

Der Elf blieb stehen, drehte sich um und legte den Kopf zur Seite, genau wie es sein Hund tat. Garret kam ein Verdacht und er musste unwillkürlich lächeln. Die anderen sahen ihn seltsam an.

»Sagt, Ser Ariel ... ist dies das Depot?«

Der Elf schüttelte den Kopf. »Nein. Das war die Akademie der magischen Künste. Ich dachte, ihr wisst das.«

Sie schüttelten alle den Kopf.

Der Elf seufzte. »Und deine zweite Frage, Garret Grauvogel?«

»Wie heißt Euer Hund?«

Diesmal schien Garret den Elfen überrascht zu haben.

»Hund«, erwiderte er nach einer kurzen Pause.

»Das ist nicht besonders einfallsreich!«, stellte Garret fest.

»Aber irgendwie passend«, antwortete der Elf, drehte sich um und ging davon. Der Hund schien Garret noch zuzuzwinkern, dann sprang er auf und trottete seinem Herrn hinterher.

»Hhm«, meinte Tarlon nachdenklich. »Ich bin mir nicht sicher, ob das eben Humor war.«

»Ich schon. Es war keiner«, krächzte Garret und räusperte sich. Er war noch immer heiser. Er erinnerte sich dunkel daran, dass er geschrien hatte. Die Heiserkeit kam wahrscheinlich daher. Er runzelte die Stirn, als er seinen linken Stiefel begutachtete. Die Spitze war abgenagt. »Der ist hinüber. Ich brauche wohl einen neuen.« Er sah die anderen an. »Ich habe Hunger. Was gibt's zu essen?«

»Garret …«, fragte ihn Elyra etwas später vorsichtig. »Weißt du, dass du fast tot warst?«

»Ja«, antwortete dieser und tunkte ein Stück Brot in seine Gemüsesuppe.

»Wie war das?«, fragte sie neugierig.

»Nun … da war ein großes Tor, das vor mir aufging, es war aus Gold und als es sich öffnete, war da ein helles Licht … als ich hindurchtrat, standen links und rechts die Götter und lächelten mich an … und ein jeder verbeugte sich höflich, als ich an ihnen vorbeischritt, um mich in meinem neuen Reich willkommen zu heiß…«

»Ach, du!«, rief Elyra und boxte Garret gegen den Arm. »Kannst du nicht einmal ernst sein!?«

Garret rieb sich den Arm und lächelte. »Schon aus Prinzip nicht … aber nein, Elyra, ich kann dir nichts sagen … es wurde einfach dunkler um mich … es war wie ein Loslassen … und dann wachte ich auf. Mehr war da nicht.«

»Scheint dich auch nicht besonders beeindruckt zu haben«, grummelte Argor. »Uns schon. Wir hatten alle eine Menge Angst um dich.«

»Es war fürchterlich …«, sagte Elyra leise.

»Es ist vorbei«, antwortete Garret. Er zuckte die Schultern.

»Ich sehe nicht ein, warum ich mir mehr Gedanken darum machen muss. Ist noch etwas von der Gemüsesuppe da?«

Elyra sah zu Argor hinüber. »Ich verstehe dich, Argor. Manchmal könnte auch ich ihn umbringen.«

»Aber meistens liebst du mich«, grinste Garret und lachte laut, als sie ihn fassungslos ansah.

Tarlon hingegen sagte nichts, er saß auf einer der Bänke, löffelte seine Suppe und musterte mit gefurchter Stirn die Tür, aus der die Ratten gekommen waren.

»Wenn das nicht das Depot ist, dann sollten wir gehen und es suchen«, sagte Elyra etwas später.

»Im Moment ist das eine schlechte Idee«, antwortete Tarlon, der einen Schleifstein aus seinem Packen hervorgekramt hatte und nun die Schneiden seiner Axt nachschliff. »Es ist bereits wieder dunkel draußen.«

»Schon?«, fragte Garret erstaunt.

»Der Elf hat den ganzen Tag gebraucht, um dich zu heilen«, teilte ihm Argor mit. »Sah richtig anstrengend aus, auch wenn er nichts anderes tat, als zu singen, aber zum Schluss dachte ich, er fällt neben dich.«

»Hhm«, antwortete Garret und musterte einen hellen Flecken auf seinem Arm. Die Haut war dort rosig und nicht braun. »Wo kommen die Flecken her?«

»Du hast dir während deiner Anfälle ein paar Knochen gebrochen«, teilte ihm Elyra hilfreich mit. »Dort hat einer rausgeguckt.«

Garret schluckte. Das Jahr Dienst bei Ariel erschien ihm auf einmal mehr als gerecht. Allerdings fand er es nun an der Zeit, das Thema zu wechseln.

»Es ist trotzdem ein gutes Lager. Wir sind sicher vor den Hunden und wir befinden uns am Rand des verdorbenen Zirkels. Jeder andere nahegelegene Rastplatz ist nicht halb so sicher. Ich schlage vor, dass wir hierbleiben und von hier aus nach dem Depot suchen.«

»Hhm«, meinte Argor. »Vielleicht finden wir hier doch noch

ein paar Dinge, die uns nützlich sein können. Auch wenn die Ausbeute bisher eher mager ist.«

»Bisher sind wir ja nur in den Brunnen gefallen«, gab Garret grinsend zurück. »Das bedeutet nicht, dass hier nichts ist.«

»Auf jeden Fall müssen wir die Ratten loswerden«, sagte Tarlon und musterte kritisch die Schneiden seiner Axt. Das Licht der Statue spielte über die glänzenden Schneiden. Sie sahen richtig scharf aus. »Kein besonders gemütliches Lager, nicht solange die Ratten hinter dieser Tür sind.«

»Hey, Tarlon«, grinste Garret. »Du musst dich doch noch gar nicht rasieren. Wofür brauchst du deine Axt so scharf?«

Tarlon sah zu der Tür hinüber. »Vielleicht will ich ein paar Ratten rasieren?«

»Wenn wir die Tür öffnen, überrennen uns die Ratten«, protestierte Elyra. »Es sind zu viele, womöglich Hunderte! Sie würden diesen Raum überschwemmen!«

»Dagegen lässt sich etwas machen«, antwortete Tarlon trocken.

Als Elyra einige Zeit später wieder auf den Stein drückte, sah es in der Tat so aus, als ob eine Welle von grau-weißen Ratten sich auf sie stürzen würde. Nur dass ihnen diesmal ein Hindernis im Weg stand. Tarlon hatte aus Holz und Seilen eine Barrikade gebaut, in deren Schutz sie sicher gegen die Ratten vorgehen konnten.

Argor, der zu klein war, um an der Barrikade effektiv zu kämpfen, hatte die Aufgabe, die Würmer zu vernichten, die vielleicht durch die Spalten gekrochen kamen, und es zeigte sich sehr bald, dass dies eine gute Idee war. Jedes Mal, wenn eine dieser Ratten getötet wurde, schien es, als hätte sie nur dazu gedient, einen ganzen Schwarm von Würmern näher an ihre neuen Opfer zu bringen.

Es dauerte nicht wirklich lange, bis der Fehler in Tarlons Plan offensichtlich wurde. Am Fuße der Barrikade türmten sich die toten Ratten mit einer erschreckenden Geschwindigkeit und bildeten für die anderen eine Rampe, die viel zu schnell wuchs.

Argor hielt eine Fackel in der Hand, um besser sehen zu können, und als eine Ratte Tarlon ansprang und sich in seinem Ärmel verbiss, stieß der Zwerg reflexartig mit der Fackel vor; mit einem verblüffenden Ergebnis. Mit einem lauten Quieken flüchtete gleich eine ganze Horde Ratten in die Dunkelheit des Ganges.

Verblüfft sahen Garret und Tarlon den Ratten nach. Dann regte sich in der Ferne etwas, ein lautes Kreischen und Quieken war zu hören, dann sah Garret, wie sich in der Ferne etwas bewegte. Es war purer Reflex, der ihn den Pfeil abschießen ließ, ein Schrei folgte, schrill, aber doch beinahe menschlich und was auch immer sich dahinten bewegt hatte, floh tiefer in die Dunkelheit, sein erneuter Schrei ließ kalte Schauer über Garrets Rücken laufen.

»Was war das nun schon wieder?«, fragte Tarlon nur, während Elyra den Stein drückte und sich die steinerne Tür mit lautem Gerumpel schloss. Die Ratten stellten für die steinerne Tür kein Hindernis dar, sie zerquetschte die toten Nager einfach.

»Ich bin mir nicht sicher«, antwortete Garret und trat einen Wurm platt, der sich in eine Ritze der Barrikade verziehen wollte. Er versuchte sich daran zu erinnern, was er in diesem kurzen Moment gesehen hatte.

»Es sah aus wie eine große Ratte auf zwei Beinen. Eine sehr große Ratte.«

Der Anblick der zerquetschten Ratten und der sich windenden weißen Würmer ließ es Elyra beinahe schlecht werden, sie wurde grün um die Nase, aber das hielt sie nicht davon ab, den anderen bei der Beseitigung der restlichen Würmer zu helfen.

Tarlon verwendete das Blatt seiner Axt, um methodisch jeden weiteren Wurm platt zu hauen und dann die Kadaver zur Seite zu schieben. Aber seine Gedanken waren offensichtlich woanders.

»Ich glaube, ich habe einen Plan an der Wand gesehen … links im Gang, keine fünf Schritte entfernt.« Er streckte sich und schob eine letzte Ratte mit dem Fuß zur Seite. »So ein Plan könnte nützlich sein.«

»Also, ich gehe da nicht hinein«, sagte Argor entschlossen. »Aber ... habt ihr auch gesehen, wie die Ratten auf Feuer reagierten?«

»Ich würde mich nur ungern darauf verlassen«, gab Garret zur Antwort, aber er streckte bereits die Hand aus. Argor reichte ihm seine Fackel.

»Du willst da wirklich rein?« Elyra sah ihn mit großen Augen an.

Garret zuckte die Schultern.

»Wenn das wirklich ein Plan ist, dann sollten wir ihn an uns bringen. Ich bin es leid, durch die Gänge zu irren.«

»Wie ich schon sagte, dies ist nicht gerade ein Labyrinth«, bemerkte Tarlon. »Wir sind einfach geradeaus gegangen und hier gelandet.«

»Ich bin einfach neugierig«, grinste Garret.

Sie waren sehr vorsichtig, als sie die Tür wieder öffneten. Aber hinter der Türe war nur ein Haufen toter Ratten.

Leider war der Plan auf eine Steinplatte graviert, sie konnten ihn nicht einfach mitnehmen, aber Tarlon packte in aller Ruhe ein Stück Pergament und einen Kohlestift aus und fing an, ihn abzuzeichnen.

Garret hielt währenddessen die Fackel hoch und Argor stand auf einem Holzstück hinter der Barrikade, von ihm war nicht viel mehr zu sehen als seine Armbrust und seine Augen. Jedes Mal, wenn tief in der Dunkelheit des Ganges ein Scharren zu hören war, zuckten alle außer Tarlon zusammen.

Aber nichts geschah. Es waren die längsten fünf Minuten in Garrets Leben. Immer wieder glaubte er, eine Bewegung in dem Dunkel des Ganges zu sehen, aber jedes Mal, wenn er die Fackel hob, war da nichts zu sehen. Er war auf jeden Fall heilfroh, als Tarlon ihm meldete, dass er fertig wäre. Etwas bewegte sich im Gangende, aber Garret schwenkte drohend die Fackel und was es auch immer war, es flüchtete tiefer in die Dunkelheit.

Tarlon schüttete noch Rum über den Haufen toter Ratten

und zündete sie mit der Fackel an, dann hatten sie es beide ziemlich eilig, wieder über die Barrikade zu kommen.

Garret atmete erleichtert auf, als die Tür sich wieder mit lautem Rumpeln schloss.

»Ich hasse Ratten«, stellte er im Gesprächston fest.

Niemand sagte etwas dazu, doch dies könnte eine der seltenen Gelegenheiten gewesen sein, bei der sie alle einer Meinung mit ihm waren.

Danach scharten sie sich alle um den Plan, den Tarlon auf einer der Bänke ausbreitete. Sie alle vermieden es tunlichst, zu dem Haufen toter Ratten in der anderen Ecke hinüberzusehen. Zusammen mit dem Licht der Statue ließ der Schein der Fackel das Blut am Boden vor der Tür schwarz und zugleich lebendig erscheinen ... so freundlich der Raum ihnen anfangs erschienen war, so unheimlich war er ihnen nun.

»Ich sag doch, dass es kein Labyrinth ist«, meinte Tarlon. »Seht, hier ist der lange Gang, durch den wir hereinkommen, er führt in diesen Raum. Von hier gehen drei Gänge ab, einer geradeaus und zu beiden Seiten. Wie ein auf der Spitze stehendes Viereck, mit Räumen an den Enden und einem in der Mitte, alle Eckpunkte und der Raum in der Mitte mit Gängen verbunden. Mehr ist es nicht. Hier sind wir, dort ist der Raum mit den Ratten ... alles ganz einfach.«

»Ich habe das Ratten-Mensch-Ding getroffen«, sagte Garret und deutete mit einem nicht allzu sauberen Finger auf einen weiteren achteckigen Raum auf dem Plan. »Es zog sich hierher zurück.«

Er beugte sich vor. »Das sieht aus, als ob ein weiterer Gang dorthin führt, hier, seht ihr? Wir könnten ihn verwenden ...«

»Warum?«, wollte Elyra wissen.

»Um sie auszuräuchern«, teilte Garret ihr mit.

»Mit Feuer und Fackeln«, sagte Argor. »Die Ratten scheinen das nicht zu mögen.« Er schüttelte sich. »Aber wenn ich ehrlich bin, will ich da nicht hinein. Ist es denn wirklich nötig?«

»Das Ding war so groß wie ich«, sagte Garret. »Was machen wir, wenn es von seiner Seite aus die Tür öffnet?«

»Wir könnten einfach gehen«, gab Elyra zu bedenken. »Es ist nicht das Depot, das hat Ariel ja bereits gesagt.«

»Ich kann einfach nicht klein beigeben«, sagte Garret und grinste breit. »Wie hört sich das denn später an, wenn ich meinen Enkeln erzähle, dass ich vor einem Abenteuer davongelaufen bin?«

»Besser, als wenn du deine Enkel nie kennenlernst, weil das Rattending dich gefressen hat.« Elyra sah ihn kopfschüttelnd an. »Garret, du warst tot!«

»Aber jetzt lebe ich wieder. Und bin sauer.« Sein Grinsen wurde noch breiter. »Stimmt, die Viecher haben mich umgebracht! Gibt es einen besseren Grund?«

Elyra sah hoch zu ihm und schüttelte nur den Kopf. Auch Argor schien nicht überzeugt.

Es war Tarlon, der sich neben Garret stellte.

»Wir haben hier schon eine Menge gelernt. Wir können es uns kaum leisten, hier zu verschwinden, ohne alles gesichtet zu haben, denn wir können nicht wissen, was wir später alles gebrauchen können, welche Lehren, Wissen und Weisheiten hier auf uns warten.«

»Die Weisheit liegt im Herzen«, wiederholte Elyra die Worte des Elfen.

»Aber das Wissen ist hier«, sagte Garret.

Sie brachten die Barrikade in Stellung und öffneten eine der anderen Türen, doch der befürchtete Ansturm der Ratten blieb aus, der Gang war einfach nur leer und staubig.

Dennoch schoben sie die Barrikade vor sich her, bis sie einen anderen achteckigen Raum erreichten. Dort pausierten sie kurz. Tarlon wischte sich mit einem überraschend sauberen Tuch das Gesicht ab, die Barrikade war schwer und er leistete die Löwenarbeit.

»Eine gute Nachricht habe ich für uns«, sagte er, als er sich langsam umsah und sein Tuch wieder ordentlich zusammenlegte und in einer seiner vielen Taschen verschwinden ließ. »Die Ratten können die Türen wohl doch nicht öffnen.«

»Bist du sicher?«, fragte Elyra hoffnungsvoll und musterte die drei anderen Türen des Raums mit einem misstrauischen Blick.

»Schau dir den Boden an«, sagte Tarlon. »Überall Staub. Seit Jahrhunderten ungestört, nur unsere Spuren sind zu sehen. Kein Rattenkot, keine Spuren.«

»Hhm.« Argor legte seinen Kopf nachdenklich zur Seite.

»Das ist der Gang, der zu dem Raum mit den Ratten führt, nicht wahr?«

Tarlon faltete den Plan aus, warf einen Blick darauf und nickte dann. »Ja. Er führt zu dem Raum mit den Ratten. Warum?«

»Und von dem Raum gehen zwei weitere Gänge ab, aber diese enden in Räumen ohne weitere Ausgänge nach draußen?«

Tarlon nickte erneut.

»Wovon leben die Ratten? Selbst wenn die anderen Türen offen sind, führen sie nur zu leeren Räumen. Es gibt keinen Ausgang! Wie sind sie hier hineingekommen und warum sind sie nicht schon längst verhungert?« Der Zwerg schüttelte den Kopf. »Mit rechten Dingen geht es hier jedenfalls nicht zu. Mir ist einfach nicht wohl bei dem Gedanken, uns mit den Ratten anzulegen. Sie können die Türen nicht öffnen, also können wir sie doch ignorieren.«

»Das hatten wir doch schon«, warf Garret ein. »Es geht um das Wissen.«

Argor nickte.

»Das war ein gutes Argument, bevor wir diese Barrikade durch leere Gänge und Räume geschoben haben. Wir haben bisher nichts gefunden außer Staub. Keine Bücher und Schriften, nichts. Die Akademie ist verlassen und man hat alles sorgfältig aufgeräumt, bevor man ging. Ich vermute, dass alles, was sich hier befunden hat und von Wert war, nun ebenfalls im Depot auf uns wartet.«

»Wir werden die Ratten zerstören«, sagte Tarlon in einem Tonfall, der keinen Widerspruch duldete. »Wir müssen es sogar tun.«

»Warum?«, fragte Argor etwas trotzig. »Lass doch die Ratten Ratten sein!«

»Ist einem von euch aufgefallen, dass sich unter dem Fell der Hunde, die uns angriffen, auch etwas bewegte?«, fragte Tarlon und sah die Gefährten nacheinander an.

Garret und Elyra zuckten die Schultern.

Aber Argor nickte zögernd.

»Ja ... ich habe das auch gesehen. Du meinst ...«

»Der Hund, den ich hier vor der Tür erschlug, hatte einen von Garrets Pfeilen im Auge. Er hätte tot sein müssen. Aber er griff mich an und unter seiner Haut bewegte sich etwas.«

»Aber wir haben einige Hunde erschlagen. Da kamen keine Würmer heraus.« Elyra schüttelte sich. »Wären da solche Würmer gewesen, hätte niemand von uns die Hunde überlebt.«

»Ich denke, jeder der Hunde hatte Würmer, aber nicht so viele wie die Ratten hier. Und das ist der Grund. So etwas ist unnatürlich ... und ich vermute, dass es nur eine Möglichkeit gibt, so etwas Unnatürliches zu erzeugen. Magie. Ich denke, dass sich dort im Raum eine Quelle der Magie befindet. Dass dort ein Nest dieser Würmer und Ratten ist. Vielleicht haben die Ratten genau deshalb so viele Würmer. Vielleicht ist dort sogar der Ursprung dieser Plage. Und genau deshalb müssen wir dort hinein und alle Ratten und Würmer zerstören.«

»Das sind nur Vermutungen. Eine lange Kette von Vermutungen«, widersprach Argor bedächtig. »Was, wenn du dich täuschst?«

»Dann haben wir immer noch die Welt von etwas befreit, das nicht sein darf«, sagte Tarlon bestimmt. »Und das ist, in meinen Augen, ein guter Grund.«

»Da hast du recht«, antwortete der Zwerg und wog seinen Kriegshammer nachdenklich in der Hand. »Vater sagte immer, dass man nicht ohne einen guten Grund kämpfen soll.«

»Klar hat Tarlon recht«, lachte Garret. »Abgesehen davon, können wir nicht einfach wieder gehen. Hinter dieser Türe ...«, er grinste breit, »wartet das Abenteuer auf uns! Wenn man später einmal Balladen über uns schreibt, wäre es doch schlimm, wenn herauskäme, dass wir hier gekniffen haben!«

Elyra sah ihn böse an. »Mir sind die Balladen egal! Ich will einfach nur nicht sterben. Und übrigens: Die meisten Helden in den Balladen stellen sich einfach nur dumm an!«

»Aber ...«, meinte Garret fast schon empört.

»Die Ballade von Sir Robart? Ein Mann greift eine Armee an?«

»Nun ...«

»Oder die von der tugendhaften Frau?«

»Was ist denn mit der?«, fragte Tarlon fast wider Willen.

»Wäre sie nicht so tugendhaft stur gewesen, sondern wäre einfach nur gerannt, wäre ihr nichts passiert!«

»Aber dann gäbe es ja die Hälfte der Balladen gar nicht!«, gab Argor zu bedenken.

»Eben!«, rief Elyra. »Wenn sich die Leute nicht so dumm anstellen würden, gäbe es kaum mehr Balladen!«

Alle sahen sie an.

»Ich will nicht in einer Ballade auftauchen«, erklärte Elyra mit einem Seufzer. »Denn dann hätten wir uns dumm angestellt!«

»Wenn wir nun schon beim Thema sind ...« Garret klopfte mit der flachen Hand auf die Tür. »Machen wir die nun auf oder nicht?«

Wortlos drückte Elyra auf den Stein und die Tür schob sich knirschend zur Seite. Der Raum vor ihnen ähnelte in vielen Dingen dem Raum, in dem sie ihr Lager errichtet hatten. Auch dieser Raum war achteckig, enthielt einen Brunnen mit einer Statue, diesmal die eines Mannes mit kurz gestutztem Bart, wallenden Roben und leuchtend blauen Augen, die Augen leuchteten tatsächlich in einem blauen Licht, genau wie auch die Kristallkugel in seiner erhobenen Hand.

Die Unterschiede bestanden in dem Geflecht aus weißen Wurzeln, die durch einen Riss in der Decke in den Raum wuchsen und die Statue fast vollständig umschlungen hatten, den Unmengen an Ratten, die sich zischend aufrichteten und die

Freunde aus rotglühenden Augen ansahen, und einer riesigen Ratte, fast so groß wie Garret. Das Erschreckendste an ihr war, dass sie einen zerfetzten Umhang trug und in ihrem hasserfüllten Gesicht menschliche Gesichtszüge zu erkennen waren. Umwunden und überwachsen zwischen den weißen Wurzeln waren Knochen und Teile von Skeletten zu sehen und Tausende der weißen Würmer wanden sich auf dem Boden.

»Ieek! Ist das eklig!«, rief Elyra und schlug mit ihrer Hand wieder auf den Knopf.

Die Riesenratte zischte etwas, das fast wie eine Sprache klang, und zeigte mit einer Pfote auf die offene Tür, eine Woge aus dreckig weißen Ratten stürmte in die Richtung der Freunde ... doch die Tür schloss sich gerade noch rechtzeitig.

»Das war knapp«, sagte Elyra. »Ehrlich, Tarlon, das ist eine bescheuerte Idee, sich mit diesen Ratten anzulegen ... Tarlon?«

Tarlon stand immer noch hinter der Barrikade, seine schwere Axt zum Kampf erhoben ... aber er bewegte sich nicht. Garret stand neben ihm, ein breites Grinsen im Gesicht, seine Augen funkelten, auch er stand kampfbereit da ... genau wie Argor, der durch einen Spalt in der Barrikade zu sehen schien ... er hielt seinen Hammer mit beiden Händen fast krampfhaft fest, sein Gesicht ließ ohne Weiteres erkennen, was er von der ganzen Sache hielt.

»Ähhm ... Tarlon?« Elyra trat an ihren großen Freund heran und stupste ihn mit dem Zeigefinger.

Nichts geschah, außer dass er ein wenig wackelte. Sie wedelte mit der Hand vor seinen Augen ... keine Reaktion. Sie kniff ihn in die Wange. Ein Runzeln entstand auf seiner Stirn.

Elyra seufzte, holte aus und gab ihm eine schallende Ohrfeige.

Tarlon blinzelte und schüttelte den Kopf wie ein nasser Hund. »Au!«, sagte er und rieb sich seine Wange. Er sah sie empört an. »Wofür war das denn?«

»Sag einfach Danke!«, lächelte Elyra und schüttelte ihre Hand, die ein wenig brannte. »Hätte ich das nicht getan, ständest du immer noch so da wie diese beiden!«

»Hhm.« Tarlon musterte Garret und Argor, die beide noch immer erstarrt waren, und schubste nun seinerseits Garret … und hielt ihn fest, als er beinahe umgefallen wäre.

»Was ist passiert?«, fragte er. »Wir wollten doch die Tür aufmachen … haben wir auch, nicht wahr? Dann war da dieses Licht … und du hast mir eine geknallt.«

Elyra nickte. Sie stand nun vor Garret, streckte ihm die Zunge heraus und schnitt Grimassen. »Nur dass da kein Licht war. Nur das Leuchten der Kugel. Und Hunderte von Ratten, eine ganz hässliche Oberratte und diese ekligen Wurzeln und Würmer! Hätte ich nicht die Tür zugemacht, hätten sie uns alle gefressen, während ihr hier dumm herumstandet!«

Tarlon schüttelte den Kopf. »Daran kann ich mich gar nicht erinnern … Was machst du da?«, fragte er dann, denn Elyra stand grinsend vor Garret und deutete eine langsame Ohrfeige an.

»Ich nehme Maß«, antwortete sie. »Irgendwie ist mir sogar danach!« Dann holte sie aus … und es knallte laut und trocken, als sie Garret ohrfeigte.

Dieser taumelte zurück, riss die Hand halb zum Schlag hoch und sah dann Elyra mit weit aufgerissenen Augen an.

»Wa…as!?« Er schüttelte benommen den Kopf, blinzelte zweimal und musterte Elyra erbost.

»Das habe ich nicht verdient!«

»Da wäre ich nicht so sicher«, gab Elyra zurück.

»Irgendwie hat die Ratte uns betäubt«, teilte ihm Tarlon mit. »Nur Elyra war nicht betroffen. Sie gab dir die Ohrfeige nur, um dich aus der Betäubung zu befreien.«

»Und warum hat es dir nichts ausgemacht?«, fragte Garret und musterte indes den Zwerg. Er zog an Argors Kriegshammer. Doch der Zwerg, erstarrt oder nicht, hielt den Hammer fest.

»Lass ihn in Ruhe«, sagte Elyra. Sie stellte sich vor Argor und gab auch ihm eine Ohrfeige. Der Zwerg wackelte, aber sonst geschah nichts.

»Fester vielleicht?«, fragte Garret.

Elyra nickte, holte aus … und wieder knallte es laut im Gang.

»Sieht aus, als hättest du Übung darin«, bemerkte Garret trocken. Elyra nickte abwesend. »Jasper, der Sohn des Müllers ... er kann einfach seine Finger nicht bei sich belassen.« Sie musterte Argor mit gerunzelter Stirn. Er stand immer noch steif.

»Ich glaub, ich werde mal ein Wörtchen mit Jasper reden«, meinte Garret. »Lass mich mal.«

»Lass Jasper in Ruhe«, teilte ihm Elyra mit, als sie ihm Platz machte. »Er ist ein netter Kerl und vielleicht heirate ich ihn ...«

»Ich dachte, du ohrfeigst ihn?«, fragte Garret und spürte irgendwo einen Stich.

»Ja. Weil er mich ständig befummeln will. Aber er ist nie sauer deshalb. Und er ist fleißig.« Sie warf Garret einen Blick zu. »Nicht wie andere, die ich kenne.«

Garret holte aus und gab nun Argor ebenfalls eine Ohrfeige. Die knallte zwar nicht, warf den Zwerg aber beinahe um. Garret fing ihn gerade noch rechtzeitig auf ... aber Argor bewegte sich immer noch nicht. Garret hielt ihn mit einer Hand fest und holte aus.

»Das reicht«, sagte Tarlon. »Der Arme ist schon ganz rot im Gesicht! Wart mal. Ich probiere etwas anderes.«

Er nahm seinen Wasserschlauch von der Schulter. »Es sieht so aus, als müssten wir zu härteren Mitteln greifen.« Er öffnete den Verschluss aus Horn und spritzte Argor einen Strahl Wasser ins Gesicht ... und sprang gerade noch rechtzeitig zurück, als Argor wild fluchend und prustend mit seinem Kriegshammer um sich schlug.

»Was soll das!«, rief Argor erbost und hob drohend seinen Hammer. »Das ist NASS! Ich ... äh ...«, er blinzelte, wischte sich mit einer Hand das Wasser aus dem Gesicht und schien erst jetzt zu verstehen, dass hier irgendetwas nicht so war, wie es sein sollte.

»Du warst von dem Licht betäubt. Erstarrt wie eine Statue«, erklärte ihm Garret.

»Das Licht, ja richtig ... da war dieses Licht ...«, der Zwerg schüttelte sich erneut. »Gut ... in Ordnung ... aber Wasser!?

Hättet ihr mir nicht einfach eine Ohrfeige oder so geben können?«

»Haben wir«, sagte Garret. Argor sah ihn stirnrunzelnd an. Garret wies auf Elyra. »Sie hat dir zwei Ohrfeigen gegeben, ohne dass etwas geschah!«

Argor rieb sich die Wange und sah zu Elyra hinüber, die gerade ihrerseits Garret mit hochgezogener Augenbraue musterte.

»Du hast eine ordentliche Handschrift, Elyra«, sagte er dann bewundernd. »Dieser Jasper muss dich wirklich gerne haben!«

»Ich dachte, du warst eben weggetreten?«, fragte Elyra leicht verlegen.

Argor sah sie verständnislos an. »Was hat das damit zu tun? Ich habe dich nur schon ein paarmal mit Jasper hinter der alten Scheune gesehen … und es endete fast jedes Mal mit einer Ohrfeige!«

»Fast?«, fragte Garret.

»Na ja …«, antwortete Argor und sah Elyras Blick. Er grinste breit, als sie rot wurde. »Es ist ja nicht so, als ob ich nicht auch anderes zu tun hätte, als hinzusehen, wenn jemand jemand anderen küsst!«

»Elyra! Du hast Jasper geküsst?«, fragte Garret.

»Wie wäre es, wenn wir uns um die Ratten kümmern?«, bemerkte Elyra etwas spitz.

»Und ich weiß schon, wie«, sagte Tarlon und zog ein metallenes Kästchen unter seinem Wams hervor. »Pulvers Lagerfeuer-Anzünder.« Er wog es in seiner Hand. »Wenn es so wirkt wie der Fackelanzünder, wird es mächtig heiß da drin.«

»Ich weiß nicht«, meinte Garret und musterte Pulvers Anzünder skeptisch. »Was ist, wenn ausgerechnet dieses Ding genau so funktioniert, wie Pulver es wollte?«

»Das geschieht so gut wie nie«, beruhigte ihn Argor. »Einen Versuch ist es wert.«

»Ich will auch etwas versuchen«, sagte Garret. »Sag mal, Elyra, hat sich das Rattenvieh eigentlich bewegt?«

»Nein. Warum?«

»Es stand im Brunnen, direkt neben der Säule, richtig?«

»Genau.«

»Gut.« Garret suchte sich sorgfältig einen Pfeil aus seinem Köcher aus. Er stellte sich hinter der Barrikade auf und holte tief Luft.

»Wenn die Türe auf ist und Tarlon den Anzünder wirft, sag mir Bescheid. Ich schieße dann. Blind.«

»Und wie willst du treffen?«

»Ich kann mir die Ratte vorstellen«, sagte Garret, zuckte dann aber die Schultern. »Wenn ich vorbeischieße, ist auch nichts verloren, oder?«

»In Ordnung«, sagte Tarlon, der bereits an der kleinen Kurbel an Pulvers Anzünder drehte. Es klickte in dem Kästchen. »Ich glaube, ich bin so weit.« Er nickte Elyra zu.

»Ich denke, es ist besser, wenn ich das werfe«, sagte sie und nahm Tarlon das Kästchen aus der Hand. Hhm ... es kam Elyra bereits jetzt wärmer vor, als es sein sollte. Sie sollte sich beeilen.

»Alle bereit?«, rief sie.

»Bereit«, antwortete Garret und kniff die Augen fest zusammen. Sie drückte den Stein am Türrahmen und die Tür rollte knirschend auf.

»Offen!«, rief sie und Garret schoss, während sie selbst das Kästchen warf.

Garrets Schuss ging knapp daneben, die Ratte quiekte und duckte sich unter den Brunnenrand, aber fast im selben Moment schlug dort auch das Kästchen auf, Elyra hatte schon immer gut werfen können. Die ersten Ratten stürmten bereits laut quiekend und pfeifend auf die Freunde los, da schob sich die Tür auch schon wieder zu.

Kurz bevor sie sich endgültig schloss, gab es einen lauten Knall und Licht spielte gleißend durch den sich schließenden Spalt.

»Zu«, sagte Elyra.

Garret öffnete die Augen. »Und, habe ich getroffen?«, fragte er.

»Nein.«

»Mist!«

»Aber nur weil er woanders stand«, tröstete sie ihn. »Hätte er dort gestanden, wo er vorhin stand, hättest du ihn genau erwischt.«

»Wusste ich doch, dass das geht!«, lachte Garret. »Aber schade, dass das Vieh nicht stillstehen konnte.«

»Das hat einen mächtigen Knall gegeben«, stellte Tarlon fest. »Ich glaube, der Anzünder ist tatsächlich hochgegangen.« Er runzelte die Stirn. »Eigentlich schade«, sagte er dann. »Die Idee, mit einem Gerät auch nasses Holz anzünden zu können, hört sich sehr nützlich an.«

»Tja«, nickte Garret. »Das wäre was. Aber Pulvers Erfindungen funktionieren nie.«

»Das stimmt nicht«, meinte Argor. »Die Windpumpe würde funktionieren.«

»Ja, wenn es stürmen würde«, stimmte Garret zu. Er legte die Hand gegen den Stein der Tür vor ihm. »Und jetzt?« Er bildete sich ein, der Stein wäre warm unter seiner Hand. Nein, dies war keine Einbildung, der Stein wurde tatsächlich wärmer.

Tarlon trat ebenfalls an die Tür heran und fühlte die Wärme. Ein leises Pfeifen war zu hören. Tarlon musterte den Türrand, hielt seine Fackel hoch und sah zu, wie der Rauch der Fackel durch die hauchfeine Ritze des Türrahmens gezogen wurde.

»Warten wir«, entschied Tarlon, als er vorsichtig einen Schritt von der Tür zurückwich. »Mindestens bis morgen. Gehen wir zurück ins Lager.« Er gähnte. »Irgendwie bin ich müde.«

Am nächsten Morgen, nach einem kargen Frühstück, standen die Freunde wieder vor der Tür. Argor spielte unruhig mit seinem Kriegshammer. »Vielleicht sollten wir sie zulassen«, sagte er. Elyra nickte.

Tarlon legte eine Hand auf die Tür. »Sie ist immer noch warm.«

»Aber nur noch ein wenig«, meinte Garret und drückte das Ornament am Türrahmen.

Knirschend rollte die Türe zur Seite. Für einen Moment sahen sie noch, wie das Feuer unter der Decke loderte, dann wogte es ihnen mit einem lauten Grollen entgegen, rollte über sie hinweg und schoss in den Gang hinter ihnen, wo es einmal aufloderte und dann verlosch.

»Garret«, sagte Elyra, als sie sich in eine sitzende Position aufrichtete und sich Ruß aus dem Gesicht wischte. »Mach so etwas nie wieder!«

»Vor allem nicht ohne Vorwarnung«, grummelte Argor und befingerte seine wallenden Haare, als ob er es kaum glauben konnte, dass sie immer noch da waren.

»Irgendwie war das schon beeindruckend«, antwortete Garret und ergriff die Hand, die ihm Tarlon bot, um sich ebenfalls zu erheben. Er musterte seinen Freund. »Wieso hast du nichts abbekommen?«, fragte er dann.

»Ich bin zur Seite getreten, als du gedrückt hast«, antwortete dieser und sah Garret mit gerunzelter Stirn an. »Das hätte uns umbringen können.«

»Hat es aber nicht«, grinste Garret und klopfte sich den Ruß von den Kleidern. »Puh, das stinkt.«

»Allerdings«, stimmte Elyra ihm zu und rümpfte die Nase. »Wir sollten das ein wenig lüften lassen.«

Garret sah in den Raum hinein, in dem die Luft immer noch waberte. Alles war gleichmäßig von feiner grauer Asche bedeckt, von Ratten, Wurzeln oder Würmern fehlte jede Spur. Er hielt seine Fackel hoch und trat einen Schritt in den Raum hinein … die Flamme der Fackel wurde dunkler und die Hitze, die ihm entgegenschlug, war wie eine Wand.

»Weißt du was?«, sagte er und ging vorsichtig einen Schritt zurück. Die trockene Luft schien ihm den Atem zu rauben. Er hustete. »Ich glaube, das ist eine gute Idee.«

»Sie ließen ein paar Stunden verstreichen, bevor sie den Raum erneut betraten. In der Zwischenzeit erforschten sie die Gänge der alten Akademie weiter und fanden nur leere Räume und Gänge vor«, sagte der alte Mann und trank seinen Becher aus. Er musterte den trockenen

Boden mit einem Seufzer und eine junge Frau beeilte sich, ihm einzuschenken.

»Ich verstehe nicht, wieso sie nicht schon früher aufgegeben haben«, sagte Lamar. Es war spät geworden und langsam senkte sich die Dämmerung über das Tal. »Der Elf hat ihnen doch gesagt, dass dort nichts mehr zu finden war.«

Der alte Mann nickte. »Vielleicht trauten sie dem Elf nicht ganz. Vielleicht waren sie auch einfach nur stur. Bei Garret war das so etwas wie eine Familientradition.«

»Ein Wunder, dass sie das überhaupt so weit überlebten. Dieser Garret ... wenn er so weitermacht, bringt er sich noch um.« Lamar lachte. »Wenn ich's mir recht überlege, ist das ja auch passiert, nicht wahr?«

»Hört einfach weiter zu«, lächelte der alte Mann. »Für manche Geschichten und Geschehnisse braucht es eben ganz besondere Menschen.«

Letztlich betraten die Freunde den Raum dann doch. Es war immer noch warm und die Luft so trocken, dass sie im Rachen kratzte, aber es war erträglich. Von den Ratten, Würmern und den Wurzeln war außer dieser feinen Asche nichts übrig geblieben und sie gaben sich Mühe, diese nicht zu sehr aufzuwirbeln.

Der Riss in der Decke war kleiner als zunächst angenommen, wirklich kaum mehr als ein Kratzer. Argor untersuchte die Wände, klopfte hier und da mit dem Hammer dagegen, aber fand nichts Auffälliges.

»Wenn es noch irgendwelche Geheimtüren gibt«, sagte er kopfschüttelnd, »dann bleiben sie genau das: geheim. Keine Ahnung, wie die Ratten hier hineingekommen sind.«

Das Einzige, was sie unter all dem Staub und Ruß fanden, war eine alte Goldmünze. Es war Elyra, die sie entdeckte und nun hochhielt, damit auch die anderen einen Blick auf das Goldstück werfen konnten.

»Es hat ja noch nicht einmal ein Loch!«, stellte Garret enttäuscht fest.

»Es hat nicht mal ein Loch? Was soll das? Da hält der Junge ein Vermögen in der Hand und ...« Lamar hielt inne, als der alte Mann die Hand hob.

»Ihr müsst dazu Folgendes wissen: Am Ende des Mittsommerfestes ist es bei uns Tradition, dass der letzte Wettkampf mit dem Bogen auf ein solches Ziel geschossen wird.« Er griff in seinen Beutel und entnahm diesem, zu Lamars großem Erstaunen, eine große Goldmünze, groß und schwer genug, um sie gegen zwanzig normale Kronen aufzuwiegen. In der Mitte des Goldstückes befand sich tatsächlich ein Loch, fast groß genug für seinen kleinen Finger.

»Es wird einmal im Jahr geprägt. Extra für diese Gelegenheit. Der Bürgermeister und der Schmied besitzen noch die Werkzeuge und Prägestempel, um eine solche Doppelkrone zu prägen, es ist jedes Mal eine kleine Zeremonie, wenn das geschieht.« Er lächelte. »Der Wettkampf ist erst dann vorbei, wenn jemand imstande ist, eine solche Münze zu treffen. Und der letzte Wettbewerb ist üblicherweise auf gut dreihundert Schritt Entfernung.«

»Das ist viel zu weit. Auf die Entfernung kann man so ein Ziel kaum sehen!«, protestierte Lamar.

»Das muss man ja auch nicht. Es reicht ja zu wissen, dass sie da ist. Garrets Vater zum Beispiel hatte neunzehn von diesen Münzen an seinen Kamin genagelt. Achtzehn in einer Reihe und eines ein Stück über den anderen.«

Lamar grübelte noch darüber, warum man ein Ziel nicht sehen musste, entschied sich dann aber doch, etwas anderes zu fragen.

»Er gewann demnach neunzehn Mal?«

»Nein. Achtzehn. An einem Jahr verärgerte er seine Frau, und nicht nur, dass sie ihn im Stall schlafen ließ, sie schlug ihn auch auf der Schießbahn.« Er grinste. »Man sagte, er wäre clever genug gewesen, um sie in dem Jahr gewinnen zu lassen, aber ich habe da meine Zweifel. Dieser letzte Zweikampf fand immerhin auf 320 Schritt statt.«

»Was für ein dummer Brauch! Wer ist schon so blöde und nagelt Goldstücke an einen Kamin?«, sagte Lamar und merkte plötzlich das verärgerte Gemurmel der Zuhörer. »Ich ... ich meine ... warum Gold verwenden ...?« Die empörten Blicke ließen ihn verstummen.

»Warum nicht?«, fragte einer der Zuhörer verärgert. Lamar sagte keinen Ton mehr und war froh, als der alte Mann die Münze wie *durch einen Zaubertrick verschwinden ließ und mit der Geschichte fortfuhr.*

Garret stieg in den Brunnen und fand seine zwei Pfeilspitzen wieder, die von der Hitze blau angelaufen waren.

»Hhm«, sagte er und sah hinauf zu der Kristallkugel in der Hand der Statue. »Vielleicht …?« Er stand auf, kletterte auf das Podest, wischte die Kristallkugel sauber und sah hinein. Prompt wurde er schlaff und wäre hart gestürzt, hätte ihn Tarlon nicht aufgefangen.

»Nicht schon wieder«, seufzte Tarlon und hob Garret über die Brüstung des Brunnens. Gerade noch rechtzeitig, um auch Elyra aufzufangen, als sie in die Kugel blickte. »Mist! Argor, kannst du mir mal helfen?«

Der Zwerg nickte und nahm die bewusstlose Halbelfe sorgsam entgegen. »Ich mag keine Magie und ich mag Wasser noch weniger!«, grummelte er. »Warum muss hier beides kombiniert sein?«

»Dieser Brunnen ist trocken«, teilte ihm Tarlon mit.

»Es geht ums Prinzip«, antwortete der Zwerg und trug Elyra hinaus in den Gang, dorthin, wo keine Asche auf dem Boden lag, und legte sie vorsichtig ab.

Tarlon legte Garret daneben und musterte die Kristallkugel in der Hand der Statue mit einem nachdenklichen Gesichtsausdruck.

Argor kam wieder zurück und gesellte sich zu ihm.

»Diese Magie, sie macht verrückt«, sagte er dann. »Schau dir Garret und Elyra an! Verhält sich so ein vernünftiges Wesen?«

»Hhm«, antwortete Tarlon. »Kannst du mir noch mal kurz helfen?«

»Wobei denn?«

»Halt mich, wenn ich hineinschaue.«

Diesmal war es eine Enttäuschung. Elyra erinnerte sich wieder an einen Unterricht, diesmal ging es um die Benutzung magischer Gegenstände wie Zauberstäbe, aber als sie erwachte, merkte sie, wie sie bereits wieder alles vergaß. Sie eilte zu einer der mit Ruß beschmierten Wände und schrieb dort hastig all das, woran sie sich erinnern konnte, mit dem Finger an die Wand. Gleich darauf gesellte sich Garret dazu ... Minuten später auch Tarlon.

»Mist«, sagte Garret, als er zurücktrat und die Wand ansah. »Kann einer von euch das lesen?« Die Schrift an der Wand war, obwohl er es selbst geschrieben hatte, ihm schon wieder vollständig unbekannt.

»Nein«, antwortete Elyra frustriert. »Aber es ist die gleiche Schrift wie in meinem Buch. Ich erkenne ein paar der Runen, die ich von meiner Mutter gelernt habe. Aber ich kann sie nicht lesen!«

»Das muss ziemlich ärgerlich sein«, grinste der Zwerg. »Aber vielleicht ist es besser so.«

»Ich habe eine Idee!«, rief Garret und kletterte wieder in den Brunnen. Er zog sein Hemd aus, berührte die Kugel nicht mit der bloßen Hand, sondern mit dem Stoff und als nichts geschah, wickelte er die Kugel in sein Hemd ein und eilte mit ihr unter dem Arm zurück in den ersten Raum, in dem die Statue der Frau stand.

»Was hast du vor?«, fragte Elyra, als sie ihm alle hintereilten.

»Sie habe ich verstanden«, antwortete Garret, der bereits die andere Kristallkugel vorsichtig von der Hand der Statue nahm. Das letzte Mal hatte sie ihm einen Schlag versetzt, als er das tat, und dadurch wohl den Rest von Magie verloren, diesmal geschah nichts, dennoch legte er sie vorsichtig auf den Boden neben den Brunnen.

»Das müsste funktionieren«, grinste er, setzte die Kugel aus dem Raum der Ratten, die ja ihre Magie noch nicht verloren hatte, auf die ausgestreckte Hand der weiblichen Statue, sah in die Kugel ... und fiel ins Wasser.

Argor seufzte.

Aber es funktionierte ... diesmal verstanden sie die Lektionen. Wieder war es die Frau, die sie mit einem Lächeln willkommen hieß und ihnen und den anderen Schülern geduldig erklärte, wie die Magie funktionierte. Diesmal lernte Garret, wie man einen magischen Bolzen erschuf, der sein Ziel niemals verfehlte, und Elyra konnte sich an den Gebrauch von Zauberstäben erinnern.

»Sie kann viel besser erklären«, sagte Garret später zufrieden. »Außerdem spricht sie eine Sprache, die ich verstehe.«

»Sie ist eine Frau. Frauen haben mehr Geduld«, sagte Elyra und erntete dafür einen spöttischen Blick Garrets.

»Das mit der Sprache stimmt nicht«, widersprach Tarlon. »Sie spricht die gleiche Sprache wie der Mann, nur bringt sie uns die Sprache auch gleich mit bei.«

»Wie auch immer«, grinste Garret. »Schaut, was ich gelernt habe!« Eine kleine Kugel entstand in Garrets Händen und schoss gleich darauf davon, um mit lautem Knistern und Prasseln funkensprühend in einer Wand einzuschlagen und dort einen dunklen Fleck zu hinterlassen.

»Habt ihr das gesehen!«, rief Garret und tanzte auf der Stelle herum. »Mann, das ist stark! Hey, habt ihr das gesehen!?«

»Habe ich«, sagte Argor trocken. »Aber wenn ich meinen Hammer geworfen hätte, gäbe es dort mehr als einen Rußfleck.«

»Aber es ist Magie!«, rief Garret und ließ einen Bolzen entstehen ... der kurz aufleuchtete und mit einem Zischen verschwand.

»Huh?«, sagte Garret verblüfft und sah auf seine Hände herab. Beim nächsten Male entstand nur ein Fünkchen ... das sofort verging.

Argor fing an zu lachen.

»Jetzt hast du mich aber beeindruckt, großer Magier!«

Elyra schüttelte den Kopf. »Argor ... Wissen ist niemals falsch und es kann uns vielleicht einmal helfen. Wenn Magie nichts für dich ist, lass es einfach gut sein. Aber lass Garret seine Freude.«

Argors Miene verdüsterte sich und er schüttelte energisch den Kopf. »Es ist es nicht alleine, dass ich die Magie nicht mag.

Es stellt mir nur alleine schon der Gedanke an sie die Haare auf und ich mag sie einfach nicht, vielleicht auch, weil meine Rasse nichts damit anfangen kann. Aber das ist nicht alles. In jeder Legende über Lytar ist die Rede davon, dass das Reich unterging, weil die Magie so mächtig war und missbraucht wurde.« Er sah zu Garret hinüber. »Ich will nicht, dass euch etwas zustößt, weil ihr euch mit Magie beschäftigt ... ihr seid meine Freunde.«

»Ich werde die Magie nicht missbrauchen«, sagte Garret ernst. »Das schwöre ich dir, mein Freund.«

Argor sah ihn lange prüfend an und nickte dann nur.

Tarlon sagte nichts zu der Unterhaltung, er griff sich einfach seinen Packen. »Wir haben jetzt jeden Winkel hier durchsucht. Die Ratten sind vernichtet ... lasst uns gehen. Wir haben frühen Morgen, es ist hell draußen und wir haben eine Aufgabe.«

Erst viel später sollte Elyra auffallen, dass sich Tarlon überhaupt nicht über das geäußert hatte, was er in den Kugeln gesehen oder gelernt hatte.

»Ich finde es trotzdem nicht richtig, dass wir uns mit dieser alten Magie beschäftigen«, beharrte Argor etwas später gegenüber Elyra, als die Freunde in einer Lichtung haltmachten.

»Hat Ariel etwas über das Wasser gesagt?«, fragte Garret, als er sich zu der Quelle des kleinen Baches niederbeugte. Er entsprang einem Hügel am Rand der Lichtung. Dicht bewachsen an der Seite, zeigte der Hügel hier eine Wand aus Stein, zu deren Füßen der kleine Bach entsprang, ein kleiner Teich hatte sich hier ebenfalls gebildet.

Tarlon sah sich auf der Lichtung um. Alles schien friedlich und das Gefühl, das ihn bis zu dem Moment bedrückt hatte, als er die Lichtung betrat, schien wie eine ferne Erinnerung. Der Ort schien eine Ruhe auszustrahlen, wie er sie nur von ganz seltenen Plätzen kannte, einer davon war der Schrein von Mistral.

»Das Wasser ist in Ordnung, Garret«, sagte er dann und atmete tief durch. Hier roch es nach Gras, Blüten und Sommer. Vielleicht, dachte er, war dies auch ein heiliger Ort, auch wenn es keinen Schrein oder Tempel gab.

»Bist du sicher?«, fragte Garret.

Tarlon nickte. »Ganz sicher.«

Elyra hatte es sich indes nahe dem Bachlauf bequem gemacht und wusch sich ihr Gesicht, während Argor, auf den Stiel seines Hammers gestützt, immer noch argwöhnisch die Umgebung begutachtete.

»Nichts Gutes kann von dieser Magie kommen«, nahm Argor seinen Faden wieder auf.

»So schlimm ist es auch nicht«, antwortete Elyra, während sie sich mit einem feuchten Lappen das Gesicht abwusch. »Denk daran, dass es Magie war, die Garret und mir das Leben rettete.«

»Und ohne die Magie wäre dies gar nicht erst nötig gewesen«, knurrte Argor. »Wir sollten wirklich die Finger davonlassen.«

»Es waren die Hunde, die mich beinahe getötet haben, und nicht Magie«, gab sie zurück.

»Ach ja?«, knurrte Argor. »Und was waren das für Hunde, hmm? Jedenfalls keine natürlichen.«

»Streitet euch nicht«, sagte Tarlon, der Garret seinen Wasserschlauch reichte, damit dieser ihn am Bach füllen konnte. »Argor, die Magie, die Ariel verwendet hat, ist etwas anderes.«

»Woher willst du das wissen?«, fragte Argor und sah zu seinem großen Freund hoch.

»Es war Heilungsmagie. Göttliche Magie, gegeben durch ein Gebet. Ich habe davon gelesen und davon, dass es eine Göttin des Waldes geben soll. Die Dame des Waldes nennt man sie oder auch Mieala. Ariel sagt, er diene ihr.« Er lächelte. »Die Sera Bardin sagt, dass die Erscheinungsform der Göttin des Waldes ein Einhorn wäre. Und sie zeigt sich nur denen, die ihre Wälder hoch schätzen und ihnen dienen.«

»So, wie dieser Wald ist, braucht er auch einen Priester des Waldes«, sagte Elyra ernsthaft. »Es passt schon zu Ariel.«

»Wenn Ariel ein Priester ist, fresse ich meinen Bogen. Mit Sehne«, sagte Garret. »Ich kann mir Ariel einfach nicht vorstellen, wie er eine Weihe hält!«

»Ich glaube, die Priesterschaft der Dame des Waldes ist anders«, lächelte Tarlon und nahm den gefüllten Trinkschlauch mit einem dankbaren Nicken entgegen. »Aber am besten fragst du ihn einfach selbst.«

»Ich frage mich, was er hier macht«, grummelte Argor. »Ich meine, er ist ein Elf. Ein Unsterblicher. Vielleicht lebt er schon seit Jahrhunderten hier ... nur was macht er hier?«

»Vielleicht kümmert er sich einfach nur um den Wald, versucht, ihn zu heilen, wo er kann?«

»Und das soll alles sein? Immer nur Bäume pflegen?«, fragte Argor.

»Nur weil sie langsam wachsen und lange stehen, bedeutet das nicht, dass Bäume keine Pflege brauchen«, sagte Tarlon bedächtig. »Ich habe selbst schon Bäume gepflanzt, die erst meine Enkel oder Urenkel schlagen werden. Er lebt lange genug, um zu sehen, wie sie gedeihen. Es ergibt durchaus Sinn.«

»Vielleicht für einen Elfen. Sie sollen ja Bäume mögen«, gab Argor widerspenstig zu. »Gut, mag sein, dass Ariel anders ist und seine Magie für einen guten Zweck einsetzt.« Argor holte ein kleines Fässchen aus seinem Rucksack. Er öffnete das Spundloch, sah bedauernd hinein und reichte das Fässchen an Garret weiter, damit dieser es füllen konnte. »Aber mein Vater sagt immer, dass Macht gierig macht und korrumpiert ... und dass nicht einmal die Götter selbst davor gefeit wären. Macht ist Gift für die Seele.«

Er sah die anderen an. »Ich sage trotzdem immer noch, dass wir das mit der Magie vergessen sollten. Es bringt nur Unheil!«

»Wir haben einfach keine Wahl, Argor«, seufzte Elyra. »Wir sind es, die angegriffen wurden. Wir suchen ja nicht nur nach Magie, sondern nach allem anderen, was uns helfen kann, um uns dieser Bedrohung zu erwehren.«

»Und es ist zudem unser Auftrag«, erinnerte Garret seinen Freund und tauchte sein Gesicht ins Wasser, um prustend wieder hochzukommen. »Auch wenn wir das Depot wahrscheinlich gar nicht finden werden ... wir suchen nun schon stundenlang. Dort ist der schlafende Mann.« Er wies auf den Hügel, der nicht weit von ihnen lag. »Wir sind um ihn herumgegangen, haben überall gesucht und nichts gefunden. Nur Ariels Heim und die Akademie.«

»Vielleicht ist Ariels Heim der Eingang zum Depot«, mutmaßte Elyra.

Garret schüttelte den Kopf. »Er sagte, es sei nicht so, und ich glaube ihm. Er will uns nicht helfen, aber lügen wird er auch nicht. Das fühle ich.«

»Und ihr seid sicher«, sagte Argor bedächtig, »dass es richtig ist, dieses Depot zu finden und all das, was die Leute von Lytar als zu gefährlich ansahen, um es mit in eine neue friedliche Zukunft zu nehmen, wieder auszugraben?«

»Elyra sagte es schon. Wir haben keine Wahl«, antwortete Garret. »Außer diesem Bogen haben wir nichts, was uns gegen den Drachen schützen kann … und ich glaube nicht, dass der Drache den gleichen Fehler noch einmal begehen wird.«

»Das kommt wohl ganz darauf an, wie blöde das Vieh ist«, meinte Tarlon und lachte leise.

»Die ganze Diskussion ist müßig«, stellte Garret klar und ließ sich neben Elyra ins Gras plumpsen. »Wir werden das Depot sowieso nie finden.« Er zog seine Stiefel aus und hielt seine Füße ins Wasser. »Ich hätte Lust, fischen zu gehen«, ließ er die anderen wissen, lehnte sich zurück und schloss die Augen.

»Hier gibt es keine Fische«, teilte ihm Elyra schnippisch mit.

Garret öffnete ein Auge und sah sie an. »Richtig. Und auch kein Depot. Es ist wahrscheinlich nichts als eine Legende. Vielleicht existiert es nicht einmal.«

»Wir haben es schon gefunden«, antwortete Argor da und alle sahen ihn erstaunt an.

»Dort, die steinerne Wand über der Quelle … seht ihr, wie die Maserung verläuft?« Er wies auf den Stein oberhalb der Quelle.

Sie sahen hin. Elyra zuckte die Schultern, Tarlon hob eine Augenbraue und Garret kratzte sich am Hinterkopf.

»Ja und?«

»Der Stein gehört da nicht hin. Er gehört gar nicht in die Gegend. Solchen Stein findet man gute drei Tagesreisen entfernt am Fuße des Gebirges oder aber auch, wenn man hier zweihundert Fuß tief graben würde.«

Die anderen sahen ihn nur an. Keiner schien zu verstehen, worauf der Zwerg hinauswollte.

Argor seufzte.

»Die Maserung verläuft zudem in der falschen Richtung ... der Stein wurde hier eingepasst. Außerdem glaube ich, unter dem Moos etwas gesehen zu haben.« Er stand auf. »Schaut her.«

Er ging hinüber zu der Steinwand und wischte das Moos ab. Die verwitterten Konturen eines Greifen wurden sichtbar. Er drehte sich zu den anderen um, die ihn fassungslos ansahen.

»Der Hügel ist kein Hügel, sondern ein überwachsenes Gebäude wie eine der alten Grabkammern. Da habt ihr euer Depot. Und mögen uns die Götter geben, dass dies kein Fehler ist.«

»Das ist aber keine Tür!«, stellte Garret fest und klopfte mit dem Griff seines Schwertes gegen den mächtigen Stein. »Es hört sich nicht einmal hohl an.«

Sie hatten sich alle dort versammelt, etwas unter ihnen plätscherte die Quelle munter vor sich hin. »Hier gibt es nicht einmal einen Spalt.« Er sah zu Argor hinunter. »Bist du sicher?«

Der Zwerg sah ihn nur an. »Meinst du, ich kenne meinen Stein nicht?! Garret, natürlich bin ich mir sicher! Schau dir den Hügel doch an! Er ist symmetrisch, mit abgeschrägten Flanken ... das ist ein Gebäude.«

»Dazu noch ein reichlich großes«, bemerkte Garret, immer noch mit einem zweifelnden Unterton in der Stimme.

»Der Hügel ist mindestens viermal so groß wie unser Wirtshaus!«

Das Wirtshaus war ohne Zweifel das größte Gebäude im Dorf und nicht nur Garrets Maßstab für solche Dinge.

»Hast du gedacht, das Depot befindet sich in einem kleinen Kellerloch?«, fragte Argor.

»Hier ist etwas anders«, sagte Elyra plötzlich. Sie stand ein Stück hinter den anderen und sah ebenfalls die Steinwand an ... aber ihre Augen wirkten seltsam unfokussiert, sie hatte einen fast träumerischen Gesichtsausdruck. »Seht ihr nicht das Flimmern hier überall? Am stärksten beim Hügel ... aber es erfüllt die gesamte Lichtung.«

Der Zwerg kniff die Augen zusammen und sah skeptisch zu der Steinplatte hoch. »Also, ich sehe da nichts.«

»Da ist nichts, Elyra«, sagte Garret, aber noch während er sprach, weiteten sich seine Augen. »Bei den Göttern ... er flimmert wirklich!«

Argor sah die beiden an. »Ihr werdet mir doch jetzt nicht verrückt, oder? Da ist kein Flimmern!«

»Vielleicht doch«, meinte Tarlon bedächtig. »Vor zwei Jahren habe ich gesehen, wie die Sera Bardin eine alte Brosche als magisch identifizierte. Sie sagte, sie könne die Magie sehen. Und Elyra ist zur Hälfte Elfe.« Er sah sich in der Lichtung um. »Das könnte erklären, warum das Verderbte diese Lichtung ausgespart hat ... die Magie hier drinnen schützt sie.«

»Und ich bereue es jetzt schon, euch auf den Hügel aufmerksam gemacht zu haben«, grummelte Argor. »Auf jeden Fall sehe ich da nichts.«

»Du hast ja auch nicht an ihrem Unterricht teilgenommen«, sagte Garret abwesend, während er die Steinplatte betastete. »Sie hat alles in der ersten Lektion erklärt.« Er drückte auf die Augen des Greifen, der in den Stein gemeißelt war, aber nichts geschah. »Irgendwie muss das Ding doch aufgehen.«

Argor sagte nichts, zuckte nur die Schultern und setzte sich auf einen Stein. »Na, dann sucht mal schön.«

Tarlon wandte sich von dem Hügel ab und kniete sich neben Argor. »Argor«, sagte er dann, »wir sind doch schon so lange Freunde, Garret, Elyra, du und ich.«

Der Zwerg zog eine buschige Augenbraue hoch. »Worauf willst du hinaus?«

»Wie Elyra schon sagte, wir sind es, die angegriffen wurden. Wir werden hier auch nichts machen oder verwenden ... wir sind nur hier, um das Depot zu suchen. Was dann damit geschieht, ist nicht unsere Entscheidung, sondern die der Ältesten. Von denen dein Vater einer ist.«

»Ja?«

»Wir sollten den Ältesten vertrauen. Sie haben uns lange sicher geführt. Und wir sollten einander vertrauen. Garret hat sich nicht geändert, nur weil er jetzt einen kleinen Spruch kennt.«

»Das ist es ja«, grummelte Argor. »Ich kenne Garret. Er hat vor nichts Respekt.«

»Das stimmt nicht!«, protestierte Garret. »Ich bin nur nicht leicht zu beeindrucken.«

Argor und Tarlon ignorierten ihn. »Er hat dir außerdem geschworen, dass er die Magie nicht missbrauchen wird«, fuhr Tarlon fort. »Er ist dein Freund. Du solltest ihm vertrauen. Er ist stolz darauf, die Magie erlernt zu haben.«

Argor seufzte. »Ich habe nur Angst davor, wo das alles hinführen wird. Du sprachst von unserer Freundschaft ... aber siehst du nicht, dass sich alles bereits geändert hat?«

»Aber das ist weder Garrets Schuld noch unsere«, sagte Elyra leise.

»Aber die der götterverdammten Magie!«, knurrte Argor. »Diese Krone ... sie ist ein magisches Artefakt!«

Garret wandte sich von der Steinwand ab und setzte sich vor Argor in das Gras.

»All das hat aber mit uns nichts zu tun«, sagte er dann leise. »Wir können nichts ändern. Es ist, wie es ist. Und ich habe Respekt vor vielen Dingen. Aber ich sage dir, was ich noch habe, Argor. Ich habe eine Scheißangst. Alleine wenn ich nur an diese Würmer denke ...« Er schüttelte sich und wurde tatsächlich etwas bleich um die Nase herum. »Ich mag es nur nicht gerne zugeben, Argor, aber ich habe einfach nur Angst. Angst, dass der Drache wiederkommt. Angst, dass noch andere sterben müssen. Angst, dass euch etwas passiert oder dir.« Er holte tief Luft. »Ich dachte, das wüsstest du.«

Argor sah ihn perplex an. Dann lächelte er leicht. »Nein, das habe ich nicht gewusst. Ich dachte, du hast nur deine übliche große Klappe.«

Garret grinste. »Ich verrat dir was. Wenn ich die größte Klappe habe, habe ich auch die größte Angst.«

»Dann hast du auch Angst vor Miriana«, grinste Elyra. Miriana war die Tochter des Bäckers und galt im ganzen Dorf als die schönste der jungen Frauen. Elyras Meinung nach verwandelte alleine der Anblick Mirianas die Hälfte der jungen Männer im Dorf in sabbernde Idioten. Bis auf Tarlon und Garret. Tarlon schien sie gar nicht wahrzunehmen und Garret neckte sie, wo immer es ging.

»Darauf kannst du aber wetten«, lachte Garret. Er schlug Argor auf die Schulter. »Alter Freund, mach dir keine Sorgen, sie sind unbegründet. Und wenn ich jemals mit Magie einen Fehler begehe, hast du meine Erlaubnis, mir dafür in den Hintern zu treten.«

Er sprang wieder auf. »Und jetzt lasst uns das Depot öffnen.«

»Gerne«, sagte Elyra. »Wie?«

»Es muss einen Weg geben«, sagte Garret. Er trat gegen die Steinwand. »Geh auf, verdammt noch mal!«

Mit einem lauten Knirschen schwang die Wand zur Seite, so schnell, dass sie Garret wie eine riesige Hand von dem kleinen Absatz über der Quelle kehrte, woraufhin er die Böschung herunterpurzelte und mit einem lauten Platschen der Länge nach in dem kleinen Bachlauf landete.

Als Garret, patschnass und mit einem selten dämlichen Gesichtsausdruck, den Kopf hob und fassungslos aufsah, fing Argor an zu lachen. Es klang fast hysterisch, allerdings hörte er schlagartig damit auf, als Garret sich wieder aufrappelte und sich wie ein nasser Hund über dem Zwerg schüttelte.

»Das war jetzt gemein«, beschwerte sich der Zwerg. »Du machst mich nass.«

Im nächsten Moment fing Elyra an zu lachen, auch Tarlon konnte nicht widerstehen und lachte ebenfalls laut schallend.

»Was war daran so lustig?«, fragte Lamar. Der alte Mann lächelte nur und zog an seiner Pfeife. Lamar sah sich um und sah überall grinsende Gesichter. »Ich verstehe es nicht! Er hätte sich den Hals brechen können!«
»Vielleicht genau deshalb«, grinste der alte Mann und nahm einen weiteren Schluck Wein.
Lamar schüttelte den Kopf. »Gut. Von mir aus. Wie ging es weiter? Sie haben das Depot also geöffnet. Was geschah dann?«
»Das habe ich nicht gesagt. Ich sagte nur, dass die Steinplatte sich bewegte ...«

»Mist«, sagte Garret. Die anderen nickten nur. Zwar war die Steinplatte zur Seite geschwungen, aber sie gab nun den Blick auf eine Wand aus bläulich schimmerndem Stahl frei. Diese Wand war etwa drei Mannslängen hoch und fünf Mannslängen breit, nur eine fast nicht sichtbare umlaufende Linie zeigte, dass sich diese Platte überhaupt öffnen ließ.

In der Mitte, in einem Kreis von etwa einem Schritt Weite angeordnet, befanden sich sieben goldene Siegel, eins davon im Zentrum des Kreises.

Das war alles. Keine Klinke, kein Schloss, keine Hebel oder gar Türangeln. Argor trat vor und schlug mit seinem Hammer gegen den Stahl. Es gab ein helles, singendes Geräusch, als der Hammer von dem Stahl abprallte. Argor fluchte leise, wedelte mit seiner Hand, die fürchterlich kribbelte, und musterte die Aufprallstelle, um dann sachte mit dem Finger darüber zu fahren. Es gab nicht den geringsten Kratzer zu sehen.

»Götter«, hauchte er ehrfürchtig. »Was für ein Stahl!« Er drehte sich zu den anderen um. »Der Stahl ist ähnlich dem, aus dem eure Schwerter sind ... nur eben nicht schwarz.«

»Wenn wir also nicht herausfinden, wie wir sie aufbekommen, kommen wir da nicht hinein«, stellte Garret fest. Er musterte die Seiten. »Sieht das für dich auch so aus, als ginge der Stahl weiter? Als wäre der ganze Hügel aus Stahl?«

Der Zwerg nickte nur. »Ich verstehe nicht, wie sie diese Platten haben fertigen können«, erklärte er ungläubig. »Welche Esse ... ich kann mir das gar nicht vorstellen!«

Er sah die anderen an.

»Ich habe wie ihr die Geschichten von Alt Lytar gehört … und ja, ich habe sie auch geglaubt. Aber diese Stahlwand hier … sie ist aus einem Stück … und sie ist poliert!«

»Ja?«, fragte Garret höflich, ohne seine Augen von der Platte mit den sieben Siegeln abzuwenden.

»Niemand kann ein Stück dieser Größe fertigen!«, sagte Argor.

»Sie konnten es.« Garret zuckte die Achseln. »Jetzt müssen wir nur noch hinein.« Er trat gegen die Stahlplatte. »Geh auf, verdammt noch mal!«

Es geschah nichts, außer dass Garret scharf die Luft einsog und dann vorsichtig davonhinkte. »Was gebrochen?«, fragte Elyra und gesellte sich zu ihm. Garret zog sachte seinen Stiefel aus und bewegte dann vorsichtig seinen großen Zeh. »Nein«, sagte er dann erleichtert. »Sieht nicht so aus.«

»Du hast doch nicht wirklich erwartet, dass das noch mal funktioniert?«, fragte Elyra ungläubig.

Er zuckte die Schultern. »Ich musste es versuchen, nicht wahr?« Er warf einen Blick auf die Stahlplatte und dann zu den anderen. »Hat jemand eine bessere Idee?«

»Vielleicht«, antwortete Tarlon, der näher an die Platte herangetreten war und die Siegel betrachtete. »Eines der Siegel trägt das Wappen meiner Familie … lasst mich mal etwas ausprobieren.«

»Hier steht etwas geschrieben«, sagte Elyra und zeigte auf Runen, die in das Metall eingeätzt waren. »Es ist in der Sprache der Alten geschrieben. Etwas wie ›betreten verboten‹.«

»Das wundert mich nun nicht«, brummte Argor. »Steht da mehr? Irgendein Hinweis?«

»Nein.« Elyra schüttelte den Kopf. »Das ist alles. Glaube ich.« Sie sah ihn an. »Ich kann das nicht wirklich lesen, ich habe von meiner Mutter ja nur ein paar Runen gelernt!«

»In den Legenden steht dort immer eine Warnung«, sagte Garret, der vorsichtig seinen Stiefel wieder angezogen hatte und nun auch wieder hoch zur Stahlplatte hinkte. »Meistens wird noch ein Drache oder ein Geist erwähnt, der den Schatz bewacht. Hey ... das ist das Wappen meiner Familie!«

»Ich weiß«, sagte Tarlon und zog sein Schwert aus der Scheide. »Und hier unser Wappen!« Vorsichtig führte er den Knauf des Schwertes zum Siegel ... und es sah tatsächlich aus, als würde es genau passen.

»Diese Siegel wurden mit den Knäufen unserer Schwerter geschlagen!«, sagte er dann und drückte den Knauf gegen das Siegel.

Blaues Elmfeuer lief plötzlich über Tarlon, das Schwert und das Siegel und von ihm aus über alle anderen. Der Geruch von Ozon lag in der Luft wie nach einem Gewitter. Zuerst schien sich das blaue Leuchten auf Elyra zu konzentrieren, ihr Haar begann, wie in einem unsichtbaren Wind zu wehen ... mit großen Augen sahen sie sich gegenseitig an ... dann sprang das blaue Leuchten zu Argor hinüber, dessen Haare plötzlich mit blauen Funken knisterten. Bevor jemand reagieren konnte, gab es einen mächtigen, laut krachenden Funken, der von der Türe zu dem überraschten Zwerg hinübersprang. Dieser wurde wie von unsichtbarer Hand nach hinten geworfen und kullerte den Abhang hinunter, bis er knapp neben dem Bach bewegungslos liegen blieb.

Das Elmsfeuer verschwand.

Die Stahlplatte in dem Augenblick vergessen, eilten sie alle zu dem Zwerg hinab. Für einen Moment befürchteten sie, dass er tot wäre. Elyra beugte sich über ihn, griff in ihren Beutel, nahm eine Phiole heraus, die sie unter seiner Nase öffnete.

»Aaargh!«, rief der Zwerg und sprang auf, rieb sich verzweifelt die Nase. »Das stinkt entsetzlich! Bääh!«

»Deshalb heißt es auch Stinkwurz. Aber es hilft«, gab sie zufrieden zur Antwort und steckte die Phiole mit einem Lächeln wieder ein. Sogar Garret rümpfte die Nase, als der Geruch ihn erreichte, es stank wirklich widerlich.

»Alles in Ordnung mit dir, Argor?«, fragte Garret dann leise.

»Ich wurde von einem Blitz getroffen und fiel beinahe in den

Bach.« Argor funkelte Garret an. »Was meinst du, wie ich mich fühle? Beinahe wäre ich in dem Bach gelandet!«

Tarlon lächelte. »Wenigstens bist du trocken geblieben.«

»Ja. Das hätte mir noch gefehlt, auch noch nass zu werden!«, knurrte Argor und funkelte die anderen an. »Und jetzt versucht, mir noch einmal zu erzählen, dass Magie harmlos ist.«

»Du musst aber zugeben, dass es beeindruckend war«, grinste Garret. »Du bist beinahe so weit geflogen wie ich vorhin.«

Argor öffnete den Mund, sah Garret böse an … sah das Grinsen seines Freundes, schüttelte den Kopf und fing an zu lachen.

»Verdammt! Ich wünschte, ich könnte sauer sein auf dich, Garret!«

»Ich bin froh, dass du es nicht sein kannst. Schließlich bist du einer meiner besten Freunde«, sagte Garret ernst und umarmte den sprachlosen Zwerg.

»Jetzt übertreib mal nicht!«, sagte Argor, aber er selbst drückte Garret auch kurz und heftig. »Wir sind alle froh, dass dir nichts passiert ist«, sagte Garret und klopfte dem Zwerg auf die Schultern. Dann runzelte er die Stirn.

»Ich frage mich nur, warum es keinen von uns getroffen hat.«

»Zuerst ging es zu mir«, sagte Elyra. »Dann erst zu Argor. Dabei standet ihr beiden viel näher an der Platte.«

»Ich kann euch sagen, warum«, meinte Tarlon und musterte die Platte, wo sein Schwert noch immer an dem Siegel haftete und der Schwerkraft zu trotzen schien. »Ihr seid beide nicht von Lytara.«

»Wir leben unser ganzes Leben schon dort!«, widersprach Elyra, aber Tarlon schüttelte den Kopf. »Dein Wappen ist ebenfalls auf der Türe, Elyra. Aber du stammst nicht aus Lytar. Vielleicht war deswegen das Elmsfeuer erst bei dir … aber du hast ein Schwert. Argor nicht.« Er legte vorsichtig die Hand auf den kühlen Stahl. »Argor hatte Glück, dass es ihn nicht umgebracht hat.«

»Zwerge sind halt zäh«, antwortete Argor mit einem schiefen Lächeln. »Aber das nächste Mal halte ich Abstand.« Er strich sich sein Haar glatt. »Ist es jetzt wenigstens auf?«

»Nein«, sagte Tarlon und nahm den Knauf des Schwerts von dem Siegel, das sich daraufhin von der Wand löste und heruntergefallen wäre, hätte es Garret nicht aufgefangen. »Aber ich glaube, es gab den Weg zu einem Schlüssel frei. Seht ihr? Hier!« Dort, wo sich das Siegel befunden hatte, war nun ein senkrechter Schlitz zu sehen. Tarlon schob sein Schwert langsam dort hinein. Es passte exakt. Er schob es bis zum Heft hinein, dann gab es einen laut hörbaren Klick. Tarlon zog an seinem Schwert, aber jetzt bewegte es sich nicht mehr.

»Genauso habe ich es mir gedacht«, sagte er und nickte zufrieden. »Die Schwerter sind der Schlüssel. Deshalb hieß es immer, sie dürften nicht verloren gehen! Und wir haben drei der sieben Schlüssel.« Er sah seine Gefährten an. »Wir müssen zurück ins Dorf und die anderen Familien holen.«

7 Das Depot

Sie verloren keine Zeit mehr. Elyra vermutete, dass nicht nur sie froh war, wieder nach Hause zu gehen. Ein wenig Abenteuer war vielleicht in den alten Balladen ganz nett, aber da war auch nicht die Rede von unheimlichen Hunden und Würmern. Jeder von ihnen trank noch einmal vom Bach, dann eilten sie los.

Ohne dass sie es vereinbart hatten, fielen sie in den Dauerlauf, den sie alle gelernt hatten. Zwanzig Minuten rennen, fünf Minuten gehen.

»Der Mensch ist ein seltsames Tier«, hatte der Schmied einmal zu Tarlon gesagt, als dieser dem Schmied half, ein Pferd zu beschlagen. Die Pferde, die diese großen Holzwagen zogen, waren die einzigen Pferde in Lytara, die man beschlug. »Ein Pferd hält nur etwa zwanzig Meilen durch, danach muss man ihm wieder Pause gönnen oder man reitet es kaputt. Ein Mann zu Fuß kann innerhalb eines Tages größere Distanzen zurücklegen. Hast du es eilig, reite ein Pferd. Willst du weit kommen an einem Tag, gehe zu Fuß.«

Nun, vielleicht waren sie nicht ganz so schnell, beim besten Willen konnte Argor die Geschwindigkeit der anderen nicht erreichen, dennoch kamen sie schon am ersten Tag recht weit. Als sie die alte Handelsstraße erreichten, waren dort immer noch die Spuren der gegnerischen Truppen zu sehen. Vor allem Elyras Gesicht verdüsterte sich. Garret versuchte, die Stimmung mit einem Witz aufzuheitern. Entweder fehlte ihnen der Atem zum Lachen oder der Witz war nicht gut genug, er erntete jedenfalls nicht mehr als böse Blicke und eine hochgezogene Augenbraue von Tarlon.

Sie rannten.

Dann erreichten sie die Stelle, an der Sera Tylane ermordet worden war ... und sie hielten an, um den Leichnam zu suchen, es wäre schön gewesen, sie zu Hause begraben zu können. Aber es fehlte jede Spur von ihr.

»Vielleicht haben sie wilde Tiere davongezerrt«, sagte Argor zögernd, aber er glaubte selbst nicht daran.

So knieten sie vor dem dunklen Fleck auf der grasbewachsenen Straße und beteten für die Seele der Heilerin. Elyra weinte nicht, ihre Augen sahen in die Ferne und als Tarlon ihren Gesichtsausdruck sah, hoffte er inständig, dass sie ihn niemals so ansehen würde.

Sie ruhten an der Stelle noch etwas, dann, stillschweigend, brachen sie wieder auf und rannten weiter. Elyra sah nicht wieder zurück.

Sie hatten Glück mit dem Wetter und auch nachts, wenn sie rasteten, geschah nichts, das ihre Reise hätte stören können.

So erreichten sie, müde, aber froh, endlich wieder zu Hause zu sein, am späten Morgen des dritten Tages nach ihrem Aufbruch vom Depot das Dorf.

Was sie sahen, verwunderte sie nicht wenig.

Zwar waren hier und da immer noch die Spuren des Kampfes zu sehen, dennoch bot das Dorf einen eher fröhlichen Anblick, denn die Vorbereitungen zum Mittsommerfest waren schon weit fortgeschritten. Überall sah man bunte Girlanden und lachende Gesichter. Schon jetzt trugen die meisten Frauen ihre Festkleider und auch die Männer hatten, sofern sie nicht noch mit den Vorbereitungen beschäftigt waren, ihr bestes Tuch angelegt. Opiala, die Tochter des Tuchmachers, tanzte auf dem Platz vor dem Brunnen zu den Klängen der Laute von Marcus, dem Sohn des Kochs im Gasthaus, während die jungen Burschen im Takt klatschten und ein Barbier die Bärte und Haare stutzte … und auch wenn nicht jedes Gesicht eine fröhliche Miene trug, so war die Stimmung im Dorf doch eine wohlgelaunte, hier und da sogar fröhliche und ausgelassene.

Dort, wo noch vor wenigen Tagen ein Galgen seine hässlichen Früchte getragen hatte, waren die Männer des Dorfes dabei, eine Plattform zu errichten, dort würde bald der Priester stehen und die Ehegelübde der jungen Männer und Frauen des Dorfes annehmen. Zum Teil war die Plattform auch schon blau bemalt, in der Farbe der Hoffnung und der Herrin der Welten.

Vier Balken gingen, von den Ecken der Plattform aus, über der Plattform zusammen und bildeten so eine steile Pyramide, die an ihrer Spitze einen großen hölzernen Stern trug, und ganz oben auf den Balken saß Vanessa, Tarlons Schwester, und bemalte Mistrals Stern mit diesem frischen Blau, der Farbe der immerwährenden Hoffnung.

Argor warf nur einen Blick hoch zu ihr, wurde bleich und taumelte. »Das ist deine Schwester dort oben, Tarlon!«, rief er dann. Tarlon sah hoch und winkte ihr zu, aber sie war zu beschäftigt, um ihn zu sehen. »Hey, Vani!«, rief er und diesmal hörte sie ihn, drehte sich um und winkte ihnen mit einem breiten Grinsen zu.

»Hallo, Tarlon! Garret! Elyra und Argor! Leute, sie sind wieder da!«, rief sie, nahm ein Stück dickes Tau in die Hände, schlang es um den Balken und ließ sich fallen, um an dem Strick den einen Balken herunterzurutschen, von der Plattform zu springen, ihnen entgegenzulaufen und sich mit einem Sprung in Tarlons Arme zu werfen, der sie mit einem verdutzten Gesichtsausdruck auffing. Seitdem sie die Haare hochgebunden hatte, vermied sie solche Vertraulichkeiten eher. Doch jetzt strahlte sie ihn und die anderen nur an.

»Götter, bin ich froh, dass euch nichts geschehen ist!«, lachte sie und grinste die Gefährten an. Abwesend wischte sie sich einen Tupfen Farbe aus ihrem Gesicht.

»Argor? Was hast du?«, fragte sie besorgt, denn der Zwerg hatte die Augen fest geschlossen und die Fäuste geballt.

»Nichts«, antwortete er und öffnete vorsichtig ein Auge. »Ich versuche nur zu vergessen, was ich gesehen habe.«

»War es so schlimm? Ich hoffe, ihr wart keinen Gefahren ausgesetzt! Garret, dein Hemd ist zerrissen und dein Stiefel ist kaputt ... Elyra ... was ist mit deinem Kleid geschehen?«

»Tja«, sagte Garret betont nonchalant. »Da waren diese Monsterhunde und Riesenratten ... dann gab es da noch diese Würmer und auch Geheimgänge ...«

»Wir haben einen Elf getroffen«, sagte Elyra. »Er trug eine lederne Maske und ...«

»Ich habe gesehen, wie du von dem Gestell gesprungen bist!«, knurrte Argor. »Mach das nicht noch mal, wenn ich es sehen kann!«

»Wieso? Ich hatte doch meinen Strick!« Sie wand sich aus Tarlons Armen, der nur amüsiert lächelte, und strahlte die Gefährten an. »Wisst ihr was? Die Bardin ist da! Kommt mit, sie erzählt gerade eine neue Heldengeschichte!«

Sie griff Garrets Hand und zerrte ihn davon. »Die Geschichte wird dir gefallen, Argor!«, rief sie über ihre Schulter. »Es kommen Zwerge darin vor. Heldenhafte Zwerge!«

»Die werden bestimmt nicht so blöde sein, zu klettern oder in Brunnen zu springen!«, grummelte Argor, als er ihr nacheilte.

Tarlon fing plötzlich an zu husten, hielt sich dann den Bauch und krümmte sich langsam. Elyra sah bestürzt zu ihm hinüber ...

»Tarlon, was hast du?«, fragte Elyra besorgt ... doch Tarlon schüttelte nur mühsam den Kopf. »Helden ... prust ... Geschichten!«, er schnappte nach Luft. »Wir ... heh ... erleben ein Abenteuer, das uns beinahe umbringt ... heeeh ... und ... heeeeh ...«

Er sah ihren verständnislosen Blick und fing an zu lachen, während ihm die Tränen in die Augen schossen. Sein Lachen wurde immer lauter, während er langsam auf die Knie sank. Erst als er die besorgten Blicke wahrnahm, brachte er sich wieder unter Kontrolle. Als einer der älteren Frauen ihn besorgt fragte, ob ihm etwas fehlen würde, schüttelte er nur den Kopf und erhob sich, auch wenn er immer noch von Anfällen geschüttelt wurde.

»Danke, es ist alles in Ordnung, Sera Kemmra«, antwortete er atemlos. »Ich habe nur an etwas Lustiges gedacht!«

»Dann ist es gut so, denn die Götter gaben uns das Lachen, damit wir glücklich sein können. Lachen ist gut für die Seele!«, teilte ihm die Frau des Tischlers freundlich mit und ging dann ihrer Wege.« »Schön, dass ihr alle wieder wohlbehalten zurückgekehrt seid!«

»Danke, ja, das sind wir, den Göttern sei Dank.«

Tarlon holte tief Luft, wischte sich die Tränen aus den Augen, lachte noch mal kurz auf und verbeugte sich dann vor Elyra, um ihr galant den Arm hinzuhalten.

»Dann wollen wir mal Heldengeschichten hören«, sagte er zu ihr und zwinkerte ihr zu.

Auch Elyras Augen funkelten, als sie seinen Arm annahm und mit ihm ging. Sie sah zu ihm hoch. »Hast du mitbekommen, dass Garret gar nicht dazu kam, Vanessa zu erzählen, wie er …«

Tarlon nickte nur und grinste noch breiter, während Elyra anfing zu kichern.

Immer zum Sommerfest kamen Händler aus fernen Städten und Ländern nach Lytara. Der Pass durch die Berge war erst sehr spät mit schweren Wagen zu befahren und es war seit Jahrhunderten Tradition, dass zum Sommerfest der große Markt eröffnet wurde.

Im Dorf lebten viele Handwerker, die Handwerkskunst hatte hier ebenso Tradition wie die Jagd mit Pfeil und Bogen, genauso wie die Handwerker des Dorfes nur zum Sommermarkt ihre Ware verkauften.

»Auf diese Weise«, hatte Tarlons Vater ihm erklärt, »haben wir den Rest des Jahres unsere Ruhe. Und bekommen die besseren Preise.«

Noch war Zeit bis zum Sommerfest, aber schon jetzt waren etliche Händler eingetroffen und viele der schweren Handelswagen bereits in farbenprächtige Marktbuden verwandelt worden. An einer Seite des Marktplatzes war ein Bereich mit einem bunten Band für die Schausteller abgetrennt worden, ihre bunt bemalten Wagen waren stets ein willkommener Anblick in Lytara, die glutäugigen Tänzerinnen gern gesehen – und die dunkelhäutigen Musikanten mit ihren eifersüchtig bewachenden Blicken und den scharfen Dolchen oft genug kein Hindernis für wagemutige Dorfbewohner. Tatsächlich waren die fahrenden

Schausteller für die jungen Leute oft genug der einzige Weg, um aus dem Tal zu kommen und ferne Lande zu sehen.
»Hey, was ist denn mit euch los?«, hörten sie jetzt Garrets Stimme. Er tauchte vor ihnen auf und grinste sie an. »Die Bardin ist da drüben und wir warten auf euch, sie will uns alle sehen.«
   Sie kamen zu dem Zelt, das Garret ihnen genannt hatte, aber dort war die Bardin nicht. Doch das Lachen der Kinder war dennoch ihr Wegweiser und führte sie direkt zurück zum Brunnen, wo ein glockenhelles Lachen in den Himmel stieg. Dort lehnte eine farbenprächtige Frau am Brunnenrand, ihre Laute in der einen Hand, die andere in die Hüfte gestemmt, den Kopf zurückgeworfen, ihr eigenes Lachen wie ein Fingerzeig auf das der Kinder, die sich um sie geschart hatten, und das der Erwachsenen, die immer wieder gerne die alten Geschichten hörten.
   »Da ist sie ja, die Sera Bardin!«, rief Elyra. Die Sera Bardin war sowohl eine Legende als auch eine Tradition in Lytara. So lange, wie irgendjemand sich erinnern konnte, war sie zu jedem Mittsommerfest ins Dorf gekommen. Ihre Geschichten von fremden Ländern, legendären Ungeheuern und mächtigen Helden hatten irgendwann die Fantasie jeder Frau, jedes Mannes und aller Kinder im Dorf entflammen lassen, selbst die Ältesten des Dorfes erinnerten sich daran, wie sie einst als Kinder zu ihren Füßen dagesessen hatten und ihren Worten gelauscht hatten. Sie kannte jeden im Dorf, kannte alle Namen und, am besten von allem, sie konnte Geschichten über die Älteren erzählen, die diese rot werden und verlegen lachen ließen.
   »Für sie«, hatte Tarlons Vater einmal gesagt, »sind wir alle Kinder geblieben, die ihren Geschichten zuhören … und so ist es ja wohl auch.«
   Die Sera Bardin war schlank, etwas zu schlank vielleicht, und nicht besonders groß, die älteren Kinder waren oft größer als sie, ihr Kleid, das einer Bardin, war von jeder leuchtenden Farbe, die man sich nur vorstellen konnte, und dazu von anderen, deren Namen man kaum kannte. Sie hatte das schwarze Haar eines Raben, einen blutroten Mund über einem fein geschnittenen,

aber energischen Kinn und Augen so grün, tief und bodenlos wie die See, auch wenn hier noch niemals jemand die tiefe See gesehen hatte.

Zum ersten Mal bemerkte Tarlon, dass die Sera Bardin nicht wahrhaftig schön war, jedenfalls nicht so schön, wie es beispielsweise seine Schwester Vanessa einmal werden würde oder wie Elyra. Aber sie besaß etwas Besonderes. Charakter? Ausstrahlung? Was auch immer es war, es zog einen sofort in den Bann ihrer grünen Augen. Und wo auch immer sie hinging, da nahm sie ihre Laute mit, ein magisches Instrument, wie sie einmal sagte, schon alt, als die Menschheit noch jung war.

Diesmal musterte Tarlon sie genauer als üblich. Jeder wusste, dass sie alt war und unsterblich. Dem Augenschein nach war sie noch immer jung, jünger als Tarlons Mutter, aber es waren ihre Augen, die ihr Alter verrieten.

Sie spürte seinen Blick und diese meergrünen Augen fanden die von Tarlon. Sie lächelte freundlich und zog eine Augenbraue fragend hoch, doch Tarlon sah nun auch, wie schwer es war, ihrem Blick standzuhalten. Eine leichte senkrechte Falte entstand auf ihrer sonst so glatten Stirn, dann lächelte Tarlon und löste den Blick.

Dieser Blickkontakt war eher ein Versehen gewesen, Tarlons Gedanken waren bei Elyra und er hatte sich gefragt, ob Elyra auch für immer so jung aussehen würde. Aber ... vielleicht lag es auch daran, dass er in die Kugel auf der Hand der Statue in der Akademie gesehen hatte. Seitdem erschien es ihm so, als hätte sich seine Wahrnehmung fast unmerklich verändert, als ob er Dinge sehen und spüren würde, die ihm vorher nicht aufgefallen waren. Vielleicht wirklich die Erklärung dafür, wieso es ihm heute erst aufgefallen war, wieso er erst heute zum ersten Mal den unbändigen Willen und ja ... die Macht der Elfin verspürte. Denn jetzt wusste er eines: Auch die Sera Bardin war imstande, Magie zu wirken.

Er fühlte, wie Elyra seine Hand drückte, und sah überrascht zu ihr herab. »Sie ist weit mehr als eine Bardin, nicht wahr?«, fragte Elyra leise.

Tarlon nickte leicht.

»Überlege dir nur gut, was du sein könntest, hättest du unzählige Generationen Zeit zum Leben und Lernen«, antwortete er dann. »Du wirst es herausfinden.«

Sie schüttelte den Kopf. »Nein. Ich bin nur zur Hälfte eine Elfe ... mein Leben wird vielleicht länger sein als das anderer ... aber im Vergleich zu ihr wird es auch nicht länger währen als das einer Motte.«

»Sagt, hat jemand von euch Marcus gesehen?«, wollte Garret wissen, der sich wieder zu ihnen gesellt hatte. Er teilte sich ein Stück Lebkuchen mit Vanessa, ignorierte sie aber weitestgehend, während er sich neugierig umsah. Marcus war der Sohn von dem Koch des Gasthofes, Theo, der im ganzen Tal für seine Kunst, ein Essen außergewöhnlich zu gestalten, berühmt und beliebt war. Marcus selbst kochte auch, aber er war nicht wegen seiner Kochkünste bekannt, sondern weil er, wie die Sera Bardin, ebenfalls ein Barde werden wollte. Letztes Jahr erst hatte die Sera Bardin eine Sensation verursacht, als sie ihm eine eigene Laute mitbrachte, nicht so alt wie die ihre, aber dennoch von Elfenhand gefertigt und somit fast schon magisch. In Marcus' Händen konnte ihr Klang dem Zuhörer bereits jetzt schon Tränen in die Augen treiben oder Gänsehaut bescheren.

»Dort am Brunnenrand«, antwortete Tarlon, froh, das Thema wechseln zu können. Er lächelte, als er seinen Freund sah, der ein Stück neben der Bardin auf dem Brunnenrand saß und seine Laute sorgfältig in einem Koffer verstaute.

»Wieso macht er so ein ernstes Gesicht?«, fragte Garret. Es war selten genug, den Halbling nicht lächeln zu sehen.

»Hast du nicht gehört?« Das war Astrak, der Sohn von Pulver, dem Alchemisten. Er lehnte an der Wand von Raliks Radmacherei, neben der die Freunde standen. Wie üblich roch Astrak leicht nach seltsamen Alchemien und heißen Feuern, seine Kleider hatten stets Dutzende von kleinen Brandlöchern. Auch er stand, wie sein Vater, im Ruf, ein Scherzbold zu sein, aber diesmal war er ernst.

»Theo verbrannte, als er versuchte, das Feuer im Gasthof zu

bekämpfen. Wäre nicht er gewesen, wäre der Gasthof wahrscheinlich abgebrannt. Es heißt, dass er noch einmal in den Gasthof rannte und Marcus' Laute herausholte ... niemand weiß das so genau. Marcus wurde auch verletzt, ein brennender Balken traf ihm am Kopf. Sein Vater trug ihn und die Laute hinaus ... war aber selbst so schwer verletzt, dass ...« Astrak schluckte. »Jedenfalls, seitdem redet Marcus nicht mehr. Die Sera Bardin hat ihn schon untersucht ... aber es half nichts. Marcus sagt nichts mehr. Vielleicht will er auch nicht.«

Sie standen einen Moment so da, während Astrak traurig lächelte und sich wieder von ihnen abwandte. Tarlon fiel wieder ein, dass das kleine Mädchen, das Sera Tylane versucht hatte zu retten, Astraks kleine Schwester gewesen war.

In diesem Moment schloss Tarlon die Augen und dankte den Göttern inständig dafür, dass seine Familie verschont worden war. Garret, Elyra, Astrak, Marcus, sie alle hatten einen Menschen verloren, der ihnen lieb und wichtig war ... und dies alles nur, weil jemand ein legendäres magisches Artefakt besitzen wollte, das schon seit Jahrhunderten nicht mehr existierte und vernichtet war.

Dann sah er, wie Ralik, der Radmacher, Argors Vater, aus seiner Schmiede trat und sich suchend umsah. Es dauerte einen Moment, bis sein Blick Argor fand, der sich mit einem der anderen jungen Männer des Dorfes tief im Gespräch befand. Argor sah auf und Vater und Sohn nickten einander zu. Man musste die Augen beobachten, dachte Tarlon, dann wusste man, was die beiden einander mit diesem kurzen Blick sagten. Tarlon hatte immer noch Elyras Hand in der seinen, als er beobachtete, wie Argors Vater sich sichtlich entspannte und dann zu ihnen hinüberkam. In diesem Moment zupfte jemand an Tarlons Ärmel, es war Vanessa, die Garret ein breites Lächeln schenkte, als er kurz zu ihr hinübersah. Doch dieser schien das zu ignorieren, seine Blicke waren gleich wieder auf die Bardin fixiert.

Vanessa sah stirnrunzelnd von Garret weg, dann wieder hoch zu ihrem Bruder. »Habt ihr das Depot gefunden?«, fragte sie. Er nickte. »Und ... was für Wunder habt ihr entdeckt?«

»Keine«, antwortete er. »Wir haben es nicht öffnen können.« Bevor sie noch etwas fragen konnte, räusperte sich Ralik. »Schön, dass ihr wieder da seid. Einige von uns waren ein wenig besorgt.« Er räusperte sich erneut. »Der Rat trifft sich heute Abend im Gasthof. Ihr seid eingeladen, uns Bericht darüber zu erstatten, was ihr gefunden habt. Bis dann«, er machte eine weit ausladende Geste, welche die Betriebsamkeit auf dem Marktplatz mit einschloss, »entspannt und erholt euch. Geht nach Hause und esst etwas. Ihr habt alle Gewicht verloren und einige von euch«, er sah speziell Elyra an, »wenn ich das so sagen darf, können sich das kaum leisten.«

Dann sah er seinen Sohn an. »Was stehst du noch hier herum!? Geh rein und helfe deiner Mutter … du weißt schon, faule Hände und so …« Ohne erkennbaren Grund grinste Argor von einem Ohr zum andern, nickte und rannte fast in die Schmiede hinein.

Ralik lachte. »Ich bin froh, dass ihr alle wieder wohlbehalten hier seid«, sagte er dann noch, nickte ihnen zu und folgte seinem Sohn in die Schmiede. In der Tür hielt er inne und sah zu den Freunden zurück. »Das nächste Mal, wenn ihr eine Aufgabe für den Rat übernehmt, fragt nach Pferden oder einem Wagen!«

Zumindest Tarlon nahm sich die Worte des Zwergs zu Herzen. Er ging nach Hause, wurde von seiner Mutter fast erdrückt und bekam prompt eine riesige Portion zu essen vorgesetzt. Er hatte überraschend wenig Probleme damit, diese zu verdrücken, sogar Nachtisch gab es zur Feier des Tages. Gleich zweimal. Während er aß, wartete Vanessa ungeduldig darauf, dass er endlich fertig wurde und ihr erzählte, was sich zugetragen hatte.

»Ich wollte, ich wäre dabei gewesen«, sagte sie dann leise. »Aber hier gab es so viel zu tun. Ich bin jedenfalls froh, dass ihr heil nach Hause gekommen seid. Diese Würmer …« Sie schüttelte sich delikat. »Das nächste Mal komme ich mit«, verkündete sie dann. Er saß mittlerweile in seinem Lieblingsstuhl am Kamin und streckte einfach nur seine müden Knochen aus, sie stand vor ihm und als er so zu ihr aufsah, stellte er erstaunt fest, dass sie eine junge Frau geworden war, ohne dass er es bemerkt hatte.

»Was sagt Vater dazu?«

Vanessa hob trotzig ihr Kinn. »Ich bin ein besserer Kämpfer als du. Vater brachte mir die Schwertkunst bei und ich schieße manchmal sogar besser als er!«

Das mochte gut sein, dachte Tarlon. Da er daran kein Interesse zeigte, hatte ihr Vater Vanessa in den Künsten des Kampfes unterrichtet. Ihm, Tarlon, war dies recht. Solange er mit seiner Axt traf, was er treffen wollte, war ihm das genug. Er gähnte. Und so schlecht, wie es Vanessa klingen ließ, war er auch nicht mit dem Bogen. Schließlich hatte er nicht die Absicht zu verhungern, wenn er den ganzen Tag im Wald arbeitete … und so ein Karnickel war schwer mit der Hand zu fangen.

Er lehnte sich bequem zurück und gähnte erneut. »Also, was sagt er dazu? Hast du ihn überhaupt gefragt?«, fragte er sie schläfrig.

»Ich werde es ihm erklären können.«

Tarlon warf ihr einen zweifelnden Blick zu. »Er wird es einsehen«, fügte sie hinzu, aber so überzeugt schien sie doch nicht zu sein.

»Es ist müßig, darüber nachzudenken«, meinte Tarlon. Jeder seiner Knochen erschien ihm bleischwer und seine Augenlider wogen Tonnen. »Ich jedenfalls habe nicht die Absicht, noch einmal auf eine solche Reise zu gehen. Vater hat recht, ein Mann macht seine Arbeit am besten, wenn es das Tagewerk für seine Familie ist … Weck mich bitte, wenn es an der Zeit ist, zum Gasthof zu gehen.«

Falls Vanessa noch etwas sagte, so bekam Tarlon es nicht mehr mit, dafür schnarchte er bereits zu laut.

Garret hingegen war noch nicht bereit, nach Hause zu gehen. Er setzte sich auf den Brunnenrand und sah dem bunten Treiben zu, er war müde, aber noch immer aufgedreht. Er betrachtete die Leute, wie sie den Platz für das kommende Fest schmückten, und fühlte sich seltsam fern von ihnen. Auch wenn er es den anderen gegenüber nie zugeben würde, stak ihm die Erinnerung noch in den Knochen. Es waren nicht die Ratten oder die Würmer, sondern dieser eine Moment, in dem er den Rattenkönig gesehen hatte, dieses fast schon menschliche Gesicht des Monsters …

Er seufzte. Was immer das gewesen war, es war nun vernichtet, zu feiner Asche geworden, es ergab wenig Sinn, sich weiter Gedanken zu machen. Er erhob sich und schlenderte hinüber in die Werkstatt seines Vaters, wo Garen bei seinem Anblick einen Bogen ruinierte, den er die ganze letzte Woche sorgsam über Dampf gebogen hatte. Er sah auf den verzogenen Bogen hinab, zuckte die Schultern und stand auf, um seinen Sohn so fest zu umarmen, dass Garrets Knochen knirschten.

»Ähm …«, sagte Garret, der sich nicht ganz wohlfühlte, solche offenen Gefühlsausbrüche kannte er von seinem Vater kaum. Aber in diesem Moment ließ Garen ihn bereits wieder los.

»Sohn, du hast immer noch nicht die Pfeile von letzter Woche fertiggestellt«, sagte sein Vater mit rauer Stimme, räusperte sich und wischte sich über die Augen.

Garret überlegte kurz, ob er seinen Vater darauf hinweisen sollte, dass er in der letzten Woche ziemlich beschäftigt gewesen war, aber wofür? Garen wusste es ja schließlich.

Er setzte sich an seinen Arbeitsplatz, zog den ersten der Pfeilschäfte heraus, musterte ihn kritisch … und machte sich ans Werk. Irgendwie, dachte er, während er einen krummen Schaft kopfschüttelnd aussortierte, war es genau das, was er gebraucht hatte.

Die Einzige, die nicht wusste, wohin sie gehen sollte, war Elyra. Sie ging nach Hause, aber dort wanderte sie nur ruhelos durch die Räume, dort war alles so, wie es ihre Mutter hinterlassen hatte. Elyra berührte dies und das, rückte hier ein Kissen zurecht, dort einen Stuhl, wusch die Teller ab, die noch die Spuren der letzten Mahlzeit ihrer Mutter trugen. Ihre Augen waren feucht, aber sie weinte nicht, ihre Gedanken waren weit weg.

Sie ordnete die Kräuter, die ihre Mutter zum Trocknen vorbereitet hatte, ihre Mutter, die ihr ganzes Leben lang nur Gutes getan hatte ... und von einem fremden Krieger wie ein Hund erschlagen worden war. Ihre Hände krallten sich in das Bündel Kräuter, zerdrückten die fragilen Pflanzen ... Langsam löste sie ihren Griff und drehte sich um, verschloss mechanisch und sorgfältig das Haus und fand sich irgendwie am Brunnen wieder, wo die Sera Bardin gerade einen Becher Wein trank. Sie machte wohl gerade eine Pause, denn neben ihr, auf dem Brunnenrand, stand ein Steingutteller mit einem Kanten Käse und frischem warmem Brot.

Elyra setzte sich zu Füßen der Bardin hin und lehnte sich gegen die Mauer des Brunnens. Als sie die Augen schloss, spürte sie die Hand der Sera über ihr Haar streichen ... es war genug.

Später am Abend war der Gasthof gerammelt voll. Tarlon brauchte eine Weile, um sich bis nach vorne zu kämpfen, er fand nur noch deshalb einen freien Sitzplatz, weil man ihm einen Stuhl freigehalten hatte, direkt gegenüber dem Tisch, hinter dem der Ältestenrat sich versammelt hatte. Garret war auch schon da, genau wie Elyra und Argor.

Zurzeit aber war die Aufmerksamkeit aller auf die Sera Bardin gerichtet, die gerade vom Ältestenrat darüber befragt wurde, was sie über das Königreich Thyrmantor wusste.

»Das ist nicht viel«, sagte sie in ihrer melodiösen Stimme, offenbar hatte Tarlon doch noch nicht viel versäumt. So leise wie möglich nahm er Platz und unterdrückte ein Gähnen. »Es ist ein großes Königreich«, fuhr die Bardin fort, »so etwa vierhundert Meilen von hier, im Südosten gelegen. Bis vor wenigen Jahren war es nur mit sich selbst beschäftigt, bis auf ein paar der üblichen Grenzstreitigkeiten und einem kleinen Krieg gegen eine Grafschaft, das Übliche halt, was Sterbliche scheinbar mit einiger Regelmäßigkeit tun müssen.« Sie machte eine Pause und nahm einen Schluck Wein, der Blick ihrer Augen fiel auf Tarlon und sie musterte ihn mit einer überraschenden Intensität. Tarlon selbst fiel es nicht auf, er dachte über ein Wort nach, das er bislang noch nie von ihr gehört hatte. Sterbliche. Er fragte sich, ob es so herablassend gemeint war, wie es geklungen hatte. Aber sie sprach bereits weiter: »Die letzten Könige des Reiches waren weder besonders gut noch besonders schlecht, aber schlau genug, um größere Kriege zu vermeiden. Das Land besitzt ein paar gute Erzminen und eine gute Schmiedekunst, ein großer Teil ihrer Staatseinkünfte rührt daher. Es gab sogar eine kleine Akademie, an der Geschichte, Religion und Philosophie unterrichtet wurde. Man könnte also sagen, dass es den Menschen in Thyrmantor überraschend gut ging. Aber vor sechs Jahren zog sich der alte König eine mysteriöse Krankheit zu und ein Mann namens Belior erschien am Hofe, um den alten König zu pflegen und zu heilen. Man sagte, er wäre ein Heiler und außerdem ein Student der Künste.«

»Er malte Bilder?«, fragte ein junges Mädchen mit großen Augen. »Dann kann er doch nicht schlecht sein!«

»Sssh!«, meinte die Mutter des Mädchens und einige lachten, doch die Bardin schüttelte traurig den Kopf.

»Nein«, sagte sie. »Ich meinte andere Künste, junge Dame«, sagte sie mit einer leichten Verbeugung zu dem Mädchen. »Im Allgemeinen bezeichnet man die Gaben der Magie als die hellen Künste, so wie Priester ihre Gaben von den Göttern direkt erhalten, lernen Magier auch das zu nutzen, was die Götter uns allen schenkten, die Mächte der Welten. Doch gibt es Magier, denen das, was die Götter ihnen gaben, nicht genug ist. Sie suchen andere Mächte, finden ihre Kraft und Fähigkeiten in dunklen Ritualen, die den Göttern nicht wohlgefällig sind, dies, junge Sera, nennt man die dunklen Künste … und es ist wahrlich etwas Verdorbenes und Schädliches, wenn sich jemand diesen zuwendet. Nein«, sagte die Bardin und schüttelte den Kopf, »er malte leider keine Bilder, sondern studierte dieses verbotene Wissen. Und er *ist* schlecht. Durch und durch.«

Sie ließ ihren Blick über den Gastraum schweifen, als wolle sie jeden Einzelnen dazu anhalten zu verstehen, dass dieser Belior ein Mensch war, der sich gegen den Willen der Götter erhoben hatte und das erlernte, was die Götter zu lernen verboten hatten. Dann erst sprach sie weiter:

»Wie groß seine Fähigkeiten als Heiler auch sein mochten, offenbar war er nicht imstande, diese Krankheit zu heilen, die Gesundheit des alten Königs schwand mehr und mehr und während seine Gesundheit schwand und er sich mehr und mehr an Belior klammerte, der ihm zumindest sein Leid zu verringern schien, wuchs Beliors Einfluss am Hofe dieses Königreichs, bis er letztlich zum Kanzler bestimmt wurde, nachdem sein Amtsvorgänger bei einem unglücklichen Jagdunfall ums Leben gekommen war. Es heißt, Kanzler Belior habe dann andere gebildete Leute an den Hof gerufen, die ihm mit ihren Künsten helfen sollten, den König zu heilen. Doch es heißt auch, dass, wenn Belior und diese Fremden ihre Künste praktizierten, man oft Schreie aus dem Turm hörte, der nunmehr ganz alleine Belior zur Verfügung stand. Zudem mehrten sich die Gerüchte, dass es nicht die weiße Kunst wäre, die ja die Gnade der Götter findet, sondern ihnen die dunklen Künste die Macht gab, die sie suchten.«

Die schöne Bardin nahm einen weiteren Schluck Wein und sah in die Runde, mit der Gabe ihrer Stimme hatte sie jeden hier in Bann geschlagen, ihrer aller Augen hingen an ihren Lippen.

»So dauerte es auch nicht lange«, fuhr sie mit unheilschwerer Stimme fort, »bis der alte König starb. Der Kanzler bestellte sich selbst zum Beschützer des jungen Prinzen, damals war dieser kaum älter als zwei Jahre gewesen. Damit nicht genug, verkündete der Kanzler, dass er Beweise dafür habe, dass der Botschafter eines benachbarten Königreiches den König vergiftet hätte. Natürlich beteuerte dieser vehement seine Unschuld, doch es half ihm nichts, in Ketten wurde er vor den Thron des Kanzlers gezerrt, dort hielten ihn die Häscher zu Boden gedrückt, während Belior das Urteil verlas. All die Beteuerungen der Unschuld des Botschafters waren vergebens, er wurde auf Befehl des Kanzlers als Giftmörder auf dem Scheiterhaufen verbrannt, während er noch mit seinem letzten Atemzug Belior verfluchte. Nicht, dass dieser Fluch bisher Wirkung gezeigt hätte. Selbstverständlich konnte das andere Königreich eine solche Schmach nicht auf sich sitzen lassen, dass der Botschafter der jüngere Bruder des anderen Königs gewesen war, half auch nicht dabei, eine friedliche Lösung zu finden. Sollte eine friedliche Lösung jemals von Belior gewollt gewesen sein, so gibt es hierfür keine Anzeichen. Also zogen die Armeen der Königreiche gegeneinander in den Krieg, doch es zeigte sich bald, dass das andere Reich schlecht vorbereitet war, eine geheimnisvolle Seuche raffte den größten Teil der gegnerischen Generäle hin und verschonte auch die königliche Familie nicht. Der Rest, mit dem gramgebeugten König an der Spitze einer schlecht geführten und von Krankheit dezimierten Armee, unterlag auf dem offenen Feld einer vielfachen Übermacht und Beliors arkanen Künsten. Belior erklärte sich zum Sieger in einem gerechten Kampf und griff nach der Krone des anderen Reiches. Nun Herrscher über zwei Reiche, streckte er bald die Klauen nach einem dritten Reich aus. Nie gesehene Monster, verdorbene Ernten und Pestilenz schwächten die Krone des anderen Reiches, bis eine Prinzessin geopfert wurde und Belior mit der Heirat eine dritte Krone sein Eigen nennen konnte, ohne dass es je zu einem offenen Kampf gekommen war.«

Die Bardin hielt inne, um ihr Publikum einen nach dem anderen anzusehen. Die Gesichter, die sie sah, waren fast ohne Ausnahme grimmig, viele verstanden wohl erst jetzt, wer ihr Feind wirklich war.

»Das war vor vier Jahren. Seitdem fielen vier weitere Reiche in seine Hand, sieben Kronen trägt er nun, alle scheinbar im Namen des jungen Prinzen, der, wie es heißt, eher kränklicher Natur wäre.« Sie nahm einen weiteren Schluck und zeigte mehr Emotionen, als es für sie üblich war. »Seine nächsten Ziele sind von Wald und Wasser geschützt. Es heißt, er baue nun eine Flotte.« Sie erhob sich und atmete tief durch, bannte jeden Blick im Saal auf ihre Lippen.

»Es heißt, dass er als Nächstes die Nationen der Elfen angreifen wird!«

Ein Raunen ging durch die Menge, die Leute sahen sich gegenseitig an, versuchten zu verstehen, was ihnen die Sera soeben erzählte. Was sie sagte, war undenkbar, niemand konnte so vermessen sein, die Nationen der Elfen anzugreifen. Der Bürgermeister erhob sich und bat um Ruhe, langsam versiegte das Gemurmel, während er der Sera dankte und sie freundlich bat, wieder am Tisch der Ältesten Platz zu nehmen.

»Dies ist, in der Tat, eine grimmige Nachricht, die Ihr uns bringt, Sera«, sagte er leise, aber deutlich genug, dass man ihn im hintersten Winkel des Saals hören könnte, so still war es jetzt in diesem großen Raum. »Aber zunächst scheint Belior sein Augenmerk auf uns gerichtet zu haben, ja, nun die Absicht zu besitzen, sich unsere Krone einzuverleiben. Ein Krieg über vierhundert Meilen ... dies wird ihm sicherlich zum Nachteil gereichen!« Er wandte sich an die vier Freunde. »Doch nun lasst uns hören, was unsere Jungs«, er machte eine leichte Verbeugung in Elyras Richtung, »und diese junge Dame hier zu berichten haben, vielleicht können wir in ihren Worten Hoffnung finden.«

Es fiel an Garret, zu erzählen, was den Freunden widerfahren war. Dazu bedurfte es keiner Abstimmung, Argor war zu scheu dafür, Elyra mochte es nicht, vor so vielen zu sprechen, und Tarlons Stärke war es noch nie gewesen, Reden zu halten. Dafür stand er an Garrets Seite, als dieser Bericht erstattete, still und ruhig, aber mit wachen Augen, die immer wieder den Blick der Bardin einfingen.

Vernünftigerweise ließ Garret den größten Teil dessen, was in der Akademie geschehen war, aus, er erwähnte nur, dass sie ein paar Ratten erschlagen hatten, was etwas Gelächter im Saal auslöste. Doch er erwähnte den Angriff der Hunde, niemand sollte denken, dass der Wald mittlerweile ungefährlich wäre, und so ließ es sich auch nicht vermeiden, von dem blinden Einsiedler zu berichten. Er versuchte, Ariel nur nebenbei zu erwähnen, doch dies gelang ihm nicht so ganz, allein die Tatsache, dass unweit von Lytara ein anderer Unsterblicher im Tal lebte, weckte das Interesse der Zuhörer und führte zu neugierigen Fragen, die Garret alle abzuwehren versuchte, bis es Elyra zu viel wurde und sie sich den Leuten im Gastraum entgegenstellte.

»Er ist ein Einsiedler«, rief sie hitzig. »Und er hat ein Recht darauf, in Ruhe gelassen zu werden. Er lebt alleine dort im Wald, er half uns, damit ist jetzt genug gesagt! Lasst ihm endlich Ruhe, Garret wünscht nicht, über Ariel zu sprechen!«

Vielleicht nahm Elyra gar nicht wahr, dass sie den Namen des Elfen aussprach, etwas, das Garret bislang zu vermeiden versucht hatte, und zumindest Tarlon sah sehr wohl, wie sich die Augen der Sera Bardin weiteten. So, dachte er, Ihr kennt ihn also, unseren Retter. Und so wie Ihr versucht, Sera, Eure Hände zu entspannen, um dies nicht preiszugeben, sieht es nach einer interessanten Geschichte aus. Sie bemerkte wohl seinen Blick, sah auf und als ihre Augen sich trafen, zogen sich ihre Augenbrauen zusammen. Doch es war der Bürgermeister, der jetzt das Wort ergriff.

»Freunde«, rief er beschwichtigend. »Der Mann ist, wie wir hören, ein Einsiedler. Es steht uns nicht an, ihm mit Neugier zu begegnen, ein Mann hat in seinem Heim ein Recht darauf, in Ruhe gelassen zu werden. Er wird wissen, wo man Lytara findet, vielleicht gesellt er sich ja irgendwann zu uns, bis dahin ... lassen wir ihn in Ruhe.«

Er ließ seinen Blick über die Anwesenden schwenken und schon bald gab es, wenn auch teilweise widerstrebend, zustimmendes Nicken. Die meisten hier verstanden sehr wohl den Wunsch, im eigenen Heim Ruhe zu haben, und so erstarb bald das Gemurmel. Der Bürgermeister wandte sich wieder an Garret.

»Wir sind diesem Mann zu Dank verpflichtet, dass er euch half, und damit soll es jetzt gut sein. Doch sagt, habt ihr das Depot gefunden?«

Garret nickte, froh, dass er nichts weiter über Ariel sagen musste, und berichtete dann, wie sie, nein, Argor das Tor gefunden hatte und die Tür aus Stahl hinter dem Felsen, das die Siegel der sieben ältesten Familien von Lytara trug. Er berichtete, wie Tarlon herausfand, dass die alten Familienschwerter wohl die Schlüssel wären und wie der Blitz den Zwergen traf, als Tarlon das erste Siegel löste. Ralik sah auf und seine buschigen Augenbrauen zogen sich zusammen, als er seinen Sohn musterte, es schien Tarlon, als ob Argor vergessen hatte, diese Kleinigkeit seinem Vater gegenüber zu erwähnen.

»Gut«, nahm der Bürgermeister das Wort wieder an sich. »Wir werden morgen früh zu diesem Depot aufbrechen. Wir nehmen die Wagen und sehen zu, ob wir dieses Tor öffnen können, soviel ich weiß, existieren die Schwerter noch? Meines zumindest ruht sicher in meinem Bettkasten.« Er sah die Vertreter der anderen Familien, deren Siegel Tarlon erwähnt hatte, fragend an und auch diese nickten.

»Gut. Wir haben viel gehört, worüber es sich lohnt nachzudenken, aber nicht mehr heute Nacht. Morgen früh brechen wir zu dem Depot auf und bis dahin …«

Pulver erhob sich von seinem Platz am Tisch der Ältesten und hob seinen Becher hoch. »Bis dahin seid fröhlich und trinkt, damit Meister Braun hier«, er sah zu dem Wirt hinüber, »sich bald wieder ein neues Dach leisten kann, bevor es uns noch ins Bier regnet!«

Er sagte es so drollig, dass die meisten lachten und nach Bier riefen, und damit war der offizielle Teil des Abends vorbei. Garret sprang von seinem Stuhl auf und wischte sich mit übertriebener Geste den nicht vorhandenen Schweiß von der Stirn.

»Puh, dieses Verhör hat mir Durst gemacht!« Er verbeugte sich vor Elyra. »Wollt Ihr mich zur Theke geleiten, edle Dame?«, fragte er mit einem spitzbübischen Lächeln und sogar Elyra ließ sich davon anstecken und folgte ihm. Nur Tarlon blieb nachdenklich sitzen, sah zu, wie der Ältestenrat sich unauffällig zurückzog und mit ihnen die Sera Bardin.

»Was denkst du?«, fragte Argor plötzlich, der ebenfalls der plötzlichen allgemeinen Heiterkeit nicht anheimgefallen war.

»Was ich denke?«, sagte Tarlon langsam und sah zu dem Zwerg hinüber. »Ich denke, dass wir noch längst nicht alles wissen, dass ich wohl nie wieder Pulver unterschätzen werde und dass auch noch die Sera Bardin so manches Geheimnis für sich behält.«

Argor sah von Tarlon zu der Bardin hinüber, die gerade durch die Tür zu einem Nebenraum schritt, die ihr von Pulver aufgehalten wurde.

»Da magst du recht haben«, sagte er dann nachdenklich. »Nur was tun wir jetzt?«

Tarlon lachte leise und schlug seinem Freund leicht auf die Schulter. »Jetzt werde ich meinen Durst mit einem Bier stillen!« Aber bevor es dazu kam, forderte ihn Marga, eine von Vanessas Freundinnen, zum Tanz auf. Marcus spielte mit seiner Laute auf und auch wenn er selbst nicht lächelte, ließen seine flinken Finger einen schnellen Tanz erklingen, der die Leute außer Atem kommen und lachen ließ.

Zumindest an diesem Abend erschien es ganz so, als wäre alles wieder in Ordnung.

In einem Raum aus dunklen Steinen, viele Meilen im Südosten, saß ein Mann brütend vor einer großen, kristallenen Kugel, seine Stirn in Falten gelegt. Eine Hand trommelte leicht mit den Fingern auf der Armlehne eines reich geschnitzten Stuhls. Er war einfach gekleidet, trug pechschwarzes Leder und manche hätten ihn bestimmt als gut aussehend bezeichnet.

Hinter ihm stand ein Mann in schwerer Plattenrüstung in Paradehaltung, Schweißtropfen liefen ihm über die Stirn und durch das offene Helmvisier konnte man einen hässlichen Ausschlag erkennen. Seine Finger zuckten und er wirkte verzweifelt, doch er wusste es besser, als sich in solch hoher Gesellschaft zu kratzen.

Der Mann in Leder runzelte die Stirn, fuhr erneut mit der Hand über die große Kugel, die den Marktplatz von Lytara zeigte, das Bild blieb noch immer seltsam unscharf, aber er hatte genug gesehen.

»Lindor?«, sagte er leise, fast nebensächlich.

»Ja, Ser?«, krächzte der Mann in Plattenrüstung.

»Obwohl Ihr große Verluste habt, sagtet Ihr mir doch, dass

Ihr ihren Willen gebrochen, das Dorf verwüstet und unsere Freunde in panischer Angst zurückgelassen hättet?« Es war eine Feststellung, doch schwer von Bedeutung für den Mann, dem der Schweiß nun in Bächen von der Stirn floss.

»Ja, Ser. So erschien es mir«, krächzte Lindor und schluckte schwer.

»Ihr hattet einen Drachen und eine Armee. Habt Ihr auch nur die geringste Vorstellung davon, wie teuer und wie schwierig es war, diese Einheit so weit entfernt ins Feld zu führen?«

»Nein, Ser!«

»Aber Ihr könnt es Euch vorstellen, nicht wahr?«, fragte der Mann in Leder gefährlich leise.

Lindor nickte verzweifelt.

»Und dennoch habt Ihr versagt. Ich erwarte in Zukunft Besseres von Euch. Habe ich mich verständlich ausgedrückt?«

Lindor schluckte erneut. »Ja, Ser!« Der Schweiß lief ihm nun in Strömen das Gesicht herunter.

Der andere Mann musterte ihn eine Zeit lang wie ein Habicht seine Beute, dann nickte er. Mit einer Geste und einem Wort verschwand das Bild in der kristallenen Kugel. Mit gefurchter Stirn musterte der Mann die Kristallkugel, dann erhob er sich.

Zwei Wachen sprangen auf, als er die mit schweren eisernen Bändern verstärkte Tür öffnete. »Ruft den Meister des Krieges herbei. Ich habe Arbeit für ihn!« Er sah zu dem Mann in Rüstung zurück.

»Ihr könnt Euch entfernen, Lindor. Und tut etwas gegen den Ausschlag. Er ist hässlich und mit dem Gestank beleidigt Ihr meine Nase.«

Der Mann in der Rüstung salutierte und eilte davon, noch während er rannte, versuchte er die Riemen seiner Rüstung zu lösen.

»Nun, da haben wir auch schon den Schurken des Stücks«, sagte Lamar bewundernd und lachte leise. »Ihr versteht es wirklich, ein Garn zu spinnen, alter Mann. Ich frage mich nur, wie viel davon wahr ist. Vier Kinder gegen ein Reich, das sieben Kronen hielt?«

»*Keiner von ihnen hätte dies so gewählt. Erst dieser Angriff zwang sie zum Handeln*«, erklärte der Geschichtenerzähler und nickte der Bedienung dankend zu, als sie eine Holzplatte mit Schinken, Wurst und Käse vor ihm deponierte. Dies war eine vortreffliche Idee, es wurde Zeit, dem Wein etwas Grundlage zu geben. »*Sie wurden angegriffen und sie wehrten sich, so gut sie es konnten. Jemand hätte es sich halt vorher besser überlegen sollen.*«

»Aber Thyrmantor verlor niemals eine Schlacht!«, teilte Lamar dem alten Mann erregt mit, stand sogar auf, als wolle er dies im Stehen diskutieren.

»*Nicht, dass es Euch bekannt wäre, nicht wahr? Nun setzt Euch wieder, nehmt Euch etwas von diesem wirklich guten Käse und hört einfach weiter zu!*«, sagte der alte Mann in einem bestimmten Tonfall und niemand war überraschter als Lamar selbst, als er sich wieder setzte.

Der alte Mann nickte zufrieden und erlaubte sich ein leichtes, fast wehmütiges Lächeln. »*Wie Ihr Euch denken könnt, fiel es den meisten nicht besonders leicht, am nächsten Morgen aus dem Bett zu kommen, manche schliefen sogar unter den Tischen. Doch das hielt zumindest unsere Freunde nicht davon ab, sich bei Sonnenaufgang auf den Weg zu machen ...*«

8 Die Vögel des Krieges

Am nächsten Morgen sah es so aus, als hätte sich das halbe Dorf auf den Weg zu dem alten Depot begeben. Jedenfalls jeder, der sich ein Pferd hatte greifen können. Auch wenn die meisten von ihnen ziemlich verkatert aus der Wäsche sahen, wurde dies freundlicherweise übersehen. Argor und sein Vater ritten beide Maultiere, Elyra und die anderen Pferde. Obwohl jeder von ihnen schon einmal geritten war, zumindest das eine oder andere Mal, schien der Boden für Garret mächtig weit entfernt zu sein. Und das Pferd tat auch nicht immer das, was sich Garret wünschte.

Abgesehen von einigen kleinen Störungen – Argors Maultier blieb aus unerfindlichen Gründen einfach stehen und rührte sich erst wieder, als der Zwerg abstieg, indem das sture Vieh nämlich davonrannte, und einem Rad, das von der Achse einer der Wagen sprang – erreichte man das Depot am späten Nachmittag ohne besondere Schwierigkeiten. Es hatte im Rat der Ältesten einige Diskussionen darüber gegeben, ob man nun die alte Handelsstraße verwenden sollte oder nicht, letztlich befragte man Argor, der die alte Straße als den besten Weg nannte, um ihr Ziel mit den schweren Wagen zu erreichen. Außerdem verkürzte dies die Reisezeit erheblich.

Schließlich kannte Argor den Weg und als Sohn des Wagenbauers konnte er wohl auch gut beurteilen, welcher Weg für die schweren Gespanne wohl der beste wäre.

»Warum wird eigentlich die alte Straße nicht mehr verwendet?«, fragte Garret neugierig seinen Vater, der neben Hernul auf dem Kutschbock von dessen Gespann saß. Garen hielt einen seiner Bögen schussbereit, damit war er nicht der Einzige, aber er ließ es sich gut gehen und genoss den Schein der Sonne auf seinem Gesicht.

Überhaupt war die Stimmung gut, es wirkte mehr wie ein Spaziergang am Tempeltag als eine Expedition, die für das Überleben von Lytara wichtig schien.

Garen schirmte seine Augen mit einer Hand vor der Sonne ab und sah zu seinem Sohn auf, der wieder Schwierigkeiten damit hatte, sein Pferd auf geradem Kurs zu halten.

»Wenn du aufhörst, mit den Beinen zu strampeln, wäre das hilfreich. Der Trick beim Reiten ist, dass du das Pferd meistens seinen eigenen Weg gehen lässt. Sie haben selbst einen Kopf, weißt du?«

»Gut«, knurrte Garret und zwang sich stillzuhalten, ihm tat bereits jetzt der untere Rücken weh, irgendwie kam er immer dann besonders hart im Sattel auf, wenn der Rücken des Pferdes hochging. Tatsächlich schien es zu helfen, fast wie von alleine hielt das Pferd nun Schritt mit dem Wagen. »Aber warum wird die alte Straße nicht mehr verwendet?«

»Nun«, antwortete Garen und hielt sich fest, als der Wagen über eine unebene Stelle holperte, »das liegt daran, dass früher alle Leute, die diese Straße benutzten, krank wurden und nach kurzer Zeit elendig starben.«

»Götter!«, hauchte Garret und wurde etwas blass um die Nase. »Woran erkennt man denn, dass man sich diese Krankheit zugezogen hat?«

»Die Haare und Zähne fallen dir aus, du kannst nichts mehr essen und trinken, offene Geschwüre entstehen überall, du wirst blind und krepierst wie ein kranker Hund«, antwortete sein Vater fröhlich.

Unwillkürlich griff sich Garret an seine Mähne, er war stolz auf sein schulterlanges Haar und den jungen Frauen im Dorf schien es auch zu gefallen.

»Und, noch fest?«, fragte sein Vater schmunzelnd.

»Wie kannst du darüber nur Witze machen!«, protestierte Garret empört. »Wir sind auf dieser Straße nun schon mehrfach unterwegs gewesen!«

»Aber ihr wart noch nicht in Alt Lytar«, sagte sein Vater. »Also brauchst du dir keine Sorgen zu machen. Oder ich, den Göttern sei Dank.« Er sah Garret an. »Es ist die Passage durch die alte Stadt, die damals die Leute umbrachte.«

»Schade«, sagte Garret. »Diese alte Straße ist besser als alles, was wir haben, und es wäre sicherlich praktisch, wenn wir sie benutzen könnten.«

»Wir benutzen sie doch«, sagte Garen. »Sie führt im Bogen von der alten Stadt zu uns und von dort aus fast zu dem Pass. Die Händler verwenden sie, sobald sie das Tal erreichen.«

Er machte eine Geste, die das Tal umfasste. »Wir sind hier auf allen Seiten von hohen Bergen umgeben, nur die westliche Seite grenzt an das Meer der Tränen. Früher gab es zwei weitere, bequemere Pässe durch die Berge, aber auch sie wurden während des Kataklysmus zum Einsturz gebracht.«

»Wie kamen dann die Soldaten hierher?«, fragte Garret neugierig.

Sein Vater nickte. »Diese Frage beunruhigt auch die Ältesten. Es gibt nur eine denkbare Möglichkeit, sie gingen im Hafen der alten Stadt an Land. Und das bedeutet, dass unser Gegner zumindest eine der Brücken über den Lyanta, den Fluss der Toten, wieder repariert haben muss. Oder es steht noch immer die Königsbrücke ... aber nach den Jahrhunderten, die vergangen sind, erscheint mir das als unwahrscheinlich.«

Er sah Garret besorgt an. »Du musst wissen, mein Sohn, dass der Lyanta ein breiter Fluss ist, gute vierzig Mannslängen breit, und er fließt schnell, denn innerhalb der alten Stadt ist er in einen Kanal gefasst ... selbst wenn es nur ein normaler Fluss wäre, ist es kaum möglich, ihn zu durchschwimmen. Aber seit dem Untergang ist nichts mehr in Alt Lytar normal. Gerät man mit den Wassern des Flusses in Berührung, stirbt man innerhalb eines Tages an dem blutenden Tod. Trinkt man es, so dauert es kaum eine Stunde. Kurz bevor der Fluss ins Meer der Tränen fließt, wird eine Berührung mit dem Wasser dem Lebenden das Fleisch von den Knochen ziehen, so verdorben sind die Wasser dort.« Garen sah die Straße entlang, dorthin, wo hinter dem dichten Wald die alte Stadt liegen musste. »Der Fluss bringt den Tod auch in das Meer. Früher, so sagen die Legenden, sei der

Fischfang in der Bucht von Lytar reichlich gewesen und die Kinder hätten in dem Fluss gebadet, es soll sogar Reinigungszeremonien zum Wohlgefallen der Götter gegeben haben. Doch jetzt ... jetzt ist sogar das Meer verdorben und tot, nichts lebt dort mehr, bis auf unheilige Monster.«

»Und doch müssen die Fremden mit Schiffen gekommen sein. Über den Pass jedenfalls kamen sie nicht«, dachte Garret laut und sein Vater nickte.

»Warum hast du mir das alles nicht schon früher erzählt?«, fragte jetzt Garret und sein Vater seufzte.

»Weil du es nicht wissen musstest. Lytara liegt weit genug von der alten Stadt entfernt, dass es nicht nötig ist, sie aufzusuchen. Jeder weiß, dass Lytar die Strafe der Götter ereilte und sie noch immer jeden strafen, der die Stadt betritt. Durch den Hochmut unserer Vorfahren ist die Magie, das Geschenk der Herrin der Welten, verdorben und berührt alles in der Stadt auf seltsame Weise. Wofür den Zorn der Götter herausfordern, wenn uns doch der Rest des Tals gehört? Es ist groß genug, nicht wahr? In gestrecktem Galopp bräuchte man mit dem Pferd drei Tage, um es zu durchqueren und den Pass zu erreichen. Die Göttin erlaubte uns ein neues Leben und gab uns alles, was dafür nötig ist.«

»Und alles, was alt war und gefährlich erschien, wurde in diesem Depot für spätere Zeiten gelagert?«, fragte Garret. Sein Vater zögerte und tauschte einen Blick mit Hernul aus, der die Diskussion zwischen den beiden schweigend verfolgt hatte, während er das Gespann lenkte. Tarlon und sein Vater waren sich auch in dieser Beziehung ähnlich, er war nicht minder schweigsam. Nur Vanessa schien aus der Reihe zu fallen.

»Du bist jetzt alt genug, Garret«, erklärte Garen dann. »Dein Weihefest ist zwar noch ein Jahr hin, aber du bist dennoch schon ein Mann. In diesen schwierigen Zeiten hast du das Recht, die Wahrheit zu hören.«

»Und wie lautet diese?«, fragte Garret neugierig.

»Die Wahrheit ist, dass es eine Warnung gibt, überliefert seit dem Tag, als unsere Vorfahren die alte Stadt verließen. Dass dieses Depot verschlossen bleiben sollte, dass die Vögel des Krieges nie wieder fliegen dürften. Und dass, wenn man dieses Depot mit Machtgier im Herzen öffnen würde, es der Untergang der Letzten von Lytar wäre.«

Die Vögel des Krieges. So, wie es sein Vater sagte, klang es so unheilvoll, dass es Garret kalt den Rücken herunterlief.

»Warum öffnen wir es dann?«, fragte er leise. Es war überraschenderweise Hernul, der die Antwort gab.

»Weil wir nach anderen Dingen suchen und nicht aus Machtgier, sondern aus Not. Wir suchen nach Dingen, die es uns erlauben, uns zu schützen, nicht andere zu unterjochen.«

Hernul war eher noch massiver als sein Sohn und sein Blick bohrte sich mit einer Entschlossenheit in Garrets Augen, die diesen unruhig im Sattel hin- und herrutschen ließ.

»Die Prophezeiungen und Legenden sind eindeutig. Wenn der Greif sich neu erhebt, die Völker noch mit Krieg belegt, wird der Götter Zorn erweckt, das Urteil dann vollstreckt!«

Die Worte des Holzfällers ließen Garret frösteln. »Aber wir haben doch gar nichts getan!«, protestierte er dann. »Warum sollten uns die Götter strafen? Wir sind doch schuldlos!«

»Sind wir das? Vielleicht sind wir es. Noch«, gab sein Vater leise zur Antwort. »Wenn ja, dann sollten wir darauf achten, dass es so bleibt. Und beten, dass die Götter es auch so sehen!«

»Die Göttin der Welten ist gerecht«, sagte plötzlich eine Stimme. Elyra war auf dem Fuchs ihrer Mutter herangeritten, ohne dass es Garret bemerkt hatte. »Die Herrin weiß um die Gedanken eines jeden von uns«, fügte sie ernsthaft hinzu. »Und ich kenne die Prophezeiung selbst, Ser Garen, Ser Hernul. Es gibt weitere Zeilen darin. Ihr vergaßt zu erwähnen, dass auch gesagt wurde, dass die Zeit kommen würde und der Greif wieder wehen würde über der Stadt, der Eber nach der Sonne greifen wird, ein Kind entscheiden wird über den Frieden der Welten.« Elyras Kinn war erhoben und sie begegnete den erstaunten Blicken der anderen mit Ruhe und einer erkennbaren inneren Stärke, die nicht nur Garret beeindruckte.

»Wie Ihr schon sagtet, Ser Hernul. Die Prophezeiung ist eindeutig. Neid, Missgunst, Verrat, Habgier und die Sucht nach Macht sind die Wege, die in den Abgrund führen. Meiden wir sie, folgen wir den Lehren der Göttin, ist uns ihr Schutz gewiss!«

Ein letztes Mal schenkte sie den Männern einen langen Blick, es schien Garret, als ob ihre Augen am längsten auf ihm ruhten. »Wir sollten glauben, Garret«, sagte sie dann. »Wir sollten glauben an die Weisheit ihrer Worte und an das Leben, das sie uns gewährte. Denn in den Legenden steht auch geschrieben, dass sie es war, die im Rat der Götter vortrat und uns verteidigte. Sie war es, die unsere Vorfahren aus der Stadt führte, bevor die Strafe der Götter diese ereilte. Und sie wird uns nicht verlassen … wenn wir ihr folgen und nicht vom Weg abweichen!«

Mit diesen Worten gab sie dem Fuchs die Sporen und ritt, ohne sich umzusehen, davon.

»Sie wird Sera Tylane mit jedem Tag ähnlicher«, meinte Garen nachdenklich, während er ihr nachsah. Hernul nickte. »Und es war noch nie ein Fehler, auf ihre Mutter zu hören.« Beide sahen nun Garret bedeutsam an, der schluckte und nickte.

»Es ist manchmal schwer. Sie kann einem richtig auf die Nerven gehen.«

Die beiden älteren Männer lachten. »Das war bei ihrer Mutter auch nicht anders.« Garen griff hinüber und fuhr Garret mit einer seltenen Geste der Verbundenheit durch das blonde Haar. »Genug von alten Geschichten, Garret. Schau, es sieht so aus, als hätten wir unser Ziel bald erreicht. Reite ruhig vor und lass uns unseren Gedanken nachhängen.«

Garret einigte sich mit seinem Pferd dahingehend, dass sie beide »da vorne« hin wollten, und schloss sich den anderen an, kurz bevor sie die Lichtung mit dem Depot erreichten. Neben Tarlon ritt diesmal auch Vanessa, die mit ihrem Schwert und der Schuppenrüstung wie eine Kriegerprinzessin aussah und Garret mit einem strahlenden Lächeln begrüßte. Allerdings war Garret zu sehr damit beschäftigt, seinem Pferd zu erklären, dass er jetzt hier anhalten wollte, als dass er dies bemerkte.

Als das nichts nutzte, sprang er vom Pferd ab, schaffte es irgendwie, auf den Beinen zu bleiben, und als Vanessa grinsend Applaus klatschte, verbeugte er sich elegant.

Vanessa zügelte ihr Pferd neben ihm, während Tarlon Garrets Pferd einfing, das nur wenige Schritt weiter zum Stehen gekommen war.

»Ich mache dir einen Vorschlag«, sagte sie lächelnd. »Du bringst mir bei, wie ich vom Pferd springen kann, und ich zeige dir, wie man ein Pferd reitet!«

»Das«, sagte Garret und versuchte die ungewohnten Schmerzen zu ignorieren, »ist ein Vorschlag, auf den ich gerne eingehe.« Dieser halbe Tag auf einem Pferderücken brachte ihm Muskeln zu Bewusstsein, von deren Existenz er zuvor nicht einmal geträumt hatte.

Auch die anderen waren inzwischen abgesessen und standen nun um den Eingang des Depots herum, nur Ralik und Argor hielten Distanz und führten ihre Maultiere und die Pferde der anderen zu dem Bachlauf.

Garret zögerte nicht lange, sondern ging den Abhang hinauf und stellte sich vor dem Tor auf. Als er sicher war, dass man ihm die gebührende Aufmerksamkeit schenkte, reckte er theatralisch seine Arme empor und rief laut und deutlich: »Öffne dich!«

Laut knirschend schwang der riesige Stein zur Seite und offenbarte das eigentliche Tor aus Stahl, ein Anblick, der Geraune und faszinierte Blicke bei den Anwesenden auslöste.

»Das«, sagte Pulver anerkennend und zündete sich seine Pfeife an, »nenne ich eindrucksvoll! Dieser Stein ist größer als ein Mühlrad … ich frage mich, ob man mit dieser Magie auch eine Mühle antreiben könnte!«

»Warum sollte man das tun wollen?«, fragte Garen erstaunt und wedelte Pulvers Rauch beiseite. »Das Mühlrad erfüllt doch seinen Zweck.«

»Ja, aber vielleicht wäre eine Taschenmühle nützlich?«

Garen lachte. »Ja, vielleicht.« Er klopfte seinem Freund auf die Schulter. »Vielleicht. Aber ich glaube es nicht. Hast du dein Schwert dabei?«

Pulver nickte. »Dann lass uns dieses Tor öffnen«, meinte Garen und ging hinüber zum Depot, wo sich Garret übertrieben lässig an das Tor anlehnte, in dem noch immer Tarlons Schwert steckte.

Vanessa stand am Fuß des Abhangs oder eher der Rampe, denn das war der Abhang wohl, und sah zu Garret hoch. »Und der Stein schwenkt einfach so herum?«

Garret nickte. »Genau so ist es.«

»Und dann sagtest du ihm, er soll sich schließen?«, fragte Vanessa.

Garret nickte erneut.

»Hhm«, sagte sie. »Was meinst du, wird das auch bei mir funktionieren? Gehe ...«

»Nicht!«, rief Garret entsetzt und streckte abwehrend die Hände aus.

»... zu!«, vollendete Vanessa ihren Satz. Einen Moment lang sah es aus, als ob sich Garret mit einem beherzten Sprung retten könnte, aber es war zu spät, mit lautem Knirschen schwang der mächtige Stein zurück und schloss den Hügel mit einem dumpfen Schlag, der den Boden unter ihren Füßen erzittern ließ.

»Vani! Was hast du getan!«, rief Tarlon entsetzt und rannte los, während Vanessa mit offenem Mund die Felswand vor ihr anstarrte.

»Auf!«, rief Tarlon, der schon das Schlimmste befürchtete. Wieder schwang der Fels knirschend zurück ... und gab den Blick auf Garret frei, der, an das stählerne Tor gelehnt, mit gekreuzten Armen und einem Gesichtsausdruck, der in etwa fragte: Womit habe ich das verdient?, dastand. Ein Seufzer der Erleichterung war von denen zu hören, die das Ganze mitbekommen hatten, hier und da auch ein erleichtertes Lachen. Tarlon war als Erster wieder bei Vanessa, hatte ihr Ohr in seiner Hand und zerrte sie zur Seite. Es war Jahre her, dass er sie so am Ohr genommen hatte, und sie hasste es, aber heute folgte sie widerstandslos.

»Vanessa!«, knurrte er und schüttelte seine Schwester. »Du wirst niemals wieder etwas so Unüberlegtes tun, hörst du!?« Eine

Ader zuckte an seinem Hals und Vanessa konnte sich nicht erinnern, ihren sonst so ruhigen Bruder jemals derart wütend gesehen zu haben.

»Tut mir leid!«, sagte sie zerknirscht. »Aber Garret ist doch nichts geschehen, oder?« Sie sah hinüber zu Garret, der auf sie zukam. »Ich würde Garret nie wehtun wollen!«

Tarlon seufzte, seine Wut schien bereits wieder verraucht.

»Pass einfach besser auf, ja?«, sagte er und nahm Vanessa in die Arme, das war auch der Moment, als Garret die beiden erreichte.

»Tue so etwas nie wieder!«, rief Garret vorwurfsvoll. »Hörst du? Nie wieder!«

»Tut mir leid!«, sagte Vanessa zerknirscht. »Ich wollte nur …«

»Ich habe sie schon zurechtgewiesen«, sagte Tarlon beruhigend. »Sie war nur unachtsam.« Er sah Garret direkt in die Augen. »Ich glaube, du weißt, wie das ist.«

Garret holte tief Luft, sah Vanessas zerknirschtes Gesicht und seufzte. Er nickte nur. Hinter ihnen erklang das Geräusch von Hämmern auf Stahl, sie sahen auf und sahen Argor und Ralik, die beide daumendicke Stahlnägel in den Stein vor der Kante der offenen Felswand trieben. »Das nenne ich eine clevere Idee!«, sagte Tarlon bewundernd. »Warum bin ich nicht selbst darauf gekommen?«

»Weil niemand mit deiner Schwester gerechnet hat«, knurrte Garret, aber auch seine Wut schien bereits verflogen.

»So«, sagte Ralik und trat zufrieden zurück. »Das sollte halten. Zu!«

Nichts geschah. »Zu!«, rief Garret und der mächtige Stein ruckte kurz und vibrierte an den Stahlnägeln, während irgendwoher ein Summen kam, das immer lauter wurde. Aber die Nägel schienen zu halten.

»Auf!«, rief Garret hastig und der Stein kam wieder zur Ruhe.

Sie alle sahen den riesigen Stein misstrauisch an. Argor gesellte sich zu Vanessa, Garret und Tarlon und wischte sich den Schweiß von der Stirn, während er seinen Hammer sorgfältig verstaute.

»Da seht ihr mal, wie gefährlich Magie sein kann«, brummte er und musterte Garret. »Ich bin froh, dass dir nichts passiert ist.«

»Ich auch!«, grinste Garret. »Allerdings bin ich halb taub von dem Schlag, als der Stein sich schloss, sonst geht es mir gut.« Er musterte den schweren Stein kritisch. »Aber du kannst die Magie nicht dafür verantwortlich machen. Denn sie befolgte nur Vanessas Befehl.«

»Das ist genau das, was ich meine«, beharrte Argor. »Vanessa tat etwas, von dem sie nicht wusste, was es bewirkte. Magie ist genau dann gefährlich, wenn man sie nicht kennt! Genau wie bei dem Brunnen.«

»Welchem Brunnen?«, fragte Vanessa neugierig.

»Das ist unwichtig!«, beeilte sich Garret zu sagen und wies auf das Tor, von dem aus Garen ihnen ein Zeichen gab, näher zu kommen. »Kommt, sie öffnen das Tor und ich will dabei sein!«

»Danke«, sagte Argor und wich hastig ein paar Schritte zurück. »Ein Blitz reicht mir!«

Die Ältesten musterten die sieben Siegel an dem Tor. Sechs in einem Kreis, das letzte in der Mitte.

Das oberste Siegel war das des Bären, Tarlons Familie, rechts im Kreis herum gefolgt von dem Grauvogel, das Wappen von Garret, dem Falken, dem der Bürgermeister angehörte, dem Eber, der zu Pulver gehörte, dem Stier, der auch am Wirtshaus prangte, und dem Wappen des Wolfes, dem der Tischler angehörte. Das Wappen in der Mitte, das der Mondsichel, war das Wappen von Sera Tylane und prangte auf dem Knauf des Schwertes, das nun Elyra führte.

»Was hat es eigentlich mit diesen Wappen auf sich?«, fragte Lamar. »Ich sah den Stier hier am Wirtshaus und den Grauvogel an dem großen Haus am Marktplatz. Das dürfte also Garrets Geburtshaus sein. Aber so, wie Ihr es schildert, haben diese Wappen noch andere Bedeutungen.«

»Richtig, Ihr könnt dies nicht wissen«, sagte der alte Mann. »Ich vergaß dies, weil hier jeder diese Wappen kennt.« Er nahm einen Schluck

Wein. »Kurz vor dem Kataklysmus starb der letzte König von Lytar und hinterließ sein Reich seinen Kindern, Zwillingen, dem Prinzen und der Prinzessin. Von den beiden Kindern war die Prinzessin diejenige, die Unterricht in den Tempeln Mistrals suchte und in die Mysterien eingeweiht wurde. Das Volk liebte sie, da sie immer ein offenes Ohr für die Probleme anderer hatte und, so hieß es, schon in jungen Jahren weise war. Ihr Bruder hingegen trachtete nach dem Vorbild der alten Könige, die mit starker Hand die Welt in Ketten legen wollten. Wer von den beiden die Krone Lytars tragen würde, sollte von den Priesterinnen Mistrals entschieden werden. Der Prinz wartete das Urteil der Priester nicht ab und ernannte sich selbst zum König. Auf Knien bat die Schwester den Bruder, sie gehen zu lassen und alle, die ihr folgen wollten. Es heißt, dass dies das einzige Mal gewesen wäre, dass der Bruder Gnade gezeigt hätte, er ließ sie gehen. Doch in der gleichen Nacht traten die Priesterinnen der Mistral vor den Prinzen und teilten ihm mit, dass er nicht König werden würde ... und so nahm das Unheil seinen Lauf.«

»Was geschah mit der Prinzessin?«

»Sie heiratete einen ihrer Gefolgsmänner, gebar ein Kind und verschwand ein paar Jahre später spurlos. Was man von ihr weiß, ist, dass sie sagte, sie wolle sich ihrer Pflicht nicht länger entziehen ...«

»Also hat die Linie der Könige von Lytar überlebt«, fragte Lamar. »Ich dachte, sie wäre ausgestorben?«

»Wie kommt Ihr darauf?«, fragte der alte Mann. »Im Gegenteil. Heute, nach all diesen Jahren, findet Ihr das Blut der Könige von Lytar in jedem hier im Dorf. Doch niemand wird jemals nach der Krone Lytars greifen wollen und wer genau das Kind der Prinzessin nun war, ist in der Zeit verloren gegangen. Als Beliors Drache das Archiv verbrannte, verbrannten auch die letzten Hinweise darauf, wer der Erbe hätte sein können. Es wird ihn geben, irgendwo. Aber es ist nicht wichtig.«

Er sah Lamar mit einer hochgezogenen Augenbraue an. »Würdet Ihr es wissen wollen, dass Euer Blut Schuld an dem Unheil trug, das einst von Lytar ausging?«

Lamar sah verlegen zur Seite. »Wohl nicht«, sagte er dann leise und sah sich nachdenklich um, musterte die alten Balken des Wirtshauses, die Gesichter derer, die gespannt darauf warteten, dass der Geschichtenerzähler fortfuhr.

»Gut. Um auf die Wappen auf dem Tor zurückzukommen, es sind also die Wappen der Familien, die der Prinzessin einst ins Exil folgten?«, fragte Lamar dann.
Der alte Mann nickte. »So ist es.«

Offenbar hatte man sich entschlossen, den Freunden den Vortritt zu lassen. Tarlons Schwert steckte bereits, als Nächstes schob nun also Garret sein Schwert in den Schlitz unter dem Wappen seiner Familie, dann folgte Elyra, die sich auf Zehenspitzen stellen musste, um ihr Schwert einzuführen, aber obwohl sie sich anstrengen musste, fragte sie nicht um Hilfe, aber letztlich klickte es auch bei ihrem Schwert vernehmlich. Die anderen Schwerter wurden eingeführt, als Letzter schob Pulver sein Schwert in den dafür vorgesehenen Schlitz.

Einen Moment lang geschah nichts und Pulver hob fragend eine Augenbraue, dann glitt das Tor überraschend leise zur Seite und stoppte gerade so, dass keiner der Schwertgriffe am Rahmen des Tors anschlug.

Ein dunkler, breiter Gang war nun zu sehen und alte trockene Luft schlug ihnen entgegen. Im nächsten Moment wichen die meisten der Neugierigen erschreckt zurück, denn ein paar der Steine in der Decke begannen zu leuchten und erhellten fünf schwer gerüstete Gestalten, die am Ende des Gangs vor einem weiteren Tor standen. Sie bewegten sich nicht, dennoch löste ihr Anblick bei den Anwesenden ein Geraune und hastige Gebete an die Herrin aus.

»Göttin!«, hauchte Pulver ergriffen. »Das nenne ich ein Empfangskomitee!« Er sah hinüber zu Garen, der neben ihm stand, und lachte leise. »Du wirst nicht glauben, was ich eben gerade gedacht habe!«

»Doch«, antwortete dieser, die Augen immer noch auf die fünf Gerüsteten fixiert. »Ich glaube es. Doch es sind nur Rüstungen!«

Garret beachtete dies nicht, er begab sich schon in den Gang hinein, gefolgt von Vanessa, Elyra und Tarlon. Der Bürgermeister, der gerade an das offene Tor getreten war, hob die

Hand, um sie aufzuhalten, und schien es sich dann anders zu überlegen.

Garret fühlte sich nicht halb so mutig, wie er tat, aber irgendwie konnte er nicht anders. Langsam und vorsichtig näherten sich die vier den dunklen leblosen Gestalten. Jeder der fünf stützte sich auf ein schweres Bastardschwert und einen hohen Schild und jeder der Schilde zeigte das Wappen einer der alten Familien.

»Überall, wo wir hingehen, stolpern wir über Familie«, meinte Garret mit rauer Stimme, denn die Gestalt vor ihm trug das Wappen der Sichel, der Mann daneben das der Grauvögel. Garret versuchte in die Augenschlitze des Visiers vor ihm zu sehen, aber dazu war es zu dunkel.

»Nun, das ist wohl nicht anders zu erwarten«, sagte eine weibliche Stimme und sie sprangen erschrocken zurück. Derjenige, der am weitesten sprang, war Garret, der fassungslos die Gestalt vor sich anstarrte, denn sie war es gewesen, die gesprochen hatte.

Die Ritter nahmen eine etwas entspanntere Haltung ein, altes Leder knirschte und Tarlon stellte interessiert fest, dass auf Helm und Schulterstücken Staub lag.

»Was wollt ihr?«, fragte eine raue männliche Stimme. »Es ist sicherlich nett, Besuch von der Familie zu erhalten, aber ... ist es so weit, dass der Konvent gebrochen wird?«

»Ich weiß nichts von einem Konvent«, stammelte Garret und versuchte, sich wieder zu fassen. Schließlich kam es nicht allzu häufig vor, dass man mit Rittern sprach, die jahrhundertelang in einem Depot eingeschlossen waren. »Wir wurden kürzlich angegriffen und dachten, wir sehen mal nach, ob sich hier etwas Nützliches findet!«

Stille. Für eine kleine Ewigkeit sagte niemand etwas, fast kam es Garret so vor, als ob die fünf Ritter vor ihm auf unbekannte Art miteinander Rücksprache hielten. Dann ergriff die Frau das Wort.

»So, dachtet ihr das ...«, sagte sie langsam. »Nun gut. Wenn ihr sieben findet, die für die Öffnung des Depots stimmen, werden wir es euch öffnen. Ihr könnt euch umsehen, weil wir wissen, dass ihr uns sonst nicht glauben werdet, aber ihr werdet nichts verwenden wollen von dem, was ihr finden werdet.«

»So, wie es ist, in diesem Moment, steht der Konvent noch und wir sind seine Hüter«, fügte eine andere hohl klingende Stimme hinzu. »Wir sind sieben und wachen darüber, dass niemand, der nicht von Lytar ist, die Macht des alten Reiches erheben kann. Und dienen als Warnung denen von Lytar, die leichtfertig danach zu greifen trachten. Wird der Konvent gebrochen, ist es unsere Bestimmung, darüber zu wachen, dass der Greif den Zorn der Götter nicht erneut beschwört!«

Vanessa räusperte sich und wurde etwas bleich, als die Helme vor ihr leicht knirschten, während die Hüter sich ihr zuwandten.

»Verzeihung ... wenn ich so frage, aber ... was ist der Konvent?«

»Das würde ich auch gerne wissen«, sagte der Bürgermeister, der zusammen mit Hernul, Garen und Pulver hinter ihnen aufgetaucht war. »Mein Name ist Anselm Dunkelfeder, ich bin der Bürgermeister von Lytara und dies hier sind meine Freunde Pulver, Hernul und Garen und wie auch ich sind sie im Ältestenrat unsers Dorfs.«

Ralik erwähnte er nicht, denn der Zwerg und sein Sohn waren sicherheitshalber erst einmal zurückgeblieben. Der Bürgermeister sah die größte der fünf Gestalten an, es war die Sera, die vorhin schon gesprochen hatte.

»Was also ist der Konvent?«, fragte er erneut.

Die fünf Hüter sahen einander an, dann nickte die Frau.

»Diese Frage soll euch beantwortet werden. Ich sehe, dass viele draußen vor dem Tor warten, ruft sie herein, auf dass ein jeder meine Worte hören möge.«

Es dauerte nicht lange, bis der Gang vor dem inneren Eingang sich mit den anderen aus dem Dorf gefüllt hatte. Auch wenn sie alle neugierig waren, so stellte Garret doch mit Genugtuung fest, dass es ihnen nicht anders ging als ihm, die vorsichtigen Blicke in Richtung der fünf gerüsteten Gestalten zeigten deutlich, wie unheimlich es ihnen war.

Als alle versammelt waren und auch Argor und Ralik vorsichtig nach vorne gekommen waren, richtete sich die Frau zu ihrer vollen Größe auf.

»Hört denn, Bürger von Lytara, die Geschichte einer einst so mächtigen Nation«, sprach sie in der alten Tradition der Barden. Ihre Stimme füllte den Raum vor dem inneren Tor mühelos und es lag ein Hall in ihr, der Garret frösteln ließ und nicht nur ihn, auch Vanessa kreuzte die Arme vor ihrem Busen, auch sie hatte Gänsehaut bekommen.

»Vor langer Zeit wurde das stolze und mächtige Reich Lyranthor auf dem Blut und der Asche anderer Nationen errichtet… Sie fielen vor unserer arkanen Macht, durch falsche Versprechen, Intrigen und Verrat kam die Zerstörung. Unsere mächtigen Armeen beherrschten die Himmel, befahlen dem Meer und zwangen mächtige Reiche in den Staub zu unseren Füßen. Gier und Wahnsinn bevölkerten unsere Städte, Missbrauch und Gewalt ließen uns wie die Verkörperung des Bösen erscheinen, man sah uns als dunkle Götter auf ihren Raubzügen durch die Welten. Eine wilde Jagd, niemandem verantwortlich, gefürchtet von jedem, wild genug, die Götter selbst in ihrer Macht zu fordern. Nur die Nationen der Elfen standen uns noch im Weg, waren sie erst ausgelöscht, so würde alleine der Greif auf ewig diese Welt beherrschen! Doch eines dunklen Tages, am Vorabend der letzten großen Schlacht, die am Morgen die Vernichtung der siebzehn Elfennationen bringen würde, befragten die Priester die Göttin und machten eine große Weissagung. In dieser wurde den Sterblichen kundgetan, dass, sollten wir diesem Pfad weiterhin folgen, wir den Zorn der Götter und damit unsere Vernichtung auf uns herabrufen würden. Aber sollten wir dieses eine Mal die Schlacht vermeiden, nur dieses eine Mal Gnade zeigen, dann, obwohl die Zerstörung unabwendbar sei, wäre dies die Saat zu unserer Rettung!«

Die dunkle Sera in ihrer schwarzen Rüstung und mit dieser rauchigen Stimme ließ sogar Garret Gänsehaut bekommen und nicht nur ihm erging es so. Wie alle anderen hier im Vorhof des Depots schien es ihm fast, als könne er sehen, was die dunkle

Sera ihnen beschrieb, fast, als wäre er, Garret, anwesend gewesen, als dies alles geschah, als wäre dies eine Erinnerung an vergangene Zeiten.

»Als der König von dieser Weissagung hörte«, fuhr die dunkle Sera fort, »befahl er jedem Priester im Land, diese Prophezeiung zurückzunehmen oder zum Schwert gebracht zu werden. So befahl er es und so geschah es. Ein jeder Priester im Land wählte zwischen Widerruf und Schwert und sie alle, ein jeder von ihnen, wählten den Tod durch das Schwert. Kein Einziger widerrief, bis nur noch eine Priesterin übrig war, eine junge Frau, erst vor Kurzem in den Glauben erhoben, selbst kaum mehr als eine Priesterschülerin. Sie, als letzte der Dienerinnen, wurde vor den König gebracht, doch als man sie zwingen wollte, vor dem König zu knien, gelang es ihnen nicht, obwohl schwere Männerhände sie zu Boden drücken wollten. Still und ruhig stand sie vor dem König, bis dieser seine Schergen zur Seite winkte. ›Warum kniest du nicht vor deinem König?‹, soll er sie gefragt haben und sie soll geantwortet haben, dass er nicht der König der Himmel wäre, sondern nur der Herrscher des Reiches, sie aber würde nur vor der Herrin der Welten die Knie beugen, nicht vor einem Sterblichen. Der Henker erhob bereits das Schwert, als die junge Frau weitersprach, doch eine Geste des Königs bremste die Klinge. Der Wille der Götter, sprach sie, würde sich nicht von einem sterblichen König beugen lassen, egal, wie mächtig er auch wäre. Zudem wären nun auch alle anderen erschlagenen Priester hier bei ihr, denn den Glauben eines ganzen Volkes könnte man nicht mit Schwert, Feuer oder jeder Art von Folter beenden. Der Glaube sei, wie die Götter selbst, nicht von dieser Welt und so der Macht des Reiches als Einziges entzogen. Dies, so sagte sie, sei die letzte Gelegenheit, die ihm, dem König, von den Göttern gegeben würde. Bliebe er bei seiner Entscheidung, so wäre er sicherlich siegreich in der Schlacht, doch in wenigen Jahrhunderten schon wäre Lyranthor vergessen und er selbst eine unbekannte Notiz im Staub der Geschichte, als wäre er, der mächtigste Herrscher, den diese Welt je gesehen habe, niemals gewesen. So direkt, so sicher war der Blick der jungen Frau, dass der König erbleichte.

Was also soll ich tun?, fragte er.

Er solle nach Lytar zurückkehren, gab ihm das Mädchen zur Antwort. Die Provinzen aufgeben, das eroberte Land befreien. Die Macht Lytars für die Künste nutzen, für das Wissen, zum Nutzen aller Länder. Lytar, so sagte sie, würde zerstört werden, dies sei unabänderlich der Wille der Götter, doch die guten Taten Lytars könnten die Strafe der Götter zurückhalten, für Jahrzehnte, Jahrhunderte, vielleicht sogar für ein Jahrtausend, doch letztlich würde Lytar fallen. Aber aus der Asche dieses großen Reiches würde dann etwas entstehen, das für das Gute steht, so wie jetzt, an diesem Tag, er, der König, der Inbegriff des Schlechten in dieser Welt wäre.

›Ich bin nicht schlecht‹, sagte der König, denn er sah sich nicht so. ›Ich will nur Frieden bringen über diese Welt.‹

›Frieden entsteht nicht aus der Macht des Schwertes. Frieden entsteht durch Freude, Wohlstand und Glück. Diese habt Ihr anderen genommen. Seht es, wie Ihr wollt, aber Eure Taten sind verwerflich. Lasst ab davon und sucht den Frieden auf andere Art.‹

Der König sah das Mädchen an.

›Dies also ist der Wille der Götter?‹, fragte er und sie, so sagt man, nickte nur.

›Unannehmbar‹, entschied der König und auf sein Zeichen hin fiel das Schwert des Henkers und trennte den Kopf des Mädchens von ihren Schultern. Er rollte vor die Füße des Königs, kam dort aufrecht zum Stehen und ihre Augen fingen die seinen mit ihrem letzten Blick, ruhig und unerschrocken, auch als das Licht in ihnen schwand. Ihre Lippen formten lautlos einen letzten Satz ... doch was sie sagte, kann man nur erahnen. Der König jedenfalls war bleich, als er aufstand und sich in sein Zelt zurückzog. In der Nacht jedoch erschien das Mädchen vor ihm und hinter ihr eingereiht standen all die Priester, die er hatte erschlagen lassen.

›Ziehe dich zurück‹, sagte sie. ›Es ist der Götter Willen!‹

Dann verschwand sie. In dieser Nacht fand der König keinen Schlaf und als der Morgen nahte, rief er seine Ratgeber zu sich und erzählte ihnen, was er in der Nacht gesehen hatte. Noch immer war er sich sicher, dass nichts gegen die Macht Lyranthors bestehen könnte, doch schien er nachdenklich. Niemand weiß, wie er sich entschieden hätte, denn nun erhoben sich seine Ratgeber gegen ihn. Gut ein Dutzend fielen, denn der König war aus dem Clan der Stiere, mächtig mit dem Schwert und der Kunst, einer der stärksten Kämpfer seiner Zeit. Fast schon schien es so, als ob er siegen würde, doch ein Dolchstoß beendete den Kampf.

Der nächste Morgen nahte düster und wolkenverhangen. Unter dem Klang von Pfeifen und Trommeln marschierten die Armeen der siebzehn Elfennationen auf das Schlachtfeld, bemalt mit den Farben des Todes. Im Angesicht des Todes war ein jeder von ihnen geweiht und gesalbt, sang sein Todeslied, dennoch kamen sie, ein jeder von ihnen, ob Mann, Frau oder Kind, Alt und Jung, um sich der Macht Lytars entgegenzustellen. Die Wolken am Himmel rissen auf und die Sonne schien wie ein gutes Omen an diesem Tag, doch die Hügel um die Armee der Elfen waren schwarz von der Macht des Reiches, Falke, Bär, Wolf und Adler ... golden auf blutrotem Grund flatterten die Symbole der Clans im Wind.

Aber auf dem Schlachtfeld selbst warteten nur ein kleiner Junge, gekleidet in den königlichen Farben des Reiches, und ein Mädchen mit goldenem Haar, die eine einfache blaue Robe trug. Keine Fahne der Verhandlung war zu sehen, dennoch senkten die Elfen die Waffen und ihre eigenen Prinzen näherten sich vorsichtig dem ungleichen Paar.

»*Davon höre ich heute zum ersten Male ... Man sollte meinen, eine solche Schlacht wäre in den Legenden erwähnt*«, bemerkte Lamar zweifelnd.

»*Dies ist lange her*«, erklärte der alte Mann. »*Es war das erste Zeitalter des alten Reiches, als die Menschen und die Welt noch jung waren und nur die Nationen der Elfen zwischen dem Greifen und seinem*

Wunsch, die ganze Weltenscheibe zu beherrschen, standen.« Der alte Mann erlaubte sich ein leichtes Lächeln. *»Und noch sprach ich nicht von einer Schlacht...«*

›Was hat das zu bedeuten, Sterblicher?‹, fragte eine der Elfen, eine feurige und stolze Kriegerin, selbst für ihr junges Alter. Verachtung lag in jedem Wort, jeder Geste und ihre Augen funkelten hasserfüllt in unirdischem Grün. ›Wir werden uns nicht ergeben!‹

Der Prinz des Reiches, ein Junge, kaum älter als zehn, sah sie ruhig und gelassen an. ›Wir sind gekommen, um euch mitzuteilen, dass wir keine Kriege mehr führen werden.‹

Die Elfenprinzessin blinzelte. Man sagt allerdings, man könne einen Elfen nicht überraschen.

›Einfach so?‹, fragte ein anderer der Elfenprinzen und warf einen skeptischen Blick hinauf zu den Hügeln, wo die Truppen des Reiches warteten.

›Nein‹, antwortete das Mädchen. Von den Elfen wusste niemand, wer sie war, dennoch hatten ihre Worte ein Gewicht, eine Fülle, die alle Aufmerksamkeit auf sie zog. Die Elfe blinzelte erneut. Der Prinz jedoch wurde bleich, als er ihre Worte vernahm, denn er wusste, dass sein Vater sie hatte erschlagen lassen, dass sie nun so vor ihm stand, konnte nichts anderes als ein Zeichen der Götter sein.

›Von nun an wird sich an jedem fünfzigsten Mittsommerfest eine Elfenprinzessin den Königen von Lytar präsentieren. Diese wiederum werden sich verpflichten, sie zu heiraten, und so Frieden für die Reiche bringen. Das ist der Preis, den die Götter für die Rettung der Elfennationen bestimmten.‹

Das Mädchen wandte sich an den jungen Prinz. ›Dafür wird sich Lytar in seine Heimat zurückziehen und dort damit beginnen, das aufzubauen, was zuvor gedankenlos zerstört wurde.‹ Das Mädchen sah den jungen Prinzen an und dieser fror, als er in die Augen sah, die tags zuvor seinem Vater getrotzt hatten. ›Die Götter werden Gnade walten lassen und das Urteil aussetzen, bis erneut ein jeder Diener des Glaubens getötet wird.‹

›Das wird nicht geschehen‹, sagte der junge Prinz mit überraschend fester Stimme. Er war der Sohn seines Vaters und an Mut fehlte es seiner Linie selten. Das Mädchen sagte nichts, es nickte nur und verschwand so lautlos, wie es erschienen war. Und so geschah es. Die Armeen kehrten zurück in die Heimat. Dies war das Ende des ersten Zeitalters, vierhundert Jahre lang herrschte Frieden in den Reichen, die eroberten Provinzen wurden sich selbst überlassen, nur das Kernreich verblieb und mit ihm die große Stadt. Und Lytar erhob nie mehr das Schwert. Jedenfalls nicht gegen andere, denn es steht geschrieben, dass ein Tiger nicht zum Schaf werden kann, auch wenn man ihm nur Gras zu fressen gibt. So geschah, was geschehen musste. Neid, Missgunst und Machthunger erhoben sich erneut, Bruder stritt mit Schwester, sie griffen nach der Krone der Macht … und Lytar wurde zerstört, wie es die Götter lange zuvor beschlossen hatten. Und so endete das zweite Zeitalter Lytars.«

Einen langen Moment herrschte Stille vor der inneren Tür. Als das Geraune anfing, hob der Bürgermeister die Hand und räusperte sich. »Das meiste von dem, was Ihr uns da berichtet, ist uns unbekannt und unverständlich. Aber wir wissen wohl, dass Hochmut, Neid und Missgunst des altes Reiches den Zorn der Götter erregte. Es ist uns eine stete Warnung. Aber was ist der Konvent?«
»Es ist wie folgt. Kurz bevor Lytar zerstört wurde, folgten die Familien der Prinzessin ins Exil. Dann, als das Unheil geschehen war, nachdem Lytar zerstört wurde, befahl die Prinzessin, die Dinge zu bergen, die sie als zu gefährlich einstufte oder zu wichtig, um sie zurückzulassen. Die sieben führenden Familien, mit der vollen Unterstützung aller, die dem Kataklysmus entronnen waren, bestimmten, dass von nun an Habgier und Krieg nie wieder von Lytar ausgehen soll. Sie schworen, bis auf die Ausnahme des Bogens für die Jagd und für die Verteidigung, alle Waffen aufzugeben und so auch die magischen Künste, die so viel Hass, Neid und Zerstörung in die Welt gebracht hatten. Sie schworen, in Frieden zu leben, bis der zweite

Teil der Prophezeiung eintreffen würde. Bis dahin sollte der Wille des Volkes regieren, ein Rat von sechs und das Wort von einem, gewählt von den Bürgern Lytars. Dies ist der Konvent: Bis der zweite Teil der Prophezeiung eintritt, sind die sechs und der eine diejenigen, die über die Geschicke des Landes walten.

Aber die Kriegsmaschinen, die, die wir nicht zerstören konnten, wurden hier begraben. Jeder einzelne des Rates muss zustimmen, damit diese Tür geöffnet wird. Wir wachen darüber, dass es nicht anders ist. Denn wenn sie einmal fliegen, wird man die Vögel des Krieges kaum zurückrufen können. Um zu verhindern, dass diese alte Macht in die falschen Hände gerät, schworen wir sieben, dass wir nicht eher ruhen werden, bis zu der Zeit, in der sich die Macht Lytars erneut, aber diesmal zum Guten, erheben wird. Mit Magie und altem Wissen banden wir uns selbst an diesen Ort und diese Rüstungen, schliefen in einem magischen Schlaf, bis zu dem Moment, an dem ihr unsere Ruhe störtet.«

»Ihr meint, ihr habt das freiwillig gemacht?«, fragte Garret entsetzt.

Die dunkle Sera schien ihn durch die Augenschlitze ihres Visiers zu mustern.

»Niemand von uns ist ohne Schuld«, sagte sie dann langsam, als ob es ihr schwerfallen würde, darüber zu sprechen. »Unsere lange Wache ist unser Versuch, Wiedergutmachung zu leisten, bevor wir vor die Götter treten, die uns richten werden.«

Einen langen Moment sagte niemand etwas. Sich freiwillig für Jahrhunderte in dieses Depot einschließen zu lassen, das Leben aufzugeben und nur durch Magie weiterzuexistieren, alleine der Gedanke ließ Garret frösteln.

»Und wann ist der Konvent gebrochen?«, fragte Vanessa neugierig, bevor der Bürgermeister etwas sagen konnte.

»Wenn die Macht des alten Reiches neu ersteht. Wenn die Krone Lytars erneut erhoben wird, um das Reich zu einen. Damit beginnt der zweite Teil der Prophezeiung. Der Greif muss sich entscheiden, ob er eine Macht zum Guten wird oder ob das

Übel in der Welt überhandnimmt«, gab die Frau mit dunkler Stimme zur Antwort. »Viel mehr wissen auch wir nicht über den zweiten Teil, nur noch, dass Mistral ihre erste Dienerin mit einem Licht über der Stadt weihen wird.«

»Mistral wird uns wieder ihre Gnade schenken? Es wird wieder Priesterinnen geben?«, fragte Elyra aufgeregt dazwischen.

»Richtig, mein Kind, es wird in unserem Tal wieder eine Priesterin Mistrals geben.« Die gewappnete Gestalt vor ihnen bewegte leicht den Kopf, um die anderen anzusehen, Staub und Lederreste rieselten von ihr herab.

»Und das ist eines der Zeichen, die uns in der Prophezeiung gegeben wurden: Wenn das dritte und letzte Zeitalter Lytars beginnt, wird das Reich nicht ohne die Führung der Göttin sein, denn sie wird eine Dienerin erwählen, die das Reich in diese neue Zeit führt.«

Ein Raunen ging durch die Menge, der Bürgermeister sah Vanessa strafend an und öffnete den Mund, doch diesmal war es Garret, der ihm zuvorkam und die nächste Frage stellte.

»Sie existiert noch? Die Krone? Wir dachten alle, sie wäre zerstört?«

»Die Krone Lytars zerstört? Wie soll dies möglich sein?«, fragte die Hüterin und nun war Überraschung in der dunklen Stimme zu hören.

»Wir dachten, es wäre so«, antwortete der Bürgermeister, diesmal war er schneller als Garret, der den strafenden Blick seines Vaters gar nicht wahrzunehmen schien.

»Die Krone von Lytar ist keine gewöhnliche Krone. In ihr ruht die Macht, das Reich zu einen. Sie ist die Macht des alten Reiches und die Hoffnung einer neuen Welt. Auch der Kataklysmus war nicht imstande, sie zu zerstören, vielleicht vermögen sogar die Götter selbst nicht, dies zu tun.«

»Wo ist sie? Ist sie hier?«, fragte Elyra und der Bürgermeister sah gequält auf, als wolle er die Götter um Beistand anflehen.

»Nein, sie ist es nicht. Niemand weiß, wo sich die Krone selbst befindet. Wahrscheinlich in den Trümmern der alten Stadt.

Wenn es die Krone ist, die ihr sucht, seid ihr hier am falschen Platz.« Es erschien jetzt Tarlon, als ob die Frau hinter dem Visier lächeln würde.

Der Bürgermeister räusperte sich und warf den Freunden einen drohenden Blick zu. »Jener Belior, der unser friedliches Dorf mit Krieg überzieht, ist auf der Suche nach dieser Krone. Er strebt nach ihrer Macht. Und um an sie zu gelangen, ist er bereit, jeden einzelnen von uns zu foltern, jeden Stein dreimal zu wenden, bis er die Krone findet.«

»Die Krone wird das Reich einen. Wer auch immer sie trägt«, sagte die Frau und Tarlon wurde das Gefühl nicht los, dass sie etwas erheiterte. Er hätte gerne etwas gefragt, aber der Bürgermeister sah nicht so aus, als ob er es noch einmal dulden würde.

»Was ist so wertvoll an dieser Krone?«, fragte jetzt der Bürgermeister mit einem mahnenden Blick an die Freunde. »Was für eine Macht hat dieses Artefakt, dass dieser fremde König uns mit Krieg überzieht, bereit ist, jeden töten und foltern zu lassen, um diese Krone in seine Hände zu bekommen?«

Die Sera schwieg einen Moment, dann seufzte sie. »Das vermag euch niemand zu sagen, nur die Könige selbst und die Priesterinnen Mistrals wussten es. So viel weiß ich: Es ist keine Waffe, denn die Macht der Krone ist subtil, unsichtbar. Der Magier, der sie schuf, sagte, dass sie ein Werkzeug wäre und so für jeden Herrscher eine Prüfung. Ist jemand, der sie trägt, gut und weise, ist die Krone ein Werkzeug des Guten, strebt jemand nach Macht, wird sie ihm diese geben.« Sie zuckte die Schultern. »Mehr wird euch niemand sagen können, der Letzte, der sie trug, nahm ihr Geheimnis mit in den Tod.«

Der Bürgermeister nickte langsam. »So wisst auch Ihr kaum mehr, als unsere alten Legenden sagen.«

»So ist es«, bestätigte die Frau in der Rüstung.

»Das ist schade, aber wir suchen nicht die Krone, Geist«, sprach der Bürgermeister weiter. »Wir suchen Dinge, die uns nützlich sein könnten, unsere Heimat zu verteidigen. Eure Worte berühren mich, aber all dies ist lange her und heute sind wir es, die in Gefahr sind. Was uns betrifft, steht der Konvent noch. Aber wir wurden angegriffen. Dieses Mal wollen wir uns nur umsehen. Ich gebe euch mein Wort, dass wir keine Kriegsmaschine entnehmen werden.« Er sah sich um und alle anderen Mitglieder des Rates nickten, bis auf Ralik, den Zwerg. »Dieses Mal werden wir nichts entnehmen«, sagte dieser mit rauer Stimme. »Aber vielleicht ein anderes Mal. Diesmal aber nicht. Diesmal wollen wir nur wissen, was es ist, was hier zu finden ist.«

»So soll es sein«, sagte der Bürgermeister.

Stille kehrte ein und Ralik fühlte, dass die fünf Gewappneten nun ihn musterten. Er spürte eine Kälte in sich aufsteigen, eine namenlose Angst. Er war wahrlich alt genug, um zu wissen, dass diese fünf vor ihm keine gewöhnlichen Menschen mehr waren, sondern etwas ganz, ganz anderes. Hier kreuzten sich Magie und Tod zu etwas, das er nicht benennen wollte. Er fühlte die Blicke der fünf, schluckte, hob sein Kinn und sah ihnen offen entgegen.

»Denkt daran«, fuhr die dunkle Sera fort. »Erhebt ihr die Macht des alten Reiches, bricht der Konvent und die Prophezeiung nimmt ihren Lauf.«

Mit einem hellen Blitz und Donner, der durch die Passage rollte und die Anwesenden taumeln ließ, verschwanden die fünf und dort, wo sie gestanden hatten, teilte sich das zweite Tor aus Stahl und glitt zu beiden Seiten in die Wand des Ganges, gab den Weg frei in das Innere des Depots.

»Hhmpf!«, sagte Lamar. »Wird das jetzt zu einer Geistergeschichte? Mit uralten untoten Rittern und Jungfrauen? Immerhin hatten wir bereits den Drachen!« Er erntete dafür einen empörten Blick des Gastwirts.

»Also wirklich! Ein alter magischer Schatz, Todesritter, die ihn bewachen ...« Er schüttelte den Kopf. »Abgesehen davon, habe ich noch nie davon gehört, dass es siebzehn Elfennationen gegeben haben soll!«

»Es tut gut, alles zu wissen, nicht wahr?«, bemerkte der alte Mann und stopfte in aller Ruhe seine Pfeife. Lamar seufzte, nahm seinen eigenen Becher auf und trank einen Schluck.

»*Auch wenn Elfen lange leben, so lange, dass man sie oft als unsterblich betrachtet, vergeht die Zeit und begräbt nicht nur Leben, sondern auch Nationen ... so erging es auch den Elfen. Heute gibt es nur noch wenige von ihnen und manches menschliche Dorf steht heute auf Boden, der den Elfen heilig ist ... es gibt zu viele von uns und zu wenige von ihnen, als dass sie gegen die Menschen bestehen konnten. So zogen sie sich zurück und gingen ... wohin auch immer dieser Weg sie führte. Nur drei dieser großen Nationen sind übrig, die anderen vergessen ... von uns Menschen, aber nicht von den Elfen.*«

»Wenn Ihr es sagt ...«, meinte Lamar. »Nun gut, alter Mann, ich habe lange genug zugehört und genügend für den Wein bezahlt, also werde ich mir wohl auch den Rest Eurer Geschichte anhören! Aber ehrlich ...« Er schüttelte den Kopf. »*Drachen und Todesritter ...!?*«

»Wollt Ihr nun andere Geschichten erzählen oder wollt Ihr diese hören?«, fragte der Gastwirt etwas barsch. »Kümmert Euch nicht um den Preis des Weines«, fuhr er fort. »Mir ist es den Wein gerne wert.«

»Wir wollen alle wissen, wie es weitergeht, Großvater«, rief eine junge Frau aus der Menge und Lamar schnaubte ... zog es aber vor, nichts weiter zu sagen, als er die Blicke der anderen sah.

»Sie geht auch noch ein ganzes Stück weiter«, lächelte der alte Mann. »*Die fünf Hüter des Konvents waren nun gegangen und das Tor war offen ...*«

»Das werden wir nie alles auf unsere Wagen bekommen«, bemerkte Hernul kopfschüttelnd.

»Das wollen wir ja auch gar nicht«, sagte Garen. »Heute schauen wir nur.«

»Und das ist gut so«, meinte Hernul abwesend. »Ich bin fast schon froh darüber, dass wir versprachen, hier nichts mitzunehmen. Zu schauen gibt es jedenfalls mehr als genug!«

Der Raum hinter dem Tor war riesig, eine künstliche Höhle aus Stein, gute achtzig Schritt lang und bestimmt vier Stockwerke hoch. Boden, Wand und Decke bestanden aus grauen Steinkacheln, etwa einen Schritt in der Länge und Breite und einige der Kacheln in der Decke leuchteten in einem fahlen Schein, spendeten so mehr Licht, als es hundert Fackeln hätten tun können, fast als wäre es hier Tag, wo draußen sich jetzt schon die Sonne senkte. Besonders Pulver schien an diesen Platten interessiert.

Die Luft, die ihnen entgegenschlug, war trocken und staubig, es roch nicht nach Moder, sondern nach …

»Es riecht wie die Vergangenheit«, sagte Elyra leise, als sie ihren Blick über die vielen Kisten und Kästen und Behälter wandern ließ, Dinge in jeder Form und Größe, zum Teil in geöltes Leder eingewickelt, zum Teil nur von Staub bedeckt und dennoch unbekannt und fremd. Es gab Kisten, Kästen, Schatullen und Behälter, manche so klein, dass man sie in der Hand halten konnte, andere so groß, dass sie bis an die Decke des riesigen Raumes reichten. Ein großer Haufen von Dingen, teils erkennbar und zum größten Teil nicht. Die Gänge zwischen den Kisten und Kästen waren teils eng, teils weit, aber sie erlaubten den Zugang zu jedem Stück, das hier gelagert war.

»Ich weiß nicht, wie es euch geht«, fuhr Elyra leise fort und strich sich nervös ihr Kleid zurecht. »Mir jedenfalls macht dies alles Angst.«

»Da bist du nicht alleine«, stimmte Tarlon ihr zu. Aber noch während er sprach, eilten andere an ihm vorbei ins Depot, um all dies neugierig zu betrachten.

»Leute!«, rief der Bürgermeister plötzlich lautstark. Da es hier keinen Brunnen gab, war er auf einer der größeren Kisten geklettert, überraschend behände für einen Mann seines Alters und Berufs. Die Leute hielten inne und sahen zu ihm hoch, verwundert darüber, ihn da oben zu sehen.

»Wir haben auf Ehre versprochen, dass hier nichts mitgenommen wird. Ich beabsichtige mein Versprechen einzuhalten! Seid vorsichtig und fasst nichts an, vor allem keine Kriegsmaschinen!«

»Hier gibt es keine Kriegsmaschinen!«, rief jemand. »Nur unnützes Zeug!«

»Das würde ich so nicht sagen«, rief Ralik. Er hatte die Tür der Kiste geöffnet, auf der noch der Bürgermeister stand, und auf seinem Gesicht mischte sich Ehrfurcht und Schreck zu gleichen Teilen. Der Bürgermeister sprang von der Kiste herunter. »Was ist es ... Oh!«

In der Kiste, eine der größten hier im Depot, standen vierzig schwarze Ritter, metallene Statuen, etwa doppelt so groß wie ein normaler Mann, mit großen Schwertern und Schildern, die das alte Wappen Lytars trugen, den Greif mit dem erhobenen Schwert, mit geschulterten Speeren, als ob sie bereit wären, im nächsten Moment loszumarschieren. Schwarz wie die Familienschwerter und auch offensichtlich aus demselben Material gefertigt, waren ihre metallenen Gesichter hart und unnachgiebig, strahlten sie eine derartige Bedrohung aus, dass sowohl der Zwerg als auch der Bürgermeister einen Schritt zurückwichen. Auch die anderen, die neugierig ankamen, um zu schauen, was die beiden so beeindruckte, hielten inne, einige schwiegen, andere fluchten leise, als sie die metallenen Krieger sahen.

»Wofür haben sie wohl Statuen eingelagert? So schön sind die nun wieder nicht und in meinem Garten würde ich so eine nicht stehen haben wollen!«, rief jemand aus dem Hintergrund und löste sogar hier und da ein leises Lachen aus, auch wenn es etwas betreten klang.

Pulver war nach vorne gekommen und musterte die Statuen intensiv, dann kniete er sich hin, um den Boden der Kiste genauer zu begutachten. Er richtete sich wieder auf, den Blick misstrauisch auf die Statuen gerichtet. »Ich glaube, es sind keine Statuen«, sagte er dann mit Unglauben in der Stimme. »Seht ihr hier den Boden der Kiste? Die Spuren hier? Diese Statuen sind hier hineinmarschiert ... sie können sich von alleine bewegen!«

»Götter!«, hauchte der Bürgermeister. »Dass mir die ja keiner anfasst!« Er schüttelte den Kopf. »Ich weiß nicht, was ich hier zu finden hoffte. Kriegsgerät vielleicht, aber doch nicht so etwas!«

»Ich glaube nicht, dass wir Katapulte oder Belagerungstürme hier finden werden«, sagte Ralik erschüttert, als er die weiten Türen der Kiste langsam wieder schloss. »Ich glaube, das hier ist um vieles schlimmer.«

Garret hatte sich nicht darum gekümmert, was die anderen da so interessierte. Er hatte selbst eine andere Kiste geöffnet, diese enthielt umlaufende Regale, und was darauf stand, interessierte ihn weitaus mehr. Dutzende von kleinen Statuen standen da und ganz oben zwei Dutzend stählerne Falken, so fein gearbeitet, dass man meinen könnte, eine jede dieser stählernen Federn wäre echt. Feine Hauben aus Silberdraht waren über ihren Köpfen befestigt wie die Hauben, die Falkner bei ihren Tieren verwendeten. Vorsichtig nahm er eine der Figuren in die Hand, sie war unverhältnismäßig schwer, so schwer, dass er sie beinahe fallen ließ, und fühlte sich in seiner Hand überraschend warm an. Er erkannte das Wappen auf den metallenen Federn. Dies ist interessant, dachte Garret und schmunzelte leicht, denn dieses Wappen gehörte zu dem Falkner des Dorfes, einem Freund seines Vaters. Offensichtlich gab es einen Grund, warum die Familie auch heute noch mit Vögeln zu tun hatte. Garret sah sich suchend um und entdeckte den Mann in der Nähe des Ausgangs.

Es gab auch einen Falken mit dem Wappen der Grauvögel und der Dunkelfedern, auch der Bär und andere waren vertreten. Er selbst hatte von Falken wenig Ahnung, aber der Falkner würde diese Statue vielleicht interessant finden.

»Hier«, sagte Garret und reichte die Figur an den Falkner weiter. »Ich glaube, das gehörte einmal Eurer Familie.«

Der Mann nahm die Tierfigur vorsichtig entgegen und betrachtete sie nachdenklich. »Ich habe die Geschichten meines Großvaters immer für Märchen gehalten ... aber nun, da ich diesen hier sehe ... lasst mich etwas ausprobieren.«

Garret sah unwillkürlich zum Bürgermeister zurück und der Falkner lachte. »Ich glaube nicht, dass er etwas dagegen haben wird, wir bringen den Falken dann auch gleich wieder zurück.«

»Nun gut«, meinte Garret, dessen Neugier auch immer größer wurde. »Wir haben ja nur versprochen, nichts mitzunehmen!«

Sie gingen vor zum Eingang und der Falkner drehte den metallenen Falken in seiner Hand und hob ihn hoch, damit er ihn besser sehen konnte. Sanft strichen seine Finger über das metallene Gefieder. »Irgendwie glaube ich, dass das hier fliegen kann...«, sagte er dann und zog die feingewebte silberne Haube vom Kopf der Statue. Der Falke schien sich zu bewegen, sich zu strecken und der Falkner warf die Statue plötzlich hoch in die Luft. »Flieg!«, rief er und vor seinen und Garrets ungläubigen Augen schlug der kleine Falke einmal mit seinen Schwingen, um dann in einem Kreis aufzusteigen, während er immer größer und größer wurde. Vor den ungläubigen Augen der beiden wuchs und wuchs der Falke, bis die Spannweite seiner Schwingen gut zehn Schritte betrug, dann öffnete er seinen metallenen Schnabel und stieß einen unirdischen Schrei aus, der weithin über das Land hallte und Garret erschaudern ließ. Er und der Falkner sahen gebannt und verängstigt zu dem riesigen Vogel hoch, weiter stieg der Falke an, Kopf zur Seite gelegt, während unnatürliche Augen, glühend wie geschmolzenes Blei, die Landschaft unter ihm absuchte, auf der Suche nach dem Feind, dem Opfer. Dann faltete er seine gewaltigen Schwingen und stürzte mit einem lauten Pfeifen auf Garret und den Falkner herab, kleiner und kleiner werdend, weitete ein letztes Mal elegant seine Schwingen, bevor er wieder auf dem Arm landete, den der Falkner, ohne lange nachzudenken, wie gewohnt erhoben hatte.

Ohne den schweren Handschuh, den er sonst benutzte, stöhnte der Falkner auf und mit schmerzverzerrtem Gesicht versuchte er, dem Vogel die silberne Haube überzustreifen, während metallene Klauen sich tief in sein Fleisch bohrten, Haut, Muskeln und Sehnen zerfleischten, bis der Falke endlich wieder als Statue erstarrte.

Erschüttert, blutend und bleich löste der Mann das Ding von seinem blutüberströmten Arm und hielt ihn zitternd Garret entgegen, der entsetzt auf den zerfleischten Arm des Falkners starrte.

»Das ist egal! Ein kleiner Preis, den ich für meine Torheit zahle! Nehme ihn und packe ihn weg, bitte!«, flüsterte der Mann, als Garret mechanisch die Figur ergriff. Tränen standen in den

Augen des Falkners. »Ich war mit dem Monster, als es flog. Ich fühlte seine wilde, kalte und mörderische Macht. Wäre jemand da gewesen, der nicht von Lytar war, dieses Ding hätte ihn zerfleischt!« Der Falkner schluckte. »Ich danke der Herrin, dass der Radmacher und Elyra im Depot gewesen sind, sonst wären wir an ihrem Tod schuld gewesen!« Er riss sich bereits Streifen von seinem Hemd, um seinen Arm zu verbinden.

»So schlimm ist es nicht, ich kann meine Finger noch immer fühlen, BRING ES ZURÜCK!«

Garret war schon auf dem Weg, zutiefst erschrocken, denn der Falkner hatte recht. Sowohl Ralik als auch Elyra stammten nicht aus Lytar, obwohl sie beide so sicher hierher gehörten wie Garret selbst. Er eilte in das Depot zurück und als er den Vogel wieder auf seinem Regal absetzte, zitterten seine Finger. Selbst als er den Drachen sah, hatte er nicht eine solche kalte Bedrohung gefühlt. Der Drache war ein lebendes Wesen, vielleicht sogar intelligent, und wenn er den Geschichten der Sera Bardin glaubte, waren Drachen auch imstande, etwas zu fühlen, selbst wenn es nur Hass war. Doch der Falke war kalt, ohne Gefühl, ohne Gnade.

Wie hatte die gerüstete Frau es formuliert? »Aber die Kriegsmaschinen, die, die wir nicht zerstören konnten, wurden hier begraben. Jeder einzelne des Rates muss zustimmen, damit diese Tür geöffnet wird. Wir wachen darüber, dass es nicht anders ist. Denn wenn sie einmal fliegen, wird man die Vögel des Krieges kaum zurückrufen können.«

Die Vögel des Krieges. Garret wusste nun genau, was sie meinte. »… die, die wir nicht zerstören konnten …« Die Worte der Frau hallten in Garrets Gedanken wider und ihm fröstelte so sehr, dass er Gänsehaut bekam.

In den Regalen der Kiste standen noch andere Tierfiguren. Bedrohlich aussehende Wölfe, Bären, sogar zwei Wiesel und nun konnte er sie fühlen, im Moment schliefen sie, aber er fühlte, wie willig und bereit sie waren, sich wieder in den Kampf zu stürzen. Raubtiere aus Metall, beseelt von alter Magie und nur dem Wunsch, wieder zu töten.

Allesamt Raubtiere, mit der Ausnahme von zehn Pferdefiguren, die irgendwie anders wirkten, die dieses gierig-kalte Gefühl vermissen ließen.

Immer noch neugierig, nahm er eines der Pferde und ging hinaus. Der Falkner sah auf, als Garret herauskam, versorgte noch immer seine Wunde, doch er wich zurück, als er die Statue in Garrets Hand sah.

»Diese ist anders«, beeilte sich Garret zu sagen. »Ich fühle es.« Der Falkner musterte die Pferdestatue misstrauisch, aber er nickte, auch wenn er etwas zurückwich.

»Wir wollen hoffen, dass du recht hast«, sagte der Falkner vorsichtig. In dem Moment, wo Garret die Statue auf dem Boden aufsetzte, wuchs sie zu normaler, vielleicht etwas überdurchschnittlicher Größe heran. Es war ein wunderschöner Hengst, ein Kriegspferd in vollem Plattenharnisch, ein Pferd, das selbst einen König stolz gemacht hätte, es zu besitzen. Es sah lebendig aus, sein schwarzes Metall nunmehr ein dunkles Braun und seine weiche Nase stupste Garret, als wäre es auf der Suche nach den Äpfeln, mit denen Garret versucht hatte, sein eigenes Pferd zu bestechen.

Doch die großen, braunen Augen schienen eine prüfende Intelligenz zu besitzen, die Garret verstörend fand. Das Streitross wirkte nicht bedrohlich wie der Falke oder die anderen Statuen in ihrem magischen Schlaf, aber zugleich schien es mehr als diese zu sein, anders in einer Art, die Garret nicht verstand. Garret sah zu, wie es den Apfel aß, wie ein jedes andere Pferd es auch getan hätte, dann klopfte er dem Ross auf die Schulter. »Geh wieder schlafen«, sagte Garret leise. »Du wirst gerufen werden, wenn wir dich brauchen.« So seltsam, wie dies alles war, überraschte es Garret kaum, dass das Pferd ihn ein letztes Mal ansah und wieder kleiner und zur Statue wurde. Garret hob sie auf und drehte sich um und sah sich seinem Vater und Ralik gegenüberstehen, der von dem blutenden Arm des Falkners zu der Pferdestatue sah, die Garret in der Hand hielt.

»Ich glaube, Sohn, dass du mir etwas erklären musst«, sagte sein Vater leise und Garret nickte nur. Doch es war der Falkner, der dies übernahm, und Garret war dankbar, dass ihm der Mann keinen Vorwurf machte. »Bitte den Bürgermeister zu kommen«, sagte Garen knapp und schickte Garret mit einer Geste zurück ins Depot. Er suchte und fand den Bürgermeister und dieser rief auch die anderen zusammen, gemeinsam verließen sie das Depot und hörten schweigend zu, wie der Falkner von dem metallenen Falken berichtete.

Die anderen hatten ein paar normale Waffen im Depot gefunden. Bögen, Schwerter, Rüstungen und andere solche Dinge, aber nachdem der Falkner fertig gesprochen hatte, war fast jeder nervös, den meisten war es unheimlich zumute. Dies waren Dinge weit jenseits ihrer eigenen Vorstellungskraft, als wären die Monster aus den alten Balladen plötzlich vor ihnen aufgetaucht, als sie am wenigsten damit gerechnet hatten. Genauso, dachte Garret, war es ja auch gewesen. Den Schrei des Falken jedenfalls würde er so schnell nicht vergessen.

»Wir werden nichts mitnehmen«, sagte der Bürgermeister und warf Garret einen harten Blick zu. »Die Hüter des Depots haben recht behalten. Diese Dinge sollten auf dieser Welt nicht wieder wandeln. Wir wissen nicht, wie man sie benutzen kann, wie man ihnen befiehlt oder was sie anrichten können! Ich für meinen Teil bin auch nicht erpicht darauf, dies herauszufinden!« Er hielt inne und atmete tief durch.

»Unser Land wird mit Krieg überzogen. Wir werden unserem Feind entgegentreten. Aber auf unsere Art. Diese Art«, er wies mit der Hand in Richtung des Depots, »brachte unserer Welt Unheil und rief den Zorn der Götter und die Vernichtung auf unsere Vorfahren herab. Wir werden dergleichen nicht wieder heraufbeschwören.«

Die meisten nickten bedrückt. Doch es war die junge Halbelfe, die widersprach. »Ich habe ein paar leere Bücher gefunden«, sagte Elyra eilig und hielt eines dieser Bücher hoch, damit es alle sehen konnten. »Seht ihr, nur leere Seiten. Aber schaut euch das Papier an … und wie dünn es ist und wie glatt! Diese Bücher sind besser als alles, was wir machen können, und es ist nur ein leeres Buch, seht ihr, die Blätter sind nicht beschriftet!«

Sie hielt es auf und blätterte darin. »Können wir vielleicht diese Bücher mitnehmen? Wie können diese uns denn schaden? Sie sind bestimmt keine Waffen!«

Der Bürgermeister und die Ältesten berieten sich kurz untereinander, dann ergriff Ralik das Wort.

»Ja, Elyra, du kannst das Buch behalten«, sagte der Zwerg mit seiner tiefen Stimme bedächtig. »Aber nur dieses eine. Zu vieles hier ist seltsam und unverständlich für uns.« Er sah sich um. »Wir werden diesen Ort verlassen, wie wir ihn vorfanden. Es ist spät, aber wenn wir uns beeilen, sind wir vor dem Morgen wieder zurück in Lytara.«

Garret hielt die Pferdestatue hoch. »Ich muss das hier noch zurückstellen«, sagte er.

»Ja, stell es zurück«, sagte der Bürgermeister, aber er rief die Freunde herbei, die sich, zusammen mit Vanessa, zu ihm begaben. Er sah einen nach dem anderen an.

»Euer Auftrag ist es, dieses Depot wieder zu schließen. Vielleicht findet ihr sogar eine Möglichkeit, die Hüter zurückzurufen, ihre Aufgabe ist wohl doch noch nicht beendet.« Er hielt sich selbst, als wäre ihm kalt. »Wir anderen jedenfalls brechen jetzt auf. Kommt nach, sobald ihr könnt.« Ein letztes Mal musterte er die Freunde, zum Schluss verharrten seine Augen auf Garret. »Ich hoffe, ihr werdet mich nicht enttäuschen.«

»Und so kehrte die Expedition nach Lytara zurück, mit leeren Wagen und schweren Herzen, und auch wenn niemand dem Bürgermeister oder den Ältesten widersprach, so gab es doch den einen oder anderen, der sich nicht sicher war, ob dies die richtige Entscheidung wäre«, sagte der alte Mann und stahl das letzte Stückchen Käse, bevor Lamar es ihm auch noch vor der Nase wegschnappte.

»Mechanische Vögel und Pferde ...« Lamar lehnte sich nachdenklich zurück. »Ihr versteht es wirklich, eine Geschichte zu erzählen!« Er schüttelte sich delikat. »Sogar mir stellten sich die Haare auf, als Ihr von dem Falken erzähltet. Sagt, alter Mann, was ist wahr an Euren Worten? Gibt es dieses Depot und diese Vögel des Krieges?«

Der alte Mann lächelte leicht. »Es ist doch nur eine Geschichte, Freund.

Seid ohne Furcht, Ihr werdet diese Schwingen nicht am Himmel sehen, darauf gebe ich Euch mein Wort!«

Lamar lachte leise. »Für einen Moment glaubte ich Euch fast die Mär ...« Er schüttelte den Kopf und hielt seinen Becher hoch, der Wirt selbst schenkte ihnen beiden nach. »Und wie ging es weiter?«, fragte der Wirt, als er den Krug am Tisch absetzte. Es war spät geworden, hier und da gähnte jemand und die eine oder andere Kerze war herabgebrannt, aber noch schien jeder begierig zu erfahren, wie es weiterging. Lamar gähnte hinter vorgehaltener Hand, aber auch er schien noch immer interessiert.

»Es ist schon spät«, sagte nun auch der andere Mann. »Und in dieser Nacht werde ich gewiss nicht mehr die ganze Geschichte erzählen können. Aber etwas Zeit haben wir wohl alle noch.« Er sah sich um und fast ein jeder nickte. »Nun«, fuhr der alte Mann fort, »der Bürgermeister hatte unseren Freunden ja den Auftrag gegeben, das Depot wieder zu verschließen ...«

9 Von Hütern und Schülern

»Und wie schließen wir es wieder?«, fragte Elyra, während sie immer noch ehrfürchtig mit den Fingerspitzen über das glatte Papier des Buches strich. Sie setzte sich hin und entnahm ihrem Packen Tinte und Federkiel, begierig, zu erfahren, wie es sich auf solchem Papier wohl schreiben ließ.

»Wir finden einen Weg«, sagte Tarlon, während sie zusahen, wie sich der Wagenzug aus Lytara auf den Heimweg begab. Er warf Garret einen Blick zu. »Ich hoffe, der Arm des Falkners wird wieder heilen. Was hast du dir nur dabei gedacht?«

»Ich war neugierig«, antwortete Garret geknickt. »Die Statue war kaum größer als meine Hand. Es ist eine Statue, ich hielt es eher für ein Spielzeug! Woher hätte ich wissen sollen, was geschehen würde!«

»Das ist genau der Punkt!«, warf Argor ein. »Das ist, was ich meinte, als ich sagte, wir sollten uns von Magie fernhalten! Wir verstehen zu wenig davon!«

»Dann müssen wir es lernen«, antwortete Garret. »Damit so etwas nicht wieder vorkommt.«

Argor rollte die Augen. »Oder man lässt es einfach sein! Daraus gelernt hast du wohl offensichtlich wenig!« Er warf einen bezeichnenden Blick auf die Pferdestatue, die Garret noch immer hielt.

»Doch«, sagte Garret. »Es gibt unterschiedliche Statuen. Dieses Pferd ist anders. Wenn man es erweckt, lebt es. Der Falke lebte nicht … er blieb ein Ding, ein …«

»Animaton«, sagte Elyra abwesend, während sie ihre Tinte anmischte. »So nennt man sie.«

»Das Wort habe ich noch nie gehört«, sagte Vanessa, die ihrerseits die Pferdestatue neugierig musterte. »Woher weißt du das?«

Elyra sah überrascht auf und runzelte die Stirn. »Ich weiß es nicht mehr. Ich glaube, Mutter hat es mir erzählt. Ich weiß nur, dass man sie so nennt. Es sind künstliche Wesen, aber beseelt und lebendig durch die Magie des altes Lytar. Nur ein einziger Meister der Magie war jemals imstande, solches zu fertigen, wer es war, weiß ich allerdings nicht. Ich weiß nur, dass ihm alleine die meisten magischen Wunder der alten Stadt zugeschrieben wurden.«

»Und, weißt du noch andere Dinge?«, fragte Tarlon sanft und musterte sie mit einem nachdenklichen Gesichtsausdruck.

Elyra zuckte die Schultern. »Nicht viel«, sagte sie dann. »Außer dass diese Statuen blutgebunden sind. Nur jemand aus der ursprünglichen Blutlinie kann sie verwenden. Deshalb konnte nur der Falkner den Falken fliegen lassen. Keiner von uns hätte es vermocht. Und deshalb ist das da auch Garrets Pferd. Seht das Wappen auf dem Barding. Es ist das der Grauvögel.«

Garret sah nachdenklich auf die Statue herab, Elyra hatte recht. Es war ihm gar nicht aufgefallen.

»Darf ich es mal sehen?«, fragte Vanessa. Garret zögerte kurz und gab die Figur an Vanessa weiter. Sie wog die Statue in der Hand. »Ziemlich schwer. Aber wunderschön …« Sie fuhr mit den Fingerspitzen über die kleine Figur. »Und Elyra hat recht, es ist lebendig.«

»Woher willst du das wissen?«, fragte Garret neugierig und streckte die Hand aus. Es war ihm gar nicht mehr so wohl bei dem Gedanken, dass jemand anderes die Figur hielt.

»Ich fühle es einfach«, antwortete Vanessa und gab ihm das Pferd zurück, etwas widerwillig, wie es Garret schien.

»Wenn wir heute noch nach Hause wollen, sollten wir uns beeilen«, unterbrach Tarlon. »Lass uns das Pferd zurückbringen und schauen, wie wir das Tor wieder schließen können. Irgendeinen Weg muss es geben.« Garret nickte und wollte schon losgehen, als Elyra plötzlich aufsprang und das Buch mit einem verdatterten Gesichtsausdruck ansah.

»Schaut euch das mal an!«, rief sie und hielt das Buch hoch. »Ich versuchte, den Zauberspruch hineinzuschreiben, den ich in der Akademie von der Sera im Brunnen gelernt habe, und schaut euch an, was geschah!«

Die erste Seite war mit feinen geschnörkelten Buchstaben gefüllt. »Ich habe es geschrieben und ich kann es nicht einmal lesen!«, beschwerte sich Elyra empört.

»Lass mal sehen!«, forderte Garret und sie drängten sich alle um Elyra herum.

»Hhm«, meinte Tarlon. »Das sieht wirklich so aus wie das, was wir an die Wand der Akademie geschrieben haben.« Er legte den Kopf schräg und betrachtete sich die Seite genauer. Runzelte die Stirn. »Ich habe fast das Gefühl, es verstehen zu können, aber nur fast.« Er sah Elyra an. »Das ist nicht deine Schrift, nicht wahr?«

»Was meint sie mit ›an die Wand geschrieben‹?«, fragte Vanessa neugierig.

»Das ist nicht wichtig«, wiegelte Garret ab.

»Wenn es meine Schrift wäre, könnte ich sie wohl lesen!«, beantwortete Elyra Tarlons Frage.

»Ich meine, das ist nicht das, was du geschrieben hast?«, fragte Tarlon noch mal nach.

Sie nickte.

»Ich schrieb zuerst etwas anderes. Und dann verwandelten sich die Buchstaben!« Sie klappte das Buch mit einem enttäuschten Gesichtsausdruck zu. »Was ist ein Buch wert, das man nicht lesen kann?«

»Vielleicht finden wir genau das noch heraus«, sagte Tarlon. »Aber zuerst …« Er sah Garret an. »Bin ja schon auf dem Weg«, sagte dieser und ging zurück in das Depot, um das Pferd wieder an seinen alten Platz zu stellen. Als er sich umdrehte, um zu gehen, stutzte er und fühlte sich auf einmal gar nicht wohl. Langsam drehte er sich wieder zurück und betrachtete die Falken genauer. Er erkannte viele der Wappen an den Falken, zwei von ihnen trugen auch das Wappen der Grauvögel, also würden sie wohl auch für ihn fliegen, doch das, was dem Falkner geschehen war, ließ Garret diesen Gedanken schnell vergessen. Wie zuvor auch standen sie in gleichmäßigen Abständen auf dem

Regal ... nur konnte man an dem Staub sehen, dass jemand sie bewegt hatte. Sorgsam zählte Garret nach, es waren nur dreiundzwanzig. »Götter!«, hauchte Garret. Einer der Falken fehlte. Er hätte niemals gedacht, dass einer der ihren gegen den Befehl des Bürgermeisters oder der Ältesten verstoßen würde! Garret fluchte leise und atmete tief durch. Er ging in die Knie und musterte sorgsam den Staub auf dem Boden. Zuerst sah es so aus, als gäbe es nur seine eigenen Spuren, aber dann sah er, dass jemand anders versucht hatte, in seinen Spuren zu gehen. Aber dort, in der Ecke, hatte dieser andere nicht aufgepasst. Dort, halb überlagert von seinen eigenen Spuren, fand er die Abdrücke eines anderen. Genau wie er selbst, trug dieser andere genähte Stiefel und der rechte Absatz wies eine kleine Kerbe auf. Die Füße des anderen waren vielleicht ein klein wenig kleiner als seine eigenen. War es Vanessa? Garret schüttelte den Kopf. Wenn es unter den jungen Frauen im Dorf jemand gab, die sich das trauen würde, dann war es Vanessa. Nur würde sie es nicht tun. Zudem hatte er sie zwar schon einmal damit aufgezogen, dass sie fast so große Füße hatte wie er, aber ihre waren schlanker. Tarlons Stiefel waren groß genug, um als Boot zu dienen, Argors waren kürzer, aber breiter. Elyras waren schmaler und zierlicher. Also keiner von ihnen. Jemand anderes. Nur waren die anderen schon auf dem Weg zurück nach Lytara.

»Was brauchst du so lange?«, rief Tarlon von vorne, wo er das innere Tor des Depots begutachtete.

»Ich komme ja schon!«, rief Garret zurück. Es hatte jetzt nicht viel Sinn, die Entdeckung an die große Glocke zu hängen, aber er nahm sich vor, herauszufinden, wer den Falken gestohlen hatte. Er hoffte nur, dass Elyra recht hatte und niemand anderes den Falken fliegen lassen konnte. Sorgsam schloss er die Kiste und begab sich zu den anderen.

»Das ist typisch«, grummelte Argor und rüttelte an dem schweren Stahltor. Es bewegte sich keinen Millimeter. »Schließt das Depot. Mehr sagte er nicht. Ein einfacher Auftrag, gerade recht für uns, nicht wahr?«

»Das beweist doch nur, dass die Ältesten uns etwas zutrauen«, sagte Vanessa. Sie musterte den Rahmen und das Tor. »Hat jemand gesehen, wie es aufging? Gab es da eine Klinke oder einen Hebel oder so etwas?«

Elyra schüttelte den Kopf. »Die Hüter verschwanden und dann ging das Tor auf. Niemand hat es angefasst.«

»Also haben die Hüter es geöffnet?«, fragte Vanessa und Elyra nickte. »So war es wohl.«

»Dann werden sie es wohl auch wieder schließen können«, schlussfolgerte Vanessa. »Wir sind hier fertig!«, rief sie in das Depot hinein. »Ihr könnt wieder zumachen!«

Mit lautem Rumpeln schlossen sich die beiden Torhälften wieder.

Argor brummte etwas.

»Was?«, fragte Vanessa.

»Das ist idiotisch!«, beschwerte sich der Zwerg. »Wie soll man denn auf so etwas kommen! Anständige Tore haben einen Griff oder einen Riegel!« Er sah sich demonstrativ um.

»Als Nächstes tauchen die Hüter wieder auf und …«

»Wir sind hier«, sagte die Hüterin, die zusammen mit ihren Gefährten plötzlich wieder dastand, als wäre sie nie fort gewesen. Laut fluchend sprang Argor zur Seite, denn die Hüterin war direkt vor ihm aufgetaucht. Er sah zu ihr hoch und ergriff instinktiv seinen Hammer fester.

»Macht Euch keine Sorgen, kleiner Mann«, sagte die Sera. »Wir werden Euch nichts tun.«

»Ich bin kein kleiner Mann, ich bin ein Zwerg!«, protestierte Argor und sowohl Garret als auch Vanessa hatten Mühe, ein Schmunzeln zu unterdrücken, auch bei den anderen zuckten die Mundwinkel verdächtig.

»Sie weiß das«, bemerkte einer der anderen Gewappneten. »Sie wollte Euch nur etwas ärgern, kleiner … Zwerg!«

Es war zu spät, Garret prustete los, nicht weil er es so witzig fand, sondern weil Argor so ungläubig zu dem Mann in Rüstung hochsah.

»Das ist nicht lustig!«, beschwerte sich Argor und sah Garret böse an. Was nicht unbedingt half, denn Garret prustete erneut los. »Du … du solltest mal dein Gesicht sehen!«, lachte Garret. Und Argor reckte das Kinn vor und griff seinen Hammer fester, als er sich zu Garret umdrehte. »Denk dran, ich kann schneller rennen als du!«, rief Garret lachend und brachte sich mit einem Satz hinter Tarlon in Sicherheit, der rasch seinen Mund hinter seiner Hand verbarg.

Die Sera räusperte sich. »Ja, ich weiß, es war nicht nett. Aber es war nett gemeint.«

»Und wie das?«, fragte Argor misstrauisch.

»Ich erkläre es Euch gerne, Ser Zwerg«, gab sie zurück und klang irgendwie erheitert.

Falls eine Stimme aus dem Grab erheitert klingen konnte, dachte Tarlon, der immer noch nicht wusste, was er von diesen Hütern halten sollte. Was brauchte es, um sich in ein solches Grab einschließen zu lassen? Tarlon fröstelte, darüber wollte er gar nicht nachdenken.

»Wir kennen Zwerge«, fuhr die Sera freundlich fort. »Und wir kennen ihren Stolz. Doch ich hatte einen guten Freund, der ein Zwerg war … und Ihr habt mich an ihn erinnert. Ich habe ihn immer so genannt, wenn er sich wegen etwas aufgeregt hat …«

»Dann hat er sich noch mehr aufgeregt … und dann gemerkt, dass es Meli ist, die ihn aufzieht … und dann hat er gedroht, sie zu schlagen, und alles war in Ordnung!«, erläuterte einer der anderen. Es klang zugleich wehmütig und amüsiert. »Er war ein tapferer Mann.«

»Wie hieß er?«, fragte Argor neugierig.

»Artnog Kilmar, aus dem Clan der Hammer«, antwortete die Frau bereitwillig. »Ein großer Mann, vor allem wenn man seine Länge bedenkt.«

Argor sah sie empört an … und vermeinte plötzlich hinter dem verschlossenen Visier ein Glitzern zu sehen. Und dann, zum Unglauben seiner Freunde, fing Argor plötzlich an zu lachen. Er lachte, wie man ihn selten lachen hörte, ein Lachen, das bei seinen Zehenspitzen anfing, über seinem Bauch Kraft gewann und wie mitreißender Strom aus ihm herausbrach. So ansteckend war es, dass alle in das Lachen einfielen und der Rest der Furcht, die unsere Freunde vor diesen gerüsteten Gestalten verspürten, war auf einmal wie weggeblasen. Die Einzige, die nicht lachte, war Vanessa.

»Ihr seid eine Bardin, nicht wahr?«, fragte sie die dunkle Sera.

»Ja«, antwortete diese und klang etwas überrascht. »Wieso?«

Vanessa zuckte die Schultern. »Ich bewundere Eure Fähigkeiten«, entgegnete sie dann einfach. Während die andere sie sprachlos ansah, wandte sich die Sera Vanessa zu.

»Wie meint Ihr dies?«

»Sagt man nicht Barden nach, sie könnten mit jedem gut Freund sein?«, erklärte Vanessa. »Ihr habt uns unsere Angst genommen. Ich frage mich nun, ob Ihr dies getan habt, weil diese Angst nicht vonnöten ist, oder gerade, weil sie es ist.«

Selbst durch die dunklen Sehschlitze des Visiers fühlte Vanessa den Blick der dunklen Sera auf sich ruhen. Tarlon richtete sich zu seiner vollen Größe auf und machte einen Schritt nach vorne, sodass er nun etwas vor seiner Schwester stand.

»Dies dachte ich auch gerade«, sagte Tarlon ruhig.

»So erfolgreich scheine ich dann ja nicht gewesen zu sein, Sera«, antwortete die Hüterin. »Aber Ihr vergaßt eine dritte Möglichkeit.«

Bevor jemand fragen konnte, was sie meinte, sprach einer der anderen Gerüsteten. »Bei den Göttern! Ihr seid Familie und euer Kommen kündet das Ende unseres langen Dienstes an. Was meint ihr denn, sind wir erfreut darüber, euch hier kauern zu sehen, mit kaum verhohlener Angst und Misstrauen in euren Zügen? Meint ihr, wir wären hiergeblieben, weil es uns gefällt, Kinder zu erschrecken!?«

»Wir sind keine Kinder«, begehrte Garret auf.

»Das seid ihr wahrlich nicht«, sagte die Sera bestimmt. »Also legt auch dieses Denken ab. Ihr seid willkommen hier. Ihr seid nicht diejenigen, gegen die wir hier Wache stehen. Aber sagt, steht das Konvent noch, braucht es unsere Dienste noch oder können wir zur Ruhe kommen?«

»Entschuldigt, Sera«, sagte Vanessa leise. »Ich fühlte nur, wie schnell die Angst schwand … und ich selbst bin nicht leicht zu umgarnen … ich unterstellte Euch einen Trick der Barden.«

»Solche gibt es, zweifelsfrei«, sagte die dunkle Sera leise. »Aber hier … wir sind verborgen hinter Stahl und Magie, doch ich sage euch, wir wollen euch nichts Böses, es ist auch keine Magie, die euch die Angst nahm, was ihr fühlt, ist, dass Blut hier gleiches Blut erkennt, getrennt nur durch die Zeit, indessen verwandter als ihr glauben mögt. Doch wenn der Konvent nicht mehr besteht, sind wir gerne bereit, euch von unserer Gegenwart zu erlösen.«

»Mehr als nur bereit dazu«, fügte ein anderer der fünf mit einem tiefen Seufzer hinzu.

»Es tut mir leid«, sagte Tarlon und schüttelte den Kopf. »Der Konvent besteht noch immer.«

»So sei es«, sagte die Sera und seufzte. »Nun gut. Habt ihr finden können, was ihr gesucht habt?«

»Nein«, antwortete Elyra. »Ich wollte nur dieses Buch hier«, sie hielt es hoch. »Ist es gefährlich?«

»Lasst sehen«, sagte die dunkle Sera und streckte die Hand aus, Metall und Leder knirschten und kleine Rostkrümel fielen herab. Sie öffnete das Buch und warf einen kurzen Blick hinein. »Nun, das Buch ist nicht gefährlicher als das, was Ihr hineingeschrieben habt.« Sie reichte das Buch an Elyra zurück. »Wie ich sehe, beschäftigt Ihr Euch mit den Künsten der Magie. Wo habt Ihr dieses gelernt?«

»Von der Sera im Brunnen«, antwortete Garret, während Elyra von dem Buch in ihren Händen hinauf zu der dunklen Sera sah.

»Es ist verboten, die alten Künste zu studieren …«, sagte einer der anderen. »Aber wenn es die Sera im Brunnen war, dann wird dies seine Richtigkeit haben. Was haben denn Melkor und Ranath gesagt, als ihr dort gefragt habt?«

»Melkor, Ranath?«, fragte Argor.

»Wieso ist es in Ordnung, wenn uns die Sera im Brunnen etwas lehrte? Sie ist nur eine Statue!«, fragte Garret.

»Könnt Ihr diese Schrift lesen?«, fragte Elyra.

Die Sera lachte und hob eine Hand. »Alles der Reihe nach. Melkor und Ranath sind unsere Brüder, die in der Akademie der magischen Künste Wache stehen, sodass das Wissen dort auch sicher ist vor denen, die nicht von Lytar sind. Ich sagte ja, wir sind sieben. Und die Sera im Brunnen ist nicht nur eine Statue. Sie weiß, was sie tut. Und, ja, natürlich können wir die Schrift lesen. Wir haben alle eine Tempelausbildung erhalten.«

»Oh«, meinte Elyra und musterte die Sera auf eine Art und Weise, die Tarlon kannte. Bevor jemand anderes etwas sagen konnte, sprach Garret: »Es tut uns leid, aber eure Brüder sind tot. Was auch immer die Magie für euch tat, dass ihr noch wandelt, dort versagte sie.«

Die fünf sahen sich gegenseitig an. »Dies tut uns leid zu hören«, sagte dann der Gerüstete mit dem Wappen des Bärs auf seinem Schild. »Sagt, wäre es euch möglich, die Gebeine unserer Brüder und deren Rüstungen zu uns zu bringen?«

»Solange der Konvent besteht, sind wir an diesen Ort gebunden«, erklärte die Sera bedauernd. »Wenn ihr uns diesen Gefallen tun könntet, könnt ihr unseres Dankes sicher sein.«

»Wie sieht dieser Dank denn aus?«, fragte Garret und gab einen Grunzlaut von sich, als Elyra ihm mit überraschender Stärke den Ellenbogen in die Seite rammte. Auch die anderen sahen ihn irritiert an.

»Lass das! Ich wollte doch nur …«, protestierte er und rieb sich die Seite.

»Wir werden sie zu euch bringen!«, unterbrach ihn Elyra mit fester Stimme und sah die anderen und speziell Garret drohend an. Der hob abwehrend die Hände. »Hey, ich hab doch nur …«

»Wir brechen sofort auf«, entschied Tarlon. »Es kann allerdings etwas dauern, bis wir wiederkommen, der Weg dorthin ist nicht ohne Gefahren.«

»Das ist eine Sache der Ehre! Abgesehen davon, hört es sich wie ein echtes Abenteuer an!«, rief Vanessa freudestrahlend. »Ich bin dabei.«

Ihr Bruder öffnete den Mund, um zu widersprechen, aber

Vanessa kam ihm zuvor. »Oder willst du mich hier alleine zurücklassen? Vielleicht gefesselt? Und du müsstest mich schon fesseln, um mich zurückzuhalten. Du weißt genau, dass ich der beste Kämpfer von uns bin.«

»Da wäre ich mir an deiner Stelle nicht so sicher«, brummte Argor und wog seinen Hammer in der Hand.

»Die Idee mit dem Fesseln hat was«, knurrte Tarlon. »Ich kann mich gar nicht erinnern, dass wir dich gebeten hatten, bei uns zu bleiben.«

Vanessa lachte. »Ich wusste doch, dass du es einsehen würdest!« Sie stellte sich auf die Zehenspitzen, gab ihrem Bruder einen Kuss auf die Wange und strahlte die anderen an. »Wo geht's lang?«

Elyra hatte sich indes wieder der Sera zugewandt. »Was ist mit Euch, Sera?«, fragte sie höflich.

Die Frau deutete eine Verbeugung an. »Wir werden hier warten«, sagte sie.

»Darin sind wir mittlerweile recht gut«, fügte einer der anderen hinzu und es schien, als würde er lachen.

»Ist diese Akademie weit entfernt?«, fragte Vanessa neugierig, als sie sich auf den Weg machten.

»Nein, nicht wirklich«, antwortete Tarlon, der immer noch nicht glücklich bei dem Gedanken war, dass seine Schwester sie begleitete. »Etwas über zwei Stunden zu Fuß.«

»Warum nehmen wir nicht die Pferde?«

»Die werden nicht in den Wald wollen«, antwortete Garret und legte einen Pfeil auf die Sehne seines Bogens auf. »Die Biester sind nicht blöd. Davon abgesehen, hätten sie gegen die Hunde keine Chance. Pferde können nicht klettern.« Sein Blick war auf den dunklen Waldrand vor ihnen gerichtet.

»Klettern? Hunde?« Vanessa sah Garret neugierig an.

»Das ist eine lange Geschichte«, antwortete Tarlon. »Aber Garret hat recht. Wenn du einen Hund hier siehst, klettere auf einen Baum.« Er sah zum Nachthimmel auf. »Vielleicht hätten wir besser bis zum Morgengrauen warten sollen.«

»Ich gehe besser vor«, sagte Argor und nahm seinen Hammer fester in die Hand. »Im Dunkeln sehe ich von uns allen am besten.«

Das stimmte zwar nicht ganz, aber Elyra sah keinen Grund, ihm zu widersprechen. Argor trug eine Rüstung und diesmal waren sie nicht ganz so unvorbereitet wie zuvor.

Bei Nacht war der Wald noch unheimlicher. Nichts regte sich, kein Tier gab Laut, nur der Wind raschelte in den Blättern.

»Ich habe noch nie einen derart unheimlichen Wald gesehen«, flüsterte Vanessa. Sie hielt ihr Schwert in der Hand. Es war nicht ihr Familienschwert, dieses steckte noch in der Tür des Depots, es war ein anderes Langschwert, das sie sich von dem Schmied geliehen hatte.

Im Dunkeln dauerte es etwas länger, knapp unter drei Stunden, aber sie hatten den Eingang der Akademie fast schon erreicht, als Argor eine Hand hochnahm.

»Bär«, flüsterte er.

»Ich sehe ihn«, gab Garret leise zurück. Es war ein großer Braunbär, der dort vorne stand und nun, als ahne er die Gegenwart der Freunde, den Kopf hob, um zu wittern. Das Grollen des Tieres klang seltsam dumpf, als er sich drohend auf die Hinterbeine aufrichtete.

Tarlon hob seine Axt ... und Garret ließ seinen Raben fliegen, gerade als der Bär sich fallen ließ, um auf allen vieren auf sie zuzurennen. Garrets Schuss ging daneben, Tarlon fluchte und zog Elyra hinter sich, Argor hob seinen Hammer an und Vanessa ihr Schwert. Nur Garret bewegte sich nicht, er zog nur einen weiteren Pfeil aus dem Köcher. Der Boden bebte, als das mächtige Tier direkt auf ihn zugerannt kam.

»Blöder Bär!«, schimpfte Garret. »Ducken gilt nicht!« Er schien bis zum letzten Moment zu warten, dann ließ er den Pfeil von der Sehne und machte einen eleganten Schritt zur Seite.

Scheinbar unberührt, rannte der Bär noch mit voller Geschwindigkeit weiter, an Garret vorbei, bevor er strauchelte und sich überschlug. Die mächtigen Tatzen zuckten noch zwei-, dreimal, dann lag das riesige Tier still.

»Ducken gilt nicht!?«, fragte Argor ungläubig.

Garret nickte und suchte sich bereits den nächsten Pfeil heraus. »Hätte er sich nicht geduckt, hätte ich getroffen! Blödes Biest!«

»Guter Schuss«, bemerkte Tarlon schwer atmend. »Ich dachte, der erwischt dich.«

»Ich musste warten, bis er das Maul aufmachte«, erklärte Garret. »Im Dunkeln war mir das Auge zu unsicher.«

»Woher wusstest du, dass er den Rachen aufreißen würde?«, fragte Elyra neugierig.

»Ich habe es gehofft«, erwiderte Garret. »Ich glaube, wir müssen da vorne lang!«

Vanessa warf einen Blick auf das tote Tier, der Rest von Garrets Pfeil ragte noch aus dem Rachen des Biests heraus. »Die Stirnknochen sind zu massiv für einen Pfeil«, fügte Garret erklärend hinzu, als er ihren Blick sah, und zog Vanessa am Arm zur Seite. »Lasst uns weitergehen, bevor die Würmer herauskommen! Wir sind bald da.« Er warf dem Bären einen misstrauischen Blick zu.

»Willst du die Spitze nicht wiederhaben?«, fragte Vanessa verwundert.

»Naah!« Garret schüttelte den Kopf und ging davon. »Ich will nicht näher an ihn ran!«

»Und was für Würmer meinst du?«, fragte Vanessa, als sie ihm nacheilte.

»Lange Geschichte, Vani«, sagte ihr Bruder, der ebenfalls seinen Schritt beschleunigte.

»Kurz: Die Tiere hier im Wald sind nicht mehr normal, sondern von einem Parasiten befallen, der sie wahnsinnig macht. Ah, da sind wir schon!«, erklärte Garret, der mehr als nur froh war, das Tor der Akademie vor sich in der Dunkelheit zu erkennen.

Sie alle atmeten auf, als sie das Tor hinter sich zuschieben konnten. Während Vanessa staunend die Statue der Sera im

Brunnen bewunderte, sammelten Elyra und Argor die sterblichen Überreste der zwei Hüter ein.

»Ihre Namen zu kennen, ändert alles, nicht wahr?«, bemerkte Elyra, als sie sanft einen Beckenknochen in den großen Sack legte, den Argor für sie aufhielt. Der Zwerg nickte nur. »Melkor und Ranath. So hießen sie«, sagte Garret und sammelte die Rüstungsteile ein. »Das Metall ist leichter, als ich dachte«, stellte er fest und wog eines der Teile prüfend in der Hand. »Wenn man sie etwas aufpoliert und die Lederriemen auswechselt ...«

Daraufhin warf Elyra ihm einen so giftigen Blick zu, dass Garret sich veranlasst fühlte, weitere Überlegungen dieser Art für sich zu behalten. Gerade als Tarlon, der den Sack mit den schweren Rüstungsteilen tragen würde, diesen zuschnüren wollte, gab es aus dem Brunnenraum ein platschendes Geräusch.

Die Freunde sahen sich gegenseitig an, Tarlon seufzte und eilte los, um seiner Schwester zu Hilfe zu kommen, Garret und Elyra lachten. Argor schüttelte nur den Kopf.

»Das hat wohl so kommen müssen«, brummte er. »Diese blöde Magie ...«

»Hat ihr irgendwer was gesteckt?«, fragte Garret erheitert und die anderen schüttelten den Kopf. »Dann hat es wirklich nicht lange gedauert, bis sie von ganz allein drauf gekommen ist«, stellte Garret fest. Er warf einen Blick den Gang entlang. »Schade, sie hat nicht daran gedacht, sich auszu... Au!« Er rieb sich das Schienbein und sah Elyra erbost an. »Wofür war das denn!? Ich hab doch nur Spaß gemacht!«

»Das hätte ich an deiner Stelle jetzt auch behauptet«, brummte Argor. »Vater hatte schon recht.«

»Womit?«, fragte Elyra, während sie Garret demonstrativ ignorierte.

Argor zuckte die Schultern. »Er sagt, Menschen werden kurz vor dem Erwachsenwerden richtig seltsam. Und dann dauert es vierzig bis sechzig Jahre, bis sie wieder vernünftig werden!«

»Und wie ist es bei euch?«, fragte Garret interessiert. »Bist du nicht neugierig, wenn du ein hübsches Zwergenmädchen siehst?«

Elyra rollte die Augen und begab sich demonstrativ auf den Weg vor zum Brunnen.

»Wo gehst du hin?«, fragte Garret.

»Nun, es wird etwas dauern, bis Vanessa wieder wach ist«, erklärte Elyra spitz. »Dort vorne ist es heller, sauberer, es gibt eine bequeme Bank und du bist nicht da!« Sie stampfte los.

Garret sah ihr nach und kratzte sich am Kopf. »Und was ist das jetzt?«

»Sie ist auch kein Zwerg«, erklärte Argor. »Ich dachte, das wüsstest du schon.«

Garret warf seinem Freund einen undeutbaren Blick zu. »Warte nur ab, dir geht es irgendwann auch so!«

»Ich sag dir Bescheid, wenn es so weit ist«, lachte Argor. »Bis dahin habe ich, sagt Vater, noch ein paar Jahrzehnte Zeit.«

Der Rückweg zum Depot verlief ereignislos. Wenn man das so nennen konnte. Denn als sie an der Stelle vorbeikamen, wo der Bär gelegen hatte, war dieser verschwunden. Nur ein kleiner Blutfleck zeugte davon, dass dies der richtige Ort war.

»Aber der Bär war doch tot?«, fragte Vanessa etwas verstört. Garret nickte. Das Licht war zu schlecht, um die Spuren lesen zu können, aber er hatte eine Ahnung von dem, was er finden würde. »Ich hätte ihm den Kopf abschlagen sollen«, fügte Tarlon trocken hinzu. Dennoch ging jeder schneller und sie atmeten erst wieder auf, als sie den Lichtschein des Depots sahen.

Die dunkle Sera nahm beide Säcke mit einer Verbeugung entgegen. »Ihr habt unseren Dank«, sagte sie. »Erlaubt, dass wir uns zurückziehen.«

Bevor jemand etwas sagen konnte, wurde das Depot dunkel und die fünf waren nicht mehr zu sehen, auch die beiden Säcke waren verschwunden.

»Auch wenn sie Familie sind, sie bleiben mir unheimlich«,

sagte Vanessa. In der Ferne sah man gegen den nächtlichen Himmel schon den Schein der Morgenröte. Garret nickte nur und Argor murmelte irgendetwas Unfreundliches über Magie. Tarlon gähnte. »Langsam, aber sicher weiß ich die Qualitäten eines Bettes mehr und mehr zu schätzen.«

»Wir sollten gehen«, sagte Garret dann und die anderen nickten zustimmend.

Doch gerade als sie sich zum Gehen wandten, wurde es wieder hell im Depot und als sie sich umdrehten, sahen sie zu ihrem Erstaunen nicht fünf Hüter dort stehen, sondern sieben.

Einer von ihnen trat vor, er trug eine Rüstung mit dem Zeichen des Bären. Als er sich den Freunden näherte, machte er Anstalten, seinen Helm abzunehmen, und sogar Tarlon hielt die Luft an, versuchte sich auf den zu erwartenden Anblick vorzubereiten. Doch es war kein Totenschädel, sondern ein seltsam vertrautes Gesicht, das ihn ansah. Mehr noch als die Augen und das sture Kinn waren es die roten Haare, an den Schläfen schon weiß geworden, die eine gewisse Familienähnlichkeit betonten. Die Ähnlichkeit mit Tarlons Vater war mehr als verblüffend.

»Mein Name ist Melkor. Habt Dank«, sagte der Mann und lächelte. Er streckte eine Hand aus und ein anderer Hüter trat vor. »Dies ist Ranath. Mein Eheweib.« Auch sie nahm ihren Helm ab und schüttelte lange kupferrote Haare aus, grüne Augen und ein breiter Mund mit einem strahlenden Lächeln taten ein Übriges, dass die Freunde sie fassungslos ansahen.

»Wir wüssten wirklich gerne, wie wir euch danken können«, sagte die dunkle Sera und nahm ebenfalls den Helm ab. Sie verbeugte sich. »Mein Name ist Meliande vom Silbermond.« Für einen Moment lang dachte Garret, es wäre Sera Tylane, wieder auferstanden von den Toten. Doch auch wenn die Ähnlichkeit groß war, war es doch nur eine Ähnlichkeit. Elyra schloss die Augen, atmete tief durch und lächelte, ein strahlendes Lächeln, das man seit dem Tod ihrer Mutter nicht mehr auf ihrem Gesicht gesehen hatte.

»Ahnin«, brachte sie hervor, als sie die Augen wieder öffnete und das Buch hochhielt, »könnt Ihr uns lehren, die alte Sprache zu verstehen?«

Der Fremde verschluckte sich, hustete und verschüttete überall guten Wein, aber sofort sprangen einige gutmeinende Bürger auf und schlugen ihm auf den Rücken, bis er, hustend und nach Luft ringend, die Hand hob. »Hört auf, bitte!«, röchelte er und schüttelte den Kopf wie ein Preiskämpfer nach einem gemeinen Schlag. Sie hörten auf und er atmete keuchend durch. »Danke, Leute, glaube ich …«, sagte er und atmete nun etwas freier. Er deutete mit dem Finger auf den alten Mann. »Ihr … Ihr … wollt mir doch nicht sagen …«
»Doch«, lächelte der alte Mann. »Genau das geschah.«

Die Hüter sahen einander an. »Warum, bei den Höllen, sollten wir das nicht tun? Sie gehören schließlich zur Familie!«, sagte schließlich einer der Hüter und Meliande sah ihn strafend an. »Pass auf, was du sagst. Keine Flüche, sie sind immer noch jung!«, doch Tarlon könnte schwören, dass sie lächelte. »Gut«, meinte sie dann. »Wir werden es tun. Aber es muss hier geschehen. Wir können hier nicht weg, oder doch?« Keiner der anderen antwortete.

»Nun«, brachte Tarlon sich ein und holte tief Luft. »Wenn das so ist … vielleicht öffnet ihr erneut das Tor, ich glaube, ich sah Möbel im Depot.«

Einige Zeit später streckte einer der Hüter seine langen Beine aus und seufzte. »Ich fasse es nicht, dass wir nicht daran gedacht haben«, grinste er. »Wie blöde muss man sein, um jahrhundertelang einfach nur herumzustehen?« Er lehnte sich bequem in dem stabilen Stuhl zurück, den Tarlon ins Freie hinausgeschafft hatte, und grinste. »So gefällt es mir schon besser.«

Eine Weile darauf strich sich die Sera Meliande abwesend das Haar aus dem Gesicht, als sie sich vorbeugte, um Elyra ein paar der Buchstaben besser zu erklären, und für einen kurzen Moment schien es Garret, als wäre da nicht dieses immer noch jugendliche Gesicht, sondern ein Totenschädel mit trockener, gelblicher Haut, aufgerissen und aufgeplatzt, die vollen Lippen kaum mehr als eine Erinnerung auf den blanken toten Zähnen.

Es war nur ein Moment, aber nicht nur er sah es, auch die anderen zuckten zurück. Entsetzt sahen die Freunde sie an, doch Elyra sprang auf und umarmte die Sera Meliande. »Mir ist das egal, hört ihr!«, rief sie. »Sie taten es für unsere Zukunft und es ist nicht recht von uns, vor ihnen zurückzuschrecken, wenn sie uns nur Gutes taten!«

Eine Bewegung im nahen Gebüsch ließ sie dorthin blicken. »Nein, nicht!«, rief sie und Garret sprang nach seinem Bogen greifend auf. Doch es war zu spät. Er sah nur noch, wie Marten Dunkelfeder, der Sohn des Bürgermeisters, sich aus seiner Deckung erhob, seinen Bogen spannte und den Pfeil fliegen ließ … sein Ziel war die Sera Meliande, und dies ohne Rücksicht darauf, dass sich Elyra schützend vor sie geworfen hatte.

»Neeein!«, rief Tarlon und streckte die Hand aus, als ob er den Pfeil so abwehren könnte, doch für all dies war es zu spät … indessen … die Sera warf Elyra zur Seite und fing den Pfeil mit einer fast nachlässigen Bewegung. Nachdenklich sah sie auf den Pfeil in ihrer Linken herab, während sie mit dem anderen Arm Elyra hielt, die hemmungslos weinte. Dann sah sie dem Schützen nach, der in Windeseile flüchtete.

»Komm zurück!«, rief sie. »Es tut mir leid!«

Was ihr hätte leidtun sollen, sagte sie nicht und Garret achtete auch nicht darauf. Er rannte bereits. Wir wissen ja, wie schnell Garret sein konnte, aber dieses eine Mal war Marten schneller, er rannte, als wären alle Dämonen dieser Welt hinter ihm her … und für seine Augen sah es sicherlich so aus.

»Marten!«, rief Garret entsetzt, als er bemerkte, in welche Richtung der junge Mann lief. »Das ist die falsche Richtung! Komm zurück! Dort lauert nur der Tod!« Doch der junge Mann rannte weiter.

»Also doch Untote!«, rief Lamar. »Ich wusste es!«

»Seid nicht voreilig mit Euren Schlüssen, Freund«, lächelte der alte

Mann. »*Und versucht nicht immer, die Geschichte zu erraten. Lasst sie mich Euch einfach erzählen!*«

Garret holte Marten nicht ein, aber an einer Stelle fand er im feinen Sand einen Abdruck und das Licht der beiden Monde war gerade hell genug, um eine Kerbe in der Spur eines Absatzes zu erkennen. Garret hielt nur kurz inne und folgte dann den Spuren Martens weiter in den dunklen toten Wald hinein, bis er dort, zwischen den Bäumen, die Spur verlor. Obwohl der Morgen nahte, war es noch zu dunkel, um Martens Spuren weiter lesen zu können, und er war schon zu tief im Wald. Noch einmal rief Garret nach Marten, aber dieser antwortete nicht, um Garret herum war nur der tote Wald und dessen unnatürliche Stille. Besorgt machte Garret kehrt. Marten kannte das Tal nicht weniger schlecht als er. Auch Marten wusste, dass er nur die alte Handelsstraße finden musste, um sicher zum Dorf zurückzukehren. Hoffentlich, dachte Garret, weist ihm die Göttin seinen Weg. Und wenn sie das tat, dann war es auch bald an der Zeit, mit Marten über einen gewissen Falken zu sprechen!

Zurück beim Depot erwarteten ihn bereits besorgt die anderen und Tarlon sah ihn fragend an. Garret schüttelte nur den Kopf. »Er ist in den Wald gerannt, nicht wahr?«, fragte Elyra leise.
»Ja, in Richtung der alten Stadt«, sagte Garret.
»Aber vielleicht hat er Glück. Wir haben die Hunde ja auch nicht wieder gesehen«, meinte Argor.
»Das wollen wir hoffen«, sagte Tarlon.
»Ja, das hoffe ich auch. Marten ist nicht dumm«, bekräftigte Garret.
»Sollten wir ihm nicht nacheilen?«, fragte Vanessa, aber Garret schüttelte den Kopf. »Er hätte vor mir ja auch nicht davonrennen müssen. Ich weiß nicht, warum er es tat.«
Ranath legte Vanessa beruhigend eine Hand auf die Schulter. »Er wird sicher euer Dorf erreichen«, sagte sie. Ihre Hand fühlte sich warm an und echt, dachte Vanessa. Ranath strich ihr leicht über das Haar. »Ich weiß es«, sagte sie dann leise.

»Warum seht Ihr mich so an?«, fragte Vanessa zögerlich.

»Weil du mich so sehr an meine Tochter erinnerst.« Ranath lächelte und tippte mit der Fingerspitze auf das Symbol des Bären an Vanessas Rüstung. »Du und Tarlon, ihr seid unser Blut.«

Beruhigt zu hören, dass Marten nichts Schlimmes widerfahren würde, denn sie glaubten der Sera, deren Worte den Klang von Wahrheit hatten, konzentrierten sich die Freunde auf das Lernen und eine seltsame Zeit brach an.

Wie auch immer, es musste wohl eine Illusion gewesen sein, ein Trick des Lichts, wie Elyra später verkündete. Tatsächlich war die Sera, die irgendwann ihre Rüstung ablegte und wie ihre Gefährten dann nur noch Reiseleder trug, jünger als zuerst gedacht. Sie war kräftig und athletisch, wenn auch ein wenig zu groß für Garrets Geschmack, ihr Haar war lang und blond, fast so fein wie das von Elyra, und ihre grauen Augen bargen eine seltsame Ruhe und Freundlichkeit. Die Rundungen ihres Körpers und auch die Art, wie sie sich katzengleich bewegte, ließen sowohl Garret als auch Tarlon das eine oder andere Mal schlucken. Wie auch Ranath trug sie nur wenig Schmuck und dieser war schlicht, ein Halsreif aus einem grauen Material mit dem Symbol der Mondsichel darauf. Und, wie Vanessa später sagte, sie war nett. Obwohl die Ähnlichkeit mit Sera Tylane groß erschien, war sie ganz anders. Zwar verstand auch sie etwas von der Kunst der Heilung, doch sie war kein Heiler.

Mehrere Tische und Stühle wurden nach vorne gebracht und standen nun im Vorraum des Depots, von dort stammte auch eine leuchtende Glaskugel, die den Vorraum in warmes Licht tauchte. Nunmehr hatten alle die Rüstungen abgelegt, sie waren sauber in einer Ecke gestapelt, auch wenn hier und da einer der Hüter sich absonderte, um seine Rüstung zu pflegen und zu reparieren.

So, wie sie dasaßen, erschienen sie Tarlon bald nicht mehr ungewöhnlich. Sie waren alle muskulös und flink und, bis auf die Sera Meliande, die ihm irgendwie zeitlos erschien, waren sie wohl kaum älter als dreißig. Die sieben waren im Übrigen freundlich und auch wenn sie als Lehrer streng erschienen, verloren sie kaum die Geduld und lachten oft. Was auch immer sie waren, sie gehörten zur Familie. Wie Elyra schon sagte, nur das zählte.

»Wenn ich fragen darf, wie kommt es, dass ihr hier seid?«, fragte Garret irgendwann, als die Sonne langsam über den Wäldern aufstieg. »Ich meine«, fügte er verlegen hinzu, »wir wissen, *warum*. Aber wieso *ihr*?«

Auch die anderen Freunde legten ihre Arbeit nieder und sahen wie Garret Sera Meliande fragend an. Sie seufzte.

»Wir mögen es nicht, darüber zu sprechen, aber eine ehrliche Frage verdient eine ehrliche Antwort.« Sie zögerte, griff hinter sich und stellte eine Flasche Wein und ein paar Gläser auf den Tisch. Sie blies den Staub von der Flasche und schenkte sich und den anderen ein. Für einen Moment schien es Tarlon, als ob die Flasche nie leer werden würde, doch dann schüttelte sie den letzten Tropfen in ihren Becher und lächelte ihn an.

Es war dies auch das erste Mal, dass ein Erwachsener ihnen Wein einschenkte, und die Sera lächelte, als sie sah, wie vorsichtig die Freunde daran nippten.

»Es ist ein guter Jahrgang«, sagte sie dann. »Und einige Dinge lassen sich bei einem Wein besser erzählen.«

»Jeder von uns«, fuhr sie fort, »kommt aus einem privilegierten Haus, geboren, um zu herrschen, wie man so schön sagt. Niemand außer der königlichen Familie stand höher im Ansehen als unsere Häuser. Doch ein jeder von uns versagte, als die Götter uns testeten. Um die Wahrheit zu sagen, wir wussten nicht, dass wir getestet wurden, aber das ändert nichts. Als die Zeit kam, zögerten wir und trauten uns nicht einzuschreiten. In einem gewissen Sinne kann man uns auch die Zerstörung Lytars vorwerfen, doch unsere Verfehlung war nur ein kleiner Teil des Ganzen. Um Buße zu tun, um sicherzustellen, dass so etwas nicht wieder geschehen würde und weil das Erbe Lytars zu mächtig ist, um ungeschützt zu bleiben, woben wir eine mächtige Magie und banden unseren Eid und unser Leben daran.«

Sie sah sich um, suchte den Blick ihrer Kameraden, die alle bedächtig nickten.

»Wir schworen, nicht zu sterben, bevor unsere Pflicht nicht erfüllt ist. Unsere Magie bindet uns an diesen Platz wie in einem Traum, so lange, wie das äußere Tor geschlossen war, die Siegel intakt gehalten. Wie in einem Traum sahen wir die Zeit vorüberziehen, doch sie hielt keine Bedeutung für uns. Wir sind nun die Hüter. Und so lange, wie eine jede Kriegsmaschine im Depot sicher gehalten ist, sind wir nicht imstande zu gehen. Sondern wir halten Wache.«

Sie hob ihren Becher an und nahm einen tiefen Schluck. »Aah«, sagte sie und leckte sich die Lippen. »Ich hatte ganz vergessen, wie gut das schmeckt!«

Sie saßen an der Kante zu der äußeren Tür und vor ihnen plätscherte der Bach. Die Lichtung war friedlich, die Bäume am Rand gesund und grün. Sie sah hinauf zu dem Himmel, der vom nahenden Morgen gerötet wurde, die Wälder um sie herum schienen dem Rauschen der Blätter im Wind zu lauschen. Sie schloss ihre Augen und schien die Strahlen der Sonne auf ihrer Haut zu genießen und Garret sah Tränen in ihren Augenwinkeln. Sie richtete sich auf und wischte sich über die Augen.

»Es ist geschehen«, sagte sie dann und musterte die Gesichter ihrer Kameraden. »Ich für meinen Teil bereue es nicht, das Leben aufgegeben zu haben, das ich einst kannte. Verglichen mit diesem, war es nichts wert!«

Sie lachte plötzlich auf, ein helles melodiöses Lachen, das Garret an die Sera Bardin erinnerte.

»Man sagt, Buße ist gut für die Seele!« Sie lächelte. »Vielleicht ist etwas Wahres daran.«

»Auf Lytara!«, sagte sie dann und hob ihren Kelch. »Auf eine neue Zukunft!«

Dies war ein Trinkspruch, dem man folgen konnte. Sie hoben ihre Becher an und tranken.

Doch Elyra sah sie fast schon ängstlich an. »Ihr sprachst davon, Euer Leben aufgegeben zu haben … Ist das wahr? Seid Ihr gestorben?«

Die Sera schüttelte den Kopf und fuhr Elyra mit einer vertraut wirkenden Geste über das Haar. Garret schluckte, es war die gleiche Geste, die er von Sera Tylane kannte.

»Nur in gewisser Weise, mein Kind«, sagte sie dann und lächelte wehmütig. »In gewisser Weise. Aber ich kann euch beruhigen, ihr sitzt hier nicht mit den Toten am Tisch.«

Die Freunde blieben dort, am Depot, für fast sechs Wochen, eine seltsame magische Zeit, gefüllt mit Lernen und Frieden, ernsthaften Unterhaltungen und einigen Übungsstunden im Kampf mit Schwert und Schild. Der Sommer schien ewig für sie, mit sonnigen Tagen, die sich kaum zu verändern schienen. Das Mittsommerfest kam und ging und niemand dachte auch nur daran. Seltsamerweise kam auch niemand, um nach ihnen zu suchen, und so blieben sie ungestört, hatten den Frieden und die Ruhe, ungestört zu lernen und Meliandes alten Geschichten zu lauschen. Geschichten, die nichts mit Lytar zu tun hatten, sondern von fremden Reichen, seltsamen Monstern und legendären Monarchen, Magie und Weisheit berichteten. Sie lernten in der Art zu tanzen, wie es einst an einem längst vergangenen Hofe üblich war, und wurden eingeweiht in die Regeln eines Spiels, das Shah genannt wurde, ein Spiel, das Tarlon sofort faszinierte.

Die Hüter waren harte Lehrmeister, auch wenn es nicht so erschien, und zumindest auf diesem Schlachtfeld kannten sie keine Gnade, auch wenn sie nur lehrten. Bis zum Schluss war es Tarlon nicht möglich, auch nur eines dieser Spiele zu gewinnen, doch immer länger dauerten die Partien, tanzten Streitwagen und Drachen, Fußsoldaten und Ritter um Türme, Raben, General und König herum.

»Du bist sehr gut«, sagte Meliande und warf einen Blick auf das Brett, auf dem nur noch fünf Figuren standen. Die Regel sagte, dass er nun ziehen musste, doch er konnte es nicht … so endete dieses Spiel als unentschieden.

»Ihr seid noch immer besser!«, sagte Tarlon.

»Es ist kein faires Spiel«, sagte sie, als sie die Figuren wieder in ihre reich verzierte Kiste packte. »Während wir in unserem Traum standen, waren wir einander bewusst. Wir schliefen und träumten nicht immer und jedes Mal, wenn wir gemeinsam wach waren, spielten wir Shah. Nicht mit den Figuren hier, sondern nur in unseren Gedanken.« Sie klappte die Kiste zu. »Selbst du kannst nicht alles in einem Tag lernen!«

»Es sind fast schon sechs Wochen«, protestierte Tarlon, doch sie lächelte nur geheimnisvoll.

Nichts hält ewig in dieser Welt und so war es auch mit unseren Freunden.

»Ihr müsst nun gehen«, sagte Meliande eines Tages. »Wir hielten unser Versprechen, lehrten euch die alte Sprache und vieles mehr, das nützlich für euch sein sollte. Die Welt wird nicht länger auf euch warten, selbst wenn wir es noch so sehr wollen. Ihr habt euer Werk zu tun und wir das unsere.«

»Ja«, sagte Garret und streckte sich. Er fragte sich, wann er das letzte Mal geschlafen hatte.

»Es wird vielleicht wirklich Zeit.«

Einer der Hüter, Barius war sein Name, trat vor die Freunde und lächelte ihnen zu. Bislang war er einer derjenigen gewesen, der am wenigsten sagte, doch er war es auch, der die Freunde am häufigsten in Schwert und Schildkampf unterrichtete. Nur die Anfänge, wie er ihnen mitteilte, als sie etwas zu stolz auf ihre Fortschritte gewesen waren.

»Mögen die Götter euren Weg geleiten. Solange ihr euren Freunden treu beisteht, wird Loivan euch Schild und Schutz sein. Geht in seinem Namen und schützt die Schwachen und stärkt die Mutigen!«

»Folgt dem Stern der Göttin und ihr werdet nicht fehlgeleitet werden«, sagte Meliande und umarmte jeden von ihnen noch einmal. »Passt auf euch auf, ja?«, sagte sie und drückte besonders Elyra noch einmal kräftig.

»Das werden wir, Ahnin«, sagte Elyra leise.

»Mistral wird euch mit den Sternen leiten«, wiederholte die Sera lächelnd und mit diesem Wunsch, so alt wie das Tal selbst, traten die Freunde zurück und sahen zu, wie der schwere Stein vor das Tor schwenkte und das Depot mit einem dumpfen Schlag schloss. Die zwei Stahlhaken, die Argor und Ralik in den Stein geschlagen hatten, waren nirgendwo zu sehen.

Garret sah auf die Steinwand, runzelte die Stirn und fluchte laut. »Mist! Ich kann es kaum glauben, dass wir so vollständig die Pferde vergessen haben! Wir werden nach Hause laufen müssen!«

»Das glaube ich nicht«, sagte Tarlon und zeigte auf die Baumgruppe, wo ihre Pferde noch immer angebunden waren. Selbst Zaumzeug und Sattel waren noch unberührt.

»Jemand muss sich um sie gekümmert haben«, sagte Vanessa und strich ihrem Pferd sanft über die Nüstern.

»Kennt jemand einen Gott namens Loivan?«, fragte Garret plötzlich, als er sein Pferd sattelte. »Nie gehört«, antwortete Vanessa und auch Elyra schüttelte den Kopf. Nur Argor nickte. »Ich hörte den Namen mal, aber er sagt mir nichts.«

»Wie kann das sein?«, fragte Lamar überrascht. »Jeder kennt den Gott der Gerechtigkeit. Er ist einer der Götter, der am meisten verehrt wird!«

»Nicht hier«, antwortete der alte Mann. »Wir wussten wohl, dass es andere Götter gibt, aber hier im Tal wird nur Mistral verehrt. Vielleicht weil unsere Vorfahren einst die Göttin verrieten, glaubten wir nun umso fester an sie. Von anderen Göttern hören wir nur von den Priestern, die auf Wanderschaft sind und uns zum Mittsommerfest aufsuchen, um die Trauungen vorzunehmen, denn dieser Bund sollte vor den Augen der Götter geschlossen werden.«

»Wenn ihr alle nur an Mistral glaubt, warum traut euch keine ihrer Dienerinnen?«, fragte Lamar erstaunt.

Der alte Mann sah ihn ernst an. »Habt Ihr nicht zugehört? Zweimal schon ließen die Könige von Lytar die Dienerinnen der Herrin der Welt erschlagen. Nach dem Kataklysmus war uns der Segen der Göttin verwehrt, wir beten zu ihr, aber jedem von uns war bewusst, dass wir ihre Gnade, Hilfe und Unterstützung nicht verdienten. Seit dem Kataklysmus fand keine ihrer Dienerinnen mehr den Weg in unser Tal. Wir konnten froh sein, dass sich andere Götter erbarmten, uns ihre Diener schickten, sodass unsere Ehegelübde vor ihnen abgelegt werden konnten.«

»Und obwohl ihr den Beistand ihrer Dienerinnen nicht besaßet, habt ihr weiter an sie geglaubt?«, fragte Lamar.

»Sie ist überall«, sagte der alte Mann und wies auf Mistrals Stern, der im Rahmen über der Tür des Gasthofs prangte. »Wir glauben an sie. Es heißt, wir wären ihre Kinder, sie unsere Mutter. Unsere Vorfahren haben sich gegen sie erhoben, wir taten nun Buße.«

Er sah Lamar eindringlich an. »Vergesst nicht, dass sie uns ihre Gnade gab.«

»Sie zerstörte die alte Stadt! Wie könnt Ihr das Gnade nennen?«

»Ihr werdet sehen«, lächelte der alte Mann. »Lasst mich weitererzählen und Ihr werdet sehen, wie groß ihre Gnade wahrhaftig ist ...«

Tarlon sagte nichts, er hörte gar nicht zu, sondern er musterte die Wagenspuren und die vielen Fährten, die hinauf zum Depot führten. Das Gras war feucht vom morgendlichen Tau, dennoch hatte es sich noch nicht wieder aufgerichtet.

»Götter!«, rief Elyra plötzlich. »Nicht nur, dass wir die Pferde vergessen haben, wir haben auch das Mittsommerfest verpasst! Darauf hatte ich mich dieses Jahr wirklich gefreut.« Sie warf einen Blick zurück zu der Steinwand des Depots und seufzte. »Aber das hier war wichtiger.«

»Ich hasse es, wenn jemand ohne mich seinen Spaß hat«, grummelte Garret, als er sich auf sein Pferd schwang.

»Das wird er uns bis zum nächsten Sommerfest vorhalten!«, grummelte Argor, als er sich auf sein Maultier hochzog.

Aber dem war nicht so. Als sie das Dorf erreichten, war alles noch für das Fest geschmückt und niemand schien sie vermisst zu haben. Während die anderen sich mit staunenden Augen umsahen, lächelte Tarlon nur. »Danke, Sera«, sagte er so leise, dass es keiner der anderen hörte. Durch vorsichtige Andeutungen fanden sie heraus, dass dies der gleiche Tag war, an dem die anderen ins Dorf zurückgekehrt waren.

»Aber wie kann das sein?«, fragte Garret entgeistert.

Tarlon lachte leise. »Ich dachte etwas in der Art«, sagte er dann.

»Wieso?«, wollte Garret wissen.

»Na, wie oft bist du schlafen gegangen in diesen sechs Wochen?«, fragte Tarlon und Garret sah ihn erstaunt an, denn in der Tat konnte er sich nicht daran erinnern, überhaupt irgendwo ein Bett gesehen zu haben. In diesen ganzen sechs Wochen hatte niemand geschlafen. Dennoch fühlte er sich ausgeruht und entspannt.

»Magie. Wieder mal Magie!«, brummte Argor.

Elyra lachte ihn an. »Aber jetzt kannst sogar du dich nicht beschweren. Es war nichts Böses dabei.«

»Aber nur, weil die Hüter wussten, was sie taten«, grummelte Argor. Er sah die anderen an. »Kein Wort zu meinem Vater, ja? Er wird das nicht verstehen können.«

»Kein Wort zu irgendwem«, sagte Vanessa bestimmt. »Das ist zu schwer zu erklären!«

Darin waren sich die Freunde alle einig. Dies war in der Tat ein Geheimnis, das sie besser für sich behalten sollten. Denn auf die Fragen, die es aufwarf, hatte niemand eine Antwort.

»Ich mag sie. Die Hüter, meine ich. Ich wollte, sie könnten dies hier sehen!«, bemerkte nach einer Weile Elyra. »Ich glaube, sie sind einsam. Alles, was sie kannten, ist nicht mehr. Aber wir haben noch immer unser Dorf. Wenn wir es schaffen, unser Dorf zu schützen, ist ihre Wacht nicht umsonst gewesen!« Sie sah die anderen mit einem Funkeln in den Augen an. »Ich werde nicht zulassen, dass dieser Belior unser Dorf zerstört!« Die anderen nickten zustimmend. Dem konnte man auch kaum etwas hinzufügen.

»Eine gute Einstellung«, nickte Lamar. »Doch der Gegner war ja nur zurückgeschlagen und nicht besiegt! Es muss doch jedem klar gewesen sein, dass dies nur der Anfang war. Aber sie kehren in ein Dorf zurück, das feiert, als wäre nichts gewesen! Wie kann man nur so blind sein!«

»Nun«, sagte der alte Mann und füllte sich seinen Becher nach. »Ihr dürft nicht vergessen, dass von dem Feind nichts mehr zu sehen war. Niemand im Dorf, außer dem Radmacher, hatte größere Erfahrung im Kriegswesen, kaum jemand hatte eine Idee, wie man der Bedrohung ent-

gegentreten sollte. Aber während der Ältestenrat grübelte, sah man wohl keinen Grund, das Fest nicht zu feiern.«

Der alte Mann nahm einen tiefen Schluck und sah lange in seinen Becher. »Ich weiß nicht, ob es wirklich falsch war, vielleicht hofften die Ältesten auch, dass das Fest den Leuten neuen Mut und Gelegenheit geben würde, sich von dem Schock zu erholen.« Er seufzte. »Aber Ihr habt recht. Die Bedrohung war noch lange nicht vorbei, nur sollte sie eine neue Form annehmen...«

9a Graf Lindor

Die alte Börse war das am besten erhaltene Gebäude unten am Hafenplatz der alten Stadt Lytar, ihr weites Dach auch der einzige Ort, an dem sich Nestrok, Lindors Drache, wohlfühlte.

Graf Lindor warf einen Blick hinüber zu dem Biest und fluchte leise, denn seit dem Angriff auf das Dorf war mit dem Drachen nur wenig anzufangen. Sein Auge eiterte, aber Nestrok weigerte sich, jemanden daran zu lassen, schien zu hoffen, dass der Pfeil von alleine herauswuchs. Die Regenerationsfähigkeit des Drachen war immer wieder beeindruckend, nur diesmal schien sie ihre Grenze erreicht zu haben, aber Nestrok wollte es nicht einsehen.

Der Drache, der sich beinahe sogar geweigert hätte, in diese verfluchte Stadt zurückzufliegen, war allerdings nicht der Grund für Lindors Sorge.

Abwesend kratzte er sich an der Wange, wo der Ausschlag einfach nicht verschwinden wollte, und verfluchte den unbekannten Bogenschützen, der ihn damals getroffen hatte, als man die Frau aus dem Dorf vor ihn zerrte … denn das, was auf diesem Pfeil gewesen war, hatte diesen Ausschlag ausgelöst und erinnerte ihn nun jede Sekunde daran, wie er eine wehrlose Frau erschlug. Nun, irgendwann würde auch der Ausschlag verschwinden müssen. Vielleicht war er dann imstande, den Blick aus diesen Augen zu vergessen, als sein Schwert herabfuhr. Lindor fluchte leise und ballte die Fäuste … so schnell würde er diese Tat wohl kaum hinter sich lassen können …

Von der Brüstung des Daches hatte der Graf einen guten Blick auf den Hafen, besser gesagt, auf den Teil des Hafens, der noch erhalten war. Dort unten hatte ein schlankes, dunkelgrünes Schiff festgemacht, das in seiner ganzen Bauart so fremd auf ihn wirkte, dass es Lindor fröstelte.

Dort befand sich sein Problem.

Von hier oben schien es, als wären es nur besonders große Krieger, die dieses fremde Schiff verließen, doch schon die echsenartigen Reittiere machten klar, dass diese Krieger keine Menschen waren. Zu groß waren sie und schon die Art ihrer Bewegung war ... anders. Anders in einer Art, die Lindor ganz tief in seinem Inneren fürchten ließ. Kronok.

Im Durchschnitt gut um die Hälfte größer als ein Mensch, zeigten sie dort, wo die Rüstungen die Haut nicht bedeckten, kleine schwarze Schuppen, in den lippenlosen Mündern stakten scharfe Zähne, davon zu viele, die Nasen enthielten senkrechte Schlitze, die sich beim Atmen schlossen, und die Augen ... Lindor schüttelte sich. Es waren die gelben Augen von Reptilien ... voller Intelligenz, aber bar jeder menschlichen Regung. Die Krieger alleine waren schlimm genug, doch ihr Anführer war es, dessen Anblick Lindor jedes Mal ein Frösteln über den Rücken laufen ließ.

Wenn das Wesen einen Namen hatte, wusste er ihn nicht, es nannte sich Kriegsmeister. So wie Lindor es von Belior verstanden hatte, war es ein Wesen, das extra dazu gebrütet worden war, aus einem Ei schlüpfte, um die Strategien und die Taktiken des Krieges zu beherrschen. Die Kreatur gehörte der gleichen Rasse an wie die Kriegsreiter, die seine Soldaten in Angst und Schrecken hielten. Doch der Kriegsmeister trug keine Rüstung, sondern eine lange golddurchwirkte schwarze Robe, in der Art der Beduinen hatte er ein schwarzes, seidenes Tuch um seinen Kopf gewickelt, das nur die Augen frei ließ. Im ersten Moment konnte man ihn für einen sehr großen Menschen halten, doch diese Augen mit ihren gelben, senkrecht geschlitzten Pupillen belehrten den Betrachter schnell eines Besseren, sowie die schwarze, fein geschuppte Haut, die sie umgab.

Es waren nur zwei Dutzend Kronoks und so furchterregend sie auch waren, hatte der Graf kein Zweifel daran, dass seine Leute sie auf sein Kommando hin erschlagen würden. Wenn Belior nicht wäre, würde er genau das veranlassen.

Selbst Nestrok betrachtete diese Wesen nur mit unverhohlener Abscheu. So alt, wie der Drache war, waren auch ihm diese Wesen unbekannt gewesen und fast schien es Lindor so, als ob er sich sogar vor ihnen fürchten würde.

Kein Wunder, dachte Lindor verbittert, während sich seine gepanzerten Hände in die Brüstung des Dachs krallten, selbst Nestrok war menschlicher als diese Wesen.

Abwesend sah er hinüber zu der gebrochenen Mauer des alten Damms auf der anderen Seite des Platzes. Zwei mächtige steinerne Türme ragten dort noch immer in den Himmel empor, zwischen ihnen verschloss eine gewaltige Wand aus Stein das dahinterliegende Tal. Aus dem tiefen Riss in dieser Wand rauschte das Wasser in einem hohen Bogen in die Tiefe, das ferne Donnern des Wasserfalls war ein ständiger Begleiter. Niemand verstand, warum einst dieser Damm gebaut worden war.

Lindor musterte die beiden hohen Türme und überlegte zum wiederholten Mal, ob er Wachen dort postieren sollte, doch hinter dieser mächtigen Wand lag nur ein See ... es drohte keine Gefahr von dort. Es ergab mehr Sinn, hier auf dem Dach einen Ausguck zu postieren.

Wieder hob er seine Hand, um an seiner Wange zu kratzen ... er besaß den Pfeil noch, aber auch seine besten Heiler hatten nicht herausgefunden, was für ein Gift es denn gewesen war ... noch immer machte es ihm, trotz aller Salben, das Tragen von Rüstungen fast unerträglich. Die Wunde in der Seite war dagegen fast vernachlässigbar. Auch wenn sie fast unerträglich juckte.

Lindor fluchte leise, als er sah, wie die schlanke, übergroße Gestalt dort unten zielsicher auf die Börse zusteuerte. Der Kriegsmeister war ihm unheimlich, fast so unheimlich wie Belior. Wieder und wieder verfluchte sich Lindor selbst, dass er sich auf diese unheilige Allianz eingelassen hatte.

Macht und Reichtum, Ehre im Kampf gegen die Elfen, das war ihm versprochen worden ... und nun saß er seit drei Jahren in dieser verfluchten Stadt fest. Nur einmal hatte er sie verlassen, musste Nestrok trotz seiner Verwundung zwingen, zu der

Kronstadt Beliors zu fliegen ... um dort abgefertigt zu werden wie ein unwissender Jüngling! Er sah auf seine geballte Faust herab und zwang sich, diese zu entspannen. Der Kriegsmeister verschwand im Eingang der Börse, Lindor hegte keinen Zweifel, dass das Wesen wusste, wo er war, und ihn hier oben bald belästigen würde. Ein Ratgeber hatte Belior ihn genannt. Bah!

Aber er verdiente es ja nicht besser. Jedes Mal, wenn er die Augen schloss, sah er das erhobene stolze Gesicht der Heilerin wieder, die ihm furchtlos in die Augen gesehen hatte, als er sein Schwert erhob ... sie zu töten, war das erste Mal, dass er, Lindor, vom Pfad der Ehre abgewichen war, und in jeder Nacht sah er dieses Gesicht erneut. Es half nichts, dass er ihrem Geist erklärte, dass er ihr nur ein schlimmeres Schicksal erspart hatte, er wusste nur zu gut, was Belior mit ihr getan hätte ... nur sein einzigartiges Band zu Nestrok hatte ihm selbst dieses Schicksal erspart. Doch jede Nacht erschienen ihm diese ruhigen Augen im Traum, schienen ihn zu mustern, in ihm etwas zu suchen, nach was, vermochte er selbst nicht zu sagen, Ehre war es jedenfalls nicht, seit jener Nacht kannte er diese nicht mehr.

Er ließ seinen Blick über die alten Ruinen streifen, es war diese verfluchte Stadt mit ihrer widernatürlichen Magie, den Monstern und schreckenerregenden Gestalten, die einst Menschen gewesen waren ... diese Stadt war faul und krank, die Ruinen von unheiligem Leben erfüllt, von dem sich selbst die Götter schaudernd abwandten.

Hier am Hafen sollte es am sichersten sein, so hatte Belior gesagt. Vielleicht war es so, doch fast täglich verlor Lindor Männer an die Stadt, an ihre Monster oder, am schlimmsten, daran, zu *was* die Männer wurden, die einen unbedachten Schritt zu viel getan hatten und zu Dingen wurden, gegen die ein Kronok geradezu menschlich wirkte.

Was seine Männer an Artefakten fanden, wurde auf Schiffe geladen und zurück nach Thyrmantor verschifft. Und fast jedes dieser Artefakte war mit dem Blut seiner Männer erkauft. Sinnlose Dinge wie Lampenschirme oder Kinderspielzeug, nützliche wie Schwerter, Dolche und Schilder, oder auch alte Rüstungsteile oder Unverständliches wie manche Apparate, die keinem erkennbaren Sinn und Zweck dienten.

Alles, was aussah, als hätte es die Jahrhunderte überstanden, und vieles, von dem nicht einmal erkenntlich war, was es denn hätte sein können. Belior wollte alles haben.

Lindor sah nach Westen über den untergegangenen Hafen hinweg, dorthin, wo die Zinnen der alten Kronburg aus dem Wasser ragten. Ein breites Ruderboot war dort festgemacht. Gerade die alte Kronburg hatte es Belior angetan. Doch sie stand zum größten Teil unter Wasser ... und immer wieder starben Leute bei dem Versuch, die versunkenen Räume zu erforschen.

Lindor hatte schon Kriege geführt, in denen er weniger Männer verloren hatte, und alles für die Verheißung unbegrenzter Macht für einen König, der weder Ehre noch Treue noch Loyalität kannte und von diesem alten Reich wie besessen war.

Mehr als einmal hatten sie unter großen Verlusten ein Areal freigekämpft, in dem sich, nach den Worten des Königs, etwas von Wert befinden musste ... nur um leere Hallen und Lager vorzufinden. Jemand war ihnen zuvorgekommen und Belior war der festen Überzeugung, dass es die Leute aus dem Dorf sein müssten. Vielleicht hatte er sich deshalb geweigert, Lindor mehr Männer mitzugeben, er fürchtete wohl, sie gegen das magische Kriegsgerät zu verlieren, das er selbst so verzweifelt suchte.

Aber auch hier hatte sich der König getäuscht, die überraschende Niederlage hatte wenig mit alter Magie zu tun, sondern umso mehr mit einer überraschend guten Verteidigung. Die Befürchtungen des Königs hatten sich nicht erfüllt.

Der Graf fluchte leise, diese übertriebene Ängstlichkeit des Königs hatte ihn viele gute Männer gekostet ... hätte der Graf seine Hauptstreitmacht ins Feld führen können, wäre das Ergebnis ein anderes gewesen. Noch besser wäre es gewesen, hätte Belior auf den Grafen gehört, denn Lindor hatte es als unnötig empfunden, die Dörfler anzugreifen. Seit Jahren schon liefen hier die Ausgrabungen und nicht ein einziges Mal hatten die Dörfler Interesse daran gezeigt. Wenn sie es überhaupt wussten.

Manchmal wünschte sich der Graf, er könnte den König einfach als verrückt abtun, doch dazu wusste der Mann zu viel über die Stadt, selbst über die untergegangenen Gebiete. Dennoch verstand er nicht, was Belior trieb. Thyrmantor kannte keine ebenbürtigen Feinde mehr. Was noch an anderen Reichen existierte, lag hinter hohen Bergzügen oder weiten Ozeanen geschützt, dem Zugriff Beliors zwar entzogen, aber zugleich auch keine Bedrohung mehr. Belior hatte sein Ziel erreicht, er war der Herrscher des mächtigsten Reiches, das die Welt heute kannte.

Was trieb den Mann also noch? Lindor sah über die alte Stadt hinweg. War es das? War es Belior ein Dorn im Auge, dass es einst ein Reich gegeben hatte, das mächtiger war als das, das er heute sein nannte? Lag der König mit alten Geistern im Wettstreit?

»Graf Lindor.«

Nur mit Mühe konnte der Graf verhindern, dass er zusammenzuckte. War er wirklich so in Gedanken versunken gewesen, dass er nicht bemerkt hatte, wie der Kriegsmeister an ihn herangetreten war?

Langsam drehte er sich um und sah zu der vermummten Gestalt auf. Der Graf wusste nicht viel von diesen Wesen. Was er wusste, reichte ihm, um so viel Abstand wie möglich zwischen ihnen und sich zu legen. Vielleicht sogar größer als seine Artgenossen, überragte das Echsenwesen den Grafen um gut zwei Köpfe. Der Kriegsmeister trug keine Rüstung, sondern eine schwarze Robe, ein dunkles Seidentuch verbarg das ganze Gesicht, bis auf diese Reptilienaugen, die ihn mit einem unverhohlenen Hunger ansahen. Unbewaffnet, wie der Kriegsmeister war, empfand Lindor ihn dennoch als eine Bedrohung, allerdings aus gutem Grund. Für Kronoks waren Menschen nichts anderes als Beute, nur dass Belior diesem Wesen hier den Auftrag gegeben hatte, ihn zu *beraten*.

»Ich sehe, Ihr habt Lytar wohlbehalten erreicht«, brachte Lindor hervor. Ein kleiner Sturm auf dem Weg hätte ihm den Ärger erspart, dachte er missmutig.

»Die Überfahrt war stürmisch«, lächelte der Kronok und zeigte scharfe Zähne. Lindor schluckte. »Ich fürchte, nur nicht stürmisch genug für Eure Hoffnungen. Habt Ihr getan, was Euch aufgetragen wurde? Was ist mit den Söldnern?«

Die Gerüchte sprachen davon, dass diese Wesen Gedanken lesen konnten. So wie es aussah, dachte Lindor grimmig, war dem tatsächlich so. Nun, dachte der Graf, dann weiß wenigstens einer von uns, was der andere von ihm hält.

»Sie haben wie befohlen im Süden Stellung bezogen und durchsuchen das Gebiet nach Ruinen. Warum habt Ihr ihnen das Soldgeld verweigert?«

»Sie werden bald genug Gold haben«, antwortete der Kriegsmeister nachlässig. Er sah über die alte Stadt hinweg nach Osten. »Ich sehe, Eure Leute sind dabei, die Hinterhalte vorzubereiten?«

Der Kronok musste gute Augen haben, dachte Lindor säuerlich, er selbst konnte auf diese Entfernung nichts erkennen. »Wie Ihr es mir ... *geraten* habt.«

Er sah von dem Kriegsmeister weg, musterte die ferne Ruinenlandschaft mit vorgetäuschtem Interesse.

»Sagt, was spricht dagegen, das Dorf mit einem direkten Angriff zu nehmen? Jetzt wissen wir ja, womit wir zu rechnen haben. Der Angriff der Reiterei war ein Fehler, aber wenn wir von allen Seiten mit den Fußsoldaten ...«

»Der Hafen wäre ungeschützt«, unterbrach ihn der Kriegsmeister. »Zudem ist es des Königs Wunsch, dass die Ausgrabungsarbeiten nicht unterbrochen werden. So ist es besser, sie werden nun in unsere Falle laufen. Der König wünscht den Feind mit minimalem Aufwand zu besiegen.«

»Der Feind besteht aus Bauern, Kriegsmeister.«

»Die Euch eine empfindliche Niederlage einbrachten. Ich las Euren Bericht, das Dorf ist gut geschützt.«

»Nicht gegen schwere Fußsoldaten mit ausreichend Schildern gegen die Pfeile!«, protestierte Lindor. »Wenn ich sie umschließe, werden sie sich ergeben!«

»Ihr werdet nicht gegen meinen Rat handeln, oder?«, fragte

der Kriegsmeister fast nebensächlich. Er legte eine Hand auf Lindors gepanzerte Schulter. Sechs Finger, schwarze Schuppen und Nägel, die hart genug waren, Lindors Panzer zu zerkratzen.

»Euer Rat ist nur ein Rat«, antwortete Lindor bestimmt. »Noch habe ich hier den Befehl.«

»Nun, dann *rate* ich Euch, folgt den Anweisungen Eures Herrn«, gab das Wesen zur Antwort. Die gelben Augen musterten den Grafen, als ob der Kronok überlegen würde, wie der Graf wohl schmecken könnte. »Vergesst das Dorf. Hätten sie das, was Euer Meister suchte, wäre der Kampf ein anderer gewesen. So aber sind sie unwichtig geworden. Nun besteht Eure Aufgabe darin, dafür zu sorgen, dass die Ausgrabungen hier nicht gestört werden.«

»Es wäre ein Fehler, das Dorf zu ignorieren!«, widersprach der Graf.

»Das weiß Euer Meister auch«, antwortete der Kriegsmeister. »Er hat andere Pläne für das Dorf. Ihr habt versagt. Nun ist es nicht nötig, Euch zu unterrichten.«

Der Kriegsmeister sah zu dem Drachen hinüber. Dieser lag zusammengerollt in der nordöstlichen Ecke des Daches, das rechte Auge geschlossen. Das andere Auge hingegen fixierte den Kriegsmeister mit einem unheilvollen Blick.

»Ich frage mich, was der König an Euch findet, dass er Euer Versagen toleriert«, meinte der Kriegsmeister nachdenklich. »Es kann wohl kaum alleine der Drache sein.«

Die Antwort werdet Ihr hier nicht finden, dachte Lindor. Auch wenn es ihm schwerfiel, hielt er dem Blick aus diesen gelben Reptilienaugen stand.

»Habt Ihr noch einen Rat für mich?«, fragte der Graf mit betont neutraler Stimme.

Der Kriegsmeister nahm die Hand von Lindors Schulterpanzer und musterte den Grafen lange. Dann nickte er. »Ihr habt einen Wolfsmenschen gefangen, nicht wahr?«

Lindor fluchte innerlich. Das Wesen war gerade erst an Land gegangen und wusste schon viel zu viel. Erst vor wenigen Stunden hatte er Nachricht erhalten, dass eine der Patrouillen einen der Wolfsmenschen gefangen nehmen konnte, die schon so lange die Außenbezirke der alten Stadt bedrohten, jämmerliche Kreaturen, deren Entsetzen darin lag, dass in dem tierhaften Wesen sich noch immer die Seele eines Menschen verbarg, krank und verstümmelt, zur Unkenntlichkeit verformt wie der Körper auch. Ein Schicksal, das jeden hier ereilen konnte, der zu lange in der Stadt verweilte. Schon jetzt munkelten die Männer, dass es Kameraden gab, die sich ebenfalls veränderten ... bislang war es nur ein Gerücht ... aber wie lange konnte jemand dergleichen verheimlichen? Er musterte das Echsenwesen vor ihm und fragte sich, wie dieser von dem Wolfsmenschen wissen konnte und ob der Kriegsmeister sich jemals überhaupt solche Gedanken machte oder sich unberührbar von der Verdorbenheit der alten Stadt wähnte. All dies dachte der Graf, aber seine Antwort selbst fiel denkbar knapp aus.

»Ja, heute Morgen.«

»Bringt mich zu ihm. Und holt diesen Priester, diesen Rokan. Ich hörte, er hat die Gabe der Zungen.«

Der Anblick des Wolfsmenschen rief bei dem Grafen Ekel, Abscheu und Angst hervor. Wäre das Biest nicht so elendig in diesem Käfig gefangen, wäre der Abscheu auch nicht viel geringer gewesen. Nicht nur, dass das Monster unter dem Fell noch viel zu viele menschliche Einflüsse zeigte, es ragte noch der Arm eines menschlichen Kleinkindes aus seiner linken Brust ... tastete hier und da blind herum oder verkrallte sich im zottigen Brusthaar des Monsters. Wären nicht die menschlichen Elemente vorhanden, so wäre es nicht halb so schlimm ... aber alleine das Bewusstsein, dass in diesem Körper die Seele eines Menschen gefangen war, ließ den Grafen frösteln.

Die Augen des Wolfsmenschen waren für Lindor das Schrecklichste, es waren die Augen eines Menschen und in ihnen las der Graf eine innere Qual, die über alles hinausging, was er zu sehen wünschte.

»Er sagt, er wäre der Anführer seines Rudels«, teilte Rokan ihnen mit. Er war einer der wenigen Priester, die Belior mit auf diese Expedition geschickt hatte. Lindor hätte lieber auf ihn verzichtet.

Klein, zierlich und schlank, vielleicht drei Dutzend Jahre alt, trug er eine Robe ähnlich der, die der Kriegsmeister trug. Das Symbol seines Gottes, eine knöcherne Hand mit einer Fackel darin, lag offen auf seiner Brust.

Darkoth der Dunkle.

Mehr wusste auch Lindor nicht über diesen Gott, aber ein Blick auf die von Grausamkeit geprägten Gesichtszüge des Priesters, die tiefen Falten und die dunklen Augen, die nie weit von Wahnsinn entfernt schienen, reichte ihm.

Der Priester war nicht weniger arrogant als der Kriegsmeister und es überraschte ihn nicht, dass diese beiden sich auf Anhieb gut zu verstehen schienen.

Die Arroganz des Priesters stützte sich darauf, dass sein Orden das Ohr des Königs besaß, oft genug schlich einer dieser Robenträger um Belior herum und flüsterte ihm etwas ein … Jeden anderen Priester hätte Lindor mit offenen Armen willkommen geheißen, gab es doch immer genügend Bedarf an göttlicher Heilung. Doch dieser Gott schien an Heilung nicht interessiert, er gab seinen Priestern andere, dunklere Gaben.

»Sssagt ihm, dass, wenn er unserem Willen folgt, er durch die Gnade eures Gottes Erlösssung finden wird und alsss Mensch weiterleben kann«, sagte der Kriegsmeister zischelnd. Ab und an, wie eben auch, lispelte das Wesen und es hörte sich an, als ob trockene Schuppen über Stein raspeln würden.

»Aber eine solche Gnade gewährt mein Gott mir nicht«, antwortete Rokan.

»Ihr könnt ihn doch von seiner Qual erlösen. Glaubt ihr Menschen nicht alle, dass nach dem Tod die Seele ein neues Zuhause findet?«

Rokan nickte und lachte leise. »So gesehen wird es mir leichtfallen, das Versprechen zu halten.«

»Dann gebt es ihm.«

Die Knurrlaute, die aus dem Rachen des Priesters drangen, waren kaum noch einer Sprache ähnlich, die Lindor kannte, aber es war wie mit dem Anblick des Monsters, es lag noch ein Rest Menschliches darin. Die Augen des Monsters weiteten sich und Lindor sah die Hoffnung in ihnen, als das Wesen nickte und mit hastigen, gutturalen Lauten Antwort gab. Der Graf brauchte keine Übersetzung, nichts war dem Monster wichtiger, als von dieser Qual erlöst zu werden.

»Er fragt, was getan werden soll«, übersetzte Rokan mit einem amüsierten Lächeln.

»Es issst eine einfache Aufgabe«, sagte der Kriegsmeister und musterte gelangweilt die Klauen seiner linken Hand. »Sie sind schon verdorben, der südliche Wald wird ihnen demnach nichts ausmachen. Sie sollen dort Ausschau halten nach Spähern aus diesem lästigen Dorf.«

»Und wenn sie welche finden?«, fragte der Priester.

»Dann soll die Meute sie fressen«, gab der Kriegsmeister zur Antwort und stieß eine Reihe zischelnde Geräusche aus, es dauerte einen Moment, bis Lindor verstand, dass der Kronok lachte.

»So spart man Material«, teilte der Kriegsmeister dem Grafen mit, als sie zusahen, wie das Monster eilig das Weite suchte. »Warum sinnlos Material verschwenden, wenn es genügend Ungeheuer gibt, die eine solche Aufgabe gerne erfüllen.«

»Ihr meint, Soldaten«, antwortete Lindor knapp.

»Sagte ich das nicht?« Mit diesen Worten drehte sich der Kronok um und ging davon, ließ den Grafen mit dem Priester zurück.

»Gerissen«, meinte der Priester Darkoths und lachte leise. »Jetzt verstehe ich, was unser König an diesen Wesen findet.«

»So, tut Ihr das?«, fragte der Graf, deutete eine knappe Verbeugung an und ließ nun selbst den Priester stehen.

Als er zurück zur alten Börse ging, spürte er die Augen des Mannes noch lange in seinem Rücken, doch diesmal war es ihm egal.

Ein Trupp Soldaten kehrte von einer Streife zurück. Oft führten sie einen einfachen Karren mit sich, um Tote oder Gegenstände von Interesse zu bergen. So auch hier, auf dem Karren lag ein toter Mann, in einfache Leinengewänder gekleidet, mit steingrauer Haut und dreifingrigen, klauenartigen Händen. Wahrscheinlich einer der Einwohner der Stadt, die sich noch immer zum größten Teil vor Lindors Truppen verborgen hielten. Einige der Soldaten waren verletzt und die Anzahl der Wunden auf dem toten Körper zeigten, dass er den Soldaten einen harten Kampf geliefert hatte.

Lindor sah dem Karren nach, wie er über die unebenen Steine der alten Straße rumpelte … dann musterte er die toten, unheilvollen Ruinen um ihn herum.

Diese Stadt, dachte er verbittert, macht jeden Mann zum Ungeheuer, ob man es ihm nun ansieht oder nicht.

10 Mittsommerfest

Das Erste, was die Freunde sahen, als sie ihre Pferde zu dem alten Stall am Marktplatz führten, war die Sera Bardin und vollständig überraschend Ariel. Er hatte sich saubere Ledersachen angezogen und unterhielt sich angeregt mit der Bardin, die seine Maske ignorierte, als wäre dies ganz selbstverständlich. Vielleicht war es das auch, denn zu ihren Füßen lag Hund auf dem Rücken und ließ sich von ein paar Kindern des Dorfes verwöhnen und kraulen, ohne dass diese seinem Herrn auch nur die geringste Beachtung schenkten.

Nun, wo die Bardin war, waren die Kinder selten weit und Ariel schien die gleiche Wirkung auf sie auszuüben. Hund jedenfalls schien es zu genießen, gekrault zu werden, er lag auf dem Rücken, alle viere von sich gestreckt, und zeigte diese großen Zähne in einer Art, die als nichts anderes als ein breites Grinsen interpretiert werden konnte.

Na, da frage ich mich doch, wie das zustande kam, dachte Tarlon, als sie ein Nicken mit dem Paar austauschten. Es war der erste Tag des Mittsommerfestes und obwohl die Mittagssonne noch hoch am Himmel stand, war die Feier, wie Pulver das zu sagen pflegte, bereits lichterloh entflammt!

Von überall her war Musik zu hören und Garret zuckte es schon im Fuß, doch zuerst war da der Bürgermeister, der auf sie zusteuerte, Marten im Schlepptau.

»Mist!«, meinte Garret voller Inbrunst. »Das hat uns noch gefehlt.«

»Gut, dass ihr zurück seid«, sagte der Bürgermeister, kaum dass er sie erreicht hatte. »Und ich bin froh, euch wohlbehalten zu sehen. Mein Sohn hat mir allerdings etwas erzählt, das einer Erklärung bedarf.«

»Und was wäre das?«, fragte Garret hitzig, bevor der besonnenere Tarlon antworten konnte. Garret konnte sich nur zu gut daran erinnern, dass der Pfeil beinahe Elyra getroffen hätte, und er war gerade in der richtigen Laune dazu, dem Bürgermeister und vor allem Marten zu sagen, was er davon hielt. Zudem war da ja noch die andere Kleinigkeit.

»Mein Sohn sagt, dass die Hüter Monster wären, skelettierte Untote, die euch ihrem Bann unterworfen hätten!«

»Sehen wir so aus, als stünden wir unter einem Bann?«, knurrte Garret. »Wisst Ihr, was Marten getan hat? Er ...«

Elyra legte ihm die Hand auf den Arm. »Lass, Garret. Du bist zu wütend.« Sie trat vor und sah erst den Bürgermeister und dann Marten mit ihren grau-blauen Augen an. Der Blick, den sie Marten zuwarf, war so fest und direkt, dass dieser einen Schritt nach hinten wich. »Sera Meliande, so heißt die Anführerin der Hüter, erklärte mir gerade etwas, als Marten auf sie schoss. Dabei nahm er in Kauf, mich zu treffen, denn ich stand direkt vor der Sera in Martens Schusslinie. Ohne die rasche Reaktion der Sera hätte Euer Sohn mich erschossen. Hat er Euch dies auch erzählt?«

Der Bürgermeister sah sie ungläubig an. »Das würde er doch nie tun! Er sprach nur davon, auf die Untote geschossen zu haben und auf diese habe er auch gezielt!«

Elyra sah Marten fest in die Augen. »Fragt ihn doch«, sagte sie zum Bürgermeister, »mal sehen, was er antworten wird, wenn er mir in die Augen sehen muss!«

Der Bürgermeister zögerte einen Moment und zog dann Marten wieder nach vorne. »Mein Sohn, trug es sich so zu, wie Elyra es sagt?«

»Ich ... es war dunkel und ich ...«, stammelte Marten.

»Er stand keine zwanzig Schritt entfernt«, sagte Garret kalt. »Er war bereit, Elyras Tod in Kauf zu nehmen!«

»Ihr hättet sie sehen sollen, Vater!«, rief Marten verzweifelt. »Sie war nichts als ein Skelett mit ein paar ausgefransten Haaren! Und Elyra schmiegte sich an sie, als wäre sie ihre Mutter!«

»Sie ist meine Ahnin«, sagte Elyra fest. »Wie sie dir erschien,

Marten, ist egal. Eben hast du es selbst zugegeben. Ich war an sie geschmiegt und du hättest mich getroffen!«

»Zudem, wenn sie ein Skelett wäre und nur aus Knochen bestände, was hast du dir von deinem Pfeil eigentlich erhofft?«, fragte Vanessa kühl. »Hättest du dich auch nur bemüht, einen Moment nachzudenken, wärest du gekommen und hättest gefragt, was du hast wissen wollen. Dieser Schuss war ... heimtückisch!«

»Ich wollte das nicht!«, rief Marten und schniefte. »Ich hatte einfach nur Angst, dass sie euch etwas antun würden!«

»Also war es so, wie Elyra berichtet?«, fragte der Bürgermeister mit grimmiger Miene und schüttelte Marten leicht. Dieser sah betreten zur Seite weg und nach unten, bevor er nickte.

»Ja ... und als ich es verstand ... bin ich geflohen. Ich habe sogar noch auf Garret geschossen, der mir nacheilte!«

Das war auch neu für Garret. Er hatte es nicht einmal bemerkt.

»Gut«, sagte der Bürgermeister und richtete sich zu seiner vollen Größe auf. Seine Hand lag schwer auf der Schulter von Marten, der auf einmal wie ein kleiner Junge wirkte, obwohl er nur ein halbes Jahr jünger als Garret war. »Ich werde ihn bestrafen.«

»Nein«, widersprach Elyra überraschenderweise. »Das wäre nicht gut.«

Der Bürgermeister sah sie verwirrt an, aber es war Tarlon, der das Wort ergriff.

»In diesen Zeiten würde eine Bestrafung Martens unseren Glauben an uns selbst erschüttern. Wir sind nur stark, weil wir geeint sind. Es ist niemand zu Schaden gekommen und selbst die Sera Meliande wusste dies ... deshalb rief sie ihn ebenfalls zurück.«

Elyra trat vor Marten und streckte die Hand aus, hob das Kinn des jungen Mannes an, bis dieser ihr in die Augen sah.

»Hattest du die Absicht, mich zu ermorden?«, fragte sie dann leise und Marten schüttelte heftig den Kopf. »Nein ... niemals ...

ich könnte das doch gar nicht!«, schniefte er und wischte sich die Tränen aus den Augen. »Ich wollte das alles nicht! Doch in dem Moment, in dem ich schoss, erkannte ich Elyra nicht als sie. Sie war anders, fremd ... und nicht von uns!«

Tarlon hob überrascht den Kopf und Garret dachte, oha! Er erinnerte sich an die Worte des Falkners, daran, dass er die Worte »nicht von Lytar« verwendete. Fremd.

»Marten«, sagte Garret. »Das, was du dir geliehen hast, will ich wiederhaben, verstehst du? In einer Kiste ... und ohne dass du es noch einmal berührst, in Ordnung?«

Der Bürgermeister sah Garret fragend an, aber Marten nickte nur.

»Etwas, das er sich auslieh«, erklärte Elyra und jetzt war es an Garret, überrascht zu sein, er dachte, er wüsste als Einziger, dass Marten den Falken entwendet hatte.

Elyra hielt indes noch immer Martens Kinn in ihrer Hand. »Ist dir das alles eine Lehre, Marten?«, fragte sie sanft und der Junge nickte. Elyra ließ ihn los und sah zu Martens Vater hoch. »Eine Bestrafung ist nicht notwendig, denn er fand die Einsicht auch ohne sie. Es ist niemandem etwas passiert.«

Sie grinste plötzlich. »Wir wollen das Fest genießen und müssen noch unsere Pferde versorgen. Wenn du willst, kannst du das für uns tun, Marten.«

»Ja!«, rief dieser und griff nach den Zügeln der Pferde. »Ich werde mich sofort um sie kümmern.«

Elyra machte einen höfischen Knicks vor dem Bürgermeister, lächelte ihn noch einmal an ... und ging davon. »Wir hatten einen langen Tag«, sagte Vanessa entschuldigend, woraufhin die anderen anfingen, laut zu lachen, um dann ebenfalls Elyra zu folgen.

»Haben sie dich soeben stehen lassen, Anselm?«, erkundigte sich Pulver amüsiert, der gerade hinzukam. »Sieht ganz so aus«, antwortete der Bürgermeister kopfschüttelnd und sah zu, wie sein Sohn die Pferde in den Stall brachte. Mit dem hatte er auch noch ein Wörtchen zu reden. Er drehte sich zu Pulver um.

»Scheint dir Elyra verändert? Ich erlebte sie noch nie so. Sie war so scheu ...«

»Das war sie, bevor Sera Tylane starb!«, bemerkte Pulver und zog an seiner Pfeife, während er sich seine Antwort überlegte. »Nein. Nicht nur Elyra scheint mir verändert. Sie alle sind anders. Anders sogar, als sie es gestern noch waren. Erwachsener.« Er wies mit seinem Pfeifenstiel auf die Freunde, die sich gerade vor einem der Musikanten niederließen, während Garret Honigfrüchte von einem Stand kaufte. »Sieh sie dir an. Überlege dir, was sie in den letzten Tagen durchgemacht haben. Was wir alle durchgemacht haben. Und dann frage dich, wieso wir so bereit sind, ihnen die Aufgaben und Pflichten von Kriegern zu übertragen.«

Der Bürgermeister rieb sich den Nacken. »Ich weiß es nicht. Ich habe irgendwie das Gefühl, dass es nicht falsch ist.«

»Das liegt daran, dass sie Krieger sind. Sie alle, nicht nur Vanessa.«

»Vanessa?«, fragte der Bürgermeister verblüfft. »Tarlons kleine Schwester?«

»So klein ist sie nicht mehr, das sollte sogar dir aufgefallen sein«, grinste Pulver. »Aber ja, Vanessa. Sie ist eine Kriegerin. Sie war nie etwas anderes und wird nie etwas anderes sein. Aber die anderen ... ihre Bestimmung war es nicht ... doch jetzt ist es so. Und du fühlst es.«

»Aber sie sind jung«, sagte der Bürgermeister leise.

Pulver zuckte die Schultern. »Also sollten wir dafür beten, dass sie alt werden.« Er nickte dem Bürgermeister noch einmal kurz zu und ging dann seiner Wege.

Bei den Musikanten fanden die Freunde auch Marcus, den Halbling, mit seiner Laute. Er hatte wohl bis eben musiziert und war gerade dabei, seine Laute sorgsam in ihren Koffer zu legen. Der Koffer selbst war Elfenwerk, sorgsam gearbeitet, poliert und mit Einlegearbeiten versehen, das Sonnenlicht gab ihm einen warmen Glanz, bis auf die verkohlte Stelle an der Seite.

Als er die Freunde kommen sah, sah er auf und lächelte.

»Hallo, Marcus«, begrüßte Garret den kleinen Kerl, der dennoch ein Jahr älter als er und einer seiner ältesten Freunde war. »Wieder auf den Beinen?«

Marcus sah auf seine Füße herab. »Sie sind ja wirklich groß genug, nicht wahr? Ja, mir geht es gut.« Er seufzte. »Den Umständen entsprechend, so sagt man ja wohl.« Er sah hoch zu dem Dachgebälk des Gasthofs, wo ein großes, geöltes Leinentuch den Teil des Daches abdeckte, der bei dem Angriff Feuer gefangen hatte.

»Ich hörte, ihr wärt beschäftigt gewesen. Ständig unterwegs, macht wichtige Dinge.« Er seufzte erneut. »Ich kümmere mich um meinen kleinen Garten und helfe in der Küche aus. Sie haben einen neuen Koch, wisst ihr? Meister Braun sagt, ich bin noch zu jung dafür.« Er sah zu Garret auf.

»Werdet ihr bald wieder aufbrechen?«

»Im Moment liegt nichts an«, antwortete Garret. Er sah sich auf dem reich geschmückten Platz um. »Was mich, ehrlich gesagt, etwas wundert. Ich dachte, dass wenigstens einige Kriegsvorbereitungen im Gange wären.«

Marcus nickte. »Das sind sie auch. Es gibt nur ein paar Probleme.«

»Du weißt mehr darüber?«, fragte Vanessa neugierig.

»Ja. Die Ältesten halten ihre Besprechungen im Gasthof ab. Ich bediene oft im Hinterzimmer und mein neues Zimmer liegt direkt darüber.«

»Und, was planen sie?«, fragte Garret interessiert.

»Das ist das Problem. Keiner weiß so richtig, wie man sich auf einen Krieg vorbereitet. Pulver hat einer der Söldner, der schon öfter mit einem Händler hierherkam, gefragt, wie man so etwas macht. Er kennt den Mann wohl schon länger und vertraut ihm. Zudem will der Mann sich hier zur Ruhe setzen.«

»Vernünftiger Mann, dieser Söldner«, meinte Tarlon. »Was hat er gesagt?«

»Erst mal hat er eine Menge Fragen gestellt. Ob wir Waffen hätten. Wer Waffen führen könnte. Ob wir Vorräte hätten … solche Dinge.«

»Und?«

»Wir haben Waffen. Irgendwo liegen immer irgendwelche Schwerter in Kisten herum. Jeder hat einen Bogen. Vorräte haben wir genug. Die Häuser sind zum größten Teil aus Stein gebaut und die Dächer werden ab jetzt mit Schiefer gedeckt. Wir könnten eine Stadtmauer bauen. Aber bis die fertig ist, hilft sie uns nicht mehr. Wir könnten den Pass sichern. Das tun wir auch. Wir werden dort wohl ein Tor bauen. Aber unser Feind kam ja nicht vom Pass, sondern aus der alten Stadt. Wir sollten Späher aufstellen. Nun, das haben wir getan. Keine Spur von den Feinden … sie müssen nach Alt Lytar zurückgekehrt sein. Der Bürgermeister hat sich viel von dem Depot versprochen, doch jetzt ist er enttäuscht. Er hat Angst, dass das Zeug dort uns mehr schaden könnte als dem Gegner.«

»Das ist sogar wahrscheinlich«, sagte Garret.

Marcus nickte. »Weiß ich. Jeder hat davon gehört, was dem Falkner geschehen ist.« Er schaute zu Garret hin und hob eine buschige Augenbraue an.

»Niemand hat wissen können, was geschehen würde«, verteidigte sich Garret unbehaglich. »Ich dachte, der Falke wäre nur ein Spielzeug!«

»Das sagt der Falkner auch«, nickte Marcus.

»In Ordnung«, sagte Tarlon. »Was ist denn jetzt der Plan?«

»Aktuell? Es gibt überall Späher, sodass wir besser vorgewarnt sein werden. Pulvers Söldner sagt zudem, dass es wahrscheinlich etwas dauern wird, bis der Gegner eine neue Armee schickt. Das geht wohl nicht von heute auf morgen. Es sei denn, es befinden sich noch mehr Truppen in Alt Lytar. Das gilt es herauszufinden. Auf jeden Fall sollten wir jede Zeit, die wir haben, dazu nutzen, selbst ein Heer aufzustellen und gegen diesen Belior ins Feld zu schicken.«

»Wie denn das?«, fragte Elyra verwundert. »Wer soll denn dann die Felder bestellen? Und so viele sind wir hier ja auch nicht!«

»Das sagte auch Hernul, Tarlons Vater. Man kam wohl überein, Boten auszuschicken und Söldner anzuwerben. Wir haben selbst zwar keine Soldaten, aber Soldaten und Schiffe kann man kaufen.«

»Dafür braucht man Gold«, sagte Garret und kratzte sich am Kopf. »Haben wir denn so viel?«

Marcus zuckte ratlos mit den Schultern. »Woher soll ich das wissen? Aber die Ältesten sind wohl der Meinung, dass wir genug davon haben. Sie sprachen von dem alten Greifengold, das irgendwo wäre.«

Die Freunde sahen sich gegenseitig an.

»Was für Gold?«, fragte Garret neugierig.

»Ich habe nicht die geringste Ahnung!«, antwortete Marcus. »Woher soll ich das wissen! Die Ältesten schienen jedenfalls alle davon zu wissen. Der Bürgermeister sagte sogar, er habe eine Ahnung, wo es sein könnte. Und dann sprachen sie wieder davon, was so ein Schiff wohl kosten würde.«

»Wie viel?«, fragte Vanessa. »Ich meine, ich habe noch kein Schiff gesehen, aber es muss sehr viel größer als ein Wagen sein. Und ein guter Wagen kostet durchaus seine vierzig Gold…«

»Pulver meinte, so ein Schiff würde gut und gerne zweitausend Gold kosten…«

Vanessa pfiff leise durch die Zähne. »Götter! Da bekommt man eine Menge Wagen dafür!«

»Etwa fünfzig. Oder acht Wagen mit anständigen Gespannen. Aber wofür brauchen wir denn Schiffe, Marcus?«, fragte Tarlon.

»Thyrmantor liegt über vierhundert Meilen von hier. Sie können nur mit Schiffen herkommen. Und wenn wir selbst Schiffe haben, können wir verhindern, dass diese anderen Schiffe hier ankommen. Wir brauchen nicht zu siegen, sagt Pulver. Wir dürfen nur nicht besiegt werden.«

»Und wo sollen die Schiffe anlegen? Wir haben keinen Hafen hier«, fragte Garret.

»Doch. Haben wir. In Lytar. Und jemand wird da hinmüssen, um sich umzusehen.«

Die Freunde sahen sich gegenseitig an.

»Ich habe da auch schon eine Ahnung, wer das sein wird!«,

brummte Argor. Er wirkte nicht sonderlich begeistert von der Vorstellung.

Marcus schüttelte den Kopf. »Vielleicht täuschst du dich. Die Ältesten waren eigentlich der Ansicht, dass ihr schon genug getan hättet.«

Was niemanden wirklich überraschte. Schließlich gehörten Ralik, Garen und Hernul ebenfalls zum Ältestenrat.

»Nun, das werden wir sehen. Auf jeden Fall werde ich heute Nacht in meinem Bett schlafen!«, entschied Tarlon. »Den Rest warten wir einfach ab.«

Garret nickte und warf einen Blick hinüber zum Brunnen, wo ein paar junge Frauen den Reigen tanzten.

»Heute lasse ich mir den Tag jedenfalls nicht verderben. Morgen kommt früh genug.« Grinsend deutete er eine Verbeugung an. »Entschuldigt mich ... ich muss mich um wichtige Dinge kümmern!« Er sah Vanessa und Elyra an. »Wollt ihr nicht auch zum Tanz kommen?«

»Nicht in Rüstung!«, grinste Vanessa. »Aber ich komme gleich nach.«

Etwas später lehnte Garret an dem Brunnenrand, einen Humpen Dünnbier in der Hand, und erholte sich von dem letzten Tanz. Tarlon tanzte gerade mit seiner Schwester, Marcus saß neben der Bardin, hatte die Augen geschlossen und sah aus, als ob er schliefe. In Wahrheit, das wusste Garret, konzentrierte er sich auf das Spiel der Bardin. Es war später Nachmittag und Garret fühlte sich müde, erschöpft und durchaus zufrieden. Und wenn Tarlon nicht so einen missbilligenden Blick in seine Richtung geworfen hätte, hätte er es vielleicht auch geschafft, Vanessa zu küssen. Die in ihrem hellblauen Kleid einfach nur bezaubernd aussah.

»Sie sieht bezaubernd aus«, sagte Astrak, Pulvers Sohn, als er sich neben Garret an die Brunnenmauer lehnte. Auch er hielt einen Humpen in der Hand. Garret nickte nur.

Doch dann wurde seine Aufmerksamkeit abgelenkt, als er den Bürgermeister zusammen mit einem jungen Mann sah. Er war groß, gut gebaut und schlank und trug eine wunderbare golddurchwirkte Robe. Er schien sich ernsthaft mit dem Bürgermeister zu unterhalten.

»Wer ist das?«, fragte Elyra neugierig, die nach ihrem Tanz etwas erhitzt aussah und sich mit einem Fächer kühlte. Und mit einem Schluck von Tarlons Bierhumpen, der am Brunnenrand stand.

»Sieht aus, als wäre das der neue Priester«, sagte Astrak und nahm einen Schluck Bier.

»Muss wohl einer sein. Niemand, der vernünftig ist, zieht etwas derart Auffälliges an«, meinte Garret.

»Was ist mit dem alten Priester?«, fragte Elyra.

»Das Alter. Er ist gestorben, wenigstens habe ich das gehört«, antwortete Astrak. »Er muss schon über hundert gewesen sein.«

»Mein Großvater war über hundertzehn!«, protestierte Garret.

Astrak zuckte die Schultern. »Ich habe gehört, dass die Menschen außerhalb des Tals nicht so alt werden wie hier. Vater sagt, der Tod kommt früher oder später zu jedem von uns. Bei einigen ist halt später früher.«

»Manchmal hasse ich deinen Vater«, sagte Garret. »Was er sagt, macht beim ersten Mal viel zu oft keinen Sinn. Aber später beißt es dich in den Hintern!«

»Das ist Vater«, sagte Astrak breit grinsend und rieb sich demonstrativ seine Sitzfläche. Sie lachten.

Astrak lehnte sich gegen den Brunnenrand und streckte sich. »Kennt jemand die Gewänder? Der letzte Priester sah anders aus.«

»Der letzte Priester diente Jaran«, erklärte Tarlon.

»Jaran steht für Ackerbau und Viehzucht, nicht wahr?«, fragte Garret. »Die Ernten waren immer gut, jedenfalls solange ich mich erinnern kann. Seltsam, einen neuen Priester zu haben, wenn man sein Leben lang nur den Priester eines Gottes kennt.« Er nahm einen Schluck Bier. »Ich frag mich, wie viele Götter es gibt.«

»Es muss viel mehr geben, als wir kennen«, sagte Elyra. »Mutter hat ein Buch zu Hause, in dem sie alle stehen, es gibt eine Menge. Aber es kommt immer nur ein Priester hierher. Ich wüsste gerne, wieso.«

»Vater meint, es läge daran, dass sie alle verzweifeln, weil keiner ihrem Glauben beitreten will«, meinte Tarlon bedächtig. »Wir dienen Mistral und so wird es bleiben. Andere Götter interessieren hier kaum jemanden.«

»Mich schon. Ich würde gerne wissen, was es sonst noch für Götter gibt«, meinte Elyra nachdenklich. »Es muss schön sein, einem Gott zu dienen. Wären Priesterinnen der Mistral erlaubt, wäre ich gerne eine.«

Tarlon sah sie erstaunt an. »Wie kommst du darauf?«

»Ich liebe sie«, antwortete Elyra. »Es ist einfach so, ich würde ihr gerne dienen.«

Tarlon sagte nichts weiter, er sah nur zur Seite, als ob er seine Gedanken verbergen wollte.

»Sag mal, Garret, nimmst du später am Wettbewerb teil?«, wollte Astrak wissen.

Garret nickte. »Klar doch. Das werde ich nicht verpassen.«

»Einige sagen, der Elf würde auch daran teilnehmen. Ich frag mich nur, wie das gehen soll. Er ist blind!«

»Das ist er«, grinste Garret. »Aber ich bezweifle, dass es einen Unterschied macht.«

»Nun, es wird ihm nicht helfen. Jeder weiß ja, dass Elfen nicht gerade schießen können. Jedenfalls kann die Sera Bardin keinen Bogen richtig halten. Dafür hörte ich, dass sie gemeingefährlich mit ihren Messern sein soll.«

»Was für Messer?«, fragte Garret interessiert. »Ich habe bisher an ihr nur ihren Dolch gesehen, den sie zum Essen verwendet.«

»Ich hab es ja auch nur gehört«, sagte Astrak.

»Und wer ist das?«, fragte Vanessa, die zusammen mit Tarlon ankam und ihrem Bruder seinen Bierhumpen vor der Hand wegschnappte. Sie wies mit dem Humpen auf einen schwer beladenen Handelswagen, der am Rand des Marktplatzes gerade auf einen freien Platz geschoben wurde. Der Mann war groß, schlank, reich gekleidet und hatte eine Halbglatze und eine Hakennase. »Ein neuer Händler, denke ich. Er sieht aus wie ein Kranich«, stellte Elyra fest und kicherte, was ihr von den Freunden einen verwunderten Blick eintrug.

»Mag sein, dass er wie ein Kranich aussieht«, sagte Vanessa und musterte den Mann mit zusammengezogenen Augenbrauen. »Aber ich kann ihn trotzdem nicht leiden!«

»Mich interessiert etwas ganz anderes«, sagte Tarlon und nahm seiner Schwester den Bierhumpen ab. Der Händler wurde von zwei Männern mit Schwert und Kettenrüstung begleitet. »Wofür braucht der Mann zwei Wachen?« Er setzte den Humpen an, runzelte die Stirn und sah Vanessa böse an. Die versuchte, unschuldig dreinzuschauen, als er den Humpen demonstrativ umdrehte. Nur noch ein Tropfen des Gerstensafts fiel zu Boden.

»Die Reise kann gefährlich sein«, bemerkte Astrak und reichte kommentarlos seinen Humpen an Tarlon weiter, der diesen mit einem dankbaren Nicken annahm und einen tiefen Schluck nahm.

Garret schüttelte den Kopf. »Ich glaube nicht, dass es das ist. Üblicherweise werden die Wachen entlohnt, wenn sie hier ankommen. Wie man leicht sehen kann.« Er grinste breit, denn tatsächlich war es nichts Ungewöhnliches, eine der Handelswachen zu sehen, die eine der hiesigen Dorfschönheiten hofierte. Der Grund für Garrets Grinsen war, dass erst vorhin einer dieser Herren versucht hatte, Vanessa mit seinen Heldentaten zu beeindrucken. Und sie hatte ihn gnadenlos abblitzen lassen.

»Vielleicht hat er Angst, bestohlen zu werden«, sagte Vanessa. Garret sah sie ungläubig an. »In Lytara?«

Astrak zuckte erneut mit den Schultern. »Manche Menschen haben seltsame Ängste. Ich hole mir noch ein Bier und dann versuche ich ein paar Küsse von den Bräuten abzustauben.«

Er deutete mit dem Kopf auf die Plattform, die etwas entfernt aufgebaut war.

»Wisst Ihr, das ist bei uns Tradition«, sagte der alte Mann. »Hochzeiten werden bei uns während des Mittsommerfestes vollzogen, zum einen ist dies der Zeitpunkt, zu dem ein Priester im Dorf ist, und zum anderen ist es eben Tradition.«

»Und man hofft, dass die Kinder im Frühjahr zur Welt kommen!«, grinste der Wirt, der sich mittlerweile einen Stuhl herangezogen hatte, und erntete einen Lacherfolg. Lamar, dem man die Wirkung des Weins langsam ansah, lachte am lautesten.

»Ich wette, die meisten Kinder kommen im Winter zur Welt!«, bemerkte er etwas undeutlich. Das war auch gut so, die meisten hörten ihn nicht, nur das Gesicht des Wirts versteinerte und sein Lachen, wie das einiger anderen, erstarb. Der alte Mann legte eine Hand auf den Arm des Wirts.

»Ich glaube, es ist an der Zeit, uns zur Ruhe zu betten«, sagte er dann.

»Nein«, beharrte Lamar und machte eine fahrige Geste mit dem Arm. »Eine letzte Runde für alle ... ich will wissen, was auf dem Sommerfest geschah!« Der alte Mann sah den Wirt fragend an und dieser nickte.

»Danach werfe ich euch alle raus«, sagte der Wirt laut und vernehmlich, woraufhin einige der Zuhörer lauthals protestierten.

»Nun, wenn es so laut ist, werde ich ...«, sagte der alte Mann und lächelte, als es sofort still wurde. »Wo war ich? Richtig. Also, für die Hochzeiten bauen wir ja immer eine Plattform am Marktplatz auf, sodass alle die Brautpaare sehen und ihnen das Glück der Götter wünschen können. Dorthin begab sich also der junge Priester ... und genau diesen wollte Elyra sprechen ...«

»Mein Name ist Elyra und ich will wissen, wessen Gottes Diener Ihr seid«, teilte Elyra dem jungen Priester mit, der sie zunächst nur verblüfft ansah. Aus der Nähe war der junge Mann noch jünger und noch größer, als er aus der Ferne gewirkt hatte, aber sein Gesicht war freundlich, auch wenn er seine Überraschung nicht verbergen konnte. Es war fast schon ein Schock für sie, als sie feststellte, dass er wohl kaum älter sein konnte als sie selbst.

»Ich diene *Erion*, dem Herrn alles Wissens und der Weisheit«, intonierte der junge Priester voller Inbrunst und lächelte dann freundlich. »Mein *Glauben* erlaubt mir außerdem, diese *schöne*

Robe zu tragen.« Er drehte sich um seine eigene Achse, um sein Gewand besser zur Schau zu stellen. Offensichtlich hatte er bemerkt, wie sie seine Roben angesehen hatte. »Es dient dazu, den Gläubigen zu zeigen, dass *er* reich ist an *Wissen* und *Weisheit*. Natürlich ist es kein echtes Gold. Sein Zeichen ist das offene Auge, denn er ist *allsehend*, und eine Laterne in diesem Auge, da sein Licht die Dunkelheit in ihre Schranken wirft und all jenen *Hoffnung* gibt, die durch Unwissenheit blind durchs Leben gehen.«

Elyra war beeindruckt. Obwohl sie fand, dass die Robe vielleicht etwas … zu viel … war. Sie interessierte sich nicht für Gold, echt oder nicht, niemand, den sie kannte, interessierte sich dafür. Aber Weisheit und Wissen, Licht in der Dunkelheit … das konnte sie verstehen. Das war es, was sie schon ihr ganzes Leben lang gesucht hatte.

»Kann ich Euch noch ein paar andere Fragen stellen?«, fragte sie mit einem strahlenden Lächeln, das den jungen Priester blinzeln ließ.

»Ja, sicher, mein Kind … aber zuerst werde ich diese jungen Menschen im *heiligen* Stand der Ehe verbinden.«

»Ihr wollt sie miteinander verheiraten? Stimmt, Priester machen so was. Wie macht ihr das eigentlich?«

Der junge Priester seufzte. Aber er hatte Geduld. Das war gut, dachte Elyra. Sie sollte mit ihm arbeiten können.

»Arbeiten?«, fragte Lamar und der alte Mann lächelte. »Sie hatte sich wohl dazu entschlossen, eine Priesterin zu werden. Wenn Elyra sich einmal etwas in den Kopf setzte, war sie nur schwer aufzuhalten … und wer konnte ihr wohl mehr darüber sagen, wie es ist, einem Gott zu dienen, als ein Priester?« Er schmunzelte. »Unser junger Freund hatte schlicht das Pech, der erste Priester zu sein, der ihr über den Weg lief, nachdem sie diesen Entschluss gefasst hatte.«

»Ich rufe Erions *Gnade* auf sie herab und gebe *Zeugnis* davon, dass sie ihr Leben, ihren Körper und Geist, in *seinem* Namen sich gegenseitig versprechen werden«, antwortete er mit verklärter Stimme. »Abgesehen von der Kindstaufe, ist es eines der *heiligsten* Ereignisse, die jemand in diesem Leben bezeugen kann. *Hoffnung* und *Liebe* leuchten so *hell* an einem solchen Tag, dass es mir immer eine *Freude* ist, diese Menschen zu vereinen. Ich bin so *froh*, dass mir mein Orden die Erlaubnis gab, hierherzukommen!« Elyra blinzelte, denn Tränen liefen dem jungen Mann aus den Augenwinkeln, als er verklärt gen Himmel sah. Alleine der Gedanke ließ ihn offenbar schon in Verzückung geraten. Es erstaunte sie etwas, aber vielleicht war diese heilige Verzückung bei den Priestern dieses Gottes üblich. Wer wusste das schon?

»Kann ich zusehen?«, fragte sie dann.

»Jeder im Land ist eingeladen zu einer solch *heiligen* Zeremonie. Das Licht meines Gottes wird *erstrahlen* und sein *Segen* wird auch denen gelten, die den frisch Vermählten eine neue, *frohe* Zukunft wünschen!«, proklamierte er mit einer beeindruckenden Leidenschaft. »Denn heute wird Erions *Gnade* uns allen zuteil!«

»In Ordnung«, sagte Elyra. »Kann ich neben Euch stehen?«

»Ich glaube, ich verstehe nicht?«, sagte der Priester vorsichtig.

»Ich denke, ich will Priesterin werden. Ich will sehen, wie das ist. Vielleicht könnt Ihr es mir sagen? Nehmt Ihr neue Priester an?«

Der Priester räusperte sich.

»Ich kann Euch nicht annehmen, dies ist etwas, was nur zwischen unserem *Gott* und seinen *Dienern* geschieht«, erklärte er dann gewichtig. »Man muss *bereit* sein, sich in *seine* Hand zu begeben. Man muss das Wissen *studieren*, sich lange und gründlich *vorbereiten* und sich seiner sicher sein. Manchmal braucht dies *Jahre* des *Studiums*. Du solltest meditieren, und bet…«

»Hab ich schon«, unterbrach sie ihn.

»Was?«, fragte der Priester verdutzt.

»Ich hab es mir überlegt. Eben gerade.« Sie sah hoch zu ihm. Tätschelte seine Hand. »Macht Ihr Euch keine Gedanken. Es ist in Ordnung so. Ich weiß es.«

»Oh, oh!«, sagte Garret, als er Elyra neben dem Priester stehen sah, während sich das erste Paar vor ihm hinkniete. »Jetzt hat sie ihn erwischt!«

»Hommas wollte Estrid schon heiraten, seitdem ich ihn kenne«, bemerkte Astrak. »Eigentlich ist jeder nur verwundert, dass sie es so lange durchgehalten hat …«

Garret schüttelte den Kopf. »Nein. Ich meinte Elyra. Sie hat ihn jetzt. Den Priester.«

»Hhm … ich glaube, der ist wohl eher mit seinem Glauben verheiratet. Dürfen die denn überhaupt heiraten?«

»Nein. Ich meine, sie hat ihre Berufung gefunden. Ab jetzt wird sie unausstehlich sein! Ich hab's gewusst, seitdem ich dieses Licht in ihren Augen sah, als Ariel uns heilte.«

»Geheilt?«, fragte Astrak interessiert. »Ihr habt uns gar nichts über eine Heilung gesagt!«

»Nur eine Kleinigkeit! Hatte was mit Ratten und Hunden zu tun, nicht weiter wichtig«, beeilte sich Garret abzulenken. »Psst, sie sprechen gerade ihren Eid!«

»An diesem Tag wurden acht junge Männer und Frauen für alle Ewigkeit verbunden. Der junge Priester rief Erions Gnade mit einer solchen Leidenschaft auf die frisch Vermählten herab, dass sogar jemand der Meinung war, den Gott selbst gesehen zu haben. Oder, wie Pulver später meinte, derjenige hätte einen Glauben so stark wie der Korn, den er zuvor getrunken hatte. Doch was diese Feier wirklich zu etwas Außergewöhnlichem machte, war Elyras Gesang. Man sagt ja, dass der Gesang jedes Gebet unterstützt, ihm Kraft gibt und Reinheit vermittelt und ein wundersames Geschenk der Götter an die Menschen ist, da Gesang jedes Herz zu berühren vermag. Viele wussten ja schon, dass Elyra singen konnte, doch noch vor Kurzem hatte sie nie so gesungen. Es schien unmöglich, dass eine solch zierliche Gestalt eine solch wundersame Stimme beherbergte, doch ihr klarer Sopran war es, der die Gebete der Gemeinde zu den hohen Himmeln in das Reich der Götter hob, so klar und voller Leidenschaft war ihre Stimme, dass kaum ein Auge trocken blieb. Man hätte meinen können, es wäre Winter, so wie die Leute sich schnäuzen mussten. Wenn Erion nicht gerade taub auf beiden Ohren war, dann hatte er jetzt seinen

Weckruf gehört!« Der alte Mann grinste. »Ihr könnt sicherlich erraten, wer dies sagte!«

Für den Rest des Abends war nichts anderes als das Hochzeitsessen sowie Tanz und Musik geplant. Astrak versuchte sein Glück und konnte tatsächlich drei Küsse rauben ... und Vanessa schaffte es, Garret zweimal zum Tanz zu bitten, bevor der sich galant zurückzog und sie noch den dritten Tanz in Folge tanzten ...

Hernul und Garen hatten Vanessa und ihn den ganzen Abend schon spekulierend angesehen und spätestens, als Vanessas Mutter mit ihr sprach und dabei zu Garret hinübersah, ergriff dieser endgültig die Flucht. Nicht, dass Garret etwas gegen Vanessa hätte ... und auch er erlag durchaus dem Zauber dieses Abends. Aber bis vor Kurzem war sie für ihn ja nicht mehr als Tarlons kleine Schwester gewesen ... und Tarlon selbst sagte ja auch immer, man solle nichts überstürzen.

Tarlon selbst war an dem Abend besonders still. Er sah nur immer zu Elyra und dem Priester hinüber ... und als ihn Garret fragte, was denn sei, seufzte er nur.

Am nächsten Morgen gewann wie erwartet Garen, Garrets Vater, den Wettkampf im Bogenschießen, aber es war nicht so sicher, wie die meisten gedacht hatten. Garret selbst kam auf den dritten Platz, dicht gefolgt von Vanessa, doch der wahre Wettstreit fand zwischen Garrets Vater und Ariel statt.

Ihn hier zu sehen, war nicht nur für Garret eine Überraschung. Es war Elyra, die den Elfen als Erstes abpasste. Sobald die Gelegenheit sich bot, nahm Garret sie zur Seite und fragte sie, ob wie süsste, was den Elfen hierherführte. Sie hatte gelacht und schelmisch gegrinst. Er hatte zu ihr gesagt, es wäre jetzt einfach an der Zeit, den Wald zu verlassen, er hätte einfach das Gefühl gehabt, hier gebraucht zu werden, aber Elyras Meinung nach lag es an der Sera Bardin. Denn die beiden waren immer nahe beieinander zu finden.

»Ich schwöre dir, da ist etwas zwischen den beiden. Ich bin

sicher, dass sie sich kennen, ich glaube sogar, sie lieben sich. Denn sie haben noch kein Wort miteinander gesprochen.«

»Deshalb glaubst du, dass sie sich lieben?«, hatte Garret erstaunt gefragt. »Weil sie noch kein Wort miteinander gewechselt haben?«

»Genau!«, lachte Elyra und eilte dem jungen Priester nach, der in diesem Moment vorbeikam.

Es war Garrets Vater, der Ariel dann zum Wettkampf aufforderte, und dieser Kampf war einer, von dem man sich noch lange erzählen würde. Nach und nach wurde das Ziel immer weiter in die Ferne verlegt, bis es nur noch ein dunkler Fleck in der Entfernung war, kaum noch mit bloßem Auge zu sehen. Hund saß neben seinem Herrn, der ruhig einen Pfeil nach dem anderen verschoss. Hund selbst schien ungewöhnlich interessiert an dem Wettkampf. Kurz vor dem letzten Durchgang erklärte Garen, dass er auch mit verbundenen Augen schießen würde, es wäre nur fair gegenüber dem Elfen. Garret stellte sich neben seinen Vater und grinste Hund an, der mit hechelnder Zunge zurückgrinste. »Wenn du Fairness willst, dann erlaube mir, dein Zielen zu leiten«, sagte Garret. »Glaube mir, Ariel hat ebenfalls Hilfe!« Er sah auf Hund herab und dieser zwinkerte ihm zu. Jedenfalls war es das, was Garret später behauptete.

Über diesen letzten Kampf sprach man noch Jahre später und es half auf jeden Fall, den Ruf der Elfen in Bezug auf Bogenschießen wiederherzustellen. Zumindest dieser Elf konnte schießen. Natürlich gab es auch solche, die das anders sahen. Ariel, so wurde argumentiert, lebte schon so lange hier, dass er fast einer der ihren war, und außerdem schoss er mit einem anständigen lytarianischen Langbogen und nicht mit einem zerbrechlichen Elfenspielzeug.

Auf jeden Fall trafen sie beide das goldene Ziel auf über dreihundert Schritt Entfernung. Doch es war Garens Pfeil, der den des Elfen zur Seite schlug und die goldene Münze durchbohrte, die Garen dann Ariel präsentierte. Denn dieser, so sagte er, wäre der wahre Gewinner des Wettstreits.

Elyra platzierte sich im Wettkampf der Schleuder, Tarlon

fällte nicht nur am schnellsten seinen Baum, er war auch der Erste, der diesen sauber in vier Hölzer spaltete. Vanessa behauptete sich überraschend lange im Schwertkampf, letztlich verwehrte ihr ein Söldner, offenbar ein Veteran und gut doppelt so schwer wie sie, den dritten Platz.

Argor gewann im Ringen, aber nur weil sein Vater sich beim Fassstemmen den Rücken verzogen hatte. Alles in allem war der zweite Tag des Sommerfestes ebenfalls ein voller Erfolg, auch wenn die Freunde feststellten, dass sich die Ältesten zweimal zu hastigen Beratungen zurückzogen oder sich einzeln intensiv mit ein paar der Händler unterhielten, die ebenfalls sehr ernst wirkten. Etwas war im Busch, dessen waren sich die Freunde sicher, aber weiter geschah erst einmal nichts.

Doch etwas anderes geschah. Etwas, über das man später noch länger sprechen würde als über den Wettkampf. Tarlon sah sie zuerst. Sieben unauffällige Besucher, die sich an den Brunnenrand lehnten und das Treiben um sie herum mit freundlichem Lächeln und einem Glitzern in den Augen betrachteten.

Natürlich begaben sich die Freunde zu ihnen hinüber und stellten ihnen Marcus und Astrak vor, die im Gegenzug ein freundliches Nicken erhielten.

»Ich dachte, ihr könnt das Depot nicht verlassen?«, fragte Garret neugierig. Die Sera Meliande nickte, sie sah fröhlich aus und, in Anbetracht dessen, was Garret von ihr wusste, unglaublich jung. Speziell Astrak musterte sie interessiert.

»Das haben wir auch gedacht. Aber wir fanden heraus, dass es möglich ist. Aber als Vanessa uns gestern Nacht mitteilte, dass der alte Ariel hier ist, dachten wir, dass die Gelegenheit einfach zu gut war, um sie verstreichen zu lassen.«

»Vanessa war gestern Nacht bei euch?«, fragte Tarlon und warf seiner Schwester einen fragenden Blick zu.

»Ich hatte vergessen, sie etwas zu fragen«, erklärte Vanessa.

»Du bist die ganze Nacht durchgeritten?«, fragte er ungläubig und sie nickte. »Es war mir wichtig.«

Die Sera Meliande lachte. »Es war gut, dass sie da war. Kaum hatten wir uns in unseren Hofstaat geworfen, teilte sie uns auch schon mit, dass dies hier nicht passen würde. Sie hatte recht.« Garret musterte sie verstohlen. Sie trug ein grünes Kleid mit Schnürung, das ihren Formen aufs Angenehmste schmeichelte, und wirkte darin wie eine Königin. Auch die anderen Hüter sahen blendend aus, kaum zu fassen, dass man sie bislang hauptsächlich ignorierte. Einer der anderen Hüter lachte.

»Sie spricht nur für sich. Wir anderen haben uns nicht wie ein Pfau herausgeputzt!«

»Ein Pfau ist ein männlicher Vogel«, grinste Meliande. »So, und nun!?«

Die Freunde sahen sie überrascht an, es schien tatsächlich so, als ob die Hüter leicht beschwipst wären! Zumindest Sera Meliande war es wohl. Nicht, dass man es ihnen nicht gönnen würde.

»Was ist mit dem Depot?«, fragte Tarlon besorgt.

Die Sera winkte ab. »Darüber braucht sich niemand Gedanken zu machen. Da kommt im Moment niemand hinein!«

Barius, der die besorgten Blicke der Freunde bemerkte, legte beruhigend eine Hand auf Tarlons Schulter. »Junge, ich schwöre dir im Namen Loivans, dass wir unsere Pflicht nicht vernachlässigen! Ganz im Gegenteil. Es ist richtig, dass wir hier sind!«

»Ich verstehe trotzdem nicht«, sagte Garret. »Wieso könnt ihr nun das Depot verlassen?«

»Das solltest gerade du wissen«, antwortete Barius und sah Garret streng an. »Du weißt, was geschehen ist, wir bemerkten es erst später. Jemand stahl eine Kriegsmaschine aus dem Depot ... und nun ist es zu spät.«

»Zu spät für was?«, fragte Tarlon.

»Der Konvent ist gebrochen«, erklärte Meliande leise. »Das dritte Zeitalter ist gekommen und es wird sich nun entscheiden, ob der Greif seine Bestimmung finden kann.«

Garret wurde bleich. »Was bedeutet das?«, fragte er dann mit rauer Stimme.

»Nichts Schlimmes«, gab ihm Barius lächelnd zu Antwort. »Es ist das, worauf wir gewartet haben. Dass der Greif sich erhebt, um als Macht des Guten die Gunst der Götter erneut zu erlangen.«

»Niemand will sich hier erheben«, sagte Vanessa hitzig. »Wir wollen keinen Krieg, wir wollen nur unsere Ruhe.«

»Und genau darin liegt unser aller Gelegenheit«, antwortete ein anderer Hüter für Barius. »Fragt nicht mehr, es wird sich alles offenbaren. Wir sind jedenfalls froh, dass wir dies alles«, er machte eine Bewegung, die das fröhliche Treiben auf dem Marktplatz einschloss, »noch sehen und erleben durften, bevor der Wind des Krieges Einzug hält in eure Herzen.«

»Aber ...«, sagte Garret, doch Barius schüttelte den Kopf.

»Für das alles ist noch später Zeit, jetzt wollen wir den Anblick hier genießen.« Er sah Garret durchdringend an. »Zu lange schon konnten wir solches nicht mehr sehen ...«

»Oha!«, sagte Meliande leise und sah an Garret vorbei. Auch die anderen Hüter standen etwas gerader und folgten ihrem Blick.

Garret sah über seine Schulter, aber er konnte nichts finden, das die Aufmerksamkeit der Hüter erweckt hatte. Nur der junge neue Priester und Elyra, die beide auf dem Weg zu ihnen waren. Aber dann nahm der Priester sein heiliges Symbol in die Hand und fing an zu singen.

»Nun«, sagte Meliande und leckte sich die Lippen wie eine vollgefressene Katze, »dies könnte unter Umständen richtig interessant werden!«

Mittlerweile konnte Tarlon feststellen, dass irgendetwas mit dem Priester nicht in Ordnung war. Er hatte ihn nach den Hochzeiten am Vortag kurz gesprochen und fand ihn nett, wenn auch etwas langsam. Aber das sagte man ja auch von ihm selbst. Im Moment war das freundliche Gesicht des Priesters allerdings hart wie Granit, die Augen kalt und entschlossen, als wäre er bereit, in diesem Moment die Sendboten der sieben Höllen zu bekämpfen. Elyra folgte ihm, ihre Augen gingen von ihm zu den sieben Hütern und zurück, und Tarlon bildete sich ein, Elyras Ohren wachsen zu sehen, als sie sich darauf konzentrierte, auch ja alles mitzubekommen, was er sang. Sie zumindest, dachte

Tarlon, noch während er allmählich verstand, was hier vor sich ging, schien nicht beunruhigt. Der Gesang des Priesters hatte auch schon reichlich Zuschauer angelockt, die sich das Ganze neugierig ansahen, aber wohl auch noch nicht wussten, worauf das hinauslaufen sollte. »Bei dem *Licht* Erions«, intonierte der Priester voller Inbrunst, »*befehle* ich euch, *dorthin* zu gehen, woher ihr gekommen seid. Untote *Kreaturen*, böse *Geister*, ihr seid nicht *willkommen* in der Welt der Lebenden! Mit dem *Licht* meines Gottes und der *Weisheit* der Zeitalter *BEFEHLE* ich euch zu *gehen*!« Dieser letzte Satz rollte über die Freunde und die Hüter wie eine Lawine hinweg, selbst der Boden schien zu zittern und zwei Kristallgläser, die auf dem Brunnenrand standen, klirrten. Zumindest, dachte Tarlon beeindruckt, hatte der Priester gute Lungen.

»Ha!«, rief Lamar. »Ich wusste es! Ich hätte nur nicht gedacht, dass ein Priester Erions den Mumm hätte, sich gegen diese Untoten zu stellen und sie mit der Macht seines Glaubens in die Unterwelt zu verbannen, wohin sie gehören!«
»Das war in der Tat eine Überraschung«, schmunzelte der alte Mann. »Auf der anderen Seite lag er, wie auch Ihr, falsch in seiner Annahme.«
Der alte Mann grinste breit. »Aber gut, woher sollte er auch wissen, womit er es hier zu tun hatte ... und man muss ihm zugutehalten, dass es so aussah, als wären die Hüter untote Geister, in gewissem Sinne war es ja auch so. Aber eben nicht ganz ...«

Ein jeder wartete, was nun geschehen würde. Die Freunde warteten. Die Hüter warteten und der Priester ... er stand da und hielt sein heiliges Symbol hoch und ... wartete auch. »Weiß er eigentlich, dass wir hier zu Hause sind?«, hörte Tarlon einen der Hüter flüstern. »Keine Ahnung. Auf jeden Fall fühle ich mich nicht wie eine untote Kreatur oder ein böser Geist!«, gab ein anderer flüsternd zur Antwort.
Sie sahen sich gegenseitig an und die Sera Meliande zog fragend eine wohlgeformte Augenbraue hoch.
Doch der Priester war aus härterem Holz geschnitzt, so leicht

wollte er nicht aufgeben. Schweiß stand auf seiner Stirn, als er sein heiliges Symbol ergriff und einen weiteren beherzten Schritt nach vorne tat.

»Mit diesem *heiligen* Symbol, geweiht meinem Gott *Erion*, gestärkt durch das *Licht* des Wissens, *erfüllt* von der *Weisheit* meines Gottes, *Feind* all dessen, was untot und *widernatürlich* ist, mit der *Macht* meines Glaubens und meiner dem *Licht* geweihten Seele *ERLÖSE* ich euch von eurer Qual und sende euch in das *Licht*!«

»Was macht er da eigentlich?«, fragte Garret verständnislos.

»Er bittet seinen Gott um Kraft, die unnatürlichen Untoten durch die Kraft seines Glaubens zur ewigen Ruhe zu betten«, erklärte einer der Hüter flüsternd.

»Welche Untoten?«, flüsterte Garret fragend.

»Er meint uns«, gab Barius leise zurück. »Der junge Mann ist wirklich stark im Glauben«, bemerkte er beeindruckt. »Und mutig.«

»Ich würde es eher dämlich nennen«, meinte Meliande und drehte sich zu Garret um. »Hier, halt mal bitte«, sagte sie und reichte Garret ihr Weinglas. »Denn das geht jetzt doch etwas zu weit.«

»Armer Kerl«, meinte Barius. Er nippte an seinem Wein und betrachtete die Geschehnisse mit unverhohlenem Interesse. Elyra ebenfalls, viel fehlte nicht, dachte Garret, und sie hätte ihr Buch herausgeholt, um alles mitzuschreiben!

Mit wiegenden Hüften ging Meliande dem Priester entgegen und plötzlich hatte sie im weiten Umkreis das Interesse aller männlichen Wesen zwischen Krippe und Grabstein erweckt. Die Augen des Priesters weiteten sich, er schluckte und holte tief Luft, blieb aber standhaft, hielt ihr ein letztes Mal das heilige Symbol seines Glaubens entgegen.

»Sshhh«, sagte Meliande mit einem verführerischen Lächeln, bevor der Priester wieder anfing, Dämonen auszutreiben und in die sieben Höllen zurückzuschicken. »Ist ja schon gut …«

»Mit diesem Symbol …«, stammelte der Priester … doch seine Stimme verlor sich, als sie ihm sanft einen Finger auf die Lippen legte.

»Sshhhh«, sagte sie erneut und schenkte ihm ein weiteres bezauberndes Lächeln. Meliande stand nun vor ihm, knapp zwei Fingerbreit größer noch als der Priester, und streckte die Hand aus, um sanft das heilige Symbol des Priesters zu ergreifen. Vorsichtig zog sie ihm die schwere goldene Kette über den Kopf und hielt nun dieses heilige Symbol in der Hand, ein stilisiertes Auge mit einer Laterne.

»Erion … hhhm … ist schon eine Weile her, dass ich das letzte Mal so eines sah. Dein Gott steht für Wissen und Weisheit, nicht wahr?« Sie legte den Kopf schräg und musterte den Priester mit hochgezogener Augenbraue.

»Sohn, wo ist denn deine Weisheit und dein Wissen bei diesem Versuch? Was wäre denn gewesen, wenn du recht gehabt hättest? Du bist alleine und wir sind sieben. Was hättest du denn dann getan?«

»Mein Glaube macht mich stärker als eine Legion von Dämonen?«, erwiderte der Priester gefasst, offensichtlich hatte er sich wieder etwas gefangen. Doch allzu sicher hörte er sich nicht an, es klang eher wie eine Frage. Elyras Augen gingen von Meliande zu dem Priester und wieder zurück, als ob sie einem Ballspiel zusehen würde.

»Aber wohl kaum intelligenter«, erwiderte Meliande sarkastisch. »Nur damit du es weißt, ich bin noch nicht gestorben. Wie kann ich also ein Untoter oder ein Geist sein? Ergibt das Sinn für dich? Und was ist das mit dem Bösesein? Haben sie dir in der Priesterschule nicht dieses andere Gebet beigebracht? Das mit dem Erkennen von Übel? Hhm?«

»Ihr seid nicht gestorben?«

»Sag ich doch.«

»Ihr seid nicht tot?«

»Nein!«

»Und Ihr sagt, Ihr wäret nicht böse?«

Meliande lächelte ihn freundlich an. »Jetzt hast du es verstanden. Ich behaupte nicht, dass ich ein liebes Mädchen bin oder immer brav war. Das wäre eine Lüge.« Sie leckte sich über die vollen Lippen. Der Priester starrte ihren Mund an, schien hilflos und wie festgefroren. Elyra stand daneben, beobachtete all das genau und lernte. Unwillkürlich fuhr sie sich sogar mit der eigenen Zunge über ihre Lippen. Zumindest Tarlon sah jetzt genauso gebannt auf Elyra wie der Priester auf Meliande.

»Aber wenn du mir das nicht glaubst, Priester des Erion«, sagte Meliande und zog eine niedliche Schnute, »dann kannst du es doch selbst herausfinden, oder?«

Der Priester nickte, öffnete den Mund. Schloss ihn wieder. Er wirkte etwas verzweifelt.

»Ja?«, fragte Meliande zuckersüß.

»Ich … ich bräuchte mein heiliges Symbol dafür …«, stammelte er verlegen.

»Warum sagst du das nicht gleich?« Sie hob das heilige Symbol an ihre vollen Lippen, küsste es und reichte es ihm mit einem höflichen Knicks. »So, da hast du es wieder. Viel Glück!«

Dann drehte sie sich um und ging zurück zu den anderen und noch immer war ihr Hüftschwung unwiderstehlich.

»Danke, Garret«, sagte sie mit einem Lächeln und nahm Garret ihr Weinglas aus der Hand. Er blinzelte wiederholt, schien leicht benommen.

»Du hast es dem armen Kerl aber ziemlich gegeben«, stellte Barius mit einem leicht vorwurfsvollen Ton fest. »War das denn notwendig?«

Meliande war plötzlich wieder sie selbst und schien auf der Stelle diesen unirdischen Glamour zu verlieren … »Ja. Ich habe eine Lehrstunde gegeben. Ich habe keinen Zauber verwendet, keine Gewalt, rein gar nichts. Abgesehen davon, wäre es so gewesen, wie er glaubte, hätte er keinerlei Aussicht auf Erfolg gehabt. Ein sinnloses Opfer. Das muss er auch noch lernen!«

»Lehrstunde? Für wen? Den Priester oder Elyra? Sie ist zu jung für so etwas.«

»Für beide. Hauptsächlich Elyra. Sie ist nicht zu jung. Vielleicht braucht sie es früher, als sie es wollen wird. Zudem begibt sie sich auf den falschen Weg. Ihr Weg liegt nicht bei Erion.« Sie schmunzelte. »Er hat sich nur noch nicht getraut, es ihr zu sagen.«

»Aber, Meli, der Priester hat recht. In einer gewissen Art und Weise.«
»Blödsinn«, schnaubte Meliande.
»Wäre er älter und erfahrener, er hätte uns vertreiben können! Ich fühlte die Kraft seines Glaubens.«
»Das hätte sowieso nicht geklappt. Wir gehören hierher.«
»Nun, das hat er aber nicht gewusst, Meli.«
Garret hatte keine Ahnung, worüber sie sich gerade unterhielten. Dafür beobachtete er mit Tarlon den jungen Priester, der sein Symbol wieder erhoben hatte und erneut ein Loblied und Gebet auf seinen Gott sang, während er sich langsam im Kreise drehte. Doch plötzlich schien er zu stutzen und sah den Händler, der als Letzter gekommen war, überrascht an. Erneut sang er und schwenkte sein Symbol in komplizierten Bahnen.
»Was macht er da?«, fragte Garret neugierig.
»Das? Oh, das nennt man ein Gebet zum Schutz vor Bösem. Ist manchmal ganz praktisch«, antwortete Meliande. »Der Händler ist es. Böse, meine ich. Na ja, bei einigen von ihnen sollte das keine Überraschung darstellen. Hast du gemerkt, dass der Priester bei uns nichts festgestellt hat?« Dies schien ihr wichtig zu sein.
»Natürlich nicht!«, antwortete Garret mit Überzeugung. »Ihr seid nicht böse!« Dafür brauchte Garret kein Gebet. Er wusste es einfach! »Entschuldigt mich bitte«, sagte Garret mit einer kleinen, höflichen Verbeugung und schlenderte möglichst unauffällig davon. Dem Händler hinterher, der sich verdächtig schnell aus dem Staub gemacht hatte, als der Priester sich ihm zuwandte.
Tarlon hingegen zog es vor, den Hütern noch ein wenig Gesellschaft zu leisten. Das hier war in seinen Augen viel zu interessant, um es zu versäumen. Zudem war Elyra noch bei dem Priester und gerade in der letzten Zeit konnte sich Tarlon kaum an ihr sattsehen.
»Sollte man ihm sagen, dass es keines großen Gesangs bedarf, um zu seinem Gott zu beten?«, flüsterte Barius zu Meliande, die den Priester noch immer nicht aus den Augen ließ.

Sie zuckte mit den Schultern. »Es war schon damals so üblich. Und er hat recht, der Gesang erreicht auch andere Menschen und führt sie ebenfalls zum Glauben. Es liegt Hingabe in einem Gesang ... und so sollte es auch sein.« Sie sah zu Barius hinüber und lächelte schelmisch. »Du kannst nur nicht singen, das ist alles!«

Der größte Teil der Menschenmenge hatte sich wieder aufgelöst, nun, da die Vorstellung vorbei war, doch der Priester senkte sein heiliges Symbol und kam langsam zu den Hütern zurück. Er blieb vor Sera Meliande stehen und senkte seinen Kopf.

»Sera, Sers, ich befürchte, ich habe einen Fehler begangen. Aber ich verstehe es auch nicht!«

»Also kamt Ihr, um zu fragen«, antwortete Barius mit einem Lächeln. »Das ist schon mal ein guter Ansatz, denke ich.«

Zum ersten Mal bemerkte der junge Priester das Symbol des Schildes, das Barius an einer goldenen Kette um den Hals hängen hatte.

»Aber ... aber das ist das Symbol Loivans!«, rief er.

»Das liegt daran, dass ich einer seiner Streiter bin, Priester des Erion«, erklärte Barius.

»Oh!«

»Aber auch wenn Sera Meliande gerne protestieren würde«, fuhr er fort, »hattet Ihr doch mit Eurer Vermutung zum Teil recht. Wir haben unsere Zeit in dieser Welt bei Weitem überzogen. Aber wir haben eine Pflicht zu erfüllen und noch ist diese nicht beendet.«

Er sah Meliande streng an. »Meliande, es ist an der Zeit, diesen Diener Erions um Vergebung zu bitten!«

Sera Meliande schüttelte ihren Kopf. »Nein. Ich gab ihm heute eine sehr wichtige Lektion, eine, die irgendwann sein Leben retten wird.«

»Wie meint Ihr das?«, fragte der Priester vorsichtig.

Die Sera Meliande wandte sich wieder dem Priester zu, die verführerische Sirene von vorhin war vollständig verschwunden.

»Diener des Erion, hört mir genau zu. Ihr seid stark im Glauben. Doch Ihr habt Euch alleine einer Überzahl gestellt. Wären wir das gewesen, was Ihr vermutet habt, Ihr hättet es nicht überlebt.« Sie machte eine Geste, die das ganze Dorf einschloss.

»Nicht nur, dass Ihr keine Hilfe geholt, niemanden anderes gewarnt habt, es ist auch so, dass nach Eurem Tod diese Menschen hier ohne geistlichen Beistand gewesen wären. Eure Absicht in Ehren, aber Ihr habt unvernünftig gehandelt. Selbst mit der Macht Eures Gottes sind Euch Grenzen gesetzt. Das nächste Mal denkt vorher, versichert Euch der Hilfe anderer und informiert sie über die Gefahr, die Ihr vermutet.« Sie lächelte leicht.

»Ein toter Priester kann den Lebenden nicht helfen. Da gibt es nur ganz wenige Ausnahmen!«

Der Priester musterte sie lange, dann verbeugte er sich.

»Sera, ich danke Euch für diese Lektion. Darf ich fragen, wer Ihr seid? Ihr erscheint mir irgendwie bekannt.«

Die Sera sah plötzlich traurig aus. »Einst nannte man mich Meliande. Doch nun bin ich niemand. Vergesst mich, vergesst uns. Unser Werk ist bald getan.«

Der Priester sah sie an, sah dann von ihr zu den anderen und nickte langsam. Er wusste, dass er eben entlassen wurde. Er verbeugte sich ein letztes Mal und ging dann schweigend davon, Elyra an seiner Seite. Ihr Blick versprach ein gutes Dutzend Fragen für später.

»Nischt geschtorben?«, fragte Lamar ungläubig.
Der alte Mann lächelte. »So sagte sie.«
Lamar schüttelte den Kopf und hielt sich an dem Tisch fest, als er ins Schwanken geriet. »Wirt!«, rief er lautstark, obwohl dieser neben ihnen am Tisch saß. »Noch eine Flasche von dieschem ... dieschem Wein!« Und mit diesen Worten sackte er in sich zusammen und schlug mit dem Kopf hart auf die Tischplatte. Der alte Mann griff hinüber und hob mit einem Griff in dessen Haare den Kopf des Fremden hoch ... der prompt anfing zu schnarchen.
»Ich glaube nicht, Herr«, grinste der Wirt. Er winkte zwei seiner

Knechte heran. »Tragt den Herrn hoch auf sein Zimmer.« Als die beiden Männer Lamar die breite Treppe hinauftrugen, erhob sich auch der alte Mann. »Habt Ihr etwas dagegen, Wirt, wenn ich es mir im Stall bequem mache?«, fragte der Geschichtenerzähler, bei dem der Wein kaum Wirkung zu zeigen schien.
»Wir werden dich nicht im Stall schlafen lassen, Großvater«, sagte der Wirt. »Für einen Geschichtenerzähler haben wir immer ein gutes Bett frei.« Er grinste breit. »Vor allem, weil es diese Geschichte ist, die Ihr erzählt. Nur hörte ich sie nie so.«
»Nun denn, Wirt, habt Dank.«
»Erzählt lieber morgen die Geschichte weiter!«, rief einer der Zuhörer und der Rest lachte und nickte zustimmend. »Dann werden wir uns also morgen wiedersehen«, versprach der alte Mann. So langsam leerte sich auch schon der Schankraum. Es war wirklich spät geworden und fast jeder musste am nächsten Morgen früh mit seinem Tagewerk anfangen. Doch kaum einer ging, ohne dem alten Mann zu sagen, wie sehr sie es alle genossen hatten, diese Geschichte zu hören.

Am nächsten Tag dauerte es ein wenig, bis sich Lamar wieder wie ein menschliches Wesen fühlte. Ein Besuch im Badehaus und beim Barbier wirkte Wunder. So blieb ihm nichts weiter als ein leichter Kopfschmerz von der Zecherei der letzten Nacht zurück. Dennoch verspürte er so etwas wie Neid, als er in den Schankraum kam und dort den alten Mann sitzen sah, frisch und munter, als hätten sie gestern Abend nicht ein halbes Fass zusammen geleert.
Er schien wohlgemut und winkte Lamar mit einer Geste heran, bat ihn, sich an seinen Tisch zu setzen. »Ich mag die Gastfreundschaft der Leute hier«, sagte der alte Mann und wies mit seinem Dolch auf das Mahl vor ihm. »Ein gutes Schnitzel, eine Sahnesoße, Pfifferlinge und Rosmarinkartoffeln! Ich liebe Rosmarinkartoffeln! Und all das, weil man hier eine gute Geschichte zu schätzen weiß!« Er sah Lamar fragend an. »Und Ihr? Habt Ihr auch Hunger?«
Lamar schüttelte fast schon verzweifelt den Kopf. »Allein der Gedanke ist mir im Moment zu viel. Vielleicht später ...« Er hielt die Hand hoch und der Wirt eilte herbei. »Sagt, Wirt, habt Ihr auch Tee?«, fragte er und der Wirt nickte. »Grünen oder schwarzen ...«

»Schwarzen«, antwortete Lamar und sah den alten Mann an. »Wollt Ihr weitererzählen?«

»Warum nicht ... die Zuhörer finden sich ja auch schon ein«, grinste der alte Mann und er hatte recht, der Schankraum füllte sich zusehends. Offenbar sprachen sich im Dorf manche Dinge schnell herum. »Wo waren wir? Ach ja. Garret hatte da so eine Ahnung ...«

11   Des Greifen Gold

Garret folgte dem Händler. Irgendetwas stimmte nicht mit dem Mann und die Sera Meliande hatte das bestätigt. Aber im Moment tat der Händler nichts Auffälliges. Er machte seine Runden, flirtete mit den Seras, ein fröhlicher Kerl, dieser Händler, ständig hatte er ein Lächeln im Gesicht. Garret war bereit, alles zu wetten, dass dieses Lächeln genauso falsch war wie der Rest des Mannes. Denn vom Handel hatte der Mann wohl wenig Ahnung, übersah er doch das eine oder andere günstige Angebot. Garret folgte ihm weiter, debattierte mit sich selbst, es konnte ja auch sein, dass der Händler nur an speziellen Dingen interessiert war. Doch je länger er dem Händler folgte, umso mehr fühlte er, dass mit dem Mann wirklich etwas nicht stimmte. Endlich, viel später, als es Abend wurde, ging der Händler zum Gasthaus und begab sich zusammen mit seinen Leibwachen auf sein Zimmer.

Garret war vor ihm dort, war durch eines der anderen Zimmer und durch das zerstörte Dach hinauf in das Dachgebälk geklettert und hatte es sich auf einem der Dachbalken bequem gemacht. Wenn man das bequem nennen konnte ... kopfüber zwischen zwei Balken eingekeilt zu sein. Er konnte die Unterhaltung zwischen dem Händler und der Wache nicht vollständig verstehen, aber das, was er verstand, war interessant genug.

»... Schatz ... wir müssen sichergehen ... keine Wachen ... irgendwer, mach ihn kalt ... blöde Bauern ... Priester ... seltsam ... zwei Stunden ... alle schlafen ... Weinkeller ...«

Es gab in dem ganzen Dorf nur einen Weinkeller, der diesen Namen verdiente. Und das war der unter dem Gasthof.

In einem Dorf wie Lytara brauchten Garrets Ohren nicht besonders lange, um die Gerüchte aufzuschnappen, die man sich erzählte, dieses hatte er gleich mehrfach gehört, demnach hatten die Ältesten des Dorfes von einem Schatz der alten Stadt gewusst, der nach der Zerstörung von Lytar hier im Dorf versteckt worden war. Nur wo genau, das wusste keiner. Aber irgendwann in der Nacht waren der Bürgermeister und Argors Vater mit einem breiten Grinsen aus dem Keller des Gasthofs nach oben in den Schankraum gekommen, hatten die anderen Ältesten zusammengerufen und Karena, eine der drei Töchter des Tuchmachers, die an dem Abend im Gasthof bedient hatte, schwor, dass sie einen goldenen Barren auf dem Tisch der Ältesten hatte liegen sehen.

Angeblich hatten der Bürgermeister und die Ältesten dort unten eine alte Tür gefunden, die so ähnlich gebaut war wie die vom Depot, nur dass hier zwei Schwerter als Schlüssel reichten. Sie hätten hinter der Tür einen großen Raum gefunden, in dem sich Gold befand. Viel Gold, der Staatsschatz von Lytar. Das hatte ihm Marcus, der es von Karena, sozusagen frisch von der Quelle, erfahren hatte, unter dem Siegel der Verschwiegenheit erzählt. Es ergab Sinn, jeder wusste, dass der Gasthof das älteste und stabilste Gebäude im Dorf war … wenn es diesen Schatz gab, dann musste er dort eingelagert sein.

Aber auch wenn niemand in Lytara wusste, wie man ein Geheimnis für sich behalten konnte, konnte das nicht der Grund für das Kommen des Händlers sein. Zum einen war es ein Unterschied, ob man so etwas einem Freund erzählte oder einem Fremden. Zum anderen hatte man das Gold erst gestern Nacht gefunden und der Händler war nun schon gute zwei Tage im Dorf. Es musste noch einen anderen Grund für seine Anwesenheit geben.

Dazu kam, dass nicht jeder Händler in das Tal gelassen wurde, manchmal wurde sogar ein Händler wieder fortgeschickt, wenn keiner der bekannten und vertrauenswürdigen Händler für ihn bürgte. Garret wusste nicht genau, was einen Händler unerwünscht machte, aber offensichtlich war dieser hier durch eine Lücke im Netz geschlüpft. Das alleine hatte schon der Vorbereitung bedurft, die Ältesten waren schließlich keine Dummköpfe.

Zudem dauerte die Reise mit einem schweren Handelswagen vom Pass hierher ins Dorf Tage, der Mann musste also bereits unterwegs gewesen sein, bevor der erste Angriff stattfand.

Lautlos, aber mit hochrotem Kopf schwang sich Garret wieder in eine aufrechte Lage und kletterte vorsichtig durch das Gebälk, ignorierte den Geruch von verbranntem Holz und Feuer, bis er eines der ausgebrannten Zimmer im Dachgeschoss erreichte. Der Gasthof war bei Weitem das größte Gebäude in Lytara und die Halle war gute vier Stockwerke hoch, mit einem mächtigen Kronleuchter in der Mitte, eine umlaufende Galerie erlaubte Zugang zu den Zimmern. Das Zimmer, das Garret nun verließ, lag auf der anderen Seite des Zimmers, das der Händler bezogen hatte. Garret konnte die Tür des Händlers von hier aus sehen, aber dort war alles ruhig. Durch die Türspalte konnte Garret das Flackern von Kerzenschein erkennen. Niemand, der bei Vernunft war, verließ sein Zimmer und ließ eine Kerze an, also waren der Händler und wahrscheinlich auch seine Wache noch immer dort.

Im Gasthof war, wie üblich während des Sommerfestes, noch viel los, die Stimmung war fröhlich und die Sera Bardin spielte wieder auf, kaum jemand schenkte Garret Aufmerksamkeit, als er die Treppe herunter- und weiter zur Küche ging. Als Marcus' Vater noch der Koch war, hatte Garret seinen Freund hier oft besucht, so kannte er sich aus, wusste, wo sich die schwere Tür zum Keller befand. Der neue Koch war mehr als beschäftigt und so gelang es Garret, sich ungesehen, wie er glaubte, durch die Türe zu zwängen und den Keller zu erreichen.

Der Keller des Gasthofes war groß, aus behauenem Stein gebaut, mit mächtigen Pfeilern und Bögen, die das schwere Gebäude darüber sicher stützten. Mächtige Weinfässer, Dutzende von Bierfässern, Fässer für Öle, Mehl und andere Lebensmittel … Garret wünschte sich, er hätte daran gedacht, Marcus mit einzubeziehen, der kleine Kerl kannte sich hier unten viel besser aus.

Wenn es eine geheime Tür gab, dann war sie versteckt. Garret grinste breit, das hatten Geheimtüren so an sich. Türen allgemein machten nur in einer Wand Sinn … allzu schwer konnte sie also nicht zu finden sein.

Er überlegte sich gerade, wo er anfangen wollte, als eine Hand schwer auf seine Schulter fiel und er vor Schreck zusammenzuckte. Er wirbelte herum, Hand am Dolch, das Schwert hatte er bei sich zu Hause gelassen, doch es stand nicht der Händler oder seine Wache vor ihm, sondern der Bürgermeister, der überrascht eine Augenbraue hob.

»Was machst du hier unten?«, fragte der Bürgermeister. »Wenn du was trinken willst, oben wird genug davon serviert!« Er warf einen bedeutsamen Blick auf den Dolch in Garrets Hand. Hastig steckte Garret den Dolch wieder ein.

»Ich glaube, der Händler will unseren Staatsschatz stehlen!«, platzte Garret heraus und der Bürgermeister seufzte. »Ich glaube das nicht! Es ist jetzt kein Tag her, dass wir den Schatz gefunden haben, und nicht nur, dass du offensichtlich bereits davon weißt, es ist auch schon der erste Dieb unterwegs!«

»Also gibt es den Schatz?«, fragte Garret neugierig.

»Es gibt ihn. Und er wird uns noch Ärger machen, glaube mir.« Er schüttelte traurig den Kopf. »Aber glaube mir, Garret, niemand trägt unseren Schatz einfach so davon.«

»Nun, ich habe selbst gehört, wie der neue Händler genau das plante«, beharrte Garret und erzählte dem Bürgermeister, wie er durch den Priester auf den Händler aufmerksam wurde, ihm folgte und ihn dann auf seinem Zimmer belauschte.

»Das war nicht sehr höflich einem Gast des Dorfs gegenüber«, tadelte der Bürgermeister Garret.

»Stimmt«, sagte Garret. »Nur ist dieser Händler kein Gast. Der Priester fand durch ein Gebet und die Gnade seines Gottes heraus, dass dieser Händler Böses im Schilde führt!«

»Bei einem Händler nicht ungewöhnlich«, erwiderte der Bürgermeister. »Vielleicht plant er, jemanden über den Tisch zu ziehen. Was ihm bei uns schwerfallen dürfte. Wir kennen unsere Preise.«

»Aber das erklärt nicht die Unterhaltung, die ich belauschte.

Abgesehen davon, habe ich bei diesem Mann ein seltsames Gefühl, seitdem ich ihn das erste Mal sah. Er wirkt ... falsch.«

»Hhm«, meinte der Bürgermeister nachdenklich. »Garen meinte schon immer, dass du gute Instinkte besitzen würdest. Und im Moment können wir uns blindes Vertrauen wohl kaum leisten. Wann wollte der Händler hierherkommen?«

»In zwei Stunden. Jetzt dürfte es noch etwas mehr als eine Stunde sein, denke ich«, antwortete Garret.

»In Ordnung«, sagte der Bürgermeister. »Ich weiß auch schon genau, was wir tun werden. Warte hier.«

Mit diesen Worten drehte sich der Bürgermeister um und eilte die Treppe hinauf. Garret sah ihm nach und zuckte die Schultern. Solange er hier unten warten sollte, konnte er ja auch versuchen, die Tür zu finden.

Als der Bürgermeister kurz danach wieder herunterkam, fand er Garret vor einer Wand wieder, in der auf einem großen Stein das Wappen von Lytara prangte, der Greif auf der Schlange, allerdings war hier das Schwert nach oben gereckt, dies war das Wappen von Alt Lytar.

»Gute Instinkte«, sagte der Bürgermeister. Er reichte Garret seinen Bogen, er selbst hatte eine Kettenrüstung angelegt und trug sein Familienschwert an der Seite. Zudem hielt er einen stabilen, mit Leder umwickelten Knüppel in der Hand.

»Danke«, sagte Garret, als er seinen Bogen und Pfeile entgegennahm, und betrachtete missmutig den Greifen auf dem Stein. »Mein Schwert wäre besser gewesen«, bemerkte er dann und der Bürgermeister grinste.

»Glaub mir, dein Vater kann damit besser umgehen. Ich habe den anderen Bescheid gesagt. Wenn dein Händler hier herunterkommt, sitzt er in der Falle, die anderen, darunter auch dein Vater und Ralik, warten oben.«

»Also ist der Schatz wirklich dahinter?«, fragte Garret und klopfte gegen den Stein mit dem Wappen. Es hörte sich massiv an.

»Ja, sagte ich das nicht?«

»Hhmpf«, meinte Garret frustriert. »Hat mir nichts genützt. Ich habe nicht herausfinden können, wie es aufgeht!«

»Das hat uns auch Kopfzerbrechen bereitet«, grinste der Bürgermeister und gab Garret ein Zeichen, ihm zu folgen. Er hielt vor einer besonders mächtigen Säule an.

»Vielleicht weißt du, dass mein Vater hier ebenfalls einmal der Wirt war. Die Wirte hier wechseln immer mal wieder. Auf jeden Fall gibt es eine schöne alte Familiengeschichte.«

Der Bürgermeister suchte etwas an der Säule herum, es klickte und ein Teil der Säule sprang auf und offenbarte eine kleine Kammer, gerade groß genug für ihn und Garret.

»Ein geheimer Raum!«, stellte Garret begeistert fest. »Das ist … großartig!« Er sah den Bürgermeister fragend an. »Woher wusstet Ihr, dass es so etwas hier gibt!?«

»Mein Großvater ließ diese Säule umbauen, angeblich, um den Boden unter der neuen Theke zu stützen.«

Die Theke war ein mächtiges Monstrum aus Eiche, das in einer Ecke der großen Halle stand, massiv und sicherlich schwer genug, dass man sich Gedanken über die Tragfähigkeit der Decke machen konnte. Nur hatte Garret bislang geglaubt, dass sie schon seit Jahrhunderten hier gestanden hatte.

»Warum?«, fragte Garret, als er in den Hohlraum kletterte. Es war eng darin und als der Bürgermeister die Öffnung wieder zuzog, wurde es noch enger. Zwei kleine Löcher erlaubten es, in den Keller zu sehen, aber nur wenig Licht fiel durch sie hindurch. Der Keller selbst war durch mehrere Öllampen auch nur unzureichend beleuchtet.

»Nun, mein Großvater hatte das Problem, dass jemand ihm immer wieder in der Nacht den besten Wein stahl. Den besten Wein, der außerhalb des Tals für drei Gold über die Theke ging. Auch wenn der Wein selbst nicht allzu wichtig war, machte es ihn wahnsinnig, dass er den Dieb nicht stellen konnte. Also entschloss er sich dazu, diesen Pfeiler umzubauen.«

Der Bürgermeister war ganz offensichtlich erheitert.

»Und? Fand er heraus, wer der Dieb war?«, fragte Garret.

Es war dunkel hier im Pfeiler, dennoch konnte Garret die weißen Zähne des Bürgermeisters erahnen, als dieser grinste.

»Ja, durchaus. Es war sein Eheweib!«

Sie warteten fast zwei Stunden in dem engen Raum, dann erst hörten sie, wie vorsichtige Schritte die Kellertreppe herunterkamen. Sowohl der Bürgermeister als auch Garret hatten jeweils ein Auge an eines der Löcher in der Säulenwand gepresst und konnten so den Händler und seine Leibwächter beobachten, die sich vorsichtig weiter in den Keller wagten. Einer der Leibwächter hielt eine Laterne hoch, alle drei waren sie mit Kurzschwertern bewaffnet.

Zielsicher bewegten sich die drei auf die Steinplatte zu. Während der eine Leibwächter die Laterne hochhielt, zog der angebliche Händler ein Stück Pergament aus seinem Brustbeutel, entfaltete es und musterte die Steinplatte vor sich sorgfältig.

»Der Bastard weiß genau, was er will!«, flüsterte der Bürgermeister. »Du hattest recht.«

»Sollten wir jetzt nicht eingreifen?«, fragte Garret flüsternd zurück.

»Nein«, gab der Bürgermeister zur Antwort. »Wir warten. Ich will wissen, was sie vorhaben.«

Der Händler trat an den Stein heran und drückte mit beiden Händen zugleich auf das Auge des Greifen und das Auge der Schlange zu Füßen des Greifen. Es klickte laut und der Stein bewegte sich, dennoch bedurfte es der ganzen Kraft der Leibwächter, den schweren Stein zur Seite zu schwingen.

Dahinter kam eine Tür aus schwarzem Metall zum Vorschein, die in ihrer Bauart Garret wohl bekannt vorkam. »Die kriegen sie niemals auf«, flüsterte er.

Der Bürgermeister verzog im Halbdunkel das Gesicht.

»Wir haben nicht daran gedacht, sie wieder zu verschließen! Ein Fehler, nehme ich an.«

Die Tür glitt mit lautem Gerumpel in die Seitenwand und der Händler betrat mit seinen Leibwächtern den geheimen Raum. Garret verschluckte sich fast, als er sah, was sich ihm da im Licht der Laterne des einen Leibwächters offenbarte.

Der Raum war fast so groß wie der restliche Keller und in ihm waren mannshoch Tausende von Gold- und Silberbarren gestapelt, so hoch, dass nur schmale Gänge zwischen den Stapeln hindurchgingen. Der Händler pfiff leise durch die Zähne und verschwand zwischen den Stapeln, die Leibwächter waren ebenfalls fasziniert von dem Anblick und vergaßen für den Moment ihre Pflichten.

»Genug!«, sagte der Bürgermeister leise und trat aus dem Versteck, den Knüppel fest in der Hand. »Wir brauchen sie lebend.«

Garret nickte und steckte ein Stück Holz auf eine seiner Pfeilspitzen; er hegte die Absicht, einen der Leibwächter damit bewusstlos niederzustrecken.

Leise bewegten sich der Bürgermeister und Garret seitlich an die beiden Leibwächter heran, die rechts und links der Tür Position bezogen hatten. Garret hatte sein Ziel genau vor sich, auf diese Entfernung konnte er kaum vorbeischießen. Auf der anderen Seite erhob der Bürgermeister seinen Knüppel und nickte. Garret atmete aus und ließ den Raben fliegen. Er traf perfekt die Stelle im Nacken zwischen Schädel und Wirbelsäule. Doch die Stahlspitze spaltete das Holz und durchschlug den Schädel des Leibwächters, der lautlos und auf der Stelle tot zusammenbrach. Garret sackte der Magen durch, als er sah, wie der Mann in einer Blutfontäne nach vorne kippte und mit lautem Gepolter die Treppe zum Geheimraum herunterfiel. Dies war der erste Mann, den er jemals getötet hatte.

Die andere Leibwache hatte entweder im letzten Moment etwas gehört oder er hatte eine Ahnung, jedenfalls drehte er sich zur Seite, sodass der Knüppel des Bürgermeisters ihn nur an der Schulter traf, beide rollten, ineinander verkeilt, die Treppe herunter und dann tauchte der Händler in einem der Gänge zwischen den Goldbarren auf. Er hielt eine kleine Handarmbrust in der Hand, eigentlich kaum mehr als ein Spielzeug, und der erste Bolzen verfehlte Garret nur knapp, schepperte hinter ihm an eine der Säulen und fiel zu Boden.

Garret sah seine Chance. Auch bei einer Handarmbrust brauchte man Zeit, um nachzuladen. Er hob seinen Bogen, aber plötzlich spürte er einen Schlag, ein Bolzen stak in seinem linken Arm. Wo kam der her?, fragte sich Garret. Und wie kam es, dass ein kleiner Bolzen ihn sich so seltsam schwach fühlen ließ? Darüber wunderte er sich auch noch, als er nach vorne umkippte und in die Dunkelheit fiel.

Es gab einen ziemlichen Aufruhr, als der Bürgermeister, aus einer Platzwunde blutend, mit einem leblos aussehenden Garret in seinen Armen den Schankraum betrat. »Die beiden anderen sind noch unten«, rief der Bürgermeister. »Sorgt dafür, dass die Schweine nicht davonkommen. Und, in der Göttin Namen, macht mir endlich Platz!«

»Was ist mit dem Jungen?«, rief eine besorgte Stimme, während Garrets Vater kreidebleich den nächsten Tisch von Bechern und Geschirr frei wischte. Einer der Leute am Tisch rettete gerade noch seinen Bierhumpen, aber niemand protestierte. Sie waren zu überrascht und besorgt.

»Ein vergifteter Bolzen! Die götterverfluchte Schlange benutzt vergiftete Bolzen!«, rief der Bürgermeister und legte den Jungen vorsichtig auf den Tisch.

»Wir brauchen einen Heiler!«, rief Garen. »Holt einer den Priester herbei, aber rasch!!«

Garen zog sein Messer und schnitt ein tiefes Kreuz an die Stelle in Garrets Arm und wollte gerade an der Wunde saugen, als Ralik und Hernul ihn zurückhielten.

»Du weißt nicht, was das für ein Gift ist, Garen«, rief Hernul, während er und Ralik Schwierigkeiten hatten, ihn zurückzuhalten.

In dem Moment war Vanessa zur Stelle, ihre schlanken Finger drückten das Blut mit überraschender Kraft aus der Wunde, aber ...

»Er blutet nicht mehr ...«, brachte Vanessa dann tonlos hervor. »Ich ... ich glaube, er ist tot!« Bleich und blass, wie der Junge da lag, schien es in der Tat so zu sein.

Es dauerte nur wenige Augenblicke, bis sich die schweigende Menge teilte, um Elyra und dem Priester Platz zu machen, es schien, als würde Elyra ihn hinter sich herziehen. Sie sah Garret, wurde bleich, schluckte und wandte sich an den Priester.

»Tu etwas!«, befahl sie hoheitsvoll und zeigte fordernd auf ihren leblosen Freund.

Der Priester beugte sich über Garret, studierte die Augen und die blauen Lippen und schüttelte den Kopf. »Ich fürchte, dies ist jenseits meiner Macht«, sagte er dann bedauernd. »Aber ich bin mir sicher, dass Erion seine Seele freundlich entgegennimmt!«

»Wenn einer seine Seele bekommt, dann ist das Mistral«, teilte ihm Elyra bestimmt mit.

»Was ist mit dem Gift? Kannst du das loswerden?«, fragte sie ihn mit funkelnden Augen und geballten Fäusten.

»Ich ... ich denke schon. Nur was soll das nützen ... aber ich kann ihn segnen im Namen meines ...«

»Dann bete das Gift weg!«, befahl sie. »Jetzt! Segnen kannst du später immer noch!«

Er sah ihren Blick, seufzte und begann sein Gebet zu singen. Elyra stand daneben, noch immer die Fäuste geballt, ihr Blick sprang von Garret zu dem jungen Priester und wieder zurück und hätte es nur Elyras Willenskraft bedurft, um Garret zu heilen, dann wäre er schon längst vom Tisch aufgesprungen.

So aber schwand nur nach und nach die Verfärbung des Gifts ... doch Garret blieb so bleich wie zuvor.

»Ich glaube, es hätte nicht viel gefehlt und sie hätte den armen Priester gegen das Schienbein getreten. Ich bin mir nicht sicher, wie ihr Glaube an die Götter dies überstanden hätte, wenn Garret damals gestorben wäre.«

»Der Priester hat es also doch noch geschafft?«, fragte Lamar, wider Willen von dem Drama ergriffen.

»Nicht ganz.«

Tarlon hatte sich einen vergnüglichen Nachmittag gegönnt. Er tanzte mit den Mädchen, schaffte es sogar, zweien von ihnen einen Kuss abzuringen, und eine, Marietta, hätte ihm vielleicht sogar noch mehr erlaubt ... es schien fast so, als hätte sie ihn hinter die Scheune zerren wollen. Doch Tarlon hatte nicht die

Absicht, sie heute oder nächstes Jahr zu heiraten, er mochte sie, aber irgendwie waren ihre Augen nicht grau-blau und die Ohren irgendwie zu ... rund. So zog er sich mit einer Entschuldigung zurück und ging nach Hause, wo er sich im Garten unter einen Baum setzte, um über das nachzudenken, was er die letzten Tage gesehen und gelernt hatte. Da er sich einen großen Humpen Apfelwein und einen Kanten Käse mitgenommen hatte, ging es ihm gut und er war im Einklang mit der Welt ... auch wenn er Schwierigkeiten hatte, nicht auf einen gewissen Gott eifersüchtig zu sein.

Er dachte gerade darüber nach, dass er wohl doch lieber seinem Vater helfen wollte, als in einen Krieg zu ziehen, als er plötzlich eine Bewegung wahrnahm. Ariel rannte an ihm vorbei, in Richtung des Gasthofs.

Schon bevor sie das Gasthaus erreichten, war klar, dass dort etwas geschehen sein musste, von überall her strömten Menschen heran und die meisten Gesichter wirkten besorgt oder traurig. Ariel rannte geradewegs in das Gasthaus, ihm auf dem Fuß folgte Tarlon und beide blieben wie vom Blitz getroffen stehen, als sie Garret bleich und kalt auf dem Tisch liegen sahen.

Im nächsten Moment war Elyra heran und griff Ariel bei der Hand, um ihn zu Garret zu ziehen. Die Menge machte bereitwillig Platz und als Tarlon auf seinen Freund herabsah, wusste er, dass es zu spät war.

»Erions Diener hat das Gift beseitigt, Ariel«, teilte Elyra dem Elfen ernsthaft mit. »Du brauchst ihn jetzt nur noch zu wecken!«

»Ich weiß nicht, ob ich das vermag ...«, stammelte Ariel. »Er ist schon nicht mehr bei uns ...«

»Dann hol ihn zurück!«, rief Elyra.

Ariel seufzte tief und senkte den Kopf, dann richtete er sich auf und sah auf der anderen Seite des Tischs Garen und Hernul stehen, zusammen mit Jana, Tarlons Mutter, deren Augen feucht waren. Ihre Blicke waren flehend.

Ariel trat an Garret heran und legte seine Hände auf Garrets

Stirn und Herz. Ein letztes Mal holte Ariel tief Luft ... dann begann er zu singen. Am Anfang sang er leise, stockte sogar hier und da, aber dann wurde Ariels Gesang fester und stärker, bis sein Bariton die große Halle füllte und Tränen in die Augen der Anwesenden trieb. Er besang die Herrlichkeit des Waldes, die Stärke der Natur, das Wachstum der Bäume und die Kraft, das Leben, das sich in jedem Halm und jedem Baum verbarg, bat um die Kraft des Waldes, um Garret zu stärken, das Leben in ihm erneut wachsen zu lassen, um die Gnade seiner Herrin, ihm die Kraft zu gewähren, dieses Leben zu erhalten, einem Steckling gleich, neu leben zu lassen ...

Von irgendwoher kam eine leichte Brise und wehte durch den Raum, brachte mit sich die Gerüche von Regen und feuchtem frischem Gras, von Bäumen, Sträuchern und dem tiefen Wald und es war, als wäre der Wald hier und Garret nicht auf einen Tisch aufgebahrt, sondern auf einen weißen Stein in einer Lichtung, auf der Gras blühte und wo Schmetterlinge um ihn tanzten. Im Rhythmus seines Gesangs, der den Wald und die Sonne immer näher in den Gasthof rief, bewegte Ariel seine linke Hand, die Hand über Garrets Herzen, mal strich er federleicht über die bleiche Brust des Jungen, mal presste er mit aller Macht nieder, sodass Tarlon fast schon fürchtete, Garrets Knochen erneut brechen zu hören. Was auch immer es war, das Ariel tat, es schien ihn viel Kraft zu kosten und für einen Moment befürchtete Tarlon, dass Ariel dieses Mal nicht imstande sein würde, Garret zu helfen, als Garret sich plötzlich aufbäumte und hustete.

Erschöpft sank Ariel zur Seite, stützte sich schwer atmend auf der Tischkante auf und Garret blinzelte. Er sah sich langsam um, sah überall die besorgten und fassungslosen Gesichter ... strich sich über den Körper und sah Ariel fragend an. Der hob die Hand und zeigte ihm drei Finger. Drei Jahre als Lehrling des Elfen. Das erste hatte er selbst mit Ariel vereinbart, das zweite war dafür, dass der Elf ihm nach dem Angriff der Ratten das Leben gerettet hatte, das dritte war soeben erwirkt worden. Auch wenn es Tarlon gewesen war, der diesmal den Handel für Garret eingegangen war, empfand Garret es als gerecht, denn ohne Ariel hätte er diese Jahre gar nicht gehabt. Also nickte er nur und setzte sich auf und Ariel sackte in sich zusammen, wären da nicht Elyra und Tarlon gewesen, wäre er wohl zu Boden gegangen.

»Was ... was ... ist geschehen?«, krächzte Garret, während Tarlon den Elfen in einen bequemen Stuhl setzte. Aus der Menge trat die Sera Bardin herbei und bat Tarlon mit einem Blick, ihr Platz zu machen, nun war sie es, die den bewusstlosen Elfen in seinem Stuhl hielt ... und fast schien es Tarlon, als hätte er Tränen in den Augen der Elfe gesehen.

»Du wurdest vergiftet«, erklärte Vanessa ihm mit zitternder Stimme. »Der Bolzen war vergiftet.«

Garret ergriff ihre Hand, mit der anderen ergriff er die seines Vaters, die dieser ihm wortlos reichte. Garret sah sich um, suchte und fand den Blick des Bürgermeisters, der ebenfalls sichtlich Mühe hatte, die Fassung zu bewahren.

»Ist er entkommen?«, fragte Garret und musste sich räuspern.

»Nein«, beruhigte ihn der Bürgermeister. »Wir haben sie erwischt.«

»Gut«, antwortete Garret und streckte sich. »Kann man hier etwas zu essen bekommen? Au!«

Er rieb sich das Schienbein und sah Elyra fassungslos an. »Was ...«

»Weil wir dich lieben! Und das reicht jetzt, du machst das nicht noch mal!«, rief Elyra empört.

»Hey!«, protestierte Garret mit rauer Stimme. »Es ist ja nicht so, dass ich es mit Absicht ...«

»Sshhh!«, sagte Vanessa und legte ihm einen Finger auf die Lippen. Er sah sie verblüfft an ... und sie küsste ihn.

»Das wäre das«, flüsterte eine Stimme neben Tarlon.

Der sah hinunter auf Argor. »Ich bin mir nicht sicher, wie ich das finde«, meinte dann Tarlon.

Der Zwerg zog eine Augenbraue hoch. »Bist du der Meinung, dass du da mitreden kannst?«, fragte Argor und Tarlon lachte leise. Vanessas Sturkopf war wohl bekannt, in ganz Lytara gab es vielleicht nur noch einen, der genau so stur war wie sie. Und der schien, im Moment jedenfalls, nichts gegen den Kuss einzuwenden zu haben.

Meister Braun, der Wirt des Gasthauses, veranlasste, dass Garret und all seine Begleiter in eines der großen Nebenzimmer gebracht wurden, und allmählich kehrte etwas Ruhe ein. Wenn man vom Gesang des Priesters absah, der auf Knien Erion dafür dankte, dass er die Rettung Garrets ermöglicht hatte. Dies war auch das erste Mal, dass Tarlon sah, wie Elyra den Priester stirnrunzelnd betrachtete.

Tarlon wusste nicht, was er von all dem zu halten hatte, ihm kam es vor, als hätte Ariel den größten Anteil an Garrets Rettung gehabt. Aber vielleicht hatte der Diener Erions dennoch recht und sein Gott hatte mitgeholfen.

Hinter ihm räusperte sich jemand. Es war Pulver, der ihn aufmerksam ansah. In seinen Augenwinkeln standen Tränen.

»Merke dir diesen Tag gut, mein Junge«, sagte der Alchemist leise, fast ehrfürchtig. »Es geschieht nicht oft, dass einem eine solche Gnade zuteilwird.«

»Was meint Ihr, Meister Pulver?«, fragte Tarlon vorsichtig.

»Es war Gift. Fuchslanze, heißt es wohl. Ich kenne es gut. Es ist ein böses Gift, schnell und tödlich. Garret hätte tot sein sollen, war es wahrscheinlich schon, als ihn der Bürgermeister die Treppe hinauftrug.« Sie sahen beide zu dem Nebenraum, wo sie durch die offene Tür Garret sahen, der sich sichtlich unwohl fühlte, als Garen ihn umarmte. Garret sah aus, als ob er fliehen wollte. In Garens Augen jedoch standen Tränen. Es war Vanessa, die jetzt die Tür schloss, und ihre Blicke begegneten Tarlons, der langsam nickte. Dann fiel die Tür ins Schloss.

»Es war ein götterverdammtes Wunder«, flüsterte Pulver, wischte sich die Augen, nickte Tarlon noch einmal zu und begab sich auf geradem Weg hinüber zur Theke.

»Bei den Göttern, Jungen und Mädchen sollten in keinen Krieg ziehen«, sagte Lamar leise.

»Ich wusste, dass wir uns auf etwas einigen können. Irgendwann«, gab der alte Mann mit einem Lächeln zurück. »Aber es geschieht überall und jederzeit. Vielleicht auch gerade in diesem Moment, irgendwo ...«

Lamar sah den alten Mann fragend an. »Dieser Ariel diente Mieala, oder? Der Herrin der tiefen Wälder?«

»Sieht ganz danach aus, nicht wahr?«

»Aber eine Wiederbelebung? Das war es doch, nicht wahr? Und dieser Todesritter ... oder Hüter, nennen wir ihn jetzt mal so, ein besseres Wort fällt mir nicht ein. Er war ein Diener, nein, ein Priester Loivans? Dem Herrn der Gerechtigkeit?«

Der alte Mann nickte.

»Hhm«, sagte Lamar nachdenklich. »Ich fange an, Eure Geschichte zu glauben.«

»Warum jetzt?«

»Es erklärt einige Dinge.«

»Es gibt da etwas, was Belior hätte wissen sollen«, sagte der alte Mann mit einem Lächeln und zog gemächlich an seiner Pfeife.

»Und was wäre das?«

»Es ist nicht immer der süße Apfel, der einem auf den Kopf fällt, wenn man einen Apfelbaum schüttelt ...«

12 Der Handelsreisende

Während sich Garret von seinem Schock erholte, zerrten die Gehilfen des Wirts den Händler und die überlebende Leibwache nach oben in den Schankraum. Der Händler war wie ein Paket verschnürt und wurde auf den schweren Stuhl des Bürgermeisters gehoben und dort festgebunden. »Geschieht ihm recht«, murmelte der Bürgermeister. »Der verdammte Stuhl ist höllisch unbequem!«
Ob der Stuhl nun bequem war oder nicht, schien im Moment wohl das kleinste Problem des angeblichen Händlers. Der Bürgermeister war nicht gerade zimperlich gewesen, als er den Mann überwältigte, die linke Hand des Händlers war gebrochen, als er versuchte, den Knüppel des Bürgermeisters abzuwehren, an einem Finger war der Knochen sogar durch die Haut getreten und er blutete. Dies kümmerte die guten Leute von Lytara indes wenig, denn sie standen mit geballten Fäusten um ihn herum und zeigten ihren Missmut deutlich in ihren wütenden Blicken. Kurz gesagt, sie waren in einer sehr hässlichen Laune. Garret war ein Junge, der wie seine Freunde die Arbeit von Erwachsenen verrichtete. Wenn ihm oder seinen Freunden etwas geschah, während sie auf Erkundung gingen, dann würde das schmerzen, wäre das schlimm. Aber man könnte es akzeptieren. Im Krieg geschehen schlimme Dinge nun einmal. Doch dieser Krieg ging nicht von Lytara aus. Dieser Mann hatte sich in ihr Dorf eingeschlichen, war willkommen geheißen und bewirtet worden. Dennoch hatte er versucht, sie zu bestehlen. Benutzte sogar ein heimtückisches Gift, um Garret zu töten, der, wollte man sich wirklich bemühen, etwas Schlechtes über ihn zu sagen, einfach gelegentlich etwas faul war und es liebte, fischen zu gehen.
Es waren Momente wie diese, in denen die Weisheit der Äl-

testen gebraucht wurde. Lytara war ein friedliches Dorf und nur wenige konnten sich daran erinnern, dass so viele sich in einer solch üblen Stimmung befunden hatten. Dies war sogar schlimmer als der Angriff. Der Drache und die Armee kamen offen, diese Kreatur hier schlich sich ein wie eine Schlange. Nun, Lytara wusste, wie man mit Schlangen umging. Dazu brauchte man nur einen Blick auf das Wappen zu werfen.

Die Ältesten erinnerten sich an andere schlimme Situationen und sie beschlossen, vorsichtig vorzugehen. Die beschwichtigenden Worte des Bürgermeisters halfen ein wenig, die Leute traten von den Gefangenen zurück, aber keiner wollte gehen, jeder wollte wissen, was nun weiter geschah. Vor allem eines war jetzt wichtig, es galt herauszufinden, woher der Mann gekommen war und was er beabsichtigt hatte. Dass er den Schatz hätte stehlen können, hielten alle, die von dem Schatz wussten, für unwahrscheinlich.

So trat nun also Hernul vor die Menge und hob beschwichtigend seine Hände.

»Ihr guten Leute von Lytara, haltet euch zurück. Der Mörder wird bestraft werden, doch zuerst wird Ralik sie befragen.«

Jeder wusste, was das bedeutete. Als Ralik das letzte Mal die Gefangenen nach dem Angriff befragte, hatte es noch viele gegeben, die traurig den Kopf geschüttelt hatten, jetzt aber gab es hier und da ein gehässiges Grinsen und sogar offene Zustimmung.

»Ich möchte kein Blut fließen sehen«, erklärte der Bürgermeister bestimmt und die anderen Ältesten, sogar Garens Vater, stimmten zu. »Also wird Ralik dem Händler in seiner Werkstatt einige sehr deutliche Fragen stellen. Das wird den Blutdurst der Leute stillen, ohne dass wir es vor aller Augen tun müssen.« Er wandte sich an den Zwerg. »Du brauchst diesmal keinen Knebel, wenn die Leute ihn schreien hören ...« Ralik nickte bedauernd und machte sich auf den Weg, seine schwarze Werkzeugtasche zu holen, denn zuerst wollte man die Leibwache verhören und das sollte hier geschehen. Pulver riet dies, denn er sagte, dass die Leibwache wohl schnell anfangen würde zu reden und dies den Rachedurst der Menschen schon ein wenig stillen würde, denn auf diesen Mann waren sie nicht so wütend wie auf den Händler.

Die Leibwache des Händlers betrachtete alles um sich herum mit angstgeweiteten Augen, der Händler dagegen hielt an seinem Hochmut fest.

Das war der Moment, als Elyra sich mit der Tasche ihrer Mutter durch die Leute zwängte. »Der Mann ist verletzt«, sagte sie, während sie sich nach vorne drängte. »Lasst mich nach ihm sehen!« Es gab ein Murmeln von der Menge, selbst der Priester schien überrascht, auf jeden Fall machten sie Platz und ließen die junge Halbelfe passieren.

Ohne zu zögern, ging Elyra zu dem gefesselten Händler hinüber und inspizierte seine Finger.

»Oh … tut das weh?«, fragte sie, als sie an einem der Finger zog und der Mann aufschrie.

»Sei keine Memme und stell dich nicht so an! Dieser Finger sieht nicht aus, als wäre er in Ordnung … und ich bin mir sicher, dass da keine Knochen herausgucken sollten. Ich werde ihn eben schnell richten …«

Diesmal heulten als Antwort auf den Schrei des Mannes sogar die Hunde im ganzen Dorf mit. Er war nun in Schweiß gebadet und seine Augen wirkten fast irre vor Angst. Ralik, der gerade wiedergekommen war, sah auf seine schwarze Tasche herab, dann zu Elyra, zuckte die Schultern, ließ sich auf einem Stuhl nieder und bestellte ein Bier. »Ich glaube nicht, dass ich meine Werkzeuge brauche«, flüsterte er einem der anderen Ältesten, Pulver, zu. Der hielt nur die Hand vor den Mund und nickte.

Ralik nahm einen Schluck Bier und wandte sich dann an den Gefangenen. »Ihr solltet besser ein Geständnis ablegen, solange Ihr noch könnt. Ihr habt keine Ahnung, zu was sie fähig ist. Dabei ist sie nur ein Lehrling!«

Es gab einige Leute im Raum, die es nicht begriffen, aber der größte Teil der Zuschauer verstand und fing an, verhalten zu lachen. Was den Gefangenen nur noch mehr verunsicherte.

Elyra war mittlerweile entnervt, da der Gefangene beständig versuchte, sich zu winden.

»Halt still! Mann, sei kein Feigling! Du weißt, dass es wehtun wird, was hast du erwartet!?«

Sie streckte die Hand aus und griff den einen Finger des Mannes. Wieder zuckte der Mann zurück, doch diesmal hielt Elyra reflexartig den Finger fest. Der Schrei des Mannes erschütterte das Gebälk ...

»Ups ... 'tschuldigung«, rief Elyra, als sie vor Schreck den blutigen Finger fallen ließ.

Der Wille des Händlers brach. »Haltet sie zurück«, schrie er, »bringt sie weg! Ihr seid unmenschlich, barbarisch! Ihr seid schlimmer als alles, was ich jemals gesehen habe! Wie könnt ihr nur aus einem jungen Mädchen wie ihr einen Folterlehrling machen!«, schrie der Mann wild vor Angst und Wut.

Langsam fing das Gelächter an, ergriff fast jeden hier, bis der Schankraum vor Lachen fast zu bersten schien.

Was der gefesselte Mann auf dem Stuhl dabei fühlte, kann ich nur vermuten. Vielleicht machte es seine wilden Anschuldigungen etwas verständlicher.

»Wie könnt ihr das hier machen!? Vor der ganzen Stadt! Und den Kindern!? Habt ihr keine Scham, kein Herz!?«, rief er verzweifelt.

Elyra hatte sich gebückt und den blutigen Finger wieder aufgehoben. »Aber ich wollte doch nur ...«, fing sie an, doch Ralik hielt sie zurück.

»Wirst du gestehen?«, fragte der Zwerg den Gefangenen.

»Ja, aber haltet diese Kreatur der Tiefen von mir fern!«, rief der Mann bleich und zitternd.

»Aber er blutet immer noch!«, protestierte Elyra. Sie hielt eine Nadel hoch. »Gebt mir nur ein paar Sekunden, Meister Ralik, und ich ...«

»Neeein!«, schrie der Händler, vor Angst und Entsetzen scheinbar halb wahnsinnig. »Schafft sie und ihre Nadeln weg!«, winselte er. »Sie kennt sogar die Kunst der Nadeln!« Der Mann weinte nun wie ein kleines Kind.

Ralik, der den Kampf gegen sein Grinsen verloren hatte, brachte eine verständnislose Elyra, die anfing, sich wegen der ganzen Sache schlecht zu fühlen, hinüber zu den Freunden, darunter auch Garret, dem es wieder besser zu gehen schien.

»O süße Rache!«, grinste Garret und umarmte die überraschte Elyra.

»Aber ich wollte ihm doch nur helfen. Er hat Schmerzen!«, sagte das Mädchen ernsthaft. »Für was hält der mich denn!«

Sogar Tarlon hatte Schwierigkeiten, nicht laut loszulachen. »Wir wissen das, Elyra. Glaube mir, jeder im Dorf weiß das! Nur weiß er das nicht! Sein Gesicht, als du seinen Finger hast fallen lassen!«

Das erinnerte sie daran, dass sie immer noch den Finger des Gefangenen in der einen und Nadel und Faden in der anderen Hand hielt.

»Man kann ihn wieder annähen, wenn man schnell genug ist!«, erklärte sie ernsthaft. »Ich habe mal gesehen, wie das Mutter machte.« Sie hielt Finger und Nadel hoch und drehte sich wieder zu dem Gefangenen um, der sie von seinem Platz aus noch immer mit geweiteten Augen ansah.

»Neeeein!«

Nun, der Mann gestand, ein Spion von Thyrmantor zu sein. Wenn man ihm glauben wollte, so war er wirklich ein Händler, aber man hatte ihm hundert Gold gegeben und weitere hundert Gold versprochen, damit er Informationen über das Dorf, die Verteidigungsanlagen und die Armee zurückbrachte. Als er die Armee erwähnte, fing jemand an zu kichern und plötzlich musste jeder lachen. Von dem Schatz, sagte er, habe er von einem anderen Spion erfahren, von diesem habe er auch gewusst, wie man den Stein des Greifen öffnen konnte.

Wer der Spion sei, vermochte er nicht zu sagen, er habe die Person nicht gesehen, er hätte sich durch eine Holzwand hindurch mit ihr unterhalten.

Dies rief zuerst Bestürzung hervor, es schien kaum denkbar, dass jemand aus Lytara solches an den Feind verraten würde. Doch der angebliche Händler beharrte auf seinen Worten.

Schließlich stand Pulver auf und bat um Ruhe.

»Leute, seht es mal so: Wir haben ihn erwischt und er weiß, dass er sterben wird. Aber er weiß auch, wie er uns noch immer schaden kann. Unsere Stärke ist die Einigkeit und dieser Mann tut nichts anderes, als Misstrauen zu säen. Wir sollten seinen Worten keinen Glauben schenken, zumal er den größten Teil seiner Zeit hier unter Beobachtung stand!«

Der Mann sagte nichts dazu, sondern sah Pulver nur böse an.

Man beschloss, den Mann am Morgen des nächsten Tages zu hängen. Nicht auf dem Marktplatz wie sonst üblich. Gut, das war ein leichter Bruch der Traditionen, aber man war einhellig der Ansicht, dass man dort lieber die Brautplattform sehen wollte als einen Galgen. Aber das war nun wirklich kein Problem, Bäume gab es in der Gegend genug und ein geeigneter ließ sich wahrscheinlich recht einfach finden. Pulver bot sogar an, ihn an dreien seiner Bäume aufzuhängen. Das Haus des Alchemisten lag, wegen der oft üblen Gerüche, die von ihm kamen, etwas außerhalb.

»Gleich an drei Bäume?«, fragte Ralik erstaunt.

Pulver rieb sich die Hände. »Lasst mich nur machen. Ich bekomme das schon hin.«

Die Ältesten lehnten das großzügige Angebot Pulvers ab und beschlossen, den Mann traditionell an nur einem Baum aufzuhängen. »Schließlich gehört es sich so.«

Die Leibwache des Händlers, der freizügig alle Fragen beantwortete, die man ihm stellte, ohne dass Ralik seine Tasche öffnen musste oder Elyra ihm zu »helfen« brauchte, sollte eine Hand verlieren und aus Lytara verbannt werden.

Doch Elyra nahm das persönlich. Wir hätten ihn aufhängen können, das hätte sie wahrscheinlich nicht gestört, aber jemanden absichtlich zu verkrüppeln … das ging nicht. Irgendjemand machte dann den blöden Vorschlag, dass sie danach ja seine Hand wieder annähen könnte, und für einen Moment schien ihr das einzuleuchten, doch dann schüttelte sie empört den Kopf. »Warum dann etwas vorher kaputt machen? Das ergibt keinen Sinn!«

Als die Ältesten immer noch keine Einsicht zeigten, drohte Elyra damit, sich auf den Brunnen zu stellen und dem Dorf ihr Anliegen vorzutragen. Im Hintergrund flüsterte die Sera Meliande mit Tarlon. Er war es auch, der aufstand und die Ältesten fragte, ob er kurz mit dem Gefangenen sprechen könne. Er tat dies und der Gefangene nickte energisch. Danach trat Tarlon vor den Ältestenrat und teilte ihnen mit, dass der Gefangene bereit war, auf die Göttin und jeden anderen Gott zu schwören, dass er sich dem Greifen anschließen und loyal für Lytara kämpfen würde ... nicht als Söldner, sondern als Soldat. Als Entlohnung hoffe er, sich hier niederlassen zu dürfen.

»Hhmpf«, grummelte Ralik, als Tarlon zu Ende gesprochen hatte. Er sah die anderen Ältesten fragend an. »Was ist, wenn er es wirklich ernst meint?«

»*Wenn*«, meinte Garen, der dem Leibwächter des Händlers immer noch nicht traute. Er konnte noch nicht verzeihen, dass bei dem Kampf im Keller Garret beinahe gestorben wäre. Oder gar wirklich starb.

»Er ist kein Spion«, sagte Elyra bestimmt. »Wir wissen, dass er ganz normal angeheuert wurde. Ja, ihm wurde ein Teil des Schatzes versprochen, zwei Barren, um genau zu sein. Ja, er weiß, dass es Unrecht war. Aber er lügt nicht.«

»Woher willst du das wissen?«, fragte Pulver neugierig.

»Weil er mich nicht belügen kann«, gab Elyra zur Antwort. Der Bürgermeister musterte Elyra geraume Zeit, dann sah er hinüber zu dem Leibwächter. »Gut«, sagte er. »Wir werden dich vereidigen. Du erhältst diese eine Chance. Aber wenn du ein einziges Mal gegen uns tätig wirst ...«

Der Gefangene schüttelte wild den Kopf.

»... wirst du gehängt.« Der Bürgermeister sah Elyra an. »Schneide ihn los.«

Als sie das tat, fiel der Leibwächter vor ihr auf die Knie und stammelte seinen Dank. Elyra schüttelte nur den Kopf und wich zurück, hieß ihn aufzustehen. Als er stand, verbeugte er sich tief vor ihr und auch vor den Ältesten.

»Ich bin bereit, den Eid zu schwören«, sagte er mit fester Stimme.

»Später«, meinte Pulver. »Erst einmal müssen wir selbst herausfinden, welcher Eid das nun sein wird! Bis dahin ... bleibst du Gast.«

»Wie kamst du auf die Idee?«, fragte Elyra später Tarlon, der zusammen mit Garret und Vanessa im Nebenzimmer saß und Garret Gesellschaft leistete, der sich an einem Schweinebraten satt aß. »Sterben macht hungrig«, erklärte Garret ihr, als er ihren Blick sah. Bevor sie etwas sagen konnte, hob er abwehrend die Hand. »Ich weiß nicht, wieso das so ist, ehrlich nicht, aber es ist so! Ich habe dann immer einen riesigen Hunger!«

Elyra musterte ihn skeptisch, wandte sich dann aber wieder Tarlon zu, der ihre Frage beantwortete. »Es war nicht meine Idee«, sagte Tarlon bedächtig. »Es war die von Sera Meliande. Offenbar hat man das früher so gemacht. Und die Ältesten waren in einer Zwickmühle.«

»Wieso das?«, fragte Elyra verblüfft.

»Du hast sie in die Ecke getrieben«, erklärte Vanessa mit einem Lächeln. »Sie konnten entweder stur bleiben oder nachgeben. Hätten sie nachgegeben, hättest du ihre Autorität untergraben.«

»Aber ich wollte doch nur, dass man ihm die Hand nicht abschlägt!«

»Ja«, stimmte Vanessa ihr zu. »Aber ihr Urteil war bereits ausgesprochen und lautete anders.«

»Die Sera Meliande sah dies und machte mir den Vorschlag als Kompromiss, auf den sich beide Seiten einigen konnten, ohne das Gesicht zu verlieren!«, erklärte Tarlon.

»Hhm.« Elyra sah einen langen Moment sehr nachdenklich aus. »Ist das Diplomatie?«, fragte sie dann.

»Ich glaube schon«, antwortete Garret, wischte sich den Mund ab und stand auf. »Mir geht es besser. Wer hat Lust, mit mir das Zimmer des Händlers zu durchsuchen?«

»Bist du sicher?«, fragte Vanessa und Garret sah sie verwundert an.

»Natürlich bin ich mir sicher«, lachte er dann. »Es gibt da ein untrügliches Zeichen!« Er grinste breit. »Wenn ich mich langweile, geht es mir zu gut!«

Elyra rollte mit den Augen. »Du bist unverbesserlich, weißt du das?«

»Ich weiß! Und ihr wärt alle enttäuscht, wäre es anders. Du weißt doch, ein Grauvogel gibt niemals auf!«

Tarlon schüttelte den Kopf. »Ohne Ariels Hilfe …«

Garret nickte nur und für einen Moment meinte Tarlon einen Ausdruck in Garrets Augen zu sehen, der ihm überhaupt nicht behagte. Nein, dachte er, so ganz spurlos war das Ganze nicht an seinem Freund vorbeigegangen.

»Ariel ist ein großartiger Heiler«, sagte Elyra mit einem Leuchten in den Augen. »Zu sehen, wie er heilt … ich komme mir mit meinen Verbänden und Tinkturen richtig nutzlos vor!«

»Das ist nicht wahr«, protestierte Tarlon. »Wenn du irgendwann so viel weißt, wie deine Mutter wusste, wird es anders sein! Ich schwöre, es kam mir auch bei ihr oft wie Magie vor!«

»Dazu muss ich erst einmal so gut werden wie sie«, antwortete Elyra niedergeschlagen.

»Sag mal«, fragte Tarlon, »hättest du ihm die Hand wirklich wieder angenäht!?«

»Ich hätte es versucht«, antwortete sie ernst. »Es wäre zumindest eine gute Übung gewesen. Wie soll ich lernen, derlei Dinge zu tun, wenn ich keine Erfahrung gewinnen kann?«

»Es wird noch genügend Möglichkeiten geben, in diesem Bereich Erfahrungen zu sammeln«, sagte Garret leise. »Und wir werden deine Hilfe brauchen. Bis dahin … warum liest du nicht die Bücher deiner Mutter? Ich meine mich zu erinnern, dass sie eine überraschend große Sammlung hatte.«

Richtig. Elyra wunderte sich nur, warum sie nicht vorher darauf gekommen war. Auf jeden Fall war es das, was sie bei nächster Gelegenheit tun würde. Jetzt aber war etwas anderes wichtiger. »Das Zimmer des Händlers zu durchsuchen, halte ich für eine gute Idee«, teilte sie den anderen mit. »Während die Wache ehrlich antwortete, spüre ich bei dem Händler noch immer Falschheit ...«

»Er ist ein Feigling«, sagte Garret bestimmt.

»Gerade als er sich feige verhielt, erschien er mir am falschesten«, widersprach Elyra. »Er schrie, winselte und bettelte wie ein kleines Kind ... doch in seinem Herzen war er nicht ängstlich, sondern kalt.«

Tarlon musterte sie nachdenklich. »Dann werde ich Vater sagen, dass man auf den Händler ganz besonders aufpassen muss.«

Eines musste man Garret zugestehen. Er war zäh. Keine Stunde nachdem er wie tot auf dem Tisch im Schankraum gelegen hatte, ließ er sich auf alle viere nieder und schnüffelte im Zimmer des Händlers wie ein Hund umher. Man kann nicht sagen, dass ihn das Erlebte nicht berührt hatte, aber er hatte jetzt anderes zu tun. Er fühlte sich, als ob ihnen die Zeit davonrannte, auch wenn er sich dieses Gefühl kaum erklären konnte. Jedenfalls konnte er nicht untätig herumsitzen.

»Was machst du da?«, fragte Vanessa amüsiert.

»Schnüffeln«, antwortete Garret kurz. »Ich habe eine gute Nase.«

»Wir könnten Ariel und Hund holen. Ich wette, Hund hat eine bessere Nase als du.«

»Aber Hund hätte vielleicht nicht entdeckt, dass sich hier etwas unter dem Bettpfosten verbirgt«, erklärte Garret und zog etwas unter einem der hinteren Bettpfosten heraus, das wie ein kleines zusammengefaltetes Stück Leder aussah.

»Das hast du gerochen?«, fragte Argor.

»Nein, natürlich nicht«, gab Garret fast beleidigt klingend zurück. »Ich hab's gesehen!«

Er griff noch einmal unter das Bett und zog eine flache, mit Leder umhüllte Metallflasche zwischen Bettseilen und Matratze heraus. »Das ist es, was ich gerochen habe ...«

Er richtete sich auf und hielt Argor die Flasche vor die Nase ...

»Bääh!«, rief der und sprang zurück. Elyra rümpfte die Nase. »Das riecht ja eklig. Schlimmer noch als Stinkwurz!«

»Auf jeden Fall hast du eine gute Nase«, sagte Argor angewidert. »Was ist das für ein Zeug?«

»Das sollten wir den Herrn mal fragen«, meinte Garret und legte die Flasche auf dem Nachttisch ab. »Aber warum versteckt er ein Ledertuch?«

Das Ledertuch war so etwa zwei mal zwei Handbreit groß. Aber es war in mehrerer Hinsicht auffällig. Zum einen fühlte es sich zwar wie Leder an, war aber kühler, als es sein sollte. Zudem war es ursprünglich gefaltet und unter den Bettpfosten geschoben worden ... nur dass die Falten in dem Material nicht zu sehen waren. Es war schwarz, nicht einfach nur dunkel, sondern so schwarz wie der tiefste Minenschacht, Licht schien es nicht zu berühren.

»Wie der Sternenhimmel ohne Sterne«, sagte Elyra, als Garret ihr das Tuch reichte. »Und es ist schwer!« Und das war das wirklich Seltsame. Es war bestimmt um die zehn Pfund schwer. Man konnte es zwar bequem tragen, aber nicht eben so in einer Tasche. Vielleicht am Gürtel, überlegte sich Tarlon, als er das kühle Leder durch seine Finger gleiten ließ. Aber was für einen Sinn hatte es?

Er wollte es Garret zurückreichen, doch gerade wegen dem Gewicht glitt es Garret aus den Fingern und fiel zu Boden.

Woraufhin sich unter den Freunden ein Loch auftat, in das sie hineinfielen. Alle, bis auf Vanessa, die zuerst verblüfft das Loch zu ihren Füßen anstarrte und dann anfing zu lachen.

»Wahnsinn!«, rief Garret aufgeregt. »Das ist purer Wahnsinn! Das nenne ich praktisch!«

»Ich würde es praktisch finden, wenn du deinen Fuß aus meinem Gesicht nimmst!«, nuschelte der Zwerg.

Tarlon sagte nichts. Elyra war auf ihn gefallen und sie sahen sich gegenseitig nur an.

Garret wälzte sich zur Seite weg und stand auf. Das Loch war zwei mal drei Schritt breit und drei Schritt tief. Es war aus Leder, schwerem stabilem Leder und, wie Elyra feststellte, an den

Kanten sorgfältig fünffach vernäht ... der Boden federte etwas, als läge er nicht auf, sondern wäre wie ein Trampolin gespannt.

»*Das* nenne ich mal eine praktische Verwendung von Magie!«, grinste Garret.

»Du kannst auch mal aufhören, mich auszulachen«, beschwerte sich Argor bei Vanessa. »Hilf uns lieber hier raus!«

Außer den Freunden befand sich in dem Loch nichts weiter als eine stabile Truhe, als Tarlon hineinfiel, hatte er sie mit seinem Kopf nur knapp verfehlt.

»Ähm ...«, flüsterte Elyra zu Tarlon. »Du kannst mich jetzt loslassen.«

»Können schon«, flüsterte Tarlon zurück, der Elyras Gesicht, das ihm zuvor noch nie so nahe gewesen war, mit einer Intensität musterte, die Elyra rot werden ließ. Sie hielt ganz still ... langsam näherten sich ihre Lippen aneinander ...

»Hey, helft mir mal!«, rief Garret. »Diese verdammte Kiste ist schwer!«

Tarlon fluchte leise und Elyra lachte ... der Moment war vorbei, aber so schnell würden sie beide ihn nicht vergessen. Elyra rollte sich von Tarlon ab und stand mit seiner Hilfe auf.

»Was ist mit der Kiste?«, fragte Argor, der sich sichtlich unwohl fühlte. Der Rand des Lochs war zu hoch für ihn und die Wand zu glatt, um daran Halt zu finden.

»Rausholen und draußen ansehen«, gab Garret zurück.

»Gut«, meinte Tarlon. »Ich heb euch drei hoch, dann reiche ich die Kiste nach, anschließend zieht ihr mich hoch.«

Als sich Tarlon bückte und Garret an den Knöcheln nahm, um ihn scheinbar mühelos entlang der Wand nach oben zu heben, überlegte Garret nicht zum ersten Mal, dass es gut war, Tarlon nicht zum Feind zu haben. Tarlon war durchaus massig gebaut, aber auch groß. Da er es vorzog, weite Kleider zu tragen, fielen seine Muskeln kaum auf ... in solchen Momenten wurde allerdings klar, wie viel Kraft Tarlon wirklich besaß.

Tarlon hob ihn hoch und Vanessa half Garret über den Rand. Oben angekommen, grinste Garret breit. »Du kannst mich jetzt loslassen, Vani.«

»Können schon«, lachte sie und Elyra fing an zu kichern.

»Moment!«, rief Garret, als Tarlon Anstalten machte, Argor hochzuwerfen. So groß war das Zimmer nun auch nicht. Ein Pfosten des Bettes ragte über die Kante hinweg … und ansonsten war nur vor der Tür Platz genug, damit Vanessa und Garret sicher stehen konnten. Das Loch passte gerade so in den Raum, etwas mehr rechts und der Schrank wäre mit ins Loch gestürzt. Er musterte das Bett erneut, kratzte sich am Kopf, warnte Tarlon vor und schob das Bett hinunter ins Loch.

Das machte es einfacher, jetzt war oben Platz genug und Tarlon hob Elyra, Argor und die Kiste heraus und konnte über den Bettrahmen dann sogar sich selbst aus dem Loch herausziehen. Als er Argor heraushob, krabbelte dieser so schnell wie möglich so weit wie möglich von der Kante weg und saß nun in der Ecke neben ein paar Stiefeln, die wohl dem Händler gehörten, und musterte das Loch mit dem Bett darin mit einem außergewöhnlich skeptischen Gesichtsausdruck.

»Das ist wirklich unglaublich«, sagte er und sah in das Loch hinab. Einen Hohlraum mit drei Schritt Kantenlänge dort zu sehen, wo stabile Bodendielen sein sollten, war schon etwas irritierend.

»Und richtig praktisch«, grinste Garret, der an einer Ecke des Lochs herumfummelte. Plötzlich gab es ein Geräusch, als ob man Seide zerreißen würde, einen Windstoß … und Garret hielt das Leder in der Hand. Die Bodendielen waren wieder da, das Loch verschwunden.

»Das ist mir unheimlich«, grummelte Argor. »Du solltest das Tuch verbrennen! Wer weiß, was es sonst noch für üble Magie enthält!«

»Ich hörte von diesen Tüchern«, antwortete Garret. »Frage die Sera Bardin, wenn du es nicht glaubst. Sie sprach in einer ihrer Legenden von so etwas. Etwas, das man in der alten Stadt erfunden hat. Es ist ein magischer Trick, um viel Ware bequem transportieren zu können. Sonst kann es nichts!«

»Ich will hoffen, dass du dich nicht täuschst«, gab der Zwerg zweifelnd zurück.

»Wo ist das Bett hin? Ist es in dem Tuch?«, fragte Elyra ungläubig.

Garret grinste breit. Er schien von seinem neuen Spielzeug begeistert. »Richtig. Ich würde mal vermuten, dass es genau so ist! Ich sag doch, das ist wirklich praktische Magie!«

»Es ist unheimlich und widernatürlich«, knurrte Argor und schüttelte sich wie ein nasser Hund. »Und höre damit auf, es immer wieder praktisch zu nennen! Ein Wagen ist sicherer, glaube mir! Als wir hineinfielen, hätten wir uns den Hals brechen können! Glaubt mir endlich, kein Mensch braucht Magie!«

»Hey, so schlimm ist es nicht. Der Boden federte immerhin!«

Argor sah Garret entgeistert an. »Sag mal, ist es dir nicht aufgefallen, dass dieses Leder irgendwo hängt? Schon mal überlegt, wo es hängt? Hier war es jedenfalls nicht, die Bodendielen sind noch ganz. Also, wo ist dieser Raum? Vielleicht irgendwo in den Höllen? Kalt genug war es ja!«

»Hhm«, meinte Garret nachdenklich und wog das Leder in seiner Hand. »Man könnte ein kleines Loch machen und ...«

»Nein!«, rief Argor empört, griff einen der Stiefel und warf ihn nach Garret, der diesen elegant auffing. »Das wirst du nicht!«

»In Ordnung«, grinste Garret und warf den Stiefel zu Argor zurück. »Es war ja auch nur so eine Idee.«

»Aber keine gute!«, knurrte Argor.

Währenddessen hatten sich Tarlon und Elyra mit der Kiste beschäftigt. Sie war nicht besonders groß, gerade mal einen Fuß breit und drei lang und vielleicht einen Fuß hoch. Das fast schwarze Holz war steinhart und vier stabile Stahlbänder schützten die Kiste auf jeder Seite. Das Schloss nahm den größten Teil der Vorderseite ein und das Schlüsselloch war erstaunlich klein.

»Haben wir einen Schlüssel bei dem Händler gefunden?«, fragte Elyra neugierig, während Tarlon die Kiste noch inspizierte. Dieser schüttelte den Kopf. »Nein, haben wir nicht. Vielleicht hat er ihn versteckt. Das hier wäre übrigens ein Fall für Vanessa. Sie mag Schlösser.«

»Oder für deine Axt«, grinste Garret.
Tarlon sah ihn empört an. »Sag mal, hast du die Stahlbänder nicht gesehen? Ich mach doch meine gute Axt nicht an so etwas kaputt!«
»Dann mach mal Platz, Tarlon«, lachte Vanessa und kniete sich vor die Kiste.
»Dietriche!?«, fragte Garret entgeistert, als Vanessa eine schmale Ledertasche öffnete.
»Ja.«
»Woher hast du die?«
»Ich habe sie dem Sohn unseres Kunstschmieds abgekauft.«
»Klasse! Meinst du, er verkauft mir auch einen Satz?«, fragte Garret neugierig, als er sich neben sie kniete, um zu sehen, was sie da machte.
»Glaube ich kaum.«
»Warum nicht?«
»Du kannst nicht zahlen.«
»Hey, ich hab Gold!«
»Aber würdest du Renfry auch küssen wollen?«, grinste Vanessa und während Garret sie noch mit offenem Mund ansah, machte es auch schon klick.
»Du hast Renfry geküsst?«, fragte Garret fassungslos.
Elyra sah amüsiert zu Tarlon hinüber. »Er scheint es nicht verstehen zu können, dass das Spaß machen kann!«
»Schon«, protestierte Garret. »Aber Renfry?«
»Reg dich ab«, lachte Vanessa. »Es war nur eine Wette. Er hat seine Dietriche gewettet, dass ich ihn nicht küssen würde.«
Garret sah sie entgeistert an. »Du bist darauf reingefallen? Das ist einer der ältesten Tricks!«
»Aha? Du kennst dich da wohl aus, was? Aber ich bin ja nicht drauf reingefallen. Ich wollte nur die Dietriche.«
Etwas weiter standen Tarlon und Elyra, die beide Mühe zu haben schienen, nicht laut loszulachen.
Vanessa stand auf und sah sich um. »Gib mir mal den Stiefel dort«, sagte sie dann zu Argor. Der sah sie verblüfft an, reichte ihr aber kommentarlos das verlangte Stück. Vanessa griff mit der

Hand in den Stiefelschaft und drückte dann mit dem Absatz gegen den Deckel der Kiste. Es gab ein lautes Klacken und Vanessa zuckte zurück … atmete tief durch und hob den Stiefel an, damit auch die anderen den kleinen Stahlbolzen sehen konnten, der im Absatz steckte.

»Ich habe schon davon gehört, dass es Schlösser mit Fallen geben soll«, sagte sie dann leise. »Dieses hier ist allerdings das erste, das ich sehe. Und der Bolzen ist wahrscheinlich sogar vergiftet.« Sie war etwas bleich um die Nase geworden. Auch Garret schluckte. Es vermutete wohl nicht nur er, dass es sich um das gleiche Gift wie auf dem Armbrustbolzen handelte.

»Gute Idee mit dem Stiefel«, meinte Argor und die anderen nickten nur.

»Das ist richtig heimtückisch«, stellte Elyra fast schon bewundernd fest.

Garret kratzte sich am Kopf. »Wie kriegen wir das Ding jetzt auf?«

»Nicht mit meiner Axt«, sagte Tarlon bestimmt.

»Gar nicht«, meinte Vanessa und nahm Abstand von der Kiste. »Ich fass das Ding nicht mehr an!«

»Wie wäre es damit?«, grinste Argor und hielt einen Schlüssel hoch. »Der war im anderen Stiefel.«

In diesem Moment öffnete sich die Tür und Garen und Hernul standen dort zusammen mit Ariel im Türrahmen, Hund tapste auf großen Pfoten herein, ließ sich auf den Boden fallen und rollte sich in der gleichen Bewegung noch auf den Rücken, alle viere von sich streckend … die Aufforderung zum Kraulen war deutlich, noch deutlicher war der wortwörtliche Hundeblick in Elyras Richtung.

»Hhm«, meinte Garen langsam. »Ich dachte, du würdest dich ausruhen?«

»Hab ich schon«, gab Garret grinsend zurück. »Mir geht's gut. Wie geht es Euch, Meister Ariel?« Er verbeugte sich tief vor dem Elfen. »Ich habe Euch noch nicht richtig danken können, als ich wieder richtig bei mir war, wart Ihr verschwunden.«

»Ich brauchte selbst etwas Ruhe«, antwortete der Elf. »Die Sera Bardin war so liebenswürdig, sich um mich zu kümmern.«

»Er lag im Nebenraum, Garret«, erklärte Hernul. »Ich weiß nicht, wie er es gemacht hat, dich zu retten, aber die Anstrengung brachte ihn selbst fast um.«

»Dann danke ich Euch erst recht.« Garret sah den Elf nachdenklich an. »Darf ich fragen, warum Ihr es getan habt, wenn es Euch selbst so belastete?«

»Ich hatte nicht wirklich eine Wahl«, antwortete Ariel und seine gemalten Augen schienen zu Tarlon hinüberzusehen.

Garret sah den Elfen an. »Ich verstehe«, sagte er knapp.

»Nein«, widersprach Ariel. »Ich hätte es auf jeden Fall getan. Ich meine damit, dass ich keine andere Entscheidung hätte treffen können.«

»Auch wenn es Euch den Tod gebracht hätte?«, fragte Elyra beeindruckt.

»Manche Entscheidungen sind so«, erklärte der Elf. Die lederne Maske schien zu lächeln. »Ich glaube, ich hatte keine Wahl mehr, seitdem ihr in den Wald gestolpert kamt.«

Hernul sah sich im Raum um, sah die Kiste, den Stiefel mit dem Bolzen und warf Vanessa einen scharfen Blick zu. Dann stutzte er. »Gehört hier nicht ein Bett hinein?«

»Das haben wir weggesteckt«, sagte Garret. »Wir haben diese Kiste hier gefunden. Sie ist mit einer Bolzenfalle gesichert, aber Argor hat den Schlüssel gefunden.«

»Und unter dem Bett haben wir noch etwas gefunden«, sagte Elyra strahlend. »Ihr werdet nicht glauben, was es ist ... ich habe so etwas noch nie ...«

Garret unterbrach sie, indem er die metallene Flasche hochhielt. »Gerochen, wollte sie sagen. Das Zeug stinkt fürchterlich, obwohl sie verschlossen ist. Hier, riecht mal ...«

Garen und Hernul verzogen das Gesicht, als er ihnen mit der Flasche vor der Nase herumwedelte. »Das sollte sich Pulver mal ansehen«, entschied Hernul und nahm die Flasche mit spitzen Fingern entgegen. »Und sonst?«

Elyra wollte wieder etwas sagen, aber Garret kam ihr erneut zuvor. »Die Kiste. Wir wollten sie eben öffnen.«

»Aber ...«, sagte Elyra und Garret unterbrach sie erneut. »Aber wir wollen vorsichtig sein ... es könnte noch eine Falle geben!« Er warf ihr einen Blick zu ... sie sah ihn erstaunt an. Garret klopfte sich leicht gegen die Tasche, in die er das Ledertuch getan hatte, und schüttelte fast unmerklich den Kopf. Hund legte den Kopf schräg und musterte ihn intensiv.

»Ahem ... richtig ... die Kiste ...«, sagte Elyra, aber ihr Blick teilte Garret mit, dass man zu dem Thema noch eine Unterhaltung führen würde.

Vanessa hatte indes den Schlüssel in das Schloss eingeführt, stellte sich seitlich von der Kiste auf und verwendete die Spitze ihres Dolches, um den Schlüssel zu drehen. Aber es geschah nichts weiter, als dass der Deckel aufsprang. Immer noch vorsichtig benutzte sie weiterhin den Dolch, um den Deckel nach hinten zu klappen. Es geschah nichts, es war wohl die einzige Falle gewesen.

Der Inhalt der Kiste war enttäuschend. Sie bestand aus Dutzenden kleinen Säckchen, in denen sich ein ganzes Sammelsurium an Dingen befand, von getrockneten Gräsern bis hin zu polierten Glasstäben, Tüchern, Murmeln und anderen Dingen. »Glasperlen, Pfeffer, getrockneter Kot, Fledermausdung ... wer braucht so was?«, fragte Vanessa und musste niesen, als sie einem der Beutel zu nahe kam.

Sie stand auf und klopfte sich die Hände ab. »Das war wohl nichts«, stellte sie fest. »Habt ihr was dagegen, wenn ich schon mal runtergehe? Ich habe so ein Bedürfnis ...«

»Bestell uns allen unten schon mal ein Bier, wir kommen auch gleich!«, rief ihr Garret nach und sie nickte, während er anfing die Kiste auszuräumen.

Nur zwei Dinge waren interessant. Zwei Beutel mit je fünfzig unbekannten Goldstücken, denn sowohl die Kronen als auch die Bildprägung waren allen hier nicht geläufig.

»Wahrscheinlich Gold aus Thyrmantor«, sagte Hernul. »Und was ist das?«

Das war ein Stab aus Silber und schwarzem Glas mit einem funkelnden Stein an einem Ende. Er war vielleicht einen Fuß lang und schwerer, als er aussah. In das Glas waren Runen eingraviert.

»Keine Ahnung, was das bedeuten soll«, sagte Hernul, als er den Stab in seinen Händen wendete, um ihn sich genauer anzusehen. »Sieht aus wie unsere alte Schrift, aber ich kann sie trotzdem nicht lesen.«

»Kann ich mal sehen?«, fragte Elyra neugierig. Der Stab erinnerte sie an etwas, das sie bei der Sera im Brunnen gelernt hatte. Hernul nickte und reichte ihr den Stab.

»Ich glaube, da ist Magie drin«, sagte sie nachdenklich und Argor hob abwehrend die Hand. »Dann bleib mir bloß weg mit dem Ding!«

»So schlimm ist das nicht«, sagte sie ernsthaft. »Siehst du hier die Schrift? Da wird erklärt, wie man den Stab verwendet!«

»Ist mir egal. Komm mir damit einfach nicht zu nahe«, grummelte Argor.

»Und was machen wir jetzt mit der Kiste?«, fragte Garret enttäuscht. »Irgendwie hatte ich mehr erwartet ...«

»Es sieht aus wie die Kiste eines Heilers«, bemerkte Tarlon nachdenklich. »Mit den ganzen Fächern und Beuteln. Aber das sind keine Kräuter ... warum verschwendet er eine gute Kiste an so etwas? Das ergibt keinen Sinn.«

»Wir werden uns wohl noch einmal mit dem Herrn unterhalten müssen«, meinte Hernul und schloss die Kiste wieder. »Ich schlage vor, dass sich Pulver das alles ansehen soll, schließlich ist er Alchemist ...«

Plötzlich erschütterte eine gewaltige Explosion das Gasthaus, die Tür flog mit einem lauten Knall auf und dahinter sahen die Freunde ungläubig eine orangerote Stichflamme, die bis fast in den vierten Stock aufstieg, wo sie sich befanden. Vor ihren Augen sank die Stichflamme wieder in sich zusammen ... für einen kurzen Moment war alles still. Dann fingen die Schreie an, grauenvolle Schreie, die ihnen das Mark in den Knochen gefrieren und sie das Schlimmste befürchten ließen.

Sie rannten aus dem Raum hinaus auf die umlaufende Galerie. Von dort oben konnten sie, trotz der Hitze, die ihnen entgegenschlug, alles sehen, und das, was sie sahen, übertraf ihre schlimmsten Befürchtungen!

Es sah aus wie auf einem Schlachtfeld. Irgendwie hatte der Händler es geschafft, freizukommen und stand nun vor dem schweren Stuhl des Bürgermeisters, die Hände erhoben, mit einem hämischen, gemeinen Grinsen im Gesicht. Von seinen erhobenen Händen aus speisten Flammen einen Ring aus Feuer um ihn herum, ein Ring, der den Boden, die Wand, die Tische und Stühle lichterloh brennen ließ. Doch nicht nur diese. Brennende Menschen versuchten, sich aus den Flammen zu retten, eine lodernde Figur kroch orientierungslos in die Flammen zurück ... andere lagen bereits still oder zuckten nur noch ...

Rauch, dicht und schwarz, gesättigt mit dem Geruch von verbranntem Fleisch, versperrte den fassungslosen Freunden immer wieder die Sicht, so unerwartet und so entsetzlich war der Anblick, dass sie zunächst wie gelähmt dastanden. Unten lachte der Händler wie ein Wahnsinniger, während er mit seinen Händen mysteriöse Zeichen in die Luft malte, die in flammenden Schriftzügen dort stehen blieben und immer mehr an Macht zu gewinnen schienen.

Noch bevor jemand anderes reagieren konnte, trat Elyra ruhig an das Geländer der Galerie und zeigte mit dem Stab nach unten. Sie murmelte etwas in der alten Sprache ... für einen Moment schien alles um sie herum zu pulsieren, dann schoss eine zuckende, gleißende Lanze aus Licht, einer zuschnappenden Schlange gleich, aus der Spitze des gläsernen Stabes und traf den Händler, der aufheulte und nach oben sah ... was er sah, war Elyras steinernes Gesicht und seinen Tod in ihren Augen. Zu mehr hatte er nicht Zeit, denn dreimal noch fuhr dieser gleißende Blitz in den Mann ein, erschütterte der magische Donner den Gasthof, zweimal mehr als notwendig, die letzten beiden Blitze trafen nur noch ein zusammensinkendes Skelett und verwandelten dieses in graue Asche. Dann zerfiel der Stab in Elyras Hand zu Staub.

Nach dem Donner kam die Stille, sogar die Schreie der Verletzten verstummten im Nachhall des vierfachen Donnerschlages.

Elyra klopfte sich die Hände ab.

»So«, sagte sie tonlos. »So viel dazu.« Dann rannte sie zur Treppe.

»Der Händler war ein Magier, nicht wahr?«, fragte Lamar. Er sah hinauf zu der Galerie, dorthin, wo die junge Halbelfe gestanden haben musste. »Ich hörte von solchen vernichtenden Sprüchen, von Magie, die einen Raum wie diesen mit Feuer erfüllen kann ...«

»Dieser Händler muss die magischen Künste lange studiert haben, er war wohl kein Anfänger mehr«, nickte der Geschichtenerzähler. »Aber wenn man über eine solche Macht verfügt, wird man unvorsichtig, denkt, man wäre unbesiegbar. Vielleicht wäre sein Plan auch aufgegangen, nur noch wenige Augenblicke länger und jeder hier im Gasthof wäre ein Opfer dieser Flammen geworden. Es hätte uns Führung, Kraft und Mut geraubt ... es war so schon schlimm genug. Letztlich war es nur Elyra, die verhinderte, dass der Plan dieses Magiers aufging.« Der alte Mann schwieg einen Moment und in seinen Augen spiegelte sich dieses längst vergangene Feuer wider.

»Ich sehe, was Ihr meint«, sagte Lamar leise. »Ich hätte nicht gedacht, dass sie derart entschlossen handeln würde.«

»Elyra hatte schon immer Stahl in ihrer Seele wie ihre Mutter auch«, nickte der alte Mann.

»Aber woher wusste sie, wie der Stab zu bedienen war? Ich hörte von solchen magischen Stäben, wusste aber nicht, dass sie von jedem zu bedienen sind.«

»Ob es jeder kann, weiß ich nicht«, antwortete der Geschichtenerzähler und nahm einen Schluck Wein. »Elyra konnte es wohl, weil sie es von der Dame im Brunnen gelernt hatte ... und sie vermochte ja jetzt die Schrift auf dem Stab zu lesen.« Er setzte den Becher wieder ab. »Hätte sie nicht gehandelt, wäre das Leid noch schlimmer gekommen ... es war so schon schlimm genug ...«

13 In Glaube und Hoffnung

So musste die Hölle sein, dachte Garret, als er ziellos durch die Verwüstung wanderte, die der magische Angriff hinterlassen hatte. Die Explosion, der Kreis aus Feuer, was auch immer es gewesen war, hatte Dutzende von Leuten getroffen, denn der Gasthof war zum Zeitpunkt des Angriffs gut gefüllt gewesen. Viele von ihnen waren auf der Stelle tot gewesen, andere fürchterlich verbrannt. In einer Ecke des Raums hielt Tarlon Vanessa, auch sie zur Unkenntlichkeit verbrannt ... er hatte sie nur an ihrem Kleid erkannt ... obwohl er wusste, dass er sich das nie vergeben konnte, schien er unfähig, auch nur in ihre Richtung zu schauen ... er wollte nicht sehen, was das Feuer aus ihr gemacht hatte, wollte sie so in Erinnerung behalten, wie er sie vor so kurzer Zeit noch gesehen hatte.
»Garret«, rief Tarlon leise und wie eine Marionette bewegte sich Garret zu seinem Freund und der jungen Frau, von der er jetzt, im Moment ihres Todes, wusste, dass sie seine Liebe war. Er kniete sich vor Tarlon und Vanessa nieder, zwang sich, das geliebte Gesicht anzusehen ... und sah, dass sie ihre Augen offen hatte, aber ihn nicht sehen konnte, denn ihre Augen ... er schluckte ... als sie ihre verbrannte Hand ausstreckte und die geborstenen Lippen seinen Namen formten.
Niemals in seinem Leben, solange er auch lebte, würde er mehr Mut brauchen als in diesem Moment, als er ihre Hand nahm und sie vorsichtig auf den Mund küsste ... er selbst merkte nicht, wie seine Tränen auf ihr Gesicht fielen.
Sanft schob ihn jemand zur Seite, es war Ariel, der traurig den Kopf schüttelte, doch Tarlon sah an dem Elfen vorbei und lächelte, als ob er dort, inmitten von verkohltem Holz, Fleisch, Tod und Verwüstung, etwas sehen würde, das ihm Hoffnung gab. Ariel folgte Tarlons Blick, seufzte vernehmlich

und nickte dann, als stimme er jemandem, wenn auch widerwillig, zu.

Obwohl auch der Elf vor Ermüdung auf seinen Beinen schwankte und er sich am Ende seiner Kräfte befand, war doch sein Gesang kräftig und wunderschön, rief er im Gebet die Kraft und die Gaben seines Gottes auf die Erde herab, bat er mit Inbrunst um Heilung für die Lebenden und Segen für die Toten. Überall, wo er sich hinkniete, schien eine Brise sommerliche Waldluft in den Gasthof zu wehen, trug sein Gesang den Gestank von Tod, Brand und Schmerzen davon. Auf den ersten Blick schien seine Magie nur wenig zu bewirken … doch für solche, die so schwer verletzt waren wie Vanessa, schien ein kurzes Gebet Linderung zu bringen.

Garret hatte kaum etwas anderes von dem Elfen erwartet als ebendies, ein Gebet und vielleicht etwas Linderung, damit Vanessa leichter einschlafen konnte, doch nach Tarlons Blick und diesem Seufzer ließ sich der Elf vor Vanessa schwer auf seine Knie nieder, senkte einmal den Kopf und atmete tief durch, als ob eine schwere Prüfung vor ihm liegen würde.

Dann erst legte Ariel Vanessa seine zitternden Hände auf Brust und Kopf. Schweißtropfen liefen unter dem Rand seiner Maske hervor, sein Gewand war verrußt und zugleich durchnässt von seinem Schweiß, doch auch wenn seine Stimme anfänglich rau und schwach war, gewann sie doch mit jedem Wort an Kraft. So lobte Ariel seine Herrin … und bat um ihre Gnade, fast vermeinte Garret die alten Worte zu verstehen, eine grüne Wiese zu sehen, auf der Vanessa lag. Während er noch zusah und sie hielt, gab Vanessa einen leisen Seufzer von sich und schloss die Augen, Garret stockte selbst der Atem … dann sah er, wie verbranntes Fleisch und verkohlte Haut von ihr abfiel … Ungläubig sah er zu dem Elfen auf … der sich taumelnd wieder aufrichtete und, noch immer singend, sich zum nächsten Opfer begab.

»Es ist ein Wunder«, hauchte Garret und Tarlon nickte einfach. Er hielt seine Schwester, die nun tief zu schlafen schien, fest und sah dorthin, wo sein Vater kniete. Tränen liefen von Tarlons Wangen und gruben Spuren in sein verrußtes Gesicht ... denn dort weinte Hernul neben dem Körper seiner Frau ... wie Garret später erfuhr, hatte sie sich schützend über Vanessa geworfen.

Nicht nur Ariel tat, was er konnte, jeder, der auch nur ein wenig von der Kunst der Heilung verstand, tat, was getan werden musste, versorgte die Verwundeten, tat, was man tun konnte, um ihre Schmerzen zu lindern. Über allem lag die helle, klare Stimme Elyras und obwohl die drei Priester verschiedene Götter lobten, war es Elyras Stimme, die diese drei wie eine einzige Lobpreisung erklingen ließ. Nicht, wie viele erwartet hätten, Erion pries sie, sondern Mistral, die Herrin der Welten und die des Tals. Sie wanderte nicht von einem Opfer zum anderen, trat nicht an die Verwundeten heran, um sie zu trösten oder zu heilen, aber ihr Gesang schien den anderen Priestern die Kraft zu geben, in ihrem Dienst fortzufahren. Ihr Gesicht war dem Himmel zugewandt ... die Explosion hatte die Plane auf dem Dach abgedeckt und durch das Loch im Dach war es der Stern Mistrals, den sie anrief, während die Tränen Spuren auch über ihre Wangen zeichneten.

»Gesang!«, sagte Lamar etwas verächtlich. »Immer singen Priester, anstatt einfach zu tun, was zu tun ist! Aber diese Elyra hätte sich nützlicher gemacht, wenn sie den anderen geholfen hätte, die Verwundeten zu versorgen!«

»Vielleicht. Vielleicht auch nicht«, antwortete der alte Mann und warf einen lächelnden Blick an Lamar vorbei in die Menge der Zuhörer. Lamar drehte sich um, sah aber nichts Besonderes, nur einen alten Mann mit seiner Tochter weiter hinten im Raum. Aber der Geschichtenerzähler sprach bereits weiter.

»Ich bin nun selbst kein Priester, aber ich weiß so viel: Gesang berührt die Herzen der Menschen. Elyra sang davon, dass die Götter gerecht sind, dass sie uns nicht im Stich lassen würden, dass in diesem Glauben die Kraft lag, auch die härteste Prüfung zu bestehen ... ihr Gesang gab den Menschen Kraft und Glauben.« Der alte Mann klopfte die Asche aus seiner Pfeife. »Seht Ihr, sie glaubte so fest daran, dass jeder andere es auch *tun musste ... und so war sie es, die den Menschen den Glauben gab, der den Priestern die Kraft gab, ihr Werk zu verrichten.«*

Andere, wie auch Garret, verrichteten ein anderes, traurigeres Werk, sie trugen die Toten hinaus auf die Straße ... manche so stark verkohlt und verbrannt, dass man sie kaum erkannte. Das Feuer hatte seltsam gewütet ... ließ hier und da manches vollständig unversehrt ... und als Garret Mariettas Hand erkannte, die als Einziges an ihr unversehrt war, und er sich an ihr Lachen erinnerte ... war ihm nicht bewusst, wie sehr seine Schultern zuckten und sein Schluchzen heiser wurde.

Auch andere waren herbeigeeilt. Da war der junge Priester, die Sera Bardin, die Hüter ... und allen voran Barius, der eine glänzende Rüstung trug, eine gepanzerte Hand auf die Brust der Verletzten legte und mit donnernder Stimme seinen Gott anrief, es erschien Garret fast so, als ob er es den Opfern befahl, sich im Namen seines Gottes zu heilen!

Es war wundersam und erhebend, die Wunder zu sehen, die Ariel und Barius und zum Teil auch der junge Priester an diesem Tag im Namen ihrer Götter vollbrachten, doch immer wieder ignorierten sowohl Barius als auch Ariel manche der Verletzten, es war, als ob sie diese nicht sehen würden. Dort, unter einem massiven, umgestürzten Tisch, lag ein junges Mädchen, sie weinte still und es schien Garret, als ob sie nicht so schwer verletzt wäre ... doch vergeblich machte er Barius auf sie aufmerksam, es war, als ob der Hüter ihn nicht hören würde.

Es war die Sera Meliande, die Garret zur Seite wegzog.

»Garret«, erklärte sie leise, ihre Stimme rau von dem Rauch und den bitteren Gerüchen, »sein Gott führt ihn. Er ist nur das Instrument, die Hand ... nicht der, der entscheidet!«

»Aber sie leidet! Und sie ist nicht so schwer verletzt!«, protestierte Garret heiser, doch die Sera führte ihn zu dem Mädchen und dann sah Garret, dass auf der anderen Seite der schweren Tischkante der untere Teil ihres Körpers verbrannt und verkohlt war ... als Garret sah, wie sich die verbrannten Knochen bewegten, drehte sich seine Welt im Kreis und er fiel dankbar in die Dunkelheit.

Als er wieder zu sich kam, lag er woanders … und er sah die Sera Meliande neben dem Mädchen knien, ein Gebet murmeln und dann sah er den kalten Stahl in der Hand der Sera, ein letztes Zittern und die Tochter des Kerzenmachers war erlöst.

»Möge die Herrin ihren Seelen Gnade schenken und ihnen den ewigen Frieden gewähren …«, flüsterte die Sera und Garrets Lippen bewegten sich mit den ihren. Es war nicht das letzte Mal, dass dieses Gebet in dieser Nacht gesprochen wurde.

Dann kümmerte sich die Sera um einen anderen Verwundeten, nicht mit der Magie der Heilung, sondern mit feuchten Tüchern und Verbänden, wie auch die anderen Hüter taten, was ihnen möglich war. Einer der Hüter kniete sich immer wieder neben neue Opfer und hielt ein großes Schwert dem Himmel entgegen, was er damit beabsichtigte, blieb Garret verborgen, doch es schien die Verletzten zu beruhigen, vielleicht auch ihre Schmerzen zu lindern.

Als die Sonne aufging, lagen draußen vor dem Gasthof, auf dem festlich geschmückten Marktplatz, mehr als zwei Dutzend Tote … und aus den umliegenden Häusern, wo die anderen Verwundeten versorgt wurden, waren noch immer Schreie zu hören …

Irgendwann trat Garret aus dem Gasthaus heraus, ließ sich schwer auf eine der Bänke vor dem Gasthof fallen und sah in die Ferne, vorbei an dem, was vor ihm lag.

»Wie geht es dir?« Es war Astrak, der sich gerade mühsam neben ihm niederließ. Seine linke Hand war von dreckigen Verbänden umwunden und seine rechte Gesichtshälfte war geschwollen, gerötet und von zwei hässlichen Brandblasen entstellt. Bei ihm war Argor, doch setzte sich der Zwerg nicht, sondern stand nur daneben, die Hände zu Fäusten geballt, den Blick starr auf die Toten gerichtet.

»Ich fühle mich hilflos«, antwortete Garret und zwang sich,

seinen Freund anzusehen. »Ich weiß nicht, was ich noch tun soll. Sie haben mich hinausgeschickt ...«

»Es bleibt nicht mehr viel zu tun«, antwortete Astrak langsam mit einem schweren Seufzer. »Die, die es überleben werden, werden versorgt. Es gibt genügend Leute, die sich zumindest mit den Anfängen der Heilkunst auskennen ... man braucht uns nicht da drinnen.«

Er lehnte sich zurück und zog scharf die Luft ein, als er aus Versehen die verbrannte Hand bewegte.

»Was war das eigentlich gewesen?«, fragte Astrak und lehnte sich erschöpft zurück. »So ein Feuer sah ich nie zuvor ...«

»Was denkst du, was es war?«, zischte plötzlich Argor in verbittertem Ton. »Das war Magie! Was denn sonst! Verfluchte, zerstörerische und verräterische Magie! Stell dir einen Krieg vor, der mit solchen Mitteln geführt wird! Es ist unfair und ... es ist einfach unfair!«

Astrak nickte nur. »Krieg ist niemals fair. Aber die Magie half uns auch. Ohne Ariel und Barius hätte sich die Zahl der Opfer verdreifacht ...«

Argor schüttelte verbissen den Kopf. »Das ist göttliche Magie. Gnade der Götter. Das ist etwas anderes ...« Er sah Garret an. »Aber das, was du so gerne lernen willst, ist von Übel! Es ist trügerisch und verlockend ... ein Streben nach Macht! Und du strebst danach!« Die Stimme des Zwerges klang bitter. »Sonst hättest du den Ältesten von dem Tuch erzählt ... du willst diese Macht für dich und darin liegt schon der Anfang des Übels!«

»Macht!? Ich strebe nicht nach Macht. Ich strebe nach Wissen!«, protestierte Garret. »Ich habe das Tuch nicht genommen, weil es mir Macht gibt!«

»Du hättest es abgeben sollen!«, rief der Zwerg erzürnt, während Astrak die beiden Freunde verwundert ansah.

»Und was wäre dann geschehen?«, fragte Garret empört. »Dein Vater hätte es an sich genommen und in der großen schweren Kiste, die ihr bei euch im Keller stehen habt, verschlossen ... und niemand hätte es jemals wiedergesehen! Verstehst du nicht, dass das Tuch uns von Nutzen sein kann, wenn wir wieder aufbrechen! Denn das werden wir!« Garret ballte die Fäuste. »Irgendjemand muss diesem Belior die Stirn bieten.«

»Und du meinst, dieses Tuch hilft dir dabei?«, fragte Argor verächtlich.

»Vielleicht. Aber es wird niemandem helfen, wenn es in der Kiste deines Vaters liegt … und wir brauchen alles, was wir an Hilfe finden können!!«

»Wir brauchen keine Magie dafür!«, begehrte der Zwerg auf. »Magie wird uns allen immer schaden!«

»Diese nicht. Dieses Tuch ist wirklich harmlos … glaube es mir doch einfach«, entgegnete Garret dem Zwerg, doch er klang müde. »Vertrau mir bitte. Auch ist dies nicht der richtige Moment, um zu streiten, Argor«, bat er leise und der Zwerg nickte, wenn auch widerwillig. Aber auch ihm standen die Tränen in den Augen.

Garret warf einen Blick durch die offene Tür in den Schankraum. »Sagt, wie geht es Ariel und Barius?«

Astrak sah seinen Freund erstaunt an. »Warum fragst du nur nach den beiden? Hast du es nicht mitbekommen?«

»Nein, was?«

»Als Elyra zusammenbrach und ihr Gesang verstummte, brachen sie alle zusammen, Ariel, Barius und dieser andere Hüter … auch der junge Priester. Es ist, als ob sie ihnen die Kraft gab, diese Heilungen zu bewirken …«

»Das sieht ihr ähnlich«, sagte Garret und lächelte, auch wenn es mühsam aussah. »Also, wie geht es ihnen? Und ihr?«

»Mein Vater sagt, sie wären in einen tiefen Schlaf gefallen … bei den Hütern ist er nicht sicher, aber die Sera Meliande sagt das Gleiche. Die Hüter haben ihre Freunde mitgenommen, wohin, weiß niemand.«

Astrak sah Garret prüfend an. »Man sagt, dass beide Hüter ihre wahre Gestalt offenbarten, als sie zusammenbrachen …«

»Und?«, fragte Garret.

Astrak zuckte die Schultern. »Und nichts. Es sahen wohl nicht viele und diese sagen nichts … es bleibt nur ein Gerücht.«

Argor räusperte sich. »Es geht mich wenig an, aber ich bin

über eines überrascht ... Elyra betete in ihrem Gesang nicht zu Erion, sondern zu Mistral ... ich dachte, sie wollte dem Glauben Erions beitreten?«

Garret sah den Zwerg überrascht an. »Stimmt ... das ist mir auch aufgefallen.«

Astrak räusperte sich. Er schien sogar etwas erheitert. »Es gab da wohl ein paar kleine Meinungsverschiedenheiten.«

»Und die wären?«, fragte Garret, seine Neugier war wohl doch nicht ganz vergangen.

»Erions Diener sind alle männlich, da Erion den Aspekt des Männlichen mit der Weisheit verbindet. Er erklärte ihr wohl, dass Frauen nicht weise genug wären.«

Trotz allem musste Garret lachen. »Da wäre ich gerne dabei gewesen, als er ihr das sagte!«

Astrak nickte und grinste sogar ein wenig, in seinem rußverschmierten Gesicht wirkten seine Zähne überraschend weiß. »Sie hat ihm in deutlichen Worten erklärt, dass alle Weisheit von Mistral stammen würde, und die wäre ja nun eine Frau.«

»Und was sagte der Priester darauf?«

»Er ließ sich wohlweislich nicht darauf ein. Aber er teilte Elyra noch mit, dass Erion nicht erlaubt zu töten. Unter keinen Umständen. Das gab wohl den Ausschlag für sie.«

»Was hat das damit zu tun? Das denkt Elyra doch auch?«, fragte Garret verwundert.

»Ich sah sie durch den Rauch, wie sie diese Blitze auf den Händler warf ...« Astrak schloss die Augen und wirkte auf einmal so müde, wie Garret sich fühlte. »Ich glaube, ich werde ihren Anblick so schnell nicht vergessen. Sie sah aus wie eine Rachegöttin ... und ihre Augen leuchteten wie Sterne! Ich wusste gar nicht, dass sie derartige Magie beherrscht! Auf jeden Fall will ich nie erleben, dass sie mich auf diese Weise ansieht!«

»Es war nicht ihre Magie«, korrigierte Garret. »Sie fand einen magischen Stab.«

»Ich weiß. Aber ich weiß auch, was ich sah. Auf jeden Fall entschloss sie sich, Mistral zu dienen. Sie sagte, es wäre die richtige Entscheidung.«

»Wann hat sie dir das gesagt?«

»Nachdem Ariel dich heilte.«

Garret wirkte auf einmal sehr nachdenklich. »Wir hatten nie eine Priesterin der Mistral. Jedenfalls nicht seit dem Kataklysmus.«

Der Zwerg sah hoch zu Garret, der sich müde die Augen rieb. »Meinst du, das birgt eine besondere Bedeutung?«

Garret sah auf die Toten, die rechts von ihnen aufgebahrt lagen.

»Es hat alles eine Bedeutung. Belior, dieser Krieg ... das, was wir herausfanden, die Hüter ... all das hängt zusammen.«

»Wie meinst du das?«

»Ich denke«, sagte Garret, schloss die Augen und gähnte wie ein Maulesel, »dass dies alles schon vor sehr langer Zeit seinen Anfang nahm. Wir sind nur Figuren auf einem Brett ... aber ich weiß nicht, ob ich das so hinnehmen will.«

»Und wenn es so ist, was willst du dagegen tun?«, fragte der Zwerg, aber er erhielt keine Antwort, Garret war, wie er da saß, eingeschlafen.

14 Kriegsrat

Das, was in dieser Nacht geschehen war, veränderte alles. Mehr als zwei Dutzend Menschen waren tot, unter ihnen ein junges Paar, das erst am Tag zuvor geheiratet hatte, und gut ein halbes Dutzend Kinder. Die Armee und der Drache waren offen gekommen, der falsche Händler hatte sich eingeschlichen ... und die Art des Angriffs, brennende Magie im Herzen Lytaras, konnte von allen nur als heimtückisch angesehen werden. Durch die Gnade der Götter waren die meisten, die den Angriff überlebten, gut versorgt. Sogar die schlimmsten Wunden heilten mit erstaunlicher Geschwindigkeit. Doch wo am Tag zuvor noch Fröhlichkeit und Freude gewesen war, gab es nun etwas im Tal, das seit Generationen dort kein Zuhause mehr gefunden hatte. Hass. Die Leibwache des Händlers fand man tot auf. Es war nicht das Feuer, das ihn tötete, sondern eine durchschnittene Kehle. Doch niemand kümmerte es, noch nicht einmal Elyra, die es mit unbewegtem Gesicht zur Kenntnis nahm.

Der alte Mann atmete tief durch und lehnte sich in seinem Stuhl zurück. Für einen langen Moment sagte Lamar nichts, trank nur selbst einen Schluck Tee ... und sah sich um. Jetzt, da er wusste, dass sich das alles hier in diesem Gasthof abgespielt hatte, suchte und fand er die Spuren dieser Attacke in den neuen, helleren Bodendielen und den Verfärbungen der alten Balken, in dem dunklen Fleck an der Theke. Jetzt wusste er auch, dass der massive Stuhl, der dort an der Wand stand, der Stuhl des Bürgermeisters war ... und die dunkle Stelle im Boden davor ... dort hatte man die Bodendielen nicht ausgetauscht, noch immer waren sie an dieser Stelle verkohlt.

»Hass folgt dem Krieg wie die Nacht dem Tag«, sagte dann Lamar leise.

»Ein altes, aber nur zu wahres Sprichwort. Ja. Aber Hass ist nicht

weniger hässlich als der Krieg selbst«, antwortete der alte Mann. *Er seufzte.* »*Und Hass war es auch, was man am nächsten Tag in Lytara sah. Am Mittag waren die Toten vom Marktplatz verschwunden, man hatte sie hinauf zum Schrein gebracht, wo sie gewaschen und aufgebahrt wurden. Außerhalb des Gasthofs war nichts mehr zu sehen von dem, was geschehen war, bis auf die traurigen Blicke derer, die in diesem Krieg ihre Lieben verloren hatten … und dem Hass, der daraus erwuchs …*«

Der nächste Tag hätte der letzte Tag des Mittsommerfests sein sollen, doch nach Feiern war nun niemandem mehr zumute. Wieder kamen die Menschen des Tals auf dem Tempelhügel zusammen, um ihre Toten zu begraben. Der Priester, Barius und Ariel wirkten erschöpft, so auch Elyra, doch bei ihr wirkte es sich anders aus. Ihre Haut schien nun fast durchscheinend und sie selbst noch zierlicher als je zuvor, dennoch wirkte sie, als wäre sie zugleich gewachsen.

Wenn es Mistral missfiel, dass auf ihrem geheiligten Grund auch Priester anderer Götter predigten, zeigte sich dies nicht.

Die Gebete waren, wie Pulver später sagte, interessant.

Ariel bat seine Göttin um nichts anderes als Frieden und Ruhe für die Toten und Lebenden. Der junge Priester beschwor Erion, den Menschen zu helfen, mit Wissen und Weisheit den Krieg von der Welt zu verbannen.

Elyra predigte die Weisheit von Gnade und Vergebung, bat die Menschen, den Hass von sich zu weisen und im Glauben an die Herrin die Herrin richten zu lassen.

Sie sprach von Frieden und davon, dass dies die größte Hoffnung sein sollte, nicht die Verheißung von Rache, sondern die Hoffnung auf Frieden. Ihre klare Stimme berührte viele der verbitterten Herzen …

Doch Barius' Gebet donnerte im Anschluss daran wie eine Kavallerieattacke über die Gläubigen hinweg, sprach von Verantwortung, Schutz, Ehre und Genugtuung. Die Leute schienen überrascht von der Intensität seines Gebets, doch viele verstanden nicht, was er meinte, denn er verwendete Wörter, die den meisten nicht bekannt waren. Er bemerkte dies, hielt mitten in seiner Predigt inne und holte tief Luft. »Was ich meine«, sagte er dann einfach, »ist, dass, wenn wir zusammenhalten, wir die Schuldigen bestrafen werden!«

Das konnten die Leute verstehen. Es wurden Rufe laut wie »Jawohl« oder »Denen zeigen wir es!« und eine Menge Schwerter wurden auf Schilder geschlagen. Niemand konnte sich daran erinnern, in Lytara so viele Leute unter Waffen gesehen zu haben. Niemand, bis auf die Hüter.

Nach den Gottesdiensten lehnte die Sera Meliande an dem kleinen Schrein der Mistral und sah über das Dorf ins Tal hinaus. Garret, der den größten Teil des Gottesdienstes an Vanessas Seite neben Tarlon und Hernul gekniet hatte, sah sie und ging zusammen mit Vanessa zu ihr hinüber. Er zögerte, das Wort an sie zu richten, so tief schien sie in Gedanken versunken. So sah er sie nur fragend an und die Sera schien ihn gar nicht wahrzunehmen. Also zog Garret Vanessa näher an sich heran und schwieg. Er selbst verspürte eine unendliche Dankbarkeit gegenüber den Göttern, die Lytara in dieser dunklen Nacht geholfen hatten. Vanessa, auf wundersame Weise geheilt, in seinen Armen zu halten, erschien ihm als das größte Geschenk … doch er fühlte auch ihre Trauer um ihre Mutter. So hielten sie einander fest und sahen gemeinsam über das friedlich wirkende Tal hinaus.

»Und so beginnt es«, sagte die Sera leise und mit Tränen in den Augen. Garret wollte sie gerade fragen, was sie meinte, als sie plötzlich aufsprang.

»Nein, das werdet ihr NICHT tun!«, rief sie empört und war plötzlich in eine schimmernde Rüstung gekleidet, in jeder Hand ein Schwert. Ein lautes »Plopp« ertönte und sie war weg … niemand, auch keiner der anderen Hüter, wusste, wohin sie gegangen war.

Garret stand noch lange dort und musterte nachdenklich ihre Spuren im Gras, in den alten Legenden der Sera Bardin war die Rede von mächtigen Zaubern, die es dem Magier erlaubten, in einem Moment von einem Ort zum anderen zu reisen, wie vieles andere hatte Garret dies nur für eine Geschichte gehalten …

aber die Sera stammte aus dieser alten Zeit … und verfügte über diese Macht. Immer dort zu sein, wo man hin wollte, ohne Zeit zu verlieren … Garret seufzte. Das war in der Tat Magie, die so sinnvoll war, dass wohl sogar Argor nichts dagegen sagen konnte!

Wenn die Sera Meliande zurückkam, nahm er sich vor, würde er sie fragen, ob sie es ihn lehren könnte. Aber es sollte ein paar Tage dauern, bis man sie wiedersah, und dann sollte dieser Gedanke das Letzte sein, woran Garret denken würde.

Auch die Sera Bardin nahm an den Gottesdiensten teil, doch sie hielt sich zurück … sprach nur wenig. Niemand hatte je bezweifelt, dass sie Kinder liebte. Die Kinder, deren Leben letzte Nacht geraubt worden waren, hatten zu ihren Füßen gesessen, ihren Geschichten gelauscht, als der Händler das Feuer auf sie herabrief.

Jetzt war es, wie Ralik irgendwann meinte, wohl auch für sie persönlich. Jedenfalls trug sie nicht mehr ihr buntes Kostüm, sondern schwarzes Leder … und an Armen und Beinen sowie unter und auf der Brust trug sie mehr Messer, als Garret jemals an einer Person gesehen hatte.

Ihre Haare waren jetzt in einen strengen Zopf geknotet und sie war nicht mehr die Gleiche, die Garret als Kind so bewundert und geliebt hatte … jetzt flößte sie ihm auf unbestimmte Art Angst ein.

Denn wenn sie jetzt lächelte, lächelten ihre Augen nicht mehr. Später erzählte ihm Astrak, dass er Ariel und die Bardin gesehen hatte, wie sie sich stritten. »Sie kennen sich«, meinte Astrak. »Und ich glaube, sie liebt ihn. Er will es nicht, scheint sich seiner Wunden zu schämen. Doch er ist dagegen, dass sie nun Waffen trägt.«

»Ich frage mich, wieso Ariel seine eigenen Wunden nicht heilt«, sagte Garret nachdenklich.

»Das kann ich dir sagen«, antwortete Astrak zu Garrets Überraschung.

»Du hast ihn gefragt?«

»Nein, aber Elyra fragte ihn. Er antwortete, dass es verdorbene Magie gewesen sei, die ihn verbrannte, und er es seiner Göttin nicht zumuten wollte, ihn von etwas zu befreien, das Zeichen seiner Schuld wäre.«

»Welche Schuld?«, fragte Garret. »Ariel scheint mir mehr als rechtschaffen, an welcher Schuld mag er wohl so schwer tragen?«

Astrak zuckte die Schultern. »Das fragte Elyra ihn nicht.« Er sah hinüber zu Ariel, der sich ernsthaft mit der Bardin unterhielt. »Ich würde mich das auch nicht trauen.«

Garret nickte, auch sein Blick war auf die beiden Unsterblichen gerichtet. »Ich frage mich, was wohl ihre Geschichte ist.« Er sah zu Astrak hinüber, der eine Augenbraue hochzog. »Aber ich habe auch nicht den Mut zu fragen ... vielleicht erzählen sie es irgendwann.«

An diesem und dem nächsten Tag schien jeder im Tal darauf erpicht, die Spuren des Geschehenen so schnell wie möglich zu beseitigen. Man kümmerte sich um die Verwundeten, schmückte den Tempel und fast jeder fand Zeit, sich an den Arbeiten im Gasthof zu beteiligen.

Meister Braun, der ohne seine wallende Mähne, die ebenfalls ein Raub der Flammen geworden war, kaum zu erkennen war, markierte sorgfältig die Hölzer und Bohlen, die im Gasthaus ausgetauscht werden sollten, und die große Säge hinter Hernuls Lagerhaus stand kaum still ... stundenlang gingen drei Männer in schwindelnder Höhe auf dem großen Pendelbalken der Säge hin und her, hob und senkte sich das gewaltige Sägeblatt, um aus altem, gelagertem Holz neue Bohlen für Bodendielen, Tische und Bänke zu schneiden.

Holgar, der Schmied, öffnete die Tore seiner Schmiede weit und stand ohne Unterlass an seinem Amboss, die Esse hinter ihm geschürt, als wolle sie mit den Feuern der zweiten Hölle wetteifern, während ihm die Bürger von Lytar Rüstungen, Schwerter und Schilde brachten.

Er war nie ein Rüstungs- oder Schwertschmied gewesen.

Nägel, Hufeisen und Beschläge hatten bislang sein Handwerk dargestellt und doch tanzte nun sein Hammer über Klinge und Rüstung, als hätte er nie etwas anderes gelernt. Ralik, der Wagenbauer, baute keine Wagen mehr, hinter seinem Schuppen nahmen vier seltsame Geräte langsam Form an, sie sahen aus wie große Bögen, die mit Hebeln, Seilen und Rollen gespannt werden konnten, gebaut, um Pfeile zu verschießen, die gut die Länge eines Mannes hatten. Sollte der Drachen es wagen, wiederzukommen ... diesmal würden Pfeile auf ihn warten, die er sehr wohl spüren würde.

Auch Pulver war beschäftigt. Zusammen mit dem Gerber und dem Weber schnitt er lange Bahnen Leinen, bleichte, rollte und trocknete sie, um sie anschließend in geöltes Tuch einzunähen. Viele der Frauen des Dorfes beteiligten sich daran ... denn es war nun jedem klar, dass der Krieg kommen würde und man nicht immer damit rechnen konnte, dass ein Priester auf wundersame Art die Wunden heilen konnte. Diese gekochten und gebleichten Bahnen, so hatte es Elyra erklärt, dienten dazu, den Wundbrand zu vermindern, so auch die Alchemien, die Pulver braute und in kleine Glasphiolen abfüllte, diese waren dazu da, aus Wunden die bösen Geister zu vertreiben. Eine solche Phiole wurde in jeden der Leinenpacken eingenäht ... es war nicht viel und im Vergleich zur Heilkunst der Priester fast schon lächerlich ... aber es konnte vielleicht Leben retten.

Die Hüter waren wieder gegangen, wann und wie, wusste niemand. »Es sind halt doch irgendwie Geister«, sagte Pulver am Abend des zweiten Tages über einem Bier, »und wer will schon Geister aufhalten ...«

Der Gasthof war bald wieder geöffnet, es roch nach frischem Holz, Sägespänen, Bier und Essen, nur die neuen hellen Bohlen und Tische erinnerten noch an die Geschehnisse. Es war, als wäre ein jeder stillschweigend übereingekommen, die Spuren des Anschlags so schnell wie möglich zu beseitigen. Dennoch waren die Folgen allgegenwärtig, denn selbst diejenigen, die das Feuer nicht erlebt hatten, Männer wie Frauen, trugen ihr Haar nun kurz geschnitten, auch im Moment warteten vor dem Brunnen Männer und Frauen auf den Barbier, um ihre Haarpracht kürzen zu lassen, als Zeichen der Anteilnahme und Solidarität mit den anderen Opfern.

Dies war kein Rat der Ältesten und doch waren sie alle da und hatten auch die Freunde an ihren Tisch gebeten. Auch Vanessa war da, Garret fand, dass das kurze Haar ihr noch besser stand, weil es die klaren Linien ihres Gesichts betonte, aber er wusste es besser, als sie darauf anzusprechen. Immer wieder wanderte sein Blick zu ihr ... denn in ihrem Gesicht und an den Armen wechselte das sanfte Braun ihrer Haut sich mit hellen Flecken ab, diese waren weich und rosa wie die Haut eines Neugeborenen. Eine Zeichnung, die man hier im Gasthof häufig sah.

»Wir überlegen gerade, was wir als Nächstes tun sollen«, erklärte Hernul den Freunden. »Es heißt, dass es besser wäre, jeden nach seinen Gaben einzusetzen ... und ihr habt ein Talent dafür bewiesen, Dinge herauszufinden ...«

»... und noch wichtiger, mit heiler Haut zurückzukehren«, ergänzte Pulver. »Wir haben tüchtige Leute, wir haben tapfere Leute und wir haben kluge Leute. Aber ihr, ihr habt Glück. Und Glück hilft dort, wo Mut und Tapferkeit versagen.«

»Es ist nicht nur Glück«, widersprach Garret.

Pulver nickte. »Ja. Aber Glück braucht man auch. Und ihr seid aufeinander eingespielt.«

Garret sah dem Ältesten gerade in die Augen.

»Ihr wollt, dass wir die alte Stadt erkunden«, stellte er ruhig fest.

Ralik lächelte sanft und schüttelte den Kopf. »Nein. Das werden andere tun. Die Stadt ist noch immer verflucht und nicht nur unser Feind wird dort zu finden sein. Auch Ungeheuer werden uns dort begegnen. Diese Aufgabe ist nichts für Späher. Denn darin seid ihr am besten.«

»Bedeutet das, dass du gehen wirst, Vater?«, fragte Argor und Ralik nickte. »Ja. Ich selbst werde die Expedition in die Stadt anführen.«

»Aber sagtest du nicht eben ...«

Ralik nickte bedächtig. »Ja, ich habe auch etwas zu verlieren. Dich. Aber ich bin auch am besten geeignet, diese Expedition zu führen. Ich habe Erfahrung in der Schlacht, etwas, das die wenigsten hier von sich sagen können.«

Argor nickte langsam, er wusste, dass es so gut wie unmöglich war, seinen Vater von einer einmal gefällten Entscheidung abzubringen.

»Eure Aufgabe«, nahm Pulver wieder das Wort auf, »ist es, erneut eine Legende zu finden. Euer Weg wird euch wieder durch den alten Wald führen, denn das, was ihr suchen werdet, befindet sich südlich von Lytar.«

»Und was ist es?«, fragte Garret. Noch vor wenigen Tagen hätte er enthusiastisch geklungen, doch jetzt war es einfach nur eine Frage.

»Der Turm eines Baumeisters und Magiers aus der alten Zeit«, erklärte Pulver. »Es ranken sich die seltsamsten Geschichten um ihn ...«

»Ich habe noch nie von ihm gehört«, sagte Garret.

»Ich schon«, warf Elyra ein. »Ich las von diesem Baumeister in den alten Büchern. Er war es, der die Animatons erschuf, nicht wahr?!«

Garen sah sie überrascht an und räusperte sich. »Wie hast du davon erfahren?«, fragte er dann.

»Es stand in dem Buch, das ich zuerst nicht lesen konnte«, erklärte Elyra. »Diesem hier.« Sie nahm das Buch aus ihrem Beutel und hielt es hoch. Die Ältesten sahen einander an.

»Da hätten wir besser aufpassen sollen. Aber niemand wusste, wie diese Schrift zu lesen war. Wieso kannst du es?«

»Es ist die Schrift der Magie«, erklärte Garret hastig.

»Elyra hat ein Talent dafür.« Elyra warf ihm einen Blick zu, den er leicht deuten konnte, es passte ihr nicht zu lügen, dennoch sagte sie nichts mehr. Garen sah seinen Sohn scharf an, entschied sich dann jedoch dafür, nicht weiter nachzufragen.

»Dieser Garret ist nicht einer der Ehrlichsten gewesen, nicht wahr?«, fragte Lamar. »Vielleicht hat dieser Argor recht und der Junge strebte tatsächlich nach magischer Macht.«

»Das mag sein«, antwortete der alte Mann. »Aber in diesem Fall hätten die Freunde erklären müssen, wie es hatte sein können, dass sie an einem Tag so viel von den Hütern gelernt hatten. Da sie selbst nicht verstanden, wie das möglich sein konnte, waren sie stillschweigend übereingekommen, niemandem etwas davon zu sagen.« Der alte Mann sah Lamar an. »Ihr dürft nicht vergessen, dass Magie etwas ist, das im Dorf als verpönt galt ... schließlich war es Magie, die letztlich zum Untergang der alten Stadt geführt hatte ... man wäre den Freunden mit Misstrauen begegnet, hätte vielleicht sogar gefürchtet, dass sie verdorben wurden. Auch die Hüter ... für viele waren es unheimliche Gestalten, die es zu meiden galt.«

»Eine Einstellung, die ich nur allzu gut nachvollziehen kann«, antwortete Lamar und wirkte, als ob ihm ein Schauer über den Rücken lief. »Aber erzählt weiter ...«

»Es gibt andere Bücher, in denen er erwähnt wird, die man jedoch erst lesen darf, wenn man in den Rat der Ältesten gerufen wird.«

»Warum?«, wollte Elyra wissen.

»Weil es Berichte aus der alten Zeit sind«, erklärte Garen mit einem sanften Lächeln. »Wisst ihr, was eine der Bedingungen dafür ist, um in den Rat der Ältesten gerufen zu werden?«

Die Freunde sahen sich gegenseitig fragend an. Jetzt, wo es erwähnt wurde, fiel es Tarlon auch auf, dass die Ältesten eben nicht die Ältesten des Dorfes waren. Gut, Ralik war etliche Jahrhunderte alt, aber das zählte nicht, er war ein Zwerg.

»Sie müssen den Beweis erbracht haben, dass sie ruhig und stetig sind und keine Abenteuer mehr suchen«, erklärte Garen.

»Und was macht Pulver dann im Rat?«, entfuhr es Garret und alle am Tisch prusteten los, am schlimmsten traf es Pulver selbst, der gerade sein Bier angesetzt hatte und sich wohl verschluckte. Er schaffte es gerade noch, den Kopf abzuwenden und sein Bier nicht über den Tisch zu versprühen … als er wieder atmen konnte, standen ihm Tränen in den Augen.

Es war das erste Mal seit den Geschehnissen, dass man wieder ein Lachen in diesem Raum vernahm, und die anderen Gäste sahen hinüber zu dem großen Tisch und einige lächelten sogar.

»Pulver … ist ein Sonderfall«, grinste dann Ralik, selbst deutlich erheitert, doch er kam auch gleich wieder zum Thema zurück. »Das Wissen in diesen Büchern ist gefährlich. Wie gefährlich, sahen wir am Beispiel des Depots.«

»In Ordnung«, sagte Tarlon langsam. »Was hat es also mit diesem Magier auf sich?«

»Er hieß Baumast oder so ähnlich«, erklärte Pulver. »Und er war sowohl genial als auch verrückt. Zudem streitsüchtig und stur. Er brach schon lange vor dem Kataklysmus mit der Stadt, verfasste Schmähbriefe auf den König, prangerte Bestechung und Verfall der Sittlichkeit an … und schuf die schönsten Gebäude und Gerätschaften.«

»Und anderes«, fügte Garen leise hinzu. »Elyra hat recht. Er gilt als der Erbauer der Animatons.«

»Ich dachte, die wollten wir nicht?«, fragte Garret, dem in diesem Zusammenhang etwas siedend heiß einfiel. Er sah sich suchend um, aber weder der Bürgermeister noch Marten waren irgendwo zu sehen.

»Richtig«, bekräftigte Ralik. »Aber er baute viele Dinge. Und es heißt, er habe eine Bibliothek besessen, in der er sein Wissen niederschrieb. Man sagt überhaupt viele Dinge über ihn. Alles widersprüchlich. Nur in einem sind sich die alten Aufzeichnungen einig. Der Mann war verrückt wie kein anderer jemals zuvor! Ihr sollt also seinen Turm suchen und nachsehen, ob ihr dort etwas findet, das auch heute von Nutzen für uns sein kann!«

»Warum?«, protestierte Argor. »Es ist Magie … und wir wissen alle, wohin das führt!«

»Wir werden fünf von uns aussuchen, die das Studium der Magie aufnehmen sollen. Ruhige, besonnene Leute, die einen Eid schwören werden und die Magie nur zur Verteidigung zu nutzen, damit sich niemals wiederholt, was im alten Reich geschah«, gab Pulver dem jungen Zwerg zur Antwort.

Argor sah seinen Vater fassungslos an. »Wie konntest du das zulassen?«, rief er empört. »Wir sahen doch genau hier, was Magie anrichten kann!«

Sein Vater erwiderte Argors hitzigen Blick ruhig und gelassen. »Und genau deshalb brauchen wir dieses Wissen. Nur Magie schützt vor Magie.«

Argor murmelte etwas und senkte den Blick. Wenn sein Vater dafür war, gab es wirklich einen Grund. Gefallen musste ihm der Gedanke dennoch nicht.

»Nun, ihr werdet morgen aufbrechen«, teilte Pulver den Freunden mit. »Aber vorher haben wir noch etwas anderes, an dem wir rätseln. Selbst die Sera war ratlos. Aber vielleicht fällt euch dazu etwas ein. Wir haben die Kiste des Händlers zerlegt und fanden darin ein Geheimfach. Und dort ein Pergament. Doch es steht nichts darauf geschrieben.«

»Eine unsichtbare Schrift?«, fragte Astrak neugierig. »Hast du das Pergament schon erwärmt, Vater?«

Pulver warf seinem Sohn einen vernichtenden Blick zu. »Als ob ich an so etwas nicht gedacht hätte! Nein, das ist es nicht! Die Sera Bardin meinte, es wäre eine Art Magie ... doch sie verstand es nicht. Vielleicht werdet ihr daraus schlau.«

Er zog das Pergament aus seiner Tasche und schob es über den Tisch den Freunden zu.

Zuerst konnten auch sie nichts damit anfangen, es war nur ein Stück Pergament, doch dann runzelte Tarlon die Stirn, als er die Falten in dem Pergament betrachtete. »So faltet man keinen Brief«, murmelte er und fing an, das Pergament entlang der Falten zusammenzulegen. »Hhm ...«, sagte er dann und musterte das Ergebnis vor sich auf dem Tisch. Es sah aus wie das Blatt einer Lanzenspitze. »Was mag das für einen Sinn haben?« Er knickte noch eine weitere letzte Ecke um und plötzlich schimmerte goldene Schrift auf der Lanzenspitze aus Pergament. »Clever!«, meinte Tarlon beeindruckt.

Auch Garret war beeindruckt. Es musste Magie sein, er hatte

davon gehört, dass es möglich sein sollte, sie so zu formen, dass sie nur unter bestimmten Bedingungen gewissermaßen geweckt wurde ... in diesem Fall wohl, wenn man das Blatt in dieser Form faltete.«

»Das bringt uns nicht weiter«, sagte Pulver frustriert. Offensichtlich hatte er wenig Interesse oder gar Bewunderung für die Feinheiten solcher Magie. »Erst unsichtbar, nun eine Schrift, die niemand lesen kann!«

»Ich kann sie lesen. Es ist die Sprache der alten Magie«, sagte Elyra und ergriff das gefaltete Pergament mit den Fingerspitzen, um es zu sich herüber zu drehen. »Wir fanden sie auch in der Akademie. Soll ich vorlesen?«

»Was denkst du denn?«, grinste Garret.

»Ich bitte darum«, bat Pulver, allerdings sah er Elyra mit gefurchter Stirn an. Auch Raliks Blick lag prüfend auf der Halbelfe, die dies nicht zu bemerken schien, als sie etwas stockend den Text vorlas.

Marban, Ihr Seid Daran Erinnert, Dass Euer Leben Uns gehört. Ihr Werdet Euch Zu Dem Dorf Genannt Lytara Im Vergessenen Tal Begeben, Wo Ihr Euch Zugang Zu Der Schatzkammer Verschaffen Werdet, Welche, So Wird Gesagt, Sich Hinter Einem Stein Befindet, Der Das Wappen Des Genannten Dorfes Trägt. Dort Werdet Ihr Den Beigefügten Gegenstand Deponieren. Unser Dank Wird Eure Bezahlung Sein Als Auch Die Fortgesetzte Gewährung Eurer Privilegien Und Euer Leben. In Eigener Hand, Belior.

»Wie kann man nur derart geschwollen schreiben!«, wunderte sich Astrak, als Elyra fertig war, und schüttelte verständnislos den Kopf. »Das geht auch kürzer!«

Doch Garret war schon weiter. Sein Blick suchte Pulvers Augen.

»Beigefügter Gegenstand?«, fragte er dann. »Habt ihr sonst noch etwas bei ihm gefunden?«

»Nur die Flasche«, antwortete der Alchemist, noch immer mit gerunzelter Stirn. »Sonst fanden wir nichts. In der Flasche ist nichts anderes als eine starke Säure. Sie kann Belior nicht gemeint haben!«

»Also ist es etwas anderes«, meinte Garret nachdenklich. Vielleicht war es das magische Tuch? Nein, entschied Garret, das konnte es nicht sein. Er hatte es sorgfältig untersucht. Diese magische Kammer war schon wundersam genug, aber es war auch nicht mehr als das. Er wüsste beim besten Willen nicht, wie man es als Waffe einsetzen sollte.

»Aber was?«, fragte er dann. »Zudem hatte der Händler kaum Zeit, seinen Auftrag zu erfüllen ...«

»Nicht ganz richtig«, bemerkte Astrak. »Du und der Bürgermeister, ihr habt ihn doch unten im Keller gestellt, nicht wahr?«

»Götterverdammt!«, fluchte Garret und sprang auf. »Astrak, du hast recht! Der Händler war in der Schatzkammer!« Und damit war er auch schon durch die Tür und rannte in Richtung des Kellers. Die anderen sprangen auch auf und eilten ihm nach, hinunter zur Schatzkammer.

Aber dort sah alles so aus, wie man es erwarten konnte, nichts deutete auf ein gewaltsames Eindringen hin.

»Alles, wie es sein sollte, oder?«, fragte Astrak und sah sich neugierig um. Dann sah er zu seinem Vater hoch. »Ich wollte, wir hätten auch so einen Keller! Ich glaube, er ist sogar deutlich größer, als die Grundmauern des Gasthofs es vermuten lassen!«

Pulver nickte nur und sah sich ebenfalls mit gerunzelter Stirn um.

»Wir hatten auch so einen Keller«, meinte er dann abwesend. »Die meisten Häuser in Lytara sind unterkellert. Das ist Tradition.« Er kratzte sich am Kopf. »Aber du hast recht, mein Sohn. Hier ist alles unverändert. Dennoch, irgendetwas behagt mir nicht!«

»Wie, wir haben so einen Keller?«, fragte Astrak erstaunt. Manchmal dachte er etwas eingleisig.

Pulver schüttelte den Kopf. »Hatten. Ich habe ihn aus Versehen in die Luft gesprengt, als ich in deinem Alter war ...«

Garret ignorierte das Geplänkel zwischen den beiden. »Die Tür ist noch geschlossen«, stellte er fest. »Aber wir sollten trotzdem nachsehen!« Er sah hoch zu Hernul, der entschlossen nickte.

»Wir werden das Tor öffnen, um sicherzugehen!«, bestimmte dieser dann.

Doch es dauerte eine Weile, bis man die beiden Schwerter holen konnte, die das Tor hinter dem Stein öffneten, denn diesmal hatte der Bürgermeister darauf bestanden, das Tor wieder ordentlich zu verschließen.

Während Ralik unterwegs war, um die Schwerter zu holen, wandte sich Astrak neugierig an seinen Vater. »Wenn du den Keller gesprengt hast, wie kann das Haus dann noch stehen?«

»Tut es nicht. Es war das alte Haus«, erklärte Pulver immer noch abwesend. »Ich habe deiner Mutter ein neues gebaut. Ohne Keller. Sie bestand darauf.«

Bevor Astrak etwas antworten konnte, kam Ralik mit den beiden Schwertern zurück. Und wieder fiel es Garret auf, wie schnell sich Ralik oder auch Argor bewegen konnten, wenn es ihnen darauf ankam.

»Wo ist Anselm?«, fragte Hernul nach dem Bürgermeister, als er eines der Schwerter vorsichtig in den dafür vorgesehenen Schlitz im Tor steckte.

»Keine Ahnung«, antwortete Ralik. »Ich hörte, er sucht seinen Sohn. Seine Frau gab mir das Schwert.«

Als das Stahltor rumpelnd zur Seite glitt, wurde deutlich, dass hier unten etwas geschehen war. An der hinteren Wand des Raumes lagen, dahingestreckt und gefallen, wie sie gestorben waren, gut ein Dutzend Soldaten im Waffenrock von Thyrmantor. Dort, an der Wand, war auch eine verglaste Stelle im Gestein, die grob die Form einer Tür besaß. Hier lag ein weiterer der fremden Krieger, zum größten Teil im Stein gefangen, nur Kopf, Schultern und ein Arm ragten heraus. Große Hitze hatte hier gewirkt, so groß, dass ein Teil der goldenen Barren nahe der Wand zusammengeschmolzen waren. In einer Ecke, umgeben von einem gefallenen Feind, fanden sie auch verbrannte alte Rüstungsteile und gesplitterte, vom Alter braune Knochen. Dort fand sich auch ein ausgetrockneter, rissiger alter Lederhandschuh, die Art, wie sie Damen einer längst vergangenen Zeit getragen hatten, und daneben ein Siegelring.

»Das war ... ist die Sera Meliande«, brachte Garret rau hervor und hob den Handschuh und Ring auf. »Es sieht so aus, als habe sie ihren Eid erfüllt«, fügte er mit belegter Stimme hinzu, als er den schweren Siegelring in seiner Hand wog.

»Ja, das hat sie wohl«, pflichtete Ralik ihm bedächtig bei und sah sich prüfend um. Mit gerunzelter Stirn musterte er sorgfältig die Spuren des Kampfes. »Was auch immer hier versucht wurde, sie trafen mit ihr auf mehr Widerstand, als sie hatten erwarten können.«

»Vierzehn Kämpfer«, zählte Pulver leise die Gefallenen und klang beeindruckt. »Sie kämpfte und gewann gegen vierzehn Gegner ... und es gelang ihr zudem, dieses magische Portal wieder zu versiegeln!«

»Portal?«, fragte Ralik und Pulver nickte und zeigte mit der Hand auf die geschmolzene Stelle an der Wand hinter ihnen. Dort waren die Reste eines Rahmens mit vielen Gelenken zu sehen. Offensichtlich hatte man diesen so weit zusammenfalten können, dass er bequem unter einer Kutte versteckt werden konnte.

»Das ist neu, es befand sich vorher nicht hier.« Er sah die anderen an. »Wir hätten den Keller durchsuchen sollen!«

»Wir waren damit beschäftigt, für Garret zu beten«, antwortete Pulver und berührte den geschmolzenen Rahmen mit einer Fingerspitze. Nichts geschah, das Metall war geschmolzen und es war kaum vorstellbar, dass er noch funktionieren könnte.

»Das war es, was der Händler hierherbrachte. Einen Rahmen, ein Gegenstück, mit dem man eine magische Tür zwischen diesem Ort und einem anderen errichten konnte. Durch diese Tür hätte man unseren Schatz entwendet ... oder aber Soldaten geschickt, die in unserer Mitte aufgetaucht wären.«

»Gegen so etwas gibt es keinen Schutz«, stellte Hernul entsetzt fest.

»Da hast du recht«, antwortete Pulver überraschend ungerührt. »Aber was auch immer hier verwendet wurde, ich gehe davon aus, dass es ein Artefakt war, das hier vernichtet wurde. Ich las von solchen Dingen … sie sind alt und heute wird wohl niemand mehr wissen, wie man sie anfertigt.«

»Vielleicht weiß es Belior«, warf Garen ein, doch Pulver schüttelte bedächtig den Kopf. »Es gab nur einen, der solche Türen fertigen konnte, und dieser behielt sein Wissen für sich.« Er sah die Freunde an. »Und genau deshalb werdet ihr den Turm dieses Magiers Baumast aufsuchen.«

»Dieser Baumast fertigte einst auch diese Türen?«, fragte Ralik nach. Pulver nickte.

»Wie kommt Belior an etwas, das von Lytar ist?«, fragte der Zwerg nachdenklich.

»Eine gute Frage, nicht wahr?«, antwortete Pulver. Er sah die Freunde an. »Vielleicht werdet ihr ja auch das herausfinden können!«

Garret war indes kurz hochgegangen und kam nun mit einem Ledersack wieder. Schweigend fing er an, die brüchigen Knochen und Rüstungsteile der Sera Meliande einzusammeln.

Auch die anderen schwiegen, nur Elyra bewegte ihre Lippen, während sie für die Seele der Sera betete. Als sich Garret, mit dem Sack über der Schulter, zum Gehen wandte, sah ihn Vanessa fragend an.

»Wo gehst du hin, Garret?«

»Ich werde sie zu ihren Freunden zurückbringen. Jetzt gleich. Sie … sie hat es verdient.«

Als er das Depot erreichte und dort von seinem Pferd abstieg, warteten die anderen sechs Hüter schon auf ihn. Garret reichte wortlos den Beutel an Barius weiter, der die Überreste sorgsam vor sich auf dem Boden auslegte.

Garret erwartete, weggeschickt zu werden, doch diesmal bat ihn Barius, sich auf einen der Stühle im Vorraum des Depots zu setzen, dort, wo Tarlon immer mit der Sera Schach gespielt hatte, selbst die Figuren standen noch dort.

Die Hüter sahen auf die sterblichen Überreste vor ihnen

herab. »Holen wir sie wieder zurück?«, fragte dann einer von ihnen, doch Barius schüttelte den Kopf.

»Erinnert ihr euch an das, was sie dem Priester im Dorf sagte? Dass sie nie gestorben wäre? Sie hatte recht ... dies war ihr erster Tod.«

»Was meinst du damit?«

»Wenn mein Gott ihr gnädig gesonnen ist, könnte ich versuchen, sie wieder zu vollem Leben zu erwecken, anstelle sie wieder zu dem zu machen, was sie war.« Er sah auf die Überreste der Sera hinab. »Es ist noch keine Woche her, dass sie starb, sonst wäre es nicht möglich.«

»Geht das überhaupt?«, fragte einer der Hüter.

»Es ist Haarspalterei«, antwortete ein anderer. »Aber einen Versuch ist es wert.«

»Wird sie dann von unserem Fluch befreit sein? Wieder die sein, die sie einst war?«, fragte ein dritter und Barius nickte.

»Der Fluch wird sie nicht mehr berühren, aber der Eid wird sie wohl noch binden.«

»Der Konvent ist bereits gebrochen. Wir müssen nicht mehr länger warten«, sagte dann einer der Hüter nachdenklich. »Sie hätte auch ohne den Fluch genügend Jahre, um ihren Eid zu erfüllen. Ich bin dafür ...«

Sie überlegten eine Weile, dann sah Lentus auf zu dem Priester des Loivan. »Sie ist diejenige, die am meisten Leben in sich hatte. Sie opferte alles, was sie hatte. Ruf, Ehre, Leben ... und ihr Kind. Und doch ist es so, wie Barius sagt, sie starb erst kürzlich. Der Fluch erhielt uns alle weit jenseits unserer Tage am Leben, wenn man dies ein Leben nennen konnte, an einen modernden Körper gebunden zu sein. Und dennoch, diese neue Zeit ist gut für sie. Die Kinder, das Dorf ... ihr habt alle gesehen, dass sie wieder Hoffnung hatte. Wenn dein Gott es zulässt, Barius ... dann ist es unser Wunsch.«

»Versuche es, Barius«, sagte Lentus, »denn sie ist unser aller Herz, die Seele, die uns bindet. Sie alleine sah das Unheil kommen und sie alleine stellte sich ihm in den Weg. Wenn es jemand verdient, wieder ganz und gar zu leben, dann ist sie es!«

»Wieso Fluch?«, fragte Lamar. »Habt Ihr nicht erzählt, dass die Hüter dies freiwillig auf sich nahmen?«

Der alte Mann nickte. »Richtig. Dennoch war es eine mächtige Magie, die nicht umzukehren war. Was meint Ihr, Freund, würdet Ihr es nicht auch als Fluch empfinden, über die Jahrhunderte an einen Ort gebunden zu sein und nicht sterben zu dürfen?«

Lamar wurde bleich und nahm hastig einen Schluck seines Weins. »Daran«, sagte er rau, »dürfte wohl kein Zweifel bestehen ...«

»So soll es sein«, sagte Barius und schien tief durchzuatmen. »Ich werde eure Kraft dazu brauchen«, teilte Barius den anderen Hütern mit. »Also folgt mir im Gebet.«

Die Hüter knieten sich in einem Kreis um die Sera, die Schwerter gezogen, die Spitze auf den Boden, und senkten ihre Häupter. Barius leitete das Gebet, seine Freunde folgten und ihr Gebet gewann an Kraft und Stärke, bis die Erde selbst zu lauschen schien. Garrets Augen waren feucht, auch seine Lippen bewegten sich zu dem Gebet des Priesters.

Und so bat Barius um die Gnade seines Herrn für die Sera, die niemals ihre Pflicht vergessen hatte und nach so langer Zeit ihr Leben gegeben hatte, um die zu schützen, die ihr anvertraut waren.

Obwohl wenige andere Götter eine solche Bitte erhört hätten, war Loivan doch der Gott von Schutz, Pflicht und Ehre, der Gott der Gerechtigkeit, der Gott, der Pflichterfüllung über alles stellte, und so wurde die Bitte gewährt. In einer Spirale aus Licht, gleißend hell und sanft zugleich, formte sich der Körper der Sera erneut aus Staub, Knochen und Asche und sie wurde wiedergeboren, nackt und wunderschön. Als sie die Augen öffnete, ihre Freunde sah, die um sie herum vor Erschöpfung zusammengebrochen waren, verstand, was geschehen war, mit zitternden Fingern sich selbst betastete und über das eigene jugendliche Gesicht fuhr ... brach sie zusammen und weinte bitterlich.

Noch bevor einer der Hüter eine Decke über die Sera ausbreitete, stand Garret lautlos auf und ging, dies war etwas sehr Privates, etwas, das nur die Sera und ihre Freunde anging.

Auf seinem Weg zurück in das Dorf ritt er langsam, er hatte es nicht eilig. So hatte er Zeit nachzudenken, sich vorzustellen, welcher Art Freundschaft und Pflichtbewusstsein sein musste, um Jahrhunderte zu überdauern und freiwillig einen Fluch auf sich zu nehmen, damit man Jahrhunderte warten konnte, bis man gebraucht wurde.

Wer auch immer die Hüter waren, er hätte sie gerne kennengelernt, als sie noch wahrhaftig gelebt hatten.

»Vielleicht«, kam es von Lamar. »Aber wirklich hilfreich waren die Hüter euch ja auch nicht.« Er schüttelte den Kopf. »Hätten sie nicht mehr tun können? So wie Ihr es beschreibt, war der Konvent, der sie an ihr Versprechen band, ja nun gebrochen, warum taten sie nicht mehr?«

Der alte Mann sah Lamar nachdenklich an. »Sie waren nicht wirklich untätig«, antwortete er dann. »Meliande verhinderte einen heimtückischen Angriff auf das Dorf, sie halfen auch, als der Händler uns angriff.«

Lamar winkte ab. »Das habe ich sehr wohl vernommen. Aber mit all diesen Kriegsgeräten in diesem Depot ... warum lehrten sie nicht einfach deren Benutzung? Wenn diese alte Magie so mächtig war, wäre es doch ein Leichtes gewesen, den Gegner in die Flucht zu schlagen.«

Der alte Mann nickte. »Ihr könnt glauben, dass sich damals viele diese Frage stellten. Doch es hatte einen Grund. Ich erwähnte Marten bereits?«

»Der Junge, der einen dieser Falken stahl?«

Der alte Mann nickte. »Wie weise der Bürgermeister entschieden hatte, diese Kriegsgeräte nicht zu nutzen, musste sein Sohn am eigenen Leib erfahren ...«

14a Marten und der Falke

Als Marten zögerlich die Lichtung vor dem Depot betrat, wusste er, dass er keinen besonders günstigen Zeitpunkt gewählt hatte.

Das Tor des Depots stand weit offen und vier der Hüter standen etwas abseits um drei frische Erdhügel herum. Barius, der Priester Loivans, stand dort mit gebeugtem Haupt, neben ihm Meliande in einem altmodischen grünen Kleid, ein ungewöhnlicher Anblick ohne ihre Rüstung, daneben Lentus und ein weiterer Hüter, dessen Namen Marten vergessen hatte.

Sie hielten ihren Kopf gesenkt und schienen tief in einem stillen Gebet versunken.

Es war Meliande, die den Kopf hob und dann zu ihm hinübersah. Sie sagte etwas, die anderen drei nickten, dann kam Meliande auf Marten zu, der immer noch am Waldrand stand.

»Ist das meine Schuld?«, fragte Marten furchtsam und sah von den Grabhügeln zu Meliande hinüber, die ihm seltsam verändert erschien. Es dauerte, bis er den Unterschied verstand: Die Sera Meliande wirkte jünger, kaum eine Handvoll Jahre älter als Vanessa.

Meliande musterte ihn lange, ihre strahlend grünen Augen feucht und gerötet.

»Nein«, sagte sie schließlich. »Sie gaben ihr Leben aus freien Stücken, um das meine zu retten.« Sie lächelte etwas mühsam. »Hätte Barius mich gefragt, ich hätte es nicht zugelassen.«

»Dann ist es gut, dass ich nicht gefragt habe«, sagte Barius, als er an Marten und Meliande herantrat. Er musterte den jungen Mann und den hölzernen Kasten, den dieser fast krampfhaft gegen sich drückte.

»Treibt dich die Reue her, Dieb, oder ist es etwas anderes?«, fragte er nach einem prüfenden Blick in Martens Gesicht.

Denn auch Martens Augen waren gerötet und er wirkte erschöpft, fast schon krank.

»Ich hätte ihn niemals stehlen sollen!«, platzte es aus Marten heraus. »Dieser Vogel hat mir nichts als Unglück gebracht. Mein Vater ist enttäuscht von mir und Garret sieht mich an, als wäre ich eine Kakerlake!«

»Wenn das alles wäre … aber das ist es nicht, nicht wahr?«, meinte Barius kalt. »Du bist ein Dieb. Was erwartest du? Dass die Götter dein Handeln segnen?«

Meliande lächelte leicht. »Es gibt da den einen oder anderen …«

»Verwirr den Jungen nicht«, gab Barius barsch zurück und fixierte Marten noch immer mit seinem Blick. »Wie sieht es mit deinen Träumen aus, junger Mann?«

»Das ist es ja«, rief Marten fast schon verzweifelt. »Sie sind grausam und schrecklich. Voll von kaltem Hass! Ihr müsst mir helfen, sie loszuwerden!«

Meliande und Barius tauschten einen Blick aus.

»Was sind das für Träume?«, fragte sie sanft.

»Sie sind schrecklich«, antwortete Marten leise und sah auf seine Füße hinab. »Ich reite meinen Falken … und ich sehe tief unter mir einen Wanderer … und ich will ihn zerreißen, sein warmes Blut fühlen, wenn ich meine Krallen in ihn schlage … und in meinen Träumen geschieht dies auch, aber egal, wie warm das Blut ist, das meine Krallen benetzt, es reicht nicht, um mich zu wärmen! Es ist diese *Kälte*, die mir solche Angst macht! Und wenn ich aufwache und andere sehe, sehe ich mich ständig um nach solchen, die nicht hierher gehören! Einer der Händler … er pries mir freundlich seine Waren an und beinahe hätte ich ihm meinen Dolch zwischen die Rippen gerammt!«

»Also gut«, sagte Barius und streckte die Hand aus. »So gebe mir den Falken wieder zurück, dann werden deine Träume ein Ende finden.«

Marten wich einen Schritt zurück, umklammerte das Kästchen fester.

»Du willst ihn nicht wieder hergeben, nicht wahr?«, fragte Barius im harten Ton und ließ die Hand sinken.

»Ich weiß, dass ich es tun muss«, antwortete Marten mit belegter Stimme. »Aber ich *kann* nicht.«

»Lass mich ihn sehen«, verlangte Meliande.

Marten nickte zögerlich, zog seinen Rucksack aus und entnahm diesem einen schweren Lederhandschuh, den er anlegte, danach öffnete er zögernd das Kästchen und als er den Deckel abhob, reckte der Falke seinen Kopf und funkelte Meliande aus kalten Augen an. Er breitete die metallenen Schwingen aus und sprang aus dem Kästchen auf Martens ausgestreckten Arm, die kalten Augen nun auf Barius gerichtet.

»Sie mag euch«, teilte Marten Meliande erstaunt mit. »Sie mag sonst niemanden. Nur mich.« Er klang fast etwas eifersüchtig.

»Nun«, antwortete Meliande. »Ich mag es nicht!«

»Es ist kein es, sondern eine sie«, widersprach Marten. Er seufzte. »Ich weiß, dass ich sie zurückgeben muss, aber sie ist so wunderschön …«

»Und kalt und grausam«, fügte Barius mit harter Stimme hinzu. Er tauschte einen Blick mit Meliande.

»Aber du kannst sie nicht mehr zurückgeben, nicht wahr?«, fragte Meliande, während sie den Falken musterte. Sie hatte gehofft, nie wieder eines dieser beseelten Kunstwerke zu sehen.

Marten nickte zögernd. »Ich hatte irgendwie gehofft …«

Meliande schüttelte den Kopf. »Das ist genau das, was wir befürchtet haben. Du hast sie zu lange bei dir getragen, jetzt hast du sie zum Leben erweckt. Sie nährt sich von deiner Seele, deinem Leben. Du bist es, die ihr das Leben ermöglicht.«

»Ich?«, fragte Marten entgeistert und musterte den Falken mit einem verunsicherten Blick. »Sie ist wunderschön, doch diese Träume, sie bringen mich um! Diese Träume können nicht von mir sein, ich denke und fühle nicht so! Ihr müsst mir helfen! Ihr seid die Hüter, ihr müsst doch irgendetwas wissen, was mir helfen kann!«

»Die Kälte und die Träume kommen von deinem geliebten

Vogel«, erklärte Barius mit zusammengezogenen Brauen. »Dafür stiehlt er deine Seele.«

Barius wirkte auf einmal noch erschöpfter als zuvor. Als er den Falken musterte, war die Abscheu in den Augen des Mannes kaum zu übersehen.

»Du hast dein Schicksal selbst gewählt, Junge«, fuhr er dann mit harter Stimme fort. »Dein Falke wird dich versklaven, in den Wahnsinn treiben und dich letztendlich, deiner Liebe, Seele und Freude beraubt, wie einen ausgetrockneten Kadaver fallen lassen.«

Marten schluckte. »Dann, wenn es keinen anderen Weg gibt, nehmt sie mir mit Gewalt! Denn ich kann sie euch nicht geben. Ich liebe sie, auch wenn sie selbst nur Eis in ihrem Herzen trägt!«, flehte er. »Ich werde sogar versuchen, mich nicht zu wehren!«

»Es hat wenig damit zu tun, ob du dich wehrst, mein Junge«, sagte Barius langsam und musterte den Vogel voller Verachtung. »Es liegt an der Magie, die in diesen Animatons gebunden wurde. Sie sucht ein geistiges Band zu dem Reiter ... und selbst wenn wir dieses unheilige Konstrukt in den tiefsten Kellern des Depots hinter schwerem Stahl verschließen, wird es dir nicht mehr nützen. Du wirst versuchen, sie mit allen Mitteln zurückzuerhalten, vielleicht wirst du sogar erneut einen von uns angreifen.« Er schüttelte langsam den Kopf. »Nein, Marten, dieses Grab hast du dir geschaufelt ... und es wird deine letzte Ruhestätte werden.«

Die Augen des Priesters bohrten sich in die des jungen Mannes, der unter diesem Blick zweimal schluckte und dann den Kopf hängen ließ. »Das ist dann wohl meine Strafe«, sagte er leise.

»Es muss nicht so sein«, warf Meliande ein. »Und das weißt du, Barius.«

»Richtig. Es war nur meistens so. Also, Junge, was willst du nun machen?«

Marten sah die beiden tapfer an und schluckte. »Ich ... ich wollte sie zurückgeben. Irgendwie! Garret sagte, es wäre notwendig. Auch wenn meine Träume dann so sein werden, auch wenn ich mich nach ihr verzehre, was soll ich denn sonst tun!?«

Er sah Meliande mit weiten Augen an. »Gibt es keinen anderen Weg!?«, fragte er hoffnungsvoll. »Irgendwie muss ich diese Träume doch loswerden können!«

Meliande schüttelte den Kopf. »Wir wissen aus alten Zeiten, dass du es nicht können wirst«, teilte sie ihm leise mit. »Du wirst dich verzehren, bald wirst du verrückt sein und eine Gefahr für alle ... und dann wirst du sterben!«

»Und hättest du den Vogel nie gestohlen, hätten wir dieses Problem jetzt nicht«, knurrte der Priester, während Marten Meliande fassungslos ansah.

»Es gibt nicht viel zu entscheiden«, fuhr Barius fort. »Entweder helfen wir dir oder wir lassen dich sterben.« Er seufzte. »Damit ist die Wahl auch schon getroffen.«

»Ich werde alles tun, was ihr von mir verlangt!«, sagte Marten und schluckte erneut. »Auch wenn es meinen Tod bedeutet!«

Barius lachte kurz und bitter. »Denkst du, dass dies unsere Wahl wäre? Dass wir dich sterben lassen würden?« Er schüttelte den Kopf. »Nein, mein Junge, ich werde dir helfen, dich deinem Schicksal zu stellen.« Er sah zu Meliande hinüber. »*Wir* werden dir helfen.«

Sie nickte nur und sah Marten direkt in die Augen. »Du bist der Sohn des Bürgermeisters, nicht wahr?«

Marten nickte.

»Ein ehrbarer Mann, dein Vater. Wie fühlt man sich als Dieb, der das Wort seines Vaters brach?«

Marten sah zu Boden. »Ich will gar nicht daran denken.«

»Das musst du aber!«, forderte Barius bestimmt. »Es braucht genau diese Ehre und Stärke des Charakters, von der du bisher so wenig gezeigt hast! Junge, höre mir zu: Du hast nur eine einzige Chance, dies alles zu überstehen. Du musst erwachsen werden. Jetzt gleich. Bevor sie zum ersten Mal fliegt. Du spürst ihren Wunsch aufzusteigen, nicht wahr? Du spürst ihre Wut, ihren Zorn, ihre Rachsucht, den Wunsch, die Feinde des Greifen aufzusuchen, zu zerfleischen, zu zerstören?«

Wieder nickte Marten betreten, er sah in diesem Moment aus wie ein kleiner Junge, der gescholten wurde. Barius seufzte erneut und sah zu Meliande hinüber. »Willst du es ihm erklären? Ich gehe derweil eine Rüstung suchen.«

Meliande nickte.

»Komm mit mir«, sagte sie und führte Marten am rechten Arm näher an das Depot heran, wo sie ihn aufforderte, an einem der Stühle Platz zu nehmen. Der Falke sprang von Martens Arm auf eine freie Stuhllehne und musterte die Umgebung misstrauisch.

»Der größte Magier, den Lytar jemals kannte, erschuf die Animatons mit einem einzigen Ziel: die Feinde des Reiches zu vernichten. Eine mächtige Waffe, die niemals in die falschen Hände gelangen sollte, also schuf er Magie, die erkennt, ob jemand das Blut Lytars in sich trägt oder nicht. Und damit auch niemals ein Verrat begangen wird, schuf er ein Band zwischen dem, der diesen Falken reiten wird, und dem Falken selbst.«

»*Reiten*«, fragte Marten überrascht. »Ihr meint, ich kann auf ihr fliegen?«

»Ja«, antwortete die Sera. »Aber du hörst die falschen Worte. Es geht nicht darum, ob du mit ihr fliegen kannst, sondern darum, wie du deine Seele behältst …« Sie sah ihn ernst an. »Vielleicht unterschätzte der Artefcier seine eigene Magie oder er überschätzte die Willenskraft derer, die bereit waren, die Falken fliegen zu lassen. Jedenfalls stellte es sich bald heraus, dass viele der Reiter Sklaven ihrer Vögel wurden, willenlose Geschöpfe, deren einziger Wunsch es war, die Falken zu reiten und die Feinde des Reichs zu vernichten. Dein Falke ist ein Werk aus Metall und Magie, er weiß nichts von Liebe, Gnade und Vergebung. Er kennt nur sein Ziel … zu kämpfen und zu töten. Ihr seid nun verbunden, er folgt deinem Willen … noch. Nicht ein einziges Mal darfst du ihm erlauben, Besitz von dir zu ergreifen. Denn dann wirst du dich verlieren, aufgehen in diesem Ding aus Magie und Metall. Dann wirst du eine Gefahr für alle sein. Hast du mich verstanden, Marten?«

Marten schluckte. Die Art, wie die Sera ihn ansah, machte

ihm Angst. Er warf einen Blick zu seinem Falken hinüber, fühlte die Kälte des Falken und fröstelte.

Barius kehrte mit einer großen Kiste zurück, die er neben Marten abstellte und öffnete. Darin lag, in Öltüchern gewickelt, eine Rüstung, wie Marten sie noch nie gesehen hatte.

»Als man erkannte, dass die Falken oftmals in der Lage waren, die Gedanken und den Willen ihrer Reiter zu übernehmen, schuf der Magier Baumast, das war der Name des Arteficiers, diese Rüstungen. Sie sind leicht, sie schützen nicht ganz so gut wie eine schwere Rüstung, aber vor allem schützen sie dich dagegen, dich zu verlieren, und unterstützen dich darin, die Kontrolle über deinen Falken zu verfestigen«, erklärte die Sera, während Barius den Helm der Rüstung von den Öltüchern befreite und hochhielt.

»Du darfst niemals auf den Falken steigen, ohne diesen Helm zu tragen«, sagte Barius und sah den Jungen ernsthaft an. »Niemals, hörst du?« Er musterte Marten sorgfältig. »Nun, du bist etwas dünn an den Schultern, hast kaum Muskeln und bist wohl auch kaum imstande, ein Schwert richtig zu halten. Aber vielleicht lernst du, mit einer Armbrust umzugehen.«

»Ich beherrsche den Bogen!«, protestierte Marten. »Niemand, der etwas auf sich hält, wird eine Armbrust verwenden!«

»Gut«, gab Barius ungerührt zurück. »Wenn du mir sagst, wie du einen Bogen mit einer Hand abfeuerst, soll es mir recht sein. Und jetzt steh auf, ich will wissen, wie wir die Rüstung ändern müssen, damit sie dir passt.«

»Noch eines«, sagte die Sera leise, aber bestimmt. »Wenn du merkst, dass dein Falke jemanden angreifen will, der nicht von Lytar ist, musst du ihm deutlich klarmachen, dass es sich nicht um einen Feind handelt.«

»Aber dann sind sie doch Feinde?«, fragte Marten verwirrt. Die Sera und Barius tauschten einen Blick aus.

»Nein. Nicht jeder. Es ist der Falke, der so fühlt! Denke an Elyra und Argor oder Ralik. Deine Freunde und ein Ältester eures Rats! Oder denke an die Händler, die euer Dorf besuchen. Nicht jeder, der nicht von Lytar ist, ist ein Feind. Marten, du fühlst schon den Falken in dir ... doch er ist nur ein Animaton, du bist es, der denkt, lebt und fühlt. Wenn du sie nicht unter Kontrolle hältst und ihr erlaubst, einen Unschuldigen anzugreifen, bist du nicht mehr als ein Mörder!«

»Das will ich doch gar nicht!«, protestierte Marten.

»Dann sorge dafür, dass es so bleibt!«, forderte Barius in einem kalten Ton. Marten nickte betreten und Barius seufzte tief.

»Du hast diesen Falken gestohlen, die Ehre deines Vaters gebrochen und dein Schicksal besiegelt. Nun gut, so sei es. Aber wenn deine Tat dazu führt, dass du einem Unschuldigen das Leben nimmst, werde ich dich richten, das schwöre ich bei Loivan.«

Marten sah unwillkürlich zu seinem Falken hinüber und dann in den sternenklaren Himmel hinauf.

»So hoch kannst du gar nicht fliegen, Junge!«, knurrte Barius. »Und jetzt schauen wir, ob der Helm passt!«

»Noch etwas«, sagte Meliande leise, als Marten den Helm zögerlich in Empfang nahm. »Es war dein eigener Entschluss, der dich in diese Situation brachte. Aber es kann deinem Dorf und deinen Freunden nützlich sein.« Sie sah Martens Blick und schüttelte den Kopf. »Nein!«, sagte sie dann bestimmt. »Nicht indem du kämpfst. Jeder Kampf wird dich fester an deinen Falken binden. Aber es gibt anderes, was du tun kannst. Denn von dort oben siehst du viel, kannst das Land erkunden, deine Freunde warnen ... aber vermeide so lange wie möglich, dass du selbst kämpfst, denn mit jedem Kampf wird der Falke mehr von dir Besitz ergreifen! Ich werde dir zeigen, wie du deine Gedanken konzentrierst, wie du deinen Willen stärken kannst ... aber den Rest musst du machen. Du bist es, der standhaft bleiben muss!« Sie seufzte. »Du wirst heute Nacht viel lernen müssen. Aber morgen früh wirst du zum Dorf zurückkehren und den Ältesten deine Dienste anbieten. Sie werden wissen, was zu tun ist. Nur ... merke dir, kämpfe nur, wenn es nicht anders geht, denn jeder Kampf schadet deiner Seele!«

Marten nickte betreten, er war mittlerweile bleich wie ein Leinentuch.

»Ich werde es versuchen!«

»Der Versuch alleine nützt dir nichts!«, fuhr Barius ihn barsch an.
»Schwöre, dass du es tun *wirst*!«
»Ich schwöre es bei Mistral!«, antwortete Marten und es klang fast so, als ob er es auch so meinen würde.

»Ich habe gehofft, dies nie wieder zu sehen«, sagte Barius am nächsten Morgen leise, als er zusah, wie Marten den Falken bestieg. Schnallen und Haken an der kupferfarbenen Rüstung erlaubten es dem jungen Mann, sich fest mit dem Sattel des Falken zu verbinden, auf diese Art konnte er nicht fallen.
»Unterschätze ihn nicht, Barius«, antwortete Meliande. »Es mag auch sein, dass es notwendig ist, dass dieser Falke fliegt.«
»Er war willensschwach genug, den Falken zu stehlen. Wie denkst du, soll er nun die Stärke finden, die es braucht, um dieses Ungeheuer zu beherrschen?«, widersprach Barius.
»Ich kann hoffen«, gab die Sera zurück. »Hoffen, dass er es möglichst lange verhindert. Bis dahin«, sie seufzte, »kann dieser Falke sehr wichtig sein. Alleine, was er aus der Höhe sehen kann, ist womöglich ein unschätzbarer Vorteil.«
Die gewappnete Figur auf dem Rücken des Falken hob grüßend eine Hand, schweigend winkten Barius und Meliande zurück ... dann sprang der Falke in die Luft, der Abwind der mächtigen Flügel war stark genug, um Meliandes Kleid zum Flattern zu bringen. Mit wenigen mächtigen Flügelschlägen gewann der Falke an Höhe. Die Hüter sahen ihm nach, bis er in der Ferne entschwand. Dann zuckte Barius die Schultern.
»Wir haben getan, was wir konnten«, sagte er. »Jetzt müssen wir uns weiter vorbereiten.«

»Verstehe ich das richtig, diese alte Magie macht den, der sie nutzt, über die Zeit wahnsinnig!?«, fragte Lamar entsetzt.
»Nicht nur das«, erklärte der alte Mann leise. »Marten lief auch Gefahr, seine Seele an den Falken zu verlieren.«
»Kein Wunder, dass die Hüter vor den Kriegsgeräten warnten!«, stellte Lamar fest. »In einem Krieg müssen viele Opfer gebracht werden, aber

seine Seele zu verlieren?« Er schüttelte den Kopf. »Dieser Preis ist in der Tat zu hoch.« Er bemerkte den Blick des alten Mannes. »Was seht Ihr mich so an?«, fragte er dann. »Habe ich etwas Falsches gesagt?«

Der Geschichtenerzähler lächelte leicht und nahm einen weiteren Schluck von seinem Wein. »Nein, habt Ihr nicht, Freund Lamar. Es war die richtige Antwort.«

»Na dann!«, lachte Lamar. »Wie ging es mit Marten weiter?«

»Er flog, wie ihm aufgetragen, zum Dorf zurück. Obwohl sein Falke beinahe Ralik angegriffen hätte, war es doch der Radmacher, der zugleich die Gefahr als auch den Wert des Vogels richtig erkannte. Marten berichtete dem Ältestenrat, was ihm die Sera Meliande und Barius erklärt hatten, und Ralik entschied, dass Marten nicht kämpfen dürfe, vielmehr wäre es nun seine Aufgabe, den Gegner auszuspähen und in Erfahrung zu bringen, was die Freunde herausfanden.«

»Fanden sie denn den Turm?«, fragte Lamar.

Der alte Mann lachte, er schien auf einmal deutlich besserer Laune. »So weit sind wir noch nicht ...«

15   Wolfsbrut

Als die Gefährten an diesem Morgen aufbrachen, sahen sie wirklich aus, als ritten sie in den Krieg. Jeder von ihnen trug Rüstung, Elyra und Garret verstärktes Leder, Tarlon einen langen Kettenmantel und Argor trug einen Schuppenpanzer, alt und grau, mit den Spuren vergangener Kämpfe. Ein Erbstück, wie er sagte, das er in Ehre tragen würde. Jeder von ihnen hatte ein Ersatzpferd dabei, beladen mit Ausrüstung und Proviant. Niemand von ihnen wusste, bis zu welcher Ausdehnung der alte Wald verdorben war und wie lange es dauern würde, ihn zu durchqueren. Man hatte eine alte Karte gefunden, auf dieser war der Turm des Magiers eingezeichnet, also wussten sie ungefähr, wo ihr Ziel war.

»Es ist nicht sehr wahrscheinlich, dass noch etwas von dem Turm steht«, bemerkte Argor, als er sich auf sein Maultier hochzog.

»Das Depot war auch noch erhalten ... unsere Vorfahren wussten, wie man baute«, antwortete Vanessa und streckte einen Arm aus, um Argor hochzuhelfen. Der Zwerg war noch immer wenig begeistert davon, so weit vom Boden entfernt zu sein, aber er war entschlossen, seinen Teil beizutragen, und auf dem Rücken eines Maultiers kam er einfach schneller voran. Nur war das Aufsteigen etwas mühsam für ihn und er nahm dankbar ihre Hand.

»Das Depot ist aus Stein und Stahl errichtet. Der Turm des Magiers lag in einer Lichtung im Wald. Der Wald lebt ... und wächst«, sagte Tarlon und überprüfte noch einmal, ob auch alles an seinem Platz war. Diesmal war jeder von ihnen mit Bogen und Schwert bewaffnet, auch wenn Elyra noch immer ihre Schleuder am Gürtel trug und Tarlon seine Axt neben dem Sattel festgeschnallt hatte. »Selbst wenn die Steine noch so fest gefügt sind, kann ein Baum mit seinen Wurzeln die stärkste Mauer zum Einsturz bringen.« Tarlon schnalzte mit der Zunge und sein Pferd setzte sich in Bewegung.

Es war noch früh am Morgen und nur wenige Leute waren unterwegs, aber diejenigen, die sie sahen, hoben eine Hand zum Gruß. Nur hier und da war ein Lächeln zu sehen, jeder wusste, dass es nicht sicher war, ob man sich wiedersehen würde.

Sie waren noch nicht lange unterwegs, als sie hinter sich Hufgetrappel hörten. Sie drehten sich um und sahen hinter sich Vanessa heranreiten. Sie trug wie auch Argor einen Schuppenpanzer, der, im Gegensatz zu Argors, ihrer Figur schmeichelte, einen Langbogen, ein Kurzschwert, mehr Dolche, als man vernünftigerweise erwarten würde, und einen sturen Gesichtsausdruck. Unter ihrer Rüstung trug sie einen kurzen Rock aus metallverstärktem Leder und lange Stiefel, die bis über die Knie gingen, sodass zwischen Rock und Stiefel ein Teil ihrer Oberschenkel sichtbar war. Sie sah süß aus, dachte Garret, aber er wusste es besser, als ihr das zu sagen.

»Oh, oh«, sagte Tarlon leise, als sie ihr Pferd neben ihm zügelte.

»Untersteh dich, mich so anzusehen, großer Bruder!«, funkelte sie ihn an. »Ich habe das gleiche Recht dazu wie ein jeder andere hier! Zudem schieße ich besser als die meisten von euch, und ich bin zäher und geschickter!«

»Ahem, Vani…«

»Vergiss es! Ich bin fest entschlossen und niemand wird mir das ausreden können! Nicht du, nicht Vater und auch sonst niemand! Und jetzt komm mir bloß nicht mit Vernunft!«

»Vani!«, rief Tarlon. Elyra grinste, Garret machte eine wedelnde Bewegung mit der Hand, als hätte er etwas angefasst, das zu heiß wäre, und Argor grinste von einem Ohr zum anderen.

»Ja, was ist?«, fauchte Vanessa und richtete sich kerzengerade im Sattel auf. Ihr Kinn hob sich und ihre Augen funkelten kampfbereit.

»Niemand hat etwas gesagt…«, versuchte Tarlon zu erklären.

»Sie haben unsere Mutter umgebracht und mich verbrannt und uns heimtückisch angegriffen, verstehst du nicht, ich will etwas tun!«

»Es ist in Ordnung!«, riefen Tarlon und Garret zusammen.

»Ich kann mit euch kommen?«, rief sie und strahlte.

»Klasse!«

Sie sah Argor misstrauisch an. »Was!?«

»Ich …«, Argor hatte einen hochroten Kopf und japste nach Luft.

»Ich muss mich verschluckt haben!«, röchelte er und wischte sich die Tränen aus den Augen.

Sie warf ihm einen letzten Blick zu, dann wandte sie sich an ihren Bruder.

»Wo geht's hin? Nach Alt Lytar?«

Tarlon schüttelte den Kopf. »Der Rat hat uns gebeten, einen alten Turm auszukundschaften, in dem früher ein Magier gelebt hat. Wir sollen sehen, ob wir dort noch etwas bergen können.«

»Er soll viele Bücher besessen haben!«, erklärte ihr Elyra mit einem Glänzen in den Augen.

Vanessa sah skeptisch drein. »Ob wir da wohl noch etwas finden werden? Ich glaube, die wollen uns nur nicht nach Alt Lytar schicken, damit uns nichts passiert!«

»Das wäre zuvorkommend von ihnen«, brummte Argor. »Ich habe nun wirklich nichts dagegen, mal ohne blaue Flecke wieder nach Hause zu kommen. Aber da wir durch den verdorbenen Wald müssen, ist es wahrscheinlich auch kein Spaziergang!«

»Auf jeden Fall ist es mir lieber, diesen Turm zu suchen, als in die alte Stadt zu reiten«, sagte Garret leise. Er war an diesem Morgen überraschend schweigsam, schien tief in Gedanken versunken. Viel geschlafen hatte er tatsächlich nicht, der Ritt hin zum Depot und zurück hatte den größten Teil der Nacht gebraucht.

Argor sah erstaunt zu ihm hinüber. »Ich dachte, es wäre dein größter Wunsch, die alte Stadt zu erforschen? Wolltest du das nicht schon seit Jahren tun?«

»Ja«, antwortete Garret und zog sein Pferd neben das von Tarlon, der noch in sich gekehrter wirkte, als es sonst seine Art war. »Das war, als die alte Stadt für mich noch ein verwunschener, geheimnisvoller Ort war. Sagenumwoben und romantisch.«

Vanessa lenkte ihr Pferd neben ihn. Sie trug als Einzige einen Helm, einen offenen Helm mit Wangenschutz und Nasenbügel, und jedes Mal, wenn er ihre fleckige Haut sah, wurde Garret daran erinnert, wie knapp es für sie gewesen war. Doch ihr Blick war fest und gerade, es schien ihm fast, als habe sie die Tragödie eher noch stärker gemacht.

»Das ist sie doch eigentlich immer noch«, meinte sie.

»Nur dass es wohl so ist, dass der Feind dort lagert.« Er sah nach oben, wo die Morgenröte langsam den Stern Mistrals verblassen ließ. »Ich dachte immer, ein Krieg habe eine Front, dort wird gekämpft, aber dieser Feind … er trifft uns im Herzen, dort, wo wir uns sicher fühlen sollten.« Er sah sie an. »In diesem Krieg ist niemand sicher, selbst wenn er oder sie nur zu Hause verbleibt und sein Tagwerk tut. Und nicht immer werden Ariel oder Barius zur Stelle sein, um die Toten wieder zu erwecken.«

Elyra sah ihn erstaunt an. »Du weißt, dass sie das auch gar nicht tun können?«

»Wie meinst du das?«

»Ich sprach mit dem Priester Erions darüber. Und dann auch mit Ariel. Ich hätte auch Barius gefragt, aber ich fand ihn nicht.«

»Er war am Depot. Was hast du sie denn gefragt, Elyra?«

»Wie es möglich ist, einen Menschen von seinem Tod zurückzurufen. Der Priester sagte, er wüsste niemanden, der dazu imstande wäre, nur in den alten Legenden habe er davon gelesen.« Sie lächelte leicht. »Er sagt auch, er wisse jetzt, dass er neben Ariel und Barius nicht mehr als ein unwissender Schüler wäre und wie weit sein Weg zur Erleuchtung tatsächlich sei.«

»So würde ich das nicht sehen«, widersprach Vanessa. »Er tat, was er konnte, und er war unermüdlich darin, die Wunden und Schmerzen der Opfer zu lindern.«

»Und, Elyra, was sagte Ariel dazu?«, fragte Garret interessiert.

»Dass die Götter es im Allgemeinen nicht zulassen. Nur unter außergewöhnlichen Umständen sei es möglich ... nur jemand, der niemals an seinem Glauben zweifeln würde, bekäme dies gestattet ... für einen Preis und nur ein einziges Mal in seinem Leben.«

»Das verstehe ich nicht.« Garret sah sie verwundert an. »Ariel hat mich doch schon zweimal zurückgeholt?«

»Nein«, lächelte Elyra. »Der Tod braucht seine Weile. Ariel sagte, du wärst noch gar nicht tot gewesen, du hättest es nur geglaubt. Er hätte nichts anderes getan, als dich davon zu überzeugen, dass es nicht so wäre.«

»Ah«, meinte Garret, aber so richtig verstand er es doch nicht. »Weißt du auch, was für ein Preis dies ist?«

Elyra lächelte. »Er wollte es zuerst nicht sagen ... und dann habe ich Hund gekrault und dann gab er auf.«

Garret lachte, das erste Mal seit Langem. »Hund? Ich wusste es! Er und Hund gehören irgendwie zusammen!«

»So was habe ich mir auch schon gedacht«, sagte Tarlon und auch er lächelte ein wenig. »Er sieht durch die Augen von Hund?«

»Irgendwie so, ja«, sagte Elyra und grinste noch breiter. »Ich glaube, er fühlt, was Hund fühlt ... also auch, wenn man ihn krault!«

»Das werde ich mir merken«, grinste Garret. »Was sagte er denn dann über den Preis, den es kostet?«

»Kannst du es dir nicht denken?«, sagte Elyra leise. »Das eigene Leben. Ariel sagt, es müsse eine Balance gehalten werden.«

Garret schluckte. Das, was er gestern gesehen hatte, wie die Hüter im Kreis um die Sera nacheinander zusammengebrochen waren ... Götter, war es möglich, dass sie alle ihr Leben gaben? Nein, zumindest einer der Hüter lebte nachher noch und reichte der Sera eine Decke, aber Barius selbst hatte sich noch nicht bewegt, als Garret losgeritten war. Er hoffte nur, dass er sich irrte, aber im Innersten seines Herzens wusste er, dass er Barius wohl nie wiedersehen würde. Deshalb also die Abstimmung der Hüter ... und Barius' Kommentar, dass seine Kräfte nicht reichen würden ... doch Tarlon sagte gerade etwas und Garret zwang diese Gedanken beiseite, um seinem Freund zuzuhören.

»...also kann man auf diese wundersame Rettung nicht hoffen«, stellte Tarlon gerade fest. Er wischte sich unauffällig über die Augen. »Es ist gut, dass du dies herausgefunden hast, Elyra.«

»Warum? Ich war doch nur neugierig.«

»Weil«, sagte Tarlon leise und warf einen Blick zu Garret hinüber, mit dem er diesen um Entschuldigung bat, »ich mit Garret, Ariel und dem Schicksal haderte. Ständig fragte ich mich, warum Ariel Garret zurückholte ... und unsere Mutter nicht.«

Garret sah ihn überrascht an. »Es ist nicht so, dass ich es dir nicht gegönnt hätte«, erklärte Tarlon dann verlegen, »nur ... meine Mutter ...«

Garret nickte nur. »Kein Problem, Tar.« So hatte er es gar nicht gesehen, aber natürlich musste es Tarlon und Vanessa so erscheinen. Er warf einen verstohlenen Blick zu Vanessa hinüber, aber sie wich seinem Blick aus.

»Das hätte ich mich wohl auch gefragt. Hey ... sind das die Geräte, die dein Vater gebaut hat, Argor?«, rief er dann, froh, einen Grund gefunden zu haben, das Thema zu wechseln. Dort vorne, rechts von dem Weg, der aus dem Dorf herausführte, war eine der riesigen Armbrustkonstruktionen zu sehen, die Ralik in den letzten Tagen gebaut hatte. »Das Ding sieht gefährlich aus!«

»Die Ballista? Ja, sie ist es wohl auch«, sagte Argor. »Es ist auch das Einzige, das gegen einen Drachen Wirkung zeigen könnte. Aber ... es wird nur eine Chance geben, die Ballista abzufeuern. Und die hat man dann, wenn man sicher ist, auch zu treffen. Also nah genug ist. Vater meint, wenn der Drache nicht allzu blöde ist, wird er versuchen, vorher die Ballista zu verbrennen. Deshalb ist auch vorne das Schild dran. Ob es etwas nützen wird, wusste er allerdings selbst nicht.«

»Das Gerät braucht einen mutigen Schützen«, stellte Tarlon fest. »Ich jedenfalls habe keine Lust, noch einmal Drachenfeuer zu spüren!«

»Von Feuer haben wir, glaube ich, alle inzwischen die Schnauze voll«, stimmte Garret ihm grimmig zu. »Wo sind die anderen Maschinen? Ich dachte, dein Vater hätte mehr gebaut.«

Argor stellte sich in den Steigbügeln auf und streckte die Hand aus, um zu zeigen, wo die anderen Geräte aufgestellt werden sollten. »Dies ist die erste, die fertig wurde. Die drei anderen werden dort, dort und hier aufgestellt werden. Eigentlich hofft Vater, dass der Drache es dann gar nicht erst wagt, uns anzugreifen.«

»Vielleicht ist das Biest schon tot«, sagte Garret grimmig. »Man sagt, der Pfeil meines Großvaters wäre gänzlich in seinem Auge verschwunden!«

»So viel Glück werden wir wohl kaum haben«, brummte Argor.

Als die Sonne etwa eine Handbreit über dem Horizont stand, bogen die Freunde von der Straße in Richtung Süden ab. Am Anfang waren überall noch Gehöfte und bestellte Äcker zu sehen, doch je weiter sie in Richtung Süden ritten, desto spärlicher wurden diese.

Als sie mittags an einem Hügel, dem eine kleine Quelle entsprang, Rast machten, die Pferde tränkten und ihre Wasserbeutel auffüllten, war in der Ferne schon der dunkle Streifen des alten Waldes zu sehen. Garret kletterte auf den Hügel und deckte seine Augen gegen die Sonne ab.

»Ich denke, wir werden gegen Abend dort ankommen«, rief er dann zu den anderen hinunter. »Wir sollten für heute Abend schauen, ob wir einen Lagerplatz außerhalb des Waldes finden.«

Tarlon nickte. Sie wussten alle, dass es unwahrscheinlich war, den Wald an einem Tag durchqueren zu können, also war es wohl notwendig, mindestens eine Nacht im alten Wald zu verbringen.

Sie hatten zumindest so weit Glück, dass sie kurz vor Sonnenuntergang einen guten Lagerplatz fanden. Es war wieder ein Hügel, nur diesmal gab es dort keine Quelle. Der Zugang zum Hügel war steil, denn an der Seite des Hügels war die Erde abgerutscht und hatte blanken Felsen freigelegt.

Es war schwierig, die Pferde hinaufzuführen, aber nach den Erfahrungen, die sie in der Nähe der Akademie gemacht hatten, waren sie lieber etwas vorsichtig. Auf dem Hügel gab es einen einzelnen Baum und die Reste einer alten Feuerstelle, zudem eine kleine Senke, in der sie die Pferde unterbringen konnten. Dennoch war nicht viel Platz dort oben. Um Zelte aufzustellen, reichte es nicht, aber für ihre Decken war es gerade genug.

Nachdem Tarlon noch zwei kleine Bäume gefällt und den Weg, der den Hügel hinaufführte, mit ihnen verbarrikadiert hatte, fühlten sie sich sogar einigermaßen sicher. Während sich Vanessa und Elyra um den Hasen kümmerten, den Garret irgendwann zuvor im Vorüberreiten geschossen hatte, standen Garret und Tarlon auf einem der höheren Felsen des Hügels und beobachteten den Waldrand.

»Meinst du, wir sind hier einigermaßen sicher?«, fragte Garret leise. Die Sonne war fast untergegangen und in der Abenddämmerung wirkte der Wald, dessen Rand keine zweihundert Schritt von ihrem Lager entfernt war, noch bedrohlicher.

»Ich denke schon.« Tarlon prüfte noch einmal mit dem Fuß, ob die Barrikade auch stabil war, und nickte dann zufrieden. »Es ist jedenfalls ein guter Ort für ein Lager. Warum?«

Garret sah noch immer mit gerunzelter Stirn zum dunklen Waldrand hinüber. »Vielleicht hältst du mich für verrückt ... aber ich habe das Gefühl, wir werden von dort aus beobachtet.«

Tarlon wog seine Axt in der Hand. »Weißt du was?«, sagte er dann. »Ich halte dich nicht für verrückt. Aber wir sollten jetzt dennoch etwas essen!«

»Das«, grinste Garret und rieb sich seine Hände, »halte ich für eine ganz hervorragende Idee!«

Tarlon sah ihm nach, wie er von dem Felsen heruntersprang und sich zu Vanessa begab, um in den Kessel zu sehen, während sie ihm lachend mit der Kelle drohte. Auf Garret war Verlass, dachte Tarlon leicht amüsiert. Der Gedanke an Essen munterte ihn immer zuverlässig auf! Im gleichen Moment knurrte auch Tarlons Magen und ließ ihn nun selbst grinsen. Mit einem letzten Blick zum Waldrand gesellte er sich zu den anderen ans Feuer.

Es war Garret, der die erste Wache hielt. Die Sonne war schon nicht mehr zu sehen, nur der rötliche Schein am Abendhimmel spendete noch etwas Licht. Einer der hohen Steine rechts neben dem Pfad, der zu ihrem Lager hinaufführte, bot sich dafür an, nur war er zu steil, um bequem darauf Platz zu nehmen. Garret musterte den Stein und zog dann sein Schwert, straffte die Schultern und schlug es in den Stein, fast so wie Tarlon seine Axt in einen Baumstamm schlug. Es dauerte nicht lange, bis er sich einen Sitz geschaffen hatte. Er kehrte die Steinbrocken zur Seite und machte es sich auf dem Stein bequem.

Lamar hustete, als er sich an seinem Wein verschluckte. »Er schlug das Schwert in den Stein?«, fragte er ungläubig. »Jetzt weiß ich, dass Ihr mich auf den Arm nehmen wollt, alter Mann. Davon abgesehen, dass es keine gute Klinge verdient, so behandelt zu werden, ist das nicht möglich. Stein bricht Schwert, das weiß jedes Kind!«

Der Geschichtenerzähler lächelte. »Und schneidet Papier ... ja. Aber diese Schwerter waren etwas Besonderes. Dass sie der Schlüssel zu mancher Hinterlassenschaft des alten Reiches waren, wisst Ihr ja schon, aber das alleine macht sie nicht zu etwas Besonderem. Es ist der schwarze Stahl, den kein Schmied je hätte formen können, und ebenjene außergewöhnliche Schärfe. In der Tat sind diese Waffen scharf genug, um Stein zu schneiden und die meisten Rüstungen zu durchschlagen.«

»Ihr wollt mir weismachen, diese Schwerter schneiden Stein wie Butter?« Lamar schüttelte den Kopf. »Da verlangt Ihr nun doch zu viel von meiner Gutgläubigkeit!«

»Nicht wie Butter«, lächelte der alte Mann und schüttelte den Kopf. »Eher, wie ich sagte, so wie eine Axt auch Holz zu durchdringen vermag. Genau das tat Garret, er schlug sich seinen Platz aus dem Stein.«

Lamar sah ihn noch immer zweifelnd an. »Das glaube ich erst, wenn ich es sehe!«, sagte er dann und der alte Mann zuckte mit den Schultern. »Vielleicht kommt es dazu, irgendwo liegen die alten Dinger ja noch herum ... Wo war ich? Richtig ... Also, Garret hatte es sich nun auf diesem Stein bequem gemacht ...«

Er legte seinen Bogen und zehn Pfeile griffbereit neben sich und aß in aller Ruhe eine zweite Schüssel von dem Kanincheneintopf. Bis sie den verdorbenen Wald durchquert hatten, war das wohl auch das letzte Mal, dass er Fleisch essen konnte, also genoss er es. Zudem, obwohl jeder der Freunde gestöhnt hatte, als er das Kaninchen schoss, war es heute Abend Vanessa gewesen, die gekocht hatte, und das machte seiner Meinung nach einen gewaltigen Unterschied.

Es dauerte etwas, bis er das Geräusch hörte, noch war es weit entfernt und es kam nicht vom Waldrand, den er nicht einmal, während er aß, aus dem Auge gelassen hatte. Es kam aus der Richtung, aus der sie selbst gekommen waren, und als er sich aufrichtete, sah er in der Entfernung und kaum mehr als erahnt einen dunklen Fleck, der sich dem Lager mit hoher Geschwindigkeit näherte, jemand ritt im Galopp auf sie zu.

Die Dunkelheit nahm nun mit jedem Atemzug zu, ohne das Feuer ihres Lagers hätte der Reiter sie wohl kaum ausfindig machen können ... in Zukunft sollten sie auch darauf achten ... ein hohes Feuer hielt wilde Tiere fern, war aber auch weithin zu sehen. Schließlich gab es jetzt auch andere Gefahren als wilde Tiere im Tal.

Sanft legte er einen seiner besten Pfeile auf die Sehne. Noch war der Reiter zu weit entfernt, um ihn zu erkennen.

»Wer ist das?«, fragte Vanessa, die mit ihrem Bogen in der Hand zu ihm auf den Stein hochkletterte.

»Ich weiß nicht ... er ist noch zu weit ent...« Garret ließ den Bogen sinken und runzelte verwundert die Stirn. »Göttin, ich glaube, es ist Astrak!«

»Was macht der denn hier?«, fragte Vanessa.

»Das würde ich auch gerne wissen!«, sagte Garret. »Ich hoffe nur, im Dorf ist nichts geschehen!«

»Nein, es ist alles in Ordnung!«, erklärte Astrak lächelnd, als er sein Pferd zum Lager führte und gerade noch einen Platz für das Tier fand. »Ich habe es mir nur anders überlegt. Ich will mit dabei sein, wenn ihr den Turm dieses Astbaums findet!«

»Baumast«, korrigierte Tarlon abwesend, sein Blick suchte nach wie vor die Umgebung ab, während er die Barrikade wieder an ihren Platz zerrte. »Was machst du hier? Und was hat dein Vater dazu gesagt!?«

»Nun, ich habe Vater gefragt«, erklärte Astrak und wich geschickt aus, als sein Pferd nach ihm biss. »Ich mag es!«, grinste er. »Es hat wenigstens Temperament!«

Astraks Pferd war größer als die meisten anderen, pechschwarz und hatte einen irren Blick in den Augen. Wenigstens erschien es Garret so, der das riesige Pferd misstrauisch beäugte und Abstand hielt.

»Ist das nicht das Pferd, bei dem sogar Hernul aufgegeben hat?«, fragte er vorsichtig.

»Ja, das ist Nachtmär. Das beste Pferd, das wir haben«, grinste Astrak, während er geschickt auswich, als einer der schweren Hufe genau dort herunterkam, wo sich eben noch seine Stiefelspitze befunden hatte.

Garret stand noch immer mit Pferden auf Kriegsfuß, vor allem, was das Reiten anging, auch wenn es in der letzten Zeit etwas besser ging. Aber allein der Gedanke, sich mit diesem Gaul anzulegen, ließ ihn einen Schritt zurückweichen. Nachtmär schien dies zu bemerken und musterte nun seinerseits Garret, als ob er es sich gerade überlegen würde, ob dieser nicht ein geeigneteres Opfer für ihn wäre.

»Na gut«, sagte Tarlon. »Wenn du mit uns kommen willst, ist das in Ordnung für uns. Aber wo ist deine Ausrüstung?«

Außer seinem Rucksack und zwei Satteltaschen hatte Astrak nur seinen Bogen dabei.

»Oh«, meinte dieser und winkte ab. »Ich habe alles dabei. Niespulver, Stinkbomben, Riechsalz, einige Mischungen, an denen ich experimentiere, einige Basiskomponenten, eine Decke, Pfeile, Äpfel und Süßigkeiten. Ich hab alles, was ich brauche.«

Argor sah ihn verblüfft an. »Süßigkeiten?«, fragte er nach. »Du begibst dich auf eine gefährliche Reise und du nimmst *Süßigkeiten* mit?«

»Gibt es einen Grund, sie nicht mitzunehmen?«, fragte Astrak verwundert. »Sie werden wohl nicht schaden und ich mag sie!«

»Aber wer denkt denn an so etwas!«, fragte der Zwerg entgeistert. »Ich käme nie auf einen solchen Gedanken.«

»Ich schon«, grinste Astrak. »Aber keine Sorge, ich gebe dir gerne etwas von meinen ab!«

Elyra war nicht sehr an dem Naschwerk interessiert. »Und was hat dein Vater gesagt?«, fragte sie neugierig. »Ich kann mir nicht vorstellen, dass er glücklich ist, dass du mit uns kommst.«

»Keine Ahnung«, grinste Astrak, als er Nachtmär mit der Faust auf die Blesse zwischen seinen Augen schlug, woraufhin dieser einen Schritt zurückwich und endlich so stand, wie Astrak es wollte.

Elyra sah ihn überrascht an. »Ich dachte, du hättest ihn gefragt?«

»Ich hab nicht auf seine Antwort gewartet. Er wird den Zettel finden, wenn er nach Hause kommt.«

»Oh«, meinte Vanessa nur und wedelte mit der Hand, als wäre ihr etwas zu heiß geworden. »Das gibt Ärger!«

Astrak sah sie übertrieben überrascht an. »Meinst du wirklich?«, sagte er in einem möglichst unschuldigen Tonfall. »Er sagt immer, ich soll ihn fragen. Aber davon, dass ich auf die Antwort warten muss, hat er nichts gesagt!«

Garret grinste und Tarlon seufzte, bevor er zu Vanessa hinübersah. Ihr war es durchaus zuzutrauen, dass sie es nicht viel anders gehandhabt hatte. Vanessa sah den Blick ihres Bruders und schüttelte entschieden den Kopf.

»Ich habe Vater gefragt! Und auf eine Antwort gewartet!«, rief sie vehement und Tarlon hob abwehrend die Hände. »Ich habe nie etwas anderes behauptet!«

Garret ignorierte die beiden, ihn interessierte etwas anderes. »Sag mal, Astrak«, fragte er, »wie hast du es eigentlich gelernt, so mit Pferden umzugehen?«

Astrak zuckte mit den Schultern. »Keine Ahnung, ich weiß nur, dass ich es schon früh lernen musste, aus irgendeinem

Grund mögen mich Pferde nicht ... Vater meint, es hat etwas mit unserem Geruch zu tun.«

Kein Wunder, dachte Tarlon, wenn er sich daran erinnerte, welche Gerüche manchmal von Pulvers Haus aus durch das Tal zogen. Es hatte durchaus Gründe, warum Pulvers Haus außerhalb des Dorfes lag. Das lag nicht nur an den Gerüchen, denn manchmal lief dort etwas schief wie damals, vor ein paar Jahren, als eine Wolke durch das Tal zog und alles in ein leuchtendes Blau färbte, was im Pfad dieser Wolke lag. Einige Bäume waren noch heute blau ... es schien ihnen wenigstens nicht geschadet zu haben. Abgesehen davon natürlich, dass sie jetzt blau waren.

Astraks Nasenflügel weiteten sich, als er tief einatmete und dann den Topf auf dem Lagerfeuer ins Visier nahm. »Hhm, das riecht gut. Möchte wetten, dass Garret heute nicht gekocht hat.«

»Gewonnen«, brummte Argor, der sich selbst noch schnell eine Schüssel aus dem Topf füllte. Wenn es jemanden im Tal gab, der mehr essen konnte als Garret, dann war es Astrak. Obwohl niemand verstehen konnte, wieso Astrak immer noch eine derart dürre Bohnenstange war.

Mittlerweile war die Dunkelheit über das Tal hereingebrochen und nur der kleinere der beiden Monde stand als schmale Sichel am Horizont. Der Himmel über ihnen war sternenklar und unwillkürlich suchte und fand Garret Mistrals Stern, der hell am Himmel schien. Garret hatte wieder seinen Beobachtungsposten auf dem Stein bezogen, obwohl es an der Zeit war, hatte er noch nicht die Ruhe, sich zur Rast zu begeben.

Den anderen ging es wohl ähnlich. Während Vanessa den Topf mit Sand ausscheuerte und die anderen ihre Bettlager vorbereiteten, saß Elyra vorgebeugt da, ihr Haar ein rotblonder Schleier, und tat etwas, was Garret nicht genau sehen konnte.

Aber er brauchte nicht zu fragen, es war Tarlon, der sich neben die zierliche Halbelfe setzte und dies tat. »Was machst du da?«

Es war so still, dass Garret jedes Wort verstand.

»Ich schnitze mir ein heiliges Symbol. Alle Priester haben eines und ich will ja auch eine Priesterin werden. Ich glaube, es ist mir gut gelungen. Schau.«

Sie hielt ihre Arbeit hoch, sie war fast fertig und Garret konnte im Schein des Feuers Mistrals Stern erkennen, den sie aus einem Stück Holz geschnitzt hatte.

»Aus Holz?«, fragte Tarlon.

Elyra nickte. »Aus Esche. Es ist ein heiliger Baum und der Diener Erions sagte, es sei im Prinzip nicht wichtig, aus was ein Symbol gefertigt ist, wenn nur der Glaube stark genug ist.«

»Du willst also Mistral dienen?«, fragte Tarlon leise. »Ich dachte, Teil unserer Sühne wäre es, dass wir ihre Gnade nicht mehr erfahren?«

»Weißt du, Tarlon«, antwortete Elyra, »ich fühle es mit jeder Faser meines Herzens, dass dies meine Bestimmung ist. Wie kann das sein, wenn es nicht ihr Wunsch ist?«

»Vielleicht hat sie uns verziehen«, sagte Astrak ehrfürchtig. »Es wäre schön, wieder eine Priesterin der Herrin der Welten in unserem Dorf zu haben.«

»Es ergibt durchaus Sinn, dass du es bist«, nickte Tarlon. »Du bist von Lytara wie ein jeder von uns und in unseren Herzen, doch trägt dein Blut nicht die Schuld, wie es das unsere tut.«

»Hast du nicht zugehört, Tarlon?«, widersprach Astrak. »Unsere Vorfahren haben sich von Lytar abgewendet … sie trugen nicht die Schuld!«

»Sie verhinderten das Unrecht aber auch nicht«, gab Tarlon bestimmt zurück. »Die Göttin hatte recht, uns so zu strafen! Und je mehr ich von dem alten Reich erfahre, desto mehr verstehe ich, dass sie sich von uns abgewendet hat.«

»Sie hat sich nie von uns abgewendet. Noch immer wacht sie über uns«, widersprach Elyra sanft. »Ihr zu dienen, ist wirklich meine Bestimmung. Also muss sie uns vergeben haben.«

Sie seufzte. »Ich wollte nur, ich hätte ein richtiges Symbol. Das Holz ist ihr heilig … aber ihr gebührt ein richtiges Symbol.«

»Wenn du willst, kann ich dir auch eines aus Gold machen«, bot Argor ihr an.

»Das wäre nett, danke. Ist es schwierig?«, fragte Elyra.

»Ich brauche nur ein paar Münzen und etwas Zeit. Ich denke auch, es muss einen Grund geben, warum die meisten Symbole aus Gold sind.«

»Stimmt«, sagte Astrak. »Das ist, weil so ein Symbol als Fokus dient, die inneren und die göttlichen Kräfte sammelt und so dem Priester oder Magier die Möglichkeit gibt, das Wesen der Dinge zu manipulieren. Mit Gold geht das leichter.« Astrak gähnte delikat. »Ein der Alchemie verwandtes Prinzip.« Er sah zu Elyra hinüber. »Aber ein Symbol ist vor allem genau das, ein Zeichen deines Glaubens, egal, aus welchem Material es ist. Also wird es gut sein, so wie es ist, und wenn du ein anderes brauchst, wirst du es wissen.«

Elyra sah ihn verblüfft an. »Woher weißt du das alles?«

Er zuckte die Schultern. »Vater ist ein Gelehrter und ich habe hier und da so einiges aufgeschnappt. Alchemie … Alchemie ist die Lehre vom Ganzen. Vater sagt immer, dass man Alchemie niemals verstehen wird, wenn man nicht alle Lehren berücksichtigt. Es ist die Suche nach dem Schaffen der Götter, nach dem Wesen des Seins.« Er lehnte sich auf seiner Bettrolle zurück und schloss die Augen. »Bevor man etwas verändern kann, muss man zunächst wissen, was es ursächlich ist.« Astrak drehte sich zur Seite und schlug die Decke über sich. »Mir tut der Arsch vom Reiten weh«, gähnte er. »Gute Nacht.«

»Sie entschloss sich einfach, eine Priesterin Mistrals zu werden!?« Lamar schüttelte ungläubig den Kopf. *»Braucht man dazu nicht ein Noviziat?«*

»Da fragt Ihr mich zu viel«, antwortete der alte Mann mit einem Lächeln. »Ich kenne mich in solchen Dingen nicht aus. Ich weiß nur, dass niemand daran zweifelte.«

»Nun, ich hoffe, sie blieb dabei«, sagte Lamar und lehnte sich in seinem Stuhl zurück. »Ich kann mir nicht vorstellen, dass die Götter es gutheißen, wenn ihre Priester ständig den Gott wechseln, den sie anbeten.«

»O doch«, lachte der alte Mann. »Diesmal war sie sich sicher!« Er fischte Tabak aus seinem Beutel und begann, seine Pfeife zu stopfen. »Und so, wie es aussah, hatte auch Mistral nichts dagegen einzuwenden!«

Die erste Wache hielt Garret auf seinem Stein. Er war zu unruhig, um zu schlafen, außerdem genoss er die Nacht und die Gelegenheit, seinen Gedanken nachzuhängen. Immer wieder kehrten seine Gedanken zu Vanessa zurück, wie er ihre Hand gehalten hatte, als er dachte, sie läge im Sterben.

Bis vor wenigen Tagen hatte er gedacht, dass das Leben manchmal langweilig wäre, aber es hatte auch etwas Beruhigendes zu wissen, was man tun würde. Hausarbeiten, die Arbeit in der Werkstatt seines Vaters, Fischen, vor allem dann, wenn er es nicht sollte … er schmunzelte etwas, es kam ihm nun alles so harmlos vor.

Spätestens auf diesem Sommerfest hätte er Vanessa wahrgenommen, sie war ja auch kaum zu übersehen in ihrem fröhlich bunten Festtagsgewand, und ohne Belior würde er jetzt wahrscheinlich bald bei ihrem Vater in der Türe stehen, den Hut in der Hand, und ihn fragen, ob er Vanessa ausführen dürfte.

Bei irgendeiner Gelegenheit hatten Tarlon und er sich bereits darüber unterhalten, nicht wegen Vanessa, nur so, und sie hatten festgestellt, dass ihre beiden Familien zu den wenigen gehörten, die ihres Wissens noch nicht miteinander verwandt waren.

Früher, in den Zeiten Alt Lytars, hatte es wohl sogar eine Art Familienfehde zwischen den beiden Familien gegeben. Was das wohl gewesen war, wussten weder Tarlon noch Garret, nur dass sie ein Ende fand, als die Familien nach dem Exodus Lytara gründeten.

So schlecht sah es also gar nicht aus … und sie hatte ihn ja schon geküsst. Er schloss die Augen und erinnerte sich an das samtweiche Gefühl ihrer Lippen, dann hörte er aus der Richtung des Waldes ein Heulen, ähnlich dem eines Wolfes.

Garret stand auf, griff seinen Bogen fester und zog nun doch einen Pfeil aus dem Boden, denn dort am Waldrand regte sich etwas. Noch war es zu dunkel, um etwas zu erkennen. Hinten am Feuer richtete sich Tarlon verschlafen auf.

»Was ist?«, fragte Tarlon leise und gähnte, während er sich den Schlaf aus den Augen rieb. »Ich dachte, ich hätte eben etwas gehört.«

Garret nickte in Richtung Waldrand. »Da drüben bewegt sich etwas, aber ich kann noch nicht erkennen, was es ist.« Er warf einen Blick zu Mistrals Stern und sah dann seinen Freund an. »Es ist noch zu früh für deine Wache.«

»Ich weiß«, antwortete Tarlon und gähnte erneut. »Aber ich habe nicht gut geschlafen.« Er sah hinüber zum Feuer, wo Elyra lag.

Garret sah den Blick. »Elyra hat es dir angetan, nicht wahr?«

Tarlon nickte nur. »Geht dir ja mit meiner Schwester nicht anders.«

Garret grinste breit, seine Zähne ein weißer Streifen in der Dunkelheit. Das Feuer war niedergebrannt, kaum mehr als ein rotes Glühen. Es gab etwas Licht, aber nicht genug, um seine Nachtsicht zu stören.

»Das kann man wohl sagen. Ich habe eben festgestellt, wie sauer ich auf Belior bin, denn ohne ihn hätte ich schon um ihre Hand angehalten.«

Tarlon streckte sich, griff seinen Bogen und spannte ihn. Garret sah ihn nicht oft mit einem Bogen, aber sein großer Freund war auch darin kompetent. Kein Künstler wie Garen, aber kompetent.

»Worauf wartest du?«, fragte Tarlon dann, die Augen ebenfalls in die Dunkelheit gerichtet. »Und sollten wir nicht die anderen wecken?«

Die beiden Freunde sprachen leise, gerade laut genug, dass sie sich gegenseitig verstehen konnten.

»Noch nicht. Es scheinen Tiere zu sein. Vielleicht wieder Hunde und davon kaum mehr als eine Handvoll. Was deine

Schwester angeht: Das Leben ist mir zu unsicher im Moment, ich warte besser, bis der Krieg vorbei ist.«

Tarlon schüttelte den Kopf. »Dir ist klar, dass die meisten Kriege Jahre dauern?«

»Jahre?«

»Ich habe einen der Söldner gefragt. Die meisten Kriege dauern Jahre, manchmal wurden sogar einzelne Städte jahrzehntelang belagert, bis sie fielen.«

»Dann müssen wir einen Weg finden, den Krieg schnell zu beenden. Sie kommen.«

Es war dunkel und anders als Argor und Elyra konnte Garret in der Nacht nicht sehen, aber er besaß ansonsten unzweifelhaft die besten Augen. Wenn Garret sagte, dass sie kamen, dann war das für Tarlon Auskunft genug.

»Ich glaube, jetzt ist doch ein guter Zeitpunkt, um die anderen zu wecken«, fügte Garret leise hinzu. »Es kommen noch mehr aus dem Wald. Es sind Wölfe.«

»Wo sind die Biester?«, fragte Argor. Auch er war auf den Stein geklettert, dort wurde der Platz langsam eng. Argor sah sich um, während er seine Armbrust spannte. »Ich sehe sie«, sagte er dann, bevor Garret Antwort geben konnte. Er hielt inne und zog die buschigen Augenbrauen zusammen. »Was machen die da? Normal ist das nicht, oder?«

Nein, dachte Garret, normal war das nicht. Es waren etwa zwanzig Tiere, ein großes Rudel, aber es hatte sich in drei Gruppen geteilt, die außerhalb von Pfeilschussweite um das Lager herumschlichen.

»Es gibt keinen Grund für sie, uns anzugreifen«, stellte Elyra von hinten fest. Sie war bei den Pferden, versuchte sie zu beruhigen, denn die Tiere hatten die Wölfe bereits gerochen. »Wölfe greifen keine Menschen an. Nicht im Sommer, nicht wenn es mehr als ein Mensch ist, nicht wenn sie nicht verzweifelt sind. Und wenn, dann nicht so. Das sind keine Wölfe.«

Garret sah zu ihr zurück und dann wieder zu den Tieren hinüber. Er kratzte sich am Kopf. »Was sollen sie denn dann sein?

Sie sehen aus wie Wölfe, heulen wie Wölfe und ...«, er zog die Luft scharf durch die Nase, »... sie stinken wie Wölfe!«

»Aber ich kann sie nicht richtig fühlen.« Elyra schauderte delikat. »Sie sind nicht krank wie die Hunde mit den Würmern ... aber eines weiß ich sicher, sie sind irgendwie bösartig.«

Vanessa zog ihren Helm zurecht und griff nun ebenfalls nach ihrem Bogen. »Jedenfalls verhalten sie sich zu clever für Wölfe. Diese hier gehen zu systematisch vor. Sie haben uns eingekreist und jetzt ist es, als ob sie auf etwas warten würden.« Sie gähnte. »Göttin, was bin ich müde! Hätten die nicht etwas später kommen können?«

Tarlon runzelte die Stirn. »Sie sehen auch nicht viel besser als wir im Dunkeln. Wäre die Dämmerung nicht besser für sie?«

»Keine Ahnung«, meinte Garret. »Ich wurde noch nicht von Wölfen angegriffen. Aber ich weiß, auf wen oder was sie warten. Auf den hier.« Garret wies mit der Hand in die Dunkelheit. Tarlon musste zweimal hinsehen, bevor er erkannte, worauf sein Freund zeigte. Argor hatte nicht diese Probleme.

»Das ist kein Wolf«, stellte der Zwerg fasziniert fest. »Ich weiß nicht, was es ist, aber jedenfalls kein Wolf. Wölfe laufen nicht auf zwei Beinen.« Er sah auf seine Armbrust herab. »Und das Wesen da weiß genau, wie weit entfernt es sich halten muss. Nämlich zu weit für einen Schuss.«

Garret war sich dessen nicht ganz so sicher. Er sah auf seinen Bogen hinab, selbst schwarz wie die Nacht und in Drachenfeuer gehärtet. Das Vieh stand gute zweihundert Schritt entfernt, ein Schatten in der Dunkelheit, und Garret konnte es kaum erkennen, aber umso mehr fühlen. Elyra hatte recht, dachte er, das hier sind keine normalen Wölfe und das Vieh da vorne war ihm unheimlich, obwohl er es kaum sehen konnte. Aber war es wirklich außer Reichweite? Reichte es nicht, dass er wusste, dass es dort war?

Das unheimliche Wesen legte den Kopf in den Nacken und stieß ein Heulen aus, ganz ähnlich dem eines Wolfes, doch viel modulierter. Es war mehr als nur ein Ruf, es war eine Anweisung, denn die anderen Wölfe duckten sich und begannen sich langsam von allen Seiten auf das Lager vorzubewegen. Hinter ihm fluchte Elyra leise und eines der Pferde wieherte ängstlich.

Sorgsam wählte Garret einen Pfeil aus, legte ihn auf die Sehne und schloss die Augen. Er versuchte, das zu fühlen, was er so entfernt spürte, dieses Unheimliche da draußen, das, was ihm selbst so fremd und falsch vorkam.

Langsam legte er einen Pfeil auf die Sehne, wartete … und als das Biest erneut einen Ruf ausstieß, hob er den Bogen an und zog ihn mit einer flüssigen Bewegung aus, den großen Bogen seines Großvaters, den niemand anderer als dieser je hatte ausziehen können.

Tarlon sah seinen Freund mit geweiteten Augen an, er meinte sogar das Knirschen der Sehnen zu hören, als Garret die Sehne weiter und weiter nach hinten zog, aber da war kein Zittern, kein Wackeln, Garret stand still wie eine Statue und die Sehne wurde unaufhaltsam weiter ausgezogen, bis die Pfeilspitze das Holz des Bogens fast berührte. Eine halbe Sekunde, vielleicht aber auch eine Ewigkeit stand Garret so, den großen Bogen so weit gespannt, wie es auch er kaum für möglich gehalten hatte, dann ließ er die Sehne los, sie klang wie eine angeschlagene Harfensaite, als der Pfeil, schneller, als das Augen sehen konnte, in die Dunkelheit verschwand.

Das Heulen brach schlagartig ab und in der Entfernung stürzte die Figur zu Boden. Es war, als wäre damit ein Bann gebrochen, der über den Wölfen lag, denn sie schreckten auf und rannten davon, ein paar auf die gestürzte Figur zu, die meisten jedoch zurück zu dem Waldrand, von dem sie gekommen waren.

»Götter!«, hauchte Astrak beeindruckt und sah kopfschüttelnd auf seinen eigenen Bogen herab, der im Vergleich zu Garrets wie ein Spielzeug wirkte. »Was für ein Schuss!«

»Ich habe ihn leider nicht richtig erwischt«, stellte Garret fest und verzog leicht schmerzhaft das Gesicht, als er die Schultern rollte. »Er ist nur schwer getroffen.«

»Woher willst du das wissen?«, fragte Argor neugierig. »Ich sehe im Moment gar nichts!«

»Ich weiß es.«

Garret behielt recht, denn dort vorne erhob sich die seltsame Figur und, begleitet von kaum mehr als einer Handvoll der Wölfe, bewegte sich taumelnd zurück in den Wald.

»Das lief anders für ihn als erwartet«, stellte Vanessa befriedigt fest. »Guter Schuss, Garret.« Sie trat an ihn heran und gab ihm lächelnd einen Kuss auf die Wange.

Garret hob überrascht eine Augenbraue, dann zog er Vanessa an sich, einen Moment lang sah es so aus, als wolle er sie küssen, aber dann grinste er nur breit.

»Wenn mir das einen Kuss bringt, schieße ich dir gerne jede Nacht ein Ungeheuer ab.«

Vanessa lehnte sich in Garrets Armen zurück und sah ihn leicht spöttisch an.

»Mein Held!«, hauchte sie übertrieben.

Argor rollte die Augen und schüttelte den Kopf, er war nicht der Einzige, der sich die Szene amüsiert ansah. Doch sogleich musterte der Zwerg wieder mit gerunzelter Stirn den dunklen Waldrand in der Distanz. »Die sind wieder in den Wald zurück.«

Garret nickte, er grinste immer noch von einem Ohr zum anderen und für den Moment sah es nicht so aus, als wolle er Vanessa bald loslassen.

»Richtig! Die haben wir verscheucht!«

»Sagt mal, ist das nicht auch der gleiche Wald, in den wir morgen müssen?«, fragte Astrak betont unschuldig.

»Richtig«, knurrte der Zwerg. »Genau das habe ich eben auch gedacht.«

»Morgen ist morgen«, meinte Garret und gähnte demonstrativ.

16 Verdorben

Als sie am nächsten Morgen aufbrachen, zügelte Garret an der Stelle, an der dieses seltsame Wesen in der Nacht zuvor gestanden hatte, sein Pferd und stieg ab. Einen Moment musterte er die Spuren, große dunkle Flecke auf dem Gras zeugten davon, dass dies der richtige Ort war. Ein paar Schritte weiter lag sein Pfeil, gebrochen und blutig.

»Was siehst du, Garret?«, fragte Tarlon, dessen Pferd unruhig hin- und hertänzelte, auch die anderen Pferde waren durch den Blutgeruch nervös.

»Etwas, das mich beunruhigt«, antwortete Garret nachdenklich und kniete sich hin, um die Spuren näher zu untersuchen.

»Es ist Gras hier, das macht es schwieriger«, erklärte er dann. »Aber was ich hier sehe, sind Abdrücke von großen Pranken. Keine Füße, keine Stiefel, Pranken wie die eines Tieres.«

Er stand auf und griff die Zügel seines Pferdes, die Vanessa ihm hinhielt. Als er aufsaß, sah er stirnrunzelnd in Richtung des nahen Waldrands.

»Es gibt Tiere, wie zum Beispiel Bären, die sich aufrichten können, doch meistens gehen sie auf vier Tatzen. Dieses hier … nicht. Ich habe solche Spuren noch nie zuvor gesehen.«

»Der Wald ist verdorben«, erinnerte Elyra die anderen. »Seit dem Kataklysmus gebar er immer wieder Ungeheuer, verfremdet von einer bekannten Art. Jeder weiß das, die Ältesten haben uns oft genug gewarnt. Garret, welchem Tier kommen die Spuren am nächsten?«

»Wolf«, antwortete dieser. »Und ein richtig großer dazu. Er dürfte größer sein als unser Tarlon hier.« Er grinste seinen Freund an. »Wenn du also etwas siehst, das größer ist als du und mehr Zähne hat, solltest du dir was einfallen lassen.«

Tarlon zog eine Augenbraue hoch und legte eine Hand auf

den Stiel seiner Axt. »Solange er keine Axt hat, ist mir die Anzahl seiner Zähne herzlich egal«, lächelte er. Doch während er dies tat, suchten seine Augen den Waldrand ab.

Es war nicht ganz einfach, den alten Weg zu finden, der zu dem Turm des Magiers führte. Es war keine hoch aufgeschüttete Straße wie die alte Straße, die nach Lytar führte, sondern eher ein Weg. Sie fanden ihn mehr durch Zufall, an einer kleinen Höhe bemerkten sie ein paar sauber verfügte Platten, aber schon einen Schritt weiter hatte die Natur die Steine wieder unter Erde und Gras verborgen, das Wurzelwerk die Steine gehoben und verdreht, das Laub im Wald die Platten tief begraben.

Dennoch konnte man ihn ahnen.

»Ich bin mir sicher, dass dies der Weg ist, den wir suchen«, sagte Garret und sah seine Freunde fragend an. »Reiten wir hinein?«

»Dazu sind wir hergekommen«, meinte Vanessa tapfer, doch nicht nur ihr schien es nicht wohl bei dem Gedanken.

Der dunkle Wald lag vor ihnen wie ein riesiges Wesen, das darauf wartete, sie zu verschlingen. Büsche und Sträucher waren hoch und dicht, auch die Bäume hier, seltsam verdreht und gewachsen, wirkten subtil anders als jeder Wald, den sie bislang gesehen hatten, auch anders als der Teil des verdorbenen Waldes, an dessen Grenze Ariel lebte.

Vor allem Tarlon musterte die Bäume sorgfältig und mit gerunzelter Stirn.

»Ich hätte nun gedacht, dass sich der Wald nach so langer Zeit erholt hätte, aber hier ...« Er schüttelte bedauernd den Kopf. »Dieser Wald ist verdorben, ein verdrehtes und krankes Spiegelbild der Natur. Alles, was wir hier finden werden, wird so sein.« Er zog einen Pfeil aus seinem Köcher und beugte sich im Sattel herunter, spießte etwas am Boden auf und hielt es hoch, damit es auch die anderen sehen konnten.

»Verdreht und krank, so wie das da!«

Das da hatte eine noch gerade so erkennbare Ähnlichkeit mit einem Tausendfüßler, aber es war gut eine Handspanne lang, besaß zwei Paar kräftige Zangen und kleine rotglühende Punkte, die an den Enden von wedelnden Antennen saßen. Dort, wo der Pfeil das Chitin seines Panzers durchbohrt hatte, schäumte grün-gelber Schleim auf dem Holz des Pfeils …

»Hässlich«, meinte Garret trocken, Argor nickte nur und Elyra war kreidebleich geworden und sah das Insekt voller Abscheu an.

»Säure«, stellte Astrak fasziniert fest. »Den würde ich nicht barfuß zertreten wollen. Kann ich den für meine Sammlung haben?«, fragte er dann mit einem Leuchten in den Augen.

»Du bist schlimmer als dein Vater«, sagte Garret kopfschüttelnd.

»Du kennst Vater nicht so gut wie ich«, grinste Astrak zurück.

»Ugh, nein!«, meinte Vanessa angewidert. »Ich will überhaupt nicht daran denken! Und so etwas erst gar nicht in meiner Nähe haben! Wirf das Ding weg, Tar!«

Tarlon nickte und warf den Pfeil in hohem Bogen weg.

Dann suchte er nacheinander die Blicke der anderen und sah überall die gleichen Bedenken. Bis auf Astrak, der dem weggeworfenen Pfeil mit einem gewissen Bedauern nachsah.

»Ich glaube, keiner von uns will hier hinein«, stellte Tarlon leise fest. Die anderen sahen sich nur gegenseitig an und nickten zustimmend, sogar Garret schien seine übliche gute Laune verloren zu haben. Astrak hörte gar nicht zu, sein Blick war fixiert auf etwas, das entfernt einem Eichhörnchen ähnelte, nur war dieses schwarz, etwa doppelt so groß, besaß den Kopf eines Frettchens und schwarze, bösartig aussehende Krallen … es schien wütend die Zähne zu blecken.

»Also gut«, seufzte Tarlon und lockerte seine Axt in der Sattelhalterung. Er warf dem Tier, das Astrak so faszinierte, einen misstrauischen Blick zu. »Ich reite voran.«

Gut drei Stunden ritten sie durch den Wald, ohne dass etwas geschah, hier und da war das Dickicht derart verwachsen, dass nur entlang des alten Weges überhaupt ein Durchkommen war, sogar die Pflanzen hier schienen bösartig, die meisten hatten lange dunkle oder gar schwarze Dornen, ein Busch sogar solche, an deren Spitzen sich grüne Tröpfchen bildeten, in einem Wurzelwerk gefangen lag ein frisch verendetes Eichhornfrettchen, von den Wurzeln erdrosselt. Ein anderes Wesen, eine Art Gürteltier mit einem spitzen Horn und den kräftigen Krallen eines Maulwurfes, fast so groß wie ein Hund, musterte sie aus dem Wald heraus, sein Maul öffnete und schloss sich wie das eines Fisches und zeigte scharfe Zähne ...

»Sie haben keine Angst vor uns«, sagte Garret leise, Pfeil und Bogen griffbereit, als sie an dem Tier vorüberritten.

Astrak schüttelte grinsend den Kopf. »Das ist es nicht.« Er warf einen schelmischen Blick hinüber zu Garret. »Die hier überlegen sich sogar, ob wir nicht auf ihrem Speiseplan stehen könnten!«

Elyra warf ihm einen ungläubigen Blick zu. »Wie kannst du solch guter Laune sein und dich über so etwas amüsieren, Astrak? Ich finde dies alles fürchterlich. Kein Tier sollte so sein!«

»Psst«, rief Garret leise von vorne und zügelte sein Pferd. »Ruhig, ich sehe da vorne etwas ...«

»Was ist?«, fragte Argor, der auf seinem Maultier den Hals reckte und doch nichts erkennen konnte.

»Ich glaube, wir haben gefunden, was wir suchten«, sagte Garret und ritt langsam weiter, seine Augen waren überall, aber die Tiere ließen sie in Ruhe, beobachteten die Freunde nur auf diese seltsam stete Weise. Astrak hat recht, dachte Tarlon, sie sehen uns als Beute. Doch dann sah er, was Garrets Aufmerksamkeit erregt hatte, und vergaß den Gedanken.

Die Lichtung, auf die sie einritten, war kreisrund, vielleicht vierhundert Schritte durchmessend. Dichtes Gras, grün, wenn auch von der Sommerhitze hier und da gelb verfärbt, bedeckte den größten Teil der Lichtung, ein kleiner, vor langer Zeit wohl einmal künstlich angelegter See lag zu ihrer Linken, dort sah man auch die überwachsenen Fundamente eines kleinen Häuschens.

Direkt vor ihnen, in der Mitte der Lichtung, standen die Ruinen eines ehemals wohl viel höheren Turms. Es musste bereits lange her sein, dass er zusammengebrochen war, Moos und Gras wuchsen auf den weit verstreuten Steinen.

Die Lichtung schien unberührt von dem verdorbenen Wald, nur war sie auch ein Schlachtfeld.

Gut drei Dutzend gerüstete Gestalten lagen vor dem Turm, gefallen, als habe sie eine mächtige Sense niedergemäht. Fliegen stoben auf, als Garret sich dem ersten der Toten näherte, von seinem Pferd abstieg und die Zügel an Vanessa weiterreichte.

»Was mag hier geschehen sein?«, fragte Elyra, während sie sich nervös umsah. Aber es war still und ruhig auf der Lichtung, nur der Wind gab dem hohen Gras Bewegung.

»Sie tragen dieselbe Ausrüstung wie die Kämpfer im Keller«, stellte Garret fest, als er sich neben dem ersten Toten niederkniete. Der Mann lag auf dem Bauch. Garret drehte ihn vorsichtig um und wich zurück, als blanker Knochen ihm mit einem toten Grinsen begegnete, doch nur auf einer Seite, dort, wo das Gesicht des Soldaten auf dem Boden gelegen hatte. Auch die andere Seite war angefressen und Dutzende kleiner roter Larven tummelten sich in dem aufgedunsenen Fleisch.

»Bah!«, sagte Garret und ließ den Toten los. »Das ist eklig!«

»Ich frage mich, was ihm das Gesicht so sauber abgenagt hat«, sagte Tarlon, der ebenfalls abgestiegen war und sich mit seiner Axt in der Hand misstrauisch umsah. »Schau dir das Leder seiner Rüstung an, den Stoff von seinem Wams … er liegt noch nicht lange genug hier, um vollständig abgenagt zu sein!« Er stieß den Toten mit dem Fuß an. »Der liegt noch keinen ganzen Tag hier …«

Garret nickte nur. »Ich frage mich, was ihn umgebracht hat. Ich sehe keine Schäden an seiner Rüstung …«

»Das ist die eine Frage«, sagte Vanessa von ihrem Pferd aus. Sie war nicht abgestiegen und ihre Augen beobachteten alles um sie herum, während ihre Hand nervös mit dem Knauf ihres Schwertes spielte. »Die andere ist … wo kamen diese Männer her?«

»Von einem Lager nicht weit von hier«, beantwortete Argor ihre Frage.

»Wieso denkst du das?«, fragte sie.

»Sie sind zu Fuß unterwegs gewesen und sie führen keinen Proviant mit sich.« Der Zwerg sah sich nervös um. »Lasst uns von dieser Lichtung verschwinden. Hier ist etwas nicht in Ordnung ... es riecht nach Magie.«

»Wie kommst du darauf?«, fragte Garret abwesend, während er mit der Spitze seines Dolches die geschlossene Hand des Toten aufstemmte ... der schwere, mit eisernen Ringen besetzte Lederhandschuh hatte die Hand gut geschützt.

»Was kann sonst einen Soldaten so töten, dass er keine Möglichkeit hat, sich zu wehren?«, fragte der Zwerg nervös.

»Diese Biester hier«, sagte Garret leise und wies mit seinem Dolch auf die nunmehr offene Handfläche des toten Soldaten. Dort, vielleicht in seinem Todeskampf von seiner Hand zerquetscht, fanden sich drei dieser verdorbenen Tausendfüßler ...

Er richtete sich langsam auf. »Lasst uns erst einmal verschwinden.«

»Was bedeutet das?«, fragte Argor vorsichtig.

»Später«, gab Garret kurz zurück.

Auch Tarlon nickte, als er wieder in den Sattel seines Pferdes stieg. »In solchen Fällen vertraue ich Garrets Instinkt.«

»Wir reiten besser in unseren eigenen Spuren zurück«, sagte Garret kurz. »Besser wir sind zu vorsichtig, als dass uns dasselbe geschieht.«

»Nur würde ich gerne wissen, was hier geschehen ist«, stellte Vanessa fest. Sie lockerte ihr Schwert in der Scheide und sah sich weiterhin nervös um.

»Wenn ich recht habe, nützt dir dein Schwert nichts«, sagte Garret nur, während er vorsichtig in Richtung Waldrand ritt und betete, dass sein Gaul nicht ausgerechnet jetzt bockig wurde.

Vielleicht war es dem Pferd auch unheimlich, zur Abwechslung tat es mal genau das, was Garret wollte.

Erst als sie am Waldrand angekommen waren, atmete Garret auf.

»Sagst du uns jetzt, was los ist?«, fragte Elyra.

»Ich weiß nicht einmal, ob ich recht habe«, sagte Garret und schauderte leicht. »Haltet mich für verrückt … aber ich habe da so ein Gefühl.« Er stieg vom Pferd ab und legte einen Pfeil auf die Sehne seines Bogens. »Seht ihr diesen flachen Hügel dort?«, fragte er und wies mit der Hand auf eine flache Erhebung nicht weit von dem Ort, an dem der erste der toten Soldaten lag. »Ich habe mal etwas Ähnliches gesehen. Einen Bau von Ameisen, der auch so aussah.«

Er zog seinen Bogen aus und ließ den Pfeil fliegen, der direkt in dem flachen Hügel einschlug. Einen Sekundenbruchteil geschah nichts, der Pfeil steckte … dann jedoch schien etwas um ihn herum zu wogen und der Pfeil sank zur Seite und verschwand im dichten Gras.

»Was war das?«, fragte Vanessa mit einem leicht nervösen Unterton. »Ich habe es nicht richtig gesehen!«

»Aber ich«, antwortete Elyra leise. »Es waren Dutzende von diesen Todeskrabblern.«

»Todeskrabbler?«, grinste Astrak. »Klingt richtig poetisch! Wie kommst du bloß auf so einen Namen!?«

»Vielleicht, weil er passt«, sagte Garret leise. »Ich wette, dass es diese Viecher waren, die die Soldaten erwischt haben. Seht ihr?«

Er wies mit seiner Hand auf andere flache Erhebungen, die nun, da sie danach Ausschau hielten, überall in der Lichtung zu finden waren.

»Etwas Ähnliches wie Schwarzbrandameisen«, nickte Tarlon und seine Stimme klang belegt. »Vater zeigte mir mal einen Bau, weit oben im Süden. Er warf ein totes Karnickel vor den Bau … und keine Minute später war es abgenagt.«

»Niemand hat gegen diese Biester eine Chance. Nicht, wenn sie zu Hunderten angreifen«, stellte Garret frustriert fest und sah nachdenklich zu dem Turm hinüber. »Das können wir vergessen. So kommen wir in den Turm nicht hinein!«

»Gibt es nichts, was man gegen diese Biester tun könnte?«, fragte Elyra.

»Doch, eines«, antwortete Tarlon. »Wir könnten die Lichtung abfackeln. Nur bringt uns das zu einem weiteren Problem. Den Rauch würde man sehen.«

»Richtig, das denke ich auch«, sagte Astrak. »Wenn es da, wo diese Soldaten herkamen, mehr von ihnen gibt, werden sie den Rauch sehen und nachschauen, was hier los ist.«

»Sie müssten eigentlich diese Soldaten auch vermissen«, setzte Argor nach. »Also frage ich mich, warum sie noch niemanden geschickt haben, um nachzusehen, was hier geschah.« Der Zwerg sah die anderen an. »Ich glaube nicht daran, dass die hier nur zufällig hergekommen sind.«

»Sie werden dann auch den Turm durchsuchen wollen«, sagte Tarlon. »Auf die Idee mit dem Feuer würden sie auch kommen, ein Blick auf die Toten reicht, um zu wissen, was hier geschehen ist ... und das bedeutet ...«

»Dass die Soldaten wirklich erst seit heute hier liegen. Man hat sie einfach noch nicht vermisst«, beendete Garret Tarlons Satz. »Aber ich denke, das wird nicht lange auf sich warten lassen!«

»Das setzt voraus, dass es wirklich noch mehr von ihnen gibt. Vielleicht waren das alle«, sagte Elyra hoffnungsvoll.

Aber Argor schüttelte den Kopf. »Ich wette meinen Hammer, dass es nicht alle waren!«

Es dauerte nicht lange, bis Garret die Spuren der Soldaten ausgemacht hatte, und es fiel ihnen nicht besonders schwer, diesen zu folgen. Sie führten tiefer in den Wald hinein, was keinem der Freunde gefiel, aber es war, wie Argor sagte. Sie mussten wissen, wo sich der Feind befand. Dass es der Feind war, daran bestand kein Zweifel, wie Garret schon festgestellt hatte, trugen sie die gleiche Ausrüstung wie die Toten, die er im Keller des Gasthofes gefunden hatte.

Es war Elyra, die etwas später feststellte, dass sich der Wald langsam änderte und die Verderbnis abzunehmen schien, je tiefer sie in den Wald vorstießen. Es schien eine fließende Grenze zu geben, aber dann kam ihnen der Wald wieder normal vor, ein dichter alter Wald, der seit Jahrhunderten von Menschenhand unberührt geblieben war.

»Damit ist der verdorbene Wald an dieser Stelle nur gute sechs Wegstunden breit«, bemerkte Tarlon und ließ seine Hand liebevoll über dem Stamm eines Baumes gleiten. Er fühlte sich gesund und kräftig an, nicht so seltsam wie die Bäume im verdorbenen Wald.

»Breit genug«, meinte Argor und schüttelte sich demonstrativ. »Ich will gar nicht daran denken, dass wir da erneut hindurchmüssen.«

»Aber nicht so breit, wie wir dachten«, stellte Garret erleichtert fest. »Die Ältesten schienen der Meinung, dass die Verderbnis den ganzen Wald erfasst hätte.«

»Ich bin froh, dass sie diesmal nicht recht behalten haben«, grinste Astrak. »Mein Vater hat viel zu häufig recht!«

»Eines weiß ich auf jeden Fall: Wenn jemand auf die bescheuerte Idee kommt, des Nachts da durchzureiten, dann ohne mich«, stellte Vanessa fest.

»So verrückt bin noch nicht einmal ich«, grinste Astrak und löste leises Gelächter aus, etwas gedämpft dadurch, dass sie nicht wussten, wie weit der Feind noch entfernt war, doch fast im gleichen Moment erhielten sie die Antwort in Form von fernen Axthieben.

Die Freunde sahen sich gegenseitig an und Garret glitt wortlos von seinem Pferd, reichte Vanessa die Zügel und glitt in das dichte Unterholz.

»Warum immer er?«, fragte Vanessa.

»Weil er es am besten kann«, grinste Astrak. »Ich kenne niemanden, der so gut darin ist, nicht gefunden zu werden, wie Garret.«

Da war wohl etwas dran, dachte Vanessa. Während Garret das vermutete gegnerische Lager auskundschaftete, blieben die anderen nicht untätig. Es war eine Gelegenheit, die Pferde zu versorgen und eine kleine Rast zu machen. Allerdings weitab von der Spur, der sie gefolgt waren. Sie fanden einen geschützten Platz inmitten von dichtem Unterholz, groß genug, um auch die Pferde dort zu verstecken.

Während der ganzen Zeit konnten sie die Axthiebe hören.

Ganz offensichtlich, sagte Tarlon, waren es gut ein Dutzend Männer, die damit beschäftigt waren, das Holz zu schlagen. Nur zu welchem Zweck?

Damit nicht sie selbst vom Gegner überrascht wurden, war es Vanessa gewesen, die auf einen Baum geklettert war, um Ausschau zu halten, aber sogar sie hatte Garret nicht wieder zurückkommen sehen.

»Und?«, fragte Tarlon, als Garret wie ein Geist aus dem dichten Unterholz vor ihnen auftauchte. Er war viel länger weggeblieben als gedacht, sogar Tarlon war schon beunruhigt.

»Argor kann seinen Hammer behalten«, antwortete Garret und strich sich mit angewidertem Gesichtsausdruck einen Käfer von seiner Schulter. »Es gibt noch mehr als genug von unseren Feinden!«

17 Die Söldner

Argor hob seinen Hammer und sah von ihm zu Garret. »In diesem Falle bin ich nicht sicher, ob es mir nicht doch lieber gewesen wäre, meinen Hammer zu verlieren. Wie viele sind es?«
»Gut sechs Dutzend. Etwas über zwölfhundert Schritt in dieser Richtung haben sie ein kleines Lager errichtet. Ich habe etwas über sechzig Zelte gezählt, zwei Mann pro Zelt ... sauber und ordentlich aufgestellt.« Garret fuhr sich mit den Fingern durch sein Haar und kämmte Laubreste aus. »Das Holz fällen sie, um Palisaden zu errichten und einen kleinen Wachturm. Eigentlich beeindruckend. Sie haben sogar Latrinen gegraben.«
»Eine Kompanie also«, stellte Argor fest.
»Scheint so. Aber keine volle Kompanie, sie müssen noch an anderer Stelle Leute verloren haben, nicht nur am Turm. Nach der Anzahl der Zelte zu urteilen, haben sie bereits gut ein Drittel an Stärke verloren.«
»Die Soldaten im Keller trugen dieselbe Ausstattung wie die am Turm«, stellte Tarlon fest.
»Richtig«, nahm Garret den Faden wieder auf. »So, wie es aussieht, werden sie bald einen kleinen Trupp aussenden, um herauszufinden, wo ihre Leute bleiben. Sie werden bald hier vorbeireiten.« Er sah sich um. »Übrigens, keine schlechte Idee, sich hier zu verstecken. Wer hat den Ort ausgewählt?«
»Elyra war es«, sagte Tarlon und lächelte leicht. »Sie sagt, Mistral habe sie hierhergeführt.«
»Und du kannst mir das auch gerne glauben«, sagte die Halbelfe stolz. »Es war tatsächlich so. Es war, als ob mich eine innere Stimme führte!«
Tarlon lächelte sie an. »Niemand hat das bestritten, Elyra.«
»Wie auch immer«, unterbrach Garret, »es ist ein guter Platz. Wir werden hier ein wenig bleiben müssen.«

»Warum?«, fragte Vanessa, die von ihrem Baum herabgekommen war.

»Wir sollten abwarten, was sie tun werden«, beantwortete der Zwerg ihre Frage für Garret.

»Das ist nicht der einzige Grund«, grinste Garret. »Der andere ist, dass wir es wohl kaum heute noch schaffen werden, den Gefangenen zu befreien.«

Die anderen sahen ihn sprachlos an. Es war Argor, der als Erster das Wort ergriff. »Und warum grinst du so? Was ist so lustig daran?«

»Welcher Gefangene?«, fragte Vanessa.

»Es ist ein Abenteuer. Ich habe noch nie einen Gefangenen befreit!«, antwortete Garret.

»Es ist eine Frau«, stellte Astrak fest.

»Wie kommst du darauf?«, fragte Vanessa und warf Garret einen schwer deutbaren Blick zu.

»Garret geht davon aus, dass wir alle zustimmen«, erklärte Astrak. »Also ist es eine Frau.«

Garret lachte leise.

»Nein, es ist keine Frau.« Er grinste noch breiter. »Schön, zu sehen, wie gut du mich kennst, Astrak!«

Pulvers Sohn zuckte die Schultern. »Wäre es eine Frau, dann hättest du genau das Gleiche gesagt.«

»Stimmt, aber es ist kein ...«

»Halt«, sagte Vanessa mit einem entschiedenen Tonfall. »Vielleicht sagst du uns, was du herausgefunden hast und was es mit dem Gefangenen auf sich hat.«

»... Problem«, beendete Garret seinen Satz und machte sich an seiner Satteltasche zu schaffen, um einen Apfel hervorzukramen, den er an seinem Ärmel polierte. »Sein Name ist Knorre, er ist fünfzig Jahre alt, stammt aus Alindor und ist ein Schatzsucher. Sie haben ihn erwischt, als er auf dem Weg zum Turm war. Und er sagte ihnen, dass sie ohne ihn nicht in den Turm kommen würden.«

»In den Turm sind sie ja wohl auch nicht gekommen«, stellte Astrak trocken fest. »Allerdings denke ich, dass er es auch nicht geschafft hätte.« Er sah Garret skeptisch an. »Und woher willst du das alles wissen?«

»Ich lag keine drei Meter von dem Mann entfernt, als sie ihn befragt haben.«

Argor hob eine buschige Augenbraue an und sah Garret fragend an. »Also haben wir eine dezimierte Kompanie Söldner vor uns, die hier gar nicht sein sollten, einen Gefangenen, den wir befreien wollen. Gut. Aber sagst du mir auch, warum das kein Problem sein sollte? Ich glaube, es gibt immer noch unwesentlich mehr von ihnen als von uns?«, bemerkte der Zwerg etwas spitz.

Garret grinste breit. »Ich dachte daran, sie zu bitten, ihn freizulassen.«

»Wenn es weiter nichts ist«, lachte Astrak. »Fragen kann man ja!«

»Genau«, antwortete Garret mit einem Funkeln in den Augen. »Es gibt da noch etwas anderes«, sagte er dann und wandte sich wieder Argor zu. »Dein Vater hat sich mit den Söldnern bei uns im Dorf unterhalten. Weißt du, inwieweit die Loyalität von Söldnern sicher ist?«

Argor sah ihn bloß an und zuckte dann mit den Schultern. »Woher soll ich das wissen? Es ist nur so viel zu sagen: Der Ruf einer Söldnerkompanie hängt davon ab, wie loyal sie sind. Es ist eine schlechte Idee, mitten im Kampf die Seiten zu wechseln. Warum?«

»Weil der Anführer der Söldner mit seinem Stellvertreter ein kleines Gespräch führte … und er sagte, er bereue es schon seit Längerem, dem Vertrag zugestimmt zu haben.« Garret grinste noch breiter. »Es sieht so aus, als wäre der Sold überfällig.«

Die anderen hatten der Unterhaltung zugehört, vor allem Tarlon sah sehr skeptisch drein, aber es war Vanessa, die das Wort ergriff.

»Worauf willst du hinaus?«, fragte sie vorsichtig.

Garret schnitt den Apfel in zwei Teile und bot ihr eine Hälfte an. »Unsere Söldner hier sind mehr als unzufrieden. Sie haben einen Teil ihrer Leute verloren, als diese durch ein magisches

Tor geschickt wurden, und mittlerweile macht sich der Anführer Sorgen um den Trupp, den er zu dem alten Turm geschickt hat. Wenn sie finden, was von ihren Leuten am Turm übrig ist, wird der Unmut noch größer werden.«

Sein Lächeln schwand. »Ich weiß, dass es unsere Feinde sind … aber einer der Soldaten am Turm war die Tochter des Söldnerführers.«

Elyra sah zu ihm hoch. »Ich glaube«, sagte sie dann leise, »das Einzige, was schlimmer ist, als die Mutter zu verlieren, ist, die Tochter zu verlieren.«

»Richtig«, sagte Astrak leise. »Oder eine Schwester.« Er schüttelte sich wie ein nasser Hund, holte tief Luft und sah dann Garret skeptisch an. »Also denkst du, die Söldner könnten sich abwerben lassen? Von uns?«

»Ich glaube, genau das ist seine Absicht«, antwortete Tarlon und rieb sich nachdenklich die Nase. »Ich muss gestehen, dass ich keine Ahnung habe, ob das funktionieren kann«, sagte er schließlich. »Zum anderen stellt sich auch die Frage, wie wir ihnen dieses Angebot unterbreiten.«

Astrak lachte. »Na klar werden sie drauf eingehen. Da kommen ein paar junge Leute aus dem Wald und heuern sie für mehr Gold als ihr vorheriger Auftraggeber an. Sie müssen uns das nur glauben!«

»Warum sollten sie uns nicht glauben?«, sagte Elyra. »Wir sagen die Wahrheit.«

Astrak sah die Halbelfe überrascht an. »Das wird uns wenig helfen, denn woher sollen sie das wissen?«

Elyra sah den Sohn des Alchemisten mit ihren unergründlichen Augen an. »Astrak, die Wahrheit ist immer erkennbar. Manchmal wollen wir einer Lüge glauben, weil wir die Wahrheit nicht wahrhaben wollen, aber eine Lüge ist immer erkennbar.«

»Sag das mal Belior«, knurrte Garret.

Tarlon räusperte sich. Er sah den Zwerg an. »Was meinst du, besteht wirklich die Chance, dass wir sie überzeugen können?«

»Möglich wäre es«, brummte Argor. »Aber wie? Leere Versprechungen auf einen Sold haben sie, wenn Garret recht hat, ja nun gerade erst gehabt!«

Der Zwerg schüttelte aber den Kopf. »Nein, ich glaube nicht, dass das geht. Schade eigentlich.« Er seufzte. »Es ist eine schöne Idee. Löst gleich mehrere Probleme auf einen Streich. Es scheitert nur daran, dass wir kein Gold haben.«

»Wir haben jede Menge Gold im Gasthof«, widersprach Garret pikiert. Er setzte sich auf einen umgefallenen Baumstamm und zog mit einem Seufzer der Erleichterung seinen rechten Stiefel aus ... und betrachtete nachdenklich das Loch in seinem Strumpf.

Elyra machte unwillkürlich einen Schritt zurück und rümpfte die Nase.

»Musste das jetzt sein?«

»Ja.« Garret schüttelte seinen Stiefel aus und fing einen kleinen Stein auf, der herausfiel.

»Der hat mich schon den ganzen Tag wahnsinnig gemacht!«

Vanessa seufzte und tauschte einen vielsagenden Blick mit Elyra aus. Diese rollte nur die Augen.

»Abgesehen davon«, sagte Garret, als er den Stiefel wieder anzog und einen seiner Dolche im Schaft verstaute, »haben wir Gold.« Er hielt eine goldene Doppelkrone hoch. »Hier.«

»Wo hast du die her?«, fragte Astrak.

»Die haben wir vor ein paar Tagen in der Akademie gefunden. War so ziemlich das Einzige dort, was sich lohnte mitzunehmen.« Garret warf die Münze hoch und fing sie wieder auf. »Unten im Gasthof gibt's noch mehr davon.«

Er sah zu Tarlon hoch. »Ich habe wirklich das Gefühl, als wären die Söldner hier reif für ein Gegenangebot.«

»Und wie überbringen wir dieses ... Angebot? Und was bieten wir ihnen?«, fragte Tarlon. »Ich habe gar keine Ahnung, was eine Söldnerkompanie so kostet.«

Vanessa sah auf. »Wir bieten ihnen einfach das Doppelte von dem, was sie vorher bekamen.«

Argor räusperte sich.

»Denkt dran, dass sie einen Ruf zu verlieren haben. So leichtfertig werden sie den nicht aufs Spiel setzen.«

»Wenn du willst, dass ein Ochse ein schweres Gespann ziehen soll, dann muss man dafür sorgen, dass er es ziehen will«, sagte Astrak bedeutsam.

Die anderen sahen ihn an.

»Mein Vater sagt auch immer, dass, wenn du nicht willst, dass der Stollen einstürzt, man ihn gut verschalen soll«, brummte Argor. »Aber was hat das hiermit zu tun?«

Vanessa rollte die Augen. »Das bedeutet, dass wir ihnen eine ganz besondere Motivation bieten müssen«, erklärte sie. »Vielleicht hat Garret recht.«

»Ich habe häufiger recht, als es die Leute einsehen wollen«, grinste Garret.

Sie sah ihn nur an.

Argor ignorierte Garret. »Und wie?«, fragte der Zwerg dann Vanessa.

»Wir machen ihnen das gleiche Angebot wie das, was dein Vater dem anderen Söldner machte. Es schien ihn ja zu überzeugen.«

»Das und Elyras Messer«, grinste Astrak.

Elyra warf ihm einen bösen Blick zu. »Du weißt genau, dass ich nur helfen wollte!«

»Ja, wir wussten es«, lachte Astrak. »Ich werde den Gesichtsausdruck des Händlers so schnell nicht vergessen!«

Tarlon räusperte sich.

»Was ich nicht vergessen werde«, sagte er leise, aber bestimmt, »ist, dass das nur eine Finte war ... und was ich ganz bestimmt auch nicht vergessen werde, ist das, was danach geschah!«

Astraks Lachen gefror. »Ja«, sagte er grimmig. »Das werde ich auch nicht vergessen. Aber ich ziehe es vor, nicht daran zu denken.«

»Ich auch«, sagte Garret und schloss für einen Moment die Augen. »Aber ich glaube nicht, dass der Söldner wusste, was der Mann vorhatte«, fügte er hinzu. »Vielleicht ist es hier auch nicht anders.« Er sah die anderen der Reihe nach an. »Aber es gibt nur eine Möglichkeit, das herauszufinden.«

»Hhm...«, sagte Tarlon. »Also gut. Grundsätzlich bin ich einverstanden. Nur wie überbringen wir die Nachricht?«

»Wir könnten ihnen einen Brief schreiben«, sagte Astrak. »Ich hörte, dass es ein Zeichen gibt dafür, dass man in Frieden kommt, ich könnte hingehen und den Brief übergeben!«

»Weißt du, wie dieses Friedenszeichen aussieht?«, fragte Elyra neugierig.

»Ich habe nicht die geringste Ahnung. Irgendeine Flagge, glaube ich«, antwortete Astrak.

»Und was ist, wenn sie nicht lesen können?«, fragte Vanessa.

»Jeder kann lesen!«, antwortete Astrak.

Vanessa schüttelte den Kopf. »Die Wache des Händlers konnte es nicht. Ich hörte, dass die Menschen außerhalb des Tals meistens nicht lesen können!«

Astrak zuckte die Schultern. »Na, dann weiß ich jetzt auch nicht weiter!«

»Ich habe da schon eine Idee«, grinste Garret.

»Ich hoffe, es ist eine gute«, sagte Elyra. »Denn ich höre Pferde. Nur ein halbes Dutzend oder so ... ich denke, sie sind bereits losgeritten und wollen nachsehen, was mit ihren Leuten geschehen ist.«

Garret wartete, bis die Söldner den Rand der Lichtung fast erreicht hatten. Er und Elyra befanden sich auf einer Astgabel in einem der hohen Bäume nahe dem alten Weg, der zu der Lichtung mit dem Turm führte. Gegen Tarlons Proteste war die Wahl bei Garrets Begleitung auf Elyra gefallen, da sie, wie Garret behauptete, die Einzige war, die annähernd so gut klettern und sich im Wald bewegen konnte wie er. Tatsächlich hatte Garret recht behalten, obwohl Elyra und er zu Fuß unterwegs waren, war es ihnen gelungen, deutlich vor den Söldnern an der Lichtung mit dem Turm anzukommen. Elyra hatte jedenfalls wenig Probleme, den hohen Baum zu erklimmen, keine Überraschung für Garret, oft genug hatte er sie schon in irgendwelchen

Bäumen sitzen gesehen, wo sie sich scheinbar einer intensiven Unterhaltung mit den Vögeln widmete, die dort nisteten.

Gefahr bestände für sie nicht, hatte Garret argumentiert, während er sorgfältig einen Pfeil aus seinem Köcher auswählte. Ihre Aufgabe war es, die anderen zu unterrichten, wenn es schiefginge. Daraufhin nickte Tarlon nur und sah seinem Freund tief in die Augen. »Sei vorsichtig«, hatte er gesagt und Garret hatte breit gegrinst. »Ich? Immer!«

Jetzt war von diesem Grinsen nichts mehr zu sehen. Garret war ernst und konzentriert und während er die herannahenden Söldner unter zusammengezogenen Augenbrauen musterte, warf Elyra ihm einen versteckten Blick zu und fragte sich, ob sie hier gerade den wahren Garret sah.

»Es ist so weit«, flüsterte Garret. »Sie kommen.«

Elyra nickte nur und sah zu, wie er lautlos den Baum herunterglitt. Er ließ es mühelos aussehen, als wäre die raue Borke eine bequeme Steige. Er schien immer alles auf die leichte Schulter zu nehmen, nur jetzt gerade erinnerte er sie kaum an den lachenden Jungen, den sie gekannt hatte. Er schien Jahre älter. Und erwachsen.

Garret war alles andere als zum Lachen zumute. Er hatte, als er sich an das Lager der Söldner heranschlich, drei der fünf Männer vor ihm schon näher gesehen und auch wenn er den anderen gegenüber so tat, als wäre alles ein Kinderspiel gewesen, wusste er doch, wie aufmerksam sie waren.

Als die Söldner jetzt langsam heranritten, musterte Garret sie noch einmal genauer. Es gab einen Unterschied zwischen den Männern im Dorf und diesen und es hatte eine Weile gebraucht, bis Garret den Finger darauf legen konnte.

Es waren nicht die verstärkten Lederrüstungen, die benutzten, aber gut gepflegten Waffen, es waren noch nicht einmal die Spuren vergangener Kämpfe, die jeder der Söldner in der einen oder anderen Weise mit sich herumtrug. Es waren die Augen. Diese Männer hatten schon viel gesehen und waren auf eine Art hart geworden, wie Garret es von seinem Vater und den anderen Männern im Dorf nicht kannte. Nicht gekannt hatte, korrigierte er sich. Denn das letzte Mal, als er Tarlons Vater gesehen hatte, war dessen Blick nicht viel anders gewesen. Einen Moment erinnerte er sich an Hernul, wie er den verbrannten Körper seiner Frau in den Armen hielt, dann verdrängte Garret den Gedanken.

Der Anführer der Söldner, ein breitschultriger Mann vielleicht schon nahe der fünfzig, mit markanten, tief gefurchten Gesichtszügen und kurzem rotem Haar, das an den Schläfen schon grau wurde, hielt die Hand hoch und zügelte sein Pferd. Die anderen taten es ihm nach, die Hände nahe an ihren Waffen, und sahen sich um. Fünf Männer waren es, jeder von ihnen führte ein weiteres Pferd mit sich, jedes davon gesattelt, aber mit prall gefüllten Packtaschen.

Einer der Männer war nicht so schwer gewappnet wie die anderen vier und trug über einer Lederrüstung einen langen, ehemals weißen Stoffmantel, es war der gleiche Mann, der sich auch die Platzwunde am Kopf des Gefangenen angesehen hatte, der Heiler der Kompanie. Dass er dabei war ... und die beladenen Pferde ... das konnte nur bedeuten, dass man mit dem Schlimmsten rechnete.

Aber es war der Anführer, der Garret beeindruckte. Der Mann war nicht besonders groß, vielleicht einen Kopf kleiner als Garret, und beileibe nicht so muskulös, wie es Tarlon war, aber alleine die Art, wie er auf seinem Pferd saß, still und ruhig, während er langsam seine Hand wieder sinken ließ und seine Augen den Wald absuchten ... er hatte etwas von derselben Qualität, wie Ariel sie besaß und, in einem gewissen Maß, auch Pulver.

Garret wusste, dass er keine Spuren hinterlassen hatte, dass sie ihn nicht sehen konnten ... dennoch wusste er, dass der Anführer wusste, dass Garret hier war.

Für einen Moment erlaubte sich Garret ob seiner eigenen Gedankengänge ein Schmunzeln ... woher sollte er selbst wissen, dass ... doch dann zuckte er innerlich die Schulter.

Der Ort, an dem er sich verbarg, war mit Bedacht gewählt,

ein dichter Busch nahe einem stämmigen Baum, wenn etwas schiefging, hoffte Garret die Deckung des Baums nutzen zu können. Nur einer der Söldner hatte eine Fernwaffe, eine Armbrust, die aber zurzeit, obgleich gespannt, noch am Sattel des Söldners hing. Es blieb Zeit zu verschwinden, wenn dieser Mann nach seiner Waffe griff.

Der Anführer sah genau in Garrets Richtung. Jetzt oder nie.

Garret spürte, wie sein Herz raste und seine Handflächen feucht wurden, er schluckte, erhob sich und machte einen Schritt nach vorne.

»Den Göttern zum Gruße, Hauptmann Hendriks«, sagte er und war froh, dass seine Stimme ruhig klang.

Der Mann mit der Armbrust am Sattel machte eine Bewegung, diese zu greifen, aber der Anführer schüttelte den Kopf.

»Ruhig, Leute. Und, Tarik, lass es gut sein. Der Junge ist unbewaffnet.«

»Das könnte eine Falle sein, Hauptmann«, antwortete der Mann. Er ließ seine Augen wandern. »Eine gute Stelle für einen Hinterhalt.«

»Das«, sagte der Hauptmann ruhig, »weiß hier wohl jeder.« Er sah Garret aufmerksam an, beide seiner Hände lagen ruhig auf dem Sattelknauf und hielten die Zügel seines schweren Schlachtpferdes locker. »Du kennst meinen Namen, Junge. Also hast du uns im Lager beobachtet«, stellte er fest.

Garret nickte nur.

Der Anführer ließ seine Blicke über den Wald zu beiden Seiten des Wegs gleiten, bevor er Garret wieder ansah. »Du bist gut«, sagte er dann. »Ich habe dich nicht gesehen.« Er sah nach vorne, wo sich in der Entfernung die Bäume lichteten, und dann wieder zu Garret zurück.

»Also habe ich recht. Unseren Leuten ist etwas geschehen.« Seine Stimme war ruhig, nichts deutete darauf hin, dass er sich Sorgen machte. »Bist du dafür verantwortlich?«

Wenn er es wäre, dachte Garret und merkte, wie sich sein Magen zusammenzog, würde er es nicht überleben. Die Botschaft war klar und deutlich. Garret versuchte, so ruhig wie möglich zu wirken. Unsicherheit konnte er sich jetzt nicht leisten. Er schüttelte den Kopf. »Nein«, sagte er. »Aber ich weiß, wer es ist.«

»Und wer wäre das?«, fragte der Hauptmann leise. Nur ein Pferd schnaubte, sonst war alles ruhig ... und dennoch wusste Garret, dass es nur einen Lidschlag bräuchte, um alles zu verlieren. Garret schien es fast, als könne er die Gedanken der Männer lesen, wie jeder von ihnen überlegte, was er wie zu tun hatte, gab der Hauptmann sein Zeichen. Diese Leute, dachte Garret, wider Willen beeindruckt, waren gut aufeinander eingespielt ... und für einen Sekundenbruchteil fühlte er, als würde er in die Zukunft sehen ... als wären dies Tarlon und die anderen ... wie Garret und sie sein würden, nach einem Krieg, der ein Leben lang ging. Und genau in diesem Moment wusste Garret, dass er das nicht wollte.

»Ihr seht den Wald hier?«, fragte Garret und schluckte. Plötzlich hatte er einen trockenen Hals. »Ihr fühlt, wie verdorben er ist, habt die unsäglichen Kreaturen gesehen, die hier hausen?«

Nicht nur der Anführer nickte, auch die anderen schienen dies bestätigen zu können, während der Hauptmann Garret ansah, musterten die anderen den Wald um sie her noch intensiver.

»Der Wald ist seit Jahrhunderten so. Seit Jahrhunderten birgt er Böses und Verdorbenes. Wenn Ihr wissen wollt, wer für den Tod Eurer Tochter verantwortlich ist, fragt den, der Euch hierherschickte, wohl wissend, was Euch hier erwartet.«

Der Hauptmann nickte langsam und seine Züge wurden, so es denn möglich war, noch härter. »Habt Ihr ihnen einen Hinterhalt gelegt?«, fragte er dann tonlos und in diesem Moment fröstelte es Garret, ein falsches Wort und er war so gut wie tot.

»Nein«, antwortete Garret so ruhig wie möglich. Er zögerte, dies war schwieriger, als er es jemals für möglich gehalten hätte.

»Es waren die verdorbenen Kreaturen hier. Sie hätten auch uns beinahe erwischt ...« Garret schluckte. »Es war die Warnung der Toten auf der Lichtung vor dem Turm, der uns das Leben rettete.« Er spürte den Blick des Mannes schon fast körperlich. »Ich werde Euch zeigen, wo sie liegen und was geschehen

ist ... und somit Euch das Leben retten.« Garret holte tief Luft.
»Die Götter nehmen ... und sie geben.«
Der Hauptmann sagte noch immer nichts, aber einer der anderen ergriff das Wort. Der Heiler.
»Du sagst, dass du uns jetzt das Leben rettest?«
»Ja«, sagte Garret nur.
»Fallt nicht auf den Jungen herein«, sagte der Mann mit der Armbrust. »Er hat etwas vor, das rieche ich.«
»Da hast du wohl recht, Tarik«, sagte der Hauptmann langsam. »Nur was? Und er ist vielleicht doch kein Junge, Tarik, sondern ein Mann.«
Der Söldner namens Tarik nickte nur, aber seine Hand lag auf dem Schaft seiner Armbrust. Garret spannte sich, eine Bewegung und ...
»Ihr habt mit dem Tod meiner Leute nichts zu tun?«, fragte der Hauptmann leise.
Garret nickte.
»Und du warnst uns, damit uns nicht das gleiche Schicksal ereilt?«
Garret nickte erneut. Eines der Pferde schnaubte und tänzelte, der kurze Moment war Ablenkung genug ... und Garret sah eine Armbrust auf sich gerichtet. Garret sah schon fast den Bolzen fliegen ... aber es geschah nichts, der Mann drückte nicht ab.
»Warum?«, fragte der Anführer, noch immer in dieser ruhigen und dadurch noch bedrohlich klingenderen Stimme.
Garret holte tief Luft und bekämpfte seine Panik. Irgendwie glaubte er nicht daran, dass dieser Tarik danebenschießen würde. Schließlich würde Garret sein Ziel auch nicht verfehlen. Dies war der alles entscheidende Moment.
»Weil ich euch anschließend ein Angebot unterbreiten will.«
Der Hauptmann nickte nur nachdenklich, es war der Heiler, der die Frage stellte.
»Was für ein Angebot?«
»Später«, antwortete Garret. »Aber es geht, im Grunde genommen, nur darum, ob ihr alle bis an euer Lebensende kämp-

fen wollt oder ob ihr für euch eine andere Zukunft wünscht.« Er sah Tarik, den Mann mit der Armbrust, direkt an. »Eine, in der man mit dem Bogen nur auf Wildbret schießt, und das auch nur, um eine Familie zu ernähren.«

Garret sah, wie sich die Augen des Mannes weiteten, mit dieser Antwort hatte er wohl nicht gerechnet.

»Du zeigst uns, was mit meinen Leuten geschehen ist, dafür hören wir dir zu, wenn du dein Angebot machst, und geben dir freies Geleit?«, fragte der Anführer. »Ist das dein Geschäft, das du uns vorschlägst?«

»Was ist freies Geleit?«, fragte Garret vorsichtig.

»Wir lassen dich gehen«, erklärte Tarik und für einen Moment erschien es Garret, als ob dieser sogar schmunzeln würde.

»Das«, sagte Garret voller Inbrunst, »ist genau das, was ich will.«

Garret stand neben dem Anführer der Söldner am Waldrand und war erstaunt darüber, dass er im Moment keine Angst verspürte. Vielleicht war es auch deshalb, weil er den Eindruck hatte, dass das Wort des Hauptmanns Geltung hatte, vielleicht lag es auch nur daran, dass der durchdringende Blick des Mannes nun auf die Lichtung vor ihnen konzentriert war, wo im hohen Gras hier und da die toten Körper zu erahnen waren.

Einer der anderen Männer, Jensen war wohl sein Name, rollte gerade ein dünn geflochtenes Seil aus, an dessen einem Ende ein Stein mit einem großen Stück Dörrfleisch befestigt war. »Ist dies wirklich nötig?«, fragte er skeptisch.

Der Hauptmann sah fragend zu Garret hinüber und dieser nickte. »Er soll es dort auf den kleinen Hügel werfen … lasst es ein paar Atemzüge liegen und zieht es dann zurück. Und … haltet eure Dolche bereit.«

Garret sah Tarik an. »Es wäre nett, hätte ich meinen Dolch wieder. Es könnte sein, dass ich ihn brauche.«

»Dann nimm den in deinem Stiefel, Junge«, antwortete der Armbrustschütze, ohne aufzusehen. »Aber erst dann, wenn ich auch glaube, dass du ihn wirklich brauchst.«

Garret schluckte, er hatte wirklich gedacht, er wäre damit durchgekommen. Der Anführer ignorierte das Geplänkel und gab das Signal. Jensen wirbelte den Stein zwei-, dreimal am Ende des Seils herum und ließ ihn dann in einem hohen Bogen fliegen, das Seil glitt leicht durch die Finger das Mannes, es sah fast schon elegant aus, fast so, als werfe er eine Schnur zum Angeln aus. Nur, dachte Garret, dass hier keine Fische anbeißen würden.

Selbst bei größter Aufmerksamkeit sah auch Garret nichts ... vielleicht war es so, dass sich die hohen Halme ein wenig bewegten, aber das hätte auch der leichte Wind sein können.

Garret zählte langsam seine Herzschläge, dann sah er den fragenden Blick des Hauptmanns und nickte. Jensen holte das Seil Hand über Hand wieder ein ... und fluchte dann laut, um es fallen zu lassen und zurückzuspringen. Ein Dolch erschien in der Hand des Mannes ... und einen Sekundenbruchteil dachte Garret, dass er sich selbst in den Arm stechen wollte, doch dann zuckte die Klinge herab und an der Spitze stak etwas, das Garret nur zu gut kannte, einer der Todesfüßler. Auch die anderen waren in Bewegung, der Köder hatte gut ein halbes Dutzend der Viecher angelockt und auch Tarik versuchte gerade vergeblich eines der Biester zu zertreten, vergeblich, entweder war der Boden zu weich oder die Biester waren einfach zu zäh.

»Zurück«, rief der Hauptmann, während Tarik fluchte und das Insekt letztlich mit der Spitze eines Armbrustbolzens aufspießte. »Und lasst das Seil liegen!«

Sie wichen alle ein Stück zurück, keine schlechte Idee, wie es sich zeigte, denn aus dem hohen Gras schoss ein schmaler Strom der Kreaturen hervor und schwärmte über den Stein mit den Resten des Dörrfleischs.

»Flinke Biester«, stellte Tarik leise fest und der Hauptmann legte Garret die Hand auf die Schulter, während er zusah, wie die schwarze, glänzende Welle über den Köder flutete ... als sie wenige Augenblicke später wieder in das hohe Gras zurückwich, nickte er langsam. Sein Gesicht war wie aus Stein gemeißelt. Seine Hand wog schwer auf Garrets Schulter. Von dem

Köder war nichts mehr zu sehen, auch das Stück Leder, mit dem man den Köder auf dem Stein festgebunden hatte, war spurlos verschwunden.

»Also ist es wahr.«

Garret nickte nur.

»Sie hatten keine Möglichkeit, sich zu retten«, meinte der Heiler rau, dessen Namen Garret immer noch nicht kannte. Er machte ein Zeichen vor der Brust, das Garret irgendwie vertraut vorkam, und seufzte. »Keine Rüstung schützt gegen so etwas.«

Der Hauptmann nickte langsam. »Ich habe ihrer Mutter versprochen, auf sie aufzupassen«, sagte er. Seine Stimme klang rau. »Und jetzt kann ich sie nicht einmal begraben.« Ein Muskel spielte an seiner Wange, dann richtete er diese durchdringenden fahlblauen Augen wieder auf Garret. Doch er sprach den Heiler an.

»Was meinst du, Helge«, sagte er und sein Gesicht verhärtete sich noch mehr. »Denkst du, dass Belior von diesen Gefahren wusste?«

Der Heiler legte nachdenklich den Kopf auf die Seite. »Vielleicht nicht von diesen Gefahren. Aber ich weiß, dass ich mich gewundert habe, warum er uns dazu bestimmte, den Wald nach diesem Turm zu durchsuchen und nicht eine Kompanie seiner Leute geschickt hat. Warum er überhaupt eine ganze Kompanie als notwendig empfand.« Er sah zu dem wogenden Gras zurück. »Aber ich denke, wir wissen nun, warum. Er sieht uns als entbehrlich.«

Tarik nickte ebenfalls.

»Das wissen wir, seitdem er Maron und seine Jungs durch dieses Tor schickte. Von denen haben wir auch nie wieder etwas gehört.« Er sah den Hauptmann an und nickte. Und Garret verstand, dass Hendriks vielleicht der Anführer war, aber die Entscheidungen nicht immer von ihm alleine getroffen wurden.

»Also, Garret, das war doch dein Name?«, sagte der Anführer und Garret nickte. »Gut, Garret. Dann lass uns dein Angebot hören.«

Garret zog die Goldkrone aus seiner Tasche und hielt sie dem Anführer hin. Er holte tief Luft und legte alle Überzeugung, die er finden konnte, in seine Stimme.

»Das Doppelte dessen, was Belior euch als Sold zahlen wollte, in diesen Münzen. Für die Dauer dieses Krieges und zwei Jahre danach. Zudem ein Haus, Land und rechtschaffene Arbeit für den, der es will. Eine Heimat ... für die es sich zu sterben lohnt.«

»Du denkst wirklich, wir würden uns von Belior abwenden? Unseren Vertrag brechen? Wir sind Söldner, aber nicht ehrlos!«, entgegnete der Hauptmann und seine Augenbrauen zogen sich zusammen.

»Er hielt sich nicht an seinen Part«, gab Garret zu bedenken.

Die Augen des Hauptmanns verengten sich. »Ist das so?«, fragte er drohend und Garret hatte Schwierigkeiten, nicht einen Schritt zurückzuweichen.

»Ich hörte euch im Lager reden«, erklärte er hastig. »Ich dachte, es wäre vielleicht besser, es so zu versuchen, als zu kämpfen. Es ist ein gutes Angebot.« Er sah die Söldner reihum an. »Ihr kämpft für die falsche Seite, wisst ihr?«, erklärte er ernsthaft. »Beliors Gier nach Macht ist unrecht.«

»Und du denkst, das interessiert uns?«, fragte Hendriks und sah die Münze an, die Garret hochhob. »Sogar mehr noch als das Gold?«

»Ja«. Das Angebot mit dem Sold ist ernst gemeint. Doch das Gold wiegt weniger als das andere ...« Er schluckte. »Ich weiß nicht, wie es ist, ein Leben lang kämpfen zu müssen, aber ...«

Hauptmann Hendriks unterbrach Garret mit einer Geste. »Du hast schon genug gesagt.« Er sah Garret an und schüttelte den Kopf. »Du bist fast noch ein Junge, und du riskierst Kopf und Kragen, um uns dieses Angebot zu machen?«

Diesmal nickte Garret nur. Und schluckte zweimal. Er hatte plötzlich einen sehr trockenen Hals.

»Eine Heimat, für die es sich zu sterben lohnt«, wiederholte der Hauptmann langsam Garrets Worte. Er nahm die Münze, wog sie in der Hand und reichte sie weiter an Darn, der sie hoch gegen das Licht hob, um das Wappen auf dem Gold zu betrachten.

»Euer Dorf, nehme ich an?«, fragte Hendriks leise.

Garret nickte nur. »Es leben gute Menschen dort«, sagte er einfach.

Helge, der Heiler, räusperte sich. »Das ist etwas, das ich selten mit solcher Überzeugung hörte.« Er sah den Hauptmann an.

Garret konnte die Blicke nicht deuten, aber Hendriks nickte. »Gut, Garret. Komm morgen früh in unser Lager ... du wirst deine Antwort dann erhalten.«

Garret versuchte, sich seine Enttäuschung nicht anmerken zu lassen. Er nickte nur.

»Freies Geleit?«, fragte er vorsichtig.

Der Hauptmann zog eine Augenbraue hoch. »Du bist überzeugt von dem, was du sagst, nicht wahr?«

Garret nickte. Er erinnerte sich an Elyras Worte und sah dem Hauptmann direkt in die Augen. Es war nicht einfach, diesem Blick standzuhalten.

»Ja. Es ist die Wahrheit.«

»Dann werde ich es als Zeichen deines Vertrauens werten, wenn du morgen in unser Lager kommst.« Hendriks sah hinüber zu dem wogenden Gras. Sein Gesicht wirkte immer noch wie versteinert.

»Jetzt würde ich vorschlagen, dass du gehst.« Er nickte Tarik zu, der Garret seinen Dolch hinhielt. »Wir werden dir nicht folgen ... wir bleiben noch ein wenig hier.«

»Garret«, sagte Tarik leise, als er Garret zurück zu dem alten Weg begleitete. »Es gibt überall gute Leute«, fuhr er fort, als Garret zu ihm hochsah. »Nicht nur in eurem Dorf.« Er sah Garret an. »Und jetzt sieh zu, dass du fortkommst.«

»Das war sehr mutig von dir«, sagte Elyra leise, als sie sich auf den Weg zurück zu ihrem provisorischen Lager machten. Sowohl Garret als auch Elyra gaben sich große Mühe, so wenig Spuren wie möglich zu hinterlassen. Beide waren gut darin, aber Elyra war vielleicht noch einen Hauch besser als Garret ...

geh mit dem Land, dachte er und versuchte den losen Gang Ariels nachzuahmen ...»Was hast du gesagt?«, fragte er geistesabwesend ... immer mit dem Land gehen ...

»Dass es mutig war von dir, dort hinzugehen.«

»Glaube mir, so mutig fühlte es sich gar nicht an.« Er warf ihr einen raschen Blick zu, bevor er sich wieder auf den Boden zu seinen Füßen konzentrierte. »Ich habe mehrfach gedacht, dass es das jetzt war. Ich schwöre dir, das nächste Mal, wenn einer eine dumme Idee hat und Astrak sich freiwillig meldet, werde ich nicht widersprechen!«

»Nein«, meinte Astrak etwas später, nachdem Garret und Elyra das Lager der Freunde wieder erreicht hatten, »es war besser, dass du es gemacht hast.« Er schüttelte traurig den Kopf. »Es muss ein Fluch sein, der auf unserer Familie lastet ... niemand nimmt uns ernst.« Er kramte in seiner Tasche.

»Das stimmt nicht«, protestierte Vanessa. »Ich glaube, jeder nimmt Pulver ernst.«

»Gut, vielleicht meinen Vater. Auch wenn ich da meine Zweifel habe. Aber mich nicht.« Er zog mit einem zufriedenen Gesichtsausdruck einen Beutel aus seiner Tasche. »Ah, da sind sie ja. Will jemand Bonbons?«

»Wo hast du die her?«, fragte Elyra mit einem gewissen Funkeln in den Augen. Jeder wusste, dass Elyra eine Naschkatze war, jedes Mal, wenn ein Händler im Dorf war, war sie die Erste, die nach den Süßigkeiten fragte.

»Vater hat sie gemacht. Es war ein Experiment«, verkündete Astrak stolz. »Sie schmecken etwas metallisch, aber sonst ganz gut. Willst du eines?«

»Ahem ... nein danke«, sagte Elyra hastig und Vanessa und Garret prusteten los, während sogar Tarlon sich ein Schmunzeln nicht verkneifen konnte. Astrak zuckte die Schultern, warf ein Bonbon in die Luft und fing es mit dem Mund auf.

»Ihr seid selbst schuld«, sagte er. »Sie sind gut und an den Kupfergeschmack kann man sich gewöhnen!«

»Wie geht's jetzt weiter?«, fragte Vanessa, die sich hinter Garret gesetzt hatte und seine Schultern massierte. Garret sah aus, als hätte er nichts dagegen, viel fehlte nicht, dachte Tarlon, und Garret wäre eingeschlafen.

»Sind sie schon zurück ins Lager geritten?«, fragte Garret, ohne die Augen aufzumachen.

»Ich habe nichts gehört.«

»Sie kommen gerade«, sagte Elyra und einen Moment später hörte auch Garret die Hufschläge in der Ferne, die Söldner ritten langsam, schienen es nicht eilig zu haben.

»Sollten wir sie beobachten?«, fragte Elyra und Garret schüttelte den Kopf. »Ich bin zu müde dazu.«

»Ich kann es tun«, bot sich Elyra an.

»Nein«, sagte Tarlon und erntete einen überraschten Blick von ihr.

Auch Garret schüttelte den Kopf. »Sie wissen, dass ich sie schon einmal belauscht habe. Sie werden jetzt noch vorsichtiger sein. Morgen früh haben wir unsere Entscheidung.« Garret gähnte.

»Und was ist, wenn es die falsche ist? Wenn sie dich nicht mehr laufen lassen?«, wollte Vanessa wissen. Garret sagte nichts, nur sein Kopf fiel zur Seite.

»Garret?«, fragte sie ungläubig und schüttelte ihn leicht. Doch von ihm kam nichts außer einem leisen Schnarchen.

Kopfschüttelnd bettete Vanessa ihn auf ihren Schoß und sandte einen hilfesuchenden Blick zu ihrem Bruder. Der lachte leise. »Es sieht nicht so aus, als ob ihn das beunruhigen würde.«

»Sollte es aber«, sagte Argor.

Tarlon sah zu dem Zwerg hinüber. »Du kennst Garret so lange wie ich. Wahrscheinlich hat er sich schon längst überlegt, wie er verhindern kann, dass sie ihn festhalten.« Tarlon sah in die Runde. »Und wenn sie es doch tun, holen wir ihn da heraus.«

»Klar habe ich einen Plan«, sagte Garret am nächsten Morgen und riss ein Stück von dem schweren Dunkelbrot ab, das Tarlon sich als Reiseproviant eingepackt hatte. »Ein Stück in das Lager hinein steht eine alte Eiche. Und eine ihrer Äste ragt zu einer anderen Eiche am Rand der Lichtung. Das ist der Weg, den ich in ihr Lager nehme. Dort oben wird mich niemand sehen. Und wenn ich denke, dass es Ärger gibt, nehme ich genau diesen Weg wieder zurück.« Er sah die anderen an. »Zudem sollten sie nicht wissen, dass ihr da seid.« Er tunkte das Stück Brot in die Schüssel mit der kalten Suppe, die Elyra angerichtet hatte. Auf ein Feuer hatten die Freunde verzichtet, das Lager der Söldner war zu nahe.

»Das ist dein Plan?«, fragte Vanessa ungläubig.

»Es ist ein guter Plan«, erwiderte Garret. »Simpel und einfach. Und ich bin überzeugt, dass sie das Angebot annehmen werden.« Er streckte sich ausgiebig und lächelte Vanessa an. »So gut wie heute Nacht habe ich schon lange nicht mehr geschlafen.«

Astrak beugte sich zu Tarlon hinüber und stieß diesen mit dem Ellbogen an. »Tut Garret nur so unbekümmert oder ist er wirklich so?«

Tarlon sah Astrak an und zog eine Augenbraue hoch. »Das fragt gerade der Richtige. Wie ist es denn bei dir?«

»Ooch, ich bin so«, grinste Astrak. »Außerdem sage ich auch immer die Wahrheit!«

Tarlon sah zu Garret hinüber, der mit Genuss frühstückte und zugleich immer wieder eine Gelegenheit fand, Vanessas Blick einzufangen. »Ich glaube, er will so sein«, sagte Tarlon dann leise. »Und er erlaubt sich selbst keine Zweifel.«

»Und wie ist es bei dir?«, fragte Astrak genauso leise.

Tarlon schüttelte den Kopf. »Ich bin nicht mutig. Ich tue nur, was getan werden muss.« Er sah Astrak an. »Warum fragst du?«

»Weil Vater zu unserem Bürgermeister sagte, dass er sich niemanden vorstellen kann, der besser diese Aufgaben lösen könnte als ihr.« Tarlon kam es vor, als ob etwas Bedauern in Astraks Stimme liegen würde. »Und dass er stolz auf euch alle wäre.«

»Bist du deshalb nachgekommen?«, fragte Tarlon eher noch leiser. »Weil du denkst, dein Vater ist nicht stolz auf dich?«

Astrak sah Tarlon an und blinzelte zweimal. Dann schüttelte er den Kopf. »Du bist ganz schön direkt.«

Tarlon nickte. »Aber nur bei meinen Freunden.«

Astrak fuhr sich verlegen durch das Haar und schüttelte den Kopf.

»Nein, ich glaube wirklich nicht, dass es das ist. Eher ... es fühlte sich einfach so an, als wäre es richtig.«

»Dann ist es gut«, sagte Tarlon. »Denn dann wird es wohl richtig sein.«

»Hallo, Garret«, hörte Garret eine ihm bekannte Stimme, gerade als er sich vorsichtig aufrichtete, bedacht, den Stamm der Eiche zwischen sich und dem größeren Teil des Lagers zu halten. In dem dichten Blattwerk sollte ihn auch niemand sehen, so hatte sich Garret das jedenfalls gedacht.

Und das, dachte Garret, mehr als nur ein wenig verärgert über sich selbst, war wohl eine falsche Annahme. Er sah hoch zu dem Mann mit der Armbrust, der es sich in einer der höheren Astgabeln bequem gemacht hatte. Tarik hatte seine Armbrust auf seinem rechten Oberschenkel abgestützt, der Bolzen zeigte nach oben ... und neben ihm hingen zwei volle Köcher mit Bolzen an einem Ast. In der anderen Hand hielt er einen Apfel, der schon zum größten Teil aufgegessen war.

»Eine gute Position habt Ihr Euch da ausgesucht«, gab Garret mit einem Seufzer zurück.

»Nicht wahr?«, grinste Tarik. »Man sieht viel von hier oben.«

Jetzt hieß es, gute Miene zum schlechten Spiel zu machen.

»Guten Morgen, Ser Tarik«, sagte Garret höflich.

Tarik lachte leise und aß das letzte Stück Apfel. »Der Hauptmann wartet auf dich«, sagte er dann. »Ich würde vorschlagen, du suchst ihn direkt auf. Und ... Garret?«

Garret sah zu ihm hoch und seufzte innerlich.

»Keine Angst«, lachte der Söldner. »Ich werde auf deinen Rücken achten.«

Das, dachte Garret etwas säuerlich, war genau das, was er nicht hatte hören wollen.

Abgesehen davon, dass man ihm neugierige Blicke zuwarf, reagierte keiner der Söldner auf Garret, als er den breiten Stamm der Eiche herunterkletterte und sich auf den Weg zu dem großen Zelt des Hauptmanns begab. Garret widerstand gerade so der Versuchung, die Hände in die Tasche zu stecken und zu pfeifen, auch wenn es schwer war. Pfeifen half ihm immer, wenn er Angst hatte.

Zu beiden Seiten des Zelteingangs standen Wachen, beide sahen ihn ausdruckslos an. Garret öffnete den Mund, um etwas zu sagen, was genau, wusste er selbst nicht, da schlug die eine der Wachen auch schon die Zeltplane zur Seite.

Als Garret eintrat, hielt Hauptmann Hendriks eine dampfende Steinguttasse in den Händen und war über einen Tisch mit einer großen Karte gebeugt. Er sah auf und leistete sich die Andeutung eines Lächelns. »Ein wenig kühl dieser Morgen«, bemerkte er und wies mit der Hand auf eine verbeulte Blechkanne und zwei weitere, leere Tassen, die auf einem kleinen Tisch neben ihm standen. »Willst du einen Tee?«

Heimlich atmete Garret auf, das hörte sich nicht so an, als ob man vorhätte, ihn mit den Füßen voran aus dem Lager zu tragen. Er nickte nur und schenkte sich eine der Tassen voll, so frisch kam es ihm nicht vor, aber etwas Heißes im Magen zu haben, schadete nie.

»Habt Ihr entschieden, Hauptmann Hendriks?«, fragte er und der Hauptmann lachte kurz und bitter.

»Direkt zum Punkt. Normalerweise mag ich das ... diesmal allerdings ...« Er musterte Garret eine endlos lange Sekunde, bevor er weitersprach. »Die Antwort ist ja und nein«, antwortete er dann. »Wir sind übereingekommen, den Vertrag mit König Belior zu lösen ... ich werde meine Leute von dieser Lichtung holen und begraben. Dann sehen wir weiter.«

Garret sah ihn überrascht an. »Ich dachte, unser Angebot wäre gut?«, fragte er.

Der Söldnerführer warf ihm einen scharfen Blick zu. »Es ist ein gutes Angebot, wenn es denn wahr ist.« Er griff an seinen Beutel und fischte die Goldmünze heraus. »Eine Münze macht noch keinen ganzen Sold für meine Leute.«

Garret machte Anstalten zu protestieren, aber der Hauptmann winkte ab. »Sei zufrieden, Garret. Wir haben uns von Belior abgewandt und wir werden jemanden in euer Dorf schicken, der mit euren Anführern verhandelt. Dann werden wir sehen, wie ernst euch das Angebot ist. So oder so dienen wir Belior nicht mehr.«

Garret nickte. Der Mann hatte recht, das war schon ein Erfolg.

»Und der Gefangene?«

Die Augen des Hauptmanns wurden hart. »Was ist mit ihm?«

»Wollt ihr ihn freilassen?«

Die Augen des Hauptmanns verengten sich, dann schüttelte er sich wie ein nasser Hund. »Du hast große Ohren, Garret. Er ist an dem Tod meiner Leute schuld.«

»Das ist nicht wahr. Er warnte euch.«

Der Hauptmann wirbelte herum und warf mit Wucht seine Tasse gegen die Zeltplane. »Ja, er warnte uns«, knirschte er zwischen den Zähnen hindurch. »Aber er sagte nur, wir würden es bereuen! Hätte er mehr gesagt...« Seine Fäuste waren geballt und die Adern an seinem Hals geschwollen. »Pass du nur auf, dass du dich nicht zu viel einmischst! Du wagst es, hier in mein Lager zu kommen und ...«

Garret sah zu, wie der Tee auf der Innenseite der Zeltplane herabrann, und mit einem Teil seines Verstandes wunderte er sich, dass die Tasse nicht kaputtgegangen war. Dann dachte er, dass er einen solchen Blick voller Schmerz und Hass in der letzten Zeit viel zu oft gesehen hatte. Dass es vielleicht nicht gut war, den Mann weiter zu reizen. Aber dann hörte er fast schon die Stimme seines Großvaters, als er ihm erklärte, dass es immer richtig wäre, für die Wahrheit einzutreten.

»Er war euer Gefangener«, sagte Garret rasch, bevor ihn der Mut verließ. »Was hättet ihr an seiner Stelle gesagt?«

»Bist du stur oder nur lebensmüde?«, knurrte der Hauptmann. »Weißt du nicht, wann es genug ist?«

»Ich habe eure Unterhaltung belauscht«, sagte Garret und dachte, dass er wohl beides war. Aber wenn der Gefangene einen Weg in den Turm wusste, brauchten sie ihn. »Er tat euch nichts.«

Er bereute es schon im gleichen Moment, denn der Blick des Hauptmanns war tödlich. Einen Moment dachte Garret schon, der Mann würde sein Schwert ziehen und ihn auf der Stelle erschlagen, doch dann seufzte der Hauptmann und die ganze Anspannung schien von ihm abzufallen. Er ließ sich in den Leinenstuhl fallen, der bedrohlich knirschte, und stützte seinen Kopf schwer in seine Hände.

»Wenn er mir den Weg zeigt, wie ich meine Leute bergen kann, werden wir ihn freilassen«, sagte er langsam. »Und das hätte ich auch ohne deine Worte getan.« Er hob den Kopf aus seinen Händen und sah Garret an. »Eine der Toten war meine Tochter.«

Garret nickte und der Hauptmann sah ihn an, um schließlich langsam zu nicken. »Du hast verflucht große Ohren ...« Er holte tief Luft und riss sich sichtlich zusammen. »Aber dafür bist du nicht gekommen«, sagte er. »Helge wird dich zu deinen Freunden begleiten.« Er sah Garrets überraschten Blick und für einen Moment sah es beinahe so aus, als ob er lächeln würde. »Wir wissen schon lange, wo ihr lagert. Es musste schließlich in der Nähe sein, nicht wahr? Helge ist einer meiner Vertrauten und Offizier meiner Truppe. Er wird mit den Leuten in eurem Dorf verhandeln. Entspricht euer Angebot der Wahrheit ... nun, das werden wir sehen. So oder so sollte Helge genauso freies Geleit bekommen wie du jetzt.«

»Wenn ihr nicht mehr diesem Belior dient, befinden wir uns auch nicht mehr im Krieg«, sagte Garret vorsichtig.

»Verrat gibt es nicht nur im Krieg«, antwortete der Hauptmann und gab Garret mit einer Handbewegung zu verstehen, dass dieser gehen sollte.

»Nur eines noch«, sagte Garret nervös, es war ihm mehr als nur bewusst, dass sein Willkommen hier im Lager schon lange ausgereizt war. »Wir müssen ebenfalls in den Turm ... werden wir Schwierigkeiten miteinander haben?«

Der Hauptmann schüttelte nur den Kopf.

Helge, der Heiler der Kompanie, erschien im Zelteingang und legte Garret leicht die Hand auf die Schulter. »Es wird Zeit zu gehen.«

»Freunde«, sagte Astrak, »auf einmal kommt mir die Idee nicht mehr so gut vor.« Er musterte den hochgewachsenen Heiler, dessen Augen jedes Detail des Lagers und der Freunde wahrzunehmen schienen. Dass Garret mit einem der Söldner zu ihrem Lager zurückkehrte, hatte sie alle verwundert. Wirklich bedrohlich wirkte Helge nicht, er war nur mit einem Dolch bewaffnet und schien zufrieden damit, still dort am Rand des Lagers zu verharren und sich einfach nur alles anzusehen.

»So, wie ich es verstanden habe, hat er die Befugnis, mit den Ältesten einen Handel zu vereinbaren«, erklärte Garret und ließ sich neben Vanessa auf einem mit Moos überwachsenen Baumstumpf nieder. »Sein Name ist Helge. Und es scheint, als wäre ein einzelnes Goldstück nicht genug gewesen, um den Hauptmann zu überzeugen.«

»Das wundert mich nicht«, sagte Argor, doch er musterte den Heiler argwöhnisch. »Wer sagt uns, dass er nicht nur einfach den Weg zum Dorf auskundschaften will?«

Vanessa schüttelte den Kopf. »Das ist wohl nicht nötig. Schließlich haben Beliors Truppen das letzte Mal den Weg auch alleine gefunden.«

»Und wir sind unhöflich«, sagte Elyra. »Sucht Euch einen Platz zum Sitzen, Heiler Helge.«

»Danke. Aber einfach nur Helge reicht schon«, meinte dieser mit einem leichten Lächeln und suchte sich ebenfalls einen umgefallenen Baumstamm aus. »Ein nettes Lager«, bemerkte er und sein Lächeln schien echt.

»Gut«, sagte Elyra und öffnete ihren Packen, um ihm einen kleinen Beutel zu entnehmen.

»Kann jemand bitte Feuer machen?«

Die Freunde sahen Elyra verständnislos an.

»Wenn sie wissen, wo unser Lager ist, können wir uns auch einen Tee kochen.« Elyra zuckte die Schultern. »Ohne meinen Tee bin ich morgens nicht zu gebrauchen.«

Garret lachte plötzlich.

»Was ist so lustig?«, fragte Elyra.

Garret schüttelte nur den Kopf. »Mir fiel nur ein, dass ich den Tee des Hauptmanns nicht getrunken habe.«

Helge sah Garret überrascht an. »Der Hauptmann hat dir Tee angeboten?«

Garret nickte, während er Feuerstein und Zunder aus seinem Packen nahm, um Elyra zu helfen, das Feuer zu entfachen.

»Ja. Aber ich habe vergessen, ihn zu trinken.«

»Dann hast du Glück gehabt«, sagte Helge. »Da, wo wir herkommen, ist dies ein Friedensangebot, ein Versprechen, dass der Gast nicht zu Schaden kommen wird. Diese Geste abzulehnen, den Tee nicht zu trinken, ist eine tödliche Beleidigung.« Er sah Garret direkt an. »Bei uns zu Hause wurden Leute schon wegen weniger erschlagen.«

Garret blies auf den Zunder, legte vorsichtig feines Reisig nach und sah dann zu Helge hoch. »Ich wollte niemanden beleidigen. Bei uns ist ein Tee ein Tee.«

»Aber es bedeutet trotzdem das Gleiche«, widersprach Elyra und lächelte Helge an. »Man bietet einem Gast einen Tee an, nicht einem Feind.«

»Wie geht's weiter?«, fragte Tarlon, während er über seinen Tee blies. Die Frage war an den Heiler der Söldner gerichtet, der gerade eine irdene Schüssel von Elyra gereicht bekam. Er nickte der jungen Halbelfe dankbar zu und sah Tarlon an.

»Wie sind übereingekommen, euer Angebot zu prüfen«, sagte er und stellte die Tasse schnell vor sich auf dem Waldboden ab, um mit den Fingern zu wedeln, offensichtlich war sie ihm auch zu heiß. »Am besten wäre es, wenn zwei von euch mich dorthin begleiten.«

»Warum zwei?«, wollte Argor wissen, dessen Misstrauen nicht mehr ganz so offensichtlich, aber immer noch vorhanden war.

Helge zuckte die Schultern. »Warum nicht? Jemand sollte mich in euer Dorf begleiten, sonst könnte es zu Missverständnissen kommen. Zudem denke ich, dass ihr nicht ganz so vertrauensselig seid, zwei können immer abwechselnd ein Auge auf mich halten, bei dreien käme ich mir wie ein Gefangener vor und bei einem fühlt sich dieser vielleicht nicht sicher.«

Er sah die Freunde an und zuckte die Schultern. »Aber dies ist eure Entscheidung.«

Er zog sich die Ärmel seiner Robe über die Finger und nahm die Tasse erneut auf, tat es Tarlon gleich, blies über den Tee und nahm vorsichtig einen Schluck. »Guter Tee«, stellte er fest.

Die Freunde sahen sich gegenseitig an, dann nickte Astrak. »Ich werde ihn begleiten. Ich glaube, es ist besser so. Zwar schrieb ich Vater, was ich vorhatte … aber begeistert war er davon sicherlich nicht.« Er seufzte. »Das wird ein Donnerwetter geben.«

»Er wird sich wohl auch Sorgen machen«, meinte Elyra leise tadelnd, doch Astrak schüttelte nur den Kopf. »Das denke ich nicht. Manchmal habe ich das Gefühl, er weiß gar nicht, ob ich da bin oder nicht.« Er sah ihren fragenden Blick und lachte. »Du kennst ihn nicht so gut … wenn er eines seiner Experimente durchführt, vergisst er zu essen, zu trinken und zu schlafen und ist immer ganz perplex, wenn es dunkel wird.«

Elyra sah ihn skeptisch an, sagte aber nichts weiter.

Dafür räusperte sich Tarlon. »Vanessa wird mit euch reiten.« Seine Schwester, die sich leise mit Garret unterhalten hatte, reagierte prompt. »Das werde ich gewiss nicht tun!«

»Doch«, sagte Tarlon leise und für einen Moment funkelten sich die beiden Geschwister gegenseitig an.

»Aber warum!?«, fragte sie. »Ich sagte doch, ich bin so gut wie jeder von euch anderen hier auch. Abgesehen von Astrak, der noch nicht einmal weiß, wie man ein Schwert hält!«

»Danke«, sagte Astrak trocken.

»So war das nicht gemeint und du weißt das«, gab Vanessa zurück. Tarlon warf einen Blick auf den Heiler, der den Disput mit einem neutralen Gesichtsausdruck verfolgte, dennoch wurde Tarlon das Gefühl nicht los, dass der Mann sich insgeheim erheiterte.

Tarlon seufzte.

»Was meinst du, wie weit Astrak kommt, wenn er versucht, den Weg durch den verdorbenen Wald zurückzufinden?«

»So ganz unfähig bin ich auch nicht«, protestierte Astrak

und Tarlon nickte. »Richtig. Aber den Weg durch einen Wald zu finden, ist nicht gerade eine deiner Stärken … nicht wahr? Ich erinnere mich, wie lange du gebraucht hast, als du versuchen wolltest, vom Waldsee alleine zurück ins Dorf zu kommen.«

»Da waren wir noch Kinder«, gab Astrak zurück und Tarlon lachte.

»Und seitdem bist du besser geworden?«

»Errr …«, meinte Astrak und lachte. »Ich gebe es ja zu. Ich bin in unserem Labor mehr zu Hause als im Wald.« Er sah Vanessa an, die nicht besonders glücklich wirkte. »Du hast das gleiche Talent wie Tarlon. Verlierst nie die Orientierung.«

Vanessa ignorierte ihn, ihr Blick war noch immer auf ihren Bruder gerichtet.

»Warum nicht Elyra? Sie würde den Weg auch finden.«

Tarlon nickte zustimmend. »Wohl wahr. Aber sie ist eine ausgebildete Heilerin. Und ich habe das Gefühl, dass wir sie brauchen werden.« Er sah seine Schwester lange an, bis sie den Blick senkte.

»In Ordnung«, seufzte sie. »Ich schlage vor, wir reiten los, sobald wir den Turm erkundet haben.«

Doch ihr Bruder schüttelte den Kopf. »Nein. Ihr reitet vorher los. Am besten jetzt gleich.« Er sah Garret an und dieser nickte fast unmerklich.

Vanessa bemerkte den Blick und fuhr zu Garret herum. »Was soll dieser Blick bedeuten?«, fauchte sie empört. »Ich dachte, du magst es, dass ich hier bin!?«

Garret nickte und legte einen Arm um ihre Schultern und zog sie an sich heran, was sie, wenngleich auch etwas widerwillig, geschehen ließ. »Du weißt, dass ich froh bin, dich hier zu haben. Aber ich bin auch der Meinung, dass du gehen solltest. Und zwar gleich. Das mit dem Turm kann länger dauern. Helge sollte baldmöglichst mit den Ältesten sprechen. Und ich will auch nicht, dass dir etwas geschieht. Was für eine Idee dieser Knorre auch immer haben mag, um den Turm zu erreichen, harmlos wird es sicher nicht sein.«

»Ist das der Grund!?«, fauchte sie. »Haltet ihr mich alle für so hilflos?«

»Nein, eben nicht«, antwortete Tarlon mit fester Stimme. »Es können alle möglichen Dinge auf dem Weg geschehen und du bist eine gute Kämpferin. Es ist wichtig, dass Heiler Helge das Dorf erreicht, um mit den Ältesten zu sprechen. Zudem ... wenn ihm etwas geschehen würde, wird das dem Hauptmann nicht gefallen. Aber es gibt noch einen anderen Grund.«

»Und welcher wäre das?«

»Vater«, sagte Tarlon sanft. »Er ist alleine. Und ... du siehst aus wie Mutter, als sie dein Alter hatte. Das hat er schon oft gesagt ...«

Vanessa schluckte und nickte dann.

»Das war unfair«, lächelte Lamar. »Aber ich kann diesen Tarlon verstehen. Ich würde es auch nicht gerne sehen, wenn meine Schwester in Gefahr geraten würde.«

»Ser, Ihr habt eine Schwester?«, fragte der alte Mann neugierig.

Lamar nickte. »Sie ist zwanzig Herzschläge jünger als ich, wir sind Zwillinge.« Er lachte leise und schüttelte den Kopf. »An Tarlons Stelle hätte ich sie schon früher wieder nach Hause geschickt. Dennoch ein guter Zeitpunkt, dies zu tun. Ich möchte wetten, der Turm enthielt noch einige Überraschungen, und so war sie wenigstens sicher.«

Der alte Mann lächelte. »Das, denke ich, waren wohl auch Tarlons Gedanken.«

»Wie wurden die Todeskrabbler denn nun überwunden?«, fragte Lamar neugierig. »So, wie Ihr sie beschreibt, müssen das ekelhafte Biester gewesen sein!«

Der alte Mann lehnte sich in seinem Stuhl zurück. »Das waren sie in der Tat. Aber angeblich wusste dieser Knorre ja einen Weg ...«

18   Der Turm

Garret stand neben Tarlon, als sie zusahen, wie die kleine Gruppe davonritt, Vanessa zuerst, dann der Heiler und zum Schluss Astrak, der sich noch einmal umdrehte und winkte. Vanessa hingegen sah nicht zurück. Währenddessen half Argor Elyra dabei, zusammenzupacken und das Feuer zu begraben.

»Sie ist sauer«, stellte Garret fest.

»Aber nicht sehr, sonst hätte sie dich nicht so geküsst«, antwortete Tarlon mit einem feinen Lächeln. »Ich frage mich immer noch, ob dir nicht ein blaues Auge stehen würde ...«

Garret schluckte. Diesen Kuss würde er so schnell nicht vergessen. Einen Moment lang schien es Tarlon fast, als ob sein Freund rot werden würde, dann aber grinste er.

»Danke, dass du es dir anders überlegt hast, es hätte gestört ...« Er wurde dann aber schnell wieder ernst. »Sie hat recht. Sie kann gut kämpfen. Anders als wir hat sie sich viele Stunden darin geübt.«

»Der Weg zurück durch den Wald ist gefährlich«, antwortete Tarlon. »Insofern bin ich froh, dass sie es kann. Aber ich will nicht, dass sie es tun muss.« Er drehte sich um und nahm seinen Sattel auf. »Wir sollten auch aufbrechen. Der Turm wartet seit Jahrhunderten, aber es wird Zeit, seine Geheimnisse zu lüften. Zudem bin ich auf diesen Knorre neugierig.«

Die Söldner trafen kurz vor Mittag am Rand der Lichtung ein. Wieder waren es nur der Hauptmann und vier weitere Leute, Tarik war auch diesmal dabei, die drei anderen kannte Garret von seiner Beobachtung des Lagers. Der sechste Mann war es, der Garrets Aufmerksamkeit diesmal auf sich zog.

Während er den Hauptmann belauscht hatte, als dieser den Gefangenen befragt hatte, war es Garret nicht möglich gewesen, das Gesicht des Mannes zu sehen. Zudem war der Mann mit dem Rücken zu Garret an einen Baum gefesselt gewesen.

Jetzt, wo Knorre aufrecht stand und sich neugierig umsah, wirkte er auf Garret anders als erwartet. Was Garret erwartet hatte, wusste er selbst nicht … nur dass Knorre anders war.

Knorre war lang und hager, mit einem tief gefurchten Gesicht … er konnte fünfzig oder achtzig sein, seinem Gesicht war es kaum zu entnehmen, doch er wirkte ungleich jünger. Er besaß hellblaue Augen mit Augäpfeln so weiß und klar wie die eines Kindes, und genauso neugierig und unschuldig schien er alles um sich herum wahrzunehmen … sein Kopf schien seinen Blicken mit Verzögerung zu folgen … irgendwie erinnerte der Mann Garret an einen langbeinigen Kranich, der mit unschuldiger Neugier durch ein Rudel von Wölfen stakste … und doch war da mehr, denn in dem kurzen Augenblick, als der Blick des Mannes auf Garret ruhte, war es so, als ob diese kindlichen Augen ihm tief in die Seele sahen. Unter der alten, grauen Robe aus einem einfachen Leinenstoff trug der Mann Reiseleder und in seiner linken Hand hielt er einen großen Rucksack mit überraschend vielen aufgenähten Taschen.

Dass der Hauptmann ihn noch immer mit gefurchten Brauen musterte und eher den Eindruck machte, als ob er Knorre im nächsten Moment erschlagen wollte, und die anderen Söldner ihn ebenfalls nur misstrauisch ansahen, schien den Mann nicht zu stören. Er musterte die Freunde neugierig und lächelte, als er ihren Blicken begegnete, ein scheues, offenes Lächeln, auch dieses wie das eines Kindes.

Garret sah zu Tarlon hinüber, der den Hauptmann mit einem reservierten Nicken begrüßte, Tarlon hatte die Stirn in Falten gelegt, aber es war nicht der Anführer der Söldner, der dies verursachte, sondern Knorre.

»Ihr seid alle sehr jung«, sagte Hendriks in diesem Moment mit einem Gesichtsausdruck, den Garret nicht deuten konnte.

»Wir sind alle älter geworden in den letzten Wochen«, antwortete Tarlon und musterte nun seinerseits den Söldnerführer. »Ich bin Holzfäller«, fuhr Tarlon fort. »Garret hier ist Bogenmacher, Argor lernt die Kunst der Schmiede und Elyra ist die Tochter unserer Heilerin. Keiner von uns wurde gefragt, als Beliors Drache unser Dorf verwüstete und seine Schergen Elyras Mutter vor unseren Augen erschlugen. Wenn ich die Wahl hätte, würde ich lieber Bäume pflanzen, als hier zu stehen und zu hoffen, dass Ihr den Wert eines friedlichen Lebens noch kennt.«

»Wollt Ihr sagen, junger Freund, dass der Krieg uns alle verdorben hat?« Hendriks Stimme war nicht unfreundlich, er musterte Tarlon nunmehr nur mit größerer Aufmerksamkeit als zuvor.

»Das hat er gewiss«, erwiderte Tarlon. »Ich sehe es in Euren Augen. Die Frage ist nur, ob Ihr daran Freude findet, dass es so ist, oder ob Ihr es bereut.«

Hendriks lachte kurz und trocken. »Es scheint, als ob nicht nur Euer Freund Garret offene Worte finden kann.« Er sah zum Turm hinüber, dann zu Knorre. »Die Moral des Krieges ist, dass er keine kennt. Nur wenn man das begreift, wird man überleben.« Er schüttelte den Kopf. »Vielleicht gibt es einen besseren Ort, einen anderen Zeitpunkt, aber heute bin ich nicht hier, um mich vor einem jungen Mann zu verantworten ... ich will meine Leute aus diesem Teufelsgras bergen ... und er sagt, dass er weiß, wie man es tun kann.«

»Das Gras abzufackeln, scheint mir ein gangbarer Weg«, sagte Tarik und warf diesem Knorre einen nachdenklichen Blick zu. »Doch hab ich irgendwie das Gefühl, dass dies zu einfach wäre.«

»Da habt Ihr recht«, antwortete Knorre mit einer klaren Stimme, die Tarlon überrascht zu ihm blicken ließ. Es war die Stimme eines Barden und somit ein Weiteres, was an dem Mann nicht zusammenzupassen schien. »Das Gras ist kräftig und feucht, der Wind ist nicht stetig und zu leicht könnte auch der Wald brennen. Nicht, dass es diesem Wald schaden würde zu brennen, doch ist es nicht leicht, in einem Wald dem Feuer zu entkommen. Aber ja, man könnte das Gras abfackeln ... aber wolltet Ihr nicht ein Mittel gegen die Tiere finden?«

»Die Viecher sind eklig«, antwortete Tarik. »Aber ich denke, auch sie werden gut brennen!«

»Sie platzen regelrecht, wenn man sie ins Feuer wirft«, nickte Knorre freundlich. »Das ist also nicht das Problem. Nur werden sie nicht brennen, sondern in ihre Gänge kriechen, die bis zu fünf Meter in die Tiefe reichen. Dorthin wird das Feuer nicht kommen ...« Er schüttelte traurig den Kopf. »Ich fürchte, das ist kein guter Plan.«

»So sagt endlich, was ich tun muss, um meine Leute bergen zu können!«, knurrte Hendriks. »Zu erfahren, was mir nicht nützt, ist nicht hilfreich!«

»Doch«, widersprach Knorre. »Aber nur, wenn man bereit ist zu lernen!«

»Herr«, antwortete Hendriks, »Ihr gefährdet den Faden meiner Geduld!«

Knorre sah zu Hendriks hinüber und lächelte. »Ihr seid nicht jemand, der die Geduld verliert. Ihr droht damit oder werft mit Dingen um Euch. Ihr gebt Euch hart und unerbittlich und vielleicht seid Ihr es auch gegen die, die das heraufbeschwören. Doch in Eurem Herzen habt Ihr Euch eine feine Waage bewahrt ... Ihr seid ein gerechter Mann, Hauptmann, und niemand wird Euch glauben, wenn Ihr tut, als wäret Ihr jemand, den man fürchten muss.«

»Nicht?«, fragte Hendriks spöttisch, aber Garret war das verunsicherte Flackern in dem Blick des Hauptmanns nicht entgangen.

»Nein«, entgegnete Knorre bestimmt. »Aber ich sehe, warum Ihr so tun müsst.« Er wandte den Blick vom Hauptmann ab und sah hinüber zum Turm. »Es ist zugleich schwerer und einfacher, als Ihr denkt. Die Schwere der Aufgabe bestand darin, die richtigen Kräuter zu finden. Doch dies habe ich bereits getan. Was nun zu tun ist, ist, diese Salbe auf Euch aufzutragen ... das ist alles. Keines dieser Viecher wird sich Euch nähern, sie ertragen den Geruch nicht.«

Er griff in eine Tasche seines Rucksacks und entnahm ihm einen irdenen Tiegel, um ihn hochzuhalten.

»Hier ist genug davon, um uns alle zu versorgen, ein wenig auf unsere Kleidung aufgetragen, wird uns schützen.« Er warf einen Blick hoch zum Himmel. »Es sei denn, es würde regnen.«

»Das ist alles?«, fragte der Hauptmann erstaunt.

Knorre sah ihn tadelnd an. »Das ist beileibe nicht alles, Hauptmann, aber es ist alles, was Ihr zu wissen oder tun braucht. Dennoch wird es niemandem helfen, der in einen Bau der Todeskrabbler einbricht, was leicht geschehen kann, sie haben diese überall, und der Boden hier ist trügerisch wie Treibsand. Und es wird Euch kaum helfen, den Turm zu betreten.«

»Der Turm interessiert mich nicht«, knurrte Hendriks.

»Uns schon«, widersprach Tarlon und sah Knorre aufmerksam an. »Wir müssen den Turm erforschen.«

»Warum dieses?«, fragte Knorre. »Nichts dort drin wird für euch von Belang sein, alles, was in diesen Gemäuern ruht, sind Geister und Schatten längst vergangener Tage. Dieser Belior sucht dort Wissen und Bücher, Magie und Macht für seine Gier zu herrschen, und was sucht ihr?«

»Wissen, Bücher und Magie«, antwortete Tarlon fest. »Weder Macht noch Gier.« Er sah dem Mann in die Augen, es wäre auch schwer, diesem so unschuldig wirkenden Blick zu entkommen. »Wir suchen einen Schutz dagegen, dass Belior seine Leute durch ein magisches Portal in unser Dorf schickt.«

Hendriks sah auf. »Dorthin wurden sie entsandt? Was geschah mit meinen Leuten?«

»Sie starben«, sagte Garret und sah nun seinerseits Hendriks in die Augen. »Eine treue Freundin starb, um sie aufzuhalten.«

»Maron und die anderen waren treue Freunde für uns«, sagte Tarik leise. »Sie sind tot?«

Garret nickte.

»Das ist das Verbrechen des Krieges«, sagte Knorre. »Was Freund hätte sein sollen, stirbt als Feind.« Er sah Garret an. »Wer war sie, diese Freundin?«

»Was hilft es Euch, diese Antwort zu wissen?«, fragte Garret etwas barsch. »Ihr Name war Meliande ... und mit ihrem Namen wisst Ihr nunmehr noch immer nichts von dem Verlust, der uns traf.«

»So seht Ihr es«, sagte Knorre. »Ich sehe es anders. Das Tor ist zerstört?«

Wieder nickte Garret.

»So habt Ihr Euren Auftrag bereits erfüllt«, sagte Knorre. »Alle meine Recherchen deuten darauf hin, dass es nur dieses eine Tor gab.«

»Eure Recherchen?«, fragte Argor. »Was seid Ihr?«

»Ein Schatzsucher. Aber ich suche besondere Schätze. Denn ich bin auch ein Schüler der gegenständlichen Magie«, sagte Knorre und verbeugte sich leicht. »Ein Arteficier auf der Suche nach Wissen. In jenem Turm lebte einst ein Sonderling, der mit Magie den Dingen eine Seele und Leben einhauchen konnte. Nach allem, was man über ihn weiß, der größte Arteficier, der jemals lebte. Er galt als verrückt und war es wohl auch … zu viel Macht raubt jedem den Verstand.«

»Was ist ein Arteficier?«, fragte Garret neugierig.

Knorre hob eine Augenbraue an. »Jemand, der mit Magie erfüllte Gegenstände erschafft. Kennt man das bei euch nicht?«

»Nie gehört davon«, antwortete Garret. »Wie geht das?«

»Es ist kompliziert«, grinste Knorre. »Man kann davon verrückt werden!«

Elyra hingegen hatte eine andere Frage. »So sucht auch Ihr die Macht?«

»Klar sucht er die«, brummte Argor. »Er riecht förmlich nach Magie!« Der junge Zwerg sah Knorre trotzig an, doch dieser lächelte nur und schüttelte den Kopf.

»Nein«, sagte er dann. »Die suche ich nicht. Ich suche Wissen. Das ist oft das Gleiche, aber in diesem Fall suche ich nur einen Weg, einen tiefen Brunnen zu bauen, um ein Dorf zu retten. Das Wasser ist knapp und wir sind auf harten Fels gestoßen.«

Elyra sah ihn verwundert an. »Einen Brunnen?«

»Einen Brunnen. Ich weiß, dass er eine Methode kannte, Brunnen durch solides Gestein zu treiben. Ich fand zwei solcher

Brunnen auf meinen Reisen. Es muss Magie sein und vielleicht finde ich heraus, wie er es tat.«

»Brunnen sind wichtig«, stimmte Argor widerstrebend zu. »Auch wenn ich sie nicht mag. Sie sind mir zu tief. Aber wie soll man sonst Entscheidungen treffen?« Der Hauptmann sah ihn skeptisch an, aber Argor ignorierte den Blick.

»Und woher wisst Ihr dies alles?«, wollte Garret wissen.

»Er ist einer meiner Vorfahren.« Knorre wirkte erheitert. »Er hinterließ mir drei Dinge ... die Fähigkeit der Magie, den Wahnsinn und ein Buch.« Er griff in seinen Wams und entnahm diesem ein kleines, in Leder gehülltes Buch. »Hier steht vieles, aber nicht alles.«

»Und was ist mit Eurem Wahnsinn?«, fragte Hendriks und musterte den Mann misstrauisch. »Denn den glaube ich Euch unbesehen!«

»Das kann ich Euch nicht sagen. Weiß man um seinen Wahn, wenn man ihm verfällt?« Er blinzelte zweimal und sah den Hauptmann unschuldig an. »Es mag sein, dass es kein Wahnsinn ist, sondern ein Fluch. Ich glaube, ich kann nicht erwachsen werden.«

»Das ist wohl auch ein Geschenk«, sagte Elyra.

»Meint Ihr?«, fragte Knorre und sah die junge Halbelfe neugierig an.

»Gebt uns die Salbe«, sagte Hendriks. »Ich habe wenig Lust, hier länger zu schwätzen.«

»Ihr lügt, denn dazu habt Ihr mehr Lust, als das zu tun, das Ihr tun müsst«, antwortete Knorre ihm, als er dem Mann den Tiegel reichte. Hendriks stockte in der Bewegung und sah den Mann scharf an, doch dieser begegnete seinem Blick offen. »Es ist keine Schande, sich zu sorgen, wisst Ihr?«

»Was versteht Ihr davon«, knurrte Hendriks und fing an, sich mit der Salbe zu beschmieren.

Knorre merkte, dass Tarlon ihn nachdenklich ansah. »Was ist mit Euch? Habt auch Ihr es eilig?«

»Nein«, antwortete Tarlon ruhig. »Ich wäre am liebsten ganz woanders.«

»Aber Ihr müsst Euch vergewissern, dass von diesem Turm keine Gefahr droht, nicht wahr?«

Tarlon nickte nur.

»Der Turm ist zerfallen. Wie kann dort Gefahr sein?«

»Und er steht in einer solch friedlichen Wiese …«, sagte Garret.

Knorre warf ihm einen Blick zu. Und nickte dann. »Ihr habt recht. Nicht alles ist, wie es erscheint. Nun gut, so sei es.« Er sah zu Hendriks hinüber. »Lost, wer vorgeht. Zwei werden sterben.«

»Zwei werden sterben?«, fragte Hendriks und drehte sich langsam um. »Woher wollt Ihr das wissen?« Seine Stimme war kalt, und Garret hatte gewisse Zweifel, ob Knorre mit seiner Einschätzung des Mannes so ganz richtiglag.

»Der Wind sagte mir soeben, dass der Boden zwei nicht tragen würde.« Die anderen Söldner sahen sich gegenseitig an. Einer machte ein Zeichen, das Garret bereits einmal gesehen hatte, bei Helge, dem Heiler.

»Was sagte er Euch noch, der Wind?«, knurrte Hendriks.

»Zweimal wird die Erde die Last nicht tragen können, doch im Stein wird Leben sein.«

»Der Wind sprach über Erde und Stein?«, fragte der Hauptmann skeptisch. »Warum nicht die Erde? Oder der Stein?«

»Sie reden nicht mit mir«, erklärte Knorre und zuckte die Schultern. »Ich denke, sie sind beleidigt.« Er sah mit seinen blauen Augen zu dem Hauptmann hoch. »Der Wind ist flüchtig und merkt sich kaum, was er berührt. Doch Erde und Stein können lange nachtragend sein, denke ich.« Er legte den Kopf zur Seite. »Was meint Ihr, Hauptmann?«

»Ihr seid verrückt«, sagte dieser und wandte sich seinen Leuten zu. »Aber wir werden losen.«

Erfreut schien keiner der Söldner. Sie warfen sich gegenseitig nervöse Blicke zu. Auch Tarik war bleich, aber er suchte einen dünnen Zweig vom Waldrand und fing an, ihn in fünf gleiche Teile zu brechen.

»Sprach der Wind davon, dass gestorben wird, oder nur davon, dass die Erde bricht?«, fragte Garret neugierig.

»Ihr glaubt dem Wind?«, fragte Knorre.

Garret zuckte die Schultern. »Elyra hier spricht mit Vögeln und manchmal sagt mir das Wasser, wo die Fische sind. Was weiß ich, wie Ihr hört, was Ihr hört, solange Ihr es hört. Also, was sagte Euch der Wind? Sprach er in der Tat vom Sterben?«

»Nein, nur dass die Erde die Last zweimal nicht tragen kann«, antwortete Knorre. »Aber es ist das Gleiche … wenn man in den Bau der Todeskäfer fällt, ist man tot.«

»Vielleicht nicht ganz das Gleiche«, grinste Garret und griff in seinen Wams, um ein eng gefaltetes schwarzes Tuch herauszuholen. Er schüttelte es vor ihnen aus und ließ es auf den Boden sinken und als es den Boden berührte, öffnete sich vor den verblüfften Augen der Söldner die magische Kammer, die Garret im Zimmer des angeblichen Händlers gefunden hatte. Es war bis unter den Rand voll mit Proviant, Werkzeug, Holz, Bolzen, sogar einem Bett und mehreren Fässern. Und gut drei Dutzend drei Schritt lange Holzbohlen.

»Götter«, entfuhr es Hendriks. »Für solch ein Wunder würden manche töten!«

»Ihr auch?«, fragte Argor etwas spitz und griff seinen Hammer fester.

»Nein«, gab Hendriks bestimmt zurück. »Aber es ist so.« Er musterte den Inhalt des magischen Tuchs und sah dann Garret fragend an.

»Im Winter spielen Kinder gerne auf dem Eis, auch wenn es noch zu dünn ist. Legt man Bohlen darüber, bricht es nicht so leicht.« Garret grinste breit. »Wenn das Wasser mir die Fische nennt, die es verbirgt, muss man um die Ecke denken … vielleicht spricht auch der Wind nicht immer so, dass man es versteht.«

»Es sieht schon etwas seltsam aus«, meinte Elyra, während sie zusah, wie die letzte der Bohlen vorsichtig ausgebracht wurde, sie endete knapp vor dem schweren metallenen Tor des alten Turms. »Links und rechts der Bohlen ist der Boden … und ein jeder balanciert, als ginge man über einen Abgrund.«

»Vielleicht ist es ja so«, sagte Knorre, der neben ihr auf einem Stein am Rand der Lichtung saß und mit ihr gemeinsam den anderen zusah. Er kaute an einem Grashalm und schien zufrieden, den anderen zuzusehen und in der Sonne zu sitzen. »Ein cleverer junger Mann, dieser Garret.«

Elyra lachte. »Das sagte ich selbst einmal zu ihm. Aber er schüttelte nur den Kopf. Er sei nicht clever, sondern faul. Aber das wäre viel zu anstrengend, wenn man es nicht vorher bedenken würde!«

»Dreimal gedreht, macht dies sogar Sinn«, nickte Knorre. »Wisst Ihr schon, ob Ihr Tarlon folgen wollt oder dem Ruf der Göttin?«

Elyra sah ihn scharf an und ihr Lachen war, als wäre es nie gewesen.

»Ihr tragt das Symbol Mistrals ... und Euer Blick verzehrt sich nach diesem Tarlon«, erklärte Knorre.

»Ist es so offensichtlich?«

»Nein ... aber Ihr habt den Vögeln Eure Sorgen gebeichtet. Vögel sind sehr gesprächig und sie tratschen gerne. Vor allem Spatzen.«

»Ihr hört sie auch?«, fragte Elyra überrascht.

»Nein.« Knorre schüttelte den Kopf. »Aber der Wind und die Vögel sind gut befreundet.« Er lächelte. »Es ergibt Sinn. Sie brauchen ihn zum Fliegen.«

»Das ist wahr.« Sie sah Knorre nachdenklich an. »Ich habe meine Entscheidung noch nicht getroffen ... ich weiß nicht, wie ich wählen soll.«

»Es mag manchmal eine Wahl erforderlich sein, doch nicht in allen Fällen«, sagte Knorre. »Ihr werdet lange leben ... warum nicht erst lieben, dann der Göttin dienen? Einer Priesterin steht es gut, die Liebe zu kennen.«

»Ich befürchte, sie braucht mich hier und jetzt, nicht erst, wenn sie Tarlon zu sich ruft«, sagte Elyra leise. Sie sah Knorre an. »Im Moment lerne ich mehr über den Hass als die Liebe.« Sie schüttelte den Kopf. »Warum erzähle ich Euch das nur? Ich bin sonst nicht so mitteilsam.«

Knorres blaue Augen lachten sie freundlich an. »Vielleicht liegt es an der, der Ihr dienen wollt?«

»An Mistral? Wie kann das sein?«

»Man sagt, mein Vorfahr wäre von ihr berührt worden, als er ihren Tempel in der alten Stadt errichtete ... von da an war er dem Wahnsinn verfallen.«

»Er baute ihr einen Tempel?«, fragte sie neugierig.

Knorre nickte. »Und sie gab ihm die Fähigkeit, das Wesen der Magie zu finden, auch in Stein, Metall und unbelebten Dingen. Nur Wahnsinn versteht ein solches Geschenk ... allen anderen bleibt es verborgen.«

»Das verstehe ich«, nickte Elyra. »Das ergibt Sinn.«

»Tut es das?«, fragte Knorre und sah sie nachdenklich an. »Zu oft sehe ich Dinge, die keinen Sinn ergeben.«

»Vielleicht solltet Ihr Mistral befragen«, lächelte Elyra. »Sie ist auch die Herrin des Schleiers ... und dahinter verbirgt sich oft die Wahrheit.«

»Dem ist wohl so«, stimmte er ihr nachdenklich zu.

»Sagt, warum hat Euer Vorfahr Mistral einen Tempel erbaut?«, fragte Elyra. »Die Göttin ist in jedem von uns und braucht keinen Tempel, ein jeder Ort eignet sich. Wir haben einen Schrein, aber er ist nur dort, weil dies der Ort ist, an dem wir beten, wenn jemand von uns geht.«

»Die Göttin braucht keinen Tempel. Sie wollte ihn nicht deswegen ... auch wenn die Menschen einen Ort brauchen, so braucht sie ihn nicht. Da habt Ihr recht. Sie brauchte ihn, damit er einen Zweck erfüllt, der nicht erfüllt werden sollte.«

»Das verstehe ich nicht«, sagte Elyra.

»Das beruhigt mich«, lachte Knorre und stand auf. Er warf einen Blick zum Turm hin. »Es sieht so aus, als wären sie an dem Tor angekommen. Wir sollten auch gehen.«

»Sie ist nicht dabei«, sagte Hendriks grimmig. »Ich habe ihre Rüstung selbst anfertigen lassen und würde sie erkennen.« Der Söldnerführer ballte die Fäuste, als er die Reihe seiner toten Leute musterte, die nebeneinander am Waldrand lagen. Es hatte den größten Teil des Nachmittags gebraucht, um seine Kameraden zu bergen. »Wie kann das sein«, fragte er Tarik, der schweigend neben ihm stand. »Ich wage nicht zu hoffen … es wäre unerträglich!«

Tarik nickte nur und sein Blick ging in Richtung des Turms. »Rabea konnte immer schon gut klettern, nicht wahr?«, sagte er dann.

Hendriks folgte seinem Blick. Aus der Ferne sahen die alten Mauern glatt aus, aber er hatte den Turm schon aus größerer Nähe gesehen. Die Witterung und der Zahn der Zeit hatten die einst glatten Steine brüchig gemacht und ein Teil des Gemäuers war eingestürzt. »Ihr meint …?«, flüsterte Hendriks und Tarik nickte.

»Wenn sie nicht bei unseren Toten weilt, lebt sie noch. Und es kann nur einen Ort geben, an dem sie ist.«

Hendriks hörte ihm schon gar nicht mehr zu, er bewegte sich im Laufschritt auf den Turm hin, allerdings achtete er sehr wohl darauf, auf den Planken zu bleiben.

Vor der stählernen Tür des Turms hatten die Freunde vier Planken nebeneinander ausgelegt, genug Platz also, um sicher stehen zu können. Dennoch schien es ein Problem zu geben.

Tarlon drehte sich um und sah den Söldnerführer fragend an. Doch es war Tarik, der dem Hauptmann gefolgt war und Antwort gab. »Seine Tochter ist nicht unter den Toten. Wir hoffen, dass sie sich im Turm befindet.«

»Es tut mir leid, aber dies erscheint mir schwer möglich«, antwortete Tarlon. »Die Tür ist fest verschlossen und wir versuchen gerade, sie zu öffnen.«

»Vielleicht ist sie geklettert«, meinte Hendriks hoffnungsvoll.

Garret musterte die Außenwand des Turms, möglich wäre es. Aber unwahrscheinlich. »Wenn sie gerüstet war wie Eure anderen Leute, dürfte es ihr schwergefallen sein.« Er sah Tarlon fragend an. »Soll ich es probieren?«

»Schaffst du es denn?«, fragte dieser.

Garret suchte die Wand vor ihm nach Griffpunkten ab und zog seinen Dolch, versuchte, ihn in den Spalt zwischen zwei

Blöcken zu rammen. Er bekam kaum mehr als die Spitze dazwischen. Er sah nach oben. »Vielleicht mit einem Seil.«

Hendriks sagte nichts, er stand nur da, die Fäuste geballt, und sah die Tür an, als ob er sie alleine kraft seines Willens bezwingen könnte.

»Es muss möglich sein, die Tür zu öffnen«, meinte Knorre. »Es stand auch etwas davon in dem Buch.« Er blätterte in dem kleinen Buch und nickte. »Richtig. Hier. Wer geht, ist willkommen.«

»Nicht besonders gastfreundlich, Euer Vorfahr«, meinte Garret trocken. Er schlug mit der Handfläche gegen die Tür, sie hörte sich außerordentlich massiv an trotz der leichten Rostschicht, die das Metall bedeckte. Er sah auf die Steine an der Seite, sah wieder nach oben. »Wisst Ihr, was ich mich frage? Wieso ist der Turm verfallen? So wie die Steine verfugt sind, hätte er ewig stehen sollen.«

»Gute Frage … ich habe auch eine«, sagte Argor und musterte den Turm misstrauisch. »Warum liegen hier keine Trümmer? Es ist wohl kaum anzunehmen, dass der Turm einstürzt und nichts außen herunterfällt?« Er sah die anderen an. »Wisst ihr was, das gefällt mir nicht. Wenn keine Steine fallen, ist etwas nicht normal … und dann ist es Magie!!!« Sein Gesicht verzog sich vor Abscheu.

»Es ist der Turm eines Magiers«, lachte Garret. »Da ist das wohl zu erwarten.«

»Mir gefällt es trotzdem nicht«, brummte Argor. »Gerade deswegen erst recht nicht!«

»Nun, wir haben den Auftrag, den Turm zu durchsuchen«, erinnerte ihn Tarlon. »Nur dazu müssen wir erst einmal durch diese Tür!«

»Wer geht, ist willkommen«, wiederholte Garret nachdenklich die Worte Knorres. Er sah den Mann an und dieser zuckte mit den Schultern.

»Er war wahnsinnig«, sagte er beinahe entschuldigend.

Elyra warf Knorre einen Blick zu und lächelte dann. »Ihr sagt, Ihr seid es auch. Wenn es kein Rauswurf ist, sondern wirklich die Tür öffnen soll, wie würdet Ihr es anders verstehen?«

»Wörtlich...«, grinste Knorre und stellte sich mit dem Rücken zur Tür, um dann einen Schritt nach vorne zu machen. Mit einem lauten Schlag flog die Tür nach innen auf, schien den hageren Mann förmlich einzusaugen, es blieb gerade genug Zeit, den überraschten Gesichtsausdruck Knorres wahrzunehmen, dann verschloss ihnen das rostige Metall mit einem lauten Knall wieder den Weg. Von innen war ein gedämpftes Fluchen zu hören.

Die Freunde sahen sich gegenseitig an... dann machte Hendriks einen Schritt nach vorne. Aber es war Garret, der sich als Nächster an die Tür lehnte und den Schritt machte... und genauso verschwand wie Knorre.

»Das ist... überraschend«, hustete Tarlon, als er sich vom Boden aufrappeln wollte, im nächsten Moment fiel Hendriks auf ihn und presste Tarlon erneut in den staubigen Teppich. Er schob den Hauptmann weg und stand auf, hielt Hendriks die Hand hin, gerade als Tarik durch die Tür stolperte und den Hauptmann erneut zu Boden riss. Kaum stand dieser, kam Argor hereingekugelt und riss ihn erneut zu Boden. Eine dichte Staubwolke hüllte sie alle ein und Argor hustete und wischte sich den Staub aus den Augen.

»Das ist es«, grinste Knorre, der etwas abseits stand und sich das Gewand abklopfte. Staub war überall, er lag dick auf allem, was sich in der Eingangshalle befand. Außer dem Staub selbst gab es kein Anzeichen dafür, dass hier irgendetwas der Zeit zum Opfer gefallen wäre. Zwei hohe, bunt verglaste Fenster spendeten Licht... und genau diese musterte Knorre mit einem Stirnrunzeln. »Kann mich nicht erinnern, Fenster gesehen zu haben«, murmelte er dann.

Die Einzige, die nicht stolperte, sondern mit einem elegant wirkenden Ausfallschritt die Tür passierte, war Elyra, die sich sogleich genauso neugierig umsah wie der Rest und die Nase rümpfte, als der Staub aufstieg.

»Das ist ziemlich viel Staub«, stellte sie fest und nieste. Knorre gähnte und wischte die dicke Schicht von einer Kommode, die rechts vom Eingang stand. Das Holz schimmerte wie frisch poliert.

»Hier sind Spuren«, rief Hendriks aufgeregt und deutete auf Fußspuren im Staub, die zu einer Tür führten.

»Dahinter ist wohl ein Treppenaufgang«, gähnte Garret. Er rieb sich die Augen, gähnte erneut und sah die anderen fragend an. Knorre sagte nichts, er ließ sich in einer Staubwolke auf einem bestickten Sofa nieder, hustete und legte den Kopf nach hinten, im nächsten Moment fing er an zu schnarchen.

Tarlon fluchte und wollte zur Tür, doch sie öffnete sich nicht. »Der Staub! Nicht atmen!«, keuchte er gepresst, doch dann sackte er vor Elyras entgeistertem Blick in sich zusammen, dicht gefolgt von Garret und den anderen, nur Hendriks schaffte es bis zur Tür, zu der die Spuren führten.

Als er fiel, stieg wieder eine Staubwolke auf … hastig zog Elyra den Stoff ihres Kleides vor das Gesicht und hielt die Luft an. Langsam senkte sich der Staub wieder, während sie so still stand, wie es ihr möglich war. Tarlon hatte es als Erster begriffen, der Staub betäubte … und nur weil sie beim Eintreten nicht gefallen war, war sie verschont geblieben … die leichte Müdigkeit, die sie verspürte, konnte auch von den anstrengenden letzten Tagen herrühren.

Schöne Bescherung, dachte sie, als sie die bewusstlosen Gestalten um sich herum musterte. Und jetzt?

Bis auf Knorre war jeder der anderen mindestens doppelt so schwer wie sie, nur bei dem hageren Knorre rechnete sie sich eine Chance aus, ihn bewegen zu können. Vielleicht war das nicht schlecht, schließlich besaß er das Buch seines Vorfahren…

Sie befeuchtete den Stoff ihres Kleides mit dem Inhalt ihres Wasserschlauchs und begab sich zu dem schlafenden Knorre hin, wischte ihm vorsichtig mit einem feuchten Tuch den Staub aus dem Gesicht. Er alleine saß aufrecht, lag nicht auf dem Boden. Von der Tür her ertönte gedämpftes Hämmern, das waren wohl die restlichen Männer des Hauptmanns, die noch nichts von dem Geheimnis der Tür wussten. Sie ignorierte das Geklopfe und musterte Knorre. Vielleicht war es nicht einmal nötig, ihn irgendwohin zu tragen. Sie säuberte ihn weiterhin vorsichtig und kramte dann in ihrem Beutel, bis sie eine bestimmte Wurzel fand ... zu trocken, befand sie und befeuchtete die Wurzel, wartete, bis sie sich mit Wasser vollgesogen hatte, und zerdrückte sie dann unter Knorres Nase, die, wie sie bei dieser Gelegenheit feststellte, ein herausragendes Merkmal darstellte. Ein stechender Geruch, der ihr selbst die Tränen in die Augen trieb, stieg auf und Knorre hustete und richtete sich fluchend auf. Noch bevor er etwas sagen konnte oder der aufsteigende Staub ihn wieder erreichte, hielt sie ihm das feuchte Tuch vor den Mund ... wahnsinnig oder nicht, er verstand sofort und hielt still, während er mit großen Augen die gefallenen Körper der anderen um ihn herum musterte.

»Habt Ihr eine Idee, was hier geschehen sein könnte?«, fragte sie leise und er nickte. »Offensichtlich eine Falle mit Schlafstaub ... recht geschickt, muss ich sagen.« Es klang fast bewundernd.

Elyra widerstand dem Impuls, mit dem Fuß aufzustampfen. Es hätte Staub aufgewirbelt. »Das dachte ich auch«, teilte sie ihm trocken mit. »Habt Ihr eine Idee, was man dagegen tun kann?«

»Lasst mich wach werden«, grummelte Knorre. »Ich bin noch immer müde. Was ist das für ein Zeug? Es stinkt fürchterlich!«

»Stinkwurz«, sagte sie und Knorre nickte, während er ausgiebig gähnte. »Das ... gähn ... ist ein wahrlich passender Name.« Sein Kopf sackte zur Seite weg, zugleich holte Elyra aus und gab ihm eine schallende Ohrfeige. Knorre zuckte zusammen, schüttelte sich wie ein nasser Hund und sah sie vorwurfsvoll an.

»Was steht im Buch!?«, rief sie ... und Knorres glasige Augen versuchten, die ihren zu finden. Elyra seufzte und zerrieb den Rest der Wurzel vor seiner Nase, worauf Knorres Augen sich weiteten und er durch das Tuch nach Luft schnappte und entsetzt zurückwich. »Genug!«, keuchte er und fing hastig an, in seinem Buch zu blättern. »Hausputz«, murmelte er. »Es muss das mit dem Hausputz sein!« Er sah sich um und wies dann auf ein Ornament an der Wand neben der Tür. »Die Lilie, presse gegen die Lilie ... sie ...« Er beendete den Satz nicht, sondern fiel zur Seite weg, wirbelte erneut eine Staubwolke auf und im nächsten Moment mischte sich sein Schnarchen mit dem der anderen.

Elyra seufzte und bewegte sich vorsichtig zur Tür, dort befand sich das steinerne Ornament einer Lilie … sie drückte auf die Blüte, einen Moment lang schien nichts zu geschehen, dann merkte sie, wie der Staub in der Mitte des Raumes aufstieg … ein leichter Wind fasste nach den Säumen ihres Gewands und noch während sie atemlos zusah, erfüllte ein mächtiges Rauschen den Raum, als ob ein Sturm entfesselt wurde. Eine Windhose entstand vor ihren entgeisterten Augen, wuchs und reckte sich zur hohen Decke empor, ein lautes Getöse und Knattern betäubte sie fast … und kleine Blitze tanzten in den grauschwarzen Rändern der Erscheinung. Der Wind zerrte an ihren Haaren, ließ ihre Gewänder flattern und für einen langen Moment dachte sie, die Windhose würde sie in das schwarze Loch davonziehen, das unter der hohen Decke entstanden war. Knatternd schossen die feinen, hauchdünnen Blitze umher, tanzten über die Wände, die Möbelstücke und ihre am Boden liegenden Gefährten, griffen mit tausend gleißenden und kribbelnden Fingern auch nach ihr … und verschwanden abrupt.

Genauso schnell war es vorbei, die Stille schien ihr nach dem Tosen des Sturms doppelt so laut. Ungläubig rieb sie sich die Augen und sah sich um. Nicht nur, dass der Staub spurlos verschwunden war, jedes einzelne Möbelstück glänzte wie frisch gereinigt und poliert und sogar an ihrem Umhang waren die Spuren ihrer Reise nicht mehr zu sehen, ihre Gewänder und die der anderen sahen aus, als wären sie neu und sauber.

»Das«, sprach sie laut ihre Gedanken aus, »war beeindruckend!«

Elyra begab sich zu dem Sofa hinüber, auf dem Knorre lag, schob ihn in die Senkrechte, klopfte vorsichtig gegen den Stoff, aus dem diesmal kein Staub aufstieg, seufzte und bereitete sich darauf vor, länger zu warten.

18a Kronok

»Ich mag das«, grinste Astrak, während er sich unter einem tief hängenden Ast hindurchduckte. »Wäre ich zu Hause, müsste ich die Werkstatt kehren, das hier macht mehr Spaß!«

»Du hast eine seltsame Vorstellung von Humor«, antwortete Vanessa, die eine Kreatur im Auge behielt, die wie eine Mischung aus einem Fuchs und einem Stachelschwein aussah. Aus dem Augenwinkel sah sie, wie Helge die Hand hob, um den Ast zur Seite zu schieben, der über den Pfad reichte.

»Besser nicht berühren!«, rief sie. »Wir sind hier tief in der verdorbenen Zone.«

Helge zog die Hand zurück und duckte sich auf seinem Sattel unter dem Ast, musterte dabei nachdenklich die dunkle, ölige Schicht auf der Rinde des Baums.

»Wir haben von dem verdorbenen Wald gehört«, sagte er. »Als wir an Land gingen, haben wir damit gerechnet, dass der Wald verdorben wäre, aber es war nicht so. Zuerst dachten wir, es wären nur Ammenmärchen ... aber dann ...« Er sah zurück in Richtung des Turms. »Wir wurden eines Besseren belehrt.« Er schüttelte sich leicht. »Wie lange werden wir brauchen, bis wir den Wald verlassen?«

»Nur noch ein paar Stunden«, gab Vanessa zurück und atmete erleichtert aus, als die fuchsähnliche Kreatur sich abwandte und im dichten Unterholz verschwand. Normalerweise hätte sie gedacht, dass die Kreatur zu klein war, um eine wirkliche Bedrohung darzustellen, aber solche Gedanken konnten bei verdorbenen Kreaturen ein tödlicher Fehler sein.

Astrak musterte den Waldboden, auf dem sie ritten, und drehte sich dann zu Vanessa um. »Ist das der Weg, den wir genommen haben? Ich kann unsere Spuren nicht sehen!«

»Nein«, antwortete sie. »Das ist ein anderer Weg. Ich möchte den Wolfsmenschen nicht begegnen.«

»Und du bist sicher, dass du weißt, wo wir entlang müssen?«, fragte er leicht skeptisch.

Vanessa nickte nur. »Mach dir keine Gedanken. Ich habe in meinem ganzen Leben niemals die Orientierung verloren, ich weiß immer, wo ich bin und wohin ich muss. Es ist, als hätte ich eine Landkarte im Kopf.« Sie bemerkte Helges Blick und lachte verlegen. »Es ist ein Talent ... aber für mich ist es nichts Besonderes. Es war schon immer so.«

Sie stellte sich in den Steigbügeln auf und sah nach vorne. »Dort vorne muss ein kleiner Bach kommen, sobald wir ihn erreicht haben, biegen wir nach Osten ab.«

»Osten ist wo?«, fragte Astrak.

»Rechts«, antwortete Vanessa mit einem Lachen.

Dennoch war auch sie erleichtert, als sie den Waldrand erreichten. Es war mittlerweile später Nachmittag und es wurde Zeit, einen Lagerplatz zu suchen. Der letzte Lagerplatz kam nicht infrage, dazu hätten sie zurückreiten müssen.

Sie fanden einen kleinen Hügel mit ein paar Bäumen drum herum und einem kleinen Bachlauf mit klarem Wasser, gut, um die Pferde zu tränken.

»Ich bereite das Lager vor und kümmere mich um die Pferde«, bot sich Helge an. »Wenn jemand anders Holz sammelt und das Abendmahl bereitet. Ich bin ein schlechter Koch.«

»In Ordnung«, antwortete Vanessa und ließ sich aus dem Sattel gleiten.

»Das erinnert mich an Marcus«, sagte Astrak wehmütig, als er abstieg und sein Pferd an einem tief hängenden Ast anband. »Niemand kocht besser als er!«

Vanessa hob den Sattel von ihrem Pferd und nickte, während sie ihrem Pferd die Flanken tätschelte. »Wie geht es ihm?«

Astrak runzelte die Stirn. »Ich glaube, besser. Ralik fragte ihn, ob er sich der Expedition in die alte Stadt anschließen wollte, und Marcus stimmte zu. Es scheint Marcus neue Zuversicht gegeben zu haben.«

Es dauerte nicht lange, bis ein kleines Feuer brannte und das Lager vorbereitet war. Jeder von ihnen hatte Zeltplanen dabei, aber es war ein warmer Tag, so nutzten sie die Planen nur, um den Untergrund für ihre Bettlager abzudecken.

»Wie kommt es, dass ihr alleine unterwegs seid?«, fragte Helge dann und lehnte sich bequem zurück, während er zusah, wie Vanessa den Kessel über dem Feuer aufhängte. Sie hatte Gemüse in den Kessel geschnitten, Gemüse, das sie dreifach in Leder eingewickelt aus ihrem Rucksack genommen hatte.

»Wie meint Ihr das?«, fragte Astrak. »Wir sind doch nicht alleine.«

»Ich meine, warum ist kein Erwachsener bei euch?«

»Wir sind erwachsen«, antwortete Vanessa bestimmt. »Jeder von uns ist im heiratsfähigen Alter.«

»So meinte ich das gar nicht«, beeilte sich Helge zu erklären. »Ich bin nur verwundert, dass ihr niemanden Erfahreneren dabeihabt.«

»Erfahren in was?«, wollte Astrak wissen und machte sich an seinem Rucksack zu schaffen. »Meint Ihr erfahren im Krieg? Außer Ralik, unserem Radmacher, hat niemand in unserem Tal Erfahrung mit solchen Dingen.« Er verzog das Gesicht. »Das hat sich seit dem Angriff geändert.«

Als Vanessa Helges fragenden Blick sah, fasste sie die Geschehnisse im Dorf für den Heiler zusammen.

»Ich habe Marban kennengelernt«, teilte Helge ihnen dann mit. »Schon vor vielen Wochen. Noch bevor wir uns hierher einschifften. Ein sehr unangenehmer Zeitgenosse.«

»Das ist eine Untertreibung«, sagte Vanessa bitter. »Ich hoffe, er leidet in den tiefsten Höllen! Was wollte er von Euch?«

»Er brachte uns den Gegenpart für diese magische Tür.«

Helge musterte Vanessa und Astrak. »Dafür, dass ihr keinen Kampf kennt, habt ihr euch bisher gut behauptet.« Er verzog das Gesicht. »Wir schickten ein paar unserer besten Leute durch diese Tür.« Er sah die beiden fragend an. »Ich nehme an, sie sind tot?«

Astrak nickte. »Sie wurden überwältigt.« Von wem und wie

wollte er im Moment nicht sagen, noch traute er Helge nicht so ganz.

Der Heiler seufzte. »Es waren gute Freunde.«

»Nehmt Ihr uns das übel?«, fragte Astrak vorsichtig und musterte den Heiler aufmerksam.

Helge schüttelte müde den Kopf. »Wir sind Söldner. Wir kämpfen für Gold. Wir wissen, was das Kriegshandwerk für Gefahren birgt … und dass andere ihr Leben und Hab und Gut verteidigen werden. Es hat da wenig Sinn, nachtragend zu sein, nicht wahr?«

Vanessa lachte bitter. »Mit Verlaub, Ser, ich kann das nicht so sehen. Marban ermordete meine Mutter, es war ein heimtückischer Angriff mit Magie … Ihr werdet sehen, dass ein jeder im Dorf sehr nachtragend ist.«

»Hhm«, sagte Helge nachdenklich und musterte Vanessa und Astrak. »Und doch sitzen wir hier einträchtig an einem Feuer?«

»Weil Eure Truppe nicht an dem Überfall auf unser Dorf beteiligt war«, antwortete Astrak. Er lehnte sich zurück und schloss die Augen. »Wenn Garret nicht auf die Idee gekommen wäre, Euch zu fragen, ob Ihr die Seiten wechselt, wären wir immer noch Feinde.« Er öffnete ein Auge und sah Helge an. »Er überrascht mich manchmal und er hat wohl recht behalten. Wir haben keine Erfahrung im Kriegshandwerk und unsere Heilerin wurde ein Opfer des ersten Angriffs. Wenn Ihr die Ältesten von Eurer Loyalität überzeugen könnt und es ernst meint, wärt Ihr ein Gewinn für uns.«

»Und wenn nicht?«, wollte der Heiler wissen.

»Darüber würde ich mir keine Gedanken machen«, gähnte Vanessa. »Wenn Ihr es ehrlich meint, werden die Ältesten auf Garrets Vorschlag eingehen.« Sie musterte den Inhalt des Topfes kritisch und nickte dann. »Das Essen ist bald fertig.«

»Wie kamt Ihr dazu, unter der Flagge Beliors zu kämpfen?«, fragte Astrak neugierig. »Ich kenne mich mit Söldnern nun wirklich nicht aus, aber Eure Truppe macht mir den Eindruck, als wäre sie unüblich … bis auf Euch trägt jeder die gleiche Ausrüstung. Bislang dachte ich, Söldner wären ein zusammengewürfelter Haufen Abenteurer. Ich will Euch aber nicht zu nahe treten, es ist nur Neugier!«

Helge lächelte und schüttelte den Kopf. »Fragt ruhig. Wir sind allesamt stolz darauf, Hauptmann Hendriks zu folgen. Nur gibt es in Thyrmantor keine Arbeit mehr für uns. Belior gewann alle sieben Kronen, zweimal stellten wir uns sogar gegen ihn, nur das letzte Mal entschied der Hauptmann, dass es besser wäre, auf der Seite des Siegers zu stehen. Jeder wusste, dass König Hertas keine Möglichkeit besaß, die Schlacht noch zu gewinnen.« Er seufzte. »Es kam noch nicht einmal zur Schlacht. Angeblich nahm sich Hertas am Vorabend der letzten Schlacht selbst das Leben.«

»Glaubt Ihr das?«, fragte Vanessa interessiert.

Helge schüttelte den Kopf. »Nein. König Hertas war sowohl ehrenhaft als auch stur. Es mag sein, dass seine Berater die Sinnlosigkeit des Kampfs einsahen oder es tatsächlich Beliors lange Hand war, die so die Schlacht verhinderte … nachdem ihr König tot war, kapitulierte die gesamte Armee des Königreichs geschlossen.«

»Wofür braucht Belior dann Söldner?«, fragte Astrak, während Vanessa drei Holzschüsseln aus ihrem Packen nahm und sauber wischte.

»Für den Krieg gegen die Elfen«, antwortete Helge. »Belior ist von einem Hass gegen die Unsterblichen erfüllt, der seinesgleichen sucht. Doch die Nationen der Elfen liegen geschützt hinter den weiten Wassern der Sarak See. Also lässt er eine Flotte bauen, größer als jede andere, die diese Welt jemals gesehen hat.«

»Warum zieht er dann gegen uns in den Krieg?«, fragte Vanessa erstaunt und reichte Helge eine gefüllte Schüssel, die dieser dankbar nickend annahm.

»Darüber weiß ich nicht viel«, erwiderte er und nickte anerkennend, als er den ersten Löffel probierte. »Ihr habt bei Eurer Kochkunst untertrieben!«

»Danke«, antwortete Vanessa mit einem Lächeln, während

sie eine Schüssel an Astrak weiterreichte und es sich nun selbst bequem machte. »Aber irgendetwas werdet Ihr doch wissen?«

Helge schluckte und nickte. »Ein wenig, ja. Es heißt, er sucht die legendären Kriegsgeräte des alten Reiches und lässt dafür die Stadt umgraben. Der Hauptmann ist der Meinung, dass er euch nur angreifen ließ, um herauszufinden, ob ihr diese Kriegsgeräte besitzt oder einen Hinweis auf die Krone geben könnt. Und natürlich um des Goldes wegen.«

»Wegen des Goldes?«, fragte Astrak erstaunt. »Woher weiß er davon?«

»Vielleicht habt ihr einen Spion in euren Reihen. Oder aber er weiß es aus anderen Quellen. Ich hörte, er wisse viel über das alte Reich ... er lässt gezielt Ausgrabungen vornehmen und soll angeblich jedes Mal einen Wutausbruch bekommen, wenn sich herausstellt, dass dort nichts zu finden ist.«

Vanessa und Astrak tauschten einen Blick, es sah so aus, als ob die Hüter damals die richtige Entscheidung getroffen hätten.

»Jedenfalls weiß er jetzt, dass ihr weder Krone noch Kriegsgeräte besitzt, also seid ihr uninteressant für ihn geworden«, sprach Helge weiter. »Das ist wohl mit ein Grund, warum der Hauptmann euer Angebot annehmen will, er hält es nicht für wahrscheinlich, dass Belior euch ein zweites Mal angreifen will.« Er zuckte die Schultern. »Es sei denn, er will das Gold.«

Astrak sah Helge sprachlos an. »Ihr meint, ein Angriff und das war es?«

»Nicht wenn er das Gold haben will. Aber dann werden wir euch auch nicht helfen können. Graf Lindor befehligt die Truppen des Königreichs in Lytar und hält dort gut und gerne achtzehnhundert Mann unter Waffen. Hauptmann Hendriks hält ihn für einen guten Mann und ihr seht mich erstaunt, dass es euch gelang, den Angriff abzuwehren.«

»Es waren niemals achtzehnhundert Mann, die uns angriffen«, sagte Astrak nachdenklich.

Helge sah überrascht auf. »Das wundert mich. Der Graf ist bekannt dafür, dass er jeden Vorteil nutzt. Vielleicht dachte er, dass sein Drache reicht, um euch zu besiegen.«

»Das wird Elyra interessieren«, stellte Astrak fest. »Jetzt hat sie einen Namen für den Mörder ihrer Mutter.«

»Dieser Graf Lindor ist derjenige, der den Drachen reitet?«, fragte Vanessa.

Helge nickte. »Ich bin erstaunt, dass ihr den Grafen einen Mörder nennt, er galt zumindest früher einmal als ehrenhaft. Aber ja, er ist der Drachenreiter. Alleine dadurch hat er einen unschätzbaren Wert für Belior.« Er seufzte. »Wenn der Graf beschließt, euch mit seiner Hauptmacht anzugreifen, wird Widerstand nichts nutzen. Gebt ihm einfach das Gold, dann ist der Krieg für euch vorbei.« Er sah die beiden an. »Das wäre sowieso der beste Rat, den man euch geben könnte. Gebt Belior, was er will … und ihr habt euren Frieden.«

»Ich glaube nicht, dass der Ältestenrat so entscheiden wird«, sagte Vanessa langsam. »Schließlich wurden wir angegriffen und befinden uns jetzt im Krieg. Wir werden nicht kampflos aufgeben.«

Helge schüttelte den Kopf. »Ihr befindet euch nicht im Krieg. Ihr seid nicht mehr als ein Dorf in einem unwichtigen Teil der Welt. Es war ein Scharmützel, nicht mehr. Seid froh, dass ihr nicht habt, was Belior sucht, so habt ihr wenigstens eine Hoffnung auf eine Zukunft.« Er stellte die leere Schüssel zur Seite und reckte sich. »Ihr dürft ihm nur nicht in die Quere kommen.«

»Oder er uns. So wie jetzt«, sagte Vanessa tonlos. Sie sah nach Süden und griff nach ihrem Bogen. »Seht dort!«

Astrak richtete sich auf und blinzelte überrascht, als er die Kreatur in der Ferne wahrnahm. Es war eine gewappnete Gestalt, die auf einem Reptil ritt, das selbst schon bedrohlich genug war.

»Was, bei den Höllen, ist das?«, flüsterte er fassungslos und zog seinen Rucksack heran, um hastig darin zu wühlen. »Wieder etwas oder jemand, der durch den Wald verdorben wurde?«

»Nein. Ein Kriegsreiter der Kronoks!«, rief Helge entsetzt und sprang auf. Selbst im unsicheren Licht des Feuers konnte man erkennen, wie bleich der Heiler wurde. »Beliors neueste

Verbündete. Ich sah einmal, wie ein solcher Reiter einen ganzen Trupp Soldaten niedermetzelte. Wir sind verloren, jetzt, da er uns gesehen hat, bedeutet dies unseren Tod!«

»Das werden wir sehen …«, sagte Vanessa und zog einen Pfeil aus ihrem Köcher. »Mach das Feuer aus!«, sagte sie zu Astrak.

»Er hat uns doch schon gesehen«, protestierte dieser.

»Kein Grund, es ihm noch leichter zu machen«, zischte sie zurück.

Helge legte eine Hand auf Astraks Schulter und hielt ihn auf, als dieser Erde auf die Flammen werfen wollte. »Lass das Feuer brennen, Junge. Sie können im Dunkeln sehen und mögen kein offenes Licht. Wir können nicht fliehen, wir müssen kämpfen und brauchen jeden noch so kleinen Vorteil. Vielleicht blenden ihn die Flammen!«

»Vielleicht. Gut, lasst das Feuer brennen. Aber wir geben trotzdem zu gute Ziele ab! Er hat einen Bogen, also sucht Deckung!«, rief Vanessa und nahm selbst die Deckung eines Baums.

»Eilig scheint er es nicht zu haben«, stellte Astrak fest, während er seine Schleuder bereit machte.

»Das wird dir wenig nützen«, sagte Helge mit einem Blick auf Astraks Schleuder. »Aber ich habe gut reden, ich bin selbst mehr als nutzlos in einem Kampf!«

»Noch ist nichts verloren!«, gab Vanessa zurück.

Helge lachte bitter. »Ich bewundere Eure Zuversicht!«

Auf die Entfernung erschien das Reptil, auf dem der schwer gepanzerte Krieger ritt, zuerst als ungewöhnlich, doch als der Kronok, wie Helge ihn genannt hatte, näher kam, sah er, dass der schwer gepanzerte Reiter genauso einem Menschen ähnelte wie sein Reittier einem Pferd.

»Warum greift er nicht an?«, fragte Astrak unruhig, denn der Kronok, obwohl er das Feuer gesehen haben musste, ritt einfach nur gemächlich auf sie zu.

»Seid Ihr sicher, dass er feindliche Absichten hegt?«, fragte Vanessa nervös. Sie hatte einen Pfeil aufgelegt, zögerte aber zu schießen.

»Ganz sicher«, gab Helge gepresst zur Antwort. »Er spielt mit uns.« Er warf ihr einen Blick zu. »Schießt und lasst den Schuss gelten, es wird der einzige freie Angriff sein. Aber schießt auf das Reittier, diese Echsen sind nicht weniger gefährlich als ihr Reiter, doch dieser ist am Boden durch seine schwere Rüstung behindert!«

Vanessa nickte nur, atmete tief durch und zog dann den Bogen aus. Kaum jemand war ein derart guter Schütze wie Garret, aber das bedeutete nicht, dass Vanessa nicht auch mit einem Bogen umgehen konnte. Dennoch war es pures Glück, denn die Echse hob just in diesem Moment den Kopf … und Vanessas Pfeil schlug in die weiche Stelle unter dem Kiefer der Kreatur ein und verschwand bis an die Rabenfedern in der schuppigen Haut der Echse.

Die Reitechse zuckte zusammen, wankte, tat noch einen Schritt und fiel dann in sich zusammen.

»Guter Schuss!«, rief Astrak und dann: »O Götter!«

Der Kronok war, noch während die Echse zusammenbrach, aus dem Sattel gesprungen und stürmte nun erschreckend schnell auf sie zu, ein viel zu großes Schwert in beiden Klauen.

»Das nennt Ihr behindert?«, rief Astrak entgeistert, aber Helge gab keine Antwort, er sah nur mit weiten Augen zu, wie der Kronok näher kam, schien fast gelähmt vor Angst. Vanessas zweiter Schuss prallte an dem schweren Panzer des Wesens ab.

Vanessa ließ den Bogen fallen und zog ihr Schwert, das schwarze Metall ihrer Klinge wirkte auf einmal umso bedrohlicher.

»Lass mich zuerst angreifen«, rief Astrak und wirbelte seine Schleuder.

»Mit der Schleuder!?«, fragte Vanessa ungläubig, aber sie nickte und brachte sich hinter einem Baum in Position, gab den anderen ein Zeichen, sich zu verteilen.

Astrak ließ los und etwas prallte auf den offenen Helm der Echse und platzte in einer kleinen Staubwolke.

»Treffer!«, rief Astrak … und dann: »Oh, verflucht, das Biest ist clever!«

Denn der Kronok, der vorher direkt auf sie zulief, änderte abrupt seinen Kurs und rannte auf den kleinen Bach zu.

»Was war das?«, fragte Helge.

»Farbpulver!«, rief Astrak zurück. »Giftig ätzend und es juckt fürchterlich! Er wird es ausspülen wollen!« Er sah zu Vanessa hin. »Das ist deine Gelegenheit!«

Vanessa rannte dem Kronok bereits entgegen, noch bevor Astrak mit seiner Erklärung fertig war.

Auf die Entfernung hin war es ihr schwergefallen, die Größe ihres Gegners abzuschätzen, jetzt, wo sie auf ihn zukam, konnte sie erst erkennen, was das für ein Gegner war. Gute fünf Schritt hoch, bewegte sich das Wesen trotz der schweren Rüstung mit einer erschreckenden Leichtigkeit und auch wenn Astraks Schuss gut getroffen hatte, konnte der Kronok wohl durchaus noch etwas sehen … er erkannte, dass er den Bach nicht rechtzeitig erreichen würde, und griff nun Vanessa an.

Sie hätte Angst haben sollen, dachte Vanessa wie abwesend, während sie die Reichweite dieses großen Schwertes und der langen Arme ihres Gegners abschätzte. Doch dem war nicht so. Ihr Blut rauschte in ihren Adern, ihr Herz raste und sie hatte den Geschmack von Metall in ihrem Mund, dennoch hatte sie sich noch nie so lebendig gefühlt wie in diesem Moment.

»Helge! Wir müssen ihr helfen!«, rief Astrak, doch der Heiler reagierte nicht, verharrte noch immer an der gleichen Stelle wie zuvor. Astrak warf ihm einen letzten Blick zu, vergaß ihn dann und rannte nach vorne. Er legte eine weitere Phiole in die Schlaufe seiner Schleuder, aber er fand keinen sicheren Schuss, weder der Kronok noch Vanessa gaben ihm die Gelegenheit dazu. So blieb ihm nichts anderes übrig, als Tarlons Schwester zu bewundern, wie sie wieder und wieder den schweren Hieben des Gegners auswich und ihre eigene schwarze Klinge nach den Schwächen ihres Gegners suchte.

Gegen die Kraft und Reichweite des Gegners konnte sie nur eines einsetzen, ihre eigene Geschicklichkeit, und gegen die schwere Rüstung half nur Präzision.

Wie gefährlich ihr Gegner war, erkannte sie, als es ihr nur

knapp gelang, der schweren Klinge des Kronoks auszuweichen, doch während sie sich unter der Klinge abrollte, zuckte der schwarze Stahl in ihrer Hand vor und trennte sauber eine der Lederschnallen auf der Rückseite des gepanzerten Beins der Echse ab. Dem nächsten Schlag konnte sie nicht ganz ausweichen, sie war gezwungen zu parieren, der schwarze Stahl schlug Funken, als sie die Wucht des Schlags ablenkte und sich erneut zur Seite rollte, knapp bevor sich die schwere Klinge des Gegners dort in die Erde bohrte, wo sie sich eben noch befunden hatte.

Ihre Hände brannten, nur mit Mühe hatte sie parieren können, die Wucht des Schlags warf sie zurück, aber als ihr Gegner seine Klinge aus der Erde zog, nutzte sie die Gelegenheit und schlug erneut zu, wieder traf sie eine Schnalle und mit einem metallischen Scheppern löste sich der Beinpanzer der Echse ... im nächsten Moment zog sich eine feurige Linie über ihren Rücken, wieder war die Echse schneller und behänder gewesen, als sie es für möglich gehalten hatte.

Sie sprang zurück und für einen Moment sah sie in das gelbe Auge der Echse, das andere war fest geschlossen, Astraks Pulver zeigte wohl Wirkung. Das war die Gelegenheit, auf die Astrak gewartet hatte. Er ließ sein Geschoss fliegen, doch der Kronok bewegte sich im letzten Moment und die Phiole zerplatzte wirkungslos auf einem Stein. Astrak fluchte und lud die letzte seiner Phiolen in die Schlinge seiner Schleuder, doch es war zu spät, wieder waren die beiden Kontrahenten zu sehr in Bewegung für einen sicheren Schuss. Selten hatte er sich so hilflos gefühlt und er wollte es nicht riskieren, Vanessa abzulenken.

Sie war nun leicht getroffen, spürte, wie das Blut ihr den Rücken herunterrann, aber noch hielt sie den Angriffen des Kronoks stand und der Gegner besaß nun ebenfalls eine Blöße.

Auch der Kronok schien sie neu einzuschätzen, er gab einen Laut von sich, der einem raspelnden Lachen glich, hob kurz die Klinge in einem Salut und griff erneut an. Zwei Hieben konnte sie ausweichen, der dritte schlug ihr fast das Schwert aus der Hand, dann duckte sie sich unter dem Angriff hindurch ... und rammte der Echse die Spitze ihres Schwerts in die Seite, ihr angedeuteter Angriff auf das ungeschützte Bein war nur eine Finte gewesen! Zielsicher bohrte sich die schwarze Klinge in den Spalt zwischen den Rüstungsplatten der Echse, drang tief ein ... und wurde ihr aus der Hand gerissen, als das Wesen herumwirbelte und die schwere Klinge des Gegners Vanessa beinahe das Haupt vom Körper trennte.

Vanessa rollte sich nach hinten ab und zog ihren Dolch, verharrte schwer atmend und sprungbereit.

Langsam zog die Echse das schwarze Schwert aus seiner Rüstung, wog es in der Hand ... und warf es ihr wieder zu.

Wieder lachte das Wesen. »Du kämpfsssst gut, kleiner Menssch«, sagte es dann überraschend und machte eine auffordernde Geste. Vanessa griff nach ihrem Schwert ... doch die scheinbar noble Geste entpuppte sich als eine Falle, die Echse griff an, noch bevor sie die Klinge erreichte! Diesmal traf sie die Klinge des Gegners hart am linken Arm, nur ihre schnelle Reaktion verhinderte, dass sie diesen verlor. Dennoch war der kalte Stahl bis auf den Knochen eingeschlagen, keine leichte Wunde diesmal ... ihr Schwert war unerreichbar, der Kampf zu Ende.

Sie wussten es beide.

Die Echse hob ihr Schwert ... und im nächsten Moment wurde Vanessa von einem Windstoß fast zu Boden geworfen, nur schattenhaft waren einen kurzen Moment lang mächtige Schwingen zu sehen, dann, mit einem triumphierenden Schrei, der Vanessas Blut in den Adern gerinnen ließ, stieg der Falke wieder in die Luft, in einer Kralle den behelmten Kopf der Echse, deren Körper noch einen Moment lang stand ... um dann nach vorne zu kippen.

Neben ihr schlug der behelmte Kopf auf dem Boden auf, weite Schwingen spreizten sich und der Falke landete keine zehn Schritt von ihr. Eine ihr seltsam bekannt vorkommende Gestalt in einer kupferfarbenen Rüstung löste sich vom Rücken des Falken und kam auf sie zu, um ihr eine Hand zu reichen.

»Marten!?«, fragte sie fassungslos, als sie seine gewappnete Hand griff und ihm erlaubte, ihr auf die Füße zu helfen.

»Wahnsinn!«, rief Astrak von hinten, der ihnen eilig entgegenkam. »Purer Wahnsinn! Du fliegst den ja!«

»Halte den anderen zurück!«, rief Marten barsch und ließ Vanessa los, um mit einem Sprung seinen Falken zu erreichen. Er griff ihm in das metallene Gefieder, gerade als der Falke den mächtigen Kopf reckte und Helge, der sich vorsichtig nähern wollte, mit kupferfarbenem tödlichem Blick musterte.

Vor den erstaunten Augen des Heilers schrumpfte der Falke, bis er auf der gepanzerten Schulter ihres überraschenden Gastes einen Platz fand. Doch noch immer fixierten diese drohenden Augen den Heiler.

Geschickt legte Marten dem Falken eine aus Metall gewirkte Falknerhaube über, erst dann entspannte er sich.

»Hätte er Helge tatsächlich angegriffen?«, fragte Astrak neugierig, während Vanessa ihr Schwert aufhob. Helge warf Marten und seinem Falken einen letzten Blick zu und eilte dann an ihnen vorbei, um sich um Vanessa zu kümmern.

»Damit seid ihr auf jeden Fall Belior in die Quere gekommen!«, sagte Helge tonlos. »Nicht nur, dass ihr das Kriegsgerät doch besitzt, ihr habt ihm einen seiner Echsenreiter getötet … diese scheint er höher einzuschätzen als seine eigenen Männer!«

Vanessa zog zischend die Luft ein, als er vorsichtig ihre beschädigte Rüstung zur Seite drückte, um sich die Wunde anzusehen.

»Ihr müsst verzeihen«, antwortete sie gepresst, »dass ich nicht vor Mitleid vergehe. Er griff uns an. Wenn Marten nicht gekommen wäre, wären wir tot.« Sie reckte den Kopf, um die Wunde besser sehen zu können. »Wie sieht es aus?«

»Das ist ein böser Streich«, meinte der Heiler und schüttelte bedauernd den Kopf. »Ich werde tun, was ich kann, aber es wird wahrscheinlich eine Behinderung verbleiben.«

»Werde ich den Arm verlieren?«, fragte sie gepresst, als seine geschickten Finger die Ränder der Wunde ertasteten.

»Nein«, antwortete Helge. »Kommt zurück ans Feuer! Ich werde mich gleich um sie kümmern. Und mit etwas Glück …«

»Wer ist der Fremde?«, fragte Marten Astrak, seine Stimme

klang seltsam hohl, obwohl sein Helm offen war und kein Visier besaß.

»Einer unserer neuen Verbündeten«, antwortete Astrak, der den Falken noch immer neugierig musterte. »Hast du gesehen, dass Vanessa die Echse beinahe besiegt hätte?«

»Ja. Beinahe«, gab Marten zur Antwort und sah hinüber zum Feuer, wo sich Helge bereits um Vanessa kümmerte.

»Du hast gerade noch rechtzeitig eingegriffen!«, grinste Astrak. »Nur das zählt. Und, o Mann, das sah beeindruckend aus! Eben war nichts zu sehen und dann diese mächtigen Schwingen ... ich hätte mir auch einen dieser Falken nehmen sollen!«

Marten schüttelte den Kopf, seine Augen waren immer noch auf Helge fixiert, der Vanessa gerade aus ihrer Rüstung half. »Glaub mir, es war keine gute Idee. Auch wenn es eben ... nützlich ... war.«

»Wo kommst du überhaupt her?«, fragte Astrak. »Und woher hast du diese Rüstung?«

»Ich komme aus dem Dorf. Ralik schickte mich, um euch zu suchen. Der Rest dauert zu lange, um es jetzt zu erzählen. Nur eines kannst du mir glauben, ich bereue es, den Falken gestohlen zu haben.«

Marten seufzte und sah Astrak an. »Dein Vater ist mindestens so sauer auf dich wie meiner auf mich. Aber was meinst du mit ›Verbündeten‹?«

»Helge ist der Heiler einer Söldnertruppe, über die wir gestolpert sind«, erklärte Astrak. »Garret kam auf die Idee, sie abzuwerben, und wir sind auf dem Weg, Helge zum Dorf zu bringen, damit er dort mit den Ältesten verhandelt. Ist die Expedition schon aufgebrochen?«

Marten schüttelte den Kopf. »Nein. Sie sind noch dabei, sich auszurüsten ... und Ralik war so ziemlich der Einzige, der erfreut war, mich zu sehen. Aber nur, wenn mein Falke die Haube trägt.« Er seufzte. »Der Falke hätte ihn beinahe angegriffen! Jedenfalls hat Ralik den Abmarsch erst mal gestoppt, damit ich Zeit bekomme, den Gegner aus der Luft zu erkunden.«

»Fliegen zu können, das muss toll sein!«, sagte Astrak mit leuchtenden Augen.

Marten schüttelte nur den Kopf. »Das dachte ich auch mal. Aber wenn man von da oben den Boden betrachtet, hat man kaum Zeit, es zu genießen … es ist schwirig und aus der Luft sieht alles anders aus.« Er verzog das Gesicht. »Und es braucht eine Zeit, um sich daran zu gewöhnen … heute war mir die meiste Zeit einfach nur schlecht!«

»Nun, wenn du Hunger hast, Vanessas Suppe steht bereit!«, grinste Astrak.

Marten schüttelte den Kopf. »Nein, ich muss zurück. Es war Zufall, dass ich euch fand, euer Feuer zog mich an. Aber ich kann euch ins Dorf bringen, wenn ihr bereit seid, die Pferde zurückzulassen.«

»Du meinst … du kannst uns hinfliegen?«

Marten nickte. »Euren neuen Freund Helge bringe ich als Ersten ins Dorf, bei ihm muss ich mich konzentrieren, damit sie ihn nicht angreift, dann komme ich wieder und hole euch.«

»Sie? Ich dachte, der Falke wäre nur eine magische Statue?«, fragte Astrak neugierig.

Marten schüttelte den Kopf. »Der Magier, der den Falken schuf, band die Essenz eines Falken in das Metall. Sie mag ein magisches Konstrukt sein, doch sie fühlt sich selbst als weiblich.«

»Was es nicht alles gibt!«, sagte Astrak und sah den Falken neugierig an. »Und du meinst, sie kann uns tatsächlich tragen?«

Marten lachte. »Glaube mir, sie kann es! Hätten wir ein schweres Netz, könnte sie sogar eure Pferde davontragen!«

»Das dürfte ihnen wenig gefallen«, meinte Astrak. »Ich weiß nicht einmal, ob es mir gefällt!« Er musterte den Falken skeptisch.

»Es ist der schnellste Weg«, sagte Marten trocken. »Beschwer dich bei deinem Vater. Es war seine Idee.«

»Wie das?«

Marten seufzte. »Sollte ich euch finden, gab er mir die Anweisung, euch direkt ins Dorf zu bringen.« Er runzelte die Stirn und sah zu dem Heiler hinüber. »Nur diese neue Entwicklung gefällt mir nicht. Wenn wir Hilfe von außen annehmen, macht uns das verletzlich.«

»Sind wir das nicht sowieso schon?«, fragte Astrak.

»Nein«, antwortete Marten mit überraschend harter Stimme. »Nicht, wenn wir uns unserem Erbe und unserer Verpflichtung stellen!«

Helge war von der Idee auch nicht besonders begeistert, zumal Marten keinen Hehl daraus machte, dass sein Falke den Heiler lieber in seinen Krallen zerreißen würde, als ihn sicher nach Lytara zu fliegen.

Dennoch gab es keine Probleme, der Falke wirkte nur etwas nervös, als Astrak Marten half, den Heiler hinter dem Sattel festzubinden. Das war deutlich später am Abend, denn Helge hatte darauf bestanden, zuerst Vanessas Wunde zu verbinden.

Astrak und Vanessa sahen schweigend zu, wie der Falke sich in die Luft erhob und im dunklen Himmel verschwand.

»Hast du gemerkt, wie anders Marten ist?«, fragte Vanessa leise. Sie bewegte vorsichtig ihren Arm und verzog schmerzhaft das Gesicht.

Astrak nickte. »Es hat ihn kaum interessiert, dass du verwundet wurdest.«

»Das ist es nicht alleine. Er ist kalt geworden ... und er wirkt, als ob er sich nur mit Mühe zusammennehmen kann. Er ist geradezu überheblich geworden und hat keine Geduld mehr mit uns normalen Sterblichen.«

»Er hat dir das Leben gerettet!«, erinnerte Astrak sie.

Sie nickte. »Das hat er wohl.«

Sie schaute in die Richtung, in der Marten und sein Falke verschwunden waren, und seufzte. »Wir packen wohl besser alles zusammen. Er sagte, es würde nicht lange dauern.«

So war es tatsächlich. Sie hatten gerade ihre Sachen gepackt, als sie das Rauschen der Schwingen über sich hörten.

»Ihr seid dran«, sagte Marten ohne größere Einleitung und

Begrüßung. »Bindet euch fest, Astrak vor mir, Vanessa, du hinter mir, dann geht es los. Seht nicht nach unten, sonst wird euch schlecht.«

Seine Stimme klang kühl und desinteressiert, als wäre er in Gedanken ganz woanders.

Während Vanessa stur nach vorne sah und sich an Marten klammerte, war der Flug für Astrak das Erlebnis seines Lebens. Er lachte, als der Boden unter ihnen zurückfiel, und als der Flugwind ihm die Tränen in die Augen trieb, schien es ihn kaum zu stören. Als der Falke knapp außerhalb des Dorfes landete und sie abgestiegen waren, überraschte Astrak Marten damit, dass er ihn umarmte. »Danke, Freund«, sagte Astrak mit bewegter Stimme. »Das war das Schönste, das ich je erleben durfte!«

»Freu dich nicht zu früh«, gab Marten zur Antwort und ein Schatten seines alten Selbsts zeigte sich, als er verhalten lächelte. »Dein Vater wartet schließlich auf dich.«

»Und gerade hatte ich fast vergessen, dass da noch etwas war«, grinste Astrak. »Aber selbst so ist es das wert gewesen.«

Als Vanessa und Astrak den Gasthof betraten, war es Pulver, der sie erwartete. Er nickte Vanessa freundlich zu und bedeutete seinem Sohn mit einem deutlichen Blick, dass sie später noch einiges auszudiskutieren hatten. Dafür musterte er den Verband an Vanessas Arm. »Willst du nicht zu deinem Vater?«, fragte er. »Er wird sich Sorgen machen.«

»Wo ist er?«, fragte Vanessa.

»Er ist gerade kurz nach Hause gegangen und wird gleich wieder da sein«, antwortete Pulver. »Du siehst erschöpft aus. Etwas Ruhe wird dir nicht schaden.«

»Noch halte ich es aus. Sagt, was hat der Rat entschieden?«, fragte Vanessa neugierig, als sie sah, wie Helge zusammen mit Ralik den Gasthof verließ. Sie waren ins Gespräch versunken, Helge schien sie gar nicht zu sehen und Ralik nickte ihnen beiden nur kurz zu.

»Marten wird den Heiler zu dem Söldnerlager zurückfliegen.

Wir sind handelseinig geworden und sie sollen nun so schnell wie möglich zu uns aufschließen«, antwortete Pulver mit gefurchter Stirn.

»Das gefällt Euch nicht, Meister Pulver?«, fragte Vanessa verwundert. »Ich dachte, wir hätten sowieso vorgehabt, Söldner anzuheuern?«

»Das ist es nicht, Vanessa«, sagte Pulver grimmig. »Marten ist es, der mir Sorge bereitet. Marten und sein verfluchter Falke.«

Er schüttelte den Kopf, als wollte er einen unbequemen Gedanken loswerden.

»Ich bin froh, euch beide zu sehen«, sagte er dann. »Setzt euch erst mal und erstattet mir Bericht, was euch so alles geschehen ist. Ich will alles über diesen Echsenkrieger wissen. War das der Einzige, den ihr gesehen habt?«

»Der eine war schon schlimm genug, Vater«, sagte Astrak. »Einen Moment lang dachte ich, er würde Vanessa erschlagen!«

»Tatsächlich hatte ich ihn schon schwer verwundet. Ein Mensch wäre an der Wunde gestorben«, erklärte Vanessa mit berechtigtem Stolz.

»Er war kein Mensch!«, sagte Astrak. »Sonst hätte sie ihn besiegt. So war es gut, dass Marten kam.« Er schüttelte fassungslos den Kopf. »Ich kann es kaum glauben, welche Angst mir der Kronok eingejagt hat!«

»Dieser Heiler, Helge, sagte etwas dazu«, sagte Pulver. »Er behauptet, diese Kronoks hätten die Fähigkeit, in ihren Gegnern so viel Angst zu erzeugen, dass sie wie gelähmt verharren. War es so?«

Astrak schüttelte den Kopf. »Vielleicht war es so für Helge, ich wunderte mich, dass er wie erstarrt war. Ich habe mir vor Angst zwar auch fast in die Hose gemacht, aber das lag daran, dass der Kronok mir unüberwindlich erschien. Gelähmt war ich nicht.«

Er sah Vanessa von der Seite an. »Umso beeindruckender, dass du es überhaupt gewagt hast, gegen ihn anzutreten!«

»Es gab ja sonst niemanden«, sagte sie und zuckte die Schultern, um dann das Gesicht zu verziehen, als sie an ihren verletzten Arm erinnert wurde. »Abgesehen davon, war ich viel zu beschäftigt, um Angst zu haben!«

»Das kannst du gleich deinem Vater erklären«, lachte Pulver. »Da kommt er ... und wenn ich seine Miene richtig deute, ist er mehr als nur erleichtert, dich hier sitzen zu sehen!«

Vanessa sah ihren Vater auf sie zukommen und schluckte. Vielleicht hatte Pulver recht, aber im Moment sah es ihr mehr danach aus, als ob es ein gewaltiges Donnerwetter geben würde.

Zögerlich stand sie auf, doch im nächsten Moment umarmte Hernul sie, drückte sie so fest, dass ihre Wunde schmerzte und sie kaum atmen konnte, obwohl er es vermied, ihren Arm zu berühren.

»Komm mit nach Hause«, sagte Hernul mit belegter Stimme. »Es ist spät genug.« Er sah sie prüfend an. »Wie geht es Tarlon und den anderen?«

»Der Sturkopf hat es sich wahrscheinlich schon längst in dem Turm bequem gemacht«, gab sie grummelnd zur Antwort. »Er hat mich zurückgeschickt, bevor ich erfahren konnte, was es mit dem Turm auf sich hat!«

»Sieht aus, als habe dieser Marten nicht lange gebraucht, um seinen Wert zu beweisen«, bemerkte Lamar. Er sah den alten Mann nachdenklich an. »Die Art, wie Ihr diese Kronoks schildert, lässt mich schaudern. Es gehörte viel Mut dazu, sich gegen ein solches Wesen zu stellen. Ich denke, Euer Tarlon dürfte nicht erfreut gewesen sein, von dem Kampf zu hören.«

Der alte Mann nickte und lächelte leicht. »Darin war er nicht der Einzige. Auf jeden Fall saß er nicht bequem im Turm herum ...«

19   Astimalatrix

Es war Argor, der zuerst erwachte, die Stirn runzelte, seine buschigen Augenbrauen zusammenzog und laut nieste. Der Nieser war so stark, dass es ihn fast auf die Seite rollte und seine Augen aufsprangen.

»Au! Mein Rücken!«

»Verzogen?«, fragte Elyra freundlich. Sie hatte mal von einem Nieser einen Hexenschuss bekommen und konnte sich noch gut daran erinnern.

»Ach was!«, brummte Argor. »Das passiert einem Zwerg nicht!« Er versuchte aufzustehen und hielt mitten in der Bewegung inne. »Aargh!«

»Vielleicht doch?«, fragte Elyra mit einem unschuldigen Lächeln.

Argor warf ihr nur einen Blick zu. »Mach was dagegen!«

»Wenn ich so freundlich gefragt werde ...«, lachte sie, froh, dass wenigstens einer ihrer Freunde wieder wach war. Sie stand in einer eleganten Bewegung auf, trat hinter den Zwerg ... tastete mit den Fingerspitzen dessen Rücken ab, suchte unter seinem Kettenmantel die Position des Rückgrats, ballte die Faust und schlug einmal gezielt zu.

»Aaaaargh!«, rief Argor und tanzte im Raum herum, während er seine Seite hielt. »Das tat weh, bei den Göttern! Ich dachte, du wolltest mir helfen!?«

»Nun, ich denke, das tat ich«, grinste Elyra. »Immerhin fluchst du jetzt aufrecht!«

»Nicht so laut«, murmelte Garret und legte sich bequemer hin. »Ihr verscheucht mir noch die Fische!«

Argor hielt inne, rieb sich den Rücken und sah fassungslos auf Garret hinab, auf dessen Gesicht ein verträumtes Lächeln lag.

»Ich glaub das nicht«, brummte Argor. »Wenn er fischt, schläft er, und wenn er schläft, träumt er vom Fischen!«

»Beneidenswert«, meldete sich Hauptmann Hendriks zu Wort. »Ich würde gerne mit ihm meine Träume tauschen, oft genug werde ich vom Alb geritten!« Er rollte sich auf die Seite und blinzelte. »Ich fühle mich schwach wie ein Kind, was ist hier geschehen?«

»Schlafgift«, teilte ihm Elyra mit. Sie trat an Knorre heran und schüttelte ihn leicht ... doch der Mann schnarchte nur weiter.

»Gift? Was zur ... Rabea!« Der Hauptmann sprang auf, taumelte und wäre wieder gefallen, hätte Argor ihn nicht gestützt. Der Hauptmann nickte ihm kurz dankend zu, taumelte zur Tür, zu der die Spuren führten, und riss sie auf. Dort, auf einer breiten Wendeltreppe, lag bewegungslos eine gewappnete Gestalt.

»Rabea!«, rief der Hauptmann erneut und warf sich neben die Frau, wollte sie greifen und wich aschfahl zurück, als er erkannte, dass der Körper auf den Stufen steif wie ein Stück Holz war. Einen Moment lang sah er auf die Frau herab, dann brach er zusammen, als wäre er eine Marionette, deren Fäden man mit einem Streich getrennt hätte. Keinen Ton gab er von sich, doch er lag gekrümmt neben seiner Tochter und seine Schultern zuckten ... nur ganz selten hatte Elyra einen solchen Ausdruck von Gram auf dem Gesicht eines Mannes gesehen ... zuletzt, als die Verwüstung im Gasthof allen offenbar wurde.

Elyra stieg über den noch immer schnarchenden Tarlon und kniete sich neben den Hauptmann auf die Treppe, um zwei Finger in die Halsbeuge der gewappneten Frau zu legen. Sie runzelte die Stirn und drückte mit ihrem Fingernagel gegen die Haut ... und vermochte diese nicht einzudrücken.

Während dem Hauptmann die Tränen aus den Augen liefen, musterte Elyra die gewappnete Frau mit gefurchter Braue. »Ich glaube nicht, dass sie tot ist«, sagte sie dann.

Hendriks schien sie zunächst nicht zu hören, dann schnellte sein Kopf herum. »Wie meint Ihr das?«, fragte er mit belegter Stimme. »Sie ist steif wie ein Brett!«

»Damit habt Ihr recht«, sagte Elyra. »Aber es ist nicht die Totenstarre, die habe ich in letzter Zeit viel zu häufig gesehen. Dies hier ist etwas anderes ...«

»Eine neue magische Falle«, knurrte Argor. »Ich sage euch, das wird noch unser Untergang, wenn wir uns weiter mit solchen Dingen befassen.«

»Oder auch, wenn ihr darauf verzichtet«, kam es vom Sofa her, wo Knorre nun die Augen aufschlug, gähnte und sich ausgiebig reckte. »So ein Nickerchen ist recht erholsam«, teilte er den anderen mit. »Hab ganz vergessen, wie das ist, bequem zu schlafen.« Er sah den Hauptmann vorwurfsvoll an. »An einen Pfahl gebunden zu schlafen, ist *nicht* bequem!«

»Ihr habt im Sitzen geschlafen, Mann«, knurrte Argor. »Wie wollt Ihr da von Bequemlichkeit sprechen?«

»Ich saß mit meinem dürren Hintern auf keinem Stein, sondern auf einem guten Polster«, antwortete Knorre und sah den Zwerg bedeutsam an. »Nicht jeder hat ein so breites Hinterteil, dass er einen Steinhaufen als bequem wertet ...«

»Wollt Ihr damit sagen, dass mein Hintern dick ist?«, begehrte Argor auf und seine Augenbrauen zogen sich zusammen.

»Hhm«, antwortete Knorre. »Wenn ich Euch so ansehe ... wärt Ihr von der Größe Tarlons, wäret Ihr schlank, so aber seid Ihr ... breit!«

»Ich bin ein Zwerg!«, sagte Argor und fasste drohend seinen Hammer fester. »Zwerge sind nicht groß und schlank!«

»Das wird dann Euer breites Hinterteil erklären!«, strahlte Knorre und klopfte Argor freundschaftlich auf die Schulter. »Gut, dass wir das geklärt haben ... dennoch rate ich Euch, es mal mit einem guten Bett zu versuchen! Oder dem Sofa hier. Sagte ich schon, dass es bequem ist? Bequemer als Stein, das ist gewiss. Ihr solltet es mal versuchen!«

»Wie kommt Ihr darauf, dass wir nicht in Betten schlafen?«, fragte Argor und schien verwirrt.

»Ihr seid ein Zwerg. Habt Ihr doch eben selbst gesagt, oder?«

»Aber ...«

»Knorre!«, unterbrach Elyra ihren Freund, der den hageren

Mann mit gefurchten Brauen musterte. »Habt Ihr eine Erklärung für diese Frau?«

Knorre kam heran, sah auf die Frau herab und kratzte sich abwesend am Hintern. Der, wie Argor feststellte, wirklich eher dürr war. Der Zwerg fluchte, schloss die Augen, schüttelte fast verzweifelt den Kopf und wandte sich resolut ab. Er konnte nur hoffen, dass Knorres Wahnsinn nicht ansteckend war!

»Hhm …«, grübelte Knorre. »Sie hat ein Tuch vor ihrem Mund … sie war clever …« Er sah zum Hauptmann hinüber. »Würdet Ihr die Güte haben, aufzustehen und ein paar Schritte die Treppe hinaufzugehen?«

»Warum?«, fragte der Hauptmann.

»Für Eure Tochter«, gab Knorre zur Antwort.

Hendriks sah den Mann misstrauisch an, erhob sich … ging zwei Stufen hinauf, brach zusammen, fiel halb auf seine Tochter, zuckte einmal und war still.

»Aber …«, sagte Argor erneut, selbst Elyra sah nur fassungslos drein.

Knorre bückte sich und klopfte mit dem Finger auf Hendriks' Wange. Es gab ein dumpfes Geräusch.

»Eine magische Falle«, sagte er dann und grinste. »Ihr habt recht, Elyra, sie leben beide noch …«

»Das war ein übler Scherz«, sagte Tarik und gleichzeitig hörte man ein leises Klicken. Langsam drehte sich Knorre um und musterte den Mann, der eine gespannte Armbrust auf seine Brust gerichtet hatte.

»Es war kein Scherz«, erklärte Knorre milde. »Es war ein Experiment. Es brauchte jemanden, der die Falle auslöste, um den Vorgang zu rekonstruieren, und es ist seine Tochter … warum sollte ein anderer als er dieses Risiko eingehen?«

»Und jetzt ist auch er zu Stein geworden. Was für einen Sinn soll das haben?«, beharrte Tarik.

»Keinen, wenn Euer Bolzen sich lösen sollte«, sagte Knorre. »Denn dann ist derjenige tot, der beide wieder beleben kann.«

»Nehmt die Armbrust herunter«, sagte Tarlon von der Seite. »Ich bitte Euch. Wir sind keine Feinde mehr.« Tarlon hatte sich auf seine Seite gedreht und halb aufgerichtet, er wirkte immer noch müde. Er hatte sehr viel von dem Staub abbekommen.

»Es war sein Vorfahr, der den Turm baute, und er hat ein Buch, in dem vielleicht steht, wie die Fallen zu umgehen sind.«

»Dann gebt mir das Buch«, beharrte Tarik. »Ich traue Euch nicht!« Aber er ließ die Armbrust etwas sinken.

»Bitte sehr«, sagte Knorre und reichte ihm das Buch.

»Aäh ... Tarik?«, fragte Garret vom Boden. »Wollt Ihr jetzt mich erschießen?«

Tarik seufzte, hielt die Armbrust senkrecht und nahm den Bolzen heraus, bevor er die Sehne entspannte.

»Besser?«, fragte er etwas gereizt.

»Viel besser«, antwortete Garret und stand vorsichtig auf ... schwankte etwas und machte drei große Schritte zu dem Sofa hinüber, in das er sich dankbar fallen ließ.

»Viel besser. Das Ding ist wirklich bequem.«

Argor funkelte ihn an.

»Was ist?«, fragte Garret.

»Ich hoffe, du äußerst dich jetzt nicht über meinen Hintern!«, knurrte der Zwerg ... und als Garret ihn verständnislos ansah und Elyra zu lachen anfing, fluchte Tarik laut.

»Wer soll so ein Gekrakel lesen? Ich erkenne nicht einen einzigen Buchstaben! Das sieht aus, als wären Hühner durch Tinte gerannt!«

»Nun, es *ist* eine Geheimschrift«, erklärte Knorre milde. »Sie ist geheim, damit nur ich das Buch lesen kann ... es hat mich Jahre gekostet, es zu entschlüsseln!« Er kratzte sich am Ohr. »Nicht, dass es viel half ... habe ich schon erwähnt, dass der Autor verrückt war? Er drückt sich nicht immer klar aus. Manchmal könnte man meinen, dass er den Verstand verloren hätte.«

»Das nennt man Wahnsinn. Oder auch verrückt«, knurrte Argor und sah Knorre bedeutungsvoll an.

»Ich habe meinen Verstand bislang immer wiedergefunden«, protestierte Knorre. »Ihr braucht mich nicht so anzusehen, ich verlege ihn nur ab und zu! Manchmal dauert es länger, bis ich wieder über ihn stolpere, das ist alles!«

Argor holte tief Luft, sah Knorre an, schüttelte den Kopf und schloss seinen Mund wieder. »Es ist sinnlos«, sagte er zu Elyra, die aus irgendeinem Grund erheitert schien.

»Hier!« Tarik hielt das Buch Knorre wieder hin. »Ich sehe, es gibt wohl kaum eine andere Möglichkeit. Also gut, wecke sie auf!«, fügte er verbittert hinzu.

»Ich glaube, sie sind noch wach!«, sagte Knorre, als er das Buch nahm. »Das hier ist kein Schlafzauber, wie soll ich sie dann wecken!?«

Tarik holte tief Luft, aber Elyra berührte Knorre an der Schulter. »Vielleicht, indem ihr die Magie von ihnen nehmt?«

Knorre sah sie an und lächelte erleichtert. »Das dürfte einfach sein. Mein Vorfahr hat immer ein Wort verwendet, um Magie aufzulösen oder zu aktivieren. Er war wohl etwas vergesslich ... aber dieses eine Wort konnte er sich merken.«

»Aufwachen?«, fragte Garret. »Oder so etwas wie: Lebe!?«

»Nein ...«, Knorre schüttelte den Kopf und blätterte im Buch. »Das wäre zu einfach gewesen. Das hätte er vergessen.«

»Ich glaube, Wahnsinn ist ansteckend«, sagte Garret kopfschüttelnd. »Irgendwie ergibt dies sogar Sinn!«

»Hier steht es ja!«, rief Knorre aufgeregt. »Es ist ganz einfach!« Er stellte sich in Pose, hielt das Buch hoch und deklamierte laut: »Astamalatik!«

Alle sahen zu den beiden leblosen Gestalten im Treppenaufgang hin. Nichts geschah.

»Vielleicht dauert es nur etwas länger«, sagte Knorre entschuldigend. »Ihr wisst, die Magie ist alt und ...«

»Knorre«, sagte Tarik mit drohender Stimme. »Mir ist nach Scherzen nicht zumute!«

»Es war kein Scherz«, verteidigte sich Knorre. »Das steht hier so! Vielleicht ...« Er kniff die Augen zusammen, hielt das Buch etwas weiter entfernt und studierte die Zeilen erneut.

»Astamaratix!«, rief er laut. Nichts geschah.

»Ich glaube, ich werde gleich ungehalten«, drohte Tarik.

»Besser nicht«, kam die ruhige Stimme Tarlons. »Ich glaube, er bemüht sich ernsthaft.« Tarlon war nun ebenfalls aufgestanden und stützte sich auf den Stock seiner schweren Axt. Tarik musterte den jungen Mann eindringlich, doch Tarlon erwiderte seinen Blick ruhig und gelassen.

»Und wie ich das tue«, beeilte sich Knorre dem erzürnten Armbrustschützen zu versichern. »Aber, wie Ihr schon selbst so richtig festgestellt habt, es ist nicht einfach, Hühnerfußgekrakel zu lesen! Es könnte auch Rastamatik oder Astimalatrix ...«

Ein lautes Knattern ertönte, kleine blaue Blitze liefen in Wellen über die beiden steifen Körper, beide zuckten, als ob sie der Tolltanz ereilt hätte, dann stöhnte Hendriks auf und schüttelte benommen den Kopf. Alle sahen ihn fassungslos an.

»... heißen!«, beendete Knorre seinen Satz. Er sah zu dem Hauptmann hinüber und strahlte über das ganze Gesicht.

»Das war es wohl!«, rief er erfreut. »Das richtige Wort heißt Astimalatrix!«

Kommentarlos fiel der Hauptmann wieder in sich zusammen, rollte zwei Stufen herab, zuckte einmal und lag still.

»Knorre!«, rief Elyra vorwurfsvoll, aber sie hatte Mühe, nicht zu kichern, während Tarik einen drohenden Schritt auf den hageren Magier zumachte.

»Oh!«, sagte Knorre und sah die anderen hilflos an. »Ich glaube, ich hätte das nicht noch einmal sagen sollen!«

»Knorre«, sagte der Hauptmann etwas später. Er saß mit seiner Tochter zusammen auf dem Sofa und schien nicht bereit, sie demnächst loszulassen. Seine Tochter, Rabea, hatte noch nicht viel gesagt, musterte die anderen nur mit wachsamen Augen. »Ich weiß nicht, ob ich Euch erschlagen oder Euch dankbar sein sollte!«

»Erschlagen wäre unangenehm«, meinte Knorre. »Ich hörte, es täte weh und wäre recht endgültig.« Er strahlte den Hauptmann an. »Aber ich nehme gerne Euren Dank!«

Im Hintergrund rollte Tarik mit den Augen.

»Ich bin ernsthaft erfreut, dass Ihr Eure Tochter lebend vorgefunden habt«, sagte Tarlon ruhig. »Es wurde schon zu viel gestorben. Doch damit ist unser Teil der Abmachung erfüllt ... und nun lasst uns ungestört den Turm erforschen.«

»Ihr kommt aus Lytar, nicht wahr?«, kam überraschend die weiche Stimme von Rabea, des Hauptmanns Tochter. »Ich dachte, wir lägen mit euch im Krieg?«

»Nicht mehr«, meinte Garret. »Und das ist auch besser so.«

»Wie das?«, fragte sie ihren Vater. Der seufzte.

»Wir haben mehr als ein Drittel unserer Leute verloren und unser Sold steht aus. Garret hier überbrachte uns ein Angebot, das zurzeit von Helge geprüft wird. Land, Frieden und genug Gold, um eine neue Existenz aufzubauen.«

»Ihr habt den Vertrag gebrochen, Vater?«, fragte sie entgeistert. »Wie konntest du das tun? Unsere Ehre wird sich nicht mehr davon erholen!«

»Sie hätte sich wahrscheinlich noch weniger erholt, wärt ihr weiter in den Diensten dieses mörderischen Belior geblieben! Ihr werdet schwerlich jemanden finden, der weniger Ehre im Leib hat als dieser Wahnsinnige!«, protestierte Argor. »Er ließ seine Armee ohne Vorwarnung unser Dorf angreifen!«

»Warum soll man dem Feind auch Gelegenheit geben, sich zu wappnen?«

»Wie, ihr haltet es für richtig, ein schutzloses Dorf so anzugreifen?« Argor schien um mindestens zwei Finger breit zu wachsen, als er sich vor ihr aufbaute. »Ihr findet solche Schandtaten auch noch gut!?«

»Gut? Davon sagte ich nichts!«, fauchte sie zurück. »Aber wenn man schon zum Schwert greift, sollte man auch gewinnen!«

Die Augen der anderen gingen zu Argor und Rabea und wieder zurück wie bei einem Ballspiel, bis Tarlon einen Schritt nach vorne machte.

»Ihr habt recht«, sagte er einfach. »Ich war bei dem Kampf nicht dabei. Aber wie ich hörte, war die Überraschung fast perfekt, der Gegner bewegungsunfähig und er wurde abgeschlachtet wie Vieh. Beliors Armee verlor vier von fünf Männern und nur durch den Angriff des Drachen gelang es ihnen, sich aus der Schlacht zurückzuziehen.«

»Das hört sich jetzt nicht nach einem schutzlosen Dorf an«, bemerkte der Hauptmann milde, während Rabea langsam den Mund schloss.

»Doch ... der Angriff traf uns unvorbereitet und in Friedenszeiten«, sagte Argor. »Deshalb verloren wir auch gut ein Dutzend Leute. Ein anderer Angriff durch Magie traf uns noch härter und wir verloren eine gute Freundin, als euer Freund Maron mit seinen Leuten durch das magische Tor ging.« Er funkelte die junge Frau zornig an.

»Mein Vater sagt, es wäre das erste Mal in Jahrhunderten gewesen, dass Lytara überhaupt Verluste durch einen Kampf zu tragen hatte!«

Das stimmte so durchaus, dachte Tarlon und hielt ein Schmunzeln zurück, es war ja auch das erste Mal in Jahrhunderten, dass es zu Kampfhandlungen gekommen war. Rabea sagte nichts weiter, sondern sah den Zwerg nur erschrocken an.

»Es ist so etwas wie eine Tradition bei uns, Kriege nicht zu verlieren«, sagte Garret stolz. »Wir fangen nur keine mehr an!«

»Na ja«, sagte Knorre und kratzte sich hinter dem Ohr. »Dann hoffe ich, dass ihr keinen Gegenangriff auf die alte Stadt plant ... dann könnte es mit der Tradition vorbei sein.«

»Wie meint Ihr das?«, fragte Garret.

Knorre zuckte die Schultern. »Es ist schon eine Zeit lang her, dass ich selbst in Lytar war, aber so viel ist sicher: Dieser Belior rechnet mit einem Gegenangriff. Er ließ Fallen bauen, Hinterhalte legen und hat die Verdorbenen der Stadt dorthin getrieben, wo man durchkommen muss, will man zum Hafen.« Er sah die Freunde an. »Es ist der Teil der alten Stadt, der noch am besten erhalten ist. Dort, auf dem weiten Feld zwischen dem alten Damm und dem Hafen, lagert Belior mit seiner Hauptstreitkraft. Es sieht nicht so aus, als wäre er ein Freund des offenen Kampfes.«

Tarlon sah ihn lange an und als Garret den Mund öffnete, um etwas zu sagen, hob er die Hand, um ihn zu unterbrechen.

»Ihr kennt Euch in der alten Stadt aus, nicht wahr?«, fragte Tarlon langsam.

»Nicht überall, es gibt Stellen, da fängt die Haut an zu kribbeln, wenn man länger bleibt. Es ist gefährlich, die Stadt zu erkunden, geht man die falsche Straße entlang, wird man von den Verdorbenen gefressen oder pisst Blut oder wacht tot auf!«

Elyra verzog das Gesicht und Knorre zuckte mit den Schultern. »Die Stadt ist verdorben«, sagte er einfach. »Es ist selten, dass sie einen schnellen Tod bietet.«

»Das wussten wir schon«, sagte Tarlon. »Gibt es einen anderen Weg in die Stadt? Einen, der uns nicht umbringt?«

Knorre nickte. »Einen unsicheren, nicht geeignet für eine Truppe. Es gibt im Süden der Stadt eine eingestürzte Brücke über den Lyanta und es ist möglich, mit etwas Geschick den Fluss dort über die Trümmer zu passieren. Hineinfallen sollte man allerdings nicht.« Er sah Elyra herausfordernd an.

»Dann fällt einem das Fleisch von den Fingern und die Knochen leuchten grün im Dunkeln … das sollte man vermeiden!«

Tarlon ging nicht auf die gruseligen Folgen eines Sturzes ein. »Auch zu Pferd?«, fragte er nach.

»Wenn es klettern kann!«, antwortete Knorre.

»Die anderen wollten nicht sofort aufbrechen«, sagte Garret beunruhigt. »Vielleicht sind sie noch nicht unterwegs und wir könnten …«

»… im Moment wenig anderes tun, als unsere Aufgabe zu erfüllen«, bestimmte Tarlon. Seinem Gesichtausdruck nach zu urteilen, schien es ihm selbst am wenigsten zu gefallen. »Ralik führt die Expedition und er hat Erfahrung.«

»Er wird auf so etwas nicht hereinfallen«, stimmte Argor zu und versuchte überzeugend zu klingen.

»Dann sollten wir uns wirklich um unsere Aufgabe hier kümmern«, meinte Garret und warf einen skeptischen Blick zu der Tür, hinter der sich die Wendeltreppe nach oben befand. Nachdem Rabea und ihr Vater wieder zu sich gekommen waren, hatte sie sich von selbst wieder geschlossen. Der kreisrunde Raum hier unten war ohne den Staub fast schon gemütlich, aber Garret war das Fehlen etwaiger Anzeichen von Verfall etwas unheimlich.

Er streckte die Hand nach dem Türgriff aus, zögerte und sah Knorre an. Der nickte nur. »Zuerst der Keller oder gehen wir hinauf?«, fragte Garret.

»Beides«, antwortete Tarlon. »Argor und ich gehen hinab, Elyra und du, ihr geht hoch.« Er sah Knorre an. »Meister Knorre, wollt Ihr uns begleiten?«

»Bevor ihr das macht«, sagte Tarik, »wüsste ich gerne, wie die Tür aufgeht.«

»Ich würde den Türknauf versuchen«, gab Knorre zurück und folgte Tarlon, der bereits die Wendeltreppe hinaufging.

»Was habt ihr erwartet?«, fragte Knorre, als er sich Spinnweben aus dem Gesicht wischte. »Ich glaube, Keller werden immer so aussehen!«

Tarlon nieste so heftig, dass die Kerze in seiner Laterne beinahe erlosch. Auch er wischte Spinnweben zur Seite.

»Unser Keller sieht nicht so aus«, protestierte Argor. »Wir haben unser Esszimmer dort.«

»Ist das nicht zu mühsam, ständig das Essen die Kellertreppe hinabzutragen?«, fragte Knorre, als er sich aufmerksam umsah. Hier unten war es deutlicher, wie viel Zeit vergangen war. Von dicken Spinnweben eingehüllt, fanden sich hier zusammengebrochene Regale, zerfallene Fässer, deren eiserne Reifen ein Opfer von Rost und Zeit geworden waren, Kisten und Kästen, allerlei Sorten von Gerümpel. Nichts, was ansatzweise verwertbar aussah.

»Wieso?«, fragte Argor. »Warum sollten wir das Essen die Treppe hochtragen?«

»Sie haben die Küche auch im Keller«, erklärte Tarlon, als er wieder Spinnennetze zur Seite schob. »Hier ist etwas.«

Er hielt die Laterne höher und Knorre half ihm, die metallene Statue zu säubern. Es war ein Wolfshund in Lebensgröße. Jedes Haar war detailgetreu eingearbeitet, die Zeichnung des Fells durch unterschiedliche Materialien im Körper der Statue nachgebildet.

In der Brust des Wolfs war eine metallene Klappe, etwa vier

Hände breit und zwei hoch. Sie war offen, stellte Tarlon fest, als er sich niederbeugte und das Licht der Laterne hineinfallen ließ. Er sah silbern und golden glänzende Stangen und Hebel, die in runden und eckigen Teilen steckten und, direkt hinter der Klappe, einen Hebel, der in einem Kasten aus grauem Blei zu münden schien ... nur das Blei war verwittert und zeigte Spuren von weißem Bleirost.

Gemeinsam wuchteten Argor und Tarlon die Statue in die Mitte des Kellers. Der Wolf schien sie anzugrinsen, sein Maul war offen und die Zunge hing ein Stück heraus, als ob er hecheln würde. Ein Wolf zwar, aber irgendwie wirkte er zutraulich.

Wenn man so von einer Statue reden konnte.

»Er mag verrückt gewesen sein«, bemerkte Tarlon beeindruckt, »aber er war wirklich ein großartiger Künstler.«

»Das Vieh ist richtig schwer und ...«, Argor klopfte auf die metallene Haut, »stabil. Trotzdem sieht es fast aus, als ob es dafür gedacht wäre, sich zu bewegen, mit all den Stangen darin. Nur wie geht das ohne Gelenke?«

»Das wird wohl seine Kunst gewesen sein«, sagte Knorre, der sich vor die Statue kniete. »Kannst du die Laterne etwas anders halten ... ah, danke ...« Er beugte sich zur Seite. »Seht ihr, hier? Die alten Geschichten scheinen wahr zu sein.«

Tarlon warf ebenfalls einen Blick durch die Klappe auf das, was Knorre ihm zeigte. In einem gläsernen Würfel konnte man weiter hinten im Bauchraum der Statue einen gebleichten Wolfsschädel ausmachen, feine glitzernde Bahnen aus Gold und Silber umgaben den Schädel.

»Es heißt, er habe es vermocht, den Geist von Tieren in das Metall zu binden«, sagte Argor und sah sich nervös um, den Hammer fester gegriffen. »Für mich hört sich das mehr nach einem Fluch als nach allem anderen an«, fuhr er fort. »Hier unten ist nichts. Wir sollten zu den anderen hoch!«

»Für mich hat es sich gelohnt«, sagte Knorre und musterte die Statue nachdenklich. »Alleine diese Statue wird mir gute zwölf Goldstücke einbringen ... wenn ich wüsste, wie ich sie transportieren kann.«

»Dass Ihr Euch mit solch übler Magie umgeben wollt, ist mir ein Rätsel«, knurrte Argor. »Mir wird schlecht bei dem Gedanken, dass da drin ein Tier gefangen ist!«

»In seinem Buch schreibt er, er habe das Wesen der Tiere gebunden, nicht den Geist.« Knorre nahm das Buch heraus und blätterte … Tarlon hob die Laterne etwas an, damit der hagere Magier besser sehen konnte. Knorre kniff die Augen zusammen und nickte dann.

»… und band die Idee eines Tiers in das Metall …« Er klappte das Buch zu und sah Argor bedeutsam an. »Er war verrückt … aber er quälte keine Tiere. Auch nicht ihren Geist.«

»Wie kann man eine Idee in Metall binden?«, fragte Argor und zog an dem Halsausschnitt seiner Rüstung, als wäre sie ihm zu eng.

»Was ist es denn?«, fragte Knorre und klopfte leicht auf die Statue.

»Ein Wolf, wieso?«

»Eine Statue mit dem Wesen, eine Verkörperung der Idee eines Wolfs«, stellte Knorre fest. »Jeder Bildhauer fängt die Idee ein … nur ging mein Vorfahr weiter.«

»Wir können Euch helfen, den Wolf nach oben zu tragen«, sagte Tarlon. »Aber wie Ihr ab dann verfahrt …«

»Nein«, entschied Knorre. »Ich lasse ihn hier … ich werde vielleicht mit einem Karren wiederkommen.«

Rabea erschien im Kelleraufgang. Sie wirkte etwas nervös. »Vater sagt, ihr sollt mal hinaufkommen … es geschieht gerade etwas.«

19a Kriegsmeister

Graf Belior befand sich in seinem Arbeitszimmer und brütete über den Karten, die seine Ingenieure von der alten Stadt angefertigt hatten, als der Kriegsmeister hereinstürmte. Dieses eine Mal zumindest wirkte die Echse nicht ganz so selbstsicher wie zuvor.

»Ihr müsst die Streifen im Süden verstärken, Graf«, zischelte der Kriegsmeister. »Es gibt Leute aus dem Dorf dort am Waldrand.« Er wirkte äußerst irritiert. Den Grund dafür nannte er dann auch sofort. »Ich habe soeben einen meiner Reiter verloren.«

»Das tut mir leid«, gab Lindor betont neutral zurück und der Kopf des Kriegsmeisters zuckte zu dem Grafen herum. »Ihr könnt Euch Eure Lügen sparen, ich rieche Eure Feindschaft … und Eure Hinterlist.« Er holte zischelnd Luft. »Denkt daran, wir dienen einem gemeinsamen Meister.«

»Ich vergesse es nicht. Ihr habt recht«, lenkte der Graf ein. Dass der Kriegsmeister von Hinterlist sprach, war alleine schon ein starkes Stück. Wer war es denn, der hier wen unterminierte? »Wisst Ihr, was mit Eurem Reiter geschehen ist?«

»Er sollte den südlichen Wald im Auge behalten. Er fand drei Menschen aus Eurem Dorf, eines davon, ein Weibchen, besiegte ihn in einem Schwertkampf. Es hätte nicht möglich sein sollen.«

Lindor ertappte sich dabei, dass er diese Kunde nicht sehr bedauerlich fand. Wenn es nach ihm ginge, könnten alle Kronoks auf der Stelle tot umfallen. Aber er ließ sich den Gedanken nicht anmerken.

»Hier in Lytar sind viele Dinge möglich«, antwortete er bedächtig. »Aber wenn Ihr es wünscht, werde ich den Süden der Stadt verstärkt bewachen lassen.«

»Seht zu, dass Ihr die Dörfler lebend fangt!«, zischte der Kriegsmeister. »Ich will sie verhören!«

Graf Lindor verbeugte sich übertrieben höflich. »Natürlich werde ich Euren *Rat* befolgen!«

Ohne ein weiteres Wort drehte sich der Kriegsmeister um und verließ das Arbeitszimmer des Grafen. Der sah ihm nachdenklich hinterher. Es schien, als würde sein *Berater* jetzt allmählich bemerken, dass in Lytar vieles geschah, was nicht erklärlich war. Er sah auf die Pläne hinab und schüttelte langsam den Kopf. Er wusste, was der Kriegsmeister unter einem Verhör verstand. Er rief seine Ordonnanz und trug ihm auf, den zuständigen Hauptmann herbeizurufen.

Als er dem Hauptmann, der für die Einteilung der Streifen zuständig war, die neue Order gab, fügte er noch eine eigene hinzu. »Solltet Ihr jemanden aufgreifen, seht zu, dass Ihr sie lebend fangt ... und ich will sie persönlich sehen, sobald sie hier eintreffen. Unter keinen Umständen sind die Gefangenen an den Kriegsmeister auszuhändigen. Haben wir uns verstanden?«

Der Hauptmann nickte nur. Erst gestern war einer der Soldaten zum Tode verurteilt worden. Diesmal bekam nicht Nestrok den Unglücklichen, sondern er wurde den Kronoks übergeben. Die Schreie des Mannes hatten nicht nur den Grafen die ganze Nacht wach gehalten. Nestrok hätte ihm wenigstens einen schnellen Tod beschert.

Als der Hauptmann den Grafen alleine im Arbeitszimmer zurückließ, ließ sich Lindor in seinem schweren Stuhl nieder und dachte nach. Was suchten die Dörfler so weit unten im Süden? Wussten sie etwa von dem Auftrag der Söldner dort? Wenn ja, wie hatten sie es erfahren?

»Langsam wird es interessant«, sagte er leise und musterte wieder seine Karten. Sein Blick suchte die Position, auf der sich das Lager der Söldner befand, dann den Ort, an dem sich nach alten Karten der Turm des Magiers befinden sollte. Genau dort trieben sich auch die Wolfsmenschen herum ...

20 Wolfsblut

Garret und Elyra begegneten ihnen auf der Treppe. »Was gibt's?«, fragte Garret. »Wir waren gerade dabei, die Bibliothek zu sichten ... oh!«

Einer der drei anderen Männer, die Hendriks mitgebracht hatte, um die Gefallenen zu bergen, lag auf dem Sofa und Hendriks kniete neben ihm, um ihn von der zerrissenen Rüstung zu befreien, während das Blut des Mannes rot auf den Boden tropfte. Der andere Mann stand bleich daneben und hielt sich seine linke Hand, diese war blutig und entstellt, von zwei Fingern waren nur noch fahle zersplitterte Knochen übrig, auch bei ihm tropfte aus einer hässlichen Wunde am Oberschenkel Blut auf den Boden, ein Prankenhieb, der die Rüstung des Mannes wie Papier zerrissen hatte. Von dem dritten Mann war nichts zu sehen.

Garret öffnete den Mund, um zu fragen, was geschehen war, als Wolfsgeheul durch die offene Tür drang, wo Tarik mit gespannter Armbrust stand.

Elyra eilte direkt zu Hendriks und beugte sich über den Verletzten, während Tarlon den anderen Mann ansprach.

»Wölfe? Oder Schlimmeres?«

»Schlimmeres«, presste der Mann zwischen den Zähnen hervor.

»In der Tat«, sagte Argor, der zu Tarik an die Tür gegangen war. »Ich glaube, das ist dein alter Freund, Garret.«

Garret griff seinen Bogen, der an der Wand lehnte, zog ihn aus der ledernen Umhüllung und spannte ihn mit einer geübten Bewegung. Tariks Augen weiteten sich leicht, als er den schwarzen Bogen sah. Garret griff sich seinen Köcher und trat selbst an die Tür ... wortlos machten ihm Argor und Tarik Platz.

»Ja, das ist er. Bei Licht ist er noch hässlicher als bei Nacht!«

»Was hält er da in seinen Pranken?«, fragte Argor. »Ich kann es nicht genau erkennen.«
»Es ist Randars Kopf«, antwortete Tarik tonlos.

Auch Tarlon trat an die Türe und sah über Garrets Schulter hinaus. Der Wolfsmensch stand am Rand der Lichtung, gute zweieinhalb Meter hoch, mit dreckig weißem Fell, in seiner entstellten Fratze war noch gerade so viel Menschliches, dass Tarlon bei dem Anblick fast schlecht wurde. Als wäre dies nicht schlimm genug, hatte das Monster drei Arme: zwei behaarte mächtige Gliedmaßen, die in bösartigen, blutverschmierten Pranken endeten, und einen dritten, der bleich und rosa wie der eines Säuglings aus der rechten Brust des Monsters wuchs und blind in der Luft hin und her tastete ...

»Götter!«, hauchte Tarlon.

Das Ungeheuer war nicht allein. Gut ein Dutzend anderer verdrehter Gestalten hatte sich um ihn gruppiert, jede einzelne eine verdorbene und unnatürliche Mischung aus Mensch und Tier, eine widerwärtiger als die andere.

Noch hatten sie die Lichtung nicht betreten ... der Anführer gab ein Geräusch von sich, das einem bellenden Lachen gleichkam, dann holte er aus und warf den Kopf ... der die gut dreißig Schritt im hohen Bogen flog und mit einem feuchten Knacken neben der Tür gegen die Turmwand schlug. Tarik fluchte und wischte sich das Blut seines Kameraden aus den Augen.

»Ich krieg das Schwein«, knirschte er zwischen zusammengepressten Zähnen hervor und hob seine Armbrust, doch im gleichen Moment duckten sich die grässlichen Gestalten in Deckung ... nur das heulende Lachen des Anführers war noch zu hören und trieb ihnen allen Gänsehaut den Rücken empor.

»Mist!«, fluchte Tarik.

»Trete zur Seite, Freund«, sagte Garret leise. Er hob seinen Bogen an.

»Auf was willst du schießen? Ich sehe nichts mehr ...«

»Ich habe mir einen gemerkt ...«, sagte Garret, ohne seinen Blick von der Stelle am Waldrand abzuwenden, legte einen Pfeil auf, atmete tief durch und zog den Bogen bis an sein Ohr aus … wieder schien es Tarlon, als ob er hören könnte, wie die Sehnen und Gelenke seines Freundes knirschten.

Einen endlos langen Moment verharrte Garret so, dann ließ er den Pfeil fliegen und die Sehne klang mit einem satten Ton nach, als wäre eine große Harfe angeschlagen worden.

Der Pfeil war kaum mit den Augen zu verfolgen, so hart schlug er in das Gebüsch ein … und so heftig war der Einschlag des Pfeils, dass die Kreatur aus der Deckung gerissen wurde und man einen Moment lang das Ungeheuer sah, wie es zurückgeworfen wurde und dann, mit einem Pfeil inmitten seiner Stirn, zusammenbrach.

»Götter!«, hauchte Rabea ehrfurchtsvoll von hinten.

Das Geheul verstummte schlagartig … hier und da bewegte sich die Vegetation, als die Monster neue Deckung suchten, aber dann war alles still.

»Schießt ihr alle so?«, fragte Tarik leise.

Garret schüttelte den Kopf. »Mein Vater ist besser.« Er hielt nach neuen Zielen Ausschau, aber es rührte sich nichts.

»Garret ist der beste Schütze unter uns«, erklärte Tarlon. »Doch die meisten von uns vermögen die Münze im ersten Durchgang zu treffen.«

»Was bedeutet das?«, fragte Rabea und musterte Garret auf eine Weise, die ihn froh sein ließ, dass Vanessa nicht da war.

»Das bedeutet, dass sie eine alte Tradition aufrechterhalten«, erklärte Knorre vom Treppenaufgang her. »Auf dem Mittsommerfest schießt ein jeder auf eine goldene Münze, die in hundert Schritt Abstand auf einen Pfahl genagelt ist. Trifft man sie, kann man sie behalten.«

»Auf hundert Schritt … hmm?« Tarik sah zu Hendriks hinüber. »Ich sage dir doch, wir brauchen mehr Bogenschützen.«

»Und jetzt gerade stimme ich dir zu«, antwortete Hendriks vom Sofa her, wo er, mit der blutverschmierten Rüstung in der Hand, zurückwich, während Elyra vorsichtig das Wams des Mannes ausschnitt und einen leisen Ton von sich gab, als ihr die Wunde offenbar wurde. »Ist er noch zu retten?«, fragte er leise.

Elyra sah mitleidig auf den Mann herab, der sie angstvoll ansah. »Ich weiß es nicht«, antwortete sie sanft. »Das kommt auf der Göttin Gnade an!«

Sie öffnete ihren Beutel und nahm ein festes, mit Leder umwickeltes Stück Holz heraus. »Aber wir werden es ihm so leicht wie möglich machen«, sagte sie und hielt dem Verletzten das Holzstück hin. Dieser öffnete ergeben den Mund und biss auf das Leder. Elyra nickte, strich ihm über das verschwitzte Haar und lächelte ihn aufmunternd an. »Aber wenn auch Ihr an sie glaubt, Ihr der Göttin Euer Gebet spendet, wird sie Euch gewogener sein. Meine Herrin ist Mistral, die Herrin des Schleiers und der Magie, ihr Zeichen ist der Stern, der uns alle führt, und ihre Macht ist die der Weltenmeere, in der unsere Scheibe schwimmt. Keine kennt größere Gnade als sie, denn sie ist es, die selbst die dunkelste Nacht immer mit ihrer Führung erhellen wird. Glaubt an sie und sie wird Euch leiten.«

Sie sah zu Hendriks hoch. »Wie ist sein Name, Hauptmann?«

»Esram«, antwortete Hendriks und sah sie nachdenklich an. »Mystera?«

»Mistral«, korrigierte ihn Elyra, als sie anfing, die Wunde sorgfältig zu säubern.

»Sie führt den Stern als Zeichen? Den Nachtstern?«, fragte der Hauptmann nach.

Elyra nickte, doch sie hörte ihm kaum mehr zu, all ihre Aufmerksamkeit war auf die Wunde gerichtet ... der Mann stöhnte leise, als sie vorsichtig einen Knochensplitter aus seiner Wunde zog. »Esram«, sagte sie leise. »Vertraue mir und der Göttin ... was auch kommt, wir werden dir beide beistehen ...«

Sie griff in ihren Umhang, nahm den hölzernen Stern heraus und küsste ihn ... doch im gleichen Moment fing das Symbol an zu rauchen ... erschreckt ließ sie es fallen.

»Holz ist nicht das Beste für ein Symbol«, sagte Argor leise. »Ich hätte mich eher darum kümmern sollen.«

»Versucht es mit diesem«, sagte Hendriks überraschend und zog unter seinem Wams einen goldenen Stern an einer schweren Goldkette hervor. Nicht nur Elyra sah das Symbol ungläubig an, eine solide goldene Scheibe mit einem kunstvollen Stern aus einem helleren Metall, eingefasst in Runen, die dort die Macht der Sternengöttin priesen, umfasst von den Symbolen der anderen Götter ... ein altes und unermesslich wertvolles Relikt ... das Siegel einer Hohepriesterin der Mistral.

»Woher habt Ihr dies?«, fragte Elyra fassungslos, selbst der Verwundete starrte gebannt auf das Symbol, als Elyra ehrfürchtig ihre blutverschmierte Hand ausstreckte, um das schwere Symbol andächtig in Empfang zu nehmen. Rabea gab einen gedämpften Laut von sich, sagte aber nichts weiter.

»Neben der Liebe meiner Tochter das Einzige, was mir von meiner Frau blieb«, antwortete Hendriks schwer. »Sie sagte, es wäre ein Erbstück in der Familie ...«

»Sie war eine Priesterin der Mistral?«, fragte Elyra überrascht.

Hendriks schüttelte den Kopf. »Nein. Aber es war ihre Bestimmung, das Zeichen sicher zu verwahren ... bis zu dem Moment, wo es sich offenbart, wem es gehört. Als sie starb, bat sie mich, dass ich es immer mit mir führen sollte ... da die Zeit nahe wäre.« Er schluckte. »Es sieht so aus, als wäre es so weit.«

»Ich bin keine Priesterin der Mistral. Ich bin nicht in ihre Mysterien eingeweiht, nur ein paar kleine Gebete kenne ich«, protestierte Elyra leise.

»Das sehe ich anders«, sagte Knorre, seine Stimme klang seltsam belegt. »Seit dem Kataklysmus duldete sie keine Priesterinnen mehr, gewährte niemandem mehr die Gnade, sie anzurufen, ihr Symbol zu führen. Doch seht ...«

Der Stern in der Mitte des Symbols leuchtete in einem fahlen, fast unmerklichen Licht. »Oder gibt es neben Euch andere, die ihr Zeichen führen?«, fragte Knorre sanft.

»Wir führen alle ihr Zeichen«, sagte Garret und wies auf den Stern an seinem Bogen hin. »Aber nur Elyra fühlt sich berufen.«

Niemand hörte ihm zu, denn Elyra küsste das Symbol andächtig und berührte damit die Stirn des Verletzten. Dessen Augen weiteten sich ... dann löste sich die Anspannung von ihm und er atmete erleichtert aus.

»Das sollte dir den Schmerz nehmen, Esram«, sagte Elyra und lächelte. »Wie ich sehe, ist auch dein Glauben stark.«

Ein faustgroßer Stein prallte gegen den Türrahmen und ließ sie alle zusammenzucken.

Garret fluchte. »Mistviecher!« Er zog den Bogen aus und ließ einen Pfeil fliegen ... draußen heulte es kurz auf und wurde wieder still. »Das sind zwei«, stellte er befriedigt fest.

»Von gut zwei Dutzend«, knurrte Argor.

»Es sind zwei weniger«, sagte Garret. »Nur schade, dass sie sich nicht herantrauen.«

»So blöde sind sie nicht«, sagte Knorre. »Sie wissen, dass mit der Lichtung etwas nicht stimmt.«

»Und damit sitzen wir in der Falle«, stellte Tarlon fest. »Das wiederum passt mir nun gar nicht.«

Er trat an die Tür heran und zog sie zu. »Aber wir brauchen uns auch nicht mit ihnen zu beschäftigen. Noch nicht.« Er lachte grimmig. »Ich bezweifle, dass der Turm sie hineinlässt. Also lassen wir sie draußen.«

Er sah die anderen an. »Erst führen wir unseren Auftrag aus. Wer weiß, vielleicht finden wir etwas, das uns von Nutzen sein kann.« Er wandte sich Garret zu, der nickte und seinen Bogen entspannte, um ihn sorgsam an die Wand neben der Tür zu lehnen.

»Du sprachst eben von einer Bibliothek? Wie kann das sein, wenn der Turm in Trümmern liegt?«

»Er ist intakt. Es sieht nur von außen verfallen aus! Wie das geht, weiß ich nicht, aber der Turm steht wie frisch erbaut«, antwortete Garret. »Aber kommt mit, schaut es euch alle selbst an. Hier unten können wir wenig tun.« Er sah bedeutsam zu Elyra hinüber, die in ihr Werk versunken schien. »Ich will sie auch nicht stören.«

»Ich werde bleiben und eurer Priesterin zur Hand gehen«, erklärte Tarik. »Ich habe Helge oft geholfen.«

»Dieser Turm birgt einen ungeheuren Schatz«, sagte Tarlon leise, als er ehrfürchtig die Finger über eine halb fertige Seite gleiten ließ. Vier fast durchsichtige, breite Butzenfenster spendeten dem großen, kreisrunden Raum Licht, zwei bequeme Ledersessel standen sich nahe des Kamins, der sich an der Rückseite des Treppenschachts befand, gegenüber, sechs kostbar gefertigte Lampen, ohne Öl oder Kerzen, hingen von der hohen Decke des Raums herab und hatten einst den großen Lesetischen Licht gespendet.

Wie unten war auch hier alles aufgeräumt, sauber an seinem Platz. Zwischen den hohen Bücherregalen gab es ein Kartenregal, gut die Hälfte der Fächer war mit sorgsam versiegelten Schriftrollenbehältern aus Elfenbein, Silber und Gold gefüllt.

Auf den Lesetischen stapelten sich noch immer die Bücher, auf einem Schreibpult nahe eines der großen Fenster lag ein Stapel bestes Pergament, von ins Holz eingelassenen Tiegeln, Döschen und Gläsern umgeben, die noch immer die Werkzeuge und Hilfsmittel eines Illuminators enthielten, Farben, Tinten, feine Pinsel, Gold, Silber und Diamantenstaub. Auf dem obersten Pergament war die halb fertige Zeichnung eines Dreispitzes zu sehen, einer Spechtart, die in der Gegend heimisch war, der Vogel war zu zwei Dritteln ausgearbeitet und wo der Künstler sein Werk bereits mit Leben gefüllt hatte, schien es, als ob der Vogel den Betrachter genauso neugierig ansehen würde wie der Betrachter ihn.

»Er mag verrückt gewesen sein, aber er war, bei den Göttern, ein begnadeter Künstler«, stimmte Hendriks Tarlon ehrfürchtig zu. »In all meinen Jahren, auf all meinen Reisen, sah ich nicht eine Bibliothek wie diese.«

»Wir besaßen eine«, sagte Garret etwas spitz. »Bis Euer ehemaliger Auftraggeber in seiner Güte einen Drachen kommen ließ, um Jahrhunderte unserer Geschichte und unseres gesammelten Wissens abzufackeln!«

»Macht meinem Vater keinen Vorwurf... hätte er den Angriff geleitet, wäre es anders gekommen!«, warf Rabea ein.

»Ich mache Eurem Vater keinen Vorwurf«, entgegnete Garret. Er sah zu Hendriks hinüber. »Oder habt Ihr es als einen empfunden?«

»Nein«, sagte Hendriks, aber auch er schien abgelenkt, seine Augen so groß und von Wunder erfüllt wie die der anderen.

»Wer findet schon die Zeit zum Lesen«, beschwerte sich Rabea. »Bücher sind etwas für Leute, die sich nicht ins Leben trauen! Der Mann muss Jahre an diesen Büchern gearbeitet haben ... kein Wunder, dass er verrückt wurde!«

»Er war bereits verrückt, als er diesen Turm baute«, antwortete Knorre abwesend.

»Von Fischen, Kröten, Murchen und Larven ...« Er nahm vorsichtig das Buch aus dem Regal, schlug es auf ... und schüttelte den Kopf.

»Was ist?«, fragte Argor neugierig.

»Der Eröffnungssatz ... ›Wie alles beginnt, eine Studie der Entwicklung des Lebens‹.« Er klappte das Buch zu und schob es vorsichtig zurück an seinen angestammten Platz. »Er war trotzdem verrückt.«

»Wieso?«, fragte Argor, der einen Stuhl heranzog, um sich einen anderen Buchtitel anzusehen.

»Weil er es war«, antwortete Knorre. »Menschen kommen nicht aus Eiern!«

Garret lachte. »Da bin ich mir sogar ziemlich sicher!«

»Das Gesetz der Stütze«, las Argor vor und öffnete das Buch ... und seine Augen fingen an zu leuchten, als er die Seiten umblätterte. »Hier ... er schreibt, wie man einen Minenschacht verschalt ... und er scheint hier sogar zu wissen, wovon er spricht!«

»Er war zuallererst ein guter Baumeister«, bemerkte Tarlon milde. Er ging sorgfältig die Buchrücken durch, gut die Hälfte von ihnen waren in Sprachen geschrieben, von denen er noch nie zuvor gehört hatte. »Nichts über Magie«, sagte er dann und schien sich selbst nicht sicher, ob er enttäuscht sein sollte oder nicht.

Garret indes hatte einen der Schriftrollenbehälter geöffnet, zog vorsichtig ein großes Pergament heraus und rollte es auf einem der Tische aus. »Richtig. Deshalb habe ich hiernach gesucht. Und habe es gefunden«, verkündete er ehrfürchtig. »Ein Plan der alten Stadt ...«

»Es sieht in der Tat wie ein Plan einer Stadt aus«, sagte Tarlon. »Nur was soll dies hier bedeuten?«

Er folgte mit dem Finger verschiedenen farbigen Linien, die sich wie ein Spinnennetz über die Stadt erstreckten. Er sah Knorre an, doch dieser zuckte mit den Schultern. »Woher soll ich das wissen?«, sagte er, doch auch er beugte sich vor, um den Plan zu studieren. »Während des Kataklysmus brach ein Teil des vorgelagerten Landes ab und versank in den Fluten. Hier …« Er beschrieb mit seinem Finger eine Linie nordwestlich des Hafens. »Ein Teil der Hafenanlagen und der größte Teil des Regierungsbezirkes und die kaiserliche Festung versanken in den Fluten. Die Festung und ein Teil der anderen Gebäude ragt noch immer aus dem Wasser … und es heißt, dass bei schwerem Seegang sogar noch die Tempelglocken läuten würden.«

»Das bezweifle ich«, sagte Tarlon. »Der Glockenbalken wird aufgequollen sein, die Glocke voller Schlick und Seemoos … wenn sie denn noch hängt und nicht längst auf den Grund gefallen ist.«

»Abgesehen davon, wäre es mir lieber, der ganze Hafen wäre versunken«, knurrte Garret. »Ihr sagtet, Belior wäre dort angelandet?«

»Ja. Er hat sein Hauptlager auf dem alten Marktplatz und sein Hauptquartier gegenüber dem Damm in der alten Börse dort«, antwortete Knorre. Er sah zu Tarlon hinüber. »Was die Glocken angeht, so hörte ich diese Glocken schon selbst … vor langer Zeit, als ich noch ein Junge war.« Er machte eine Geste, die den Raum einschloss. »Schaut euch diesen Raum an … es müssen Jahrhunderte vergangen sein, seitdem er das letzte Mal von einer lebenden Seele betreten wurde … und er sieht aus, als wäre der Hausherr erst gestern hier gewesen!« Er sah Tarlon an. »Man sagt, die Gebäude der alten Stadt wurden mit Magie erbaut, so wie man anderen Ortes Mörtel verwenden würde!«

»Mörtel hat er hier jedenfalls nicht benutzt!«, bemerkte Argor und ließ eine Hand über die Steine, die den Fenstern ihren Rahmen gaben, gleiten. »Jeder dieser Steine ist so sorgfältig gesetzt, dass es keinen Mörtel braucht. Ich wusste nicht, dass Menschen so bauen können ...«

»Wer baut denn so?«, fragte Rabea neugierig.

»Niemand, von dem ich weiß«, antwortete Argor. »Jeder dieser Steine ist unterschiedlich, aber sie sind so ineinandergesetzt, dass sie sich verzahnen. Ein zwergischer Steinmetz mag so die Blöcke bearbeiten können ... doch selbst für uns ist dies ein zu großer Aufwand, denn jeder dieser Steine ist verschieden und passt nur an eine Stelle ... es ist ein einziges riesiges Puzzle!« Er beugte sich vor, sodass seine Nase beinahe den Stein berührte, und seine buschigen Augenbrauen zogen sich zusammen.

»Selbst wenn man nahe herangeht, sieht man kaum die Spuren der Bearbeitung«, fuhr er beeindruckt fort. »Nur diese feinen Linien ... ein jeder dieser Steine ist fast wie poliert!« Er stutzte ... und lachte dann leise. »Das ist clever!«, rief er bewundernd. Mit geschickten Fingern zog er einen schlanken Hebel aus dem Stein heraus und zog ihn nach unten ... und das Fenster glitt mit leisem Knirschen zur Seite in den Stein, um den Blick über die Lichtung freizugeben. »Garret«, sagte er daraufhin mit einem bösen Grinsen. »Ich schlage vor, du holst deinen Bogen!«

Tarlon trat an das Fenster heran, durch das nun frische Luft den Duft des Waldes brachte. Gut ein halbes Dutzend dieser Wolfsmenschen waren vorsichtig dabei, die Holzplanken entlangzugehen ... ein Unterfangen, das durch den Baumstumpf erschwert wurde, den sie mit sich führten.

Knorre warf einen Blick aus dem Fenster und fluchte. »Die Tür unten ist aus stabilem Metall ... ein Baumstamm sollte der Tür nichts anhaben ... doch die Angeln liegen im Stein und der kann brechen!«

Garret hatte nur einen kurzen Blick aus dem Fenster geworfen und eilte nach unten. Wenige Momente später kam er wieder, lehnte seinen Köcher unterhalb des Fensters an die Wand, zog sechs Pfeile heraus, die er vor sich auf der Fensterbank anordnete, und legte einen siebten auf die Sehne.

»Lasst mir ein wenig Platz«, sagte er und als die anderen zurücktraten, zog er die Sehne aus.

Es schien Tarlon, als würde Garret den großen Bogen nicht ganz ausziehen, das war auch nicht nötig, da die Ziele schon so nahe waren.

Gleichwohl schien Garret lange zu zielen … doch dann, als er den ersten Pfeil losgelassen hatte, folgten die anderen so schnell, als würde er gar nicht darauf achten, wohin die Pfeile flogen.

Mehrfaches Geheul ertönte von draußen, wurde lauter, fast panisch … wurde dünner, als einzelne Stimmen verklangen, und brach schließlich ab.

Garret nickte zufrieden und trat einen Schritt zurück.

»Jetzt sind es neun«, stellte er befriedigt fest.

»Wie kann man nur so kalt töten?«, fragte Rabea fassungslos.

»Wenn man der Götter Beistand versichert ist, sehe ich keinen Grund, mir Gedanken zu machen«, antwortete Garret mit harter Stimme. »Keines dieser Biester hätte sein sollen, sie sind verdorben und ein Hohn in den Augen der Götter und ihrer Schöpfung. Das war kein Morden und wenn hier menschliche Seelen in diesen entstellten Körpern gefangen waren, war es eine Befreiung für sie!« Er sah sie an. »Oder könnt Ihr es Euch vorstellen, dass es anders ist?«

»Nein«, entgegnete Rabea leise. »Da habt Ihr recht.« Sie trat ans Fenster und ihre Augen weiteten sich, als sie fassungslos hinabsah … sieben Wolfsmenschen lagen um die Planken herum auf dem Boden … ein jeder von ihnen mit einem von Garrets Pfeilen im Kopf, bei den letzten drei ragte der Schaft aus dem Nacken oder Hinterkopf.

Doch richtig bleich wurde sie, als das Gras zu wogen anfing und drei breite, blau schillernde dunkle Ströme sich aus dem Gras über die Wolfsmenschen ergossen … die nun zu zucken begannen, als ob sie noch am Leben wären.

Als die schwarzen Ströme verebbten, lagen nur noch bleiche Knochen und Schädel dort auf dem friedlichen Gras … selbst die dunklen Flecken im Gras waren kleiner, als man hätte denken können …

»Sie nehmen alles«, ließ sich Knorre vernehmen, der lautlos neben sie ans Fenster getreten war. »Sie nehmen sich sogar das Blut ...«

Vom Waldrand her ertönte neues Geheul ... dort stand der Anführer und schüttelte drohend die Pranke ... doch so, wie er dastand, schien er nicht zu wissen, was geschehen war.

»Die Fenster sind von außen unsichtbar«, lachte Knorre. »Er hat keine Ahnung, wie es geschah ... für ihn hat der Turm keine Fenster ... für ihn ist da, wo wir stehen, ein zerstörtes Stockwerk!«

»Steht er da?«, fragte Garret mit einem wölfischen Grinsen.

»Er steht halb hinter einem Baumstamm«, erklärte Knorre, als Garret sorgfältig einen Pfeil aus seinem Köcher wählte.

»Das mag er gerne tun«, sagte Garret. »Tretet zur Seite, Freund, dieses Ungeheuer geht mir nun lange genug auf den Nerv ... und wenn er fällt ... vielleicht gehen dann die anderen auch!«

»Ihr wollt ihn verscheuchen?«, fragte Rabea.

»So könnte man es auch nennen«, grinste Garret. »Ah, er hat sich in Deckung zurückgezogen ... aber er ist neugierig und schaut immer mal wieder hervor ...«

»Er lässt euch keine Zeit zum Schießen«, bemerkte Hendriks, der ebenfalls hinter Garret getreten war und über seine Schulter schaute. »Er hält seine Nase kürzer heraus, als der Pfeil zum Fliegen bräuchte! Gar so blöde ist das Monster nicht!«

»Mal schauen, ob es ihm hilft«, grinste Garret. Er öffnete seinen Beutel und entnahm ihm eine stählerne Pfeilspitze. Sie war weitaus schlanker geformt als seine anderen und die Kanten glänzten frisch geschliffen in dem Licht, das durch das Fenster fiel.

»Das sind die besten Spitzen, die mein Vater herstellt«, erklärte Argor stolz.

»Das sind sie in der Tat«, antwortete Garret und löste die alte Spitze vorsichtig von dem Pfeil, um die neue aufzusetzen und mit der rasiermesserscharfen Spitze gegen den Stein des Fensters den Schaft in die Führung zu drücken.

»Normalerweise würde ich sie sorgsam verkleben … aber hier soll es mir genügen«, sagte er dann. Er legte den Pfeil auf, zog den schweren Bogen so weit aus, dass der lange Pfeil fast kaum mehr auflag … und ließ los.

Diesmal flog der Pfeil so schnell, dass niemand dem Flug mit seinen Augen folgen konnte … nur der harte, helle Schlag seines Aufpralls war bis hierher zu hören.

»Aaau!«, sagte Garret, verzog das Gesicht, ließ den Bogen sinken und bewegte vorsichtig seine Schulter. »Ich glaube, ich bin dem Bogen immer noch nicht ganz gewachsen …«

Doch niemand hörte ihm zu, alle sahen fassungslos zum Waldrand hin, wo nur ein schwarzer Punkt zeigte, wo der Pfeil in den jungen Baum eingeschlagen war, der dem Monster Deckung geboten hatte.

Der Zufall hatte es bestimmt, dass der Wolfsmensch just in dem Moment einen Blick gewagt hatte … und nun seine Schnauze dort hinter dem Baumstamm hervorragte … sich aber nicht mehr bewegte.

»Gute Spitze«, sagte Garret zufrieden und Argor nickte stolz.

»Sag ich doch.«

Garrets Pfeil hatte den Stamm glatt durchschlagen.

Diesmal gab es kein Geheul … nur Knurren und Fauchen, als schwarz-graue Schatten zwischen dem Unterholz hervorbrachen und sich um den Körper des ehemaligen Anführers stritten, das Knacken und Knirschen berstender Knochen war bis hier zu hören. Die Wolfsmenschen waren nicht so schnell wie die Insekten … aber es dauerte auch nicht sehr lange, bis die gesättigten Monster durch das Unterholz davonglitten.

»Zehn«, sagte Garret befriedigt. »Ich glaube, mit denen werden wir keinen Ärger mehr haben.«

»Wir müssen uns unterhalten, Hauptmann«, sagte Tarlon etwas später zu Hendriks. Die weitere Untersuchung des Turms hatte wenig ergeben, das für sie von Nutzen war, nur Knorre behauptete, das gefunden zu haben, nach dem er gesucht hatte.

Im Stockwerk über der Bibliothek befand sich eine Werkstatt voll mit Miniaturen, seltsamen Gerätschaften und vielem, was man gar nicht erkennen konnte. Astrak hätte seine Freude daran gehabt, doch nur Knorre konnte damit etwas anfangen, sein Jubellaut, als er die Miniatur eines Brunnenhäuschens fand, war nicht zu überhören.

Das letzte und oberste Stockwerk des Turms enthielt nur noch die Gemächer des Magiers, auch hier alles sorgsam aufgeräumt, aber Schränke und Fächer teilweise leer, als habe er das Wichtigste mitgenommen. Knorre, der gehofft hatte, dass vielleicht die kostbaren Gewänder des Magiers ihm stehen würden, wurde enttäuscht. Zwar schien er von seinem Ahnen nicht nur das Buch, sondern auch die hagere Gestalt geerbt zu haben, doch die meisten der Gewänder zerfielen, als er sie berührte.

Nur ein feines Kettenhemd fand sich für ihn, alleine dies auch ein Schatz, aber weit weniger prachtvoll als die mit Gold und Silber besetzte Robe, die er hatte nehmen wollen.

Von einem Rahmen, wie Hendriks ihn beschrieb, der es erlaubte, eine Tür über Dutzende von Meilen zu öffnen, fand sich im Turm allerdings nichts.

Welchen Wert die Bibliothek oder gar das Wissen darin haben mochte, darüber wollte Tarlon gar nicht nachdenken ... aber es war nicht das, für das sie gekommen waren.

Sie befanden sich in der Bibliothek, hier gab es die meisten Sitzgelegenheiten ... und noch immer kämpfte im Raum unten Elyra um das Leben des verletzten Soldaten.

Garret hatte den Zugang zur Küche gefunden und dort eine Pumpe, die nach mehreren Anläufen sogar tatsächlich Wasser lieferte ... kalt und klar und so tief aus dem Gestein, dass Knorre schwor, dass die Verderbnis es nicht berührt haben konnte. Er schwor zudem, dass er es sehen könnte, wäre es verdorben, und nahm selbst einen großen Schluck.

Da er nicht tot zusammenbrach oder sich in einen Wolfsmenschen verwandelte, tranken bald auch die anderen. Das kühle, klare Wasser war ein Genuss, denn das Wasser in ihren Schläuchen war warm und abgestanden.

»Was wollt Ihr, Tarlon?«, fragte Tarik, bevor der ursprünglich angesprochene Hauptmann Antwort geben konnte. »Seid Ihr nicht zufrieden mit dem, was Ihr gefunden habt? Wir werden es Euch nicht streitig machen.«

»Es geht nicht um den Turm«, gab Tarlon zurück und sah zu Knorre hinüber, der seine Nase in einem der Bücher hatte. »Wenn der Turm jemandem gehört, dann Meister Knorre, ich denke, die Ältesten werden mit ihm verhandeln wollen, was diese Bibliothek angeht …«

»Am liebsten würde ich hier einziehen«, sagte Knorre und sah auf. Er grinste breit. »Allerdings sagen mir die Nachbarn nicht zu.«

»Was mich interessieren würde, ist, warum sie sich hier befinden«, sagte Garret. »Aber das ist jetzt nicht wichtig.«

»Richtig«, bekräftigte Tarlon. »Hauptmann Hendriks«, wandte er sich erneut an den Hauptmann. »Wir wissen nun, dass wir nicht die Zeit haben, zu warten, bis Euer Heiler zurückkommt, um Euch die Antwort der Ältesten zu überbringen. Wir wissen, wie sie sein wird … und auch das Gold ist da. Doch wir brauchen Eure Hilfe jetzt … wir müssen versuchen, unseren Leuten zu helfen, sie zumindest zu warnen. Kurz, wir müssen in die alte Stadt, sie von Süden her durchqueren, um zu verhindern, dass unsere Leute in diesen Hinterhalt geraten, von dem Meister Knorre sprach.«

»Woher wollt Ihr wissen, dass er die Wahrheit sagt?«, fragte Rabea erhitzt. »Hätte er nicht geschwiegen, wären unsere Leute nicht gestorben …« Sie schüttelte sich. »Ihr könnt Euch gar nicht vorstellen, wie es war!«

Knorre stand überraschend schnell auf und funkelte die junge Frau an. »Da kommt eine Söldnerkompanie und will das Haus meines Vorfahren plündern … und Ihr erwartet allen Ernstes, dass ich Euch unterstützen würde? Ich habe Euch gewarnt, ich teilte Euch mit, dass es Euren Tod bedeuten würde, ginget Ihr ohne meine Hilfe … aber Ihr habt mich gefesselt und geknebelt!? Wart Ihr es nicht, die sagte, man solle dem Gewäsch eines alten Mannes keinen Glauben schenken? Wenn Ihr jemanden sucht, dem Ihr den Tod Eurer Leute vor die Füße legen wollt, dann seht vor Euch zu Boden ... dort liegt unübersehbar die Schuld ... Ihr seid es selbst gewesen, die Eure Leute in den Tod führte!«

Bislang hatte keiner Knorre in diesem Ton sprechen hören ... es war nicht nur gerechte Empörung in seinen Worten zu hören, sondern auch etwas anderes, das Rabea bleich werden und einen Schritt zurückweichen ließ.

»Vater!?«, rief Rabea, doch Hendriks nickte nur müde.

»Es war ein Fehler. Sie geschehen ... und in unserem Gewerbe bedeuten Fehler den Tod. Es ist so und wird so immer sein. Vergiss das nicht und unsere Leute sind nicht umsonst gestorben.«

»Ein harter Preis für eine Lehre«, flüsterte Rabea.

»Umso besser solltet Ihr die Lektion lernen«, meinte Tarik und Rabea wirkte richtig erschrocken, als sie den harten Blick des Armbrustschützen sah.

Tarlon räusperte sich. »Es tut uns leid, dass es geschehen ist, einen solchen Tod will man niemandem gönnen, nicht einmal seinem ärgsten Feind. Aber es geht mir hier darum, weiteres Sterben zu verhindern. Hauptmann, wir brauchen Eure Hilfe. Keiner von uns ist mit der Kriegsführung vertraut ... und es heißt, dass die Stadt voller Monster wäre. Werdet Ihr, auf unser Wort hin, an unserer Seite in die alte Stadt ziehen, um unsere Leute zu retten!?«

Der Hauptmann sah Tarlon gerade in die Augen. »Nein. Es wird nicht möglich sein. Beliors Streitkraft ist fast achtzehnhundert Mann stark, jeder von ihnen gut gerüstet und ausgebildet. Ihre Stellungen sind gut gewählt ... selbst eine ungleich größere Streitkraft wird versagen. Wenn man ihn besiegen will, dann außerhalb dieser alten verfluchten Mauern. Sucht Ihr meine Hilfe, Euer Dorf zu schützen, so werde ich Euch helfen ... in die alte Stadt zu gehen, ist Selbstmord und so kann ich nicht entscheiden. Meine Männer vertrauen darauf, dass ich gute Entscheidungen für sie treffe ... und dieser Glaube ist zur Zeit bereits erschüttert.«

Tarlon öffnete den Mund, doch Hendriks hob die Hand.

»Aber ich selbst werde Euch begleiten. Tarik wird das Kommando über unsere Kompanie übernehmen und sie zu Eurem Dorf führen ... Rabea wird sein Stellvertreter sein. Wir werden Euch helfen, Euer Dorf zu verteidigen ... und dies ohne ein Versprechen und ohne Gold. Aber ich werde niemanden in diese tote Stadt führen, der leben will.«

»Ich komme mit Euch, Vater.«

»Das wirst du nicht tun, Rabea Marana Eltine«, sagte Hendriks mit Nachdruck in der Stimme. »Vielmehr wirst du Tariks Anweisungen bis ins Letzte folgen, selbst wenn er dir befiehlt, die Unterhosen der Kompanie zu waschen.« Seine Augen schienen sie dort an ihrem Platz festzunageln. »Niemand von uns wird aus dieser verfluchten Stadt zurückkehren ... zumindest nicht lebend. Alles, was ich habe und bin, lege ich in deine Hände, Tochter ... und wenn Tarik und Helge verfügen, dass du weise genug bist, wirst du die Kompanie führen ... so hast du die Möglichkeit, unseren Leuten und dir selbst ein Zuhause und eine Zukunft zu sichern.«

»Aber Vater ...«

Hendriks begab sich zu Tarik. »Pass auf sie auf!«

»Das kannst du nicht machen, Vater!«, rief Rabea.

»Ich kann nicht nur, denn ich muss es tun. Denn dort, wo das Amulett deiner Mutter seine Bestimmung findet, liegt auch unsere. Das waren die letzten Worte deiner Mutter, Rabea ... und vor allen Göttern schwor ich, dass ich diese Heimat suchen würde. Wir haben sie gefunden und du wirst sie mit eigenen Augen sehen und sie mit deinem Leben schützen.«

Rabea war bleich, aber sie nickte, während Tarik an sie herantrat und beruhigend seine Hand auf ihren Arm legte.

»Was ist mit Esram?«, fragte er.

Als habe man sie gerufen, erschien Elyra im Treppenaufgang. Sie war bleich und über und über mit Blut beschmiert. »Er weilt bei der Göttin«, teilte sie ihnen mit schwacher Stimme und hängenden Schultern mit. »All meine Kunst vermochte nicht mehr zu tun, als ihm die Reise zu erleichtern. Euer anderer Mann ist versorgt ... ich kürzte ihm die Fingerknochen und nähte die Haut um sie zu ... er wird die Hand behalten und wird sogar die Fingerstümpfe benutzen können.«

»Das ist mehr, als man bei dieser Wunde hätte erwarten können«, sagte Tarik und auch der Hauptmann nickte. Dann wandte Tarik sich an die Freunde. »Wenn ihr diesen Selbstmord vorhabt und es Sinn ergeben soll, müssen wir bald aufbrechen. Damit es überhaupt eine Möglichkeit für ein Gelingen gibt und sei sie noch so klein, braucht ihr einen Führer.« Er sah Knorre an. »Sosehr es mir missfällt!«

»Niemand braucht einen Führer, jeder hat einen eigenen Stern. Doch den zeigen und euch raten, das werde ich gern.« Knorre erhob sich, legte das Buch zur Seite und streckte sich, bis seine Knochen knackten.

Er grinste von einem Ohr zum anderen. »Ich mag Abenteuer. Wisst Ihr, ohne sie ist das Leben so unaufregend.« Er trat an Hendriks heran. »Ich mag zwar den Wahnsinn geerbt haben, doch auch den Verstand, achtet mehr auf meinen Rat und Ihr habt eine Hoffnung, Eure Tochter wiederzusehen.«

Hendriks nickte, doch Knorre beachtete ihn nicht weiter, sondern sah nun die anderen an. »Ich träume manchmal, was der Wind mir sagt. Jeder von uns wird seinen Tod in dieser Stadt finden ... es sei denn, wir sehen ihn schneller als er uns.« Seine Augen glänzten. »Euch, Hendriks, bricht ein Strick das Genick, so Ihr nicht auf Eure Hufe achtet ... Tarlon wird ein Vogel den Tod bringen, greift er nicht nach seinen Krallen. Du, Garret, wirst im Fallen sterben, hast du deinen Bogen nicht zur Hand. Elyra, du wirst in Mistrals Licht vergehen, siehst du nicht, dass dies nicht deine Bestimmung ist. Und du, Argor ... wirst zwischen Stein, Wasser und Magie deine Bestimmung wählen.«

»Bah!«, brummte Argor. »Wo liegt denn da die Wahl? Schlimmer als Wasser ist doch nur die Magie!«

»Und was ist mit Euch, Meister Knorre?«, fragte Elyra etwas bleich.

»Ich ...«, Knorre lachte. »Ihr alle habt die Wahrscheinlichkeit auf einen heldenhaften Tod ... doch ich werde mir nur den Fuß brechen und daran ersaufen, achte ich nicht auf den Weg!«

»Werden wir unser Ziel erreichen?«, fragte Tarlon leise.

»Woher soll ich das wissen?«, gab Knorre schulterzuckend zurück. »Sehe ich aus wie ein Wahrsager? Doch wenn wir weiter zögern, wird es in der Tat zu spät sein.« Er trat ans offene Fenster und sah hinaus. »Obwohl ... morgen Nacht wird es ein Gewitter geben wie seit Jahrzehnten nicht mehr ... nutzt es gut ... und eure Leute sind gerettet. Doch nur, wenn ihr alle gewillt seid, den Preis zu zahlen.«

20a Königliches Blut

Als sich Vanessa am nächsten Morgen zusammen mit ihrem Vater hinüber zum Gasthof begab, ging es ihr bereits ein wenig besser. Noch am Abend hatte sich der Priester Erions um ihre Verletzung gekümmert, sein Gebet sollte verhindern, dass die Wunde sich entzündete und die Heilung beschleunigen. Der lächelnde junge Mann, der zu Beginn des Sommerfestes die Leute aus dem Dorf getraut hatte, wirkte um Jahre gealtert, die tiefen Falten um seinen Mundwinkel herum waren neu. Dennoch hatte er ein aufmunterndes Wort für sie und als er sie wieder verließ, schien es Vanessa, als ob es ihrem Arm und Rücken bereits besser gehen würde. Zumindest hatte sie ohne Schmerzen schlafen können.

Der Gasthof war so voll wie schon lange nicht mehr, doch auch hier war die Stimmung angespannt und ernst. Pulver, der Bürgermeister, Ralik und Marten in seiner seltsamen Rüstung befanden sich in ein Gespräch vertieft, Hernul eilte zu ihnen, während Vanessa neben Astrak Platz nahm, der recht betreten aus der Wäsche sah und unruhig hin- und herrutschte.

»Was ist mit dir los?«, flüsterte sie, während sie neugierig Ariel und die Sera Bardin ansah, die auch erschienen waren und am Tisch der Ältesten saßen.

»Mir tut der Hintern weh«, gab Astrak leise zurück. »Ich sehe ein, dass ich es verdient habe, aber dennoch ...« Er grinste. »Es war es mir wert.«

Einen Moment später erhob sich Ralik und kletterte ohne Umschweife auf den Tisch der Ältesten, sodass ihn jeder sehen konnte.

»Wir werden heute Mittag aufbrechen«, erklärte der Zwerg ohne weitere Einleitung. »Nicht, um dem Feind in einer offenen Schlacht entgegenzutreten. Dies wäre Selbstmord, wie wir nun wissen. Aber wir werden dafür sorgen, dass der Feind uns nicht wieder überrascht. Marten hat gestern die Stadt aus der Luft erkundet. Zwei wichtige Dinge fand er heraus: Zum einen, dass der Gegner viel stärker ist, als wir je hätten annehmen können, und zum anderen, dass es wirklich nur einen Weg aus der Stadt gibt, den der Gegner nehmen kann, die alte Königsbrücke.«

»Wie stark ist denn der Gegner wirklich?«, rief jemand aus der Menge. Der Zwerg sah Marten an, dieser nickte und trat vor.

»Der Feind hat ein Hauptlager am alten Hafen errichtet. Ich flog nicht zu nahe heran, aber ich vermute, dass dort zwischen zwölfhundert und zweitausend Soldaten lagern. Zudem sah ich, wie Soldaten entlang des Wegs zum Hafen Verschanzungen angelegt haben. Ich sah auch den Drachen, er schlief auf dem Dach eines großen Gebäudes dort.«

»Zwölfhundert bis zweitausend?«, flüsterte jemand entsetzt. »Wir sind verloren!«

Ralik richtete sich zur vollen Größe auf und warf dem Sprecher einen Blick zu.

»Wir sind nicht verloren. Nicht, wenn wir vernünftig vorgehen. Der Feind hat, wie ich schon sagte, genau wie wir nur eine Möglichkeit, den Fluss des Todes zu überqueren, und das ist die Königsbrücke. Wir suchen keinen offenen Kampf, wir wollen letztlich unser Dorf sichern.« Er hielt inne und sah die versammelten Dorfbewohner ernst an. »Deshalb beabsichtige ich, die alte Brücke zum Einsturz zu bringen. Dann ist nur noch der Drache eine Gefahr und der Gegner ist in der alten Stadt eingesperrt. Der Lyanta ist tödlicher, als es jede Armee sein könnte.«

»Wird der Gegner dann nicht andere Brücken reparieren wollen?«, fragte jemand anderes.

Der Zwerg grinste breit. »Zweifellos wird er es versuchen. Aber ich denke, dass die Arbeiten durch den einen oder anderen Pfeil behindert werden können!«

»Das ist der Vorteil, den wir haben«, ergriff Pulver das Wort. »Wir haben die höhere Reichweite … und solange wir den Gegner nicht an uns heranlassen, werden wir ihn abhalten können. Es gibt allerdings noch etwas dazu zu sagen.«

Es war Ariel, der nun überraschend aufstand. »Wie ihr wisst, lebe ich schon lange in der Nähe der verdorbenen Stadt. Meine Berufung ist es, dem Wald zu helfen, gegen die Verderbnis zu kämpfen, um viel mehr habe ich mich nicht gekümmert. Dennoch war ich oft in der alten Stadt und kenne sie besser, als es mir lieb ist.« Er berührte unwillkürlich seine Maske. »Der Plan eurer Ältesten ist gut, denn wir haben einen mächtigen Verbündeten an unserer Seite, die alte Stadt selbst. Seit dem Kataklysmus ist viel Zeit vergangen, dennoch ist die Stadt noch immer tödlich. Ich kann euch sagen, dass der Gegner sich seit fast drei Jahren dort aufhält … und er jeden Tag dort Soldaten verliert. Vor allem bei den Ausgrabungen, die Belior vornehmen lässt. Ausgrabungen, die bislang nicht sehr erfolgreich waren, vor allem, weil die Hüter das meiste Kriegsgerät in Sicherheit gebracht haben.«

»Aber was ist, wenn er die Krone findet?«, rief eine junge Frau.

Es war die Bardin, die sich diesmal erhob. »Es ist zweifelhaft, ob er sie finden wird«, sagte sie. »Und wenn, wird sie ihm wenig nützen. Man muss das Blut Lytars in sich tragen, um sie zu nutzen.«

»Seid Ihr sicher?«, fragte jemand anderes und die Bardin nickte. »Ich bin mir dessen sehr sicher!«, antwortete sie. »Denn seit Jahrhunderten war es meine Aufgabe, sicherzustellen, dass niemand nach dieser Krone greift!«

Ein Raunen ging durch die Menge und Vanessa sah zu ihrem Vater hinüber, der nicht die geringste Überraschung zeigte.

»Nur ein einziges Mal waren die Elfennationen ernsthaft bedroht. Und diese Gefahr ging von Lytar aus. Wir waren erleichtert, als das Strafgericht der Götter den Greifen zu Boden schlug, doch wir wollten sicherstellen, dass er sich nicht erneut erhebt. Genau das zu verhindern, ist die Pflicht, die ich übernommen habe.«

Ein junger Mann sprang auf und stand nun mit geballten Fäusten da. »Also habt Ihr uns die ganze Zeit über betrogen!?« Nicht nur er war erzürnt, Unglauben und Bestürzung waren auch in anderen Gesichtern zu finden. »Wir hielten Euch für eine Freundin!«

»Ihr habt Generationen von uns belogen!«, rief eine andere junge Frau. »Wie konntet Ihr uns das antun? Meine Kinder liebten Euch und sie starben, als sie Euren Geschichten lauschten!«

Bevor die Stimmung sich weiter aufheizen konnte, sprang Ralik ein. »Sie hat uns nicht betrogen. Denkt daran, es war dieser Marban, in Beliors Auftrag, der das magische Feuer auf uns rief. Der Ältestenrat wusste von Anfang an Bescheid. Und sie ist unsere Freundin!« Er sah sich im Gasthof um, seine Augen fixierten jeden, der aufgesprungen war. »Setzt euch wieder und hört ihr weiter zu!«

Widerwillig setzten sich die Leute und die Sera Bardin holte tief Luft, bevor sie weitersprach.

»Will denn jemand von euch die Welt beherrschen, sie wie in alten Zeiten unterdrücken?«

Die Leute sahen sich gegenseitig an. »Niemand will das«, rief dann der junge Mann von eben. »Wir wollen nur unsere Ruhe!«

Die Sera Bardin lächelte und nickte. »Seht ihr? Und das ist auch mein Ziel gewesen. Ich war nur beunruhigt, als ihr das Depot geöffnet habt, die weise Entscheidung eures Bürgermeisters gab mir recht, euch allen darin zu vertrauen.«

Sie holte tief Luft. »Und das ist auch der Grund, weshalb ich bald aufbrechen werde. Ich werde zu meinem Volk zurückkehren und ihm vorschlagen, sich mit dem Greifen zu verbünden.«

Als das Geraune wieder losging, hob sie die Hand.

»Gute Leute von Lytara, es ist nicht gesagt, dass meine Schwestern und Brüder dem zustimmen werden. Zu viele erinnern sich noch daran, wie es war, gegen den Greifen zu kämpfen. Aber es ist möglich.« Sie tat eine Pause und sah jeden Einzelnen intensiv an. »Wir stehen auf derselben Seite, glaubt mir dies!«

»Dennoch habt Ihr uns vieles vorenthalten«, beschwerte sich ein anderer.

»Nicht mit Absicht.« Sie zuckte die schlanken Schultern.

»Lytar war vergangen, es konnte niemand wissen, dass die Vergangenheit so wichtig sein würde.«

»Doch«, kam überraschend die Stimme Meliandes vom Eingang her. »Ihr wusstet es. Denn auch für Euch galt die Prophezeiung.« Alle drehten sich überrascht zum Eingang um, wo nun Meliande mit großen Schritten zum Tisch des Bürgermeisters ging.

Ralik sah stirnrunzelnd von ihr zu der Bardin, die Meliande mit unbewegter Miene entgegensah.

»Elfen sagen gerne die Wahrheit«, fuhr Meliande fort und schenkte der Sera Bardin ein nicht ganz so freundliches Lächeln. »Aber ungern die gesamte.« Sie stellte sich neben die Bardin, sodass jeder sie sehen konnte. »Auch die Elfen gingen eine Verpflichtung ein. Die großzügige Geste der Sera, die Nationen der Elfen um Beistand zu bitten, ist keine, der Pakt wurde schon vor langer Zeit beschlossen, nicht wahr?«

Die Bardin sah Meliande einen Moment lang an und nickte. »Das ist wahr. Nur will man sich nicht gerne daran erinnern. Dieser Belior ist nicht die Bedrohung, für die er sich hält!«

»Das hörte sich letztens anders an«, sagte Ralik mit gefurchter Stirn. »Ihr nahmt die Bedrohung durchaus ernst.«

»Er wird uns nicht besiegen. Nur mithilfe der Krone wäre dies überhaupt denkbar! Und selbst wenn er sie findet, wird er sie nicht benutzen können!«

»Ihr solltet Euch dessen nicht so sicher sein«, antwortete die Sera Meliande. »Erinnert Ihr Euch an die magische Tür, die dieser Marban unten im Keller hinterließ? Es gab nicht viele von ihnen. Zwei, um genau zu sein. Beide befanden sich zum Zeitpunkt des Kataklysmus im königlichen Palast. Sie waren dazu gedacht, dem König und seinem Tross die Flucht zu ermöglichen.« Sie holte tief Luft. »Und nur jemand mit königlichem Blut war imstande, sie zu benutzen.«

Einen Moment war es still in dem großen Raum, dann ging das Geraune los und die Leute sahen sich gegenseitig an, als ihnen gewahr wurde, was die Sera Meliande sie soeben damit wissen ließ.

»Das ist richtig«, fuhr Meliande fort, während die Bardin bleicher wurde, als man sie jemals zuvor gesehen hatte. »Auch Belior stammt vom Greifen ab. Auch er trägt königliches Blut in sich. Und auch er wird imstande sein, die Krone zu nutzen!«

»Verflucht!«, rief Lamar, als er seinen Wein verschüttete. »Wollt Ihr damit sagen, dass dieser Belior aus Lytar stammt?« Er sah den alten Mann vorwurfsvoll an. »Eure Geschichte hat mehr Windungen als eine Schlange!« Er griff nach einem Tuch, das ihm eine Magd reichte, und wischte hastig sein Wams ab. »Wie kann das sein?«

»Es waren viele Jahrhunderte vergangen«, erklärte der alte Mann leise. »Nun schien es, als wäre dem Prinzen die Flucht aus der untergehenden Stadt gelungen. Wenn er Kinder zeugte, wer wollte wissen, wie viele Nachkommen er hatte, wie viele von ihnen die Krone erheben konnten?«

»Das bedeutet«, sagte Lamar langsam, »dass Eure Geschichte auch heute noch eine Bedeutung hat? Dass, sollte die Krone noch immer existieren, sie noch immer eine Gefahr darstellt?«

Der Geschichtenerzähler sah Lamar lange an, dann seufzte er. »Lasst mich die Geschichte zu Ende erzählen. Dann mögt Ihr Euch selbst ein Urteil bilden. Denn nicht nur im Dorf gab es Überraschungen ...«

21 Der Fluss des Todes

»Ich hätte es für besser befunden, hätte man uns eine gute Reise gewünscht«, brummte Argor, als er den Sattel seines Maultiers zum dritten Male überprüfte. Er warf einen bösen Blick in Richtung Knorre, der seiner Meinung nach viel zu wohlgemut wirkte.

»Ich wollte, es wäre mir eine Beruhigung, dass er verrückt ist«, sagte Garret, der auch sein Pferd gesattelt hatte. Jetzt musterte er nachdenklich seinen Bogen. »Nur fürchte ich seine Worte gerade deswegen, *weil* er verrückt ist.«

»Ihr Menschen seid alle verrückt«, antwortete Argor und führte sein Maultier zu einem Baumstumpf, von dem aus er sich mühevoll in den Sattel zog. »Kein Zwerg würde jemals so wirres Zeug von sich geben, wie ihr es regelmäßig tut. Du bist schon schlimm, Astrak ist schlimmer, Pulver macht mich wahnsinnig und dieser Knorre ... ich glaube, der ist sogar ansteckend!«

Er sah angewidert auf Garret herab. »Ich muss wohl selbst wahnsinnig sein, da ich mitkomme, obwohl ich nun weiß, dass ich sterben werde!«

»Das hat er nicht gesagt«, widersprach Elyra, die ihr Pferd gewohnt elegant zu ihnen lenkte. »Er sagte, wie wir sterben würden, wenn wir den Tod nicht rechtzeitig sehen ... wir müssen es erkennen, wenn es so weit ist ... dann überleben wir.« Ihre Hand berührte das schwere Amulett auf ihrer Brust. »Unsere Göttin ist bei uns und wird uns leiten und helfen. Dessen bin ich mir sicher!«

Garret schwang sich auf sein Pferd ... und fiel beinahe auf der anderen Seite wieder aus dem Sattel. Er fluchte leise und zog sich hoch. »Es muss schön sein, sich der Gnade der Göttin gewiss zu sein«, grummelte er, während er versuchte, den anderen Fuß in den Steigbügel zu bekommen.

Elyra nickte nur. »Das ist es.«

»Seid ihr so weit?«, rief Tarlon von vorne.

»Nein!«, rief Garret zurück. »Aber das hilft wohl nichts!?«

Ein kurzes grimmiges Lächeln erschien auf Tarlons Zügen, doch er nickte nur. »Dann los …«, sagte er. »Meister Knorre wird uns führen.«

»So ein Pferd ist eine praktische Angelegenheit«, sagte Knorre und wippte fröhlich mit den Füßen in seinen Steigbügeln. Garret fluchte innerlich. Hätte er es versucht, sein Gaul wäre ihm davongegangen oder hätte versucht, ihn an einem Baum abzustreifen.

Doch Knorres Stute ignorierte es und lief gemächlich weiter. »Es spart Schuhleder … und man sieht mehr«, fuhr Knorre fort. »Kein Wunder, dass die hohen Herren gerne reiten, ermöglicht es ihnen doch, auf andere herabzusehen!«

»Dafür, dass Ihr solche Töne von Euch gebt, sitzt Ihr gut in Eurem Sattel«, bemerkte Hendriks, der auf der linken Seite den Wald musterte. Hier war er nicht mehr verdorben … aber auch ein normaler Wald war nie ungefährlich. Immer wieder sah er nach vorne und schien etwas vor sich auf dem kaum erkennbaren Pfad zu suchen.

»Ich las ein Buch übers Reiten«, verkündete Knorre gut gelaunt … und löste damit einen Fluch aus, als Garrets Pferd zur Seite tänzelte. Garrets Blicke waren tödlich.

»Es ist eigentlich ganz einfach«, fuhr Knorre fröhlich fort. »Zieht man links, geht's nach links, rechts nach rechts, beugt man sich vor und presst die Hacken, geht's schneller, lehnt man sich zurück und zieht, bleibt es stehen. Ganz einfach. Ein Kind könnte es lernen.«

Garrets Fluchen wurde lauter, als er es nur mit Mühe schaffte, einem herabhängenden Zweig auszuweichen.

Knorre sah zurück zu ihm. »Was habt Ihr denn?«, fragte er unschuldig. »Es ist ein schöner Tag und wir müssen noch nicht einmal laufen!«

»Eben«, presste Garret zwischen den Zähnen hervor, »das ist es ja!«

Ein harscher Schrei ertönte, klar und durchdringend wie ein stählernes Horn. Ein Schaudern lief über Tarlons Rücken und Knorre wurde auf einmal so steif, dass er beinahe aus dem Sattel fiel, als es scheute. Garret fluchte und versuchte, einen Fuß wieder in den Steigbügel zu bekommen, während sein Pferd nervös tänzelte, die Augen weit aufgerissen und die Ohren zurückgelegt, schien es im nächsten Moment durchgehen zu wollen. Neben Tarlon gab es ein schabendes Geräusch, als Hendriks sein Schwert zog.

»Was, bei den Göttern«, hauchte Garret, »war das!?«

»Kriegsfalke«, sagte Knorre. Er war bleich geworden und schien in diesem einen Moment um Dutzende Jahre gealtert. Er wies mit der linken Hand nach vorne und hoch. Der Wald war hier schon ein wenig lichter geworden und vor ihnen gab es nicht direkt eine Lichtung, aber einen Bereich, wo die Bäume spärlicher standen, so konnte man zwischen den Bäumen hochsehen auf das, was diesen Schrei von sich gegeben hatte.

Das Licht der Morgensonne brach sich auf den metallenen Federn, sodass sie glänzten wie flüssiges Gold, dort am Himmel schwebte, die gewaltigen Schwingen ausgestreckt, den drohenden Kopf suchend zur Seite gelegt, einer der Kriegsfalken aus dem Depot und auf seinem Rücken, kaum zu erkennen, ein Reiter in einer kupferfarbenen Rüstung. Marten.

Während die anderen fassungslos zusahen, wie der Falke aus ihrem Blickfeld glitt, fluchte Garret laut und ausdauernd.

»War das eben Marten?«, fragte Elyra. »Und wo kommt der Falke her?«

»Den stahl er aus dem Depot, der blöde sture Idiot! Er versprach mir, ihn zurückzugeben!«, fluchte Garret. »Ich könnte ihn umbringen!«

»Marten stahl ihn aus dem Depot?«, fragte Tarlon ungläubig. »Wieso weiß ich nichts davon?«

»Er wollte ihn zurückbringen...«, knurrte Garret. »Das wäre es dann gewesen...« Tarlon sah aus, als ob er etwas sagen wollte, entschied sich dann aber anders.

»Ich habe noch nie einen solch großen Falken gesehen«, kommentierte Hendriks und schob vorsichtig sein Schwert in die Scheide zurück. Er sah die anderen mit einem sehr nachdenklichen Blick an. »Er ist … magisch, nicht wahr? Ein Kriegsfalke, wie Knorre sagte.«

»Ja«, bestätigte Garret. »Ein magisches Kriegsgerät.«

»Das wird Belior gar nicht freuen«, sagte Hendriks und grinste. »Mit solchen Waffen habt ihr vielleicht sogar eine Chance!«

»Wir beschlossen, diese Waffen nicht zu nutzen«, erklärte Elyra leise und auch sie suchte noch immer den Himmel über ihnen mit den Augen ab. »Wir wussten nicht, wie man sie bedient.«

»Sieht so aus, als ob dieser Marten es herausgefunden hat«, meinte Hendriks. »Gut, dass dieses Vieh auf unserer Seite ist …«

»Das ist genau das Problem«, antwortete Argor grimmig. »Soviel ich weiß, greift es alles an, was nicht von Lytar ist … das bedeutet, für den Falken seid Ihr, Hauptmann, ein Feind … und ich auch!«

»Vielleicht nicht, wenn es einen Reiter hat«, sagte Garret hoffnungsvoll. Er sah zu Knorre hin. »Was meint Ihr, Meister Knorre? Es scheint, als hättet Ihr Euch auch mit solchen Dingen beschäftigt.«

»Mein Vorfahr erschuf sie«, sagte Knorre. »Und ja, mit einem Reiter tun sie das, was dieser will, und folgen nicht mehr dem, was sie auf sich selbst gestellt tun würden.« Er sah die anderen fragend an. »Hat dieser Marten einen starken Charakter?«

Tarlon musterte ihn verwundert.

»Ich denke schon. Er ist ein guter Kerl …«

»… der magische Kreaturen stiehlt!«, knurrte Argor. »Wir hätten sie zerstören sollen!«

»… aber was hat das mit dem Charakter zu tun?«

Knorre sah immer noch zum Himmel hoch, zuckte dann aber die Schultern und trieb sein Pferd voran. »Ich frage mich gerade, wie lange es dauert, bis der Geist des Falken ihn überwältigt.«

Kurz vor Mittag erreichten sie den Waldrand und Knorre zügelte sein Pferd und hob die Hand, um die anderen anzuhalten, doch das war nicht nötig, in dem Moment, wo sie sahen, was vor ihnen lag, hielten sie von alleine und gafften.

»Das glaube ich einfach nicht«, flüsterte Garret.

»Ziemlich großes Tor …«, meinte Tarlon.

»Und ich frag mich, wie sie den Stein transportieren konnten!«, sagte Argor mit Ehrfurcht in seiner Stimme.

Vor den Freunden lag Lytar, die alte Stadt. Die Trümmer der Stadt schienen sich bis zum Horizont zu erstrecken und aus der Ferne sah es aus, als wären einzelne Gebäude vollständig unbeschädigt, so wie der gewaltige Torbau, der vor ihnen stand.

Nur dass dieser Torbau schräg geneigt und verdreht stand, eine tiefe Erdspalte trennte den massiven Bau von der alten Straße, der sie die letzten Stunden gefolgt waren, rechts von ihm schien die gigantische Stadtmauer fast unbeschädigt, sah man von einigen Rissen ab, links dagegen schien es, als ob ein Gigant die Mauer mit seinem Hammer zerschlagen hätte, bis zu dem Bruch, der die Grenze zu dem Meer markierte.

Das Wasser selbst schien schwer und grau zu sein, die Sonne stand hoch und der Himmel war klar, Lichtreflexe tanzten auf den kurzen Wellen, die sich an den Ruinen brachen, die noch immer hier und da aus dem Wasser ragten.

Der Torbau selbst war bestimmt fünfzehn Mannslängen hoch, drei mächtige Tore aus grauem Stahl, prunkvoll mit Motiven aus den Legenden verziert, boten einst den Feinden der Stadt die Stirn, am eindrucksvollsten aber war der steinerne Greif, der noch immer auf dem Tor thronte, die Flügel ausgebreitet, als wolle er dem massiven Bauwerk Schutz gewähren. Seine Augen waren aus poliertem Kupfer, nur zum Teil von Grünspan befallen, armdicke, dunkelbraune Ranken hielten ihn und das Tor umwoben … doch der Blick in diesen Augen war furchterregend, eine Stein und Kupfer gewordene Drohung, die unsere Freunde noch immer in ihren Bann schlug.

»Oha«, meinte Garret und lachte nervös. »Das wirkt jetzt nicht wie ein freundliches Willkommen.«

»Sie waren nicht freundlich und willkommen war auch niemand«, gab Knorre zurück. Er lenkte sein Pferd nach rechts, in Richtung des intakten Teils der Stadtmauer.

»Wäre es nicht einfacher, links vorbeizureiten?«, fragte Garret.

»Wäre es. Nur ... erstens gibt es nur einen unsicheren Weg über den Erdbruch und zweitens würden wir sterben. Dort hinten«, er wies auf einen Punkt links hinter dem Tor, »seht Ihr diesen Kuppelbau? Der zum Teil weggebrochen ist?«

Garret nickte.

»Dort befand sich einst ein Observatorium. Starke Magie zeigte die Sterne am Firmament, erlaubte es, die Welten zu sehen. Als das Gebäude brach, wurde die Magie beschädigt ... seitdem blutet sie aus und verdirbt all das, was sich ihr nähert. Seht Ihr, wie die Luft schimmert vor der Kuppel? Kommt Ihr dem zu nahe, wird Schlimmeres aus uns werden, als es die Wolfskreaturen waren.«

»Ich schlage vor, wir reiten rechts weiter«, meinte Garret. »Es wird schon ein Weg zu finden sein.«

Knorre sah ihn an und lachte leise. »Guter Vorschlag, Freund Garret.«

»Ich dachte, der Lyanta verläuft vor der Mauer?«, fragte Tarlon etwas später. Die massive Mauer zu seiner Linken war von Rissen überzogen und Teile der Befestigungsanlagen waren herabgebrochen, bildeten große Trümmerfelder, die es vorsichtig zu navigieren galt. Niemand wollte, dass sich hier ein Pferd die Beine brach.

»Nein«, antwortete Knorre, als er sein Pferd vorsichtig zwischen zwei großen Steinblöcken hindurchlenkte. »Er kommt nordöstlich von uns in die Stadt, füllte dort einst ein großes Wasserreservoir und führt in einem Bogen hinunter zum Hafen, der sich nahe dem westlichen Stadtrand befand. Es gab einst mächtige Brücken, die den Fluss überspannten, davon steht nur noch eine, die Königsbrücke. Belior ließ ein paar Risse reparieren ... aber die Brücke selbst steht fast so sicher wie vor Jahrhunderten. Wäre dies nicht der Weg, an dem Beliors Schergen lauern, wäre dies auch der Weg, den ich empfehlen würde. So aber müssen wir die Handelsbrücke nehmen, diese ist in großen Teilen zerstört, aber mit etwas Geschick erlaubt sie noch die Passage über den Fluss der Toten.«

»Das verstehe ich nicht«, sagte Garret. »Unsere Freunde werden über die Königsbrücke kommen ... wir wollen sie ja nur warnen. Wäre es nicht besser, wir reiten um die Stadt herum?«

»Der Weg würde zu lange dauern. Es gibt überall Risse und Erdspalten. Es mag aussehen, als wären manche Wege kürzer, aber die meisten enden an einem Abgrund. Es gibt nur noch wenige Wege, die uns zum Ziel führen können. Durch die Stadt ist es kürzer.«

»Aber müssen wir dann nicht wieder über die Königsbrücke?«, fragte Argor.

»Was Knorre meint, ist, dass eure Freunde wohl die Königsbrücke benutzen werden«, sagte Tarlon nachdenklich. »Wenn sie nicht zu lange gewartet haben, haben sie die Brücke bereits überquert oder werden es bald tun. So aber können wir ihnen entgegenkommen und vielleicht auch den Feind ausmachen, meintet Ihr das, Meister Knorre!?«

Der hagere Mann nickte. »Die Warnung alleine wird nicht so gewichtig sein, wie ihr vielleicht denkt«, sagte er dann und hielt die Hand hoch. Sie stoppten ihre Pferde, während sich alle umsahen, keiner konnte indessen erkennen, was Knorres Aufmerksamkeit erweckt hatte. »Sie werden wohl auch mit Fallen oder Hinterhalten rechnen. Keiner geht davon aus, dass der Feind einem den Weg zu ihm leicht machen wird.«

Garret nickte. Das ergab Sinn.

»Warum zögert Ihr?«, fragte Hendriks. Knorre antwortete einen Moment lang nicht und dann wies er auf etwas in der Ferne.

»Deshalb«, sagte er dann.

Das Ungetüm war grau-weiß, als wäre es aus den alten Steinen der Stadtmauer entstanden, und stand gut so hoch wie ein Pferd. Nur dass es ungleich massiger war und auf einer massiven Schädelplatte ein langes Horn trug. Es kam auf schweren

Klauen langsam und gemächlich auf sie zu ... schwenkte den massiven Kopf hin und her, als ob es etwas wittern wollte.

»Hässlich«, meinte Argor. »Wird es uns angreifen?«

»Vielleicht«, antwortete Knorre, während Garret bereits ein paar Pfeile heraussuchte. »Schießt nicht«, wies Knorre den jungen Mann an. »Selbst wenn Ihr ein Auge treffen würdet, so werdet Ihr ihn nicht töten damit. Nur eine Reiterlanze, von hinten oder von der Seite, vermag das vielleicht, von vorne ist es fast unverletzlich.«

»Was es wohl war, bevor es verdorben wurde?«, fragte sich Elyra laut.

»Das, was es immer war«, antwortete Knorre mit einem Lächeln. »Einst gab es hier ein Bestiarium und dieses Ungeheuer hielt man dort. Es scheint unsterblich zu sein und Wunden wird es schneller schließen, als es sie empfängt. Ich sah es hin und wieder ... und es ist meistens friedlich.«

»Also wird es uns nicht angreifen?«, fragte Argor hoffnungsvoll.

»Und wenn. Es gibt nichts, was man nicht töten kann«, sagte Hendriks. »Ich habe nur eine Lanze dabei ... aber es sollte reichen.«

»Es hat den Kataklysmus überlebt«, meinte Knorre abwesend. »Es wird auch Euch überleben. Wir lassen es in Ruhe, mit etwas Glück wird es uns helfen.«

Bevor Tarlon fragen konnte, wie Knorre das wohl meinte, röhrte das Monster kurz auf, senkte den Kopf und rannte los, schneller, als er es für möglich gehalten hatte. Für einen Moment dachte Tarlon, da wäre nichts, dann sah er in der Ferne plötzlich eine Gruppe von Kreaturen, die Menschen hätten sein können, aber es nicht waren. Sie sahen aus wie Menschen, doch sie bewegten sich anders, steifer und eckiger ... und hielten Waffen in den Händen, Schwerter und Äxte, und selbst auf die Entfernung konnte man erkennen, dass diese rostig und alt waren.

Die Kreaturen versuchten erst gar nicht, dieses seltsame Einhorn anzugreifen, sie versuchten nur zu entkommen.

»Wir sollten jetzt weiter«, meinte Knorre leise und ritt langsam los. »Haltet die Pferde im Schritt, wir wollen seine Aufmerksamkeit nicht erwecken«, fügte er hinzu.

Tarlon nickte, aber seine Aufmerksamkeit war von dem ungleichen Kampf gefesselt. Er sah, wie eine der Kreaturen von dem Horn des Wesens aufgespießt und zur Seite geschleudert wurde ... doch es stand wieder auf, ein Fehler, denn nun wurde es in Grund und Boden getrampelt und selbst auf die Distanz konnte Tarlon sehen, wie die massiven Klauen Teile aus der Kreatur herausrissen ... bis sich nichts mehr rührte.

»Dort«, flüsterte Garret, der mit seinen scharfen Augen schon den nächsten Gegner ausgemacht hatte. Es war ein Ritter auf einem seltsamen echsenähnlichen Reittier, in großer, schwerer, schwarzer Platte gewappnet, mit einem Helm, dessen massive Hörner alleine schon eine Drohung darstellten.

»Mist«, knirschte Hendriks. »Der darf uns nicht sehen, es ist einer von Beliors Kriegsreitern!«

»Ziemlich groß«, meinte Garret beeindruckt. »Das müsste der größte Mensch sein, den ich je sah.«

»Wenn es einer wäre. Was es ist, weiß ich auch nicht«, sagte Hendriks. »Aber ein Mensch ist es nicht. Es hat schwarze Schuppen als Haut und sechs Klauen als Finger. Der Rest ist menschenähnlich ... ich sah einen, als wir rekrutiert wurden, und der Kerl lehrte mich das kalte Grausen.« Er sah sich fast panisch um. »Wir müssen hier weg oder uns zumindest verstecken!«

»Er mag groß sein«, meinte Knorre seltsam zufrieden klingend. »Doch er ist auch dumm.«

Im gleichen Moment sah auch Tarlon, was Knorre meinte ... denn der Reiter spannte einen mächtigen Bogen und schoss einen Pfeil auf das seltsame Einhorn ab, das gerade das vierte seiner Opfer zertrampelte. Entweder, dachte Garret, war das Einhorn wirklich wütend oder die Kreatur unter seinen Klauen war wirklich zäh ... er befürchtete das Letztere.

Der Pfeil schlug in die massiven Flanken des Tieres ein und es stand einen langen Moment stockstreif da.

»Blattschuss«, meinte Tarlon anerkennend. »Der Hauptmann

hat recht … wir müssen hier weg. Hätte er sich nicht von diesem Einhorn ablenken lassen, hätte er …«

Er sprach seinen Satz nicht zu Ende, denn das massive Tier explodierte förmlich … der massive Ansturm auf die Kreaturen erschien langsam gegen das, was nun geschah … die gut achtzig Schritt, die ihn von dem Kriegsreiter trennten, schienen in einem Augenblick zurückgelegt und so hart war der Aufprall, dass sie es bis hierher hörten. Wo das Einhorn eben noch träge wirkte, war es nun wie besessen, mit einer Bewegung seines massiven Nackens schleuderte er das seltsame Reitreptil von seinem Horn, der mächtige Ritter wurde ebenfalls in die Luft geworfen. Und als er fiel, zuckte der massive Kopf des Wesens vor, als wäre er ein Fechter mit einem Florett, und spießte den Gewappneten auf. Noch während der Reiter aufschrie, wurde er gegen einen Felsbrocken geschleudert, einen Augenblick später rissen massive Klauen ihn entzwei … dann ging das Einhorn gemächlich von dannen.

»Ich glaube, der Weg ist frei«, sagte Knorre und grinste Hendriks von der Seite an. »Seid Ihr sicher, dass man es töten kann?«

»Ich bin sicher, dass *ich* es nicht tun werde«, antwortete Hendriks bleich.

Etwas später führte Knorre sie durch einen massiven Riss in der Mauer in die Stadt … eine breite Straße, übersät von Trümmern, von Pflanzen aufgebrochen und von Rissen im Untergrund durchzogen, lag nun vor ihnen, die Häuser links und rechts teils in Trümmern, verfallene Ruinen oder seltsam unberührt wirkend. Die Statue eines Kriegers, ehemals gut drei Mannslängen hoch, lag schräg vor ihnen im Weg, jedes Detail an dieser Statue zeugte von der lang vergessenen Kunstfertigkeit des alten Reiches. Ein bleiches, abgenagtes Gerippe wie das von einem Ochsen, nur mit fünf Beinen, hing in einem großen Strauch, der in einem der Hauseingänge wuchs … und über allem lag eine unnatürliche Stille.

»Ihr betretet diesen von Göttern verfluchten Ort alleine nur, um in den Resten nach Plunder zu suchen?«, fragte Hendriks leise, seine Augen musterten die leeren Fensterhöhlen der Gebäude um sie herum. »Nicht für hundert Gold würde ich diese Stadt freiwillig betreten!«

»Ihr tut es gerade«, bemerkte Knorre.

»Nicht für Gold«, antwortete Hendriks grimmig. »Ich halte ein letztes Versprechen.«

Garret lenkte sein Pferd vorsichtig an der Statue vorbei und musterte den Strauch mit dem Gerippe. »Wie kam das da wohl hin?«, fragte er.

»Der Strauch hat es gefangen und gefressen«, antwortete Knorre, ohne ihn anzusehen. »Was dachtet Ihr denn!?« Er runzelte die Stirn. »Ich denke, es ist Zeit für Euren Bogen, Freund«, sagte er dann. Er wies nach vorne. »Seht.«

Es waren zwei solcher Kreaturen wie die, die das Einhorn zuvor angegriffen hatte. Sie kamen aus einem der verlassenen Häuser, mit alten Schwertern bewaffnet, und stürmten auf die Freunde zu. Es waren menschenähnliche Wesen, einer trug sogar die Reste von Rüstung, doch war alles an ihnen unnatürlich entstellt, selbst die seltsam ungelenke Art, wie sie rannten, ließ sie eher noch bedrohlicher aussehen.

Garret ließ sich aus dem Sattel gleiten und noch bevor seine Füße den Boden berührten, hatte er einen Pfeil aufgelegt. Hendriks stieß einen gellenden Kriegsschrei aus, zog sein Schwert und gab seinem Pferd die Sporen, noch bevor er sein Ziel erreichte, ragte ein Pfeil aus dem Auge einer der Kreaturen, der andere wurde von Hendriks' mächtigem Streich erschüttert und taumelte zurück ... doch er fiel nicht.

»Verdammt!«, fluchte Garret, der den nächsten Pfeil bereits aufgelegt hatte. Die Kreatur brüllte auf und schlug mit langen Armen nach Hendriks, der es gerade so schaffte, dem Schlag auszuweichen, doch machten er und sein Pferd Garret den Schuss auf die Kreatur unmöglich. Hendriks' Pferd bäumte sich auf, wirbelnde Hufe trieben die Kreatur zurück, im nächsten Moment sprang es vor, da glänzte Hendriks' Klinge in der Luft und zog eine rote Spur hinter sich, als der Kopf der Kreatur zur Seite flog.

Hendriks ritt zurück und grinste breit, Blutstropfen auf seinem Gesicht, Handschuhen und Rüstung. »Ich kam mir fast schon nutzlos vor«, sagte er. »Zähe Burschen, diese Kerle ... was sind sie bloß!?«

»Das, was von den Nachfahren der Bewohner übrig blieb«, sagte Knorre. »Ihr solltet das Blut von Eurem Gesicht wischen, bevor es Euch verseucht.«

»Das ... das sind Menschen!?«, fragte Elyra entgeistert, während Hendriks in fast schon komisch anmutender Eile sein Gesicht mit einem Tuch reinigte.

»Waren«, meinte Knorre leise. »Vor vielen, vielen Jahren. Es gibt noch andere, die hier leben, sie sind noch Menschen geblieben ... aber sie werden uns auch mit Misstrauen begegnen ... und ganz normal sind sie nicht.«

»Kein Mensch ist normal«, sagte Argor. »Also wo ist der Unterschied!?«

»Manche leuchten im Dunkeln, andere haben keine Augen mehr, nur Knochen, wo die Augen sein sollten, und doch sehen sie ... wieder andere scheinen so wie wir, nur ist es oft der Geist, der dort verdreht ist ...«

»Also wie Ihr«, grinste Argor.

Knorre warf ihm einen strafenden Blick zu. »Nur weil ich meinen Kopf manchmal verlege, bedeutet dies nicht, dass er falsch aufgesetzt ist! Ich sprach von verdreht ... vielleicht findet Ihr ja noch heraus, was ich meine.«

Vorsichtig ritten sie weiter und auch wenn sie ab und zu eine Bewegung in den Ruinen sahen, geschah nichts weiter. Ein Haus auf der linken Straßenseite erweckte Garrets Interesse, es sah aus, als wäre es von allem unberührt geblieben, hohe verzierte Mauern umrahmten einen Garten, durch das offene Tor sah man eine gepflegte Wiese und einen Springbrunnen in der Mitte, eine Steinbank lud zum friedlichen Verweilen ein. Das Haus im Hintergrund besaß sogar noch glitzernde Scheiben aus Glas, nichts schien diesen Ort berührt zu haben.

»Wenn wir einen Ort für die Rast suchen«, sagte Garret anerkennend, »wäre so etwas genau das Richtige.«

»Gerade in solchen Häusern lauert oft die größte Gefahr«, erklärte Knorre. »Nur Magie schützt sie vor dem Verfall und man weiß nie, vor was die Magie noch schützen will.«

Als sie vorbeiritten, warf Garret noch einmal einen Blick zurück in das Anwesen ... und meinte für einen kurzen Moment eine junge Frau in einem eleganten Kleid wahrgenommen zu haben, die ihn freundlich anlächelte ... und durch ihr ebenmäßiges Gesicht schienen die fahlen Knochen hindurchzuschimmern.

»Der Fluss des Todes«, sagte Knorre etwas später. »Ein verdienter Name, wie ich meine.«

Hier, näher am Zentrum der alten Stadt, gab es kaum Pflanzen mehr, alles schien verdorrt und unwirtlich ... nur hier und da knirschten unter den Hufen ihrer Pferde alte Knochen ... selbst nach Jahrhunderten war es erkennbar, dass diese breite Straße belebt gewesen war, als das Schicksal die Stadt ereilte, hier und da sah man noch Reste von Sänften und schweren Wagen und ihrer Ladung, manchmal hatten Stoffe und Leder und verrostetes Metall die Zeit überdauert ... oder auch ein grinsender Schädel in einer geschützten Ecke. Garret musterte den Platz vor der fast zerstörten Brücke, deren eines Geländer noch in einem schwungvollen Bogen den breiten Fluss vor ihnen überspannte ... Hunderte von Menschen mussten hier im selben Moment den Tod gefunden haben.

Der Lyanta selbst war ein stählernes Band, das wie träger Sirup durch den gemauerten Kanal floss, es gab keine Wellen hier, lediglich ein träges Gleiten umspülte die Steinbrocken der alten Brücke ... was der Flusslauf führte, sah nicht wie Wasser aus, seine Farbe war stählernes Grau, hier und da mit einem unnatürlich schillernden Grün versetzt.

»Unser Weg in die Stadt«, meinte Knorre und stieg von seinem Pferd ab, um an das eine Geländer heranzutreten. Es war gut einen Schritt breit, ein fahles Band aus weißem Marmor, das sich scheinbar schwerelos über den Fluss spannte, obwohl die Straße darunter weggebrochen war.

»Da drüber!?«, fragte Argor aschfahl.

»Es ist breit genug«, sagte Knorre. »Sogar die Pferde werden es schaffen ...«

»Ist es denn noch stabil genug?«, fragte Tarlon skeptisch.

»Nun, es steht seit Jahrhunderten«, gab Knorre zur Antwort und grinste. »Es wird noch ein Weilchen halten!«

»Wenn es sein muss«, sagte Hendriks. »Ich gehe zuerst.« Er stieg ab und griff sein Pferd bei den Zügeln.

»Besser Ihr als ich«, sagte Argor und schüttelte sich. »Ich glaube, ich brauche Euren Anblick auf der anderen Seite, um hier Mut fassen zu können!«

Jemand hatte aus Steinen eine Art Treppe vor das Geländer gebaut und als Hendriks das steinerne Band vorsichtig betrat, folgte ihm das Pferd zwar etwas zögernd, aber es kam nach, vorsichtig und tastend die Hufe setzend. Langsam, Schritt für Schritt, passierte Hendriks den Bogen, ein jeder schien die Luft anzuhalten, doch der Hauptmann erreichte die andere Seite sicher.

Als Nächstes folgten Tarlon und Garret, während Elyra, Argor und Knorre zunächst noch zurückblieben und versuchten, den Zwerg zu überreden.

»Es ist schlimmer als der Brunnenrand«, beharrte Argor störrisch. »Da gibt es wenigstens nur eine Seite, auf die man fällt!«

»Ich kann dich führen«, sagte Elyra lächelnd. »Die Göttin wird mir die Kraft geben, dich zu halten, falls du straucheln solltest.«

»Das bezweifle ich«, sagte Argor skeptisch. »Ich wiege gut dreimal mehr als du!«

Plötzlich erschallte von vorne ein Ruf. Es war Tarlon, der winkte. Zuerst verstanden sie nicht, was er meinte, doch dann sahen sie in der Ferne ein Pferd zusammenbrechen und Garret, wie er seinen großen Bogen spannte ... Reiter kamen die Straße herab.

»Sie können nicht zurück«, rief Knorre und zog Elyra zur Seite, als Tarlon sich vor einem Pfeil von einem Reiterbogen in Deckung brachte. »Auf dem Geländer wären sie Zielscheiben!«

»Er will, dass man uns nicht findet!«, rief Elyra und gab Zeichen zurück, dass sie verstanden hätte, aber es war zweifelhaft, ob Tarlon es sah, denn er hatte seine massive Axt gegriffen und bewegte sich entlang der Deckung einer Ruine aus der Sicht.

Sein Pferd, das mit herabhängenden Zügeln noch auf der Straße stand, wieherte plötzlich auf, als ein Pfeil in seine Flanke schlug ... in Panik rannte es die Brücke entlang, die auf der anderen Seite ein gutes Stück intakt war, und zu spät sah es, als der Boden sich öffnete ... es versuchte zu springen und fast schien es, als ob es ihm gelingen würde, eines seiner Hufe berührte sogar den anderen Rand des Abgrunds ... doch dann stürzte es in die Fluten des Lyanta hinab.

Einen Moment lang tauchte es wieder auf ... ein knöcherner Pferdeschädel, von dem das Fleisch wie heruntergekocht abfiel ... dann versank es endgültig in den bleiernen Fluten.

»Götter«, hauchte Argor, schluckte vernehmlich und zog sein Muli in die Deckung einer verfallenen Mauer nahe bei ihnen, Elyra und Knorre folgten wortlos. Durch einen Spalt in der Mauer verfolgten sie den Kampf auf der anderen Seite, während Argor seine Armbrust spannte und lud. Was Tarlons Pferd nicht gelungen war, würde kaum einem Gegner gelingen ... und versuchte der Gegner es über das Geländer, so präsentierte er sich Argors Bolzen. Sie wenigstens waren sicher.

»Eine Streife«, erklärte Knorre leise, als er mit Elyra zusammen das Geschehen auf der anderen Seite des Flusses beobachtete. »Gut ein Dutzend Mann, Belior muss sie verstärkt haben.«

»Oder war es Verrat?«, sagte Argor und sah den hageren Mann misstrauisch an.

Doch Knorre schüttelte den Kopf. »Wer soll euch verraten haben? Ich oder Hendriks? Und wie? Wie hätte Belior erfahren sollen, dass ihr diesen Weg nehmen würdet?«

Argor sagte nichts weiter, sondern sah nur mit grimmiger Miene zu, wie Tarlon in einen Zweikampf mit einem der Gegner geriet. Tarlons mächtige Axt wirkte federleicht in seinen Händen und obwohl der Holzfäller nie zuvor ernstlich gegen einen Krieger gekämpft hatte, war es diese Axt, die diesen Kampf für sich entschied, fast zweigespalten fiel Beliors Mann zu Boden. Doch Tarlon sah nicht, wie zwei andere Gegner über der Mauer hinter ihm auftauchten.

»Ein Netz!«, rief Elyra und Argor schrie auf ... doch weder Tarlon noch der Gegner hatten sie auf der anderen Seite gehört. Das Netz wurde geworfen ... einen langen Moment sah es aus, als ob Tarlon sich befreien könnte, doch dann sprangen die beiden Soldaten herab und einer schlug Tarlon mit dem Griff seines Schwertes nieder.

»Gut!«, sagte Knorre.

»Götter, habt Ihr Euren Verstand schon wieder verloren!?«, begehrte Argor auf. »Sie haben ihn erwischt!«

»Ja«, sagte Knorre. »Aber sie wollen ihn lebend.« Er sah den Zwerg strafend an. »Oder wäre es Euch lieber gewesen, sie hätten ihn erschlagen?«

»Das sieht jetzt nicht so gut aus«, bemerkte Lamar und griff nach der Weinflasche, um sich seinen Becher zu füllen. »Ich frage mich, wie sie entkommen konnten.« Er sah den alten Mann an. »Das konnten sie doch, oder?«

»Ihr scheint Sympathien entwickelt zu haben«, lächelte der alte Mann, während er in Ruhe seine Pfeife stopfte.

Lamar lachte leise. »Als ob Ihr das nicht wüsstet. Sogar dieser sture Hund Garret ist mir ans Herz gewachsen.« Er sah sich im Gasthof um, musterte die Gesichter derjenigen, die mit ihm der Geschichte des Greifen lauschten, und schüttelte sachte den Kopf. »Es ist seltsam«, gab er dann leise zu. »Mittlerweile komme ich mir hier nicht mehr so fremd vor.«

»Das kann ich nur gutheißen«, grinste der alte Mann. »Allerdings kann ich Euch versichern, dass Garret schon ganz andere Namen hörte.« Er lachte leise. »Ich weiß auch nicht, ob stur das richtige Wort für ihn ist ... er gab einfach nur niemals auf ...«

22   Drachenreiter

Tarlon erwachte, als der Karren, in dem er lag, über einen schweren Stein holperte, es warf ihn herum und er schlug mit dem Kopf gegen das Seitenbrett des Wagens, ein Schlag hart genug, um ihn leise fluchen zu lassen.

Er öffnete die Augen und sah zuerst Garret, der ihn angrinste. »Na, auch schon wach?« Garrets rechtes Auge war zugeschwollen, ein hässlicher Schnitt spaltete Garrets rechte Wange und er war blutüberströmt, an der Schulter war seine Rüstung durch einen Streich gebrochen, dort glänzte noch immer feucht das Blut. Nicht, dass dies seiner guten Laune Abbruch tun würde. Zumindest sah es so aus.

Tarlon sparte sich eine Antwort und richtete sich mühsam auf, so verschnürt, wie er war, fiel ihm das schwer. Neben ihm lag Hendriks. Auch der Hauptmann war gefesselt, doch bei ihm hatte man sich die Mühe gemacht, seine Wunden zu verbinden, bei der Schwere dieser Wunden hätte er wohl anders auch nicht lange überlebt.

»He, Kutscher«, rief Garret nach vorne, wo ein breitschultriger Mann in einer Kettenrüstung den Karren führte, der von einem Ochsen gezogen wurde. »Dauert es noch lange?«

»Länger, wenn ich anhalten muss, um dir eins aufs Maul zu geben«, gab der Mann knurrend zurück und warf einen bösen Blick nach hinten. So, wie der Mann Garret ansah, hatte Garret ihn schon länger im Visier.

»Lass den Mist«, warnte Tarlon leise. »Was hast du davon, wenn du ihn verärgerst?«

»Er lässt sich ärgern«, grinste Garret. »In Anbetracht der Lage, in der wir uns befinden, ist es mir eine Genugtuung, wenigstens das tun zu können!«

Tarlon gab es auf, er kannte Garret lange genug, um zu wissen, dass man ihm manche Dinge einfach nicht nahebringen konnte. Er sah sich neugierig um. Die Seitenbretter des Wagens waren niedrig genug, dass er sehen konnte, wohin die Reise ging, die Gebäude links und rechts der breiten Straße waren in besserem Zustand als erwartet, teilweise waren sie sogar bewohnt und er sah Spuren von Reparaturarbeiten. Sie waren wohl wirklich fast da, denn als der Karren um eine Kurve bog, erstreckte sich vor ihnen ein großer Platz, im Hintergrund der Teil des Hafens, der nicht weggebrochen war. Dort befanden sich hölzerne Kräne und gut hundert Arbeiter, die meisten davon Soldaten und Seeleute, die gut ein halbes Dutzend dickbauchiger Schiffe entluden. Der Platz war belebt, alleine hier mochten gut und gerne zweihundert Soldaten ihrer Beschäftigung nachgehen, ab und an sah einer hoch und musterte ausdruckslos den Karren, als dieser an ihm vorbeirollte.

Je mehr Tarlon sah, desto schwerer wurde ihm das Herz, denn auf einmal schien es ihm undenkbar, dass Lytara gegen diese Macht bestehen konnte.

Der Karren hielt vor den hohen Säulen eines großen Gebäudes, das kaum Zeichen von Verfall trug, die alte Börse, wie er sich erinnerte, Knorre hatte davon gesprochen.

Vorsichtig sah er zurück, sah keinen weiteren Karren … und in diesem hier befanden sich nur Garret, Hendriks und er. Vielleicht, so dachte Tarlon hoffnungsvoll, war Elyra in Sicherheit.

»Wir hätten niemals so blöde sein sollen, die Stadt nur zu dritt zu erkunden«, grinste Garret. »Wäre mein Bruder da gewesen, hätten wir mit euch den Boden aufgewischt!«

»Schöne Geschichte«, knurrte der Fahrer, als er vom Bock absprang und Garret grob am Kragen griff und aus dem Wagen zerrte. »Erzähl sie Lindor!«

Der Mann machte sich nicht die Mühe, Garret zu halten, Tarlon sah nur, wie sein Freund über das Seitenbrett gezogen wurde, die Füße einen Moment in den Himmel ragten und gleich darauf aus seinem Sichtfeld verschwanden. Es folgte ein dumpfer Aufprall.

»Hey!«, rief Garret. »Das tat weh!«

»Das, Bursche, war die Absicht«, gab der Mann zurück und wandte sich Tarlon zu.

Doch bevor Tarlon das gleiche Schicksal ereilte, kamen ein paar andere Soldaten herbei und wuchteten ihn unzeremoniell aus dem Karren.

»Sind das die Jungs, die euren Zug aufgemischt haben?«, fragte einer der Neuankömmlinge grinsend. Er und seine Leute trugen andere Rüstungen als der Fahrer. Sie waren aus der alten Börse gekommen und so, wie der Fahrer den Mann musterte, hatten sie auch mehr zu sagen.

»Ja, Sergeant. Aber nur wegen des bescheuerten Befehls«, knurrte der Fahrer. »Hier habt ihr sie und gut damit!« Er trat Garret in die Seite, was diesem einen Grunzlaut abnötigte. »Hätten wir nicht die Order gehabt, euch lebend zu fangen, wäre es anders gekommen!«

Garret spuckte Blut aus und lachte. »So wart ihr nur viermal so viele wie wir ... und beinahe hätte es nicht gereicht!«

Der Fahrer fluchte und holte mit dem Fuß aus, doch einer der Soldaten stellte sich in den Weg. »Sie hatten Ausrüstung dabei«, sagte er knapp, während seine Leute Garret auf die Füße halfen.

»Hier«, sagte der Fahrer und zog eine Kiste von der Wagenfläche. »Und diesen verfluchten Bogen!«

Zwei Soldaten nahmen die Kiste und trugen sie in die alte Börse hinein, während der Soldat den Bogen nachdenklich in seiner Hand wog.

Dann wandte er sich Hendriks zu, den zwei der Wachen zwischen sich hochhielten. Er hob Hendriks' Kopf an und zuckte mit den Schultern.

»Der hier ist fast hin. Bringt ihn rüber ins Lazarett, die sollen sehen, ob sie ihn zusammenflicken können. Lindor wird wissen wollen, was einen unserer Söldner dazu bringt, mit dem Feind gemeinsame Sache zu machen.«

»Ich hab mir schon gedacht, ich erkenne die Rüstung«, sagte einer der Wachen und sah auf Hendriks herab, der leblos in seinen Händen hing. »Ich wünsch dem armen Schwein, dass es verreckt ... bevor er befragt wird.«

»Nicht unser Bier«, sagte der Sergeant. Er musterte Tarlon und Garret, die beide nun ebenfalls von kräftigen Händen gehalten wurden. Er zog einen Dolch aus seinem Stiefel und schnitt die Riemen durch, die den beiden Freunden die Beine banden.

»Die hier können laufen … also gut, bürsten, putzen und polieren …« Er warf einen Blick zur Sonne hinauf. »Lindor wird sie bald sehen wollen, also beeilt euch.«

»Bürsten, putzen und polieren«, grummelte Garret, als er aus der steinernen Wanne stieg, deren Wasser von seinem Blut rot gefärbt war. »Ich hoffe, das ist nicht wörtlich gemeint!«

»Wenn du nicht bald die Klappe hältst, *werde* ich dich bürsten!«, knurrte eine der Wachen, die mit gezogenem Schwert gewartet hatte, während Garret sich abwusch. Das Wasser war kalt gewesen, aber es war dennoch eine Erleichterung. Die Kleidungsstücke, die eine andere Wache ihm nun hinhielt, waren nicht die seinen, aber sie schienen wenigstens sauber.

Eine andere Wache wartete, bis er die einfache Leinenhose angezogen hatte, und ergriff ihn dann grob an der Schulter, um den Schnitt zu mustern. Wortlos schüttete er ein Pulver in die Wunde und legte ihm einen groben Verband an.

»Autsch!«, meinte Garret. »Geht das nicht sanfter!?«

Der Mann sah ihn an und lachte kurz und bissig auf. »Junge, das *ist* sanft. Sei froh, dass ich einen guten Tag habe!«

Tatsächlich war Garret froh darum, aus seinen blutigen Sachen herausgekommen zu sein und dass die Wunde nun verbunden war. Sie pochte und schmerzte höllisch, aber wenigstens verlor er kein Blut mehr. Ihm war sowieso schon leicht schwindlig.

»Wer ist dieser Lindor?«

»Graf Lindor für dich, Junge«, erklärte die Wache, die ihn verbunden hatte, und half Garret sogar noch in den Ärmel der Leinenjacke. »Er ist der Befehlshaber dieser Expedition.«

»Und Belior?«, fragte Garret, während er sich mit dem einfachen Strick den Bund schnürte.

»Der wird sich um so jemanden wie dich wohl kaum kümmern. Und darüber kannst du froh sein. Ich würde dir trotzdem raten, dein loses Mundwerk zu halten, wenn du vor Lindor kniest, Junge, sonst verfüttert er dich an seinen Drachen!«

Garret erstarrte. »Lindor reitet einen Drachen?«, fragte er dann mit einem seltsamen Unterton in seiner Stimme. Die Wache musterte ihn und wich einen Schritt zurück.

»Dein Blick gefällt mir nicht, Junge. Ich habe nichts gegen dich, für mich ist das hier nur meine Arbeit. Aber wenn du auf dumme Gedanken kommst ...« Er berührte das Schwert an seiner Seite.

»Ich komme *nie* auf dumme Gedanken«, behauptete Garret im Brustton der Überzeugung.

Tarlon wartete bereits in der kleinen Zelle, in die Garret hineingestoßen wurde. Während die eiserne Tür schwer hinter Garret in den Rahmen schlug, hielt Tarlon einen Kanten Brot hoch. »Hungrig?«, fragte er, als Garret sich auf eine der zwei Pritschen niederließ, die mit schweren Ketten an der Wand angebracht waren. Er musterte den kleinen Raum mit dem vergitterten Fenster einen Schritt über seinem Kopf, der polierten Wand mit dem Relief zu seiner Linken, das eine Meerjungfrau beim Spiel zeigte, und die groben Felssteine, aus denen die drei anderen Wände errichtet waren.

»Die haben es uns hier richtig gut eingerichtet«, sagte er dann und ergriff dankbar den Kanten Brot.

Tarlon nahm einen Schluck Wasser aus einem Krug und nickte nur.

»Ich dachte schon, wir müssten in Ketten von der Wand hängen ... oder etwas Ähnliches!«, grinste Garret. »Das ist ja richtig gemütlich!« Er musterte die Meerjungfrau eingehender. »Meinst du, die sehen wahrhaftig so aus!?«

Tarlon warf ihm nur einen Blick zu.

»Ich meine, oben herum wie ...«, Garret machte eine Geste vor seiner Brust, »...und unten ein Fisch?«

»Irgendwann wird dein Mundwerk mal dein Tod sein«, sagte Tarlon ernst. »Ich glaub fast, deine gute Laune ist nicht gespielt!«

»Erinnere dich an das, was Knorre gesagt hat. Es trat noch nicht ein, also haben wir eine Hoffnung, davonzukommen!«

»Diese Logik erschließt sich mir nicht«, antwortete Tarlon und biss noch ein Stück Brot ab. »Aber was das Einrichten angeht…«, er kaute fertig und schluckte, »Beliors Leute sind schon sehr viel länger hier, als wir gedacht haben. Gut drei Jahre!«

Garret pfiff leise durch die Zähne. »Das erklärt einiges. Seltsam, dass wir nichts davon gewusst haben!«

»Solange sie die Stadt nicht verlassen, hätten wir auch in zwanzig Jahren nichts davon erfahren«, sagte Tarlon bitter. »Wir haben uns ja schön ferngehalten.«

»Und mit gutem Grund«, sagte Garret und zog an einer der Ketten, die seine Pritsche hielten. Sie sahen außerordentlich stabil aus. »Was ich so an Ungeheuern sah auf dem Weg hierher hat mir gereicht.« Er wippte auf der Pritsche, es knirschte leicht.

Tarlon hob fragend eine Augenbraue und schüttelte dann den Kopf. »Vergiss es.«

Garret zuckte die Schulter. »Ich bin halt so. Übrigens hätten sie von mir aus Jahrhunderte hier sein können, solange sie uns in Ruhe lassen. Sollen sie doch die Stadt haben!«

»Das sehe ich nicht so«, meinte Tarlon und reichte den Krug mit Wasser an Garret weiter. »Eine der Wachen erzählte, dass Belior hier schon viele Dinge gefunden hat, die seine Macht verstärken. Erinnerst du dich, dass die Sera Bardin davon sprach, dass er die Elfen angreifen will? Es scheint zu stimmen, ein paar der Wachen haben davon gesprochen.«

»Was hast du gemacht?«, fragte Garret. »Hast du mit ihnen ein Bier getrunken, gewürfelt, sie gewinnen lassen, um gut Freund zu werden!?«

»Ich habe nur gute Ohren«, erwiderte Tarlon und legte sich auf die Pritsche. Er schloss die Augen.

Einen Moment lang sah Garret seinen Freund erstaunt an, dann lachte er. »Gute Idee!«, meinte er dann und legte sich ebenfalls hin.

Tarlon hörte, wie Garret anfing zu schnarchen, und war versucht zu lächeln, wahrscheinlich schlief Garret tatsächlich ... in dieser Hinsicht hatte ihn sein Freund schon immer beeindruckt. Aber Tarlon schlief nicht. Er hatte die Augen zwar geschlossen, aber seine Gedanken waren woanders, zurück in der Akademie, als er die Kugel berührt hatte. Wie die anderen auch hatte er die Frau vor sich gesehen ... allerdings hatte sie ihm keine besonderen magischen Tricks gelehrt. »Als Magier eignest du dich nicht allzu sehr«, hatte sie ihm mit einem bedauernden Lächeln mitgeteilt. »Aber für zwei kleine Tricks dürfte es reichen ... der eine wird deinen Ohren helfen ... und der andere wird mich rufen.«

Es war mehr Meditation als Magie, hatte sie ihm erklärt ... man müsse sich einfach vorstellen, an einem anderen Ort zu hören ... und jetzt, wo er hier lag und nichts Besseres zu tun hatte, tat er genau das, stellte sich vor, wie er an anderen Orten hören konnte, was gesprochen wurde.

»... wenn der Koch wieder den Eintopf versalzt, dann ...«

»... es sind noch fast Kinder!«

»... mit seinem Bogen fünf von unseren Leuten, der andere erschlug drei mit seiner Axt!«

»... würde ich gerne in der Arena sehen ...«

»... die Türen nicht auf. Nicht mal einen Kratzer in dem Stahl ...«

»... wie kämpft man gegen einen Axtkämpfer?«

»... ob er ihm ein Angebot macht? Hast du gesehen, wie groß der Junge ist!?«

»... ich hörte, Lindor will sie an seinen Drachen verfüttern ...«

»... Srel betrügt beim Kartenspiel, da bin ich ganz sicher ...«

»... wieder drei Leute an die Verdorbenen verloren ...«

»... soll ein Söldner sein, hab ich gehört. Halb tot ...«

Es funktionierte tatsächlich ... und er wusste jetzt auch, weshalb sie diese einfachen Leinengewänder trugen. Beliors Drache bekam Magenbeschwerden, wenn sein Futter andere Kleidung trug. Davon hatte er Garret nichts gesagt.

Wovon die Frau im Brunnen nichts gesagt hatte, war, wie

anstrengend es war, sein Gehör woandershin zu schicken. Tarlon brummte der Kopf und schlafen konnte er auch nicht.

Er öffnete die Augen und sah zu Garret hinüber, der wirklich den Eindruck vermittelte, als ob er schliefe, mit einem leichten Lächeln auf seinem Gesicht.

Tarlon schüttelte den Kopf, oft schon hatte er sich gefragt, wie Garret das fertigbrachte. Aber vielleicht hatte Garret sogar recht. Sie waren am Leben und, das Wichtigste, die Truppe aus dem Dorf war noch nicht in der alten Stadt eingetroffen. Irgendjemand hätte etwas dazu gesagt.

Schritte nahten, dann das Geräusch des Riegels, als dieser zurückgezogen wurde. Die Tür wurde geöffnet und vier Wachen standen draußen.

»Ihr beide«, knurrte eine der Wachen grob. »Mitkommen!«

»Wenigstens werden wir nicht in Ketten vorgeführt«, sagte Garret, als die Wachen sie einen langen Gang entlangführten. Er musterte die hohen Säulen aus Rosenquarz, die Fresken an den Wänden und die hohen Fenster, die weit über ihnen das Licht in die alte Börse ließen. »Das hätte mir echt die Laune vermiest.«

Tarlon sagte nichts dazu, sie waren vor zwei großen Bronzetüren angekommen, vor denen zwei weitere Wachen standen. Wie so oft in Lytar war auch hier der Greif in Form eines Reliefs zu sehen, aufrecht stehend, das Schwert erhoben, ein Blick in den Augen, wie er furchterregender nicht sein konnte.

Hier und da waren kleine Reste von Grünspan zu finden, aber jemand hatte diese alten Türen mit viel Mühe poliert, sodass sie wie neu glänzten.

Ohne dass jemand Hand anlegte, öffnete sich das massive Portal, nur im Boden unter Tarlons nackten Füßen vibrierte und rumorte es fast kaum vernehmlich.

Der Raum, in den sie nun geführt wurden, barg die ganze Macht des alten Reiches. Lebensgroße Statuen von Kriegern aller Art säumten die Seiten, vier davon jeweils links und rechts, und auch hier zeigten die steinernen Gesichter einen Ausdruck von Arroganz und Kälte, die Tarlon frösteln ließ. Gnade schien in Lytar wenig bekannt ... und auch heute würde sich das wohl kaum ändern.

Ein massiver Schreibtisch nebst einem thronartigen Sessel waren die einzigen Möbelstücke im Raum, zwei weitere Wachen bewachten die massive Tür, die sich nun langsam wieder schloss. Hinter dem Schreibtisch erhob sich ein großer, breitschultriger Mann in einer schweren Plattenrüstung.

Graf Lindor. Wenn er nicht bereits die Rüstung erkannt hätte, hätte ein Blick auf das Gesicht Tarlon gezeigt, wer der Mann war, die gesamte rechte Seite des Gesichts war von einem schwärenden, rötlichen Ausschlag entstellt, wund, wässrig und immer wieder aufgekratzt.

Die Wachen brachten sie auf einen Punkt knappe fünf Schritt vor dem Schreibtisch und schwere Hände drückten Tarlon und Garret auf die Knie. Aus den Augenwinkeln sah Tarlon Garrets Lächeln, ein feines, grimmiges Lächeln, als sein Freund diesen Ausschlag mit Genugtuung musterte.

Der Schreibtisch vor dem Grafen war leer, bis auf Garrets Schwert und Bogen, Tarlons Axt und zwei Pfeile, einer neu und unverbraucht, ein anderer, dessen stählerne Spitze seltsam angefressen wirkte. Das Gefieder des Pfeils war etwas zerdrückt, das Holz des Schafts nahe der Spitze abgedunkelt. Und beide Pfeile trugen die Marke desjenigen, der sie geschaffen hatte.

Ohne den Ausschlag wäre Graf Lindor wohl ein beeindruckender Mann gewesen, er besaß graue Augen, eine gerade Nase und ein kantiges, entschlossenes Kinn, nur war sein rechtes Auge ebenfalls gerötet und das untere Lid hing herab, wie es manchmal bei sehr alten Menschen der Fall war, allerdings war Lindor wohl kaum über zwei Dutzend und zehn Jahre alt.

Doch der Ausdruck in diesen grauen Augen ließ Tarlon schlucken. Bislang waren die Soldaten, denen er hier begegnet war, eher unpersönlich gewesen, es hatte, außer dem Angriff auf das Dorf, noch keine größeren Kämpfe gegeben, für die Soldaten hier war dies Teil ihrer Arbeit und Hass auf den Feind, der aus ihrer Warte vernachlässigbar schwach wirken musste, hatte sich noch nicht entwickelt. Es gab keine persönlichen Rechnungen zu begleichen.

Für Graf Lindor jedoch war dies offenbar anders, für ihn war es sehr wohl persönlich. Einen langen Moment lang sagte er nichts, musterte sie nur mit diesem mörderischen Blick. Aber gerade als er anhob, etwas zu sagen, grinste Garret breit.

»Juckts!?«, fragte er derartig unschuldig, dass die Augen des Grafen sich weiteten und er Garret fast schon fassungslos ansah. Ohne ein weiteres Wort erhob sich der Graf, ging um den Schreibtisch herum und schlug Garret mit der gepanzerten rechten Hand so fest ins Gesicht, dass Garret herumgerissen wurde und gegen eine der Wachen fiel, die ihn auf den Boden drückten. Tarlon spürte warme Tropfen an seiner rechten Wange herablaufen und als er sich bewegen wollte, drückten ihn die schweren Hände seiner Wachen mahnend herunter.

Garret schüttelte sich wie ein nasser Hund, der schwere Handschuh des Grafen hatte seine linke Wange aufgerissen. Der Graf lächelte mörderisch und lehnte sich gegen die Kante seines Schreibtisches und betrachtete seinen schweren Panzerhandschuh, bevor er Garret mit einem süffisanten Blick bedachte.

»Tut's weh!?«, fragte er spöttisch.

Garret tastete mit seiner Zunge seine Zähne ab, verzog das Gesicht und spuckte einen Zahnsplitter aus, der vor ihm auf den polierten Steinboden fiel. Einen Moment lang betrachtete er den blutigen Splitter, dann sah er hoch zum Grafen.

»Ja«, nuschelte er. »Ziemlich.«

»Gut«, lächelte der Graf. »Ich sehe, wir beide verstehen uns schon jetzt.« Er griff hinter sich und nahm Garrets Schwert auf, hielt es hoch.

»Wessen Schwert ist das!?«, fragte er.

»Meines«, antwortete Garret und Tarlon war froh, dass sein Freund sich diesmal die Kommentare sparte.

»Der Bogen, denke ich, wohl auch.«

Garret nickte. Der Graf legte das Schwert weg und berührte

Tarlons Axt leicht mit seinen gepanzerten Fingerspitzen. Er sah Tarlon an. »Und diese Axt gehört dir?«

»Ja, Ser«, antwortete Tarlon höflich, was ihm einen seltsamen Blick von Garret einbrachte.

»Axtkämpfer sieht man nicht oft«, sagte Lindor. »Wo hast du es gelernt!?«

»Ich bin Holzfäller, Ser.« Tarlon sah betreten zu Boden. »Ich hatte Glück, keiner der Soldaten schien zu wissen, wie man gegen eine Axt kämpft … sie haben versucht, mit ihren Schwertern zu parieren, aber das geht natürlich nicht.«

»Natürlich«, sagte der Graf nachdenklich.

»Dabei schienen sie so gut ausgebildet. Und gerüstet. Ich wollte, ich hätte eine solche Rüstung gehabt. Dann hätten wir gewonnen.«

Tarlon klang fast neidvoll. Der Graf sagte nichts, nur Garret schien nahe daran, etwas zu sagen, eine der Wachen verpasste ihm eine Kopfnuss und er war still.

»Wenn die anderen nicht so stur wären …«, sprach Tarlon weiter.

»Was dann!?«, fragte der Graf leise.

»Dann würden sie einsehen, dass das alles keinen Sinn hat. Eure Armee ist gut zehnmal stärker als alles, was wir aufstellen können, und da werden unsere ganzen Tricks auch nicht helfen.«

Garret gab einen Ton von sich und eine der Wachen beugte sich vor. »Entweder«, flüsterte er, »du hältst deine große Klappe oder ich schließe sie dir, verstanden?«

Aus den Augenwinkeln sah Tarlon Garret steif nicken.

»Tricks!?«, fragte der Graf höflich.

»Ihr seht das Schwert?«, fragte Tarlon. »Es ist das Schwert der Grauvögel. Ein magisches, mit dem man manche der alten, versiegelten Türen öffnen kann. Es wird nie stumpf, er schneidet wie ein scharfes Messer, es ist leicht genug, um schneller als andere Schwerter zu sein … und es ist ein Zeichen, dass man etwas Besseres ist.«

Er warf Garret einen bösen Blick zu. »Angeblich ist bei uns

jeder dasselbe wert … aber die Grauvögel haben immer auf uns herabgesehen, weil wir kein Schwert haben. Während er hier der Sohn eines Lords ist, bin ich ein Holzfäller, gerade gut genug, um Tricks zu üben wie den, seine Pfeile mit der Axt abzuwehren!« Er sah vorwurfsvoll zu Garret hinüber. »Vor Jahren hat dieser junge Lord mal spaßeshalber auf mich geschossen … und noch immer habe ich eine Narbe in meiner Schulter!«

Garrets Augen weiteten sich. »Aber …«, begehrte er auf und diesmal war es die Wache, die ihn schlug, hart genug, dass Garret nach vorne gefallen wäre, hätten ihn nicht harte Hände gehalten.

»Magische Türen?«, fragte der Graf und musterte Garret nachdenklich. Tarlon nickte. »Die Grauvögel waren einst eine mächtige Familie in Lytar, wir fanden alleine zwei dieser Türen, alle aus einem grauen Metall, die solche Schlitze trugen, in die eine solche Klinge hineinpasst. Und bei beiden war es nur Garret, der mit seinem Schwert die Türen öffnen konnte. Nicht nur«, sagte Tarlon mit Bitterkeit in der Stimme, »dass diese Schwerter fast einem Adelstitel gleichkommen und besser sind als jedes andere, sie öffnen auch noch die Kammern mit den alten Schätzen … als ob er nicht schon seine Nase hoch genug tragen würde!« Er funkelte Garret böse an. »Und wenn nicht er und sein Vater gewesen wären, dann hätten es die anderen Lords eingesehen, dass wir hätten kapitulieren müssen! Dann hätte ich wenigstens die Chance gehabt, einer richtigen Armee beizutreten und Abenteuer zu erleben, anstatt hier in diesem Dorf zu verrotten!«

Er sah den Grafen an. »Wisst Ihr, dass ich heiraten wollte? Jetzt werde ich das nicht erleben … nur weil er und sein Vater so stur waren, werden Eure Truppen unser Dorf nun wirklich zerstören und meine Liebste wird das wohl kaum überleben.«

»Oh, vielleicht doch!«, grinste der Graf bösartig. »Danach wird sie sicherlich einen Mann benötigen, um das Balg aufzuziehen!«

Dass Tarlon ihn absolut unverständig ansah, war eine der

größten Leistungen, die er je erbracht hatte ... es reichte, um den Grafen lachen zu lassen.

Garret hingegen hätte sich durch seinen fassungslosen Blick beinahe verraten, doch der Graf deutete ihn anders und lachte noch lauter.

»Hochmut kommt vor dem Fall, Ser Grauvogel«, sagte der Graf dann spöttisch. Er sah Garret an. »Stimmt das mit dem Schwert!?«

Garret zögerte und erhielt eine weitere Kopfnuss. »Ja«, nuschelte er dann widerwillig und warf nun selbst einen bösen Blick zu Tarlon hinüber. »Aber ich kann auch nichts dafür, dass er nur ein Bauer ist!«

Der Graf lehnte sich zurück und verschränkte seine stahlbewehrten Arme vor seiner Brust. »Ich dachte, ich verfüttere euch beide an Nestrok, aber jetzt sieht es so aus, als wäret ihr beide zu nützlich dafür. Obwohl es mir eine persönliche Genugtuung gewesen wäre. Gerade bei dir!«

Sein Blick suchte Garret, der zu Boden sah, dann wandte sich der Graf wieder Tarlon zu. »Vorausgesetzt, du sagst die Wahrheit mit den Türen.«

»Zieht das Schwert und seht, ob es Stein durchdringen kann«, sagte Tarlon. »Es ist magisch, glaubt mir.«

»Hhm.«

Der Graf wog Garrets Schwert in der Hand und zog es langsam aus der Scheide. Er musterte es einen langen Moment, dann setzte er es auf den polierten Steinboden auf und drückte ... langsam drang die Spitze der Waffe in den Boden ein.

»Das ist beeindruckend«, stellte er fest. Er ließ die Waffe kurz los, sie blieb stecken, dann zog er sie aus dem Stein und schob sie wieder in die Scheide zurück.

»Ja«, antwortete Tarlon bitter. »Aber nur in seiner Hand wird sie die Türen öffnen. Und es schneidet sogar diesen alten Stahl.« Er sah zu dem Grafen hoch und begegnete dessen skeptischem Blick so offen er konnte. »Deswegen sind wir überhaupt in dieser verfluchten Stadt ... es heißt, es soll im alten Mistraltempel eine solche Tür geben ... wir wollten sehen, was sich dort befindet!« Er sah Garret vorwurfsvoll an. »Er dachte, man könnte dort noch einen dieser Kriegsfalken finden!«

Die Augen des Grafen verengten sich, während Garret seinen großen Freund nur fassungslos ansah. »Ihr meint, diesen Vogel?«

»Wir fanden einen hinter einer solchen Tür«, antwortete Tarlon wahrheitsgemäß. »Sie sind schwer zu fliegen, aber sehr effektiv … und hier im Tempel soll sich noch einer befinden.«

Der Graf sah Tarlon lange an, dann nickte er. »Wenn es deine Absicht war, dein wertloses Leben zu retten, Bursche, dann hast du es geschafft. Vorerst.« Der Graf griff Tarlon ans Kinn und zwang ihn, ihm in die Augen zu sehen. »Wenn es gelogen ist, verfüttere ich dich eigenhändig in kleinen Stücken … in lebenden Stücken!«

»Ich schwöre es bei Mistral«, sagte Tarlon mit fester Stimme. »Garret stammt von einer alten Adelsfamilie ab, mit seiner Hand und diesem Schwert haben sich zwei solcher Türen öffnen lassen und hinter einer solchen Tür fanden wir einen Kriegsfalken!« Er sah voller Verachtung zu Garret hinüber. »Und dass die Grauvögel zu stolz sind, um aufzugeben, weiß jeder bei uns im Dorf und auch das schwöre ich bei der Göttin!«

Der Graf ließ Tarlon abrupt los. »Schafft sie zurück«, befahl er den Wachen barsch. »Ich muss nachdenken!«

»Verräter«, zischte Garret von der Seite, während er grob weggerissen wurde. Tarlon beachtete ihn gar nicht, sondern verbeugte sich vor dem Grafen, bevor auch er weggeführt wurde.

»Ich bin nicht zu stolz«, sagte Garret leise und sah sich in der Zelle ein zweites Mal sorgfältig um. »Und das mit dem Pfeil damals war ein Unfall! Ich habe dich nicht gesehen!«

»Weiß ich doch«, sagte Tarlon, der es sich auf der Pritsche wieder bequem gemacht hatte. »Was suchst du?«

»Ob uns jemand belauscht«, flüsterte Garret zurück.

»Sie tun es nicht«, sagte Tarlon.

Garret drehte sich zu ihm um. »Nicht?«

Tarlon schüttelte den Kopf.

»Woher willst du das wissen?«

»Ich weiß es«, sagte Tarlon einfach nur und musterte Garret besorgt, dessen rechtes Auge ihm Sorge bereitete, es schillerte in allen Farben und sah so aus, als ob Garret es nicht einmal zu einem Schlitz öffnen könnte.

»Wie geht es deinem Auge?«

»Es ist noch ganz. Nur zugeschwollen«, antwortete Garret und sah Tarlon nachdenklich an. »Ich hätte nie gedacht, dass du so gut lügen kannst. Solange ich dich kenne, hast du noch nie gelogen!«

»Das liegt an Vanessa. Sie hat es mir beigebracht.«

»Vanessa lügt?«

Tarlon hatte Schwierigkeiten, ein Lachen zu unterdrücken, als er Garrets fassungslosen Gesichtsausdruck sah.

»Nein, ich habe sie nur gefragt, wie sie es schafft, immer alle Leute um den Finger zu wickeln. Sie sagte, die Leute hören gerne, was sie hören wollen und was sie glauben können.«

»Das ist nicht dasselbe wie Lügen«, gab Garret zurück.

»Richtig. Nur lernte ich, dass man mit der Wahrheit lügen kann.« Er grinste. »Aber keine Sorge, Garret, wenn sie meint, dass du süß bist, sagt sie die Wahrheit.«

»Du findest mich süß!?«

Diesmal konnte Tarlon nicht anders und musste lachen. Als er Garrets Blick sah, grinste er und hob abwehrend die Hand. »Lassen wir das, Garret ... *Sie* findet dich süß. Was unseren Herrn Graf angeht ... ich überlegte mir nur, wie er uns wohl sehen würde ... und bestätigte seinen Glauben mit ein paar Körnern an Wahrheit.«

»Ich bin nicht zu stolz, um aufzugeben, ich bin nur zu stur!«, grummelte Garret. Er sah seinen Freund von der Seite her an. »Aber warum das Ganze!?«

»Weil er wirklich vorhatte, uns an seinen Drachen zu verfüttern. Wir wären jetzt schon tot. So hat er das Gefühl, er wird dich brauchen, um die Türen zu öffnen, und ich ... ich könnte ein Überläufer sein.« Tarlon zuckte die Schultern. »Zuerst werden sie mich allerdings in die Arena stecken ... aber das gibt mir immer noch eine bessere Hoffnung auf Leben als im Bauch eines Drachen!«

»Wenn er uns verfüttern wollte. Und was ist das mit der Arena?«

»Oh, das wollte er!«, erwiderte Tarlon bestimmt. »Was die Arena angeht, ich habe gehört, wie die Wachen darüber sprachen. Scheint, als ob die Soldaten hier oft Langeweile haben, die Arena ist eine Art, sie bei Laune zu halten. Und manchmal bekommen dort Gefangene eine Chance, zu beweisen, dass sie gut genug sind, um in diese Truppe aufgenommen zu werden. Das wollte ich für mich erreichen.«

»Du willst für den Feind arbeiten?«, fragte Garret erstaunt. Tarlon warf ihm einen vernichtenden Blick zu. »Ich will nicht gefressen werden! Abgesehen davon, hätte ich so die Möglichkeit, mehr herauszufinden über das, was hier wirklich geschieht.«

»Sie suchen die Krone«, meinte Garret. »Das ist schon alles.«

»Sie suchen nach allem, was man als Waffe verwenden kann. Und davon, so scheint es, gibt es hier mehr als genug.«

»Das glaube ich gern. Sag mal, hast du immer schon so gute Ohren gehabt?«, fragte Garret erstaunt. »Ich hörte kein einziges Wort von diesen Dingen!«

Tarlon grinste und schüttelte den Kopf. Und bereute es gleich, seinen Kopfschmerzen half es nicht wirklich. »Aber in der letzten Zeit wurde mein Gehör besser.«

Garret sah ihn zweifelnd an, nickte dann aber. »Gut, ich sehe ein, dass wir hier besser aufgehoben sind als im Bauch dieses Drachen.« Er warf einen Blick zu der Meerjungfrau hinüber, die ihn aufmunternd anzulächeln schien. »Die Gesellschaft hier ist besser. Aber was ist, wenn es hier keine dieser Türen gibt?«, fragte Garret.

»Woher will er das wissen? Er wird wohl schwerlich die ganze Stadt umgegraben haben.«

»Dennoch war das ganze Spiel riskant … ob Mistral dir wohl den Eid übel nimmt?«

»Ich beschwor nur die Wahrheit … und was riskant angeht, da spricht ja gerade der Richtige!«

»Oh«, grinste Garret. »Ich hatte einen Grund. Die Wachen hier tragen alle Stiefeldolche … schau mal, was ich fand, als ich gegen einen von ihnen fiel …«

Er ließ kurz einen langen, schmalen Dolch in seinen Händen erscheinen. Tarlon blinzelte.

»Eine unachtsame Sekunde … und ich hätte den Bastard erwischt und Lady Tylane gerächt.«

»Könntest du versuchen, mit dem Rächen zu warten, bis es uns nicht das Leben kostet?«, fragte Tarlon höflich.

Garret legte den Kopf zur Seite und blinzelte mit seinem gesunden Auge, als hätte ihn die Frage überrascht. Dann grinste er. »Ich überlege es mir.«

23   Alte Gaben

Schweigend sahen Elyra, Knorre und Argor zu, wie die beiden Soldaten Tarlon davontrugen. Als die beiden Soldaten mit ihrer schweren Last hinter einem zerfallenen Gebäude verschwanden, sah Argor zu Knorre hoch und dann zu Elyra, der Tränen in den Augen standen.

»Wenn ich mich getraut hätte«, meinte der Zwerg betreten, »hätten sie vielleicht eine Chance gehabt.« Er sah auf seinen Kriegshammer herab und fluchte. »Das erste Mal die Chance, wirklich gegen den Feind zu kämpfen, und ich habe versagt! So bekomme ich meinen Bart nie!«

»Was hat das mit Eurem Bart zu tun, Freund Zwerg?«, fragte Knorre, ohne Argor anzusehen, seine Augen suchten immer noch die andere Flussseite ab.

»Ich muss ein Mann sein, um meinen Bart wachsen zu lassen«, erklärte Argor. »Das bedeutet nicht, dass ich jemanden erschlagen muss, sondern zu meinen Pflichten als Erwachsener stehe!« Seine Hand griff den Hammer fester.

»Jedenfalls sollte man seinen Freunden in der Not beistehen, Bart hin oder her!«

»Da habt Ihr sicherlich recht. Nur wie?« Knorre erhob sich vorsichtig aus der Deckung.

»Ich hätte mich über die Brücke trauen sollen!«, antwortete Argor erstaunt.

»Das war vorhin. Wie wollt ihr euren Freunden *jetzt* beistehen!?«

»Wir werden sie retten«, sagte Elyra entschlossen und wischte sich die Tränen ab. »Oder den Feind vernichten.«

Sie erhob sich ebenfalls und legte die Hand auf ihr Amulett. »Ich schwöre bei …«

Knorre legte ihr den Arm auf die Schultern und schüttelte

den Kopf. »Ihr seid ihre Priesterin … aber ich glaube nicht, dass Mistral Schwüre zur Vergeltung sehr mag. Was meint Ihr, wie oft an diesem Ort in ihrem Namen Blutiges geschworen wurde?«

Elyra sah den hageren Mann überrascht an, dann senkte sie ihren Blick. »Da habt Ihr sicherlich recht, Meister Knorre. Es würde auch den Zorn der Götter erklären …«

»Aber ich darf es persönlich schwören«, sagte Argor grimmig. »Ich werde nie mehr aus Angst etwas unterlassen, was richtig gewesen wäre!«

»Das ist das Vorrecht jedes Menschen«, sagte Knorre und klopfte sich den Staub von seinen Kleidern ab.

»Ich bin kein Mensch!«

»Seid Ihr nicht?«, fragte Knorre erstaunt. »Für mich seht Ihr wie einer aus. Zwei Beine, Arme, Augen …«

Argor wollte etwas sagen, aber Knorre unterbrach ihn.

»Sowohl die Kreaturen, die wir vorhin erschlugen, als auch die Wolfskreaturen, sie waren alles Menschen. In meinen Augen seht Ihr wie ein etwas kleinerer, dafür deutlich breiterer Mensch aus. Im Vergleich zu denen, die hier verdorben wurden, geradezu normal!«

»Aber …«

»Solange Elfen, Zwerge und Menschen untereinander Kinder zeugen können, sehe ich den Beweis erbracht, dass wir alle Menschen sind. Oder Elfen. Oder Zwerge!«, sagte Knorre. »Wir können gerne drüber diskutieren oder wollen wir Eure Freunde retten!?«

»Wie soll das möglich sein!?«, fragte Elyra. »Ohne Tarlons Axt, Garrets Bogen und Hendriks Schwert sind wir schutzlos.«

»Ich habe meinen Hammer«, sagte Argor. »Und ich werde nicht mehr wegrennen.«

»Auf die Art werdet Ihr nur schnell sterben«, gab Knorre trocken zur Antwort. »Aber wenn Ihr Euch jetzt traut, die Brücke zu überqueren, gibt es vielleicht doch noch eine Möglichkeit, etwas zu tun.«

Argor musterte das Brückengeländer vor ihm mit zusammengekniffenen Augen wie etwas, das es zu erschlagen galt, murmelte etwas, das weder Knorre noch Elyra verstanden, stieg auf das Geländer, packte seinen Hammer fester und marschierte los.

Nicht ein einziges Mal zögerte er, sein Schritt war so gleichmäßig, als ob er über eine breite Straße ginge.

Elyra und Knorre folgten ihm vorsichtig, es war Knorre, der beinahe gestürzt wäre, hätte ihn Elyra nicht im letzten Moment zurückgezogen.

»Ich werde für so einen Mist zu alt«, knurrte Knorre leise, als er in die bleiernen Fluten hinabsah. Jeder von ihnen war erleichtert, als sie das andere Ufer erreichten. Dass Argor schweißgebadet war, kommentierte niemand.

Der Gegner hatte keine Leichen hinterlassen, aber zwei zerbrochene Schwerter, blutige Pfeile und große Blutlachen zeigten, dass ihre Freunde einen harten Kampf geliefert hatten.

»Euer Freund Garret ist wirklich furchterregend mit seinem Bogen«, meinte Knorre nachdenklich. Er hatte sich hingekniet, um einen abgebrochenen Pfeil zu mustern, der sich in eine steinerne Wand gebohrt hatte. »Ich sah schon viel in meinen Jahren, aber niemand, der so schießen kann.«

»Ihr solltet seinen Vater kennenlernen«, sagte Argor. Sein Blick war auf die Blutlache auf dem Stein darunter gerichtet. »Ob auch Hendriks und Garret gefangen wurden!?«

»Ich denke schon«, antwortete Knorre und richtete sich auf. »Ich wüsste nicht, wie Verrat hätte im Spiel sein können, aber eines ist sicher, man hat uns erwartet.«

»Dann muss es Verrat gewesen sein«, sagte Argor. »Aber ich will niemanden beschuldigen, ohne es zu wissen!«

»Wäre es Verrat, warum suchte man nicht auch nach uns?«, fragte Elyra. Sie sah sich um. »Es wäre dann sinnvoller gewesen, hier auf uns zu lauern. Wir konnten wohl kaum auf der anderen Seite verweilen…«

»Mach mich nicht nervös«, knurrte Argor. »Ich sehe sowieso schon überall Schatten.«

»Wahrscheinlich war es nur eine gute taktische Entscheidung«, sagte Knorre. »Gefangene sind immer nützlich und Belior muss auf den Straßen hier patrouillieren lassen, alleine schon wegen den verdorbenen Bewohnern der Stadt.«

Argor nickte. Das leuchtete ihm ein.

»Was jetzt?«, fragte Elyra.

»Es wird Zeit, dass auch ich mich ausrüste«, sagte Knorre. »Im Moment bin ich so hilflos wie ein Kleinkind. Und ich weiß auch schon, wo wir alles finden können, was wir brauchen.«

Er sah sich um und nickte dann. »Hier entlang. Und wir sollten uns beeilen …« Ein fernes Donnern war zu hören und sie sahen auf, vom Westen her, über das Meer, zog eine breite Gewitterfront auf, mit dunklen schwarzen Wolken, die sich bedrohlich türmten.

Argor sah Knorre nachdenklich an. »Ihr habt ein Gewitter prophezeit.«

»Das ist keine Kunst gewesen, ich spüre sein Kommen schon lange in meinen Knochen. Aber es ist ein weiterer Grund, uns zu beeilen. Wir sollten eine sichere Position finden, bevor uns das Gewitter ereilt, in Lytar, mit all ihrer zerstörten und freien Magie … geschehen seltsame Dinge, wenn die Blitze einschlagen!«

Das Gebäude, zu dem Knorre Elyra und Argor führte, war recht klein und es stand nahe einer tiefen Erdspalte, für Argor sah es so aus, als ob es im nächsten Moment in diese tiefe Spalte stürzen würde. Aber obwohl schief, stand es noch, die Außenwände aus glasierten hellblauen Ziegeln und selbst der goldene Stern oben auf dem Kuppelbau schienen wenig von ihrem Glanz verloren zu haben.

»Ein Schrein meiner Göttin!«, rief Elyra. »Dort kann ich beten!«

»Ihr könnt überall beten«, sagte Knorre, als er ihr über eine Spalte im Boden half. Argor musterte den Spalt, holte tief Luft, rannte los und sprang, die beiden anderen fingen ihn auf.

»Ja. Aber es ist eine Beruhigung, ihre Nähe zu spüren«, sagte Elyra.

»Der Schrein ist entweiht worden durch das, was hier geschah«, sagte Knorre leise. »Seht ...« Er drückte mit der Schulter gegen die schwere bronzene Tür des Schreins, knirschend und quietschend öffnete sie sich.

Das Innere des kleinen Kuppelbaus war nicht dunkel, ein Trick der Magie oder die alte Baukunst ließ es so erscheinen, als ob der Stern in einem offenen Himmel schweben würde.

Hier, im Inneren des geschützten Bauwerks, hatte der Zahn der Zeit die Spuren noch nicht vollständig verwischt ... noch immer lagen die Skelette so, wie sie einst gefallen waren. Es war klar zu erkennen, was geschehen war. Eine Truppe gepanzerter Soldaten war eingedrungen und hatte die Priesterinnen erschlagen, doch nicht ohne Gegenwehr, ein schwarz glasierter Fleck, gut vier Schritt im Durchmesser, zeigte, wo Magie gewirkt hatte. Verkohlte und ausgeglühte Rüstungsteile bezeugten, dass zumindest ein Teil der Angreifer ihr Leben ließen.

»Den Legenden nach war es hier, dass die letzte Priesterin getötet wurde«, sagte Knorre leise. »In dem Moment, als sie ihre Seele Mistral gab, nahm der Kataklysmus seinen Anfang.«

Elyra nickte, doch ihr Blick war auf die Statue einer jungen Frau gerichtet, die in der Mitte der kleinen Kuppel stand. Nur einmal schon hatte sie eine derartig wundersame Statue gesehen und das war in der alten Akademie gewesen.

Doch es war nicht die Frau im Brunnen, die hier stand, sondern eine junge Frau, ein Mädchen fast noch, in einem weiten fließenden Gewand, die linke Hand ausgestreckt, über der ein kleiner goldener Stern schwebte.

Der Ausdruck in diesem steinernen Gesicht war so unendlich traurig, dass Elyra die Tränen in die Augen stiegen. Sie eilte zu dem kleinen Altar und kniete sich dort nieder, mied indessen sorgfältig die dort liegenden alten Knochen, die noch die Reste einer verwitterten Robe trugen.

»Sie wussten nicht, was sie getan haben ...«, sagte sie dann mit erstickter Stimme. »Verzeih ihnen, Herrin!«

»O doch«, sagte Knorre entschieden und mit deutlich hörbarer Verachtung in der Stimme. »Ich weiß nicht, wie oft ich diesen Satz schon hörte, aber hier trifft es nicht zu.« Er sah sich mit zusammengezogenen Augenbrauen um. »Sie wussten, was sie taten, jeder hier kannte den Willen der Götter ... nur meinten sie, diesen ignorieren zu können.«

Er sah die beiden anderen an, dann hoch zur Statue und machte das Zeichen des Sterns vor seiner Brust. »Keine irdische Macht hätte Lytar stürzen können und so dachten sie, auch vor dem Willen der Götter gefeit zu sein.«

Doch Elyra hörte ihm schon gar nicht mehr zu, ihr Kopf war gesenkt, sie war tief ins Gebet versunken.

»Warum habt ihr uns hierhergeführt«, sagte Argor leise, sein Blick blieb hier und da an den Spuren der alten Schandtaten hängen und es war leicht zu erkennen, dass es ihm nicht gefiel, hier zu sein.

»Weil wir hier etwas finden können, was wir brauchen«, sagte Knorre. »Ich kenne diesen Ort, habe ihn schon untersucht ... nur erschien er mir zu sehr wie ein Grab, um seine Ruhe zu stören.« Er begab sich hinter den Altar und Argor folgte ihm.

»Er hier hat etwas, das ich brauche«, sagte Knorre dann und wies auf ein Skelett, das in sich zusammengesunken an der Wand lehnte. Der Schädel des Skeletts war von einem Schwertstreich getroffen, die Reste seines Mörders lagen, verkrümmt und verschmort, vor ihm, halb in den Steinboden eingeschmolzen.

Das Skelett des Magiers hielt noch immer einen schwarzen, reich verzierten Kampfstab in den Händen, die Muster, die Stahl und Gold hier ineinanderwoben, ließen den Stab vor Argors Augen verschwimmen. Auch die Robe, tiefblau, mit Gold- und Silberbrokat verziert, sah aus, als habe sie der Zahn der Zeit nicht berührt.

Knorre kniete sich neben das Skelett und löste den Stab vorsichtig aus dem knöchernen Griff, es sah fast aus, als wolle der tote Magier ihn nicht preisgeben.

»Ich würde ihm gerne alles lassen«, flüsterte Knorre. »Aber diese Robe ist zugleich auch eine Rüstung und er trägt noch mehr, das ich gebrauchen kann. Ich hoffe, seine Seele verzeiht mir diesen Raub.«

»Das wird er«, sagte Elyra von hinten mit fester Stimme. »All das, was in diesem Tempel ist, gut oder schlecht, lebend oder tot, ist Mistrals. Ihr habt recht, Meister Knorre, sie würde einen Schwur der Rache nicht gutheißen, aber einen gerechten Kampf wird sie unterstützen. Nehmt, was Ihr braucht, mit Mistrals Segen.«

»Dann solltet Ihr jene Kiste dort durchsuchen, denn dies gilt sicherlich auch für Euch. Ihr werdet dort die Gewänder einer Priesterin finden, komplett mit Stab und Stirnband.« Knorre sah auf zu Elyra, während er vorsichtig einen Ring von der knöchernen Hand zog. »Man kann es fast spüren, dass diese Gewänder noch geweiht sind. Vielleicht haben sie diese ganzen Jahrhunderte geduldig auf ihre neue Trägerin gewartet. Ihr habt Euch in den Dienst Eurer Göttin gestellt, also solltet auch Ihr nutzen, was sie Euch gibt.«

Am schwierigsten war es, den toten Magier von seiner Robe zu befreien, doch mit Argors Hilfe gelang es Knorre, dies zu tun, ohne die sterblichen Überreste weiter zu beschädigen.

»War er es, der sich der Angreifer erwehrte?«, fragte Argor leise. Knorre schüttelte die Robe aus und warf einen Blick zum Eingang, wo der schwarze Fleck deutlich zu sehen war. »Er wird es gewesen sein, ja. Die Magie der Priester ist eine andere … und dennoch ist jeder Magier doch auch Mistrals Diener. Wenn sie es nur nicht immer vergessen würden!«

Ohne weitere Umstände fing der hagere Mann an, sich zu entkleiden, einen Moment lang zögerte er, dann, mit einem harten Gesichtsausdruck, zog er die Robe des toten Magiers über.

»Die Kleider der Toten zu tragen, soll Unglück bringen«, sagte Argor leise.

»Das glaube ich nicht«, antwortete Knorre. »Aber angenehm ist der Gedanke nicht.« Er schüttelte die Robe aus, sie kleidete ihn, als wäre sie für ihn gemacht … und zog den Bund zu. Eine Geste … und blaue Funken liefen über ihn, ließen ihn und die Robe zurück, als wären beide frisch gewaschen. Irgendwie war er nun auch frisch rasiert, er wirkte zudem deutlich jünger …

und die Kante seines Kinns sah entschlossener aus, als sich Argor erinnern konnte. Die schmalen Lippen Knorres formten ein leichtes Lächeln. »So ist das besser«, meinte Knorre zufrieden. Zuletzt nahm er das Stirnband des Toten und setzte es auf, im ersten Moment schien es nicht zu passen ... dann schmiegte es sich an ihn.

Als Knorre auch noch den Stab ergriff, schluckte Argor, denn von dem Knorre, den er kennengelernt hatte, war nicht mehr viel zu erkennen. Die Gestalt vor ihm war noch immer groß und hager, doch mit der Robe und dem silbernen Reif und dem seltsam glänzenden Stab in der Hand sah Knorre ehrfurchtgebietend aus. Die Art, wie er den Stab hielt ... er wusste damit umzugehen, dessen war sich Argor sicher.

»Kleider machen Leute, nicht wahr!?«, sagte Knorre leise.

Argor nickte. »Ich hätte Euch fast nicht wiedererkannt.«

»Ich meinte nicht mich«, gab Knorre leise zur Antwort, »sondern unsere Freundin hier.«

Argor folgte dem Blick Knorres und diesmal hatte er wirklich Mühe, seine Kinnlade am Fallen zu hindern.

Elyras Robe, die Robe einer Hohepriesterin, war elegant geschnitten, weiß, mit goldenen Verzierungen, breiten Schultern und enger Taille, eine zurückgeschlagene weite Kapuze ... ein Gewand, gefertigt, um Erhabenheit zu zeigen und die Trägerin in Ehrfurcht zu bewundern. Ein goldener Reif auf ihrer Stirn, das Feuer ihrer Augen darunter, der weiße Stab in ihrer Hand, nicht weniger kunstvoll gefertigt als Knorres, doch mit einem inneren Schimmer versehen, den Knorres Stab vermissen ließ ... der breite, kunstvoll gefertigte Gürtel, der ihre Formen betonte ... und das Amulett, das sie offen auf ihrer Brust trug und das im Licht, das durch die schräge Kuppel fiel, leicht zu pulsieren schien.

»Ich sehe aus, als ob ich wüsste, was ich tue, nicht wahr?«, bemerkte Elyra mit einem schiefen Lächeln. »Und doch ... ich kann nichts, außer an die Herrin glauben, meine eigenen Worte finden, um diesem Glauben Ausdruck zu geben. Ich kenne nicht die Formen, die Rituale ... all das.« Sie zuckte die Schultern.

»Aber ich glaube ... es fühlt sich richtig an, diese Gewänder zu tragen.«

»Nun«, meinte Knorre, »damit erfüllt Ihr wohl die wichtigste Voraussetzung. Ein Priester *sollte* glauben.«

»Wisst Ihr, wo man eine glänzende Rüstung für mich finden kann?«, fragte Argor trocken, als er von Elyra zu dem veränderten Knorre und zurück sah.

»Würdet Ihr die Rüstung Eurer Vorfahren wirklich gegen ein glänzendes Schmuckstück tauschen?«, fragte Knorre.

»Nein«, sagte Argor nachdrücklich. »Ich komme mir plötzlich nur so gewöhnlich vor.«

»Wir haben neue Kleider«, sagte Elyra. »Das ändert uns nicht.«

Argor warf ihr einen skeptischen Blick zu. »Daran, Elyra, habe ich meine Zweifel.«

Knorre machte eine Bewegung mit der Hand. »Ihr beide solltet schon gehen, ich werde noch den Stab hier laden.«

»An ihrem Schrein?«, fragte Elyra überrascht. »Sollte ich nicht zugegen sein?«

Knorre schüttelte den Kopf. »Der Stab ist alt, die Magie unsicher. Alt, in diesem Falle, bedeutet mächtig.« Er sah die junge Halbelfe an. »Es wird den Schrein zerstören.«

»Dann solltet Ihr es sein lassen, Meister Knorre«, brummte Argor. »Ich dachte, Ihr braucht den Stab, um jemanden den Schädel einzuschlagen!«

Knorre sah den jungen Zwerg an und lachte. »Dazu eignet er sich *auch*! Keine Angst, Freund Argor, ich weiß, was ich tue.«

»Mein Vater sagt immer: Junge, wenn du jemanden so etwas sagen hörst ... *renn*!«, brummte Argor.

»Ist das nicht das, was ich gesagt habe?«, meine Knorre amüsiert. »Hör auf deinen Vater.«

Elyra öffnete den Mund, aber Knorre kam ihr zuvor.

»Seht«, sagte er leise. »Diese Art der Magie liegt mir nicht. Ich bin ein Thaumaturge, ein Arteficier. Doch ich weiß, wie ich diesen Stab nutzen kann ... und wir brauchen alles, was uns einen Vorteil gibt. Um uns herum ist die Magie verdorben, niemand weiß, was passieren würde, wollte ich an anderer Stelle diesen Stab aufladen. Nur hier, unter ihrem Schutz, ist die Magie noch unverdorben.« Er sah sie fest an. »Ich werde *alles* nehmen. Bis zum letzten Funken. Nehmt Euren Abschied, Priesterin, von Eurer Göttin an *diesem* Ort. Sie braucht keine Tempel … aber wir brauchen ihre Gnade und Gabe.«

Elyra nickte zögerlich, warf ihm einen seltsamen Blick zu und kniete sich ein letztes Mal vor das Abbild ihrer Göttin. Argor sah hoch zu ihr und stutzte … ihm schien es, als wäre die tiefe Traurigkeit in den Zügen der Göttin einem sanften Lächeln gewichen.

Argor murmelte etwas für sich, zögerte noch kurz und kniete sich ebenfalls hin, Knorre tat das Gleiche.

»Bittet einfach um ihren Segen«, sagte Knorre leise. »Sie wird wissen, was sie uns geben will!«

Doch Elyra schüttelte den Kopf. »Ich weiß, was ich tun muss«, sagte sie dann leise … und fing an zu singen.

In der Ferne erhob sich ein alter Mann von seinem Lager und trat mühsam ans Fenster heran. Im Hof unter ihm stockte die Arbeit, als der ferne Gesang die Ohren seiner Freunde und Kameraden erreichte. Noch nie war an diesem Ort ein solcher Gesang vernommen worden, noch nie hörte jemand hier derart klare Töne …

»Jemand lobt Mistral«, hauchte der alte Mann andächtig und ging schwerfällig auf die Knie … überall um ihn herum taten es ihm die anderen nach. Es war, als ob der ferne Gesang die Hoffnung wecken würde … viele der Gesichter hier waren entstellt, der alte Mann selbst hatte noch nie mehr als ein Auge besessen, dort, wo das andere hätte sein sollen, war glatte Haut … und doch, als dieser Gesang sie alle berührte, war nicht ein Gesicht darunter, das nicht voller Tränen und auch Hoffnung war. Die fernen, klaren Töne währten nicht lange, aber vielleicht trotzdem ewig. Sie klangen aus und der alte Mann seufzte ergriffen. Einer seiner Enkel eilte herbei, um ihm wieder aufzuhelfen.

»Es hat begonnen, Lasor«, sagte der alte Mann andächtig, als er sich schwer auf den harten Arm seines Enkels stützte. In der Ferne leuchtete kurz ein gleißend helles Licht, gefolgt von Donner … doch es war nicht das herannahende Gewitter, sondern eine Säule aus Licht, die kurz über den fernen Ruinen stand.

»Es hat begonnen … und unsere Qual wird bald ein Ende finden«, sagte der alte Mann mit brüchiger Stimme.

»Ja, Großvater«, sagte Lasor ehrfürchtig und ballte seine Faust, die nur aus drei breiten Fingern bestand. »Die Göttin ist zurückgekehrt und wir werden erlöst.« Kaum hatte er ausgesprochen, fing der Boden unter seinen Füßen an zu vibrieren. »Wenigstens hoffe ich das«, fügte er eilig hinzu, als Staub von der Decke des alten Gemäuers rieselte.

»Brr …«, sagte Lamar andächtig, musterte den alten Mann und fand sich beruhigt, in dem faltigen Gesicht zwei klare Augen zu sehen. »Dies eben trieb mir mehr einen kalten Schauer über den Rücken als alles zuvor …«

»Ich nehme es als Kompliment«, erwiderte der Geschichtenerzähler und hielt seinen Kelch hoch, den der Wirt selbst eilig füllte. Der alte Gasthof war wie am Tage zuvor nun bis auf den letzten Winkel gefüllt, doch es herrschte eine fast andächtige Stille. Hier und da machte jemand das Zeichen Mistrals, ein jeder wartete geduldig darauf, dass der alte Mann fortfuhr. »Doch Hoffnung sollte keinen kalten Schauer auslösen, Freund Lamar … sondern eine Wärme der Seele …«

Lamar schüttelte den Kopf. Noch vor Kurzem hätte er Anstoß daran genommen, dass ihn jemand so vertraulich ansprach, nun störte es ihn nicht mehr.

»Nein, das ist es nicht«, erklärte er leise. »Dass es Menschen gab dort, die ausgeharrt hatten, über all die Zeit … und nun …« Er zog sich ein Tuch aus seinem Ärmel und schnäuzte sich. »Fahrt fort, ich bitte Euch«, sagte er dann und hielt seinen eigenen Kelch hoch. Als der Wirt herantrat, legte ihm Lamar einen schweren Beutel in die Hand. »Gebt auch den anderen … und sagt mir, wenn Ihr mehr braucht.«

»Das ist eine noble Geste«, grinste der alte Mann. »Guter Wein muss getrunken werden, damit er blüht … was wäre sonst der Sinn seines

Seins?« *Er streckte sich und Lamar hörte deutlich, wie es knackte.* »Gebt meiner alten Stimme eine kurze Pause ... dann wird es weitergehen.«

Zustimmendes Nicken und Gemurmel machten deutlich, dass dies den anderen Gästen des Gasthofs ebenfalls ein Anliegen war. Lamar streckte sich nun selbst ... und sah sich um, musterte die vielen Gesichter, die auf den alten Mann und ihn gerichtet waren. Sah wieder zurück zu dem Geschichtenerzähler, der mit offensichtlichem Vergnügen einen Schluck nahm.

»Was ist Eure Rolle gewesen in diesem Stück«, *fragte er dann zögernd und der alte Mann lächelte.* »Es ist lange her ... sehe ich so aus, als hätte ich eine Rolle haben können? Wie ist denn die Eure hierbei, Freund?«

Lamar musterte ihn lange, dann nickte er. »Ich hätte beinahe gesagt, dass es keine Rolle für mich geben kann, aber dem ist nicht so, nicht wahr?«

»Jede Geschichte ist ein Lehrstück«, *sagte der alte Mann leise, als ob die Worte nur für Lamar bestimmt wären.* »Aber man muss die Lehre wollen.« *Er trank einen weiteren Schluck und räusperte sich, um sich dann an den Wirt zu wenden.* »Ein gutes Essen wäre bald von Vorteil, Wirt.«

»Ich werde es richten lassen, Großvater«, *entgegnete der Wirt und sah Lamar fragend an. Dieser nickte ebenfalls.*

»Nun ... wo war ich? Die Vergessenen waren nicht die Einzigen, die das Zeichen sahen ...«

Das gleißende Licht ließ Argor beinahe blind zurück und der Donner traf ihn wie ein Faustschlag, dennoch sah er, wie Knorre wie ein Hase aus der Tür des Schreins gerannt kam, noch während sich in der himmelblauen Kuppel die ersten Risse bildeten. »Rennt!«, rief Knorre. Nach dem Donner kam seine Stimme Argor leise vor ... doch das Knirschen, Knacken und Vibrieren im Boden zu seinen Füßen ließ ihn nicht zögern. »Ich wusste, dass das kommt!«, fluchte Argor und griff Elyra, die mit offenem Mund dastand, und rannte!

Der Boden unter ihren Füßen neigte sich, ein tiefes Grollen kam aus dem Untergrund und Argor rannte so schnell wie nie zuvor. Die Spalte, die er vorher leicht überwunden hatte, weitete sich, jetzt schon schien es ihm nicht mehr möglich, dass der

Sprung ihm gelingen würde … doch er sprang … und prallte auf der anderen Seite gegen die Wand des Spalts, seine Finger in den Stein gekrallt. Elyra landete vor ihm … sie strauchelte jedoch und für einen langen Moment sah es aus, als ob sie stürzen würde … dann fing sie sich und kniete sich eilig hin, um Argors Handgelenk zu greifen. Doch er war zu schwer für sie, sie konnte ihm nur helfen, sich an der Kante zu halten, die immer wieder von Erdstößen erschüttert wurde.

Tief unter Argor grollte es … er warf einen Blick in den Abgrund und sah fernes Glühen, ein neues Grollen und Donnern kam hinzu … schien heranzubrausen wie die Verdammnis der Götter, die einst diese Stadt zerstörten. Mit flatternder Robe gelang Knorre ein Sprung, der hätte unmöglich sein sollen, er griff Argors andere Hand und zog ihn mit einer Kraft, die der Zwerg dem hageren Mann nie zugetraut hätte, rigoros aus dem Spalt und über die Kante.

»Zurück …«, keuchte Knorre und zerrte Argor und Elyra von dem Spalt weg. »Das Wasser aus dem Meer dringt ein … wenn es den glühenden Stein berührt …«

Argor sah, was Knorre meinte, dort hinten stiegen mächtige Dampfwolken auf, das Donnern zu ihren Füßen wurde lauter, als die Wolke den Spalt entlangraste … dann war sie da, die Erde bebte so stark, dass selbst Argor es kaum gelang, auf den Füßen zu bleiben, mit dem Dampf wurden Steine und Geröll aus dem Spalt geschleudert, ein doppelt kopfgroßer Stein verfehlte ihn nur knapp.

Die Dampfwolke zog weiter, den Spalt entlang, weitere Risse taten sich auf … und vor Argors ungläubigen Augen versank ein Teil der Ruinen vor ihm im Boden … eine Fläche gut zehnmal so groß wie der Marktplatz von Lytara.

Neben dem fassungslosen Zwerg erhob sich Knorre, hustete und spuckte Staub aus, klopfte sich seine neue Robe ab.

»Das«, meinte er dann beeindruckt, »war mehr, als ich erwartet hatte!«

Noch immer bebte der Boden, aber es wurde schwächer … dafür türmte sich der Dampf zu einer Wand, die in den Himmel selbst zu reichen schien und sogar das Licht der Sonne zu verdunkeln begann.

»War es so, als der Kataklysmus kam?«, rief Elyra, alle drei waren sie noch taub von dem Donnergrollen eben.

»So wird es gewesen sein«, rief Knorre zurück. »Nur ungleich schlimmer!« Er griff seinen Stab, der bei jeder Bewegung scheinbar unscharf wurde und ein leichtes Singen hören ließ. »Wir sollten hier verschwinden.«

»Es scheint, als wäre noch reichlich Magie vorhanden gewesen«, stellte Argor trocken fest und Knorre sah ihn nur scharf an und nickte dann.

»Zu viel für meinen Geschmack, ich habe Glück, noch zu leben.«

Ein Windstoß teilte die Wand aus Wasserdampf für einen Moment … von dem Schrein war nichts mehr zu sehen, nur aufgetürmtes Felsgestein lag noch dort, wo er gestanden hatte.

»Das wird Belior interessieren«, sagte eine leicht lispelnde Stimme hinter dem Grafen Lindor, der an der Brüstung auf dem Dach der alten Börse stand und nach Süden sah, wo eine grauschwarze Wolkenwand den Blick auf den Süden der alten Stadt verwehrte. So hoch reichte die Wand, dass sie sich mit den Wolken des heranziehenden Gewitters zu vermischen schien.

Graf Lindor hatte Mühe, nicht zusammenzuzucken. Das Lispeln der Stimme nahm ihr nicht den unheilvollen Charakter, es war eine Stimme, fremd und kalt, die nicht einem menschlichen Mund entsprang.

»Kriegsmeister«, sagte er, ohne sich umzudrehen. »Wir sind hier in Lytar. Solche Dinge geschehen hier oft, Ihr seid einfach noch nicht lange genug hier.«

»Lange genug, um zu wissen, dass Ihr schon wieder einen Fehler begangen habt.«

Langsam drehte sich Lindor um.

Der Kriegsmeister wies auf Nestrok, der sich in einer Ecke des Dachs zusammengerollt hatte. Der Drache war nicht besser Laune, selbst Lindor wusste es besser, als dem Drachen ohne Not zu nahe zu kommen. Der Pfeil im Auge des Drachen schwärte und Nestrok ließ niemanden nahe genug heran, um ihn zu entfernen. Nicht einmal Lindor.

»Eure beiden Gefangenen sind zu gefährlich. Entweder hättet Ihr sie mir übergeben sollen oder aber ihm.« Eine sechsfingrige Klaue, reich mit goldenen Ringen geschmückt, wies nachlässig auf den Drachen. »Vor allem aber hättet Ihr ihnen nicht glauben sollen!«

»Nichts lieber als das«, knurrte Lindor. »Dieser lange Kerl, sein Grinsen reizt mich, ihn zu Brei zu schlagen!«

»Ohne Zweifel sein Ziel ... tot wird er Euch nichts mehr verraten können. Wir wissen, dass die Truppe vom Dorf aufgebrochen ist, aber sie sind noch nicht hier angekommen ... sie hätten schon längst in unsere Falle laufen sollen. Sie haben Späher von *Süden* hergeschickt, dem Süden, den eine unserer Söldnerkompanien hätte sichern sollen. Die, wie ich hörte, nicht ganz so zuverlässig ist, wie *Ihr* behauptet habt!«

»Söldner sind immer unzuverlässig, zahlt man ihren Sold nicht«, gab Lindor zurück, bemüht, seine Stimme normal klingen zu lassen. »Gold, das *Ihr* ihnen verweigert habt!«

»Es sollte bei Erfolg gezahlt werden«, gab der Kriegsmeister zur Antwort. »Üblicherweise spornt das solche Leute an. Doch darum geht es nicht. Einer meiner Reiter, der den Süden beobachten sollte, kehrte nicht zurück. Acht von zwölf Eurer Leute wurden erschlagen, als sie versuchten, diese Frischlinge gefangen zu nehmen.« Der Kriegsmeister sah Graf Lindor aus seinen gelben Augen an. »Eure Tendenz, die Jungen Eurer eigenen Brut nicht ernst zu nehmen, ist ein weiterer Fehler. Noch immer seid Ihr von dem Pfeil des einen gezeichnet ...«

»Der eine sprach die Wahrheit, Kriegsmeister. Ich sah die Reaktion des anderen und dieser Tarlon schwor bei seiner Göttin. Es war ein bindender Schwur, ich konnte es fühlen.«

»Was wisst Ihr schon von Magie, Menschling«, antwortete der Kriegsmeister kalt. »Euer König übertrug *mir* die Aufgabe, Euch bei diesem Kriegszug zu beraten. Wir wissen beide, was er damit meinte. Ihr habt einen Tag Zeit. Dann bringt die Frischlinge zu mir und *ich* werde Euch diesen Ärger abnehmen.« Das Wesen gab eine Reihe zischelnde Laute von sich, das Lachen der Kreaturen.

»Dies ist natürlich nur ein *Rat*.«

Der Graf deutete eine steife Verbeugung an. »Wie Ihr wünscht, Kriegsmeister!«

Er sah zu, wie das Wesen davonging, und verfluchte den Moment, als er in Beliors Dienste getreten war. Eine Expedition, so hatte es der König genannt. Er hatte Leute bei dem Angriff auf das Dorf verloren, nur weil der König selbst gemeint hatte, die Truppe hätte reichen müssen. *Er* hätte jeden verfügbaren Soldaten ins Feld geführt ... und den Tag gewonnen! Seit drei Jahren saß er nun hier fest und diese verdammte Stadt hatte ihn fünfmal mehr Leute gekostet, als das Dorf es je getan hatte. Und noch immer schien Belior nicht zu verstehen, dass hier die Dinge anders waren, als sie aussahen. Einen Krieg gewann man nicht mit Geiz und Halbherzigkeit. Graf Lindor erlaubte sich ein dünnes Lächeln. Wenigstens waren die *Strategien* des Kriegsmeisters bislang nicht erfolgreicher als seine.

Er drehte sich um und ging zu seinem Drachen hinüber. Nestrok hob das gewaltige Haupt und sah ihn aus seinem gesunden Auge an. Das andere war gelb von Eiter, welche Schmerzen dies dem Drachen verursachte, konnte er sich nur denken. »Du musst mich an das Auge lassen«, sagte er leise ... er brauchte nicht laut zu sprechen, Nestrok und er waren verbunden, ein jeder konnte den anderen verstehen, ob nun laut gesprochen wurde oder nicht.

Nein, es wird heilen.

»Aber es heilt schneller, wenn ich es heraushole. Es wird ein Pfeil sein.«

Magie im Süden, antwortete der Drache und richtete sein Haupt gen Süden, dorthin, wo der Lichtbalken den Himmel erleuchtet hatte. *Sie kommt näher.*

Lindor trat näher an den Drachen heran. »Genau deshalb *musst* du gesund werden. Der Kriegsmeister und seine Strategien ... *er* war es nicht, der diese Leute im Kampf sah, diese Stadt erlebte, *er* weiß nicht, wozu diese Leute fähig sind … und er unterschätzt uns beide. Für ihn bist du ein kranker Wurm.«

Nestroks Kragendornen richteten sich auf, sein gesundes Auge funkelte zornig. *Ich fresse ihn.*

»Da verdirbst du dir nur den Magen. Sie sind giftig. Der Pfeil *muss* heraus.« Er sah zu der Gewitterfront im Westen hinüber, der bleiernen Wolkenwand im Süden und dann nach Osten, wo der Gegenangriff aus dem Dorf schon viel zu lange auf sich warten ließ. »Du *musst* fliegen können, Großer«, erklärte er dann und legte eine gewappnete Hand auf die Nüstern des Drachen. »Denn ich spüre, dass bald etwas geschehen wird.« Der faulige Atem, der ihm entgegenschlug, störte ihn nicht.

Tue es. Ich werde versuchen, dich nicht zu zertrampeln.

Lindor wusste, dass dies kein Scherz war. Einen Moment lang zögerte er, dann begann er, seine Rüstung abzulegen. Er war nicht wie der Kriegsmeister extra gemacht, um Strategie zu meistern, aber er vertraute seinem Bauchgefühl. Es war, wie dieser Tarlon sagte. Sie waren dem Feind hier zehn zu eins überlegen, überlegen in Ausrüstung, Ausbildung, Stärke und Material. Sie hatten drei Jahre Zeit gehabt, diese Position zu befestigen, Verteidigungen zu errichten, dieses Lager zu sichern. Und dennoch, dennoch …

Nachher würde er sich noch einmal um die beiden Jungen kümmern. Wenn es ein Nachher gab.

Er ergriff seinen Dolch und stieg auf die Pranke Nestroks. Der eitrige Gestank, der ihm von dem Auge entgegenschlug, ließ ihn würgen. Er holte tief Luft und entschlossen stieß er seine Faust in das Auge des Drachen …

Ein unmenschlicher Schrei, der den Boden unter ihren Füßen vibrieren ließ, ließ Tarlon und Garret in ihrer Zelle kerzengerade auffahren.

»Was, bei den Göttern, war *das*?«, fluchte Garret.

»Lindors Drache«, kam die Antwort von Tarlon. »Es kann kaum etwas anderes sein.« Er sah Garret an. »Irgendetwas *geschieht* gerade, Garret! Die Erdstöße vorhin, die Tatsache, dass unsere Leute noch nicht angegriffen haben ... vielleicht tun sie es, aber auf eine andere Art, als man erwartet!« Er zögerte kurz. »Mein Gehör, es war die Dame auf dem Brunnen. Sie brachte mir einen Trick bei und ich belauschte eben Lindor, wie er mit einem Wesen sprach, das er Kriegsmeister nannte. Alleine die Stimme dieses Wesens macht mir Angst. Meine Finte gab uns Zeit, doch diese ist bald vorbei. Spätestens morgen werden sie uns holen und foltern. Wenn du eine Gelegenheit siehst, dann den Dolch zu nutzen, zögere nicht. Lieber sterbe ich in einem Handgemenge als auf der Folterbank.«

»Die Dame auf dem Brunnen«, grinste Garret. »Ich vergaß ganz, was sie *mir* beibrachte.«

24 Der Preis

»Wo führt Ihr uns hin, Meister Knorre«, fragte Argor atemlos, als er über eine andere Erdspalte sprang. Mittlerweile hatte er es so oft tun müssen, dass er kaum mehr darüber nachdachte. Nur dabei nach unten sehen wollte er immer noch nicht. Die ganze Stadt war durchzogen von diesen Spalten, aber Knorre schien den Weg genau genug zu kennen. Sie kamen gut voran.

»Ich will in den Norden des Hafens gelangen. Teile des alten Damms stehen noch, von dort aus kann man den Feind gut beobachten.«

»Und was ist mit den Leuten aus dem Dorf?«, fragte Elyra. Ein Windstoß ließ ihre Haare flattern und ihre Robe wehen, sie sah aus wie eine Figur aus den alten Legenden, von denen die Sera Bardin immer erzählte.

»Ihr müsst euch entscheiden«, gab Knorre zur Antwort und zuckte zusammen, als schwerer Donner über sie rollte, im nächsten Moment begann es zu regnen. »Ich kann euch auch dorthin führen ... doch vergesst nicht, der Hinterhalt, den Belior legen ließ, liegt nun auch zwischen euren Freunden und uns. Aber je mehr wir über den Feind wissen ... und es mag vielleicht auch eine Möglichkeit geben, euren Freunden zu helfen!«

Elyra und Argor sahen sich an. »Zum Damm«, entschied Argor und Knorre nickte. Es war wie eine wilde Flucht vor den verdorbenen Bewohnern der Stadt und vor dem Wetter. Je näher das Gewitter kam, desto unheimlicher wurde die Stadt. Blaue Funken tanzten über den Boden, hier und da flackerten die alten Ruinen in einem aus ihrem Inneren kommenden unheilvollem Licht und einmal mussten sie sich unter mannsgroßen Felsbrocken durchducken, die über ihnen in der Luft einen irrwitzigen Tanz aufführten.

Dennoch wären sie beinahe einer anderen Streife in die Arme

gelaufen. Es war Elyra, die sie gerade noch rechtzeitig erkannte, und Knorre fluchte, als er sich in Deckung fallen ließ. »Wir müssen warten, bis sie weg sind«, erklärte er. »Es ist der einzige Weg, aber das kostet uns Zeit.« Er wog seinen Stab nachdenklich in der Hand.

»Was denkt Ihr, Meister Knorre?«, fragte Argor.

Doch Knorre schüttelte den Kopf. »Ich überlegte, ob ich den Stab gegen sie einsetzen sollte, doch es ergibt wenig Sinn. Zum einen brauche ich vielleicht seine Kraft noch später, zum anderen würde es den Feind nur warnen.«

Argor sah von dem hageren Mann hinüber zu den gut ein Dutzend Soldaten Beliors. »Ihr denkt, Ihr könntet sie besiegen?«, fragte er ungläubig. »Wer seid Ihr?«

»Ein alter Mann und ein Abenteurer. Seht mich nicht so an, Freund Argor. Es ist nicht meine Macht, sondern die des Mannes, der diesen Stab einst führte. Er wob die Magie in den Stab, ich hätte dies nie zu tun vermocht.« Er grinste breit. »Ich weiß gerade genug, um den Stab auf sie zu richten ... und nur ein Wahnsinniger tut Dinge, die er nicht vollends versteht.«

»*Jetzt* habt Ihr mich beruhigt!«, gab Argor zurück und Knorre lachte.

»Dann ist es ja gut.«

Sie warteten, bis die Streife nicht mehr zu sehen war, und eilten dann weiter. An einer anderen Stelle fanden sie einen der Hinterhalte, eine alte Ruine, in der sich gut getarnt gut zwei Dutzend Armbrustschützen verschanzt hatten. Nur die Deckung des schweren Regens, der herniederfuhr, als wolle er sie mit seinen dicken Tropfen erschlagen oder suche sie zu ertränken, erlaubte es ihnen, diese Stelle zu passieren, offensichtlich waren auch die Schützen nicht gewillt, bei diesem Regen im Freien zu verharren ... schon gar nicht, wenn der Feind sich nicht einmal blicken ließ.

So gelangten die drei ungeschoren auf die andere Seite der breiten Straße, die nach Osten zur Königsbrücke führte.

Es war das Gewitter mehr als alles andere, das ihnen half,

sich zwischen den Truppen des Gegners hindurchzuschleichen, dies und die Blitze, die ständig zu Boden zuckten, als würde die alte Stadt noch immer den Zorn der Götter anziehen, noch nie zuvor hatten Elyra oder Argor ein solches Gewitter gesehen.

Einmal schlug ein Blitz so nahe bei ihnen ein, dass feucht-heiße Luft sie zur Seite warf, als wären sie kaum mehr als welke Blätter in einem Sturmwind, Argor war ernstlich für seine Rüstung dankbar, als er sich kopfüber in den Ruinen eines Hauses wiederfand.

Jegliche Vernunft, so schien es ihm, gebot es ihnen, den Schutz eines alten Kellers aufzusuchen, doch sie eilten weiter, bis sie zum Schluss eine endlos lange, steile Treppe erklommen, mit Stufen, die für einen Menschen gemacht waren und Argor die größte Entschlossenheit abrangen … denn rechts der Stufen war das alte Geländer zum größten Teil weggebrochen und unzuverlässig … und jeder Fehltritt führte in die Tiefe. Dies war für ihn der härteste und schwierigste Teil der Reise … und immer wieder war es Knorre, der dem jungen Zwerg über geborstene Treppenstufen zog. Dann hatten sie das Ziel erreicht … und Argor wagte es kaum, sich umzusehen. Der dichte Regen verbarg fast alles vor seinen Augen, doch schemenhaft konnte er genügend sehen, um seine neu gefundene Entschlossenheit zu gefährden.

Als Knorre von einem Damm gesprochen hatte, dachte Argor an etwas, das wohl dem, was Biber so errichteten, ähneln müsste, aber nicht an das, was er nun vor sich fand. Sie hatten über diese unerträgliche steile Treppe den östlichen Turm eines Bauwerks erreicht, das alles in den Schatten stellte, was Argor je gesehen oder für möglich gehalten hatte. Einst hatte dieses Bauwerk in einem sanften Bogen zwischen den beiden Türmen ein Tal verschlossen und dort den Lyanta aufgestaut, er wagte sich gar nicht vorzustellen, wie es damals wohl ausgesehen hatte … jetzt hatte ein breiter Riss den Damm gespalten, nur gut die Hälfte der alten Höhe hielt noch das Wasser zurück … und trotzdem hielten Damm und Hügel einen vom Gewitter tosenden See mit mehr Wasser, als Argor je in seinem Leben gesehen hatte. Gute vierhundert Schritt war dieses Bauwerk lang gewesen und gute dreißig Schritt dick, ein Festungswall stärker und dicker als alles, was er jemals gesehen hatte ... die ganze Stärke gegen die Macht des Wassers gerichtet.

Der östliche Turm, auf dem sie standen, war den Elementen des Windes schutzlos ausgeliefert, der Sturmwind peitschte ihre Haare und ließ Elyras und Knorres Robe flattern, selbst Argor befürchtete, die Kraft des Windes würde ihn über die niedrige Mauer ziehen, die den Turm umgab. Gute hundert Schritt war dieser Turm hoch ... und tief unter ihm strömte das Wasser donnernd durch diesen gewaltigen Riss ... hatte dort unten zerstört, was einst wohl ein Kanal gewesen war, und strömte tosend und brodelnd über gigantische Steinbrocken, um letztlich das Bett des Lyanta zu füllen ... *hier* war das Wasser noch klar, was immer den Fluss verdorben hatte, musste sich weiter südlich in der Stadt befinden.

Immer wenn ein Windstoß den Vorhang des Regens lichtete, erhaschte Argor einen Blick auf das Lager des Feindes. An einem sonnigen Tag hätte Knorre recht gehabt und zumindest Elyras scharfe Augen hätten den Feind beobachten können, so aber sah man nur regennasse Zelte und dunkle Gestalten, die versuchten, diese daran zu hindern, zusammenzubrechen oder fortgerissen zu werden.

Ihnen schräg gegenüber, gute sechshundert Schritt entfernt, standen die massigen Gebäude des alten Markts, der hier am Hafen gewesen war, von ihnen war die alte Börse das erhabenste ... und von hier aus konnte Argor, wenn der Wind den Regen vertrieb, sogar die bedrohliche geflügelte Form des Drachen auf dem Dach erkennen. Aber alleine der unsichere Blick durch den Regen sagte Argor genug ... dies war eine Streitmacht, die der Trupp aus dem Dorf, schlecht gerüstet und nicht ausgebildet, wohl kaum zu besiegen vermochte.

Langsam ließ er sich an der Mauer herabsinken und schloss die Augen. »Kommt«, hörte er Knorre über den Sturm rufen und fühlte die Hand des hageren Mannes, der an seiner gepanzerten Schulter rüttelte. »Lasst uns aus dem Wind gehen!«

Knorre führte Elyra und Argor zu einem alten Treppenabgang und in einen Raum, der tiefer im Turm lag, es war dunkel dort, doch der massive Stein, der diesen Raum umgab, beruhigte Argor wieder, er musste sich nur von dem schmalen Fenster fernhalten, dann konnte er versuchen zu vergessen, dass sich dieser Raum hoch *über* dem Boden befand.

Der Raum enthielt einen weiteren Treppenabgang und entlang einer Mauer alte Geräte, deren Sinn sich niemandem mehr erschließen konnte, so verrostet, wie sie waren.

Gemeinsam mit Knorre gelang es ihm, die ebenfalls verrosteten Türangeln zu bewegen. Die alte Tür ganz zu schließen, gelang ihnen zwar nicht, aber als sie auch den schweren Laden an dem schmalen Fenster, einer Schießscharte nicht unähnlich, schlossen, wurde es ruhig und still in dem Raum, das Heulen des Windes war nur noch wie aus der Ferne zu hören.

Nur dass der Stein unter Argors Füßen vibrierte, ihn an den tosenden Sturzbach erinnerte, der sich aus dem Riss in den Abgrund, der hinter dieser Mauer lag, ergoss.

Als Tür und Laden geschlossen waren, stellte Knorre seinen Stab in die Mitte des Raums und der Stab begann, fahl zu leuchten. Jeder von ihnen erschien im Licht des Stabs erschöpft und bleich.

Es gab kein Material, um Feuer zu machen, doch sowohl Argor als auch Elyra besaßen noch ihre Packen; altes Dunkelbrot und Äpfel und ein Stück Käse bildeten die Bestandteile eines schweigenden Mahls.

Sowohl Argor als auch Elyra sahen immer wieder zu Knorre hin, der schweigend seinen Apfel aß, sein Gesicht hart und kantig im fahlen Licht des Stabs.

»Was geht Euch durch den Kopf, Meister Knorre?«, fragte schließlich Elyra.

»Keine guten Gedanken jedenfalls, so wie es aussieht«, brummte Argor. Der hagere Mann seufzte.

»Ich denke nach über den Preis, den man zahlt, ist man gewillt, etwas zu tun, das nicht getan werden sollte«, gab Knorre dann langsam und bedächtig zur Antwort.

»Ihr denkt nach, ob wir nicht doch besser kapitulieren sollten«, sagte Argor leise. »Der Gedanke kam auch mir, ein Blick auf das Heerlager zeigte mir, wie sinnlos unser Widerstand ist.«

»Wenn er uns in Ruhe gelassen hätte ... soll er doch die verfluchte Stadt haben. Sie wird ihn schon fressen, diesen König!«, sagte Elyra und stand auf. Sie wirkte ungewohnt ruhelos. »Ich trage nun die Robe einer Priesterin der Mistral, der mächtigsten Göttin der Weltenscheibe ... und nichts, was ich tun kann, wird einen Einfluss haben auf das, was hier geschieht.« Sie drehte sich zu Knorre und Argor um. »Dennoch ... ich fühle es in jedem Winkel meines Seins, dass dieser Belior die Krone niemals finden darf! In seinen Händen würde diese alte Magie die Länder genauso vernichten, wie es einst das alte Lytar tat.«

»Es war nicht nur die Krone«, sagte Knorre leise. »Es war das Wissen, das ihnen diese Macht gab. Und dieses Wissen sucht Belior, will es zu seinem eigenen machen ... stellt euch vor, seine Magier wüssten, wie man Kriegsfalken erschafft ...«

»Wisst Ihr es?«, fragte Argor zögerlich.

Knorre nickte langsam. »Ja. Die Aufzeichnungen meines Vorfahren waren gut genug dafür ... nur würde ich es nicht wagen. Ich mag genauso wahnsinnig sein ... aber er kannte keine Grenzen. Ich schon.« Er sah Elyra an und seine Augen hielten eine Verzweiflung, die Argor wegblicken ließ. »Wisst Ihr, dass er einst Mistral geweiht war? Dass er die Göttin bat, ihm die Mysterien der Magie zu enthüllen? Ohne seine Gier nach Wissen wäre Lytar nie so mächtig geworden ... er war es, der diesen Damm erschuf ... und somit den Grundstein für das Verderben legte.«

»Wie das?«, fragte Argor. »Ich weiß nicht, warum man so viel Wasser zurückhalten sollte, ein Fluss sollte fließen, wie er will ... aber was hat dies mit der Macht der alten Stadt zu tun?«

»Tief unter uns fließt das Wasser noch immer durch ein Werk aus Kristall und edlen Metallen, nimmt die Macht des Wassers und formt sie um zur Macht der Magie ... selbst jetzt noch, halb zerstört, speist dieses Werk die Magie der alten Stadt ... macht aus dem, was nur eine Ruine hätte werden sollen, den verfluchten Ort, der alles verdirbt, was sich ihm nähert.«

»Das Wasser hinter uns ist die Quelle der Magie der alten Stadt?«, fragte Argor erstaunt. »Der Verderbnis!?«

»Wie konnte er das tun?«, fragte Elyra empört. »Wisst Ihr den Grund für diesen Wahnsinn?«

Knorre lachte bitter. »Er wollte *Gutes* tun. Zu seiner Zeit lebte die Stadt von der Arbeit von Tausenden von Sklaven, zusammengeraubt aus allen Ecken der Weltenscheibe, ein wahrhaft elendiges Schicksal, das diese Sklaven hier ereilte. Er erschuf magische Werke, um ihnen die Arbeit zu erleichtern, hoffte so, dass man sie schonen möge. Dass der Wahnsinn, jeden Winkel der Welt sich zu unterjochen, ein Ende finden könnte! Wenn man im Wohlstand lebt, was muss man dann noch Kriege führen?«

»Warum geschah das nicht?«, fragte Elyra neugierig. »Bei uns im Dorf hat ein jeder sein Auskommen ... und wir führten niemals wieder Krieg. Es gab keinen Grund dazu. Wir haben alles, was wir brauchen.«

»Bis auf den Frieden.« Knorre schüttelte den Kopf. »Es kam nicht so. Denn nun bekam man Angst, das zu verlieren, was man hatte. Man selbst hätte nach dem gegiert, hätte es ein anderer besessen, und so, dachte man, mussten auch die anderen gierig sein. Um sich zu *schützen* vor den anderen, musste man nun die Welt unterjochen.«

Knorre lehnte den Kopf müde an den Stein hinter sich und schloss die Augen. »Kein Wunder, dass mein Vorfahr wahnsinnig wurde ... im Dienst der Göttin sich wähnend, schuf er ein Übel, das auch heute noch seinesgleichen auf der Welt sucht.«

Argor musterte den hageren Mann vorsichtig. »Ihr erzählt dies nicht ohne Grund, Meister Knorre. Was ist es, was Ihr uns eigentlich sagen wolltet?«

»Wenn ihr gewillt seid, den Preis zu zahlen, zeige ich euch den Weg, die Schlacht zu gewinnen und die Verderbnis der alten Stadt zu besiegen. Es wird Jahre, Jahrzehnte dauern ... aber die Verderbnis wird vergehen, denn sie ist nicht gewollt von den Göttern und wider die Natur.«

»Wie meint Ihr das?«, fragte Elyra leise, doch Argor hatte schon verstanden.

»Es ist dieser Ort, nicht wahr? Der Damm ...« Plötzlich verstand der Zwerg. »Dies war der Grund, warum Ihr mit uns gekommen seid. Es hat mit dem Damm zu tun, nur was?«

Knorre nickte. »Es ist ein verfluchter Ort, dieser Damm. Durchzogen von Waben und wasserfesten Türen, gefluteten Gewölben und einem Raum, in dem die Macht des Wassers noch immer durch Röhren gepresst wird. Dort leuchtet die Magie so hell, dass sie die Augen verbrennen kann, sieht man nur hin. Der Damm ist zerstört, mit ihm all das, was einst dazu diente, ihn sicher zu halten. Öffnet man eine Schleuse in diesem Raum, wo die Magie tobt und Funken schlägt, wird es diese alte Magie überlasten ... und sie wird sich zerstörerisch entladen.« Er öffnete die Augen und sah Argor offen an. »Der freie Platz nahe dem Hafen ... dort, wo das Heer lagert. Dort standen einst Gebäude. Sie wurden hinweggespült, als der Damm gebrochen ist. Wäre nicht ein Teil des Hafengrunds mit abgesackt, der Hafen selbst wäre nicht mehr zu gebrauchen, um Schiffe anzulanden. Bricht der Damm zur Gänze ... und das wird geschehen, wenn die Magie sich entlädt, dann werden die Fluten hinter uns, gestärkt durch das Gewitter, den Feind hinwegreißen und ins Meer spülen.«

»Und was ist der Preis?«, fragte Elyra leise, während in ihren Augen die Angst vor der Antwort deutlich zu sehen war.

»Ich war vor Jahren schon dort unten, habe mir das angesehen, wollte zerstören, was mein Vorfahr schuf, um die Verderbnis aus der Welt zu nehmen. Das war, bevor Belior hier erschien. Doch um dies zu tun, braucht es zwei, die zwei Räder gleichzeitig bedienen ... und es ist ungewiss, nein, zweifelhaft, ob, wenn die Magie beginnt zu wachsen, es ihnen gelingen wird, sich in Sicherheit zu bringen. Es ist Selbstmord, Elyra, Priesterin der Mistral ... und das ist der Preis, der hier gezahlt werden muss.

Dort unten, vor dem Damm, wird es den Tod bedeuten … und dort befinden sich Eure Freunde, Garret und Tarlon und Hendriks, ein Mann, den ich zwar nicht mögen kann, der aber Ehre besitzt. Ihr könnt Euch nicht die Macht der Wasser vorstellen, die entfesselt wird, wenn der Damm bricht. Eure Freunde werden es nicht überleben, genauso wenig der Feind.«

Er atmete schwer. »So könnt Ihr diese Schlacht gewinnen. Ihr seid zu schwach dazu, Elyra, habt nicht die Kraft, das Rad zu drehen. Wenn Argor gewillt ist, zu sterben, wenn Ihr gewillt seid, den Tod Eurer Freunde auf Euer Gewissen zu nehmen … dann habt Ihr hier den Preis, den es kostet, diese Schlacht für Euch zu entscheiden. Und die Verderbnis aus der Welt zu nehmen.«

»Ihr seid bereit dazu, nicht wahr?«, fragte Elyra leise.

Knorre nickte. »Ich bin alt und nur ich weiß noch, wie man die Verderbnis besiegen kann. Früher oder später wird es geschehen und der Damm wird brechen, auch wenn wir es nicht tun … doch es mag Jahrhunderte dauern, bis es geschieht. Und mich friert bei dem Gedanken, welches Unheil bis dahin noch angerichtet wird!« Er sah sie direkt an.

»Wenn Ihr mir den Segen Eurer Göttin gebt, werde ich es tun, ohne eine Sekunde zu zögern, dankbar für die Möglichkeit, das zu richten, was mein Vorfahr verbrach.«

Knorre nahm das kleine Buch heraus und hielt es hoch. »Der letzte Eintrag in seinem Buch zeigt, wie verzweifelt er war, dass er Mistrals Gnade vertan hatte, ihr Geschenk in diese Verderbnis wandelte … für den Segen Eurer Göttin wäre er durchs Feuer gelaufen, um diesen Dienst zu erbringen … und mir geht es nicht anders. Nur ich kann richten, was hier verdorben wurde … nur kann ich es nicht alleine.«

Argor schluckte. Und schluckte erneut. Wasser und Stein und Magie. »Saht Ihr mich so sterben?«, fragte er dann leise.

Knorre nickte. »Dies ist Eure eine Gelegenheit, diesem Schicksal zu entgehen. Geht weg von diesem Ort und schaut nicht zurück und Ihr werdet Jahrhunderte leben.«

»Und werde mir meinen Bart einen jeden dieser Tage rasieren müssen«, sagte Argor leise. »Doch wie kann man so etwas entscheiden?«

»Es muss getan werden«, sagte Elyra mit belegter Stimme. Sie hob entschlossen das Kinn, während ihre Augen feucht wurden. »Es ist hart und grausam, Meister Knorre, was Ihr fordert, doch wenn Ihr sicher seid, dass es geschehen wird, dass der Damm bricht, ist es das, was getan werden soll. Um unser Dorf zu retten und der Verderbnis die Grundlage zu entziehen. Das alleine gebietet es, denn auch die Macht meiner Göttin wird hier verdorben. Ich werde mit Euch in diese Tiefen hinabsteigen ... und der Segen der Göttin wird es uns allen erleichtern, zu ihr zu gehen.«

»Das«, sagte Knorre bestimmt, »werdet Ihr ganz bestimmt nicht tun. Es liegt kein Sinn darin ... und Ihr müsst leben, um die Hoffnung aufrechtzuerhalten. Ihr seid die erste Priesterin der Herrin der Welten, die dieser Ort seit Jahrhunderten gesehen hat. Dies ist die Last, die Ihr zu tragen habt, Elyra. Ihr tragt den Willen der Göttin unter die Lebenden ... und das ist Eure Bestimmung, keine andere.«

Auch Argor schüttelte den Kopf. »Ich kann es auch nicht zulassen, Elyra«, sagte er ungewohnt sanft. »Ich werde in den Tiefen dieser Mauern meinen Hammer nicht brauchen. Jemand muss ihn zu meinem Vater bringen. Es gibt einen Cousin, der ihn tragen wird.«

Elyra nickte langsam und als er ihr seinen schweren Hammer hinhielt, nahm sie ihn mit beiden Händen. »Ich werde gut auf ihn aufpassen«, sagte sie dann.

»Das weiß ich«, erwiderte Argor. Es war ihm beinahe peinlich, ihre feuchten Augen zu sehen, so wandte er sich fast schon abrupt Knorre zu.

»Gibt es einen Grund, nicht gleich zu gehen?«, fragte er den hageren Mann und sah zum Treppenabgang hinüber, der nun für ihn das Unheimlichste darstellte, das er jemals gesehen hatte.

»Ich fürchte, meinen Mut zu verlieren, wenn ich zögere.«

»Einen Grund zu zögern? Wahrlich nicht«, sagte Knorre und erhob sich, um an Elyra heranzutreten. »Jeder Zeitpunkt zu sterben, ist ein schlechter. Es macht keinen Unterschied.« Er sah Elyra tief in die Augen. »Es wird Eure Freunde töten ... könnt Ihr diesen Preis bezahlen?«

Sie sah ihn fast schon verzweifelt an, ihre Zähne hatten sich tief in ihre Unterlippe gegraben, dort sogar Blut gefunden. Doch sie nickte langsam. »Ich werde beten, dass die Göttin ihnen Schutz gewährt«, sagte sie dann mit leiser, aber entschlossener Stimme. »Es ist vonnöten, dies zu tun. Ich kenne meine Freunde. Tarlon ...« Sie holte tief Luft und sprach tapfer weiter. »Er würde so entscheiden. Er hat sich noch nie gescheut, das zu tun, was getan werden muss. Auch Garret. Jeder würde zustimmen, dies als das Richtige sehen, sagen, dass er den Preis bezahlen wird. Nur diese Sicherheit erlaubt es mir, dies zu entscheiden. Und doch ...« Sie berührte das Amulett auf ihrer Brust. »Ohne dies und meinem festen Glauben könnte ich es nicht. Ich spüre einfach, dass es das Richtige ist.«

»Dann«, bat Knorre leise und kniete sich vor sie, »gebt uns den Segen, damit wir die Kraft finden, das zu tun, was getan werden muss.«

»Oh, verflucht«, begehrte Lamar auf. »Wie könnt Ihr das so trocken erzählen!« Er trank einen tiefen Schluck seines Weins. »Ich habe angefangen, sie zu mögen! Sogar diesen Garret!« Er sah den alten Mann vorwurfsvoll an.

»Es ist ihre Geschichte«, gab der alte Mann zur Antwort. »Ich erzähle sie nur. Und sie ist noch nicht zu Ende.«

»Ich weiß nun gar nicht, ob ich das Ende hören will«, sagte Lamar.

»Ich kann auch gerne schweigen«, sagte der alte Mann und lachte, als er Lamars Blick sah.

25 Der Sturm

»Ein solches Gewitter habe ich noch nie erlebt«, stellte Garret andächtig fest. Er stand auf Tarlons Schultern und sah durch das vergitterte Fenster hinaus. Wieder erleuchtete ein Blitz ihre Zelle, rollte der Donner über sie. Das Gitterfenster führte nicht nach draußen, die Zellen waren in einen Raum rechts des Eingangs der Börse nachträglich eingesetzt, doch wenn er sich reckte, konnte Garret durch das vergitterte Fenster dieses anderen Raumes sehen. Und selten hatte er solche Wassermassen herniederkommen sehen. Wieder blendete ihn ein Blitz ... es schien, als ob die Götter selbst wetteifern würden, wie viele Blitze man in einem einzigen Atemzug zu Boden werfen konnte.

»Ehrlich gesagt, interessiert mich das Gewitter nicht«, sagte Tarlon. Er stand mit dem Rücken an der Wand unter dem Fenster und auch wenn er Garret ohne große Anstrengung tragen konnte, war es doch nicht sehr bequem. Wenigstens trug Garret keine Stiefel mehr, die Absätze hätten dies deutlich unangenehmer gemacht.

»Nun, ich habe auch nicht viel Übung darin ...« Garret konzentrierte sich, versuchte sich an die Lektionen der Dame im Brunnen zu erinnern und legte die Fingerspitzen beider Zeigefinger fest an das untere Ende des mittleren Gitterstabs. Das gleißende Licht des nächsten Blitzes überdeckte das Leuchten, das aus seinen Fingern in das Metall des Gitterstabes floss ... dies war nicht das erste Mal, dass er es versuchte, und die Anstrengung war enorm. Zugleich mit dem Donner riss er mit beiden Händen an dem Stab ... und er löste sich!

»Na also«, keuchte Garret zufrieden.

»Was?«, fragte Tarlon von unten.

»Hier«, rief Garret triumphierend und brach den Stab aus der oberen Verankerung. »Sie wissen einfach nicht, wie man baut!« Er hielt den Gitterstab nach unten und Tarlon nahm ihn, es war keine gute Waffe, aber besser als nichts.

Er spürte, wie der Druck auf seinen Schultern nachließ, dann hörte er Garret fluchen.

»Was ist?«

»Ich habe mich verbrannt ... es ist noch heiß hier! Götter, das tut wirklich weh!«, fluchte Garret. Dann sah Tarlon nur noch, wie die nackten Füße seines Freundes durch das Fenster verschwanden.

Es hatte Wachen im Raum mit den Zellen gegeben, aber vor einer Weile war ein Blitz sehr nahe eingeschlagen und hatte etwas in Brand gesetzt ... was es auch immer war, es brannte noch, der Brandgeruch lag weiterhin in der Luft. Die Wachen waren abgerufen worden, wohl um beim Löschen zu helfen, und weder Tarlon noch Garret waren der Meinung, dass man eine solche Gelegenheit ungenutzt verstreichen lassen sollte.

Einen Moment später klackerte der Riegel an der Tür und Garret stand im Türrahmen, von einem Ohr bis zum anderen grinsend.

»Wir sind hier zurzeit die einzigen Gäste und rate mal, was sie freundlicherweise für uns in der Nachbarzelle aufbewahrt haben!«

»Später«, sagte Tarlon. Er schob den überraschten Garret zur Seite, schloss die Zellentüre so leise, wie es ging, und legte den Riegel wieder vor.

»In die Nachbarzelle, unter die Pritschen!«, flüsterte er. »Es kommt jemand!«

Er rannte zum Fenster des Raums, öffnete den Innenriegel der Vergitterung dort und rannte in die zweite der drei Zellen zurück, zog die Tür hinter sich zu und warf sich unter die andere Pritsche.

Keinen Moment zu früh, denn trotz des Gewittersturmes hörten sie beide, wie die Tür des Raums geöffnet wurde, dann die schweren Schritte von mindestens vier Wachen, das Geräusch des Riegels, wie er zurückgezogen wurde, dann ein lautes Fluchen.

Hastige Schritte zum Fenster, erneutes Fluchen und dann wurde die Zellentür zu der Zelle aufgerissen, in der sich die beiden Freunde versteckt hatten. Schwere, mit Metallplatten verstärkte Stiefel erschienen in ihrem Sichtfeld, als einer der Soldaten die Kiste öffnete.

»Alles noch da«, rief er. »Die müssen so, wie sie sind, geflohen sein!«

»Verdammt«, fluchte eine andere Stimme. »Das gibt Ärger!«

»Wenigstens lässt der Graf nicht diejenigen verfüttern, die ihm die schlechte Botschaft bringen«, sagte eine dritte Stimme. »Wo sind eigentlich die Wachen hier? Es gibt keine Kampfspuren.«

»Sie wurden wohl abgezogen.«

»Dann möchte ich nicht in der Haut des Korporals stecken.« Ein tiefer Seufzer folgte. »Wir sollten Bericht erstatten.«

Die Schritte entfernten sich, die Tür ging, dann war wieder Stille.

Einen Moment warteten die Freunde noch, dann erst trauten sie sich unter den Pritschen hervor. Die Kiste enthielt ihre Ausrüstung und die von Hendriks. Tarlon sah auf seine Sachen herab und schüttelte den Kopf.

»So kommen wir nicht weit. Wir fallen zu sehr auf, ich habe kaum Zivilisten hier gesehen. Wir brauchen die Rüstungen der Wachen. Unter einem Helm fällt auch dein Auge nicht so auf.«

»Wir können noch gar nicht gehen«, sagte Garret, »aber wenigstens meine Stiefel will ich anhaben.« Er fischte seine Stiefel heraus und zog das gefaltete Tuch des Händlers aus einer Innentasche des rechten Stiefelschafts.

»Ich gehe nicht ohne meinen Bogen und mein Schwert.« Er entfaltete das Tuch. »Wir nehmen die ganze Kiste mit.« Tarlon nickte, fischte sich seine Stiefel aus der Kiste heraus und Hendriks' Schwert, half dann Garret, die Kiste in die magische Kammer zu legen. Es kam ihm immer noch unheimlich vor, als Garret das Tuch wieder faltete und in seinem Stiefel versteckte.

»Ich sah eine Rüstkammer ein paar Türen weiter«, sagte

Garret dann. »Wollen wir es dort versuchen oder wollen wir ein paar Wachen überwältigen?«

»Nackt wie wir sind?« Tarlon lachte. »Je nachdem, ob wir die Rüstkammer ungeschoren erreichen.« Er wog das Schwert des Söldners in seiner Hand. »Diesmal jedenfalls werde ich meine Haut teuer verkaufen … lieber sterbe ich so, als gefressen oder zu Tode gefoltert zu werden!«

Es blieb ihnen kaum Zeit und wäre die Rüstkammer besetzt gewesen, so wäre es wohl zum Kampf gekommen, so aber vermochten es Garret und Tarlon, die Tür der Rüstkammer rechtzeitig hinter sich zuzuziehen, bevor ein größerer Trupp an Wachen eilig vorbeigerannt kam.

»Das war knapp«, sagte Garret und lachte leise. »Sie werden sicherlich bald merken, dass die Kiste weg ist.«

»Ein Grund mehr, uns zu beeilen«, sagte Tarlon und musterte die Regale mit den Rüstungsteilen. Für seine Körpergröße gab es wenig dort, aber es musste reichen. Schnell halfen sich die beiden Freunde gegenseitig, sich anzukleiden, selbst passende Stiefel und Hosen fanden sie. Garret hätte beinahe das Tuch vergessen, doch im letzten Moment dachte er daran … im magischen Tuch landeten auch die Leinenkleider und Stiefel sowie Hendriks' Schwert.

Mit Helm und vollständig ausgerüstet, machten die beiden Freunde sich auf den Weg und waren keine zwei Schritte weit gekommen, als ihnen ein anderer Soldat über den Weg lief. Dieser jedoch schenkte ihnen keine weitere Beachtung.

»Das ginge bei uns nicht«, flüsterte Garret. »Da kennt jeder jeden.«

»Es gibt hier mehr Soldaten, als wir Einwohner im Dorf haben«, antwortete Tarlon leise. »Und in den Rüstungen sehen alle gleich aus. Ich glaube, hier ging es lang.«

Sie kamen an einem Fenster vorbei und sahen jetzt, was draußen Feuer gefangen hatte: Eines der Schiffe im Hafen brannte lichterloh und Dutzende von Soldaten versuchten, es zu löschen und zu verhindern, dass die anderen Schiffe ebenfalls ein Raub der Flammen wurden.

»Ich hoffe, sie saufen alle ab«, zischte Garret. Eine andere Wache kam ihnen entgegen und Garret sprach sie an: »Hey, weißt du, wo der Graf ist? Ich habe Nachricht vom Hafen für ihn.«

»Keine Ahnung. Ich hörte, er wäre beim Feldscher, weil ihm sein Schoßhund auf den Fuß getreten ist. Ist nichts Schlimmes, aber gut gelaunt ist er nicht. Ich hoffe, es ist eine gute Nachricht?«

»Nein, ist es nicht«, gab Garret zerknirscht zurück und der andere Soldat schlug ihm auf die Schulter. »Kopf hoch, ich hörte, der Drache wäre bereits satt!«

Tarlon sah dem anderen nach, dann wandte er sich wieder Garret zu. »Musst du immer das Schicksal herausfordern?«

»So wissen wir, wo der Graf nicht ist.«

»Das wussten wir auch so«, gab Tarlon zurück und wies auf die Tür, die nun in Sicht kam. »Keine Wachen!«

Sie hatten Mühe, die Tür zu öffnen, was auch immer der Mechanismus war, damit sie sich von alleine öffnete, sie fanden ihn nicht. Aber es reichte für einen Spalt, durch den sie sich hindurchdrücken konnten. Beide atmeten erleichtert aus, als sie ihre Waffen und Garrets Bogen noch auf dem großen Tisch vorfanden.

»Und jetzt?«, fragte Garret, als er sein eigenes Schwert umgürtete.

»Dort hinten ist eine Tür … vielleicht führt sie zu einer Treppe.«

»Warum nicht einfach zur Vordertür hinausgehen?«, fragte Garret. »Bei dem beschissenen Wetter können wir einfach gehen und keiner wird uns gehen sehen.«

»Nicht wenn sie deinen Bogen sehen. Wie viele Bogenschützen sahst du hier schon? Er ist zu auffällig. Ich kann meine Axt zurücklassen, es ist nur eine Axt. Aber was ist mit deinem Bogen? Wir brauchen den Schutz der Dunkelheit und bis dahin müssen wir dort sein, wo uns niemand sucht.«

»Und wo wäre das?«, fragte Garret.

»Beim Drachen«, antwortete Tarlon wie selbstverständlich.

Garret sah ihn verblüfft an.

»Nein, ich hatte nicht vor, in seinem Maul zu schlafen, aber so, wie die Leute hier von dem Drachen reden, halten sie sich gerne so weit wie möglich von ihm entfernt auf.«

»Aus gutem Grund«, stöhnte Garret, aber er folgte Tarlon, der die hintere Tür öffnete.

Das Dach der alten Börse war flach, dennoch war es nicht leer. Vier kleinere Bauten, fast wie kleine Häuser, standen dort. Der Drache lag unübersehbar in einer Ecke und was mit den kleinen Bauten in seiner Nähe war, wollten Garret und Tarlon gar nicht wissen, sie waren froh darum, dass die anderen leer waren. Eines davon hatte ein kaputtes Dach, durch das der Regen hineinblies, das andere war noch intakt genug, ihnen einen trockenen Platz zu bieten und durch die leeren Fensterhöhlen einen Ausblick auf die Stadt und den Hafen zu gewähren.

Aber im Moment standen die beiden Freunde an der Brüstung des Daches und versuchten, sich ein Bild zu machen. Beide ignorierten den Drachen, so gut sie konnten.

»Schau mal«, sagte Garret und wies nach Süden. »Ich habe noch nie Gewitterwolken gesehen, die bis zum Boden reichen!«

»Mich freut es eher zu sehen, dass ein weiteres Schiff Feuer gefangen hat«, stellte Tarlon grimmig fest. Ein Windstoß ließ seinen Umhang flattern, und der Regen blies ihm wie mit Nadeln ins Gesicht. »Das ist wirklich mal ein Sturm«, stellte er fest.

»Gut für uns«, meinte Garret. »Es ist kaum jemand unterwegs, sie haben sich alle verkrochen.« Die dichte Wolkendecke und die herannahende Dämmerung ließ es rapide dunkler werden. Vom Dach aus beobachteten sie, wie ein Verletzter in eines der Gebäude neben der Börse gebracht wurde.

»Das dürfte das Lazarett sein«, stellte Tarlon fest. »Ob Hendriks noch dort weilt?«

»Wir können ihn nicht befreien, wenn du das meinst«, sagte Garret bedauernd. »Er wurde schwer am Bein verletzt, wir müssten ihn tragen. Wenn er überhaupt noch lebt. Auf ihn nahm man keine Rücksicht. Nur uns wollte man gefangen nehmen!«

»Das war die Idee des Kriegsmeisters«, erklärte Tarlon. Er löste sich von der Brüstung und ging zu dem leeren kleinen Bau hinüber, konnte es sich aber nicht verkneifen, einen Blick zu dem Drachen hinüberzuwerfen. Er erschrak, als er feststellte, dass dieser ihn ansah, und war froh, als er das Gebäude betrat und nicht mehr diesem Blick ausgesetzt war.

»Nicht blöde, das Vieh«, sagte Garret, als er folgte. Auch er war etwas bleich geworden. »Wir haben es zu sehr ignoriert ... wer schaut denn nicht hin zu einem Drachen, wenn man einen sieht?« Er seufzte. »Aber ich würde gerne sein anderes Auge erwischen. Aber bei dem Wetter könnte ich ihn verfehlen ... und der Regen ist nicht gut für die Sehne, obwohl ich sie gut gewachst habe.«

»Ehrlich gesagt, bin ich froh, dass du ihn in Ruhe lässt«, meinte Tarlon. Er trat ans Fenster des Gebäudes. »Sieh mal«, sagte er leise. Garret trat neben ihn, zuerst sah er nicht, was Tarlon meinte. Dann aber sah er, wie ein Blitz zweimal hintereinander tief an der Basis in den alten Damm über ihnen einschlug.

»Schlagen Blitze nicht so hoch wie möglich ein?«, fragte Tarlon leise, als wieder ein Blitz in das Fundament des alten Damms fuhr. Garret nickte nur, fasziniert sah auch er zu, wie die nächsten Blitze an der gleichen Stelle einschlugen. »Und ich sah noch nie einen Blitz schräg einschlagen«, fügte er ehrfürchtig hinzu. Die Blitze schlugen immer schneller ein, immer wieder am selben Punkt, kaum war der eine Blitz verklungen, erhellte der nächste schon die Nacht. Tarlon sah sich um ... dies war das höchste und stabilste Gebäude im weiten Umkreis. Unten im Hafen versuchte man noch immer, zu verhindern, dass der Brand auf ein weiteres Schiff überschlug, das erste war bereits bis fast auf die Wasserlinie abgebrannt und hatte sich schon etwas zur Seite geneigt.

Tarlon warf einen Blick hinauf zum Damm und seine Augenbrauen zogen sich zusammen. »Komm mit!«, sagte er dann. »Und lass deinen Bogen hier!«

»Auf keinen Fall!«, begehrte Garret auf, doch Tarlon schüttelte den Kopf. »Lass ihn liegen, wir kommen wieder hierher. Und wir müssen uns beeilen!«

Er eilte bereits auf den Treppenabgang zu. Garret zögerte noch einmal kurz und rannte dann hinter ihm her. »Was hast du denn vor?«

»Ich will Hendriks holen. Und ich weiß auch schon, wie.« Mit einem letzten Blick auf die gleißenden Blitze, die immer schneller in das Fundament des Dammes einschlugen, rannte Tarlon weiter.

Es dauerte nicht lange, bis sie unten aus dem Haupteingang herauskamen. Tarlon warf einen Blick hinauf zum Damm, der nun von den Blitzen hell erleuchtet schien, nicht nur er sah dorthin, überall gab es Soldaten, die teilweise mit offenem Mund diesem Schauspiel zusahen.

Für Tarlon reichte es, zu wissen, dass die Blitze *noch immer* dort einschlugen, er ignorierte das Spektakel und eilte in das niedrigere Nebengebäude.

Zwei Wachen saßen dort an einem Tisch und spielten Karten, im Hintergrund hörte man jemanden stöhnen und einen anderen fluchen.

Zufrieden stellte Tarlon fest, dass die Soldaten hier die normalen Rüstungen trugen, er hoffte nur, dass er sich nicht irrte in seiner Annahme, dass die Wachen der alten Börse mehr zu sagen hatten.

»Sagt, lebt dieser Söldner noch?«, fragte Tarlon ohne weitere Vorrede, als die Kartenspieler aufsahen. Einer der beiden, mit einem runden Gesicht und einer Nase, die von zu viel Wein sprach, nickte. »Der ist ein zäher Bursche. Der Feldscher meint sogar, er wird überleben.«

»Das glaube ich nicht«, sagte Tarlon. »Der Graf will ihn sprechen und dann an seinen Haushund verfüttern.«

Die beiden Soldaten sahen sich gegenseitig an. »Armes Schwein«, sagte dann der linke von ihnen. »Er liegt auf der Pritsche hinten rechts.«

Tarlon nickte nur und eilte in den großen Raum. In einer Ecke war der Feldscher im Schein dreier Öllampen beschäftigt, fünf Leute hielten sein Opfer fest, als der Heiler mit scharfen Zangen verbranntes Leinen von geschwärzter Haut zog … der Gestank von verbranntem Fleisch war widerlich, am schlimmsten aber waren die gurgelnden Schreie des Mannes. Die meisten Betten waren leer, Hendriks war bald gefunden, der Hauptmann lag wach auf seiner Pritsche, die Arme mit Lederriemen an den stabilen Rahmen gebunden.

»Du lebst. Also kannst du laufen«, sagte Tarlon barsch, im Licht der Öllampen sah er, wie die Augen des Hauptmanns sich weiteten. Schnell zog Tarlon die Lederlaschen auf, dann griffen Garret und er ihn grob bei den Armen und zogen ihn hoch. Der Hauptmann war, bis auf die Bandagen, nackt und wollte protestieren, doch Tarlon zog ihn herum, als wäre er nicht mehr als ein kleines Kind.

»Hey«, rief der Feldscher. »Was macht ihr mit dem?«

»An den Drachen verfüttern, so wie es aussieht!«

»Verdammt!«, knurrte der Heiler. »Das hätte man mir vorher sagen können, dann hätte ich mir die Mühe nicht machen brauchen!« Der Mann auf dem Tisch stöhnte und der Heiler wandte sich wieder ihm zu, machte eine ungeduldige Geste mit der freien Hand.

Tarlon und Garret ließen sich nicht zweimal bitten, sondern zerrten den halb ohnmächtigen Hauptmann aus dem Gebäude … hinüber zu der alten Börse. Dass Nacht sein sollte, konnte man kaum noch erkennen, die Blitze schlugen nun so schnell hintereinander in den Damm ein, dass es aussah wie ein gleißendes, helles, flackerndes Licht, das messerscharfe Schatten warf. Die anderen Soldaten ignorierten Garret und Tarlon, nur einer sah ihnen hinterher und lachte, der Fahrer des Karrens, der sie hergebracht hatte.

»Wir müssen aufs Dach«, zischte Tarlon, als er fast alleine den schweren Körper des Hauptmanns herumwuchtete. Selbst hier, tief im Gebäude, warfen die Blitze scharfe Schatten, grollte der Donner kontinuierlich. Doch dann wurde es dunkel und still. Tarlon fluchte, warf sich den Söldnerhauptmann über die Schulter und rannte die breiten Treppen hoch, die im Dunkel nun fast nicht mehr zu sehen waren. Garret wollte schon fragen, weshalb die Eile, da spürte er unter seinen Sohlen eine Vibration, ein fernes Grollen, das immer stärker wurde. Er entschied sich, schneller zu rennen.

Für Argor war der Abstieg in die Tiefen des Damms das Schlimmste, das er jemals getan hatte. Es war nicht so, als würde man den Stollen einer Mine betreten, denn hier war das Wasser allgegenwärtig, ließ ihn keinen Moment vergessen, dass auf der anderen Seite dieser mächtigen Mauern ein See lastete ... überall lief Wasser, sprühte aus feinen Ritzen, lief den Boden entlang oder tropfte von der Decke, lief, einem kleinen Bach gleich, die Treppen des Schachts hinunter. Das Licht des Stabes, den Knorre in seiner linken Hand führte, war für Argor hell genug, er sah den Kalk, den das Wasser aus dem Stein getrieben hatte, die Risse, aus denen das kalte Wasser des Sees hinter ihnen spritzte ... wurde einmal von einem Strahl zur Seite geworfen, der ihn so hart traf, dass seine Rüstung sich verspannte.

Knorre führte wortlos den Weg immer tiefer in den Bauch des Damms, auch Argor wusste nicht, was er noch hätte sagen sollen. Es war alles schon gesagt. Unten angekommen, endete der Schacht in einem Gang, der, für Argor brusthoch, mit eiskaltem Wasser geflutet war. Argor holte tief Luft, fluchte einmal leise und stieg in die eisigen Fluten. Das Wasser macht es ihm schwer voranzukommen, letztlich war es Knorre, der ihn fast vor sich herschob. Ein anderes Mal öffneten sie mit vereinten Kräften eine verrostete Tür zu einem anderen Treppenschacht und Knorre beschrieb, dass man erst unter Wasser hinabgehen müsste und auf der anderen Seite wieder nach oben. Argor blieb stocksteif stehen, fuhr mit der Hand über seine Bartstoppeln, holte mehrfach tief Luft und ging voran ... noch nicht einmal, als die kalten Fluten über seinem Kopf zusammenschlugen, zögerte er.

Ein letztes verrostetes Tor hielt lange Zeit ihren gemeinsamen Bemühungen, es zu öffnen, stand, bis Knorre seinen Stab mit beiden Händen nahm und einmal zuschlug, die gleißende

Entladung ließ Argors ganzen Körper kribbeln, aber das schwere Tor wurde wie von dem Fußtritt eines Riesen nach innen in den Raum dahinter geschleudert, wo es im lauten Platschen und dem Zischen von heißem Metall in dem hüfthoch stehenden Wasser versank.

Die Augen des Zwergs weiteten sich, als er den großen Raum versuchte wahrzunehmen, dieser Raum alleine war bestimmt sechsmal so groß wie der Gasthof im Dorf. Sechs massive Röhren von gut acht Schritt Durchmesser führten aus der Wand hinter ihnen zu großen Zylindern aus Gold, Silber und Kristall, seine Augen weigerten sich, den Formen zu folgen, die sich hier ineinanderwoben, und als er es instinktiv versuchte, wankte er, so schwindlig und schlecht wurde ihm.

Über ihnen, in der Höhe des Raums, drehte sich langsam ein Licht, so gleißend hell wie tausend Blitze auf einmal. Knorre hatte ihn davor gewarnt, direkt dorthin zu schauen, nur aus den Augenwinkeln erkannte er seltsame Strukturen in dem gleißenden Licht, sich bewegende helle Schlieren, dieses Licht pulsierte langsam, schien fast zu leben und, so bildete Argor sich ein, war geradezu gierig auf ihn. Hier vibrierte der Boden und ließ seine Füße kribbeln, der tosende Lärm war so laut, dass es keine Möglichkeit mehr gab, sich durch Worte zu verständigen.

Knorre zögerte nicht, er führte den Weg hinauf zu einem fast verrosteten metallenen Gerüst an der Hinterseite des Raums, dort, an einem monumentalen Rohr aus demselben Material, aus dem auch das Tor zu dem Depot gefertigt war, befand sich auf jeder Seite ein gut mannshohes Rad. Argor folgte dem Rohr mit seinem Blick, hier spaltete es sich in die sechs Rohre, die zu den glitzernden Zylindern liefen.

Knorre wies mit seinem Stab auf das eine Rad, arbeitete sich vorsichtig zu dem anderen vor und griff es mit beiden Händen. Obgleich aus dem gleichen Material wie das Rohr selbst, waren die Räder nicht verrostet, dennoch schien es, als bräuchte es einen Riesen, um sie zu bedienen.

Das also war es. Für einen langen Moment stand Argor da, versuchte, sich die Gesichter seiner Freunde vorzustellen, die bald mit ihm ersaufen würden, und hoffte, dass sie ihm vergeben konnten. Er empfahl seine Seele den Göttern und griff beherzt zu.

Am Anfang schien es, als ob keine Anstrengung der Welt diese Räder bewegen konnte, auch Argor wusste nicht, wie lange sie mit dem starren Metall rangen, doch dann bewegte es sich knirschend ... und es schien, als ob dies alles wäre, das es gebraucht hatte, ab diesem Moment drehte sich das Rad fast spielerisch. Es brauchte nicht, wie Argor zuvor gedacht hatte, nur eine Umdrehung, nein, es musste einen Mechanismus geben, der daran gekoppelt war ... Noch während sie das Rad aufdrehten, bemerkte Argor schon die Veränderung. Das Tosen der Wasser wurde lauter, das mächtige Rad unter seinen Fingern vibrierte mehr und mehr, bis ihm die Fingerspitzen taub wurden ... mit einem Knall löste sich an einem der Zylinder etwas und ein daumendicker Strahl schoss schräg in die Höhe, ohne die geringste Krümmung ... und traf die Decke hoch über ihnen so hart, dass sich dort Steine lösten. Sie drehten weiter. Die Vibrationen im Boden unter ihnen nahmen zu, in einer Wand zu ihrer Linken brach ein Wasserstrahl, fast so dick wie Argors Hüfte, durch die Wand und bohrte sich in den Stein auf der anderen Seite der großen Halle ... und das Licht über ihnen pulsierte immer schneller, wurde, auch wenn dies unmöglich schien, immer gleißender.

Gut drei Dutzend Male musste das mächtige Rad gedreht werden, bis es mit einem dumpfen Schlag wieder stockte.

Argor sah Knorre, wie er mit dem Stab auf die Tür wies, durch die sie gekommen waren, und sich sein Mund zu dem Wort »Renn!« formte. Er rannte los, der Arteficier dicht hinter ihm, als neben ihnen die Wand nachgab und das Wasser sie beide mitriss und tief in den riesigen Raum hineinspülte. Prustend kam Argor wieder hoch, das Wasser stieg nun so schnell, dass er zusehen konnte ... und sah sich nach Knorre um, der sich neben ihm aufrichtete, aber in einer sitzenden Position verblieb, während das Wasser ihm bis an den Hals ging. Erneut machte der hagere Mann mit seinem Stab eine Geste in Richtung der Tür des großen Raums, doch Argor bückte sich unter Wasser, sah, dass der linke Fuß Knorres unter einem mächtigen Stück Stein eingeklemmt war. Er tauchte auf, wieder wies Knorre mit seinem Stab in Richtung der Tür, doch Argor schüttelte den Kopf. Er griff Knorre, denn er hatte gesehen, dass der Stein ihn nur in einem Winkel hielt und nicht den Fuß zerdrückt hatte, und zog.

Knorre rammte seinen Stab gegen den Stein, eine Welle gleißenden Lichts ließ das Wasser transparent und leuchtend zurück, einen Moment lang schien die Welle den schweren Stein anzuheben, Argor zog, dann warf sich der hagere Mann zur Seite, sein Gesicht schmerzverzerrt. Argor ergriff ihn an der Seite, stützte ihn und gemeinsam humpelten sie zur Tür, während das Wasser immer weiter anstieg.

War der Abstieg schon ein Albtraum gewesen, so war der Aufstieg noch schlimmer ... nur mit Mühe vermochten sie mit dem steigenden Wasser mitzuhalten. Immer lauter wurde das Dröhnen, immer stärker vibrierte der Boden unter ihren Füßen, dann brach über ihnen ein Teil der Treppe weg und ein faustgroßes Stück Stein traf Meister Knorre am Kopf ... ein Wasserstrahl, so breit wie Argor selbst, spülte den hageren Mann von der Treppe und drückte ihn unter Wasser, tiefer nach unten in den Schacht hinein ... ein letztes Mal sah Argor im Wasser tief unter ihm das Licht von Knorres Stab aufblitzen, dann war es dunkel.

Der Stein, der ihn umgab, schien nun zu leben, pulsierte langsam, zugleich aber auch von hämmernden Schlägen erschüttert. Argor war es gewohnt, im Dunkeln zu sehen, aber hier war es nicht alleine nur Dunkel, es war eine Finsternis, die er nicht kannte, ein Abhandensein von Licht ... als ein Stein ihn an der gepanzerten Schulter traf, drängte er sich in eine Ecke ... und fing mit lauter und fester Stimme an zu beten. Der Boden unter seinen Füßen bewegte sich, erst leicht, dann stärker, ein Brüllen und Tosen, so laut, dass es wie ein körperlicher Schlag war, erschütterte ihn und die Ecke des Schachts, noch während das Wasser über seinen Kopf stieg. Es gab keine Treppe mehr, er konnte nicht einmal versuchen zu schwimmen ... doch Argor gab nicht auf ... er hielt so lange die Luft an, bis es nicht mehr ging. Unter Wasser war das Getöse so laut, dass es schmerzte, es schien, als ob der Lärm alleine schon ihn umbringen würde, bevor er den Atem verlor, doch dem war nicht so.

Seltsam, dachte er, als sein letzter Atem entwich und kaltes Wasser wie flüssige Lava seine Lungen füllte, dass das Loslassen so leichtfällt. Es war, wie man sagte ... sogar das Licht kam, darin eine Gestalt, die seinen sterbenden Sinnen bekannt vorkam, ein mächtiger Schlag erschütterte Zwerg und Gestein, die Welt drehte sich ... dann war es vorbei.

Oben, hoch auf der östlichen Flanke des Damms, die Füße nicht auf von Menschenhand gesetzten Stein platziert, sondern auf dem Stein des östlichen Hügels, der den Damm seitlich einfasste, stand Elyra. Der Gewittersturm war noch lange nicht vorbei, Regen und Wind zerrte an ihren Gewändern, peitschte ihr die Haare ins Gesicht, als die gleißenden Blitze, die für sie die ganze Stadt unter ihr taghell erleuchteten, plötzlich stockten, der Donner brach ab ... und ein tiefes Grollen war im Stein unter ihren Füßen zu fühlen. Mit ungläubigen Augen sah sie, wie ein Steinbrocken von der Größe eines Hauses sich aus dem Damm löste und davonflog, als hätte ein Katapult ihn abgeschossen, ein letzter gleißender Lichtblitz, tief aus dem Inneren des Damms, schien entlang der alten Straßen der Stadt zu laufen ... verlöschte ... und der gesamte untere Teil des Damms gab nach.

Eine Wand aus Wasser schien einen Moment lang wie schwerelos zu stehen, dann, mit einem Brüllen und Donnern, das ihr fast die Sinne nahm, stürzte sich die schwarze Flut auf das Tal vor dem Damm. Noch immer zuckten Blitze, in ihrem gleißenden Licht vermeinte Elyra die Menschen unter ihr zu sehen, scheinbar still gefangen in der Bewegung. Auf dem Dach der alten Börse richtete sich der Drache auf, ein anderer Blitz zeigte eine kleine Gestalt an seiner Seite, der nächste, wie Drache und Reiter sich in die Luft erhoben ... und dann ein weiterer Blitz, zwei gerüstete Soldaten auf dem Dach, die einen Verwundeten trugen … im Licht der Blitze schien es ihr, als ob niemand dort unten versuchte, den Fluten zu entgehen, sondern nur im gleißenden Licht still und gefroren stand.

Ein jeder Blitz zeigte die Wassermassen näher an dem Lager, eine unsichtbare Hand drückte die Zelte nieder oder wehte sie davon, der nächste Blitz zeigte die Woge, wo eben noch Zelt und Mensch gewesen waren, eine graue Front, die sich Blitz für Blitz vorschob, den Hafen erreichte, ein Schiff, das durch die Luft flog, als hätte ein Riese es geworfen, Gischt und Brandung, wo das Wasser auf Stein und Häuser traf, eben stand das Haus noch, beim nächsten Blitz war es, als ob es nie da gewesen wäre. Selbst die alte Börse war nicht hoch genug, die Welle raste auf sie zu, ein weiterer Blitz zeigte ihr die Schaumkrone der Flut hoch über dem Dach der Börse, hinter dem Wellenkamm verborgen, halb verdeckt, gleißte metallenes Gefieder oder vielleicht auch nur das Nachleuchten der Blitze in Elyras geblendeten Augen.

Als die Welle in die offene See rollte, vermeinte sie, in der Ferne Glocken zu hören … dann wurde es ruhig und still … ein letzter Blitz zeigte einen Platz leergefegt von allem, bis auf die alte Börse, die allein noch stand, aus deren hohen Fenstern sich das Wasser in Sturzbächen ergoss … und nichts regte sich mehr. Der Sturm, seiner Macht beraubt, verebbte, die dunklen Wolken zogen davon und im Himmel stand ein Stern mit einer atemberaubenden Klarheit, Mistrals Stern, der Stern der Göttin der Welten.

Die Stille im Gasthof war absolut, als der alte Mann innehielt, um sich seine Pfeife aus der Weste zu ziehen. Lamar selbst vermochte nichts zu sagen, es war ein junges Mädchen, das die Stille brach.

»Großvater«, sprach sie leise. »Sind sie alle tot?«

Der alte Mann lachte und schüttelte den Kopf. »Nein, Saana, das sind sie nicht. Sonst wäre die Geschichte doch schon zu Ende! Erinnerst du dich an das, was Knorre den beiden, Tarlon und Garret, prophezeit hatte?«

Das Mädchen nickte heftig. »Nun«, fuhr der alte Mann fort, »Garret hatte recht, das, was Knorre ihnen prophezeite, war nicht eingetreten, wie also konnten sie sterben?«

Sie sah ihn mit großen Augen an und strahlte dann. »Richtig, das hatte ich vergessen ...«

Lamar schüttelte sich wie ein nasser Hund. »Wollt Ihr sagen, dass ...«

»*Es war knapp*«, *lächelte der alte Mann.* »*Tarlon und Garret standen auf dem Dach ...*«

»Götter«, sagte Tarlon ehrfürchtig, als er sah, wie ein gewaltiger Steinbrocken aus dem Fundament des Damms herausgeschleudert wurde und sich die schwarze Flut schäumend einen Weg bahnte. »Sieh dir das an! Genau *das* habe ich befürchtet!« Er stützte den Hauptmann, der seinen Blick auch nicht von dem herannahenden Unheil wenden konnte.

Garret fluchte, rannte zurück in das Gebäude auf dem Dach, während der Boden unter ihm vibrierte, und kam mit seinem Bogen in der Hand wieder zurück. Hastig zog er seinen Bogen aus der schützenden Ledertasche und spannte ihn. Hinter ihnen schrie der Drache auf, ein markerschütternder Schrei, aber machtlos gegen das Donnern des Wassers, als es das Tal hinabstürmte.

»Da geht er stiften«, meinte Tarlon, als der Drache sich in die Lüfte erhob, fast panisch mit den mächtigen Schwingen schlug, fast schien es, als ob der Reiter sich nicht auf seinem Rücken halten könnte, doch dann saß er zwischen zwei Rückendornen und mit drei weiteren Schlägen der mächtigen Schwingen verschwand der Drache mit seinem Reiter in der Dunkelheit.

»Dies ist das Ende der Welt«, rief Hendriks, trotz allem war seine Stimme fast zu schwach, um gehört zu werden.

»Es ist purer Wahnsinn!«, rief Garret über das Getöse hinweg und lachte wie ein Besessener.

Tarlon sah ihn ungläubig an.

»Wahnsinn!«, rief Garret erneut. »Es ist Wahnsinn und vollständig verrückt! Knorre! Es *muss* Knorre sein, niemand sonst denkt so! Es ist sein Werk ... er spült unsere Feinde hinweg!«

»Und uns auch!«, rief Tarlon zurück. »Was schaust du!?«, rief er fragend, als er sah, wie Garret seinen Bogen an einem Ende nahm und sich suchend in der Luft umsah.

»Ich warte auf die Krallen!«, rief Garret und lachte erneut, fast schon hysterisch. »Dort!«

Ein Blitz erhellte einen goldsilbern schimmernden Falken, der mit angelegten Flügeln herabstieß, die mächtigen Krallen weit geöffnet ... Tarlon hatte kaum mehr Zeit, die rot leuchtenden Augen und den mächtigen aufgerissenen Schnabel zu sehen, dahinter das grimmige Gesicht seines Freundes Marten, als sich eine Kralle um ihn schloss. Hätte er sich nicht im letzten Moment zur Seite gedreht, hätte ihn die metallene Kralle gewiss durchbohrt, so fasste sie ihn wie ein stählerner Käfig, aus dem es kein Entkommen gab. Gischt schlug über das Geländer der Mauer, Garret stand dort, den Bogen ausgestreckt, ein Arm durch den Bogen geschlungen, und hielt ihn hoch, er lachte ... und Tarlon schob seinen eigenen gewappneten Arm hinter die Sehne von Garrets mächtigem Bogen und dann rissen ihn die mächtigen Schwingen nach oben, Hendriks und Garret, Beute der Krallen, unter ihm, an dem mächtigen Bogen baumelnd, und er nahm einen hysterisch lachenden Garret wahr, der die Beine anzog, als die tödliche Welle unter ihm über das Dach der Börse schwappte ...

Als Ralik Hammerfaust an der Spitze der Männer und Frauen aus Lytara die Königsbrücke erreichte, erwartete sie dort ein Anblick, den keiner von ihnen hätte erwarten können. Im Hintergrund einer der mächtigen Kriegsfalken, davor Marten in einer seltsamen kupferfarbenen Rüstung, Garret und Tarlon in den schweren Rüstungen des Feindes. Zu ihren Füßen, liegend, ein unbekannter Mann, dessen Anblick dem Heiler ihrer neuen Verbündeten einen überraschten Laut entlockte.

Ihnen am nächsten, Haupt erhoben und die langen feinen Haare ein Spiel des Windes unter dem Stirnreif einer Priesterin, stand Elyra, stolz und aufrecht, vor sich, senkrecht an ihre Brust gedrückt, hielt sie Argors mächtigen Hammer, den Hammer, den einst er, Ralik, selbst im Kampf geschwungen hatte.

Ein Raunen ging durch die Männer und Frauen hinter Ralik, als sie verstanden, was dies bedeutete, selbst ihre neuen Verbündeten, die nun die Reihen derer aus Lytar verstärkten, schwiegen, während sich eine schlanke Gestalt von ihnen löste, um auf den auf dem Boden liegenden Mann zuzulaufen.

Langsam, Schritt für Schritt, kam Ralik auf die Priesterin der Mistral zu, suchte unter den Tränen das vertraute und nun doch so fremde Gesicht, fand Augen klar wie der Himmel und fest wie Stein.

Er kniete nieder vor ihr und langsam legte sie den Hammer seines Sohnes in seine ausgestreckten Hände.

»Es war Euer Sohn Argor, Meister Ralik«, sagte Elyra mit einer leisen Stimme, die doch so klar war, dass sie jedes Ohr erreichte, »der, zusammen mit dem Opfer eines anderen Mannes, den Feind ins Meer spülte und den Tag für uns gewann. Was an Gegnern verblieb, hat keinen Kampfesmut mehr und wartet auf Eure Entscheidung. Dies ist der Hammer Eures Sohnes, er gab ihn mir, dass Ihr ihn weiterreichen könnt an einen anderen großen Mann.«

Während Ralik weinte, legte ihm Elyra sanft eine Hand auf die breite gepanzerte Schulter und fing an zu singen von der Gnade der Götter, von dem Mut eines Mannes, von der Weisheit Mistrals, die gab und nahm, und von dem Frieden, der jedem rechtschaffenen Menschen versprochen war.

Während sich ihr Gesang in den Himmel trug, knieten die Menschen aus dem Dorf nieder … und beteten, dass ein solches Opfer niemals wieder nötig wäre.

Als sie zum Himmel hochsahen, sahen sie eine Möwe dort im Wind reiten … zum ersten Mal seit Jahrhunderten, zum ersten Mal, seitdem die Strafe der Götter die alte Stadt ereilte.

Lamar zog sein Tuch aus dem Ärmel und schnäuzte sich. »Das, alter Mann«, sagte er ergriffen, »war eine Geschichte, die wahrhaftig mitriss! Ihr solltet Eure Kunst am Hofe des Königs zeigen.«

Der alte Mann legte den Kopf in den Nacken und lachte schallend. »Was will ich da, Freund Lamar«, sagte er und grinste dann breit. »Die Hallen dort sind mir viel zu zugig!«

Epilog

Weit im Hintergrund zog ein grauhaariger Mann seine junge Frau in die Beuge seiner Arme und lachte leise in ihr Ohr. »Er kann es nicht lassen«, sagte er dann. Sie drehte sich in seiner Umarmung um, fuhr ihm sanft über die faltige Wange und lächelte. »Er ist halt so. Es wäre schade, wäre es anders. Was hältst du von ihm?«, fragte sie und er wusste, dass sie nicht nach dem alten Mann fragte, sondern nach dem Fremden an seinem Tisch.

»Saana mag ihn«, lächelte der grauhaarige Mann und sah liebevoll zu seiner Enkelin hinüber, die auf dem Knie des alten Mannes Platz gefunden hatte und den Fremden neugierig musterte. »Aber ob er bekommen wird, was er sucht, das wird unser Geschichtenerzähler entscheiden müssen. Bislang jedenfalls wählte er immer richtig.«

Er spürte, wie sie in seiner Umarmung lachte. »Dass du das einmal sagen würdest, das hätte er selbst wohl am wenigsten gedacht.«

Das Lachen des Mannes im Hintergrund erweckte die Aufmerksamkeit des Geschichtenerzählers. Er stand auf, hielt Saana an der Hand, grinste breit ... und verbeugte sich vor seinem Publikum.

»Und jetzt«, rief er, »habe ich Hunger!«

ENTDECKE NEUE WELTEN
MIT PIPER FANTASY

Mach mit und gestalte deine eigene Welt!

PIPER

www.piper-fantasy.de